Printed in the USA
CPSIA information can be obtained
at www.ICGtesting.com
LVHW030944190823
755710LV00018B/447

بسم الله الرحمن الرحيم

الطبعة الأولى: تشرين الأول – 2007 م
الطبعة الرابعة والعشرون: كانون الثاني/يناير 2023 م

ردمك 978-9953-87-463-0

إن الآراء الواردة في هذا الكتاب لا تعبر بالضرورة عن رأي الدار العربية للعلوم ناشرون

f facebook.com/ASPArabic   🐦 twitter.com/ASPArabic   ✉ www.aspbooks.com   📷 asparabic

لوحة الغلاف والرسوم الداخلية: للفنان أحمد باقر / البحرين

تصميم الغلاف: الفنان محمد نصرالله

IBRAHIM NASRALLAH

TIME OF WHITE HORSES

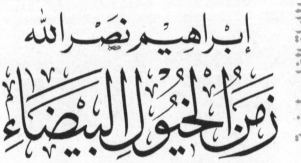

إبراهيم نصر الله

زمن الخيول البيضاء

الملهاة الفلسطينية

لقد خلق الله الحصان من الريح.. والإنسان من التراب.
(قول عربي)
.. والبيوت من البشر
(إضافة)!

الدار العربية للعلوم ناشرون
Arab Scientific Publishers, Inc.

ملاحظات:

* في عام 1985 كنتُ أظن أن هذه الرواية هي (الملهاة الفلسطينية)، ولهذا بـدأت العمـل عليها إعدادا وتسجيل شهادات وتكوين مكتبة خاصة بها، ولكن أفضل ما يحدث ما الأمـور لا تسير حسب رغباتنا دائماً، إذ أصبح العمل الطويل عليها هو الباب الذي ستدخل منه خمس روايات ضمن هذا المشروع، وبهذا فالرواية التي كان من المتوقع أن تكـون الأولى أصبحت الأخيرة!

* أنجزتُ العمل على جمع الشهادات الشفوية الطويلة، التي أفادت منها (زمـن الخيـول البيضاء) بشكل خاص، بين عامي 1985 و 1986، حيث قدّم فيها عدد من الشهود، الـذين أقتلعوا من وطنهم وعاشوا في المنافي، شهاداتهم الحيّة عن تفاصيل حياتهم التي عاشوها في فلسطين، ومن المحزن أن هؤلاء الشهود قد رحلوا جميعا عن عالمنا قبـل أن تتحقـق أمنيتهم الكبرى بالعودة إلى وطنهم.

شهود من أربع قرى فلسطينية حلموا الحلم ذاته وماتوا الميتة ذاتها: غرباء.

هذه الرواية أهديها إلى أرواحهم: عمّي - جمعة خليل، جمعة صلاح، مرثا خضر، كوكـب ياسين طوطح.

هذه الرواية تحية إليهم وتحية لعشرات الشهود الآخرين الـذين لم يتوانـوا عـن تقـديم خلاصات ذكرياتهم، أو استمعتُ لبعض حكاياتهم، مصادفة، على مـدى عشـرين عامـا، وكذلك للكتّاب الفلسطينيين والعرب الذين ساهمت مذكراتهم وكتبهم في إضاءة الطريق لي، وقد جرى تثبيت أسماء أعمالهم في نهاية الرواية.

* هناك تنوّع مدهش في العادات بين منطقة فلسطينية وأخرى وقرية وأخرى، ولـذا قـد تبدو بعض العادات الواردة في الرواية غير معروفة لهذا القارئ أو ذاك.

* حكاية الدّير مع قرية (الهادية) حكاية حقيقية من أولها إلى آخرها، إنها حكاية قريتي.

* أسماء الشخصيات والعائلات غير حقيقية، وإذا ورد تـشابه بينهـا وبيـن شخصيات حقيقية، فذلك بمحض الصدفة.

* اسم الشخصية وكنيتها، حيثما وردا في الرواية، فهما مرفوعان.

الكتاب الأول

الريح

وصول الحمامة

معجزةٌ كاملة تجسّدتْ...

أمام المضافة، تحت شجرة التوت، كان الحاج محمود يجلس بجانب ولده خالد، مع عدد من رجال القرية، رأوا في البعيد غباراً قادما، داهمهم حسٌّ غريب، ومع مرور اللحظات، كان الغبار يتلاشى ويحتلّ مكانَه بياضٌ لم يروه من قبل، ظلّ توهُّجه يزداد شيئاً فشيئاً حتى بانَ كلّه.

ولم يكن هناك ما يفتنهم أكثر من جمال مُهرة أو حصان.

قال الحاج محمود ذاهلاً: أترون ما أراه؟

لم يسمعْ جوابا، التفتَ إليهم، فوجد أن المفاجأة أخذتهم، عاقدةً ألسنتهم.

عمَّ صمتٌ طويل، لم يكن يقطعُه سوى ذلك العَدْو المجنون للكائن الـذي بـدا وكأنه قد خرج من حُلم.

كان الفارس يحاول، ما استطاع، السيطرة على كتلة الضوء المتقافزة تحتـه، كتلـة الضوء التي تعانده غير عابئة بذلك الألم الجارح الذي يسبّبه لها اللجام، الألم الـذي يتصاعد همهماتٍ محترقة مع حرارة اللهاث. تطلّعتْ كتلة الضوء إلى الأعلى وراحت تُطلق صهيلها المجروح. عند ذلك صاح الحاج محمود: يـا رجـال. هنالـك حُـرّة تستغيث. أجيروها.

توقّفت الفرس أمامهم، أشبه بصخرة، كما لو أنها قد قررتْ أن تموت على أن تخطو خطوة أخرى.

***

شاهد الفارسُ الرجالَ يندفعون نحوه، انهال بعصاه على الفرس كي تتحرك، لكنها لم تفعل. ترجّل عنها وأخذ يجري متعثرا نحو الجهة التي جاء منها.

قبل أن يصل الرجال إلى الفرس، كان خالد قد طارَ بفرسه قاطعاً الطريـق عـلى الرجل الهارب.

9

دار حوله ودار، حتى رآه يسقط. سأله: من أين سرقتها؟

لم يُجب.

تقدّمَ نحوه، ارتفعتْ قائمتا فرس خالد، أطلقتْ صهيلا غاضباً، ثم راحت قائمتاها تتجهان إلى الجسد المذعور.

صرخ: من عرب عابرين.

لوى خالد عنق الفرس، استقرت قائمتاها على بعد ذراع من صدر الرجل: أين؟

- غربي النهر.

- فضَحَتْكَ الأصيلة. قال له.

راح سارقها يستغيث طالبا الرحمة.

- منذ متى سرقتها؟

- منذ يومين.

- ألم تعرف أن سرقة الفرس مثل سرقة الروح. أُنج بدمك، قبل غروب هـذه الشمس. وإلا سنطعمك للكلاب!!

دار حوله ثانية، امتدت يد الرجل نحو كوفيته وعقاله وعباءته. صاح به خالـد: اتركها. لا سِتْر لمن لا يستُرُ حُرّة.

فاندفع الرجل متعثرا محاولا بلوغ حافة الأفق قبل غروب الشمس.

* * *

اقترب الرجال من الفرس، دارتْ حول نفسها بجنون، ابتعدوا قليلا، توقّفتْ، أشار لهم خالد: اتركوها. صعدوا التل نحو ساحة المضافة، بقي خالـد بجوارهـا، لكنّه لم يفكر بالاقتراب منها أكثر. تأمّلها، رأى فيها جمالا لم يَعْبُرْ هـذا السـهل مـن قبل. وفي النهاية أدرك أن أفضل ما يفعله هو الابتعاد عنها. صعدَ التلَّ حيث والـده والرجال.

في البعيد، راحت العتمةُ تغمر قامة السّارق شيئاً فـشيئاً، اختفى، لكن الـشيء الذي لم يختف هو قامةُ تلك الفرس التي بدتْ أشبه ما تكون بقطعة من نهار.

- من الخطأ أن تبقى الفرس في الخارج. قال أحد الرجال.

- اتركوها فهي حُرّة. قال الحاج محمود.

ثم راح ينشد:

10

إذا ما الخيل ضيّعها أناسٌ   حميناها فأشركتِ العيالا
نُقاسمها المعيشةَ كلَّ يوم   ونكسوها البراقعَ والجلالا

**

تفرّقوا في آخر سهرتهم، كل نحو بيته؛ لم يتحرّك خالد، ظلَّ ساهراً يحدّق فيها، خائفاً من كل شيء؛ خائفا من أن تمضي، خائفا من أن تبقى فيتعلق بها أكثر وهي ليست له، خائفاً من أن يُطلَّ أصحابها، لأنه لو أضاع فرساً مثلها لأمضى العمر باحثاً عنها.

أولم يحدث له ذلك !؟

11

الهَبّاب!

لم يعرف أحد من أين بزغ هذا الاسم: الهَبّاب. لم يعرفوا إن كان ثمة اسم آخر له قبل هذا.

كان افتخارُ الأكابر والكرام، جناب صاحب الرفعة، ذو العِزّة القائمقام الجديد (للقضاء) يستطلعُ الوضع في جولة هي الأولى له، لفتَ انتباهه ذلك الرجل الذي يسير معتّدا بنفسه، التقتْ نظراتهما، لم يرتبك الهبّاب، حيّر ذلك صاحب العزة كثيراً، ناداه، اقترب الرجل، ربّت على كتفه، دار حوله وظلَّ الرجل ثابتا كما لو أن الأمر لا يعنيه. كان ذلك كافياً لأن يغيظ قائداً لم يمرّ أكثر من يومين على وجوده في مدينة يتطلّع لخضوعها له. استل القائد سيفه، قلَبَ السيف، المقبض على الأرض، رأسه يتأرجح بين إبهامه والسبابة، امتدتْ يده اليمنى لكتف الرجل، أمالتْ اليسرى رأس السيف نحو خاصرته، ثبتته هناك. وبقي الرجلُ ثابتاً.

تجمّع الناس لمشاهدة الواقعة الغريبة. ألقى القائد بذراعه فوق كتف الرجل، شدَّه نحوه، نحو السيف الذي عثرَ بسهولة على موطئ رأس له في لحم الخاصرة الطّري. وظلَّ ثابتاً.

شقَّ المعدن طريقه دون جهد، بدأ دم ينساب من الخاصرة منحدرا حتى القبضة المغروسة في الأرض. التفتَ القائد، رأى بقعة دم تتجمّع وتتسع بتسارع، أيقن معها، أن آخر ما يمكن أن يقوله الرجل: آه، حتى لو كانت حياته الثمن. تراجع القائد ثلاث خطوات. سأله: من أين أنت؟ أشار الرجل إلى ذلك المدى الشرقي الممتدّ الذي تحجب شمس الصباح تلاله البعيدة بهالتها الرمادية.

دعاه القائد أن يسيرَ معه. سار. سأله عن اسمه واسم قريته، ثم قال له: لا تغادر هذا الخان. لا تبتعد..

بعد يومين جاءه ثلاثة جنود أتراك وأخذوه.

غاب..

12

انكسر الشَّر

لم يكن جرح خالد قد التأم بعد. فمرارة الغياب الخاطف الـذي هـبَّ وباغتـه لم تزل تحيّره، كيف انسلّتْ من بين يديه، كيف اختطفها الموت وهو متشبثٌ بها؟ أحبّها ذات موسم غادروا فيه الهادية إلى القدس، كـان الحـاج محمود يعرف والدها منذ زمن بعيد.

بمجرد عودته للبيت أمسك بأحد الصحون وكسَره.

سمعتْ مُنيرة – أمه تهشّمَ الصحن، قالت: انكسَر الشَّر !!

أمسك بالثاني وكسره.

فقالت أمه: انكسَر الشَّر كمان مرّة !! والتفتتْ إليه تسألـه: مـا بـكَ هـذا اليـوم؟ وقبل أن تتمَّ سؤالها كان واحدٌ آخر من عدة صحون صينية مُورَّدة، اشتراها الحـاج محمود من دَرَكيٍّ تركيّ، يتناثر على الأرض. رأته يرفع الصحن فصرخت: الحق يـا حاج إبنك قبل أن يُكسِّر لنا البيت !!

هبَّ الحاج محمود راكضاً. وقد أدركَ أن الشّوقَ لامرأة قد ضجَّ في عروق ولده!

***

كانت تلك واحدة من العادات المُكلِفَة المؤدَّبة التي يعلن فيها الشباب، في كثير من قرى هـذه المنطقـة، أنهـم لم يعـودوا قـادرين علـى احتمـال العزوبيـة أكثـر ممـا احتملوها.

وللحقّ، كانت منيرة تنتظر بفارغ الصبر ذلك اليوم الذي تسمع فيـه تهشُّم أيِّ من صحون البيت، أما الصحون الصّينية، فلم تكن علـى استعداد للتضحية بها، مهما كان السبب. ولذا، راحتْ تصرخ ما إن أدركتْ حجم ذلك الخطر الـذي بـات يُحْدِق بصحونها.

فوق رأسه، كان الصحن، أما البقية فقد استقرت بين كفّه اليسرى وخاصرته.

دخل الحاج محمود.

13

- قل لي ونحن جاهزون. جاء الوعدُ قاطِعاً.

وظلَّ مصيرُ الصحنِ مُعَلَّقاً في يده.

قال: أمل ابنة أبو سليم.

- أبو سليم مَنْ؟!

- تاجر القمح في القدس.

- وما بهنّ بناتُ البلد؟!

- لا شيء، ولكنني أريد ابنة أبو سليم.

- هذه ابنة مدينة، لن تنفعكَ هنا.

تحرَّكَ الصحنُ في يد خالد، خفق قلبُ منيرة، قالت وعيناها لا تفارقـان اليـدَ العالية: ابنة أبو سليم ابنة أبو سليم، ومالو؟!

- ما الذي تقولينه يا امرأة؟! هؤلاء لن يعطونا حتى معزاة لو كانت لديهم، فـا بالك بابنتهم!

التقتْ عينا خالد بعيني أمه، فَهِمَتِ الرسالة: تأخُّرهـا في التـدخّل سيحـوّل الصحن الذي طالما فاخرت به، مع بقية الصحون، إلى حطام.

- برضاي عليك يا حاج، لا تكسر خاطره!! إنه أول العنقود، فرّحني به.

- سأفكِّر.

التفتتْ إلى ابنها موبخة: قال لك سيفكر، يعني سيفكر. هات الصحن. حاولتْ أن تصل إلى أعلى امتداد ذراعه، لم تستطع، اختطفتِ الصحون المحشورة ما بين يده اليسرى وخاصرته، تراجعتْ فَرِحَةً بها بين يديها، قالت لزوجها: ثـم مـن أيـن لهـم بعريس لابنتهم بهذا الطّول؟!

صامتا ظلَّ الحاج محمود. أضافت: والشِّقار، والعيون الخُضر!!

تأمل الحاج محمود ولده، هزّ رأسه: إن شا الله يكون خير.

ناولها خالد الصحن الذي لم تستطع الوصول إليه.

* * *

ثلاثة أيام كاملة اختفتْ فيها الصحون، كما لو أنها لم تكن ذات يـوم في البيـت، ثلاثة أيام صامتة لم يَقْطَعْها سوى عتاب أمه: ولوْ يا خالد هانتْ عليك إمك لهالحـد حتى تكسِّر صحونها!!

لم يُجِبْ.

14

اختلتْ بالحاج محمود، قالت له: لا تخلِّي الصحون اللي انكسرتْ تروح خسارة!! انتفض الحاج محمود، باحثاً عن بقية الصحون ليهشِّمها. لم يجدها. فحمدت الله على أنه ألهمها إخفاء أغلى ممتلكاتها.

***

في الديوان الكبير جلس الرجال، كانت علاماتُ النّعمة واضحة: الكراسي الكبيرة، الصوَرُ المُعلقة على الحائط، الأواني الزجاجية الموزَّعة بإتقان فوق الرفوف وعلى الطاولات في الزوايا، المرآة الكبيرة، الفوانيس الغريبة وكؤوس الكريستال التي تلمع في خزانتها العسلية.

- قال لي المرحوم أبي ذات يوم، كان أبو سليم واحداً من أكثر التجار احتراما، يأخذون منه حاجاتهم من كل شيء، وفي موسم جني المحصول، يأتي ليأخذ قمحاً وشعيراً وسمسماً مقابل ما أخذوه. لم يختلفوا معه، كان سعر الحبوب معروفا كسعر الطوابع في هذه الأيام!!

دارت القهوة، أمسك الشيخ ناصر العلي رئيس الجاهة بفنجانه، وضعه على الطاولة التي أمامه. كما فعل الرجال القادمون معه.

- اشرب قهوتك يا شيخ. قال أبو سليم.

- نشربها إن شاء الله، أدام الله عزَّك وحفظ بيتك عامراً. ولكنَّ لنا طلباً.

- وصلتَ يا شيخ.

- جئنا نطلب القُرب منكم طالبين يد مُهرتكم[1]. لخالد ابن الحاج محمود.

خيَّم الصمت للحظات، راحت عينا أبو سليم تحدقان في ضيوفه، استقرتا على وجه الحاج محمود: مكانتك كبيرة يا شيخ ناصر وهذه الوجوه الطيبة، اشربوا قهوتكم، من أين لنا بعريس أصيل لابنتنا مثله؟

كبيرة كانت المفاجأة، احتاج معها الرجال إلى وقت أطول من المعتاد لشرب قهوتهم، كانوا قد جهَّزوا أنفسهم لموقف لا يَسُرُّ، ولم يكن الشيخ ناصر العلي بعيدا عن إحساسهم هذا.

- كنا نخشى أن تقول لنا لن نُغرِّب مُهرتنا، وكنّا سنعذرك. قال الحاج محمود.

- هذه بلاد بحجم القلب يا حاج، لا شيءَ فيها بعيد ولا شيء فيها غريب. ردَّ أبو سليم.

---

[1] - يستخدم الفلاحون هذا الوصف تأدباً واحتراماً.

15

المحترمون السبعة

يذكُر الحاج محمود تماما ذلك اليوم الذي وصل فيه المحترمون السبعة: الشيء الذي يمكن أن نعدكم به هو أننا سنكون أخفّ من النسمة فوق هذا التـل، بحيـث لا تشعرون بوجودنا، ولكننا نؤكد لكم أيضاً، ستكونون أقوى بنا، وحين نقول (بنا) نقصد عالماً خلْفنا تمثِّله الكنيسة، ولعلكم تعرفون أن الباب العالي هـو الـذي يختار مطران القدس، ومنذ زمن طويل، من رجـال الـدين في طائفتنا. وأننـا رغـم ذلك نتبع لسلطة بلادنا كما لو أننا هناك فيها، وهكذا، نحن تحت حمايتين ستنعَم القرية بهما.

وعندما سألهم الحاج محمود: ولماذا الهادية بالذات؟ قال رئيسهم: وهل تعتقـد أنها سُمّيت باسمها صدفة؟! وأشار للسهل الممتد حتى حدود السـماء، وقـال: في مكان كهذا، وصفاء كهذا، وامتداد لا يُعيق البصر ولا البصيرة، يمكـن أن يكـون المرء أكثر قرباً إلى الله.

فتمتم الحاج محمود: لا إله إلا الله.

16

عسل للبيع!!

فرحة خالد بعروسه، كانت تفوق الوصف، يلاحقها في البيت، يُمسك بها، يحملها فوق ذراعيه، يخرج بها قاطعاً السَّاحة الترابية للحوش نحو المكان الـذي يكون فيه والده وأمه وأخوته، وهو يصيح بفرح: عنّا عسل للبيع، ورد للبيع!! ويظل يكرر ذلك وهو يدور حولهم؛ وفي واحدة من المرات، أوشك أن يصعد بها للسطح لولا أن الحاج محمود أمسك به في اللحظة الأخيرة.

– إركُزْ يا ولد. قالت منيرة. لكنها كانت فَرِحةً بفرحه.

***

انتشرتْ أخبار تعلُّقه بعروسه، باتت حديث أهل الهادية، الرجـال لم يقبلـوا بالأمر، وتهامست النساء فيما بينهن: هيك الرجال ولّا بلاش!! وبعد أقل من شـهر كانت نظرات الحسد تمزّق العروس حيثما ظهرت. ولم يقف الأمر عند هـذا الحـد: ذات يوم كان يجلس مع عدد من شباب القرية، وحين راحوا يتهامسون، انتفض، وقال: لماذا تستغربون، عليّ الطلاق إنها أحلى من الشمس وأحلى من القمر!! فصمتوا.

بعد يومين كانوا يتناولون طعام الغداء في الحقـل، حين راحوا يشككون بـما سمعوه منه، فما كان منه إلا أن قـال: عليّ الطلاق إنها أحلى مـن الشـمس ومـن القمر!!

فقالوا له: ما الذي قلته يا رجل، هـل يُعقَل أن تكون هناك امرأة أحلى مـن الشمس والقمر وهما أبهى وأجمل خلق الله، تضيء لنا الشمس نهارنا وينير لنا القمر ليلنا؟!!

راح يفكر فيما قالوه له، نظر إلى امرأته، لم يكن لديه أي شك: إنها أحلى.

17

اكتمال القمر بعد سبع ليال كان مناسبة للحديث في ذلك من جديد، حدّق رمضان نصر الله في البدر وقال: أُنظروا. هل يمكن لإنسان أن يكون أجمل من هذا الذي أبدعه الله؟!!

فهم خالد الملاحظة، فالتفتَ إليه وقال: هيَ. عليَّ الطلاق انها أجمل.

عند ذلك ساد الصمت فجأة: سأل. شو في؟!!

– لقد طلَّقتَ امرأتَك التي تحب ثلاث مرات دون أن تدري. من ذلك المجنون الذي يمكن أن يقول بأن هناك امرأة أحلى من الشمس والقمر معاً؟ قال له محمد شحادة.

كطعنة مباغتة أحسَّ بالكارثة.

جُنَّ، راح يركض نحو أبيه، أمه. ذهب إلى الشيخ حسني الذي اعتصر عمامته كما لو أنه يعتصر رأسه. وقال: دعني أفكر. من أين أتيتَ لي ولنفسك بهذه المصيبة؟!

نظر إلى امرأته، أحس بأن مسافة هائلة تفصله عنها، كما لو أن بينهما بحر، عاد للشيخ حسني صباح اليوم التالي فوجده يعتصر عمامته كما تركه، جلس بباب المسجد منتظراً، لكن ثلاثة أيام أخرى لم تحمل له ما يعيد الأمان لقلبه.

ترك الهادية، هام على وجهه، حتى وصل القدسَ، وكلما التقى بشيخ راح يرجوه أن يقول له شيئا، وألّا يكتفي بالصمت كما يفعل الجميع.

مضى قاطعاً البلادَ من شمالها إلى جنوبها، ومن شرقها إلى غربها دون جدوى، وذات يوم، وجَدَه الشيخ ناصر العلي مُلقى على طرف حقله، وبجانبه فرسه، انحنى عليه، سقاه قليلا من الماء، وأسنده.

لم يعرف خالد كيف وصل إليه، لأن الإنسان الوحيد الذي يودُّ الفرار منه، طوال الوقت، هو ذلك الإنسان، الذي ذهب بنفسه رئيساً للجاهة، وها هو يُسوِّد وجهه برعونته.

– ما الذي أصابك يا ولدي؟ إن كنا نستطيع أن نعينك أعنّاك، وإن كانت لك حاجة في هذه البلاد سعينا معك من أجلها.

كان الصمت الذي قابله به الجميع قد استقر عميقاً فيه لا يغادره، نظر خالد إلى الشيخ ناصر وبدأ يبكي.

بعد ثلاثة أيام سأله الشيخ ثانية، فراح يبكي من جديد.

18

لكن شيئا ما أليفاً في وجه الشيخ ناصر أطلق لسانه من جديد: لقد زوجتها لي وأضعتُها أنا.

وانفرطت مسبحة الكلام..

***

صمت الشيخ، راح يعبث بلحيته البيضاء، وقف، تمشّى ما بين جداري الحوش عاقداً يديه خلف ظهره، محدّقا في السماء بعينيه العميقتين، كما لو أنه يريد تقليب صفحاتها بقامته القصيرة المشدودة ووجهه الصغير كوجوه الأطفال، وقال: والدك عزيز علي يا خالد، ومن قبله جدّك، لقد كنت ضيفي لثلاثة أيام، فأرجو أن تكون ضيفي ليوم رابع. وعسى الله يُلهمني حلّاً لهذه القضية التي ير العقول.

بعد ساعات اقترب منه الشيخ، قال له: أعرف أنك بحاجة إلى أن تعود أكثر من حاجتك لأن تبقى.

هزّ خالد رأسه: وهل وجدتَ الحلَّ يا والدي؟

– إن شاء الله، هيا انهض، جهّز فرسك وتوكّل على الله، عسانا نُصلّي العصر في الهادية.

راحا يقطعان السهول، يصعدان التلال، ويلتقّان بفرسيهما حول الحقول والكروم الخضراء، وبين لحظة وأخرى، كان الشيخ يستحثّه: توكّل على الله يا ولدي، لا يكون إلّا الخير إن شاء الله.

***

لاحت لهم الهادية عالية فوق التل، شدَّ خالد الرسن، توقّفت فرسه. اعتصر جبينه بأصابع يده اليسرى مُطرِقاً، عاد الشيخ بفرسه للوراء، ها قد وصلنا، لقد انتظرتَ كثيراً، ولم يبق إلّا القليل.

من فوق التلال اندفعت الهادية؛ تجمّع الرجال الذين يعملون في الحقول، وكثير منهم يمزِّقه النّدم، بسبب ذهابهم في تحدّيه إلى تلك الدرجة. أما فرحة الحاج محمود وأمه وأخوته وأخته العزيزة وعمته الأنيسة، برؤيته ثانية، فقد كانت تفوق الوصف. وقبل أن يتوجّه الحاج محمود إلى ولده اندفع نحو الشيخ وهو يصيح: الشيخ ناصر العلي!! لقد أعدتَ لنا الروح بتشريفك قريتنا، وأعدتَ لنا الروح بعودتك بابننا. يا هلا، يا هلا. عشاؤك عندنا الليلة، وعشاء أهل البلد كلهم.

أشار لأحد الرجال فاندفع طائراً، انتقى عددا من الخراف، وبدأ العمل على الفور.

19

كان الشيخ ناصر العلي واحدا من أهمّ القضاة العشائريين في البلاد كلها وأشجعهم وأكثرهم حكمة؛ وهذا ما أعاد الأمل ثانية إليهم.

تلفّتَ خالد، عساه يرى امرأته، لم يجدها، قال له والده: إنها في البيت، ولكن تذكّر أنها مُحرَّمَةٌ عليك.

هزَّ رأسه بأسى موافقاً.

**

في المضافة التي وصلوا إليها أخيراً، صامتا ظلَّ الشيخ ناصر، إلى ذلك الحد الذي لم يستطع معه حمدان أن يضع قهوة جديدة في مهباشه ليعدّها للضيف، فحمل المهباش وابتعد به كثيرا، وبهدوء راح يطحن القهوة ودموعه تسيل.

حين عاد، لاحظ الناس آثار الدموع في عينيه بوضوح، تناول سالم ابن الحاج محمود (الدّلة) والفناجين منه، صبَّ القهوة، دقَّ مَصبَّ القهوة بطرف الفنجان حتى لا تسقط أي قطرة على الأرض، أمسك الحاج محمود الفنجان بيده اليمنى وقدَّمه بنفسه للشيخ ناصر العلي. [2]

حان وقت الأذان، قال لهم الشيخ ناصر، لنُصلِّ اليوم هنا، ولتسمحوا لي بأن أكون إمامكم. أذّنَ الشيخ حسني للصلاة. استوتِ الصفوف، قرأ الشيخ ناصر الفاتحة، ثم راح يقرأ سورة التّين (بسم الله الرحمن الرحيم) والتين والزيتون وطور سينين. وهذا البلد الأمين، لقد خلقنا الشمس والقمر في أحسن تقويم) وعندما سمع المصلّون ذلك ثارَ بعضهم، وقالوا: أخطأت يا شيخ!!

صمتَ قليلا، فصمتوا، ثم قطعَ الصلاة، استدارَ وسألهم: وما الذي يقوله الله تعالى. ردّوا: (لقد خلقنا الإنسان في أحسن تقويم).

راح الشيخ ناصر يهز رأسه كما لو أنه يُفكر في مسألة ليس لها حلّ، ثم قال: ما دمتم تعرفون أن الله يقول ذلك، وأن الإنسان هو أجمل خلق الله، فلماذا تُفَرِّقون بين الرجل وامرأته؟!!

عمَّ الصمتُ من جديد، وإذ أدرك خالد ما يقصده الشيخ، اندفع نحوه يعانقه ويُقبّل يديه. أما الشيخ حسني فقد ضربَ جبهته: كيف لم يَخطر ببالي هذا؟!

فقال له الحاج محمود: لأنه لم يَخطر ببال أحد.

**

---

2 - عادة يهزّ الشّارب الفنجان بعد الشرب للمرة الثانية، ويمتنع عن شرب الثالث تأدُّباً.

لكن فرحتهم لم تعش طويلا، ذات يوم خرجتُ مـن حوشِها عنـدما سـمعتُ بائعاً يصيح مُعلناً عن بضاعته، بادلتُهُ ثلاث بيضات بحفنتي قُطّين، وعنـد المسـاء كانت تصيح: بطني!

في البداية ظنوا أنها على وشك أن تُسقطَ حَملها، لكن شنّارة، دايـة البلـد أكّـدت لهم ما إن حضرت (هذه المسألة لا تتعلق بجنينها). وبعد ساعتين من ألم لا يوصف، استلَّها الموت وخالدٌ متشبثٌ بها.

.. ولزمن طويل ظل يهذي: كيف استطاع أن يأخذها من بين يديّ وأنا ممسك بها. كيف؟!! ويقولون له: وحِّد الله يا رجل. وحِّد الله.

وفجأة وصلت الحمامة.

نظرة مختلفة

اندفعت الهادية كلها للعمل، حين تقرر البدء بناء الدَّير، وبعد أقلّ من ثلاثة أشهر، كان يمكن أن يُشاهدَ المرء منه ليلاً، أضواء سبع قرى على الأقل تنتشر في السهول والتلال المحيطة بالقرية.

كان على ديميترس، المهندس الأشقر ذي الشَّعر الطويل المعقود كذيل فرس أن يُشير، ولم يكن أهل البلد عاجزين عن التنفيذ بدقة، وقد بنوا كل بيوتهم بأيديهم. وبعد ثلاثة أشهر من اكتمال بناء الدَّير حضر الخوري جورجيو في عربة يجرّها حصانان أسودان، ظلّت تسير إلى أن توقَّفت أمام الباب الكبير الذي أحضره المهندس من أثينا، وقد كان الباب والشبابيك الأشياء الوحيدة التي لم يكن باستطاعة أهل البلد صناعتها على النحو الذي تقتضيه الحاجَة.

كان ثمة صلبان ومسيح مصلوب وشبابيك بزجاج ملوّن تَفصِلُ ما بين شرائحه عرائض خشبية داكنة على شكل صلبان. لكن ما شغلَ الناس، فيما بعد، هو ذلك الصليب الكبير المصنوع من خشب الزيتون حين رُفِعَ عالياً فوق بوابة الدَّير. صحيح أنهم رأوا من الصلبان الشيء الكثير، لكن صليباً بهذا الحجم ودخول الشيخ حسني، إمام الجامع في النقاش، كاد يحوّل الأمر إلى مشكلة، حين قال: حتى أنه أكثر علوّاً من المئذنة!! وهنا تدخّل الحاج محمود حاسماً الأمر: إن كنا فوق هذه الأرض أو كنّا تحتها، فالمسافة التي تفصلنا عن الله جلَّ جلاله واحدة. ثم صمتَ وقال: لن نختلف على شيء يتعلق بالله نفسه، ويعرفه أكثر منّا جميعا. هم يقولون صُلب، والقرآن يقول (وما صلبوه وما قتلوه ولكن شُبّه لهم) صدق الله العظيم؛ ولذلك فهناك شيء واحد مؤكد بالنسبة للجميع، وهو أن هناك شخصاً قد تمَّ صلبُهُ، وسواء كان هذا الشخص نبياً أو إنسانا عاديا يشبه ذلك النبي فإن علينا أن نحسّ بعذابه.

عند هذا الحد انتهى النقاش، وعاد الناس ينظرون للصليب نظرة مختلفة.

قرآن كريــم

لثلاثة أيام متواصلة رفضت الحمامة أن تغادرَ مكانها، حاول أكثر مـن رجـل يعرفون طبائع الخيل، حاول الحاج محمود، خالد. حاول الشيخ حسني، الـذي قـرأ عليها آيات من القرآن الكريم {والعاديات ضبحا. فالموريات قـدْحا. فالمغيرات صبحا. فأثرن به نقعا. فوسطن به جمعا. وإنه على ذلك لـشهيد. إن الإنسان لربه لكنود..} صدق الله العظيم. وإذ صادف وصول الحمامة الأربعاء، فإنه خصص خطبةَ الجمعة للحديث عن الخيل، بعد أن شغلَ وقوفها الناس الذين توافدوا عـلى الهادية من قرى مجاورة لحضور سوق الخميس الذي يقام أسبوعياً في الهادية، وبـات كثيرون منهم فيها.

بدأ الحاج حسني خطبته بقول الرسول عليه السلام: عـن جـابر بـن عبـد الله وجابر بن عمير رضي الله عنهما أن النبي محمد صلى الله عليه وسلم قال: (كـل شيء ليس من ذِكر الله فهو لـهْوٌ ولعبٌ إلا أن يكـون أربعـة: ملاعبـة الرجـل امرأتـه، وتأديب الرجل فرسَه، ومشي الرجل بين الغرضين، وتعليم الرجل السباحة).

وقد قالت العرب: ثلاثة أنواع من الخدمة لا تعيب المرء: خدمته لبيته ، وخدمته لفرسه، وخدمته لضيفه.

وفي نهاية الصلاة كانوا أكثر اندفاعا لرؤيـة الحمامـة مـن قَبـل، إذ بـدت وكأنها واحدة من معجزات الله التي كرَّم الهاديةَ بها.

**

كان الحاج محمود أكثر المأخوذين بجمالها بعد ابنه. لكنـه احتفظ بتلـك المسافة التي لا بد منها لشيخ القرية كي يبدو أكثر هيبة أمام ما يُغري الناس.

لكن الأمر لم يكن كذلك في غياب كل تلك الجموع، فقد انسلّ مـن فِراشـه في الليلة الثانية لوجود الحمامة. انتبه خالد الذي ينام في الحوش، عرف خطـوات أبيـه، أشرعَ عينيه، لم يتحرك. كانت الحمامة أشبه ببدر لا يعرف الأفـول، اقتـرب الحـاج

23

محمود منها بصمت، راح ضوؤها يغمره أكثر فأكثر، كلّما دنا منها، اقتعد حجـرا تسمّرَ فوقه دون حراك، ولم ينهض من مكانه إلّا حين انطلق أذان الفجر. عاد لبيته وقد سرّهُ أن ولده يغط في النوم!!

همس لنفسه: دائما كنتُ أقول إن الخيل من معجزات الله، لكني حين رأيت هذه أصبحتُ أشدَّ إيماناً.

***

مع غروب شمس مساء الجمعة، تحوّل الفرحُ بوجودها إلى خوف، خوف فقدانها. رفضت أن تأكل أو تشرب أو تتحرك، ولم يعد يخفي اهتزاز قوائمها المُنذِر بانهيارها في أيّ لحظة؛ ولم يعد الخوف يطرق أبواب روح خالد وحده، خالد الـذي أحس أنه لن يحتمل فراقين مُعَـذِّبين بهـذا الحجـم، بـل تسـرّب إلى قلوب أسرتـه وقلوب أهل الهادية، بعد أن أحسَّ كثيرون منهم أن وصـول الفرس فـأل خـير عليهم.

ذلك المساء، فَقَدَ خالد الصبر، نظر إليها، وبدأ بهبوط التلة، دون أن تغادر عيناه قامتها، وصل، لم تتحرّك، بدت وكأنها مستسلِمة لشيء غريب خـارج حـدود هـذا العالم، اقترب أكثر، لم تتحرك، مَدَّ يده خائفاً نحو عُرْفها وظلّت ساكنة، لامسـه، انحدرتْ كفّه باتجاه وجهها، نظرت إليه، أصبحا وجها لوجه، وعندها راح الـدمع ينحدر من عينيها، فوجد نفسه يبكي معها بصمت.

هل كان يبكيها، أم يبكي شيئاً ضائعاً كالذي تبكيه؟

***

بعد زمن عاد صاعدا نحو البيت، وهناك كان بإمكانهم أن يشاهدوا بقايا الدمع في عينيه. التقطَ سطل ماء وعاد، غسل لها وجهَها بيديه، بلل فمهـا، أخرجـت لسانها، لحستُ أطرافَ شفتيها بوهن، رفع لها الماء، اختفى رأسها داخل السَّطل قليلا، عذّبته حشرجات أنفاسها؛ لم يتركها تشرب الكثير، فهو يعرف عواقب ذلك، أنزل السَّطل، وبراحتيه راح يحتضن فكيها، تاركـا إبهاميـه تصعدان نحـو مقدمة رأسها وتداعبان جبينها برفق.

ذلك كان كافيا بالنسبة له، هو الذي فقد الأمل تماماً.

استدار عائداً.

ربّتَ الحاج محمود على كتف ابنه مهنئاً، احتضنته أمه، ولو كانت عمّته الأبيسة حاضرة لكانت فخورة به. وحين عـادوا يراقبونهـا، لاحظـوا أن الفرس تتلفّتُ

24

نحوهم، كتموا أنفاسهم، وبعد دقائق رأوها تستدير بكامـل جـسدها، ثم تخطو ثلاث خطوات باتجاههم، وتعود لتتوقَّف.

لم تتحرك بعد ذلك، لكنهم كانوا سعداء بها تحقَّق.

تلك الليلة تركوا باب الحوش مشرعاً، نام خالد أمام عتبة الدار كما يفعل كـل ليلة، وفجأةً راح في نوم عميق؛ ثمة سكينة هبطتْ على قلبه غامرةً جسدهُ بالرِّضا. نام..

عند الفجر، أحس بأنفاس دافئة تلفحُ وجهه. فتح عينيه، وقربـه، رأى وجهها أبيض كما يره من قبل وقد أغلقتْ عينيها السوداوين ونامت مطمئنة لأول مرة.

**

تحوَّل المدى كله إلى عرس، وغمـر الفرح الجميـع، زغردت النساء، وغنّين، ورقص الرجال بسيوفهم، وبعضهم أخرج بندقيته ملوِّحا بها. في حين راح الأولاد، وكل يمسك طرف قمبازه بأسنانه، يجرون في السهل مُقلّدين خبَّ الحمامة وجريها. ولم تعد الأرض تتسع لتلك السعادة التي لم يكن خالد يعتقد أنها ستسكن قلبه في أي يوم من الأيام، حين تأكد أنه لا يحلم وأنه فوق ظهرها.

قال له الحاج محمود: كنت أعتقدُ أنك قد بـدأت تصدأ، وأنت تعـرف، ليس هناك أكثر حزنا من أن يصدأ الرجل وهو في ريعان شبابه. أيام قليلة معها غيَّرتْكَ أعادت لنا ما فقدناه فيك. هل أوصيك بشيء؟!

هزَّ خالد رأسه.

– لا تنـزل عن ظهرها حتى تحسَّ بأنها قد أصبحتْ فيك.

وعلى مـدى أسبوعين، راح يحسُّ بـأن الحمامة قـد استعـادت قوتهـا، دون أن يستطيع طرد ذلك الخوف الغامض الذي يراه مُغيراً عليه، قادماً، دائماً، مـن الجهة المعاكسة لاندفاعه معها.

**

تذكر خالد ذلك اليوم البعيد الذي بدأت فيه علاقته مع الجِمال والخيـول (كان عمره حينها ثماني سنوات، حين ركب جَملا، وكان سعيداً بتلك التجربة الأولى علـى ظهر ذلك المخلوق الضخم.. كانت إطلالته الأولى على العالم المحيط مـن ارتفاع لم يعتد عليه من قبل، وبعد جولة طويلة على ظهر الجمل أراد النـزول، ولكنه نسـي الكلمة التي يجب أن تُقال للجمل كي يتوقَّف ويركع: (إخـتْ). وبدلا منها راح يردد: (حِيثْ) فيواصل الجمل مسيره! حتى وصل به إلى قرية عَجُّور. وحين ازداد

25

إعياؤه ويأسه من المحاولات الفاشلة لإيقافه، لم يجد حلاً في النهاية سوى القفز مـن فوقه غير عابئ بالنتائج.)

***

ذات ليل ألقى بسرج الحمامة بعيداً، وقد أحسّ أن لا شيء يجب أن يَفْصِلَه عنها، هبط السفح، وصل إلى طرف السهل بعيدا عن بيوت القرية، نـزع ثيابه، طواهـا بعناية، وضعها تحت جذع زيتونة، وقفز فوق ظهر الحمامة.

ليلة بأكملها انطلقا معا، لم يتوقفا فيها لحظة، حتى أحسّ بـأن ثمـة أجنحـة قـد نبتت لها، وأنها يحلّقان في السماء؛ لاحت له الخيوط الأولى من الفجر، أنتبه، ولكنه لم يعد يحسّ بجسده، لم يعد قـادرا علـى معرفـة حـدود أعضائه، كانـا ملتصِقَين بعرقهما، كما لو أنها ولدا كذلك منذ الأزل، وأدرك أنه وصل إلى ذلك الحـد الـذي أحس معه أن جسده قد تسرّب واستقر عميقاً فيها، كمـا تسـرّب جسدها واستقرّ عميقا فيه. عاد إلى جذع الزيتونة، حيث ترك ثيابه، فأحسّ بأن عليه أن يبذل الكثير كي يستطيع الانفصال عنها.

هبط أخيراً. ارتدى ملابسه، كان هنالك شيء غريب يملؤه، شيء لا يوصَف. وحين راح يُخطو خطواته بجانبها، لاحظ مشيته، فأدرك أنه قد تحوّل إلى حصان.

26

عـودة الهبَّاب

اختفى الهبَّاب طويلاً، وحين عاد، كان قد تغيّر كلُّ شيء فيه.
استدعاه القائمقام، قال له: الآن سنُكمل معروفنا. تعرف أننا نختار دائما عـدداً
من التجار والوجهاء والمرابين الذين نثق بهـم، ليدخلوا في مـزاد عـام كـل سـنة،
والذي يفوز يدفع لنا الضرائب المترتبة على أهل منطقته مُقدّماً، ثم نمـدّه بـالقوة
اللازمة لتحصيل ما دفعه وما يجب أن يربحه بالطبع. هذا الموسم لـن أفعـل ذلـك،
سأتركك تُحصِّل ما تستطيع دفعه لنا هذا العام، والعام المقبل أيـضا، أنـا واثـق مـن
ذلك. كل ما تريده سيكون لديك، القوة التي تحتاجها وحمايتنا، أما ما نريـده منـك
فهو إذلالهم، أولئك الذين باتوا يتجرأون على رفع أصـواتهم مطـالبين بالانفصال
ومحرضين الناس على الدولة العَلِيَّة.
لا يستطيع الهبَّاب أن ينسى تلك اللحظة،
فمنها أشرقت شمسُ حياته
وبات اسمه على كلِّ لسان.

27

رجال بعباءات مقصّبة

حملت الريحُ التي انطلقت من سوق الخميس أخبار الحمامة، طافت بها البلادَ كلها، وذات صبيحة توقّفَ رجل في ديار أصحابها، وحدَّثهم عن أصيلة بيضاء وصلت قرية الهادية، وكيف خلّصوها من يد سارقها وأجاروها.

عند المساء وصل رجال بعباءات سود مقصّبة على ظهور خيولهم، أبصرهم رجال الهادية من بعيد. انتفض قلب خالد، أيقن أن ما كان يحسب حسابه قد جاء، اعتصر جبينه بأصابع يده اليسرى، التفتَ إلى والده وقال: راحت الحمامة.

- بل عادت لأصحابها. رد الحاج محمود، وقد ضيّق ما بين حاجبيه، بحيث لم يعد يعرف إن كان بهذا يحاول أن يراهم بصورة أفضل في البعيد، أم يرى شيئا غامضاً قادماً من المستقبل.

أشار إلى عدد من رجال القرية، فهموا، انطلقوا لتحضير ما يليق برجال، لا بدَّ أنهم بذلوا الكثير من أجل الوصول إلى أصيلتهم.

**

جنوح الشمس نحو المغيب، أعطى السَّهل كلّه لونا ذهبيا غريبا، فبدا القادمون كما لو أنهم يرتدون ملابس لم ير أحد من قبل ألواناً كألوانها، وتغيّرت ألوان الخيول، فكان بإمكان المرء أن يرى فرسا برتقالية، أو حصانا أخضر.

- يحدّثني قلبي، أن الحمامة لم تكن إلا رسول صداقة، ولذلك سيبقى لنا شيء منها مهما ابتعدت.

- ماذا لو كانوا أناسا غيرهم. قال خالد.

- أتريد أن تطمئنَّ، أم تتمنّى ألا تفقدها. إذا كنت تخشى أن تفقدها، فالمرء لا يستطيع أن يفقد شيئاً هو في الأصل لغيره، وإلّا سوف يعذّب نفسه مرتين، مرة بجهله ومرة بفقدان ما ليس له. وأضاف: خذُها وأخفِها وراء المضافة، ولنرَ ما سيحدث.

28

***

كانت قامات رجال الهادية كافية لأن يعرف الفرسان إلى أين يتوجّهون. وكلما كانوا يقتربون أكثر كانت ألوانهم تعود إليهم.

ثمانية رجال على ظهور ثمانية خيول لا تخفى أصالتها، ليس هنالك بينها فرس أو حصان ببياض الحمامة.

وصلوا، ترّجلوا عنها برشاقة فرسان بارعين، رحّب الحاج محمود بهم، ومضى أكثر من فتى من أهالي القرية بالخيل نحو شجرة التوت.

***

أفرغ حمدان ما في الدَّلال من قهوة، عند طرف حوش المضافة، وعاد؛ لحظات وتصاعد صوت مهباشه.

في كلِّ مرة كان حمدان يبتكر إيقاعا لدقَّات مهباشه، حتى ليكاد المرء أن يعرف من هو الضيف، وما هي مكانته، وإذا ما كان قادما في سبيل غاية تُفرح، أم حاملاً أخباراً لا تسُر.

في ذلك المساء أدرك الجميع أنه كان يودِّع شيئا عزيزا، وأنه يبوح بما في قلوب سكان الهادية. كان أول من أحس بذلك خالد، بدت دقات المهباش كما لو أنها وقْعُ خطى ذاهبة للمجهول، شيئاً تنظر إليه، تراه، ولكنه رغم ذلك يتلاشى، فلا العين التي تحدِّق به قادرة على أن توقف اختفاءه، ولا الأيدي التي تحيط به قادرة على منعه من التسرب من بين أصابعها.

تذكر خالد امرأته. مرّت صورتها بيضاء، خطفاً.

***

جلس الفرسان صامتين.

- ما بكم يا رجال، أرجو الله ألا يكون قد أصابكم مكروه أو حلَّ بكم ظلم أو أصابكم دم.

هزَّ أحدهم رأسه بحزن: أنا طارق بن الشيخ محمد السعادات، وهؤلاء أخوتي وأولاد عمي.

أهلا بكم في بيتكم.

- حيّاك الله يا ابن الكرام.

- ما تريدونه وصلكم، ما عليكم إلا أن تشيروا إلى مطلبكم. قال الحاج محمود.

29

- ما نريده عزيزة غالية، فقدناها منذ أكثر من أربعة أسابيع ومـن يومهـا نـدور الأرض باحثين عنها. ما فقدناها أصيلة مخطوفة، قيل لنا أنها مَرَّتْ من هنا!

أدرك الحاج محمود أن الذين يُعمِّرون مضافة البلد بحضورهم هذا المساء رجال كبار في قومهم وفي أخلاقهم. تأمّل قولَهم (مَرَّت من هنا) وكـان يمكـن أن يكـون (إنها هنا)، وبذلك ينقلب الأمر.

- وما أوصافها؟ سأل الحاج محمود.

- بيضاء، لم تر العين مثلها.

- إنها هنا.

لعب الفرح في أرواح الرجال، إلى ذلك الحد الذي بدوا فيه أقـل رزانـة ممـا هـم عليه فعلا، وأمسك بعضهم بطرف عباءته يودّ أن ينهض ليراها.

- اطمئنوا.

***

وصل حمدان بالقهوة، كان الحاج محمود يهمُّ بالوقوف، وقبل أن يفعـل، ربَّتَ طارق بن الشيخ محمد السعادات على فخذ الحاج وقال لـه: سامحنا يا حـاج، لا نستطيع أن نشرب قهوتنا قبل أن نراها. هل هي بعيدة من هنا ؟

- بإمكانها أن تسمعك.

عندها صاح طارق بقوة: يا فِضّة.

وقبل أن يكررها راحت الحمامة تصهلُ خلف المضافة استجابة لندائه.

***

نهض طارق من مكانه، وتوجّه نحو مصدر الصوت، دار حـول المـضافة حتـى وجدَ نفسه معها وجها لوجه، أطلقتْ صهيلا خافتـا قادمـا مـن أعماقهـا، وهزَّتْ غُرَّتها بفرح، اقترب منها. كان الجميع قد لحقوا به ليروا ما سيحدث. أخذ وجههـا بين راحتيه، أخفضتْ رأسها، هدأتْ تماماً، وأمام دهشة العيون المتطلِّعة إليه انحنى أمامها حتى استوى على ركبتيه، أمسك حافرها الأول، رفعه برفـق، وقـد منحتـه إياه، قَبَّلَهُ بهدوء وأعاده إلى الأرض بهدوء أكثر، ثم أمسك بحافرهـا الثـاني، وقبَّلـه بالطريقة نفسها وهي تراقبه بانفعال.

أمام ذلك الصمت الذي انتشر، أدرك خالد أن هناك من يحبّها أكثر منه، استعاد دقات مهباش حمدان، فرأى الحمامة تختفي في الاتجاه الذي جاءت منه كما لو أن هنالك غيمة وحيدة عجيبة تحاذي الأرض راحت تخفيها.

30

***

فجر اليوم التالي، استيقظ الحاج محمود، ألقى بأفضل سرج يملكه فوق ظهر الفرس، زيَّنها بشرائط ملونة وأجراس فضية، ووضع قلادة من خرز أزرق فوق جبينها.

- لقد وصلتنا عارية، ولا يجوز أن تعود إلى أهلها بأقل من هذا. قال لابنه.

وقالوا له عندما رأوها: لن ننسى ذلك يا حاج، فقد وصلتْ سبيَّة، وها أنت تعيدها لنا حرة مُعزَّزة.

وقبل أن يتحركوا، خلعَ الحاج محمود عباءته وألقاها على ظهرها.

كان ما فعله يتجاوز كل حدود الكرم، فأصاب ذلك أرواح الرجال برعشة لم تخفِها ملامحهم، فها هو يُحمِّلهم دَينا لا يستطيعون ردّه مهما فعلوا.

حاول طارق بن الشيخ محمد السعادات العثور على شيء يقوله، حدّق في وجه الحاج محمود، في وجه ولده؛ وبفراسة رجال يعرفون مكانةَ الخيل في نفوس الرجال، أدرك أن فرسهم قد أصابت قلب خالد، حين لمح طيف الدمع يتفلَّتُ من عينيه.

- من يجير الخيل تجيره، ومن يعرف قدْرها فهي فيه. نستودعكم الله، ولكننا بعونه لن نغيب طويلا.

***

لو كان باستطاعة خالد أن يركض خلفهم لفعل، ولكن ساقيه لم تكونا له ذلك الفجر، كانتا للغياب الذي هبَّ واختطف جسده كله، وتركه خيالا لا غير، ريشةً تعبث بها الريح أو قشَّة يلهو بها السّيل.

أما الشيء الذي لم يكن يعرفه، فهو أن الحمامة التي لم تمنحهُ، ولو نظرة واحدة، قبل أن تمضي معهم للبعيد، كانت تُشرع لأيامه القادمة كلَّ الأبواب.

31

على عتبة الدّير

منذ وصوله بدا جورجيو رجل دين محترماً[3]، وهـذا مـا أكسبه احـترام أهـل القرية، والحاج محمود، شيخها، بشكل خاص. في المساءات كـان يمكن أن يراهـا الناس منهمكين في أحاديث كثيرة على عتبة الـدير، أو في المضافة التي لم يكن الخوري يغيب عنها طويلا.

البدايات حملت كثيراً من المشاكل التي لم تكن في الحسبان، وأوشك الأمـر أن يتحول إلى كارثة حين هاجم عدد من رجال الهادية المبشر أنطونيوس، الذي لم يكن يجد فرصة متاحة إلا ويدسّ في جيوب الصغار كتيبات من قصص الكتاب المقدس تتضمّن أصول تعليم المسيحية بشكل مُبسَّط، قائلا لهم: مـن يحفظها مكافأته تنتظره. متجاوزاً بذلك، الاتفاق الذي تـمَّ مـع أهـل القريـة الـذين قبلـوا بإرسـال أبنائهم إلى الدير لتعلّم القراءة والكتابة بعيدا عن الدخول في مسائل الدين.

***

قيل إن الخوري لم يكن عـلى عـلم بـالأمر، وإن ذلـك كلـه تـمَّ بتحـريض مـن الراهبتين سارة وميري اللتين تحملان رأياً واحداً في هذه المسألة.

الحاج محمود والخوري جورجيو انتبذا مكاناً قصياً في طرف البلد، مكانـا عاليـا يطلّ على سهلها الكبير. ولأن الخوري يدرك سبب المشكلة حاول أن يبدأ الحديث، إلا أن الحاج محمود قال له: سأريحك من شرح أيِّ شيء، لأنني سأقول كلامـا قـد يساعدنا في أن نضع حدّاً لأي سوء تفاهم يمكن أن يحدث.

---

3 - (كان أول بطريق يوناني، تم تعيينه من قبل الباب العالي ، في كنيسة القدس هو البطريك جرمانس "1534 - 1579" وأصبح تعيين البطاركة في القدس منوطا بسلاطين القسطنطينية الذين حلوا محل الأباطرة اليونانيين. وعمد البطريق جرمانس إلى تقوية جمعية القبر المقدس للمحافظة على المصالح اليونانية في بطركية القدس، ولا سيما في الأماكن المقدسة، وانتهج سياسة قصد بها إقصاء العناصر العربية عن إدارة البطركية وعن المناصب الكنسية العليا.. وقـد بـدأت العناصر العربية في الكنيسة الأرثوذكسية تطالب بحقوقها منذ القرن التاسع عشر.)

عند ذلك أنصت الخوري باهتمام، فهو يعرف أن رجلاً كالـذي أمامـه لا يجـوز بأي حال تجاوز رأيه وحكمته أيضاً.

– ما تدعوني إليه أنا مؤمن به أصلاً. قال الحاج، ولعل عدد الأنبياء الذين أؤمن بهم أكثر بكثير من أولئك الذين تؤمن بهم كمسيحي، وكما تلاحظ، نحن نُقسِّمُ بحياة ستنا مريم، وسيدنا عيسى وموسى، كما نُقسم بحياة محمـد. ولـذلك أؤكـد لك، مع أنك تعرف ذلك جيداً، أن ليس لنا خصومة مع أي نبي، ولا مع أي إنسان ما دمنا نلتقي في النهاية معاً على الإيمان بإله واحد. وصمت الحاج محمود، عَبَرَ ببصره البرَّ حتى آخر المدى، ولم يكن قد عاد من ذلك البعيد حين قال: ثـم لا تـنسَ أن عيسى ابننا، ودائماً كان يقول لي أبي: لو أنني بكَّرتُ قليلاً في المجيء إلى هذا العالم لرأيته وعشتُ زمانه... جئتم هنا أبانا، ومعكم بنَّينا الدير في المكان الذي اخترتموه، لم نعترض، ومن يومها ونحن نعتبركم مثل أهل البلد، لا فرق بيننا. ولم ننس أنكـم وقفتم معنا ومددتم لنا يدكم في سنوات القحط؛ وثقنا بكم، ورحنا ندفع لكم عُشر محصولنا، وأكثر، مـسلمين ومسيحيين، وهـا نـحـن نـدفـع لكـم وأنتم تـذهبون وتسدّدون الضرائب عنا، وطوال العام لا نُقصِّر في شيء، وكل خير يرزقنا الله بـه يكون لكم نصيب فيه، وما تقدمه العائلات المسيحية تقدِّمه لكم كـل عائلة، لأننا أبناء بلد واحد، ونحن لا نتـذكر أننا مسلمون ومسيحيون إلا حـين تـذكروننا وتذكرونهم بهذا.

***

ذات يوم قال خالد لأبيه: ولكن الشيء الذي لا أفهمه، لماذا ندفع للدير ليقوم بتسديد الضرائب عنا.

– لأنه يعرف أكثر منا، ويستطيع أن يتصرَّف هناك بصورة أفضل. فلو ذهبنا نحن، لتضاعفَ ما علينا ربما، وها أنت ترى، نحن نحاول الإفلات من بين أنياب الأتراك بأي طريقة، حتى أن كثيرين منا لم يسجلوا الأرض بأسمائهم، لكن كل واحد فينا يعرف ما هي حدود أراضيه تماماً، وليس هذا منذ اليوم، بل من أيام قديمة قديمة.

وصمت الحاج محمود ثم قال: كان أبي الحاج عمر – رحمه الله – يروي عن أبيه، أنه ذات يوم أشار عليه أصدقاؤه في (الرملة) أن يُسجِّل الأرض باسمه، لأن (الكوشان) حجة الحجج في هذا، ولكنه كان يعرف أن وجود الكوشان كان يعني شيئاً واحداً، هو أن تدفع ضرائب أكثر.

33

فرد: أعوذ بالله، وهل أنا مجنون، ثم إن هذه الأرض أرضي منذ جد جد جد جدي، والكل يعرف هذا.

فقالوا له: افرض، لا سمح الله، أن أحداً جاء وقال هذه الأرض هي أرضي، وإذا كنتَ تقول غير ذلك، فهات الكوشان!!

‏- من يستطيع أن يُطلقني من امرأتي؟ صاح غاضباً؛ ثم استلَّ سيفه ولوَّح به أمام وجوههم وهو في غاية الانفعال: سأقول لهم هذا هو الكوشان!!

المُحَرَّمات

في بيت الحاج محمود، وقبله بيت أبيه الحاج عمر، كان الشيء الوحيد الـذي لا
يُسمح بأن يقع: إهانة امرأة أو إهانة فرس.

تتذكر منيرة تلك الأيام البعيدة حينها وصلتْ لهذا البيت، صغيرة كانت، في
الرابعة عشرة من عمرها، ولفرط محبته للشيخ عمر، احتار أبوها، أي بنت من بناته
يمكن أن تصلح لمحمود، كانت منيرة هي الأصغر، لكنها كانت الأجمل، ولذا قرر
في النهاية أن تكون هي العروس.

قالت زوجته: صحيح أن البنت ليست صغيرة، ولكنها الأصغر، فـما الـذي
نقوله لأخواتها؟

– لقد فكَّرتُ كثيراً، وقلت لنفسي، إذا ما تصبَّحوا وتمسَّوا بوجه مُنير كوجهها،
فإنهم سيذكروننا بالخير دائما، أما إذا كان الأمر غير هذا، فسيقولون كلاماً مختلفاً.
وما دام الإنسان قد قرر أن يُعطي، فليُعط أفضل ما لديه.

وذكَّرها أن الحاج عُمَر عاش أربعين عاما مع امرأته، ولم يقبل بـالزواج عليهـا،
رغم أنها لم يرزقا بأي ولد، وظل لها وفيا حتى ماتت، وبعد ذلك وافق على الـزواج
فرزقه الله محمود والأنيسة.

***

لم يكن الناس كلهم يفكّرون على هذا النحو، ولطالما حدثت مشكلات لا أول
لها ولا آخر، حين فوجئ أهل العريس بعروس غير تلك التـي رأوهـا، أو عقـدوا
زواج بدل، وفاجأهم الطرف الثاني بواحدة لم يتصوّروا يومـا أنهـا ستكون زوجـة
لابنهم. لكن الشيء الذي لا يمكن أن يُنكره أحد، أن منيرة كانت خفيفة ظل وهذا
ما كان يزيدها جمالاً.

***

35

في بدايات العشرينات من عمره، كان محمود، عندما تزوّجا، أما إذا سألتها عن نفسها فإنها ستقول: كنتُ جاهلة، ولم أكن أعرف شيئاً من عمل البيت أو سواه. حتى شَعري، لم أكن أستطيع أن أمشّطه، فكان يقول لي: تعالي. ويجلسني أمامه ويمشّطه لي. لقد طوّل روحه كثيراً عليّ. كانت تقول دائماً لأولادها.

لكنها لم تزل تتذكّر بفخر كيف أن الشيخ الذي عقدَ قرانها جاء مـن القدس الشريف نفسها، وكيف اجتمع الرجال في بيت أبيها لعقد القران، وكيف راحت تتقافز فرحة خلف الجدران وهي تسمع اسمَها يتردد على لسان الشيخ ولسان أبيها ولسان عريسها.

(... لقد أجرينا عقد الفتاة الخليّة من العيوب الشرعية، منيرة ابنة عبد الرحمن على الرجل الرشيد السيد محمود عمر القاطن قرية الهادية على مهـر قـدره مائة وثمانون قرشا، واصل الزوجة نقدا، ومؤخر الصّداق ثمانون قرشاً باقياً في ذمة الزوج وقد صار العقد مستوعبا الأركان المعتبرة شرعاً.)

***

ذات مرة قررتُ منيرة أن تصبح ربةَ بيت مهما حدث، ولأنها لم تجـد في البيت شيئا غير (البامية) يمكن أن يُطبخ في ذلك اليوم، فقد أعدّتُ له طبخة بامية.
كان ذلك في واحد من أيام شهر رمضان.

قاطعها الحاج محمود: لا أعرف لماذا تُصرّين على أن تقولي كل هذا الأمـر بحقّ نفسك، في الوقت الـذي عليـك أن تـسكتي، لأن أحداً لم يتحـدّث في هـذا، ولن يتحدّث.

فترد: حتى يتعلّموا كيف يحترموا بنات الناس حينها يتزوّجون. وحتى يعرفوا أنهم مهما صبروا على أخطاء زوجة من زوجاتهم، فإنهم لن يفعلوا جزءاً مما فعلتَه أنتَ.

***

- حين بدأ بتناول طعام الإفطار، رحتُ أنظر في وجهه، لأعرفَ ماذا سيقول. لم يقل شيئاً. ورحت آكلُ معه، ومن اللقمة الأولى فهمتُ أن عليّ ألّا أعيـدها، ولكـن الذي حيرني أنه لم يقل شيئاً، ولذلك سألته حين انتهى: كيف الطبخة؟ فقال: الحمد لله أفضل من هذا مستحيل. حلو ها الأكل!! فقلتُ له: أحطلّك كمان؟!!
فقال: لا، يكفيني صحن واحد حتى أظل أتذكر هذه الطبخة وأحنّ إليها!
ولكنني كنت أعرف أنها أكثر ملوحة من مياه البحر الميت التي يتحدّثون عنها.

36

كان يصمت، ولا يقبل أن يتناول الطعام في بيت أخته، أو حتى عند أمه حتى لا يشعروا بشيء. وذات مرة زارتني أمي، فطبخت لها. قلتُ: حتى تعرف أن ابنتها ست بيت! وما إن وضعت اللقمة الأولى في فمها حتى راحت تسألني: تطبخين لزوجك مثل هذا الطعام كلَّ يوم؟!!

فأجبتها بفخر: طبعاً.

- وهل طبيخك دائماً مثل هذه الطبخة؟!

- طبعاً.

- وهل يأكله زوجك كلَّ مرة؟!

- طبعاً.

- ولا يقول شيئاً؟ أيَّ شيء؟!

- طبعاً.

عندها انقضت عليها صائحةً: يا ويلي، زوجناها لتبيّض وجهنا، فإذا بها مصيبة. الله يعين زوجك عليكِ، الله يعينه. والله لو طلب مني أن أزوّجه غيرك لزوّجته، وطرقتِ البابَ وخرجتُ.

ثم تصمت منيرة وهي تتطلّع إلى زوجها: ولكن، الصحيح أنني حاولت. ألم أحاول يا حاج؟!

- يشهد الله أنكِ حاولت أكثر مما يجب!! وراح يضحك.

نظرت إليه منيرة معاتبة، لكن ضحكه لم يتوقف: هيك بدك تشَمَّتهم فيّ.

وبعد أن تلاشى صدى ضحكاته التي رجّت البيت، وراح يمسح دموعه قال: الصحيح، كنت أسأل كل امرأة ألقاها لأتعلّم. هل تستطيع أن تقول غير هذا الكلام. قل لهم. قل لأولادك هؤلاء.

وعاد يضحك.

*　*　*

ولكن، هنالك دائماً ما يقال.

فحين ولدت ابنتها الأولى، العزيزة، وجدتْ نفسها محتارة، لا تعرف ما الذي يمكن أن تفعله، كانت ترى براز الصغيرة فتصيح: (يَعّ). وترفض أن تنظّفه، فيأتي محمود، ينظّف العزيزة، ويحمّمها.

- الصحيح، العزيزة بنت أبوها أكثر ما هيّ بنتي. أنا أعترف!!

37

لكن الأمر لم يكن ينتهي عند هذا، فعندما تصحو الصغيرة في الليل وتنطلق في البكاء، لم تكن منيرة تتحرّك، يوقظها زوجها بصعوبة، ولكنها ترفض. تقول له: إنتَ دير بالك عليها، أنا ما بعرف.

فيصرخ: يا امرأة البنت تريد أن ترضع.

– وشو أعمل إلها.

– رضعيها.

– أنا نعسانة!!

– طيب! سآخذك إلى القدس يوم الجمعة.

– لا أريد.

– سأشتري لك ما تريدين من يافا.

– لا أريد.

– سأعطيك (بشلك).

– الصحيح، كنت أحب المصاري، وأفرح عندما أراها، لأن البيع والشراء في القرية كان معظمه بتبادل الأشياء، تعطيني زيت أعطيك جبنة، تعطيني سُكَّر أعطيك بيض.

وتعود للنوم، في حين تواصل صغيرتها البكاء، فيعود ويلكزها، منيرة، سأعطيك (بشلكين).

– موافقة!!

وعند ذلك تنهض، تتناول ابنتها من بين ذراعيه، وترضعها. وهكذا استمر الأمر حتى مجيء خالد.

– يبكي الولد، فتسألني أمي التي جاءت لزيارتي: لماذا يبكي؟ فأقول لها: والله ما اني عارفة!! فتتناوله وهي تقول لي: يلعن أبو اللي كتب كتابك!!

***

ذات مرة أدركت أن ابنها مريض، لم يكن سواها في البيت، حَمَلَتْه. أحسستُ أنه أطول منها، كانت رجلاه توشكان أن تلامسا الأرض. دارت في البيت لا تعرف ما الذي عليها أن تفعله؛ في ذلك اليوم أحسستُ بأنها أم للمرة الأولى، وبدأت تبكي عليه.

تصمت منيرة، تحدّق في وجوه أبنائها وزوجها، ثم تقول: الصحيح! بشَّعِتْ، ولكني كنت صغيرة. وإلّا لأ يا حاج؟!!

38

مهرة من الصين

طوال ثلاث سنوات، تتبّع خالد أخبار الحمامة، عافتْ روحه الخيل، كما عافت النساء منذ رحيل امرأته، حتى بات الحاج محمود على يقين من أنه فَقَد ولده.

.. ولم يسمعوا من أخبار أهل الحمامة شيئاً، حتى خُيّل إليهم أن الحمامة لم تكن هنا ولا أصحابها، ولولا ذلك الضياع الذي استلّ فتاهم من بين أيـديهم، لأكـدوا، أن ما مرّ حلم، عاشوه كلّهم، وعاشته قرى حسدتْهم، كما يستعيدون اليـوم شتاء بعيدا لم يتكرر أو عرساً لم يروا مثله أو فقدانا.

لم يعد خالد يتكلّم سوى أقل الكلام، وغالبا ما يكون ذلك مع أمه، كان يـدرك أن صمته أمامها يعني لها أمراً واحداً: موتها. موتها في الحياة.

ذبُل، بدتْ قامتُه أقصر، اختفى ذلك البريق العشبي مـن عينيـه، وبـدا صـدره أضيق بكثير وكتفاه، وانكمش وجهه المستدير وانطفأ كسحابة صيف، إلى ذلك الحدّ الذي دفع منيرة لأن تخرج الصحون ثانية، وتحملها إلى أي مكـان تتوقّـع أن يجلس فيه. حالمة بذلك اليوم الذي تسمع فيه تناثر حطام أغلى ممتلكاتها.

رجلا ملتفا على نفسه كان، رجلا مجدولا يحاول منعَ أي صوت لـلألم الـذي يعتصره من الوصول للخارج.

***

لم يكن يكذب على نفسه، فكل شيء واضح كالشمس، كامتداد السـهل الـذي اخضرّ واصفرّ ثلاث دورات، وأحرقته الشمس وأغرقه المطر ثلاث دورات، وامتلأ بالزّارعين والحاصدين ثلاث دورات وامتلأ بغنائهم وصدى ضـحكاتهم حـول البيادر، امتلأ بالقطعان وضجيج السّوق مئة مرة.

فتّشَ الحاج محمود عن مهرة تشبه الحمامة، لم يجد، أوصى كل رجل غادر الهاديـة أن يعود إذا ما رأى في أي مكان فرساً مثلها.

كان على استعداد لأن يفعل كل شيء كي يُعيد الخضرة إلى قلب ولده.

39

لكن ذلك كان مستحيلا.

لا حمامة مثل الحمامة، كما لا هادية مثل الهادية، أو أُمًّا مثل الأم أو أبا مثل الأب.

***

ذات ليلة ألقى الحاج محمود رأسه لينام، حاولت امرأته أن تحدّثه، قاطعها يائسا: لا تقولي شيئاً. لو كان باستطاعتي أن أحضر له مُهُرَةً مثلها من أرض الصين لذهبت. إنه يطلب مستحيلا، إنه يريدها هي، لا غيرها. أما الذين ذهبوا بها فكأنهم ظلّوا يسيرون ويسيرون منذ ثلاث سنوات دون أن يفكروا، ولو مرّة، بأن ينظروا وراءهم.

***

ذات فجر، أشرع خالد عينيه. عاد فأغلقها. لقد أبصر الحمامة أمامه، تماماً كما بدت له في ذلك الليل البعيد، قمراً مضيئاً، أيقن أنه في الطريق لكي يَفقد عقله، استدار إلى الجهة الأخرى، متوسِّداً ذراعه الأيمن.

نداءٌ غامض جعله يستدير ثانية، إلّا أنه لم يجرؤ على فتح عينيه، وحين أدرك أنه لن يخسر أكثر مما خسره لو أنه فتحهما، راح يُشرعها ببطء شديد. كانت الحمامة هنالك لم تزل. أغمضهها. وقبل أن يستدير كان يسمع حمحمة أليفة، ومعها، أدركَ أنه لا يحلم، أنه لا يتوهَّم، لكنّه لم يجرؤ على أن يقفز فرحاً، لأن قفزة بحجم أشواقه لن تعيده للأرض ثانية. تشبّث بغطائه، بالفراش، بتراب الحوش، تشبّث بجسده خائفا من أن تُبعثره المفاجأة. وبهدوء نهض.

حين أيقن أنه قد باتَ واقفاً على قدميه، أدرك أنه لا يحلم وأن ما يراه حقيقة.

اقترب من الفَرس، لم تتراجع، كان رسنُها مزيَّنا وأطراف سرْجها، وعلى ظهرها عباءة بيضاء تلتمع في العتمة خيطانُ قصَبِها.

ولم يكن هناك أحد.

***

كان الأمر يبدو كما لو أن الفَرس كانت تعدو في الفضاء فلم يفق أحدٌ على وقعِ أقدامها.

خائفاً يملؤه الشك بعينيه وبعقله، خطا نحوها، مُشرعا كفيه، احتضن فكَّيها، ثم راح إبهاماه يصعدان نحو جبينها.

لم تتحرك.

إنها الحمامة إذن. إنها تعود.

40

ملأه الخوف ثانية: أن تعود وحدها، فإن ذلك يعني أن هنالك من سيأتي باحثاً عنها؛ ثم كيف تعود فرس بعد ثلاث سنوات! لو كانت تريد العودة لعادت بعد يومين، أسبوع، شهر، أما بعد ثلاث سنوات فهذا أمر مستحيل.

طمأنه وجود العباءة، الزِّينة. لا تخرجُ أصيلةٌ من بيت أهلها على هذا النحو إن لم يكونوا قد باركوا طريقها الجديد وحياتها القادمة خارج عتباتهم.

فكَّر أن يدخل، أن يوقظَ أباه، أمه، أن يصيح فيوقظ القرية، لكنه خاف إذا ما فعل ذلك أن يعود فلا يجدها، أو يخيفها بهذا فتختفي فجأة كما ظهرت.

واقفا في مكانه ظلَّ، ويداه تحتضنان وجهها إلى أن سمعَ أذان الفجر ينطلق، وصوت الشيخ حسني يملأ المدى.

***

لم تكن دهشة الحاج محمود أقلّ من دهشة خالد، حين وقف على بوابة البيت، وفي غبش العتمة، رأى عيني ولده تلتمعان إليها تعود، رأى الحياة إليهما تعود، رأى خضرتها اقترب منه. حدّق فيها، استدار حولها، قال له: فرس كهذه تستحق أن يتنظرها الإنسان كل هذا الوقت. وبعد صمت قال له: سنُصلي هنا، معاً، قُربَها، قُربَ معجزة الله هذه.

توضأ أولا، ثم توضأ ولده، خرجتْ منيرة، فوجئت بما فوجئا به. أَمَّ الحاج محمود فيهما، وفي نهاية صلاته راح يدعو الله آمِلاً برحمته وبرعايته لولده ولهذه الفرس: اللهم احمهما، أنت خالقهما وملاذهما في الدنيا والآخرة.

عندما أنهى الصلاة نظر إلى ولده: لن أوصيكَ بها، فأنتَ تعرف ما يتوجَّب عليك. لقد جاءت إليكَ حُرَّة هذه المرَّة وعبرت عتباتنا حرَّة، فلتعش حُرَّة دائماً كما جاءت. ثم عاد لصمته من جديد، وبعد وقت طويل من تأمُّله الحمامة قال: وتذكَّر أن مَنْ تعرفُه الخيلُ لن يجهله الناس.

***

ظلَّ وصول الحمامة لغزا مُحيِّرا، لكن ذلك لم يمنع أهل الهادية من استعادة فرحهم القديم، وكان بإمكان أهل القرى القريبة مثل زكريا وعَجُّور وعِراق سويدان والبريج والمسمية وقطرة والمغار وسواها أن يلتقطوا ما يحمله الليل لهم من غناء راح يغمر صدر الحاج محمود ويفيض وهو ينشد:

شمسٌ في الدار
طلّتها هنيَّة

41

صُبْحْ أو ظُهُرْ أو بعد العشيّة

شمسْ في القلبْ

في صدري وصدركْ

وتحفنْ نورها إيدَكْ وإيديَّ

شمسْ تمشي وتُركضْ في البراري

تلوِّعْ عاشق وتفتِن صَبِيَّةْ

شمسْ ما مَسّها ليل أَجَنّنا

وسكنتْ دارنا وصرنا أَهلْها

وصارتْ أهلنا يا أَهل البَرِّيَّةْ

***

بعد يومين قالت له أمه: أوليسَ لي في الحمامة حُصّة؟!

- حصّتك كبيرة، فأنتِ تعرفين أن روحي فيها.

قالت له: اتركنا وحدنا إذن، لي معها كلام!!

خرج، كان بودّه أن يسمع ما سَتُسِرُّ به أمه للحمامـة، لكنّـه أدركَ أنـه لا يجـوز لـه التطفّل على أمر يتعلّقُ بأصيلتين.

اقتربتْ منيرة من الحمامة، ربّتتْ علي عنقها، كانت قد سَلَقَتْ كميةً مـن القمـح ورشَّتْ عليها سُكَّراً. وبيديها راحتْ تُطعمها، وحينما انتهتْ من ذلك، همستْ لهـا: ديري بالك عندك على ولدي. هو أمانة عندك، وأنتو الاثنين أمانة عند الله. وتعيد: ديري بالك على ولدي. هو أمانة عندك، وأنتو الاثنين أمانة عند الله.

مفاوضات طويلة!

يتذكّر الخوري جورجيو ذلك اليوم الشتائي البارد الذي وافق فيه أهل القرية له على أن يقوم بتدريس أبناءهم في الدير، كانت المفاوضات طويلة، ولم يكن السبب أنهم سيذهبون للتعلّم في الدير، بل لأن أهل الأطفال كانوا بحاجة إليهم في الحقول، وهذا ما كان يراعيه الشيخ حسني حين يقوم بتدريسهم.

دخول الشتاء مبكّرًا ذلك العام حسمَ الأمر، ورأى الخوري في هذا علامةً مهمة على أن السماء تدخّلتْ لصالحه في اللحظة المناسبة.

حين جَمع الأولاد والبنات في القاعة الخلفيـة للكنيسـة، كـانوا يرتجفون، النـار مشتعلة خلفه في الزاوية المخصصة لها، وقد كان ذلك كفيلا بإثـارتهم. صـحيح أن بعضهم سبق له وأن رأى الدّخان يتصاعد من جوف ذلك العمود الحجري العالي، كما يتصاعد الدخان أمام العتبات إذ يوقدون نار الكوانين قبل أن يدخلوها، أو مـن طوابينهم ومواقد النار التي يشعلونها لتسخين المياه، أو مـن أي فتحـة يمـرُّ عبرهـا دخان (وجاق) لا تخلو منه كثير من بيوتهم ، إلّا أن مجرّد مشاهدتهم لتلك النار عـن قرب بثَّ فيهم نداء مجاورتها.

***

قَبِلَ الخوري جورجيو بالشرط الذي وضعه الحاج محمود: يتعلم الأولاد القراءة والكتابة، وإذا أراد أولاد العائلات المسيحية أن يحضروا دروس الدّين فلهم ذلـك. أول شيء طلبه أنطونيوس بعد دخول الأولاد، وقبل وصول الأب جورجيو، هـو الصمت، فالدير له حرمته كالمسجد تماماً، وحين صمتوا فجأة، وقد أحسّوا أن هذا البيت هو بيت الله مثل المسجد الذي يدْعُوْنَه كذلك، اختفى قليلا في إحدى الزوايا المعتمة وحين أطل من جديد كما لو أنه يخرج من الجدار، شهقوا؛ ظـلَّ يـسير إلى أن امتدتْ يده بعلبة داكنة نحوهم، لم يميّزوا لونَها تماما، لم تكـن خـضراء زيتونيـة ولا

43

ترابية، لكنّهم أبصروا تلك المساحات المتعرِّجة فوقها والتي لم يكن يلزمهم الكثير من الذكاء كي يعرفوا أنها كتابة.

أمام دهشة الصِّبْيَة، رفع أنطونيوس إنجيله وقال: من يفهم هذا جيدا، يكون له هذا دائماً! وامتدَّتْ يده إلى العلبة، فتحها، وأخرج مكعبات مستطيلة بدأ بتوزيعها على الأولاد الذين راحت أيديهم وأصواتهم تنشر الفوضى. لقد نسوا تماما أنهم في واحد من بيوت الله. كما نسي أنطونيوس أنه طلب منهم الصمت قبل قليل.

كانت ألواح الشوكلاتة من ماركة (نستله)، لا تشبه في شيء طعمَ (الحلقوم) و (الملبَّس بقضامة) أو (الحامض حلو) أو (النعناع) الذي يشترونه من دكان أبو ربحي القريب أو يحضره لهم أهلهم من القدس أو من مدن الساحل. بعضهم أكلَ ما في يده وأمضى بقية الوقت يلحس شفتيه ويمصمص رؤوس أصابعه التي أمسكتْ قطعة الشوكلاتة! وحين أدركوا أن أصابعهم لم تعد تحمل أيَّ أثر لطعمها انتقلوا للأصابع الأخرى التي قد تكون التقطتْ بعضَ الرائحة الشهية! وعندما رفع أنطونيوس الكتاب من جديد ليشير إلى النعيم الذي ينتظر البشر إذا ما اتَّبعوا تعاليم الله، كانت عيون الأطفال تتابع الصندوق في يده وهم يتساءلون: إن ثمة شيء قد تبقَّى فيه.

❊❊❊

عاد أنطونيوس للعتمة من جديد، إلى تلك النقطة الداكنة التي خرج منها، وعندما عاد، لم تكن تلك العلبة السحرية في يده، التفت إلى الأولاد وقد أدرك حجم تلهّفهم وانبهارهم بما تذاوقوه. دخل الخوري جورجيو أخيراً، قال: المسيحيون في جهة، والمسلمون يجلسون في جهة أخرى. نظر الأولاد بعضهم إلى، كما لو أنهم لم يفهموا السؤال، وحين نهضَ أحدُهم وتوجه هناك إلى جانب النار وتبعه آخر، سأله خالد الحاج محمود: أولئك الذين بجانب النار مسيحيون أم مسلمون، فقال أنطونيوس: مسيحيون. أليس كذلك؟!

هز الأولاد الذين أصبحوا بجانب النار رؤوسهم موافقين. فقال خالد: وأنا مسيحي أيضاً. وما هي إلا لحظات حتى كان الأولاد كلهم هناك إلى جانب النار.

44

دم وخنجر

ليس ثمة سرٌّ كبير كهذا يمكن أن يخفى، طار خبر تعيينه ليعبر حقول وبيارات وكروم المنطقة كلّها، طارقاً الأبواب بعنف.

متوسط القامة كان، لكن سطوته كانت توحي لأهل تلك التلال، وحيثما رأوه، جالسا أو راجلا، أنه لم يزل فوق حصانه.

دائما كان غامضاً، وحاداً كنصل خنجره الذي لا يفارق حزامه.

في السّاحة الكبرى التي انتصبتْ فيها الخيام جَمَعَ رجال قرى المنطقة وطلبَ منهم أن يدفعوا ما عليهم من أموال له.

– أية أموال هذه التي ندفعها لك؟ قال أحد الرجال.

نهض الهبّاب عن كرسيّه الأسود المحاط بزنار ذهبي، كرسيّه الذي أحضره من يافا خصيصاً لهذه المناسبة، وبهدوء سار نحو ذلك الرجل. توقّفَ أمامه، وفي لحظة خاطفة لم يُدرك فيها أحد ما يدور، كان خنجره يغوص صاعداً نحو المنطقة العليا من بطن الرجل باتجاه قلبه ويستقرَّ هناك. وحين تأكد له أن الجميع يرون ما يحدث جيداً، أدار النّصل في صدر الرجل دورتين قبل أن يستعيده.

لم يكن ثمة دم كثير يغطي النصل حين قال (الخوف هو الـذي قتلـه)، فـذهب قوله مثلا، وقبل أن يسقط الرجل الـذي بـدا وكأنـه غـير جاهز للمـوت في تلـك اللحظة، مرَّر الهبّاب طرفي خنجره على كتف الـضحيّة فـالتمع الـدم واضـحاً علـى طرف الكوفية البيضاء المسدلة.

دفعَ القامة المتعبة، سقطتْ.

كان ذلك كافيا لكي يجعل القرى المنتشرة في ذلك المدى تنصاع.

غسق الإمبراطورية

لم يَخلُ الأمر من مشكلات كثيرة حدثتْ بعد ذلك، لكنَّ الشيء المؤكد أن الخوري جورجيو قد أيقن أخيراً أن ما يمكن أن يحققه من وجوده هنا هو ذلك (العُشر) الذي يتصرَّف به على هواه، وسلال الفاكهة والخضار وجرار الحليب والألبان التي لا تنقطع عن الدّير في أيٍّ من مواسمها، ولذا، حين كان يدعو الله يرجوه مطراً وخيراً يعمُّ البلادَ كان صادقاً تماماً، فقد كان يعرف أن وجود الدّير في القرية الأكثر خصبا، نعمة من الله لا يمكن أن يتصوّرها سوى ذلك الذي تمتّع بها.

✳✳✳

يوماً بعد يوم، كانت سلطة الهبّاب تتضاعف، إلا أن الحاج محمود رفض أن يكون ضمن القرى الخاضعة لنفوذه، ولم يكن ذلك بسبب الدّير وحده، بل، أيضاً، بسبب ذلك الاحترام الذي يتمتع به الحاج محمود ومن قبله والده الحاج عُمَر، إلاّ أن كل شيء بـدأ يتأرجح حين راحت الإمبراطورية العثمانية تتأرجح وبدأت مستعدة لأن تفعل أيَّ شيء مقابل الحصول على المال والرجال كمجندين، فأطبق مأمورو الضرائب على القرى من جميع الاتجاهات. وبـات على النـاس أن يـدفعوا الضرائب لا عن محصولهم وحده، بل عـن رؤوس خيلهم وأغنامهم وبهائمهم، ووصل الأمر إلى أن يدفعوا الضرائب عن كل رأس آدمي، ولن يتأخر الوقت الذي سيبدأون فيه دفع ضريبة (الشانية) عن كل من يضع على رأسه غطاء مـن القمـاش كالكوفية والعمامة والطربوش!!

46

يـوم حمدان

لم يَخْفَ على أحد أن الحمامة التي جاءت غير تلك التي ذهبت، أما الذين يعرفون الخيل فقد كانوا على يقين من أن المهرة قـد أنهـتْ عامهـا الثـاني. وأنهـا لا بـدّ ابنـة (فضّة).

لكن الذي لم يكن يتوقّعه أحد، هو أن وصول الحمامة كان بمثابة السـطر الأول في حياة خالد الجديدة، فما سيخطّه صهيلُها من بهجة على سفوح الهاديـة وسهولها، سيتعدى ذلك إلى ما هو أبعد بكثير.

بعد ثلاثة أيام وصلوا.

ثلاثة رجال، على رأسهم طارق بن محمد السعادات، هبّ أهلُ القريـة كلهـم لاستقبالهم، وحين راح الحاج محمود يحتضنهم، كان يُطيل ذلك، حتى ظنّ أهـل البلد أنه لن يتركهم، وبخاصة طارق، ذلك الشاب النحيـل الطويـل ذو العينيـن البرّاقتين والوجه النضر ككأس ماء.

***

دلقَ حمدان ما في الدّلال من قهوة، كعادته، رغم أن أحداً لم يـذقْها بعـد، وراح يطحن قهوة جديدة.

الذين سمعوا دقات مهباشه ذلك اليوم، أكدوا أنهم لم يسمعوا مثلها مـن قبـل، كان فرِحاً إلى ذلك الحدّ الذي راح يدور فيه حول المهباش، كما لو أنه في حلقـة مـن حلقات الذِّكر، وبين فينة وأخرى كانوا يرونه يقفز في الهواء صانعاً من وقع جسده المُحَلِّق لحظة صمت لا بدّ منها لاكتمال الإيقاع، ثم يختم تحليقه بوقع ملامسة قدميه للأرض. كانت واحدة من المرات النادرة، حتى أن أنظار الجميع راحت تتّجه إليه دون أن ينتبه.

فاحتْ رائحةُ القهوة تملأ المكان، طافتْ في حوش المضافة، حلّقتْ داخلها، ثـم مضتْ أثيريّة نحو السهل، عابرةً حقول القمح والذرة والسمسم وكروم الزيتون.

47

تجمَّع الأولاد على أطراف المضافة مُصفَّقين، في حين كان الصغير (راشد) أكثـر الأطفال انبهاراً به، وهو يراقب المشهد بعينيه المأخوذتين صامتاً، وعندما انتقل حمدان للجزء الثاني من تحضيره القهوة كان كل ما فيه يبتسم، عيناه، يداه، وساقه التي تعرج.

وأخيرا، نهض من جانب النار حاملا الدلّة والفناجين إلى داخل المضافـة يتبعـه الصغار الذين توقَّفوا بعدا عن الباب.

تناول خالد الدلّة، صبَّ القهوة في الفنجان، طرق الفنجان بالمصب، مدَّ يـده بالفنجان إلى الحاج محمود، أمسك به، امتدت يده نحو طارق، وعند ذلك حدث ما لم يكن في الحسبان.

- لنا عندكم طلب، نشرب القهوة بعد أن تعدونا به. قال طارق ذلك وهـو يُحدِّق في عيني الحاج.

- لو طلبتم أرواحنا فإن ذلك ليس بكثير.

- يا حاج، أنت تعرف أن خيولنا مثل أهلنا، وتعرف أن ما بيننا وبينكم اليـوم شيء جليل.

هزَّ الحاج محمود رأسه بتأثر: كل ما تريدونه يتحقّق بإذن الله.

- أن تكونوا ضيوفنا في مثل هذا اليوم من الأسبوع المقبل.

- أنتم تغمروننا بكرم نخشى أننا لن نستطيع أن نرده طوال عمرنا. قال الحـاج محمود.

- تَرُدُّونه بقبولكم أن تكونوا ضيوفنا، ومهما فعلنا، فلن ننسى أنكم أنتم الـذين أكرمتمونا يوم أكرمتم أصيلتنا.

- الأسبوع المقبل نكون عندكم إن شاء الله. اشربوا قهوتكم.

- ولكن لنا طلبا آخر.

- المهرة الأولى من بطن الحمامة لكم، هذا هو طلبكم الثاني.

- صدقتَ يا حاج. لكنك تعرف أن المهرة الأصيلة لا يقربها سوى فحل أصيل، وذلك الفحل الذي من سلالتها في ديارنا، فإذا ما أصبحتْ (حايل) فاحـذروا أن يقربها أي حصان. ما عليكم إلا أن تأتونا في ذلك الوقت ضيوفا معزَّزين مكرَّمين.

- وصلتم. ونرجو الله أن يُلهمنا دائما ما علينا أن نؤديه مـن واجب سـواء للخيول أو أهل الأصول.

***

48

شربوا القهوة أخيراً، تداخلت الأحاديثُ، وفجأة قال الحاج محمـود: ولكـن لي سؤال.

- تفضل يا حاج.

- لماذا أوصلتموها، وغادرتم.

- لشيء بسيط. كنا لا نريد أن نُفسد لحظة لقاء فتاكم بها.

هزّ الحاج محمود رأسه، في حين تبادل طارق وخالد نظرات صافية.

***

بعد الظهيرة ودّعوا الهادية، وقبل أن يبتعدوا، استدار طارق بفرسه ثم عاد، ظلّ يسير إلى أن وصلَ حيث يقف خالد، ولم يكن عليه أن ينحني كثيرا وهو يهمس في أذنه: إنها المرة الأولى التي تخرج فيها فرس من بنات (فضّة) خارج حـدود أهلهـا، صُنْها تَصُنْكَ، وارْعَها برفق تكن حِصنك. هذه وصيتي والله يحميكما.

ثلثُ الحياة!

صرخ الهبّاب، التمعتْ عيناه، نفرتْ ملامحه وتلاشى ضمور خدّيه تحت اللحية السوداء الموشاة بشعيرات بيضاء لا تكاد تُلحظ.

– للمرة الأخيرة أقول لكِ كُفّي عن البكاء.

دوّى الصوتُ قوياً بين الجبال، لكن رفَّ الطيور الـذي يستحمُّ بفرحٍ في الميـاه المتجمِّعة حول حافة البئر لم يُعِرْ صرختَه انتباها. شيءٌ ما دفع العروس لأن تكتم أنفاسها، وقد أيقنتْ أنها قد أصبحتْ بلا أهل منذ أن استلّها من بـين أيـديهم رغمـا عنهم.

دار حول بيتها دورتين، وحده، وكان باستطاعة الجميع أن يُبصروا عاصفة الغبار الداكنة التي أحاطت بالمنزل حتى كادت تحجبه.

منذ يومين أبصرها، ومنذ يومين قال لهم: أريدها جاهزة ضحى الخميس.

**

وصلَ، مُطلقا العنان لحصانه، وحين طلبوا منه أن يدخل البيت، قال لهم: لم آت للزيارة. وواصل دورانه. ولم يتوقف إلا حين بدا له أن كل ترتيبات الزواج قد تمت. كانت يدا الشيخ الذي جاء لعقد القران ترتجفان كلما وجّه سـؤالا جديـدا للهبّـاب الذي لم يترجل عن حصانه في لحظة كتلك.

لا شك أنهم فوجئوا، كانوا يتوقعون وصوله مع عدد من رجاله، لكنه لم يفعل؛ ربما إمعانا في إهانتهم.

حين أبصرها فوق الفرس التي ستحملها، تقدّم نحوها، رفع غطاء وجهها، كانت تبكي، ولكن جريان الدمع لم يمنعه من أن يرى ذلك السحر العجيـب، لقـد أيقنَ أنه لم يُخطئ. كانت أجمل فتاة تقع عيناه عليها.

أسدل الغطاء..

50

كان خوفهم منه قد جعلهم يختارون الفرس الأفضل لـديهم، الفرس التي ستحمل العروس، زيّنوها كما لو أنهم هم من اختاروا زوجَ ابنتهم.

***

نظر إلى رسن الفرس، فهموا، لم يكن يريد أن ينحني ليتناوله، اندفع أحدهم، ناوله إياه، أمسك بالرَّسن واستدار قاصدا التلال، وبعد نصف ساعة من المسير في طريق تحيط به كروم الزيتون انعطف فجأة صاعدا السفح الوعر.

الشمس توشك أن تحاذيه تماما من جهة اليسار، كـروم العنب ممتدة إلى آخـر البصر، وثغاء أغنام يأتي من البعيد. لكنها لم تسمع شيئا من ذلك أو ترى. كانت تنظر إليه كخيط غليظ يربطها بقدر غامض يُفضي بها إلى هوّة لا قاع لها.

***

حين تعثّر حصانه تنبّهتْ كل حواسِّها دفعة واحدة، وقبل أن تُدرك طبيعة الإحساس الذي انتابها سمعته يقول: واحد!!

كان الطريق صاعداً، ضيقاً، وبصعوبة كان حصانه، كفرسها، يحاول العثور على المساحة الصغيرة الكافية التي يمكن أن يضع قدمه فوقها باطمئنان.

فكّرت في معنى لما سمعته. لم تصل لشيء.

***

عثرة أخرى أوشكت أن تُفقدَ الحصان توازنه، جعلته يلعن سلالة الخيل. راحت العروس تترقّب اللحظة التالية خائفة، وبعد عشرة أمتار سمعته يقول مـن بين أسنانه بنفاد صبر واضح: اثنان!!

وخُيِّلَ إليها أن الأرض قد توقَّفت عـن الـدوران، حـين أحسّتْ أن مصيبتها هنالك أمامها تنتظر.

***

بعد تجاوزه لقمة التل ألقى نظرة باتجاه الغرب، فرأى البحر أزرق واضحا، تمتد بلا نهاية قربه مئات البيارات. وفي الجهة المقابلة، بعيدا، لم يكن بيته قـد لاح. كان الانحدار سهلا، ولا ينذر بخوف، وبدت العروس راضية بهذا الانسياب لحصانه وفرسها، لكن ذلك كله تَغَيَّر فجأة.

كانت نظراتها مثبتة بخطوات الحصان، وكما لـو أن الحصان تعثر بنظرتها، شاهدتْ قدمَه اليمنى تنثني، وتتبعها اليسرى، ويكاد وجهه يلامس الأرض. تداركَ الحصانُ عثرته، لكن شيئاً ما قد تغيّر في مشيته.

كان الصمت الذي ازداد ثِقلا كافياً ليجعلها تلاحظ وتحسُّ بـما لم تلاحظه أو تحس به في أي يوم من أيام حياتها.

وسمعته أخيراً يقول: ثلاثة!!

في الوقت الذي امتدَّت يدُه إلى خصره، أخرج مسدسه، توقَّفَ الحصان وقد أحسَّ بشيء غريب يحدث، حاذته العروس بفرسها، وقد تركَ لها الفرصة، عامداً، لكي تفعل ذلك، كان المسدس يتّجه ببطء نحو رأس الحصان ليستقر باردا بين أذنيه، وقبلَ أن تُقَدِّرَ العروس ما يمكن أن تحمله اللحظة التالية، سمعت انفجارَ صوتِ الرصاصة مدوّياً.

***

مثل حجر سقط الحصان في مكانه، ولم يجد الهبّاب صعوبةً في أن يترجّل عنه في اللحظة المناسبة. في حين راحت دوائر الصدى تنتشر، وظل يستمع إليها إلى أن تلاشتْ تماماً.

عمَّ الصمتُ مرة أخرى، وبدت الطريق أكثر طولا مع هذه الفرس التي باتت تحملها معاً.

كانت حنجرة العروس تتشقق خوفا وعطشا. وحين مرَّتْ قرب بئر جبليّة ورأت الماء يلمع في الحوض الحجري، لم تستطع مقاومة ذلك؛ قالت: عَطِشتُ.

استدار برأسه نحوها، التمعت عيناه القابعتان تحت حاجبين أسودين كثيفين، تراجعتْ بوجهها بعيداً وقد رأت لهيب النار يمور في عينيه، وسمعته يقول: واحد!!

وعندها أدركتْ أن ثلثَ حياتها قد مضى إلى غير رجعة.

**

52

عـودة العربة السوداء

لم يَطُل وجود الخوري جورجيو، فالعربة السوداء التي يجرها حصانان أسودان، العربة السوداء نفسها التي أتتْ به ذات يوم، توقّفتْ ثانيةً أمام باب الدّير. ومن جوفها خرج الخوري الجديد ثيودورس.

لم يكن الأمر مفاجئا بالنسبة للأب جورجيو، لكنه رغم ذلك لم يخبر أحداً من القرية أنه سيمضي، حتى الحاج محمود فوجئ بالأمر. كان قد جهَّز حقيبته وصندوقه الخشبي الكبير، واكتفى بمصافحة القادم الجديد على بوابة الدير، كما لو أنه لا يريد أن يجمعهما مكان واحد.

**

راحت العربة تسير، والناس يتابعونها بأعينهم، وعندما بلغت الطرف الشرقي من سهل الهادية، هدأ الغبار، ثم بدأ يتلاشى، فأصبح بإمكان الكثيرين أن يروا العربة التي توقّفت. ساد صمت ثقيل، ظنَّ معه البعض أن العربة ستقفل عائدةً. لكن ذلك لم يحدث. ومع استمرار وقوفها، فكَّر أكثر من رجل أن يمتطي حصانه للذهاب إلى هناك، ومعرفة ما يدور. وبينما هم في حيرتهم، رأوا باب العربة يُفتح، ويترجّل منها الأب جورجيو. استدار نحو القرية، يتأملها من بعيد، يتأمل امتداد السهل وزيتونه، وصعود البيوت خفيفة باتجاه قمة التل.

كان يودِّع جزءاً عزيزاً من حياته، وتساءل: أكان يجب عليّ أن أغادرها حتى أراها من هنا، (هاديةً) أخرى؟!

زمن طويل مرَّ على وقوفه، وعندما صعد العربةَ من جديد واختفى في جوفها، لم يبق في البعيد سوى تلك السّحابة من الغبار واندفاعها المتصاعد صوب المجهول.

53

أحـلام البرمكي

منذ ظهور الحمامة في الهادية، جُنَّ البرمكي، حتى قيل إنـه لم يعـد يغـادر حـدود الهادية إلّا قليلاً.

واحداً من رجالها الأكثر شهرة كان، أما رِزْقـه فيأتيـه مـن مـصدر واحـد، هـو تلقيح حصانه لأفراس الناس؛ ولأنه حصان معروف بأصالته، وغالبا ما تكون مثل هذه الفحول معروفة الأصول، فإن مردود عمله كان جيدا باستمرار.

❈❈❈

كل رجل من هؤلاء، الذين يمتهنون هذا العمل، كان يُسمى البرمكي، وكـأن أسماءهم تتلاشى بمجرد أن يتّخذوا هذه المهنة وسيلة رِزْق. أما برمكي الهادية، فقد عرفه الناس منذ زمن طويل، ويعود نصف أنساب خيولهم إليه. هكـذا، فقد كـان دائما موضع ترحيب. ولسنوات طويلة تعاقبتُ، كـان فحلـه (عنتر) النبعَ الـذي فاضت منه كل الأفراس التي ولَدَتْ على مدى سنوات.

لقد أثبتت الأيام أن تجاربهم معه طيبة، وحتى حين كان يغيب فحل إلى الأبـد، ويحلّ محلّه فحل آخر من فحوله، كما حـدث منـذ عـامين، فإنـه لم يكـن يـأتيهم إلا بفحل أصيل، وأفضل، يجعل كثيرين يتمنون لو أن أفراسهم لقّحهـا هـذا الفحـل وليس ذاك.

لكن الفصول كانت تمرُّ، والأفراس تلد، ويأتي دائما ذلك الوقت الذي (تحيل) فيه من جديد.

❈❈❈

وصول الحمامة، بعث في البرمكي الأمـل، وهـو رجـل نحيـف البنيـة، جاحظُ العينين، بسبب كثرة تنقُّله وتحديقه في الآفاق بحثا عن فرس.

54

أن يصل بحصانه الجديد (شدّاد) إلى الحمامة، معناه أن يحوز شهادة سيمضي فخورا بها بين القرى، وسيكون بإمكانه أن يتوقّف أمام أيّ فرس أخرى دون اكتراث، وهو يفاخر: لقد وافقوا لهذا الفحل أن (يشبّ) على الحمامة!

ورغم أنه يعرف أن حُلُماً بحجم هذا الحلم لن يتحقق، فأنه عاشَ على أمل تحقّقه. وكان على الدوام مستعدا لأن يدفع من جيبه للوصول إلى هذه الغاية الكبرى، أما حصانه فلم يكن أقلّ تلهُّفا.

كان البرمكي يدرك المكانة التي تحتلها الحمامة في بيت الحاج محمود، صحيح أن اسم المهرة بات مقترنا باسم خالد وحده، لكنّهم كانوا يتعاملون معها كواحدة من بناتهم، أكثر مما يتعاملون معها كواحدة من خيولهم، وهم لديهم الخضراء، وريح، والجليلة.

* * *

في ذلك اليوم مرَّ بقربها، أحس بها وقد تحوّلت إلى فرس، أحسّ بذلك الشَّبق يحرُق دمها ويحوّلها إلى شعلة نار. وعندها خطرت ببالَه فكرة أن يعرض على الحاج محمود أو خالد، وهو يجلس في المضافة معهما، تقديم خدمات حصانه بلا مقابل. لكنه لم يجرؤ على هذا.

وحسناً فعل، وإلا لكانوا اعتبروا الأمر إهانة كبرى لهم شخصياً.

55

لعنـة الاسم!

نادى البرمكي: غازي!!

وحين أطل ولده ملبياً: حاضر يابا.

قال له: أتمنى لك عروسا كهذه، وأشار إلى الحمامة.

فردَّ الولد بحسرة: ومن أين بواحدة مثلها يابا؟!

كانت حكاية البرمكي مع ولده واحدة من حكايات الهادية الكبيرة، وستظلّ دائما، فحين ولد ابنه، وهو الأول، كان خارج القرية في واحدة من جولاته التي تستمرُّ أسابيع كثيرة. وعندما عاد، زغردتْ (شنّارة)، داية البلد، وبشّرته بغلام قبل أن يصل البيت، وقد كان يعرف ما تريد من وراء ذلك، يعرف أنها قد تكون أمضتْ أياما على العتبة في انتظار عودة الأب بشيء يستحقّ مقابل هذه البشارة الكبيرة.

ماج الدمع في عينيه، وسألها غير مُصَدِّق، مستعيراً كلمةَ منيرة التي تُرَدِّدها دائماً: صحيح؟!

- صحيح ونص!

***

انطلق نحو البيت فوق ظهر حصانه، كما لو أن الأمر مفاجأة لم يحسب لها حسابا! كما لو قيل له: امرأتك حامل. في وقت فقد الأمل فيه بذلك.

قلّبتْ شنّارة الليرة الفضية التي استقرّتْ في يدها غير مُصَدِّقة عينيها، ثم راحت تعدو نحو صندوقها لتخبئها، وعندما وصلته توقّفتْ حائرةً، إذ خطر لها أن تبحث عن مكان أكثر أماناً، وهكذا راحتْ تفكر وتفكر، وقبل أن تحسم أمرها سمعتْ طَرْقا قويا على الباب فخشيتْ أن لصوصا قادمون لسرقة كنزها. ترددتْ في أن تفتح، لكنها حين سمعتْ صوتَ البرمكي اطمأنتْ قليلا. أشرعت الباب فوجدته

ثائراً. قال لها بغضب: أين الليرة؟ وفوجئتُ إلى ذلك الحدِّ الذي راحتْ يدها تمتد منبسطة نحوه قبل أن تُفكر: ها هي!

**

انقضَّتْ أصابعه مثل مخالب صقر يُغير على فريسته، واختطفَ الليرة من يدها:
ألم يقولوا لكِ أن تُسجلي اسمه في شهادة ميلاده (غازي).

- ولكن امرأتك كانت تريد أن يكون على اسم أبيها: يونس.

- إذن اذهبي وخذي الليرة من زوجتي!!
واستدار غاضباً من حيث أتى.

**

بعد أيام هدأ قليلا، أحسَّ أن شنارة لا تستحقُّ ذلك كلَّه، وفي أول مرة صادفها اعترض طريقها، وقال لها: سامحيني يا شنارة.

- ولو هيك يا أبو يونس!
فعاد يصرخ بها: لا تقولي أبو يونس.

- وماذا أقول؟

- قولي أبو غازي.

- حاضر.
ولكنها لم تقلها.

- حاضر، ماذا؟

- يا أبو. ولم تُكمل.

- لا تستطيعين قولها، ها!

- ولكن يونس اسم حلو.

- حلو، مش حلو، لا يهمني. عليك أن تجدي حلاً لهذه المشكلة.

- وكيف أجدُ حلا.

- لا أعرف. أنتِ داية أمّه، وأنت التي قلتِ لهم إن اسمه يونس.

- ولكن هل يمكنك الانتظار تسعة أشهر.. سنة، حتى أُغيِّر الاسم؟
قالت ذلك وقد حلَّتْ عليها السَّكينة فجأة إذ وجدت الحل.

فردَّ بغضب: أنتظر إلى يوم القيامة!

- وهل ستعطيني الليرة عندها؟

- ليرة وريال أيضاً.

***

أغرب ما حدث بعد ذلك، أن البرمكي لم يستطع أن يأخذ ابنه بين يديه، لم يستطع أن ينظر إليه إلا خطفاً. كان الاسم يُقصيه بعيداً عنه، ويقف حاجزاً يمنعه من رؤيته أو احتضانه أو لفظ اسمه إذا ما بكى أو مرض أو راح يُصدِر تلك الأصوات الفَرِحة التي تبلغ مرتبةَ الضَّحك أو حتى الابتسام.

وفي تلك الفترة التي بدت له أطول من دهر، كان يُراقب بطن زوجته دون أن يلحظ أيّ أثر لحمْل جديد. وقد كان يفكّر في حل وسط، بين حين وآخر، أن يُبقِي على اسم يونس وأن يُطلق اسم غازي على الولد الثاني. لكن أفكاره هذه، كانت تؤدي به دائما إلى أن يثور على نفسه موبِّخًا إياها لأنها تفكر بهذه الطريقة.

أما شنّارة فكانت، رغم كل ما حدث، تواصل زياراتها لزوجة البرمكي لتطمئنَّ إن كان هنالك مولود آخر على الطريق أم لا.

ذات مرة تصادف البرمكي وشنارة على بوابة الدار فقال لها: آه. هل وجدتِ الحل؟!

– وجدته.

– وما هو؟

– سأذهب وأبلغ أن زوجتك ولدت ابنا آخر وأنك أسميته غازي؟

– وهل هناك ولد آخر؟

– لا. ولكن هذا هو الحل الوحيد. تأخذ الشهادة الجديدة وتمزّق القديمة، ولا من شاف ولا من دري.

– معقول! قال لها. والله معقول! وراح يجرّ حصانه وراءه مبتعداً دون أن يتوقّف عن ترديد جملته: معقول والله معقول!

الصرخة الأولى

كان موسم الزيتون طيباً في ذلك العام، ولم تتأخر السماء، فقد جاء مطر بعث الحياة في الأشجار، فسرتْ في عروقها خضرة عميقة، وأضاءت ثمارها فاندفع الجميع نحو الكروم.

أما الشيء الجديد الذي دخل القرية فكان معصرة الزيتون التي عمل الأب ثيودورس على إحضارها، وقد أصبحت جزءاً من الباحة الخلفية للدير. وحمل ذلك الكثير من الراحة لأهل الهادية، وحرّرهم من متاعب سفر طويـل لِعَصْر زيتونهم والعودة به.

لكن الأب ثيودورس ضَمِنَ بذلك أجرةَ العَصْر، وإليه عُشْر المحصول الـذي يقتطعه كاملا، وما يُقدّم له بين حين وآخر خارج هـذا وذاك. وإذا كان مـن كـلام يقال في هذا، فهو أن الأب ثيودورس لم يكن يثق بأحد، لم يكن يثق إلا بعينيه، بـما يراه، وقد حيّر ذلك الحاج محمود في أحيان كثيرة، وهو يراه يتصرّف كأسوأ تجّار المدن أكثر مما يتصرَّف كرجل دين.

ولكن الخوري ثيودورس، كان يملك الحجَّة على هذا الحرص: لا تنس يا حاج أن ما تقدمونه هو أمانة في عنقي للدولة، وأنـا لا أريد أن أذهـب إليها بِعُشـر منقوص!

بات يحيّرهم كل هذا الحرص، فلم يكن قد مرَّ يوم واحد على وصوله للهادية، حتى رأوه يتجوّل في سهول القرية وبساتينها، وخلْفه تتعثر الراهبتان سارة وميري، لقد كانت المرة الأولى التي يرون فيها الراهبتين بعيدا عن حدود الدير، وبخاصة أن كل شيء كان يقدّم إليهن جاهزاً، من جرعة الماء حتى حزمة الحطب.

وحين عاد

كان دهشا بما رآه.

***

أما الشيء الغريب فهـو أن ثـيودورس الـشاب الوسـيم ذا العينـين الزرقـاوين والقامة المنتصبة كسارية علم، راح يتصرف في أحيان كثيرة، وهذا مـا أحسّـه أهـل البلد، كأ لو أن القرية تعود إليه شخصيا.

الحاج محمود كان مضطرا لطرد هذه الهواجس التي تعذّبه، فقد كـان يعـرف أن وجود الدّير لا بدّ منه، بعد أن قام الأتراك ببيع عشرات القرى في المزاد العلني لملاك من سوريا ولبنان بعد أن عجزت هذه القرى عـن دفـع العُشـر لـسنوات مـتتاليـة، وتراكمت عليها الديون.

لكن ذلك لم يقف عند هذا الحد.

***

ذات يوم راح يصرخ بمجموعة من الأولاد يتسلقون شجرة زيتون، ويوبخهم بكلام لا يقوله أحد، إلا إذا كان المال ماله كما يقال.

وفي أكثر من مرة أبدى ملاحظـات لا تُفهم حـول كثرة الاعتماد عـلى البئـر، وضرورة تقيُّد النساء بكميات محدودة من المياه، لأن (السماء ليست أجيرة تعمل لهذه الأرض، بل هذه الأرض تعمل لتُرضي السماء). لكن ما كان يبـدد شكوكهم كلها، هو إتقانه الشديد للغة العربية، الذي جعلهم ينظرون إليه كواحـد مـنهم، حتى أنه كان قادرا على الخوض في مسائل النحو والـصرف بطريقـة تُربك أحيانـا الشيخ حسني نفسه. وفي أيام كثيرة كان يجلس مفتونا وهو يقرأ معلّقة طرفـة بـن العبد، وهو يردد: هذا هو الشعر. هذا هو الشعر..

ألا أيهذا اللائمي أحضُر الوغى
وأن أشهد اللذات، هل أنت مخلدي؟
فإن كنتَ لا تسطيع دفع منيّتي
فدعني أبادرها بما ملكتْ يدي
ولولا ثلاث هنّ من عيشة الفتى
وجدك لم أحفل متى قام عوّدي...

***

كانت العربية معجزته، وهذا ما طمأن أهل القرية كثيرا، أمـا الـذي لم يطمـئن الحاج محمود، وهو الذي عرف المُعَلّقة وقرأها على يد والد الشيخ حسـني، فهـو أن ثيودورس كلما كان يقرأ من قصيدة طرفة كان يبدأ بهـذه الأبيـات وكـأن القصيدة تبدأ منها؛ وفي مرة من المرات فاض به الأمر فسأل الشيخ حسني: ولـماذا لا يتـذكر

60

من القصيدة سوى هذه، لماذا لم يقرأ في أيّ يوم هذه الأبيات مثلا، وهي أقرب كثيرا

لروح أي رجل دين:

أرى قبر نحام بخيل بماله

كقبر غوي في البطالة مُفسِدِ

ترى جُثوتين من تراب، عليهما

صفائحُ صمٌّ من صفيح مُنَضَّدِ

أرى الموت يعتام الكرام، ويصطفي

عقيلة مال الفاحش المتشددِ

أرى العيش كنزا ناقصا كل ليلة

وما تنقص الأيام والدهر ينفدِ

لعمرك إن الموت ما أخطأ الفتى

لكالطِّوَل المُرخى وثِنياه في اليدِ

حملتها الريح

من زمن بعيد كانت أخبار الحمامة قد وصلتْ إلى الهبَّاب، ولم تكن بحاجة إلى من ينقلها، فقد حملتها الريح وتجار سوق الخميس الذين يتوافدون أسبوعيا على الهادية.

لكن ما أشعل ناره هو ذلك الكلام الذي يحمله عبد المجيد، زوج العزيزة، كلما زار قرية الهبَّاب، وهو منها.

أكثر من فكرة راودته باختطافها، إلا أنه كان يعرف أن عملا كهذا سيثير الكثيرين عليه، ومنهم أهلها الـذين ينتظرون المهرة الأولى منهـا، وكـذلك الأمـر بالنسبة للحاج محمود.

لقد سبق لهما أن تقابلا في أكثر من مكان، وقد كان كل منهما يُمضي الوقت وهو يزن ثقل الرجل الآخر. التقيا في بيوت عزاء، في مواسم البيع والشراء، بدءا من يافا مرورا بالرملة وصولا إلى عكا.

في النهاية طرد الفكرة، وعمل ما استطاع على أن يـصل إلى الحـاج محمـود مـن مقتل آخر. لأنه سيتحوّل في نظر الجميع إلى مجرد سارق خيول، هـو المالـك الفعلـي لأراضي عدة قرى، ويأتمر بأمره رجـال ودرك ولا يبخل عليه قادة وولاة مـدن بدعمهم.

ولكنه طوى كل هذه الأفكار، حتى دون أن يعلم، أن الزمن سيقدِّم له هدية مـا كان يحلم بها من قبل!

✳✳✳

الشيء الذي أثار الكثير من الكلام فيها بعد، ولم يؤكده أحـد، هـو ذلـك اللقـاء الغريب الذي تم بين الهبَّاب والخوري ثيودورس، وقـد قيـل إن عبد المجيد كـان مرسال الغرام الذي رتَّب الأمر من أوله إلى آخره. وحتى لا يثير اللقـاء كثيراً مـن القيل والقال تم في يافا نفسها.

لم يعرف أحد تفاصيل ما حدث، فهناك من أشار إلى صفقة أرض وهناك من تحدّث عن مصالح مشتركة أكبر بدأت تلـوح في الأفـق، مـع بـدء الفـوضى التي راحت تعم أرجاء الدولة، الدولة التي هبَّت عليها من كل مكان ديونهـا المتفاقمـة والتي باتت تدفعها لمزيد من القسوة، بدءا من فرض ضرائب جديدة وانتهاء باقتياد الرجال إلى حروب لم يعرفوا الأماكن التي تدور فيها أو يسمعوا بها من قبل.

نداء الطبيعة!

بمجرد أن أحضرت شنارة شهادة الميلاد الجديدة للبرمكي، وتأكَّد مما فيها بعد أن قرأها له الشيخ حسني، عاد إلى بيتها، طَرَقَ الباب، خرجتْ شنارة.

- تأكدتَ؟

- تأكدتُ.

وامتدتْ يده إليها بليرة وريال. وهو يقول: الحقُّ حق.

وقبل أن تُغلق الباب ثانية عاد: انتظري. فأشرعتْ ما أُغلق منه.

- شو في يا أبو غازي؟!

- وهذه أيضا لكِ!

وناولها ثلاثة ريالات. وهو يقول: لقد أتعبتكِ.

- الله يخليلك إياه. ويرزقك بأخوة له.

***

ظلَّ البرمكي يركض حتى وصل البيت. على عجل أشرع الباب ومضى نحو السرير الخشبي لابنه، السرير الذي كان اشتراه من (الرملة) خصيصاً لغازي. انحنى، تناول الولد بين ذراعيه، اعتدل، خرجَ به للحوش.

- إلى أين؟ سألتْ زوجتُه برعب.

- اطمئني. أريد أن أراه في الضو!

ومنذ ذلك اليوم، أصبح مجرد ابتعاده، ولو قليلا، عن البيت، أمراً يثير أشواقه. وعندما بات على يقين أن الولد سيعيش وحيدا بلا أخ، أصبح الأمر أكثر تعقيداً.

***

لم يكن دخول الأطفال إلى المضافة شيئا محبباً، هكذا كان الأمر في الهادية، كما في سواها، وبخاصة إذا كانوا دون الثالثة من عمرهم. لكن هنالك بعض الاستثناءات، إذ كانوا يسمحون للأب أن يُحضِر ابنه معه، إذا كان وحيد أبويه، مهما

64

كان عمر الطفل؛ ولأن البرمكي لم يعد قادرا على الابتعاد عن ولده ما دام في القرية، فقد كان يأخذه معه للمضافة باستمرار.

محفوفا بالمخاطر دائما يظلُّ هذا الأمر، لأن الأب يكون مسؤولاً عما قد (يَصْدُر) عن ابنه. فإذا بالَ أثناء وجوده في المضافة فإن على الأب أن يمضي إلى البيت ويُحضر غداء أو عشاء لكل الحضور تكفيرا عن فعلة صغيره، أما إذا (صَدَر) عن الولد أكثر من ذلك، فإن عليه أن يُحضر ذبيحةً. إلا أن هذا لم يثن البرمكي عن حمل ولده إلى المضافة، وفي حالات كثيرة كان يبدو فرحا بما يَصْدُر عن الولد! كما لو أن ما يصدر عنه إعلان جديد عن مولده، فيتطلع حوله منتظراً تلك العبارة التي بات الحاج محمود يرددها كثيرا: جاءت في وقتها. أظن أن الرجال جاعوا!!

فينهض البرمكي مهرولا نحو بيته. يغيب قليلا أو كثيرا، كما تقتضي الحاجة، ويعود بالطعام للرجال وهو أكثر حرصا على أن يكون ابنه معه.

وكما لو أن الولد قد أحسَّ بزهو أبيه، راح يواصل باندفاع نداء الطبيعة الذي لا يُنتظَر منه شيء سواه.

سنوات كثيرة مرّت وهو على هذه الحال، إلى أن أحس البرمكي أن ذلك يكفي، مخافة أن يواصل الولد عادته إلى ما لا نهاية. وحين رأى استدارة بطن امرأته ذات يوم، صرخ فرحا: أقسم، إذا كان ولدا سأسميه يونس. ارتحتِ!

– بعد إيش!! ردّت زوجته معاتبة. ولكنّها قبلت الأمرَ بفرح.

وجاءت سُميّة، سُميّة التي أغلقت الباب خلفها بإحكام.

وصول إلياس سليم

لم يجدوا مكانا أفضل من الهادية كي يرسلوه إليه بعد سلسلة المتاعب التي سببها للكنيسة الأرثوذكسية في القدس. في ذلك المكان يمكنه أن يقارع الأب ثيودورس كما يريد!

وصل الهادية غاضباً، كان يحب القدس كثيرا، ويجد فيها حياته الفعلية، وإذا به في هذه القرية الأكثر هدوءا من أي مكان دخله من قبل.

لم يجد صحفاً ولا مجلات، وقد كان من قراء (الأصمعي) و (القدس)، وغدت صباحات الثلاثاء والجمعة التي تصدر فيها جريدة (الكرمل) جافة لأنه لا يستطيع قراءة مقالات نجيب نصار.[4]

الأب ثيودورس كان يعرف أسباب إبعاده، ولهذا أصبح أكثر حرصاً، وعندما اختار إلياس العزلة، وجد الأب ثيودورس في هذا الخيار الحل الأمثل. فلم يطالبه بشيء. لم يكن يريد منه سوى أن يظلَّ بعيداً. أما أهل الهادية فرأوا في ابتعاده عنهم ترفّعاً لا يليق برجل دين من أهل البلاد.

كان قد أحضر عددا كبيرا من الكتب التي وجد فيها صديقا لعزلته، وكلما ذهب للقدس لزيارة أهله عاد بكتب جديدة ورزمة من الجرائد التي تشتريها أمه وتحتفظ له بها.

أربعة أشهر مرّت هادئة، لم يعكر فيها صفو الأب إلياس شيء، لكن ذلك كله تغير ما إن جاء موسم الحصاد وحان موعد دفع الأعشار للدير. عند ذلك أحس برائحة غريبة، فبدأ يتدخّل في تفاصيل لم تخطر للأب ثيودورس على بال: لماذا تأخذون العشر؟ لماذا لا يذهبون بأنفسهم لدفع ما عليهم؟ لماذا لا يأتي جباة

---

[4] - شيخ الصحفيين الفلسطينيين، صاحب صحيفة (الكرمل) التي صدرت في حيفا عام 1909 ورئيس تحريرها، كان واحدا من أجرأ الكتاب وأكثرهم استشرافا للخطر الصهيوني على فلسطين، طاردته السلطات التركية وعاش متخفياً لفترات طويلة.

الضرائب؟ ما الذي يأخذه الدير من أهل القرية؟ هل يُعطي العُشر كلّه للحكومة أم يَترك شيئاً منه للدّير؟

كانت الإجابات التي استمع إليها الخوري إلياس هي نفسها التي يعرفها أهل القرية، وحين لم يصل لشيء، قرر الخروج للقاء الناس، قال لنفسه: تجلس هنا وتقرأ ثم تقرأ وتعلن إعجابك على الملأ وحيثما كنت بكتابات نصّار الذي تعتبره أستاذك، تجلس هنا لتجترّ ما تقرأه بين هذه الجدران مثلما تجتر أي بقرة ما يُقدّم لها من أعشاب. في القدس كنتَ تريد أن تكون مثله، وكنت غير ذلك، فلماذا لا تكون هنا؟ أم أن هذه القرية أقل من مقامك؟!!

***

ذات مساء فتح باب الدير، واندفع خارجا، أثار ذلك دهشة الأب ثيودورس الذي لم يسبق له أن رأى الباب يُفتح بعد مغيب الشمس، إلا في حالات نادرة.

- إلى أين؟ لاحقه صوت الأب ثيودورس.
- إلى مضافة الحاج محمود.
- ولكنك تعرف أن علينا الاحتفاظ بمسافة بيننا وبينهم.
- ولماذا؟ أليسوا من البشر؟
- لا أقصد ذلك، ولكن لهم حياتهم ولنا حياتنا. نحن جئنا إلى هنا لننقطع إلى الله.
- وهل تعتقد أن الله غير موجود في مضافة الحاج محمود؟!
- يبدو أننا سنختلف، لن أناقشك الآن.

حين وقف الخوري إلياس بباب المضافة، سقطت الدهشة على رؤوس الجميع، بحيث عقدت المفاجأة ألسنتهم، فهي المرة الأولى منذ سنوات طويلة التي يحدث فيها أمر كهذا. كما أن عزلة الخوري إلياس تركت مسافة قاحلة بينه وبينهم: فِراش الضيوف. صاح الحاج محمود.

هبّ الشباب وتناولوا فرشتين وضعوا إحداهما فوق الأخرى، ودعاه الحاج محمود للجلوس. ورغم أنه لم يأت من مكان بعيد، إلا أن حمدان، الذي أحس بشيء جديد يحدث، دلق ما في الدّلة وصنع قهوة جديدة للضيف. وكما يحدث حين يصل رجل غال من مكان بعيد، نهض خالد، صبّ القهوة، وناول الفنجان لأبيه الـذي قدّمه للضيف.

67

شرب القليل من القليل الذي في الفنجان، أغمض عينيه، ثم رفعهما نحو الحاج محمود وقال: هذه هي القهوة.

– أعجبتك؟!

– ما كان عليَّ أن أخسرها كل تلك الأشهر التي مرّت.

– أهلا بك. ومتى أردتها فستكون جاهزة بانتظارك.

تلك الليلة رأوا في إلياس وجها آخر لم يعرفوه من قبل، وبدا لهم واحدا من أهل القرية، وحين راح يتحدّث عن القدس بكل ذلك الشغف، أحسّ كـل مـن رأى القدس منهم بأنه يراها من جديد، قدسا أخرى، ساحرة.

سأله خالد عن سبب تركه المدينة ما دام يحبها إلى هذا الحد، فأجاب: لم أتركهـا، لكنهم أبعدوني عنها.

– أبعدوك؟؟!!

– نعم، وجودي هنا نوع من العقاب. تستطيعون أن تقولوا هذا؟

– ولماذا؟

– لا أحب أن أقول لكم، هذه حكاية أخرى. كما يقول شعراء سيرة الهـلالي. ولكنها حكاية أخرى فعلا..

أمام باب المضافة قال له الحاج محمود: أتعرف، منذ زمن طويل لم يدخل إنسان قلبي كما حدث الليلة.

– هذا أجمل ما سمعته مـن زمـن طويـل. يبـدو أن الله قـد استجاب لـدعاء الوالدة.

– وما هو دعاؤها؟

– إنه الدعاء الأغلى: اللهم حبِّبْ كل من يراه به. ولكن الذي يحيرني أنهـم لم يحبوني في "أخوية القبر المقدس".

– ولماذا؟

– أخشى أن أقول كلاماً كبيراً.

– قله يا ولدي!

– ربما لأن الله يا والدي لا يسكن قلوب الجميع!!

عثرة الحِكْمة

كلما كان الحاج محمود يسمع أن أحد رجال القرية الـذين يُعَرَفـون بـسوئهم في طريقه لمغادرة الهادية، كان يقول لرجالها: الحقوه وأعيدوه، لأنه سيسيء إلى سـمعة بلدنا بين الناس. وكلما سمع أن أحد رجال القرية الأصيلين يغادرهـا كـان يقـول: أتركوه سينشر رائحة مِسْكِها حيثما وصل.

لكن الشيء الذي لم يكن قد فكّر فيـه مـن قبـل، هـو كيـف سـمح بـأن تكـون العزيزة، ابنته، امرأة لرجل مثل عبد المجيد، هذا الذي نشر وسينشر الأسى في قلبـه إلى الأبد.

٭٭٭

شياطين البرمكي

لم يكن ذلك أقل من الجنون نفسه، ذلك الذي فكّر فيه البرمكي، حتى وهو يستعيد فكرته بعد أيام طويلة قبالة حصانه (شداد) وقد قيّده من قدميه الأماميتين.

- هكذا لن تستطيع القفز على ظهر عنزة. كان يقول له موبّخاً.

إنه يعترف، أن كثرة تفكيره بالأمر هي السبب، فلطالما راودته شياطينه أن يُدبّر فرصة للقاء شداد بها، كما لو أن الأمر تمّ رغماً عنه.

راقب البرمكي الحمامة من بعيد، تاركا مسافة أمان بين شداد وبينها، لكن كل شيء انهار دفعة واحدة.

✳✳✳

كانت الحمامة تتقافز في السهل، جذلى، تنفض غرّتها فتُحَلِّق في الهواء تعبرها الشمس فتتحوّل إلى ذهب، ويتمايل ذيلها كما لو أنها تمسح وجه الأفق به، فيبدو النهار أكثر إشراقا، تعدو وتعدو بعيدا، وتعود مُغيرةً على شيء ما لا يراه سواها، وعندما تصل تنحني لالتقاطه وتقفز ثانية نحو السماء، إلى درجة يحِسّ معها الإنسان أنها ستظل مُحلِّقة في الهواء إلى الأبد.

وما كان يمكن للمشهد أن يكتمل بغيرها.

اندفع (شداد) خلفها، بعد أيام طويلة لم يقرب فيها فرساً، اندفع مجنونا، رأته الحمامة فانطلقت هاربةً، كان الأمر مباغتا لها، راحتْ تعدو غير ذلك العَدْو الجذل الذي كان يُعطي المدى اتساعه، تعثرتْ مرة، مرتين، وفي الثالثة كبَتْ فلامس جسدها الأرض، وعندما فقدت الأمل بنجاتها راحتْ تصهل وتصهل؛ انتبه الجميع، فاندفعوا يركضون نحوها، في حين كان هنالك رجال أقرب استطاعوا قطْعَ الطريق على شداد، صهلَ مجنونا وقد حِيْلَ بينه وبينها، التفّ على نفسه، أنشبَ حافريه في جسد الأرض مثيرا الغبار، وفجأة أغار عليهم يريد أن يمزقهم بأسنانه

70

التي لمعت مُنذرةً، ومَن لم ير من قبل حصانا يتحوّل إلى وحش فقد رآه في ذلك الصباح.

***

ازدياد عدد الناس الذين وقفوا أمامه سدّاً، ساعدَ الآخرين أن يصلوا للحمامة، على ظهور خيولهم، لكنها وقد رأت مزيدا من الخيول حَوْلَها جُنَّتْ أكثر، إلى أن وصل خالد فوق ظهر (ريح)، ترجّل بسرعة، وانطلق يعدو فوق السلاسل نحو الحمامة، الحمامة التي ما إن رأته حتى اطمأنت قليلا، وظل يقترب منها محاولا ما استطاع تهدئتها حتى تمَّ له ذلك، وعندها، قفز فوق ظهرها.

كان يحتاج الكثير من الثبات كي لا يسقط عنها وهي تنطلق طائرة تقوده أكثر مما يقودها، صاعدة التلَّ نحو بيتهم.

ووقف الناس يراقبون المشهد مذهولين، وهم يرون شداد يندفع خلفها طائرا.

وصلت الحمامة، قفز بخفة، أشرع لها الباب دخلتْ، أغلق الباب خلفه، حاول أن يُمسّد عنقها، يحتضن وجهها، لكنها كانت في مكان آخر، عيناها تدوران بفزع وهي تتصفح المكان، وجسدها يرتجف كما لو أنها مصابة بالحُمّى.

لأيام طويلة ظلّتْ هكذا،

وتغيّرتْ أحوالُ البرمكي.

***

رأى الرجال يُغيرون على بيته، يذبحون شداد، ويمزّقون قطيعَ غنمه والأبقار الثلاث، يشتتون أسرته، يلاحقونه لمسافات طويلة ويتركونه في الشمس ثم يعودون إليه ثانية.. ويغيرون على بيوت أخوته، ويعثرون بيت أبيه.

ثلاثة نهارات وثلث نهار تواصلتْ (فورةُ الدّم) إلى أن هدأتْ.

لقد تحوّل الأمر باتجاه آخر، فَهِمَ أهل الهادية ذلك، كانت محاولة شداد مواقعة الحمامة، بالنسبة لهم، لا تختلف عن محاولة رجل الاعتداء على شرف فتاة.

بعد ظهيرة اليوم الرابع وصل الشيخ ناصر العلي، ومعه وصل رجال من قرى المنطقة كلّها لحل تلك المشكلة العويصة التي لم تخطر ببال.

كان الشيخ ناصر يدرك ما تعنيه الحمامة لبيت الحاج محمود، وما تعنيه لأهلها الذين قبلوا أن تُقدَّم هدية للهادية، واثقين بأنها ستكون مُحَصَّنةً لا يقربها أي فحل غير فحولهم.

اختفى البرمكي وأسرته تماما..

71

وظهرت (جاهة) كبيرة تضمُّ رجالا كثيرين جاءوا يطلبون الصُّلح مستعدين لفعل أي شيء وتقديم أي شيء من أجل حلِّ المعضلة.

***

جلس الشيخ ناصر العلي وسط الرجال في المضافة، وبدأ كلامه: لم يسبق لي أن سمعتُ بشيء من هذا طيلة حياتي، ولعلَّ الأمر مختلف لأننا نتحدَّث عن أصيلة حرة مختلفة، نتحدّث عن فرس ليست فرسا بل هي أكثر، نتحدث عن الحمامة كما يمكن أن نتحدث عن أي بنت كريمة لا يجوز الاعتداء عليها، وإذا حصل ذلك، فلأهلها أن يفعلوا ما يريدونه طيلة ثلاثة نهارات وثلث نهار. وقد حدثَ ذلك، وأنتم معذورون. قال هذا وهو يتّجه ببصره إلى الحاج محمود وينقله إلى خالد. لقد فكرتُ في هذه المشكلة طويلا حين سمعتُ بها، وبقيتُ أفكِّرُ بها حتى بعد أن وصلتُ. وحكمي هو الآني:

لقد رأيتُ بأن الحمامة في منزلتها وفي وجودها هنا أمانة لا تختلف عن أي بنتِ بِكْر، ولذلك يحقُّ لها ما يحق لأي فتاة. لقد صهلت حين لحق بها الحصان، وسأعتبر صهيلها تماما مثل (مُصايحة الضّحى) التي تطلقها الفتاة مستغيثة، ولذلك اعتبر كل ما حدثَ أثناء فورة الدم خلال الأيام الماضية مقابل (مصايحة الضحى) هذه، أو ما نسميه في بلادنا (تحت الفِراش)، أي أنه لا يُحتسب جزءا من حقها الفعلي. لكن هناك أشياء لا أستطيع الحكم بها كما لو أن الحمامة فتاة.

وهنا بدأت الهمهمات تتعالى، وتناثر الشرر في الأجواء.

- صلوا على النبي. طلب منهم الشيخ ناصر.

فبدا طلبه يحمل معنيين، الصلاة على النبي والدعوة لهم كي يهدأوا.

- اللهم صلي على النبي. ردد الجميع.

- لن أحكم لها كما أحكم لفتاة، لأن سرعة الحمامة في محاولتها صون نفسها، غير سرعة أي فتاة، رغم أن الذي طاردها حصان، ولذلك إذا ما قدَّرتم أنها عَدَتْ ألف خطوة، فسأعتبرها عدت مائتين، أما عثراتها، فهي نفس عثرات الفتاة، ووقوعها أيضا.

تأمّل الوجوه وبعد أن أدرك أن الصمت لم يعكره صوتٌ، أضاف: كل خطوة أُقَدِّرُها بعشرة (صاغات) وكل عثرة بخمسين. أما وقوعها على الأرض فأُقدره بمائة وخمسين صاغا ونهوضها عن الأرض بالشيء نفسه.

عند ذلك تعالت همهمات رجال (الجاهة) الذي يُمثِّلون البرمكي وعائلته.

72

- صلوا على النبي. طلب منهم الشيخ ناصر.

ولم تكن هذه المرّة تحمل سوى معنى واحد. لأنه لم يكن يُفضِّل أن يُشعرهم بأنـه أحسَّ بغضبهم.

- اللهم صلي عليه.

- أعرف أن هذا الحقَّ كبير، ولكنكم تعرفون، أننا بهـذه الأحكـام قـد صُنّا أعراض الناس، بحيث لا يستطيع أحد أن يفكر بالاعتداء على شرف إحداهن. ثم التفت إليهم وقال: عليكم أن تدفعوا لأهل الحمامة ألفين وأربعمائة صاغ، وأن تجلُوا عن القرية ثلاثة أعوام.

كان الجميع يدركون أن حكم الشيخ ناصر العلي صائب وحكيم، ولذلك قبلوا به.

أما البرمكي نفسه، فما ان سمع به حتى انتفض فجأة، واستيقظ فزعاً تحت شجرة التين التي كانت تظلله. وحمد الله أن ما رآه لم يكن سوى حلم!! تلفَّتَ حوله بذعر، وجد أن (شداد) لم يزل مقيدا.

أما الحمامة فقد كانت تتصاعد في الهواء حرة مُحَلِّقة كطائر ذهبي.

فالتفت إلى حصانه، وقال: والله إنك معذور في شوقك إليها، ولكنني أخاف عليك، كما أخاف عليّ.

73

أرض الأفراس البيضاء

ثلاثة أشياء جعلت الحمامة مختلفة، غير جمالها: ذلك الحب الذي يكنّه خالد لها، وذلك الطعام الخاص الذي يُقدّمه لها على كفيه، والمكوّن دائماً من الشعير أو القمح المسلوق، وحريتها، حيث لم يدخل فمها لجام.

في الشهور الأولى لوصولها، لم يكن يفارقها، لكن العائلة لم تكن تضيق بـذلك، كان يكفيها أن ولدهم عاد إليهم من غيابه ومن ضياعه.

لكن منيرة فقدت الأمل أخيراً، حين لم تعد سيرة الـزواج جزءاً مـن حـديثهم اليومي، بل وتجاوز الأمر حدوده حين قالت لها عمته الأنيسة ذات يـوم: صـحيح، اللي ما إلو عيلة يقناله كحيلة، بس إبنك زادها وخوفي يكون ركوبه الطويل للفرس خرّب (عِدّته)!!

- بعيد الشّر!! ردّتْ منيرة بغضب.

أما الشيء الذي لم يتصوّره أحد فهو أن الحمامة بنفسها، ستمضي لتفتح له ذلك الباب المغلق.

**

ذات يوم سمعت منيرة صرخة الأنيسة: إلحقي يا منيرة، الفرس (حالت) والولد ما حَن. وكما لو أن الحمامة راحتْ تكسِّر الصـحون على طريقتهـا، بـدأت تصهل صهيلا متواصلا، وتبول كثيرا، وكلما رأت حصانا وقفتْ لـه، حتى تلك الخيول التي لم تكن تُعيرها أيّ انتباه، ومن بينها (شداد).

وقبل أن يصل الأمر إلى ما لا تُحمد عقباه، قال الحاج محمود لولـده: هيا بنـا. لا نبيتُ الليلةَ إلا في مضارب الشيخ السعادات.

عند الظهيرة كانت الهادية قد عرفتُ بـالخبر، فراحت العيـون تراقـب رحيـلَ الحمامة، حتى اختفت تماماً في الأفق الشرقي، في رحلة لم يكن هناك ما يشبهها.

74

الشيء الذي كان لا بد منه: أن يعبروا بالحمامة من أمام قرية الهبّاب. ولكن الأمر لم يكن سرّاً، فقد علم كل من في المنطقة أنهم سيتوجّهون بها إلى ديار الشيخ السّعادات.

وعلى طول الطريق الذي سلكته عبر الهادية، كان هناك بشر يلوّحون للموكب المكون من سبعة رجال يحملون الهدايا، ويمضون نحو الشرق.

بعد أن قطعوا السهل، بدأت الطريق صعودها، لكن الرجال كانوا مطمئنين تماما، إذ لا يمكن لأحد أن يجرؤ على اعتراضهم حتى لو كان مجنونا، فمهما كان حجم العداوات بين القرى فإن (العدوَّ) يستطيع المرور بأمان في حالتين: إذا ما تعلّق الأمر بأصيلة أو بعودة مهرة ولدتها إلى أصحاب الفرس الأصليين. ولا يستطيع أحد كسْرَ هذا العُرْف.

* * *

في عليّة بيته، على يسارهم، لم يكن الهبّاب أقلّ فضولاً من بقية الناس، فقد انتصب هناك بعباءته السُّكرية وطربوشه الأحمر وقامته المتوسطة التي بدت عالية.

ولسبب ما، كان خالد على يقين من أن عينيه كانتا تحدقان مباشرة في عيني الهبّاب، وحتى بعد أن ابتعدوا وجد أنه لم يزل ينظر إلى هناك، وظلّ هكذا حتى اختفى البيت واختفت القرية وانطلقوا في دروب أكثر سهولة لا تخفى امتداداتها.

* * *

تحوّل وصول الحمامة إلى عرس ما إن لمحها أهلها قادمة تضيء السهول الغربية، اندفع الأولاد والنساء والرجال، كما لو أنهم يستقبلون قافلة تعود برجالهم من أرض مكة.

وهناك، في السهل، حول البيوت، كان يمكن لخالد وأبيه أن يروا وينبهروا بتلك الأرض التي تضيئها الأفراس البيضاء. الأفراس التي راحت تصهل، وتتقافز في الهواء، مما جعل الحمامة تنطلق نحوها بجذل واضح وسعادة خضراء.

ترك لها خالد الرسن فراحت تعدو مُحلّقة، مثل ذلك اليوم الذي لن ينسى، حين طارت الحمامة الأمّ به، عبر السهول والتلال في ليلة لا تشبهها أي من ليالي حياته.

وقف الناس بينها وبين بقية الخيول، بدأت تدور، أدركوا أن عليهم كبتَ شوقها المتّقد في دمها لحصان، لأن الأمور لا تتمّ على هذا النحو.

ترجّل الحاج محمود وخالد ومن معهما بخفة، كما لو أنهم يؤكدون لأهل الحمامة أن فرسهم خرجتْ من بيت فرسان إلى بيت فرسان، عانقوا الشيخ السعادات،

75

طارق، وبقية الرجال الذين اجتمعوا، وقبل أن يسيروا باتجاه المضافة عبر الشيخ محمد السعادات من بين القادمين نحو الحمامة، ربَّتَ على عنقها، دنا منها، أخذ رأسها في حضنه معانقا، ولما رأى العرق ينساب فوق جبينها، أمسك بطرف عباءته وراح يمسحه. عاد خطوتين. تأملها، ثم قال: اشتقنالك.

***

فوجئ الحاج محمود بهذا الحبّ الذي يكنونه لمهرتهم، وأدرك أنهم قدموا له أكثر مما يتصور، حين قبلوا أن يهدوها إلى أسرته.

أما خالد، فقد أحسّ بأنه كان أهلاً لحمْل الأمانة حينما أعطى الحمامة كل اهتمامه. وعادت له ذكرى ذلك الحلم الذي لم يقله لأحد، حين رأى نفسه في المنام يحمل الحمامة بين يديه، ويصيح بفرح: عسل للبيع، ورد للبيع. لكن شيئا ما هزَّ طراوة وشفافية حلمه فاستيقظ مذعورا.

كانت المرّة الوحيدة التي يحسّ فيها بهذا، أن ينهض فزعا بسبب حلم جميل، فكر أن يذهب للشيخ حسني ويسأله تفسيرا، أن يسأل عمته الأنيسة، أن.. لكنه ظل مذعوراً..

هو يعرف، وأمه تعرف، والقرية تعرف، أن الحمامة قد احتلت مكان زوجته الراحلة، لكن الشيء الذي كانوا على يقين منه، هو أن الأشياء تجيء في وقتها، فالمطر يجيء في وقته، والشمس تشرق في وقتها والبرتقال ينضج في وقته وكذلك القمح، والفتاة تكبر في وقتها ويستعر دمُ الشاب شوقا للمرأة في وقته.

أما الشيء الذي كان يقلقهم حقا، فكان: من أين له أن يعثر على امرأة كالحمامة!!

***

لم يَخفَ على الشيخ سعادات ما يحدث في قلب الفرس التي راحت تدور حول نفسها تتطلّع صوب الأفراس وتتفلّت.

ــ كبرت ما شاء الله وصارت عروسة. قال الشيخ السعادات، كما لو أنه يتحدّث عن ابنته.

ثم قال: هذه الفرس عندنا منذ سبعة جدود. ولم تخرج من بيتنا سوى مرتين. مرة حين سرقها لصوص منذ زمن طويل، ولم تعد؛ قَلَبْنا الأرض بحثاً عنها، ولم نفقد الأمل إلا بعد مرور الوقت الذي تعيشه خيولنا، بعد أن تأكدنا أنها لا بد ماتت، وأننا لا يمكن مواصلة البحث عن عظامها. لكنها ظلّت حسرة في قلوبنا،

76

ومرة حين أجَزتُموها، وبذلك أرحتمونا من بحث عنها كان يمكن أن يستمر ثلاثين سنة.

ثم صمت الشيخ السعادات، التفتَ للحاج محمود وسأل: هل تعرف يا حاج ما الذي يعنيه أن تبحث عن شيء تحبّه ثلاثين سنة، دون أن تصل إليه؟

كان السؤال مفاجئا، حتى لخالد الذي عاش مرارات الفَقْد. ولـذلك لم يجـد كلاما يقوله، لم يجد سوى أن يهزّ رأسه بتأثر.

- إيه !! قال الشيخ السعادات، كما لو أنه يتخلّـص مـن كتلـة ألم ربضـت علـى صدره سنوات وسنوات. وبعد صمت ربّت على ساق الحاج محمـود وقال: لـن نتركها تتحرّق أكثر.

رجال كثيرون كانوا قد اجتمعوا في المضافة، ومن بينهم عدد من الشيوخ الذين يعرفون أن عليهم مسؤولية كبيرة في مثل هذا اليوم، أن يكونوا شهودا لقاء الحمامة بفحل من فحولهم الأصيلة. في الوقت الذي لم تفارق عينا خالد عدّة خيول بيضاء كانت تتفلّتُ بدورها صوب الحمامة، وهو يسأل نفسه: أيها سيكون حصانها؟

كانت خيولاً ذات جمال نادر، ولا بد أن العناية المستمرة بها، كانت تجعلها أكثر فتنة وكبرياء.

***

أشار الشيخ السعادات لواحد مـن رجالـه، سيتبين لهم أنـه سائس خيلهم، فانطلق من فوره، وما هي إلا دقائق قليلة حتى عـاد ثانيـة، وفي يـده رسن ذلك الفحل الأبيض العجيب الذي لم يروا مثله من قبل. بُهتَ خالد، بهتَ الحاج محمود، وأدركا من أيّ نبع عال تتدفق الأفراس في هذه الأرض.

سأل الحاج محمود: وهل كلها من بطن فرس واحدة؟

- لا. إنها من سلالة واحدة، لكنها ليست من بطن واحدة. فالحصان منهـا لا يمكن أن يقرب أخته. نعرف ذلك من زمن قديم، وفي القلب حادثة أليمة أقسمنا بالله ألا تُعاد. سأقولها اليوم، لأن مهرتنا لديكم، ولكي تحذروا وقوع حـدث جلـل مثل ذلك الذي حدّثنا عنه آباؤنا وأجدادنا.

وعمّ الصمت.

***

77

- ذات يوم (حالت) فرس، ولم يكن لدينا من فحول غير أخيها، وكان يشتعل مثلها، ولكنّهم حين ساقوه نحوها انكمشت فحولته وبدا كما لو أنه تحوّل إلى أنثى مثلها. حيّرهم هذا كثيراً، ولكنهم أدركوا السبب، هذا فحل أصيل، وهذه أخته.

عبَّ الشيخ السعادات كمية من الهواء تكفي لإشعال نار عظيمة في جمرة ذاوية: كانوا يعرفون، أن قيام الفحل بما عليه الوسيلة الوحيدة لميلاد أفراس تتواصل بها السلالة. ولذلك لم يجدوا حلا سوى أن يُكمّموا عينيه، وهذا ما حدث. ثم ساقوه نحوها، وحين تمَّ لهم الأمر، رفعوا الغطاء عن عينيه؛ وعندها أدرك الحصان ما الذي فعله، فبدأت دموعه تنساب. ساقوه بعيدا، فتبعهم كما لو أنه حبل يُجَرُّ على الأرض، لا حياة فيه. وبعدها، رفض أن يأكل، أن يشرب، وظل هكذا حتى مات.

... كان خوفهم عظيما على الفرس، خوفهم من أن تحمل فتكون الذكرى حية بينهم إلى زمن طويل في حصان يعدو أو مهرة تتخايل. وخوفهم ألا تحمل فتنقرض السلالة في أرضهم. وقد راحوا ينتظرون يوما بعد يوم وهم يتطلعون لبطن الفرس، خائفين من كل شيء، إلّا أن الأمر انقضى بنصف مصيبة، لأنها لم تحمل. وهكذا انطلقوا في البرية باحثين عن فحل يليق بها إلى أن وجدوه في سهول حوران. وظلّت الخيل تتكاثر بعد ذلك من بطنين ومن ظهرين. وما ترونه الآن يمكن أن تقولوا بأنه ابن عمّها.

78

دلال امـرأة

طيلة شهور حَمْلِها تعاملَ معها أهل الهادية، كأغلى بنـاتِهم، ولم يكن رجل يمـرُّ بجانبها، إلا ويتمنّى لها الخير، أما النساء، فكان دعاؤهن الـدائم: يـا رب تقوِّمُهـا بالسّلامة. وهو الدعاء نفسه الذي يرفعْنَه للسماء كي تُسهِّل ولادة ابنـة أو جـارة أو أخت...

طويلا ترقّبوا بروز بطنها، استدارته، ورأوا فيها دلال امرأة تعرف حقّ المعرفـة أي كنـز ذلك الذي في رحمها. أوَلا يقـول النـاس أنفسـهم: إن ظَهَر الفرس عـزٌّ وبطنها كنـز؟

كانت الحمامة تدرك ذلك، وبدا سلوكها مع خالد مختلفا، فغدت أكثر هـدوءا واتقدت عيناها بفرح ناعس، وفي أحيان كثيرة كان يبدو له أنها تسـير مثل بنت صغيرة فَرِحَة بجديلتيها، تُلقيها مرةً على كتفها الأيمن ومرة على كتفها الأيسـر، ومرة نحو السماء، أو تركض فتشمل بوقْعِها على ظهرها.

حاولوا أن يتذكَّروا فرساً واحدة بدت على هذا النحو من النشوة، لم يتـذكروا. أخيرا قالوا: لعل صفاء لونها هو ما يجعلنا نرى كل هذا؛ في حين أكدتْ منيرة أن السّرَّ يكمن في عينيها لا في بياضها.

***

الحاج محمود كان يخشى ألّا تحمل، مما يضطرهم للعودة ثانية بها إلى أهلهـا مـن جديد، ولم يكن يريد أن يثقل عليهم بضيافته، فقد تعاملوا معهم هناك كما لو أنهـم أمراء.

لثلاثة أيام ظلّت الذبائحُ تُذبح، والحفاوة بهم تفوق أيّ حفـاوة عرفوهـا، أو سمعوا عنها من قبل. صحيح أن الحاج محمـود كـان كريما، ولم ينـزل في الهادية ضيف إلا عامله كأنه شيخ، فكل الرجال كانوا ضيوفا أعزاء وتذبح لهـم الـذبائح باستثناء رجال الدَّرك التركي، أيا كانت الرّتبـة التـي يحملونهـا، فهؤلاء، كانوا

79

يتصرفون أحيانا كثيرة على هواهم، فتمتدُّ أيديهم لأي خروف أو سخل يريدون، يذبحونه بأيديهم، ولا يكتفون بذلك، بل يأخذون معهم ما تطاله أيديهم، لوجباتهم التالية، من حمام ودجاج وديوك روميّة. لكن هذه الفئة من الضيوف الثقال لم تكن تجد في النهاية واحدا يمكن أن يصبَّ الماء على يد أي منهم بعد الأكل. أما الأكل نفسه، فدائما كان الملح هو طعمه الوحيد.

***

في اليوم الثاني من وصولهم إلى ديار السّعادات، بدأت طقوس الـزواج، كانت الحمامة مثل حبة القمح في المقلي، تتقافز، أما الفحل الأبيض فقد بدا وكأنهم ادخروا ماءه النبيل لمثل هذا اليوم. دار حول نفسه، مُطلِقاً صهيلاً عميقاً ونـاثـراً خصلات غرته، أما شعر عُرْفه فقد كان يتمايل في كل الاتجاهات في الوقت نفسه وهو يهزُّ عنقه، فيرى المرء جزءا منه طائراً وجزءا هابطا نحو يمين رقبته وجزءا صاعدا، وجزءا لا يكاد يمسّ الجانب الأيسر منها حتى يصعد ثانية في الهواء. كان شعره أشبه ما يكون بغزالة تركض، لا يعرف المرء إن كانت قوائمها مسّت الأرض قبل أن تُحلّقَ في الهواء، أم أنها اتكأتْ على هواء ليّن يتلقّفها ويُلقي بها ثانية للفضاء.

أما الحمامة، فلم تكـن أقلّ جمـالا بعنقها الطويل ورأسها الـصغير وعينيها المضيئتين بالرغبة. كان الفحل أضخم منها وأقـرب مـا يكون إلى فـارس ممتلـئ بالرجولة والرحمة والشوق المُستعر في آن. لكنها كانت ممتلئة بالرّقـة وذلك الـشيء السّاحر الذي يشعُّ من جسد صَبيّة تصعد بلهفة نحو أنوثتها.

***

يذكر الشيخ محمود تلك الوثيقة التي وقّعها ثلاثة شيوخ، تؤكـد نَسَبَ الحمامة وأصالتها. وها قد جاء اليوم لتوقيع وثيقة ثانية تؤكد أصالة ما في بطنها.

راقب الشيوخ والرجال بعيون يقظة لقاء النّهارين، صهلتْ وتلـوَّتْ، وأطلـق الفحل أسنانه برقة في عنقها، وحين تمّ له الأمر راح يعضُّ بعض الريح.

ثلاث مرات سمحوا له (بالشّبابة) عليها، وعندما انتهى الأمـر، أشار الـشيخ السعادات لخالد، تلك فرسك، قُم إليها، لقد آن أوان الطِّراد. وكلهـم يعرفـون أن امتطاءها والطراد يجعل ماء الحياة يذهب عميقا فيها.

***

بارتباك نهض، أحس بأن العيون كلّها تحدّق فيه، تماسكَ، تمنّى ألّا تخذله الحمامة. تذكر أنها لم تفعل ذلك أبداً. وما إن وصلها حتى كان جلّ ارتباكه قد فارقه، كانوا

قد جهّزوها، ثبتوا السَّرج وألقوا بالرسن على عنقها. رأته مقبلا، منحته تلك النظرة التي كان يتمنّى أن يراها، النظرة المطمئنَّة، النظرة التي تقول له إنها لم تـزل تـذكره. بخفة قفز على ظهرها.. فانطلقتْ تعدو.

.. وحتى بعد ثلاثين سنة، حين سيستعيد تلك اللحظة، فإنه سيظل عاجزاً عن تفسير إحساسه بما حدث في الحمامة وما حدث فيه. لقد راح يبتعد بها وتبتعـد بـه، حتى ظنّوا أنها لن يعودا أبداً، أو يتوقفا أبداً في أيِّ مكان.

دارتْ عيون الرجال في محاجرها تستغرب ما يحدث، كانت عينا الحـاج محمـود أكثر دهشة وخوفاً.

لكنها في النهاية أطلّا من جديد، فعاد الهواء إلى صدور الرجـال ثانيـة، حـاذت الحمامة الجمْعَ، كما لو أنها وحدها، وليس ثمة مِنْ فارس على ظهرها، وظلتْ تعدو حتى اختفتْ في الجنوب البعيد. لكنهم كانوا هذه المرَّة أكثر ثقة في أنها سـتعاود الظهور.

* * *

ثلاثة أختام، لثلاثة شيوخ أكَّدتْ لقاء الحمامة بفحْلها، وعـادت وثبّتـت نسـبها ونسبه.

حين انتهوا منها، نهضوا، تعانقوا بفرح كبيـر. متمنّيـن لهـا السـلامة ولسـلالتها حياة كريمة في ظلال فرسانها.

بعد ذلك شقّ الشيخ السعادات الجمْعَ ومضى نحوهـا، احتضـن وجههـا بـين يديه، ثم انحنى حتى لامستْ إحدى ركبتيه الأرض، وبهدوء قَبَّـل حافريها الأماميين، ثم نهض، احتضن وجهها من جديد وقبَّـل جبينها. وقبل أن يسـتدير بعينيه للرجال، أخذ نفسا عميقاً، ومعه انسحبتْ كـلُّ تلـك الأحاسـيس الجيّاشـة قليلا قليلا من ملامحه، لتستقرَّ عزيزةً في داخله.

81

هـذه أنـا!

في الطريق الطويل الذي يحاذي حقل الذرة، كان خالد يسير إلى جانـب الحمامـة ممسكا برسنها. ريح خفيفة تُمسّد الحقل، ناشرة في الهواء موسيقى خضراء ترتّب إيقاع المكان كلّه وخطوات السائرين فيه.

في تلك المساءات المضيئة بحمرة شمس الغروب كان يُحبّ أن يسير، مفتونا بذلك التنوّع السّحري في لون الحمامة. لكن الأمر كان مختلفاً ذلك المساء، لأن الريح الخفيفة التي تهبّ كانت مختلفة تماماً، حيث وجد نفسه يسير داخل تلك الموسيقى، شبه منوّم لمسافة طويلة، وحتى بعد أن انتهى حقل الذرة، لم تتوقف الموسيقى فواصل سيره وقد تحوّلت ملامسة حوافر الحمامة للأرض إلى إيقاع متناغم يرفع هذا اللحن العميق الذي احتلّ روحه وجسده على السواء، نحو ذُرى لا يبلغها أحد.

وفجأة تغيّر كل شيء.

وجهاً لوجه، وجد نفسه مع تلك الفتاة التي لم يرها من قبل، فتاة طويلة بعينين عسليتين واسعتين وصدر ناهد وخصر نحيل. من تحت غطاء رأسها الأبيض انحدرتْ جديلةٌ وسارت طويلا طويلا قبل أن تبلغ كتفها وترتمي على صدرها المورّد بحرير ثوب أسود تغطيه زهور حمراء وزرقاء وصفراء وخضراء، تجتمع كلها لتحتضنَ استدارة الصدر، وتنحدر رويدا رويدا مُشَكِّلَةً شلالات من أزهار صغيرة نحو قدميها.

لم يكن هذا الثوب غريبا عليه، فكل نساء المنطقة يرتدينه، لكن المفاجأة كانت تكمن في سؤاله الذي هزّه فجأة: كيف يمكن لثوب أن يحتضن كل هذا الجمال في داخله؟!

82

توقفتُ، راحت تتأمل الفرس، وكان يتأملها. وبهدوء استدارت عيناها نحوه وحدّقت فيه. ولم تقل سوى ثلاث كلمات ستكون كافية لتغيير حياته: أتعرف.. هذه أنا! قالتها وهي تشير للحمامة.

حدّق في وجهها، أدرك تلك المعجزة التي تُحيل امرأة إلى مُهرة؛ كما لو أنها كائن واحد قد انقسم إلى نصفين.

انسلَّتْ من أمامه وهو يحدّق فيها، وبدا وكأن جسدها قد انسحب مخلّفاً طيفه يضيء المكان ويُعَمِّره بحضور لا مثيل له.

عادت الريح تهبّ، ولم تكن ثمة سيقان ذرة، كانت تهبّ على وقع خطواتها. لقد تركته الموسيقى مُسمَّراً مكانه ومضتْ تتبعها. انتفض جسده انتفاضة سرّية لم يشعر بها أحد مثل الحمامة التي أطلقت صهيلا عذبا. استدار، رآها تبتعد، غطاء رأسها مرفوع على كفّي ريح خفيفة لا تفعل شيئا سوى أن تحمله برفق ليُحَلِّق موازيا انسياب كتفها الصغير؛ وحينها عاد من لحظة غيابه أيقن أي امرأة تلك التي تمضي خفيفة وعالية ولا تلامس قدماها الأرض.

صاح: ما اسمك؟

ودون أن تستدير أجابت: اسألها! وأطلقت ضحكة وهي تحاذي حقل الذرة، فسمع تلك الموسيقى التي انبثقتْ من رنة الضحكة وهبوب الريح وصوت طرف غطاء رأسها المُحلّق ووقع خطواتها، تلك الموسيقى التي سيظل يستعيدها؛ كلما داهمته أحزان يردّها بها، وكلما احتضنته أفراح يمضي بها نحو كمالها.

83

صحون منيرة

انشغال خالد بأحزانه كان كفيلا بأن يرفع حائطاً من ضباب رماديّ بينه وبين ما يجري في الهادية، أما انشغاله بالحمامة، فيما بعد، فقد بدَّدَ حائط الرماد، لكنه لم يتركُه يرى سواها.

.. فعلى مدى أكثر من خمس سنوات، تزوَّجَتْ صبايا كثيرات، وأنجبن، وكبرت صغيراتٌ وأصبحن صبايا، ومن بينهن تلك الصبية التي بزغتْ فجأة في ذلك الغروب وبددتْ عتمةً سكنتْ صدره طويلا، عتمة ما كان يظن أنها ستُبدد في أي يوم من الأيام.

لم تكن الهادية واحدة من القرى الصغيرة، لكنها في الوقت نفسه لم تكن تلك القرية التي يمكن أن يجهل فيها الناس بعضهم بعضاً. وقد فكّر خالد لأيام طويلة فيما حدث، إلى أن أصبح على يقين من أنه ما أغمض عينيه طوال هذه السنوات إلا ليفتحها فجأة ويرى تلك الصَّبية، ولعله لو فعل غير ذلك لضاعتْ منه.

– كان لا بدَّ أن تعيش في العتمة طويلا حتى يفاجئك النور. قال لنفسه.

الشيء ذاته حدث مع الحمامة، التي فتَحتْ باباً، وتحوَّلتْ إلى باب. ولولا وجودها لما عبرَ ذلك الدرب عند الغروب، هكذا راح يفكّر. ثم ما الذي يمكن أن تقوله تلك الصَّبية لو كانت هناك فرس أخرى غير الحمامة؟ كانت ستمرُّ دون أن تلمحه، دون أن تشير إليها قائلة: أتعرف.. هذه أنا. وهل كان يمكن أن يعرف من هي وأي جمال جمالها لو لم يقارنه بجمال الحمامة؟

***

– خبّئي صحونَك. قال لأمّه.

– ولكنني أنتظر ذلك اليوم الذي أسمعها فيه تتكسّر.

– أرجوك خبئيها.

84

نهضتْ منيرة يائسة، كما لو أنها ذاهبة لوداع أمل لن يطرُقَ ثانية أبواب حياتها. صحونها في يدها، وغطاء رأسها يسيل. وقبل أن تبلغ ساحة الحوش سمعته يهمس: واحضري معك أي صحون لا تحبينها.

تسمَّرت منيرة في مكانها، صرخت: صحيح؟

- صحيح.

وعندها راحت ترفع الصحون واحداً تلو الآخر وتطرقه في الأرض.

***

هبَّ الحاج محمود راكضاً نحو مصدر الصوت خارجا من الإسطبل، عابرا الحوش، بشعره المنكوش وسرواله الأسود ولحيته البيضاء التي عَلِقَ بها القش. وعندما أبصر امرأته تُكسِّر الصحون صاح: شو.. بدَّك عريس؟!!

وكما لو أنها لم تسمعه، كما لو أنه ليس هناك سواهما هي والفرح الظمآن، راحت تدور حول نفسها راقصة مُطلِقَةً زغاريدها، وغناءها:

يا ويها، وأنا اللي صبرتُ كثير

يا ويها، يا قلب الحبيب اللي امتلا عصافير

ويا ويها، واحد بغنّي والثاني فوقه يطير

يا ويها، ويا هالخبر اللي كسا روحي ابحرير

...

ثم راحت ترقص، وتغني:

ما تغرَّب حبيبي.. لكنه رِجِعْ

حامل فرحة كبيرة وقلبي ما وِسِعْ

فرحة غسلت روحي من غمّ ووجع

وضوت لي سمايي ووسَّعَتْ ها الدّار

- الله يعوض علينا انجنَّت المرا. راح الحاج محمود يردد، دون أن تُعير كلامه انتباها.

يا طلّة حبيبي، يا ذهب والماس

يا تاج من الفرحة، زيِّن روس الناس

وهاتولي ها الصحن، لكسر فوقه الكاس

85

عاشانك لغنّي حتى يطُل نهار

...

يا طلة حبيبي، أحلى من العسل
صافي زي الهمسة ومشعشع بالأمل
لاطلع ظهر بيتي وأنادي الجبل
تا ترقص في حوشي غزلان وأشجار

...

يا طلّة حبيبي يا خيول النبي
اتبشرني بغزال إييشّر بالصّبي
قلي: قلبي مال، ولا تتعذبي
جاييلك احمّل بأحلى الأخبار

...

يا طلة حبيبي يا زهرة بتميل
على أسوار القدس وكروم الخليل
وعلى غزة وصفد .. والرملة وعتّيل
وحاملها بمنقاره وطاير ها الشنّار

...

يا ويها، وأنا اللي صبرت كثير
يا ويها، يا قلب الحبيب اللي امتلا عصافير
ويا ويها، واحد بغني والثاني فوقه يطير
يا ويها، ويا هالخبر اللي كسا روحي ابحرير

86

المقاطعة

انحدرت الشمس باتجاه البحر البعيد، لكن ما خلَّفته وراءها من لهيب كان يوقد كل شيء، يكفي أن يضع المرء يده على حجر ليعرف أي ظهيرة عاشتها المدينة. الطيور التجأت إلى شجرتي الصنوبر في بيت والدي إلياس. أصواتها تبعث فوضى غريبة كما لو أن هنالك شجارا داميا بين الأغصان.

كانت الأمور آخذة في التطور، عرف إلياس ذلك حتى قبل ذهابه لحضور اجتماع الطائفة الذي خصصته لمناقشة أوضاعها، وعلاقتها بأخوية القبر المقدس، (وساءت الأمور بحيث أصبح كثيرون يطالبون بالعمل على طرد هذه الأخوية من البلاد وتطهير الكرسي من مفاسدها وآثارها. حيث لا حق لليونان في الرئاسة لا كنسيا ولا سياسيا ولا أدبيا

– لقد احتقرونا وانغمسوا في شهواتهم ولاموا علينا إذ نبذناهم وعملنا على طردهم.)

تم تشكيل لجنة من عشرة أعضاء لمقابلة الارشمندريت. استمع لمطالبهم صامتا حتى النهاية ثم قال: الامتيازات الممنوحة لنا هي من حقنا، يحق لنا أن نتصرف بالمال وأن تكون أماكن الزيارة بيدنا، وإذا ما أعطينا فإننا نعطي على سبيل الإحسان لا أكثر!!

غضب خليل السكاكيني، أحد أعضاء اللجنة، وغادر المكان.

– ما الذي حدث؟ سأله أبناء الطائفة.

– ليس أمامنا سوى الحرب.

في ذلك المساء قرروا عقد اجتماع في بيت مخائيل طليل.

– إذا عقدنا النية على الحرب فأول ما نحتاجه المال لأن في الطائفة فقراء وأرامل لا يستطيعون الإستغناء عن الدّير.

87

- لا يستطيعون لأنهم اعتادوا عليه، ولكن إذا كان لا بد من المال فعندنا طرق كثيرة لجمعه.

- إن الكلام الذي توحيه لنا الظروف الحاضرة هو أن نكون رجالا أشداء، أن نكون يدا واحدة في هذه الحرب المستعرة بيننا وبين رجال الدير، سقط استبداد الحكومة وبقي استبداد الرئاسة الروحية فلنعمل على إسقاطه، ولا تخشوا في ذلك بأسا، لا تخافوا السماء لأن سلطتهم ليست من السماء، ولا تخافوا أن تُتَّهموا بنكران الجميل فليس لهم علينا أقل جميل، بل كلكم تعرفون والسماء والأرض تعرفان أنهم أساؤوا معاملتنا، احتقرونا، أذلونا. قال خليل السكاكيني.

حين خرج الأب إلياس عصرا، أحس بشيء غريب، كان الطريق مزدحما بطلبة المدرسة اللاهوتية للروم الأرثوذكس التي يلتحق بها طلبة يونانيون ويديرها اليونانيون أيضا، كان الهدف أن يعرضوا قوتهم أمام الطائفة، وقبل أن تتطور الأمور إلى درجة سيئة تدخل خيالة الحكومة والجنود المسلحون، في الوقت الذي وصلت فيه أخبار تقول إن الرهبان مجتمعون على سطح الدير للوقوف في وجه مطالب الطائفة.

***

في مكتب متري تادرُس جورجي زخريا، إلياس حلبي، حنا العيسى، خليل السكاكيني وإلياس سليم، وقرروا كتابة عريضة احتجاج للمتصرِّف بسبب قيام أخوية القبر المقدس بالتحرّش بالطائفة والتهجّم عليها طيلة يومي الأربعاء والخميس. ثم قرروا كتابة بلاغ إلى البطريرك أعلموه فيه أنهم عازمون على الانقطاع عن الكنيسة إلى أن تنال الطائفة حقوقها.

مساء عقد اجتماع تمّ فيه إقرار العريضة والبلاغ والتوقيع عليهما. لكن الشيء الكبير الذي حدث تلك الليلة هو قرار المجلس الملّي بأن يمتنع الكهنة العرب عن الصلاة وعيّنتُ لجنة لتبليغهم ذلك والتعهد لهم أن الملّة مستعدة لدفع رواتبهم.)

***

- كنا نعتقد أننا سنراك في هذه الزيارة. قالت أم إلياس له.

- تعرفين، إذا ما استقر الوضع لصالحنا فسترينني كثيرا، وأظن أن الأمور تسير بهذا الاتجاه، فما دامت الطائفة قد طلبت من الرهبان الفلسطينيين أن يقاطعوا الكنيسة فهذا يعني أنني لن أعود إلى الهادية إلا لإحضار مالي من أغراض هناك. (بعد قليل نهض، وراح يلف البريش على عنق الأرجيلة الزجاجي.

88

- إلى أين؟ أنت لم تجلس بعد!
- هناك مأدبة في (الفندق الكبير) وعلي أن أحضرها، سيكون هناك المتصرف وبعض أعيان المدينة والأدباء ورئيس البلدية فيضي أفندي العلمي.

***

المفاجأة التي غيّرت الكثير كانت وصول منشور مطبوع مـن الطائفـة الأرثوذكسية العربية في يافا يعلن انقطاع الطائفة عن الكنيسة، فقرر المجلس المـلّي أن تنزل الطائفة صباح الثلاثاء عن بكرة أبيها إلى دار الحكومة لمطالبـة المتـصرف بمخابرة الصدارة العظمى ودعوتها للاستجابة لمطالب الطائفة..

اكتظت كنيسة مار يعقوب وساحة كنيسة القيامة حين انـدفع الجميع لتلبيـة الدعوة، وسار موكب مهيب لا ترى العين آخره يتقدمه الكهنة الوطنيون إلى ديوان المتصرف.

كان الرد على تلك المسيرة سريعا من البطريرك: بصفتي رئيسا عليكم، آمـركم أن تُصلُّوا غدا وإلا اضطررت أن أعمل ما يكدركم.

غضب الناس كثيرا.

- وهل يريدنا أن نصلي بالقوة.
- إذا رسّم البطريرك كاهنا فإنني سأقتل ذلك الكاهن وسط الطريـق. صـاح جورجي سمعان.
- وإذا صليت فاقتلوني حتى لو كنت أخاكم. قال إلياس.)

سرّان دفينان

سرّان دفينان سيمضيان بالهبّاب إلى نهاية غير متوقعة، الأول يسكن بيته والثاني ينتظره في السوق.

لم يكن أحد من الناس يعرف ما يدور خلف أسواره، سوى نسائه الثلاث، سلمى التي حبلت وولدت وملأت الدار بستة أبناء؛ ريحانة التي لم يستطع لمسها، وصبحيّة التي اختطفها من بين يدي أهلها، وجاءت بولدين، وخلال السنوات الخمس التي أمضتها في بيته كانت مطيعة إلى ذلك الحد الذي لم يكن مضطرا أن يعدّ لها حتى الثلاثة. بعد أن سمعته يقول لها (اثنين) بعد قدوم ابنهما الأول مباشرة.

وجود صبحيّة كان لا بد منه لترميم حياته، في الوقت الذي غدت ريحانة غصّته الكبرى، ومنذ اليوم الأول الذي رآها فيه، أحبها ذلك الحبّ الذي لم يحسّ به نحو امرأة أبداً، فسلمى كانت بنتا تركيّة لعائلة كبيرة، أمها تركية وأبوها من يافا، وقد رفضوا في البداية زواجه منها، لولا تدخّل القائمقام نفسه الذي أشرع له أبواب حياته.

– هذا رجل له مستقبل. قال لأهلها.

لكن الأيام مراوغة، ولها لعبتها، لأن الهبّاب الذي بدا وكأنه بزغ من الأرض فجأة عارياً من ماضيه، سيجد نفسه في النهاية عاريا على بوابة مستقبله. أما بيته الذي كان بأسواره العالية، قادرا على أن يحجب ألسنة النار، فلم يعد باستطاعته أن يحجب سُحُبَ الدخان.

بين يافا والهادية عاشت سَلمى، وكان على أولاده في النهاية أن يستقرّوا في يافا، كلما وصل واحد منهم إلى مرحلة الدراسة. وبات عليه أن يمضي معظم الوقت بجانب صبحيّة وعلى مقربة من ريحانة، ريحانة التي حوّل صمتُها البيت إلى قبر.

***

هي تعرف تماماً، أنه قتل زوجها، ولكن الشيء الغريب الذي حدث للمرة الأولى، أنه أحبها إلى ذلك الحد الذي لم يستطع معه أبداً أن يعترف بأنه قتله. أما

90

الأغرب، فقد قَبِلَ بأن ينتظر فترة (العِدّة) قبل أن يتزوَّجها رغم الرفض المرتعد الذي أبداه أهلها.

كانت ريحانة تعرف حكاياته كلّها، وكيف يمكن أن يتزوج على الطريق ويُطلَّق خلف سنسلة الحقل المحاذي، أو يأخذ امرأة ويعيدها ذليلة بعد أيام. لكنها رضخت في النهاية، وحين خرجت من البيت بعينين جافتين، كما لو أن بكاءها على زوجها لم يترك في مآقيها دمعة واحدة، قالت له: لا أخرج من البيت إلا ومعي (الأدهم).

سألهم: ومن هو الأدهم؟

ردّوا: حصان زوجها. وتداركوا: حصان المرحوم!

أشار برأسه موافقاً.

بعد قليل سمع صهيل الأدهم، وحين رآه أدرك أنه أمام وحش لا أمام حصان. كان الأدهم فحلا أسود، عاليا، مخيفا بأسنانه البيضاء وعينيه الليليتين المشعّتين كجوهرتين سوداوين، قفز في الهواء، وأطلق ساقيه الخلفيتين فبدّدَ جَمْعَ الناس الذين تحلّقوا في المكان. ومنذ مقتل صاحبه، لم يستطيعوا وضع سرج على ظهره. كل ما نجحوا فيه وضع رسن.

لكن ثورة (الأدهم) هدأت قليلاً وقد أبصر ريحانة أخيراً والتقت عيناه بعينيها؛ أشارت له برأسها، وفهم الإشارة. أغلقت جفنيها، أحنت جبينها، وعندما رفعته ثانية كان الأمر قد انتهى. ومنذ تلك اللحظة أصبح الهبّاب واثقاً من أن ما بين ريحانة والأدهم، أكبر مما يمكن أن يتصوّره.

***

قاطعةً كانت تلك الكلمات التي فجّرتها في وجهه ما إن أغلق الباب، وخلع نصف ثيابه.

- تستطيع أن تأخذني عنوة، ولكنني بهذا لن أكون لك.
- وما الذي تريدينه مقابل أن تكوني لي؟
- بسيط. قالت، وقد أحسّ برأسها يلمس سقف الغرفة الواسعة التي تجمعهما.
- وما هو؟
- إذا استطعت أن تمتطي الأدهم، سأكون امرأتك!

كان الأمر أشبه بلعبة ساذجة لامرأة لم تعرف ذلك الرجل الذي يقف أمامها. هكذا فكّر. ولكن رعشة غريبة اخترقته كنصل دقيق، أحسَّ بها تبلغ منتصف صدره وتتوزّع نصالا أصغر في أنحاء جسمه كلها.

لكنه ابتسم

ـ وما هي المهلة التي تعطينني إياها لأفعل ذلك؟

ـ العمر كله! قالت بثبات أصبحتْ معه السِّهام في جسده أشدّ اندفاعا وأكبر حجماً.

تقدّم خطوة باتجاهها. لكنه تجمّدَ ثانية.

بعدها عمَّ صمت طويل، ظلّ كلُّ منهما يحدق إلى الآخر، دون أن تطرف أي عين لها حتى ملأ صوت أذان الفجر كل الجهات، عاد من وجومه، انحنى، تناول نصف ثيابه عن الأرض وعن طرف السرير الذي لم تر ريحانة من قبل سريرا مثله، وخطفاً استدار مغادراً الغرفة.

كان على وشك أن يقول لها: أراك مساء غد إذن. لكنّه ابتلع كلامه قبل أن يلامس شفتيه. وعصف به إحساس غامض بأنه قد وقع في حب قاتلته التي أتى بها معزَّزة إلى بيته، وكما لم يفعل، من قبل، مع أي امرأة، غير زوجته الأولى.

وصاح: إنني احلم!

بكت منيرة سبعة أيام بلياليها، أما الجملة التي لم تتوقف عن ترديدها.

- يا خسارة صحونك يا منيرة.

أما خالد، فقد بات على يقين أن ما رآه كان مجرد حلم، حلم غروب يوم صيفي، عبرَ روحَهُ خطفاً، ولم يكن أكثر من شوق مجنون لبداية جديدة. توقّف أمام الحمامة في المكان نفسه الذي التقى فيه تلك الصَّبية، حدّق في عينيها وسألها: هل كنتُ أحلم؟ هل ما رأيتُه كان حقيقة؟ هل سمعتِ ما قالته قبل أن تختفي؟ هل تذكرين ضحكتها كما أستعيدها الآن؟ لم تقل الحمامة شيئاً، هزّت رأسها، صهلت ثلاث مرات، وفي المرة الرابعة سارت مبتعدةً غير عابئة به، تركها، وحين استدار ورآها، أوشك أن يسقط من فرط الدهشة: لقد كانت هناك. الصَّبية كانت هناك. بلحمها ودمها، والحمامة تفركُ غرّتَها بذلك الصدر المحاط بأزهاره الحريرية الملونة.

- هل أراكِ فعلاً؟ سألها.

- إن كنت تراني!

- وأين اختفيتِ كل هذه المدة؟

- أنا لم أختف؟ ولكنك لم تكن تراني.

- ما اسمك إذن؟

- قلتُ لكَ اسألها؟ هل سألتَها؟

- لا.

- اسألُها إذن؟

تناولت سلّتها عن الأرض، رفعتها إلى رأسها، سلّة لم يكن رآها، خطت باتجاهه، وظلت تسير وعيناها تحدّقان في الممر الضيق، حتى أصبحتْ على بعد خطوة واحدة منه. رفعتُ عينيها. كانت جميلة إلى ذلك الحدّ الذي جعله يصرخ محاولا أن يوقظ نفسه: إنني أحلم. إنني أحلم. فتح عينيه، ولم تكن هناك. وأتاه

93

صوتها، وقد أصبحتْ على بعد خطوات خلفه: ستحلم بي كثيراً.. ولكن ليس الآن.

– ما اسم أبيك إذن؟

– اسألها.

وضحكتْ. عادت الريح تهبُّ على وقع خطواتها. لقد تركته الموسيقى مُسمّرا مكانه ومضت تتبعها. انتفض جسده انتفاضة سرية لم يشعر بها أحد مثل الحمامة التي أطلقت صهيلا عذبا. استدار، رآها تبتعد، غطاء رأسها مرفوع على كفي ريح خفيفة لا تفعل شيئاً سوى أن تحمله برفق ليُحلِّق موازياً لانسياب كتفها الصغير، ومن لحظة غيابه عاد وقد أيقن أي امرأة تلك التي تمضي خفيفة وعالية لا تلامس قدماها الأرض. صرخ: لقد رأيتُ هذا من قبل، إنني أحلم.

– لا، ليس الآن!

واختفت في حقل الذرة. انطلق وراءها راكضاً، تبعته الحمامة، ولم يكن قصيرا في أيِّ يوم من الأيام، مثلما كان قصيرا ذلك العام، وقد أوشكتْ خضرة الحقول أن تبلغ السماء. كان ارتفاع سيقان الحقل يفوق ارتفاع قامته بكثير، قفز فوق ظهر الحمامة، عيناه تحرثان الحقلَ باحثتين عن أيّ أثر لحركة، أذناه تتسمَّعان باحثتين عن أي حفيف تُحْدِثُه ملامسةُ جسم أخضر لهذه الخضرة. صرخ: إنني أحلم.

وجاءه الصوت من كل مكان: لا، ليس الآن!

نادى: ما اسمك إذن؟

رد الصوت: اسألها.

– ما اسمها؟ ما اسمها؟ صرخ في أذني الحمامة المشرئبتين كانتظار طويل.

– هل أخبرتُكَ؟

عاد الصوت يتردد.

– لا.

– ستخبرك. كن مطمئناً.

ترجَّلَ عن الحمامة أكثر حيرة، وعندما رفع يده، ليربِّتَ على وجهها، ويرجوها. اصطدمتْ أصابعه بملمس لم يعتده من قبل، ملمس ناعم، واصلتْ أصابعه العبث به، رفع عينيه، وهناك رأى ما بين وجهها والرسن، ذلك المنديل السُّكَّري. تناوله، قرّبه من أنفه وراح يتشممه بعمق.

94

حروب غريبة

طيلة اليوم التالي لم تَرَ ريحانة الهبَّاب، اختفى كما لو أن الأرض ابتلعته، رغبة مجنونة سيطرتْ عليه: أن يكون في منأى عن البشر.

لم يكن قد نام بعد الذي حصل، مضى نحو الأدهم حاول أن يضع عليه السّرج، مع إدراكه أن الأمر ليس أقل من مستحيل. وحين لم يستطع همس لنفسه موبخاً: قِصَرُ نظرٍ يصل حدَّ العمى.

بصعوبة تمكّن من الوصول إلى الرسن، فحيح مجنون رجَّ المكان، وتناثر الشرر في الهواء مُنذراً بالنار. لكنه لم يكن يريد العودة إلى امرأته في المساء إلا فوق ظهر الأدهم. قاومه الحصان، مزّق الريح بحوافره، ولو كان باستطاعة البشر أن يروا ما حدث بأعينهم، لرأوا تلك الخدوش العميقة في جسد الهواء.

امتطى فرسه الحمدانية، ثبَّتَ رسن الأدهم بسرجها، تقافز الأدهم ثانية، حين رأى ريحانة في العِلِّيَّة هناك، فازداد جنونه.

متقدِّماً نحو البوابة الكبيرة للحوش سار الأدهم أخيراً، لكن عينيه كانتا في مكان آخر حيث تلك القامة العالية.

ليس ثمة حيوان أذكى من الحصان، هذا ما يعرفه الناس هنا، ويؤمنون به، وقد فهم الأدهم ما تريده ريحانة منذ البداية، منذ اختلائها به، حين طلبت من أهلها أن تراه على انفراد قبل مغادرتها بيتهم.

ما الذي يمكن أن تقوله امرأة لحصان تختلي به؟

نصف الحكاية كان واضحاً بالنسبة لهم، أما نصفها الثاني فيربض هناك في مجاهل المستقبل.

***

ابتعد الهبَّاب، حتى بات على يقين من أن المكان الذي هو فيه لم يصله من قبلُ بشر، ولن يصله من بعد. واد سحيق، ارتمى مرهقاً بين سلسلتين جبليتين، سهلٌ

95

رمليٌّ شكَّلته السيول عاما بعد عام، حاملة إليه رمالا وأتربة وحجارة من كل أراضي المنطقة العالية الممتدة حوله.

أشبه بالدخول إلى حفرة عميقة كان الأمر. قاومَ الأدهمُ، في حين غالبت الحمدانية برشاقة غير عادية تعرّجات طريقها الذي لم تسلكه فرس قبلها؛ لم يكن يعيقها سوى ثورة الأدهم، الذي كلما نفض رأسه في الهواء ممانعا، أحسّتْ أنه يرفعها عن الأرض ويجعل حزام السرج يغوص عميقاً في لحم بطنها.

سطعت الشمس حارقة، تصبّبَ العرق فوق جباه الثلاثة، والتمعت خطوطه جداول من رصاص ثقيلة. وقبل أن يبلغ طرف الوادي، فكَّر الهبّاب بتلك المهمَّة الغبية التي يمضي لتنفيذها، وقد قَبِلَ تحدّياً أرعنَ كهذا.

استدار بعنقه، ألقى نظرة غاضبة على الأدهم، فهمها الحصان، الذي راح ينظر في عينيه مباشرة.

في قاع ذلك الوادي، اكتشف أنه يُحب تلك المرأة وأنه أسير هوى مجنون يعصف به دون رحمة، هوىً كان قد جعله يفكّر لأول مرة بالتراجع عن قتل زوج امرأة اشتهاها بيده. لقد هزمتْ جنونَهُ وقد وجد نفسه مضطرا لإرسال رجاله لقتْل الزوج، في الوقت الذي ذهب فيه لحضور واحد من أعراس قرية مجاورة على غير عادته.

للمرة الأولى، كان بحاجة إلى دليل براءة. لعنَ الحب، ومن يقعون في حباله، لعن سلالته كلّها، لعن العالم بأسره، والزمان الذي مهّد له سبيله دائما، لكنه ترك له في منتصفه هذه المرأة بحصانها المجنون.

***

لم تغادر ريحانة العلية، بقيت واقفة هناك، عموداً حجريا يُراقب أيَّ غبار يمكن أن تُثيره نسمة ضائعة وجدتْ نفسها صدفة في ذلك الضّحى الحار الذي راح يتحول إلى ظهيرة متّقدة.

لقد أدركتْ ليلة الأمس مرتين، أي امرأة قد أصبحتْ، حين قَبِلَ بوجود الأدهم، مع ما يعنيه من وجود صورة ورائحة القتيل، وقبوله بالتحدّي الذي ألقته عليه، لكنها وجدت نفسها في قبضة مخاوف متصارعة، وطمأنينة مفتوحة أبوابها على فجيعة غير متوقَّعة.

- لم يهزمه أحد من قبل. قالت لنفسها.

96

وأخافها هذا كثيراً. إنه وحش، وحين تتمكن من إصابة وحش بجرح، ستكون بين احتمالين: أن يثور أكثر ويدمِّر ويقتل كما لم يفعل من قبل، كما لو أنه يودع القتْلَ بقتْل لا مثيل له، وإما أن يسكنَ ويراقب ما حوله بعينين كسيرتين ويودِّع الحياةَ نازفاً على مهل.

أدركتْ ريحانة أنها قوية، ولكنها أدركت أكثر، أن كل ما حولها يمكن أن يغدو رماداً لنار لم تر مثلها.

ـ لا تقولي لي إنكِ قلقة عليه! جاءها الصوت من قاع الحوش!

ـ لن أقلق على أحد أكثر منه!

ـ الهبَّاب؟!! سألتْ صُبحيّة مستغربة.

ـ الأدهم! أجابت ريحانة.

***

بعد قليل كانت صبحيّة تقف إلى جانبها.

ألقتْ ريحانة نظرة خاطفة عليها ثم استدارت تنظر إلى الأفق: زوجته الثانية أنتِ؟

ـ آه.. صبحيّة. إن شا الله ما يصير له إشي.

ـ الأدهم؟ سألتها ريحانة.

ـ الأدهم والهبَّاب؟

ـ والهبَّاب؟!! سألتها ريحانة بغضب.

ـ لا تنسي أنه زوجي. ثم إن كل حياتي الآن مُعلَّقة بكلمة واحدة يقولها.

ـ كلمة واحدة؟

ـ آه.

ـ وما هي؟

ـ ثلاثة!!

***

وقت طويل سيمرّ قبل أن تعرف ريحانة حكاية (ثلاثة) هذه، وحين ستعرف، ستكون أكثر اطمئنانا لتلك القوة الغامضة التي لم تزلْ تحميها حتى الآن، القوة التي لا مثيل لها، القوة التي تفصلها عن تلك المرأة في جحيمهما المشترك.

***

97

بعد العصر بقليل شاهدتْ سحابةَ الغبار قادمة تجري نحوها. ولم يكن عليها أن تفكر طويلا فيما يخبئه عمود الغبار المتصاعد للسماء. الشمس خلفها والسهل مضاء بلهيب لم يحِنْ وقتُ انطفائه. حسٌّ داهمٌ بالخوف فاجأها. لكنها باتت على يقين من أن المسافة التي يخلّفها الأدهم وراءه، ما بينه وبين الهبّاب، هي المسافة التي يهديها إياها على عتبة ليلتها الثانية، كي تترامى بينها وبين الهبّاب نفسه.

اندفعتْ نازلة درجات العلّية، وأمام دهشة كثير من الرجال والنساء الذين يُسخِّرهم للعمل في البيت، انطلقتْ نحو البوابة الكبيرة، أشرعَتْها.

وقفتْ ثابتةً، تراقب اندفاعة الأدهم نحوها، ويراقبها مَن وقفوا خلْفها وقد تجمّعوا مع إحساسهم بأن شيئاً غريباً يحدث لأول مرة بين هذه الأسوار.

وكلما كان الأدهم يقترب أكثر كان يخيّل لهم أنه يطير، وأن قوائمه لا تمسّ الأرض أبداً، ومع تلاشي المسافة، تأكّد لهم ذلك، حتى أن صُبحيّة أقسمتْ فيما بعد أنه نـزل من الهواء كي يضع رأسه بين يدي ريحانة. لكنها أنكرتْ أنها قالت كلاما مثل هذا فيما بعد، وقد أحسّتْ بخطورة وصول عبارة كهذه إلى مسامع الهبّاب.

بعد الغروب، سمعتْ بوابةَ الحوش تُفتح، وأصاخت السَّمع أكثر، فالتقطتْ أذناها وقْعَ حوافر فرس على الأرض وتَرَجُّلَ راكبها. وبعد لحظات تقاطعتْ خطى كثيرة، حتى لم تعد تعرف إلى أي اتجاه مضت خطى الهبّاب.

وقالت الحمامة شيئاً!!

الشمسُ في وسط السماء والظلُّ نقطة محاصرة، الحساسين التجأت لأشجار السَّرو.. اندسَّت في الخضرة الداكنة، أما حقل الذرة فقد هدأ كما لو أن الموت سيبزغ منه فجأة.

اعتصر خالد جبينه بأصابع يده اليسرى، فكر أن يبقى في هذا اللهيب واقفاً حتى تظهر، لا بد أن أحدا سيُعْلِمُها بالأمر، تعرف وتأتي، بعد ساعات اكتشف أنه لم يكن يفكر في الأمر بل كان يفعله.

تحوّل الطريق إلى خيط من الصمت، وانفجرت في الأعلى صرخات صقر حلَّق طويلاً، قبل أن يُغير على فريسة لا بد أن تكون قد تحرَّكتْ.

لم يتحرك.

لم تكن منيرة تريد أن تَلفتَ الانتباه لما يفعله ابنها بعيداً عن بيوت القرية، طوتْ لسانها، وجلست على قلبها مخافة أن يسمع أحد دبيب الرعب الذي يهزّه. ولم يدم الصمت طويلا.

راقبوا الشمس تدور حوله، راقبوا الظل يَقصِرُ ويطول، مرّ اليوم الأول كما لو أن أحداً لا يرى ما يراه، وفي اليوم الثاني تهامسوا، وفي اليوم الثالث اندفعوا من كل الجهات نحوه. وفي اليوم الرابع قال لهم: كل ما تستطيعون فعله، أن تأخذوا الحمامة بعيداً عن هذه النار.

كان قد صمَّم أن يواصل بقاءه في المكان نفسه، حتى النهاية.

***

ابتعدوا بالحمامة، لكنها في اليوم الخامس عادت وحدها، ألقتْ عنقَها على كتفه، حيَّره: كم كان رأسها خفيفاً. تلمَّسها لكي يتأكد من أنها معه. كانت أقرب ما تكون إلى ريشة أو نسمة. داهمه الرعب فجأة، أمسك بها مخافة أن تهب ريح وتخلعها عن جسده.

99

همهَمَت الحمامةُ بشيء لم يفهمه، وكان الناس يراقبون عن بُعد.

– الحمامة وحدها تستطيع أن تعيده إلينا. قالت منيرة. يخاف عليها أكثر مما يخاف على نفسه، لن يقبل أن تظلّ في الشمس واقفة هكذا. لكن الحمامة تسمّرت إلى جانبه.

في اليوم التالي، رأوه يخلع عباءته السوداء ويلقيها على رأس الحمامة؛ قالت منيرة: لقد جُنَّ الاثنان.

كانوا يودّون أن ينتهي الأمر قبل يوم السّوق، قبل أن تندفع القرى والمضاربُ من كل الاتجاهات نحو الهادية، قبل أن يأتي الهبّاب ورجاله، قبل أن يتحوّل الأمر إلى حكاية يعرفون أي مدى ذاك الذي يمكن أن تبلغه.

جاء يوم السّوق..

قبل شروق الشمس، اندفع الحاج محمود نحوه غاضبا، اندفع أخوته: سالم، محمد ومصطفى، منيرة، عمته الأنيسة، العزيزة، حاولوا أن يعودوا به، لكنه كان قد تحوّل إلى رمح غاص في التراب، ولم يبق سوى القليل خارجه، القليل الذي، بالكاد، يمكن أن تحيط به يد.

***

جاؤوا بالشيخ ناصر العلي، وقف أمامه، سأله، وظلّ صامتا، وكان يعرف السّر: أعدتُ لكَ ذات يوم مَنْ كانت موجودة، لكنني لا أستطيع أن أوجد لكَ مَنْ لم توجَد.

وللمرة الأولى سمعوه يتكلم: ستظهر.

مرَّ الهبّاب على ظهر فرسه الحمدانية قاصداً السوق، كان بعيدا، وخُيِّل إليه، لخالد، أن أعينهما التقت. بدا الهبّاب أقلّ طولا من أي يوم، ورآه الهبّاب كذلك، الهبّاب الذي لعن اليوم الذي وجِدَتْ فيه المرأة على الأرض.

كل ما لم يقله الناس قالته الريح، وهي تلتفُّ بصمت حوله، تدور وتمضي بأسراره بعيدا، ولم يكن هناك من حل سوى أن تظهر.

***

فكّر الهبّاب بمصيبته، ولم يعرف إن كان أكثر حظاً من ذلك الذي تحرقه الشمس، أم لا. ورأى حياته أكثر حلكة.

ظهورها سيفتح لخالد بوابة الأمل. لكن الهبّاب كان على يقين من أن الأمل لم يكن موجودا من قبل.

***

ثمة شيء غريب أيقظ شهية الجوارح في السماء، رائحة موت، ربما، أو الإحساس بوجود فريسة سهلة.

تكاثرت الصقور في الجو وأتتْ نسور لم تظهر من قبل وغربان.

***

يعرف الحاج محمود أن ابنه لم يكن يقبل في أي يوم من الأيام، أقل من أن يمضي بالأمر حتى نهايته، ولم يكن ذلك جديداً؛ كان مستعدا لأن يصمت شهراً كاملاً، أو يغضب شهرا كاملا، أو أن يندفع حتى حافة الدنيا.

***

ذات يوم خرج خالد بقطيع الأبقار نحو السهول التي كانت ضمن أراضي الهادية، وهناك وجد مجموعة من الرجال يرعون مواشيهم ويغنّون. كان يحبّ صوت (الشّبابة) فظلَّ ينتظر إلى أن انتهوا من غنائهم. ذهب إليهم وطلب منهم أن يأخذوا أبقارهم ويرحلوا لأن المرعى للهادية. وكان النزاع على مناطق الرّعي في بعض مواسم القحط يصل إلى إراقة الدماء. رفضوا، هددهم، سخروا منه، وقد تحلقوا حوله. عندها أدرك أنه لن يستطيع الدفاع عن نفسه ما دام في وسطهم. ادّعى أنه سيذهب؛ وحين ابتعد قليلاً، رمى حجرا أصاب أحدهم. لحقوه. وكان هذا ما يريده. هرب، إلى أن اعتلى سفح تل صغير، وكلما ألقوا حجرا نحوه تلقاه بعصاه وأبعده، إلى أن أحسّ بتعبهم، فبدأ بإلقاء حجارته، وبعد نصف ساعة كان قد أصابهم كلهم. بعضهم كان يعرج وبعضهم لا يستطيع رفع يده وبعضهم انفجر الدم من رأسه مغطياً عينيه. تركهم على حالهم، وعاد إلى القرية كأن شيئا لم يكن.

كان لا بدَّ للقضاء من أن يتدخّل لحلّ المشكلة، مع وجود كل تلك الإصابات، رغم أن خالد لم يكن قد تجاوز الرابعة عشرة من عمره. كانت تلك هي المرة الأولى التي يقف فيها خالد أمام الشيخ ناصر العلي. سأله: ما الذي حدث؟ فقال خالد: كنت ذاهبا لرعي الأبقار في أراضينا فمنعوني وتجمّعوا عليَّ كلهم وضربوني، وكما ترى لا أستطيع المشي. ورفع طرف قمبازه، ليرى الشيخ ناصر قدمه التي لفّها خالد بقطع من القماش.

سألهم الشيخ ناصر: وأنتم؟ وكانوا شبابا ورجالا وآثار إصاباتهم واضحة، فقال الأول: هذا الأشقر ضربني. وهو يشير إلى خالد. وقال الثاني: الأشقر. وهكذا راحوا يرددون الكلمة نفسها والشيخ ناصر العلي يهزُّ رأسه إلى أن انتهوا؛ وعندها

101

نظر إليهم وقال: إخضْ عليكم أكثر من عَشَر رجال يغلبهم ولد. وطلب منهم أن ينصرفوا. وقبل أن يُخرجوا انحنى خالد وأبعدَ الرّباط عن قدمه وهو يقول: وأعترف يا سيدي إنه ما أصابني ولا حجر، وهاذي رِجْلي سليمة وما فيها إشي!!

وعندها راح الشيخ ناصر العلي يضحك من قلبه وهو يردد: والله إني حبّيتك! روح الله يُنصرك على كل من عاداك!

**

يذكُرُ الحاج محمود ذلك اليوم البعيد الذي ذهبوا فيه لصيد الغزلان، يذكر كيف أصاب خالد غزالة كانت قد أثقلتْهُم خِفّتُها؛ راوغتهم، وراحت تتوارى في سفوح لا تصعدُها الخيل.

فجأة ترجَّلَ، وصاح: ولكنها لي!! وانطلق يعدو خلفها. اختفى. انتظروه حتى تعبوا. تركوا خيولهم في الوادي. صعدوا خلفه متتبعين آثار خطاه وخيط دم راح يتحوّل إلى نقاط صغيرة حتى تلاشى في النهاية، كما لو أن جرح الغزالة قد جفّفته رياح اندفاعها.

عندما فقدوا الأمل عادوا. لعلّ الأمل وراءهم هناك. لعلّه عاد من طريق آخر، لعله مضى نحو الهادية وقد أصبحتْ أقرب إليه عند بلوغ السفوح البعيدة. عادوا..

ولم يكن هناك.

كان أكثر ما يقلقهم عدم وجود سلاح معه سوى يديه العاريتين.

اختبأ في السفوح يومين، حتى باتوا على يقين من أن الغزالة لن تعيده، أنها مضت به إلى (بلاد الوَداود إللي بتودِّي وما بتعاود) كما تقول أمه، البلاد التي لم تُعد يوما أحدا أخذته.

طمأنهم الحاج محمود: سيعود.

في النهاية عاد خالد، الغزالة تتفلّتُ حولَ عنقه، وتنطح الهواءَ بقرنيها الصغيرين، وصدرَه بقوائمها الموثقة.

أنـزلها عن عنقه، كما يُنـزِلُ طفلا، بهدوء ومحبة.

- لو كنتُ مثلكِ لفعلتُ ما فعَلتِ، ولو كنتِ مثلي لفعلتِ ما فعلتُ. ليس هنالك غالب ولا مغلوب، قال لها. اتّفقنا؟!

لكنها كانت مغلوبة..

**

102

انحنى، حلَّ وثاقها، تراجعَ خطوات قليلة، أصبحتْ في المنتصف تماما، عيون البشر تحدّق فيها، وتَعِدُ بطونهَم بوجبة مُشتهاة. بصعوبة وقفتْ، دارتْ حول نفسها، دون أن تُفارق عيناها العشبيتان وجوه الناس. وعندها، أدركتْ أنها بحاجة لجناحين على الأقل كي تتجاوز الحائط البشري المُحْكَم.

أحنتْ رأسها لدقائق، وحين رفعته، كانت تحدّق في عينيه مباشرة. وأمام دهشة الجميع سارت نحوه حتى وقفتُ أمامه ساكنةً تماماً. رفعتُ رأسها ثانية، لكنه لم يجرؤ على النظر في عينيها من جديد. وفهمتُ ذلك؛ ولذا، كان لا بدَّ لها من أن تخطو الخطوة الأخيرة لتلامسه، وأدركَ أنها ستفعلها، وأن ذلك سيعني الكثير، لكنه لم يتحرّك، وتحركتْ هي، مسَّتْ طرف قمبازه بوجهها. أحس بدفء أنفاسها، ولم يكن عليها سوى أن تجعله يحسّ أكثر بلمستها.

قطعتِ المسافة الباقية بين قمبازه وجسده بملامستين رقيقتين له برأس قرنها الأيمن. عندها همس الحاج محمود: إنها تستجير بك.

وتراكم الصمت أكثر.

استدارَ بجسده قليلا، كما لو أن قامته قد تحوّلتْ إلى باب، ومنه خطتِ الغزالة خطوتها الأولى خارج الدائرة البشرية، وعلى مهلها ظلتْ تسير إلى أن اختفتْ في البعيد.

***

- كيف عدتَ بها؟ سألوه.

- مثلما ذَهَبتُ. بهدوء. انتظرتها في الطريق الذي لا بدَّ أن تعود منه للماء، وكان لا بد أن تعود. اختفيتُ وراء صخرة دون حركة إلى أن سمعتُ وقع خطواتها يقترب، حبستُ أنفاسي، إلى أن وصلتْ، وعندها التقينا معا وجهاً لوجه، بقينا صامتَين، وقبل أن تُدركَ ما يدور كنت قد أمسكتُ بها.

***

بعد ثلاثة أيام من انقضاء السّوق، كانوا قد فقدوا الأمل تماما، وباتوا مستسلمين للفضيحة التي لم تعد سراً، تركوه وحده مع الحمامة، نصفهم غضبٌ ونصفهم شفقةٌ. امتدت يده إلى جيب قنبازه، ما إن ابتعدوا، أخرج منديلها السّكري وراح يتشممه.

عند الغروب سمع خطواتها، حبسَ أنفاسه، أطلقتِ الحمامة صهيلا مكتوماً، ربَّتَ على عنقها طالباً منها أن تهدأ، واقتربت الخطى أكثر وأكثر، إلى أن تأكد من

103

أنها خطواتها؛ وفي تلك اللحظة داهمه حسٌّ عميق بأنه لن يسمع بعد اليوم خطاها تبتعد.

هدأ كل شيء فيه، لم يكن بحاجة إلى أن يتحفَّز، أو يقفز، ظلتْ تسير إلى أن وصَلَتْهُ ووقفتْ أمامه وجها لوجه.

وحين سارت من جديد احتكَّ ذراعها به، فاستيقظتْ هناك لمسة الغزالة. وبهدوء راحت تبتعد.

هبَّتْ ريحٌ خفيفة فجأة، حرَّكتْ عيدان القصب، استدار، وراح يسير وراءها بالهدوء نفسه، وخلْفه كانت تسير سحابةٌ بيضاء.

104

خنجر ومخدة بيضاء

وقفَ فوق رأسها، خنجره لامع في يده، وصوتُ تنفُّسها ينشر في الغرفة إيقاع ذلك الهواء الهادئ الذاهب إلى عمق رئتيها، والخارج منهما أكثر هدوءاً. يقتله اطمئنانُها، تقتله تلك الثقة العارية من أيّ شيء يحميها سوى نفسها.

على المخدّة البيضاء المزيّنة بورود حريريّة يحتضن الليل ألوانها، كان وجهها القمحيُّ تحت ضوء المصباح الخافت قد تحوَّل إلى ذهب خالص، في حين ارتمى شعرُها مضيئا برتقالية لم يرها من قبل.

– هل كان عليَّ أن أطيع أحاسيسي. قال الهبّاب لنفسه.

إنها المرة الأولى التي يحسُّ فيها بأنه يرتكب خطأ بهذا الحجم، لكنها كانت هناك، ورآها، وشقَّته طلَّتُها إلى نصفين، وهوى.

***

لم تكن أكثر من امرأة خجول، مثل بقية النساء وهنّ يقابلن غريبا في الطريق، سحبتْ طرف غطاء رأسها بسرعة، شدّتْ عليه بطرف فمها، وسارت تحدِّق في الأرض. ولم ير فيها سوى امرأة جميلة خجول، لا تُنذر بشيء. امرأة هادئة، تتعثر خطواتها ارتباكا، وتكادُ تدخل بين شجيرات الصبار، غير عابئة بأشواكها، وهي تحاول الابتعاد ما استطاعت.

لكنّه رأى وجها ملائكياً لا شبيه له.

أطلق العنان للحمدانية حتى اختفى، مُخَلَّفاً إياها وراءه، وحين توارى في المنعطف بعيداً، ترجّل بسرعة، ربط فرسه بغصن شجرة مشمش فاضتْ ثمارُها فملأت الأرض تحتها بشموس صغيرة ناضجة تُشتهى. بحث بعينيه عن موقع يمكّنه من رؤيتها جيداً، دون أن تراه بسهولة.

وَجَدَهُ.

سمع خطاها تقترب شيئاً فشيئاً، وللمرة الأولى أحس بأن تلك الخطوات تُرتِّبُ إيقاع نبضات قلبه على صوتِ تهاديها.

طويلة كانت، لم يستطع معرفة ذلك تماما عندما كان فوق ظهر فرسه.

ظلَّت تسير إلى أن وجدت نفسها ثانية أمامه.

وقفتُ.

حدَّقت فيه بغضب: لقد أكرمتُكَ هناك حين داريتُ وجهي لأنني كنتُ أظن أنك رجلٌ أصيل. أما الآن فلن أمنحك هذا الاحترام.

***

لم تكن ريحانة قد رأته من قبل، لكن أخباره كانت تغمر الأرجاء برائحة نتنة، لا تطيقها امرأة ولا يطمئن لانبعاثها رجل.

وللحظة، داهمها ذلك الإحساس المبهم بقوة: إنه هو. ولعلّها ربطتْ بين ما سمعته عن فرسه الحمدانية والفرس التي يمتطيها.

أدارتْ وجهها باحثةً عن الفرس، رأتها بعيدا.

— لا يتسللُ حرٌّ من خلف فرس حُرّة للتلصص على أصائل غيره. قالت بغضب أدهشه.

بحثَ عن أولئك الملائكة الذين رآهم قبل قليل في ملامحها.. لم يجد أياً منهم.

جميلة كما لو أنها لم تطأ ترابا، كما لو أنها ليست من تراب، أنفها المستدق، وجهها المشدود الذي يزداد جمالا بانخفاضين ما بين فكيها وخديها، عنقها الطويل، المسافة العظيمة ما بين كتفيها وأذنيها، شفتاها الممتلئتان اللتان تنتهيان بنقطتين غامضتين شهيتين، أسنانها البيضاء القوية وجبينها الصافي كالماء.

***

راقبها وهي تبتعد، غارقاً في مشاعر لم يعرفها من قبل، مشاعر مُستعرة انفجرتْ متلاطمة تمزِّق روحه؛ وبعد زمن قصير، لم يبق منها سوى ذلك الوجه الملائكي. الوجه الملائكي نفسه الذي يتأمله في نومه المطمئن الآن، كما لو أن السماء بنفسها جاءت تحرسه.

سقطتْ يده إلى جانبه واهنةً، ولم تكن أصابعه أكثر من قطعة قماش مُسدلة، وقد سقط خنجره على الأرض أعزلَ من كل ذلك الشَّر الذي طالما سكنه.

106

- أيّ عبث هذا، أن تكون لك امرأة بهذا الجمال، ولكن رغما عنها؟ تستطيع أن تأخذها الآن، لكنها لن تكون لك كما تشتهي: امرأة للأبد. تصحو على قلبها ملقياً عليك تحيه الصباح، وتنام على صدى ضحكتها التي تملأ البيت. امرأة تستطيع أن تطمئن لأصابعها وهي تمتد لك بكوب الماء أو صحن الطعام.

بهدوء خرج دون أن يدري أن خنجره لم يعد في يده.

نـزل درجات العِلِّية، صاح أكثر من ديك مُعْلِناً قدومَ فجر لم يرَ منه الهبَّاب شيئاً في الأفق.

سار عبر الساحة الموحشة للبيت حتى الإسطبل. أحسّ الأدهم بخطواته، صهل متقافزا في الهواء، تبعتْهُ بقية الخيول، وضاعف هدوء الهزيع الأخير من الليل فوضى الصهيل، فتراجع الهبَّاب ثلاث خطوات للوراء، كما لو أنه ليس أكثر من سارق خيل.

***

لقد هَرِمَ، هذا ما أحسّ به منذ أيام، رأى الشيب يندفع مجنونا مثل شـلال مـن جانبي رأسه نحو لحيته التي بدت طويلة أكثر مما يجب، ورأى شاربيه أكثر تهدُّلا من أيّ يوم مضى. عَمِل طويلا على أن يرفعهما، أن يفتلهما مرات كثيرات ولكنهما لم يكونا مثلما كانا.

تعمَّد أن يمرَّ أمام ريحانة، يقفَ، يراقب عينيها ويسمع ما يقوله صمتها حين تنظر إليه؛ تعمّد أن يُظهر شعرَه، أن يُبصر فيها ما يمكن أن تلاحظه من فرق بين مـا كان وبين ما أصبح، لكنها كانت أكثر ذكاء من أن تسخر من رجل مجروح، وأكثر بُعداً من أن ترى شيئا يعنيه.

كتمتْ كل شيء في داخلها، وحين ابتعد، حين أصبح خـارج بوابـة الحـوش، سمع ضحكة قادمة من العلِّية، صرخة انتصار، وقبل أن يستدير ليتأكـد، سـمع صرخة ذلك العُقاب في السماء، ورآه، فلم يجد ما يُطمئنُ به روحه الممزقة سوى أن يظن أن الصرخة الأولى أطلقها العُقاب نفسه.

من طرف الشُبّاك شاهدتْ ريحانة الهبَّاب يبتعد والعُقاب يمرّ من فـوق البيـت، كان قريباً إلى ذلك الحد الذي ظنّتْ معه أنه كان فوق السطح.

لقد هَرِمَ وشاب قبل أن يمتطي ظهر الأدهم.

***

107

هبطتْ من العلّية، مضتْ نحو الإسطبل، أبصرتها زوجتهُ صبحية، وحيّرهـا أن ريحانة فرِحة إلى درجة لم تكن تتصوّر أن امرأة ستبلغها في هذا البيت، أحستْ بغيرة لم تعرف سببها، وحين اختفتْ ريحانة داخل الإسطبل ركضتْ وراءهـا، وهنـاك رأتْ ما لم يسبق لهـا أن رأتـه في حياتها الـضّيقة تلـك، رأت ريحانة تحتـضن رأس الأدهم وتُقبله من أعلى نقطة في أذنِه حتى فمه العريض.

ارتعدتْ، رجعتْ خطوتين للخلف. تجمّدَتْ، حتى أنها لم تسمع خطوات ريحانة القادمة من الداخل نحوهـا، وفوجئتْ بهـا تمـرّ أمامهـا، تُلقي عليهـا تحيـة الصباح، ولا ترد، وهكذا بقيت في مكانها إلى أن راح أولادها يشدّونها من أطراف ثوبها طالبين منها أن تتحرك..

***

108

سَنةُ البنـات

سنة الخير كلها خير، هذا ما أدركه أهل الهادية منذ بداياتها، كانت غالبية المواليد ذلك العام بنات، وهم يقولون دائماً (سنة البنات تَبّات وسنة الفحول مُحُول!!). وزادت الخيرَ خيراً تلك الصَّبية التي اكتمل بحضورها عودة قلب خالد من ضياعه.

كان العرس عرس الجميع، وكانت (ياسمين) الفتاة التي يتمناها كل رجل وامرأة لابنهما: جميلة وحِرْكة وبنت أصل.

وقف حمدان على ظهر المضافة، وصاح: يا سامعين الصوت، صلوا على النبي محمد، بكره ما حدا يسرح، لأنه في خطبة لخالد ابن الحاج محمود. وأعاد نداءه ثلاث مرات أخرى، وفي كلّ مرة كان يدير وجهه إلى جهة مختلفة.

لم يكن حمدان واثقاً من ندائه وفَرِحاً به من قبل، مثلما يحدث معه الآن، كان السهل يتماوج في المدى بسنابله التي نضجتْ، الريح تحمل حفيف الزرع وتنشره في الأفق، وأشجار الزيتون لم تكن أكثر خضرة في عينيه مثلما يراها تحت الشمس الذاهبة للمغيب، أشجار مضيئة تَعِدُ بموسم لم يروا من قبل مثله.

أما أخوته سالم ومحمد ومصطفى فقد انطلقوا على ظهور ريح والجليلة والخضراء لدعوة رجال من قرى بعيدة للانضمام للجاهة.

***

كان الأمر قد تمَّ قبل يوم، حيث زار الحاج محمود مع الشيخ حسني وعدد من رجال القرية بيت والد ياسمين؛ اتفقوا على كل شيء، ولم يكن قد تبقَّى سوى حضور (الجاهة) الرسمية.

توافد رجالٌ من قرى المنطقة كلّها، وعلى رأسهم الشيخ ناصر العلي. ضجَّت الحياة في ساحات القرية وشوارعها كما لم يحدث في أي عيد، امتلأ الضحى بالبهجة، انطلق الفرسان على ظهور الخيل يسابقون الريح، وحضر الأب ثيودورس بثوبه

109

الأسود الطويل، ولم يكن من اللائق أن يتخلَّفَ عن مناسبة كهذه، رغم شكواه المتكررة للحاج محمود من القرية التي "يهيأ لي أنها لم تعد تدفع ما عليها كما كانت تفعل، وأن العُشر تضاءل كثيراً بحيث أصبح أقل من نصفه."

- أنت تعرف أن السنوات مثل أصابع اليد، لا تشبه سنة منها أختها.
- إنني أسمعك جيدا هنا، ولكنهم لا يفهمون ما تقوله هناك!

....

في البعيد رأوا أهل عروستهم بانتظارهم، ولم يكن أي منهم غريبا، فأراضي قرية العروس ملاصقة لأراضي الهادية، وكان الليل كفيلا دائما بأن يحمل سهرات أعراس القريتين وأحزانها للقرية الأخرى بطريقة أسرع مما تحملها الخيول، ولطالما قيل إن صدى الأعراس في إحداهما كان يجعل الناس يرقصون في ساحات القرية الأخرى.

***

الرجال في المقدمة، يتوسّطهم الشيخ ناصر العلي والأب ثيودورس، وخلفهم النساء اللواتي تصاعدتْ أغنياتهن تملأ المنحدر:

قطعنا البحر يا عمّي   على اللي خصرها ظُمِّه
قطعنا البحر بحرينِ   على مكحولة العين
قطعنا سهلنا الأخضر   لضحكة ها القمر لسمَر
ومشيناكِ مَشي الطيرِ   حتى ما تكوني لغيري
ومشينالك يا أصيله   حتى نفرح فيك الليلة
ومشينالك من الهادية   نغني والنيّة صافية

وحينما أصبحوا أكثر قربا، انطلقت أغان أخرى، تُمجّد أهل العروس وتُعدد محاسنَهم:

يا بَيّ محمد   جينالك جينالك
قوم استقبلنا   بخيولك ورجالك
يا بَيّ محمد   يا كبير الشّانِ
يا حصان المحوط   باسْبُوعَهْ وغزلانِ
يا بْن محمد   يا شبّاك العِليّةِ
يا ألف شمعة   جوّا روحي مظوية

ثم ارتفعت حرارة الحناجر أكثر:

110

قوليلي وين دارك يا ياسمينة يا مليحة
والله لتتَّبَع أثارك لو حتى على (ريحا)
قوليلي وين دارك يا ياسمين يا لطيفة
والله لتبع آثارك حتى القُدْس الشّريفة

...

يا طول الشعر الأسمر من عكا حتى (يافا)
ومن (غزّة) حتى (المجدل) من حيفا لـ (صَفافة)

وكما لو أن والد العروس راح يحيي الجاهة غنت النساء على لسانه:

يا هلا ومرحب باللي هلّوا علينا!
بنرحب فيهم وبنحطهم في عينينا!
يا هلا ومرحب بالناس الأجاويد!
خطوة عزيزة خضرا زيْ يوم العيدِ!

* * *

بعد أن شربوا قهوتهم، قال الحاج محمود لولده: قم قبّل يد عمّك، فنهض، أخذ يد أبي محمد، والد ياسمين، لكن والدها سحب يده.

- الرجال الذين مثلك نعانقهم. واحتضنه بين ذراعيه، وهمس له: أعطيناك (ياسمين) فاحرص على أن تظل نديّة دائما.

- ستكون في عيني دائما يا عمّي.

111

أشـــواق

الشيء الذي لم يحسب له خالد حسابا، أن الشوق سيعصف به، ويتركه عرضة لليال لا آخر لها.

راح يتحيّن فرصة ليراها، ولم يكن الأمرُ سهلا، لأنها في قرية أخرى، وجرّد مروره من هناك لن يكون سرّاً. انتظرها في المكان الذي رآها فيه دون جدوى، إلى أن أدرك أن ما قبل الخطبة لا يشبه ما بعدها. وأن عليه اليوم أن ينتظر طويلا حتى تكون له.

امتدت يده إلى جيب قمبازه، أخرج منديلها السكريّ وراح يتشممه بانتشاء. لقد اتفقوا: الزواج بعون الله مع موسم الزيتون.

هكذا كانت تتم الأفراح، في مواعيد المواسم، حيث الخير كثير، وفرح الناس يتحوّل إلى اثنين، فرح العرس وفرح قطف ثمار عَرَقِهم الذي فاض طوال العام.

الشيء الذي لم يستطع خالد أن يفكّر فيه، هو أن يذهب بمفرده، فهو يعرف أن ذلك لن يكون لائقا، لأن أهل الخطيبة يشتكون دائما من كل خطِيب يبالغ في محاولاته كي يرى عروس المستقبل. ذلك سيحوّله إلى مجرد ولد صغير لا غير، يتلقى ملاحظات قاسية، وإن كان ظاهرها العتب، لكنها أقرب ما تكون إلى خيبة الأمل.

أحسّت منيرة بذلك، مالت نحو الحاج محمود وهمست له: شو رأيك نزور العروس.

– ما الذي تقولينه يا امرأة. نحن كنا عندهم منذ ثلاثة أيام؟

– والله اشتقت لها!

– أنتِ التي اشتقتِ لها أم قرّة عينك، أتظنينني أعمى؟

– أعمى؟! أستغفر الله، وهل هناك صاحب نظر أكثر منك، يكفي أنك اخترتني!!

112

- الصحيح يا منيرة أنا لم أخترك، ولكن الله هو الذي اختارك لي، ومن حسن حظي أن الله يجبني، وإلّا لكان نصيبي واحدة أخرى.

- صحيح؟

- طبعا صحيح. ها هم يكبرون، ويتزوجون، وليس لنا في نهاية الأمر إلا بعضنا بعضاً.

- إن شا الله يكبروا في عزّك، تحت ظلّك، وتبقى سندا لنا كلّنا.

***

بعد يومين مالت منيرة نحو الحاج محمود وهمست: مرت خمسة أيام ولم أر العروس.

- الجمعة إن شاء الله نذهب.

- الجمعة بعيد.

- أخبريه سنذهب الجمعة. وهو وحظه، قد يراها وقد لا يسمحون له بذلك.

***

كانت في الحقل، حين لمحتهم قادمين من بعيد، راحت تجري. كانوا أكثر قُرباً للبيت منها. أدركتْ أنها لن تسبقهم، فاختفت في كرم العنب، وظلّتْ هناك، حتى دخلوا البيت. خرجتْ من مخبئها، تسللتْ خائفة، دارتْ حول البيت، قفزتْ عن السور الجانبي، وعلى رؤوس أصابعها ظلت تسير إلى أن وصلتْ قرب الطابون، ولسبب ما فُتح الباب، وسمعتْ خطوات تتجه نحو الخيول، فألقتْ بنفسها في جوف الطابون.

حمدت الله أن النار انطفأت من زمن بعيد، لكن ذلك لم يمنع أن تحس بحرارة الطابون ترتفع قليلا قليلا. مسحتِ العرق المتصبّب من جبينها، تطلّعتْ للباب الذي تحوّل إلى طوق نجاة لها. تلاشى وقْعُ الخطوات، لكن ضجة كبيرة باغتتها، فحشرتْ جسدها في المنطقة الأكثر سوادا.

تعرف، أنه لا يجوز أن يراها أو تراه، وسيظل الأمر هكذا حتى يوم الزواج. انشغلتْ تعدّ الأيام، وحين انتهت، لم يكن هنالك أي صوت.

خرجتْ زاحفةً، مرَّتْ من تحت أعناق الخيل، ولم تكن الحمامة هناك، حتى وصلتْ شباك الغرفة الغربية، تسلّقت حافته وألقتْ بنفسها للداخل.

- ما الذي فعلتِ بنفسك؟!! صرخت أمّها.

- اختبأتُ في الطابون.

113

- والله لو رأوك هكذا لفسخوا الخطبة!

ولم يطمئن قلب أمها إلّا بعد أن رأتهم يغادرون أرض القرية. عندها صرخت
بها: أمان.

خرجتُ، وحين رآها أبوها راح يضحك ويضحك، ثم نظر إلى أمها وهو
يضحك: لم أكن أعرف أن في بيتنا فئرانا بهذا الحجم!

***

***

مواسم الرياح

فجأة راحت الأمور تسير في اتّجاه آخر؛

ذات مساء وصلتْ إلى الهادية مجموعة من رجال الدَّرك، على رأسهم (ياور) أو ما يسمونه المساعد العسكري، مع أحد محصّلي الضرائب، ظلّوا يصعدون التل حتى وصلوا باب المضافة. ربطوا خيولهم بجذع شجرة التوت، لكن أحداً لم يخرج ليرحب بهم، كانت المضافة خالية، وليس هناك سوى حمدان الذي ما إن رآهم حتى استدار بوجهه بعيدا، كما لو أنهم ليسوا هناك.

قاسية جاءته الضربة من الخلْف، غاصتْ جَزْمَة الياور في ظهره واقتلعته من مكانه، فسقط على وجهه فوق موقد النار ودلال القهوة.

وعندما حاول النهوض، تلقى ضربة أخرى بعقب بندقية الياور، فرفعه عاليا وألقى به عند باب المضافة.

وقت طويل مرَّ قبل أن يصل الرجال إليه، كان ملطخا بالقهوة، وأصابعه محترقة وراحتا يديه؛ يئن بصمت متكوّرا على نفسه وخائفا من ضربة ثالثة تبدّدُ جسدَه.

***

– ما تدفعونه من ضرائب أقلّ بكثير من هذا العُشْر التافه الذي تسلمونه للدَّير. لقد راقبنا الأمر طويلا. وكانت النتيجة أن ما يصل لا يشمل ما لديكم من أبقار وأغنام وماشية وخيول وجِمال وبشر. قال محصّلُ الضرائب، ذو الوجه المستدير والرأس الملتصق بكتفيه تماما بسبب عدم وجود رقبة.

حدَّق في وجه الحاج محمود: لن نخرج من هنا، قبل أن نُحصي كل شيء.

استدار، توجه نحو باب المضافة، خلْفه الياور وعدد من الجنود، وقبل أن يصلوا البوابة، صاح الياور بجندي لم يروا من قبل أحداً طويلاً مثله: إذهب واحضر ما تراه مناسباً لغدائنا.

***

115

بعد مرور ساعة، كانت البلد كلها قد تجمّعت أمام المضافة، تفلّتَ الشباب نحو أولئك الذين كانت ضحكاتهم تصل من الداخل مجلجلة، لكن الحاج محمود أشار لهم أن يهدأوا.

تراجع خالد، سالم، مصطفى، ومحمد.

بعد قليل، عاد الدّركي الطويل يجرّ بقرةً، عرفوا أنها واحدة من أبقار الشيخ حسني. سار بها نحو الزاوية اليمنى لحوش المضافة، أمسك بها من رأسها، وبحركة واحدة أدهشت الجميعَ أطاح بها أرضاً. تقدّم اثنان من الجنود، أوثقاها، وبلمح البصر استلَّ خنجرا من مكان خفي ونحرها. تناثر الدم حتى لطخ أطراف ثياب كثيرين ممن كانوا يقفون بعيداً، ووصلتْ قطراتٌ منه إلى لحية الحاج محمود البيضاء الطويلة. لم يلحظ ذلك. اعتصر خالد جبينه بأصابع يده اليسرى دون أن تفارق عيناه قطرات الدماء، امتدتْ يده اليمنى، مسحت الدمَ. أمسك الحاج بيد ابنه، نظر إليها، وهناك، رأى الدم يُلطّخ أصابع ولده. لاحت منه التفاتة إلى صدره فرأى الدم قد لطّخ قُمْبَازَه من الرقبة حتى آخر نقطة قرب النّعل، وتواصل خيط الدم حتى عنق البقرة.

***

على مدى يومين، لم يظهر أي من رجال القرية في المضافة، أو في حوشها، كان الجنود يتصرّفون كما لو أن القرية قد تحوّلت إلى معسكر لهم.

ذبحوا ما فاض عن حاجتهم من ماشية ودجاج وحمام، وبخيولهم طافوا حَوْل القرية مرات ومرات وعبر حقولها، بحيث تحوّل كثير من حقول السمسم إلى امتدادات لا نفع منها. وفي ظهيرة اليوم الثالث حدّدوا الضرائب التي على الناس أن يدفعوها لهم. وعندما وصلوا لتحديد الضرائب المترتبة على بيت الحاج محمود، قال محصل الضرائب دون مقدمات: وعلى هذه الفرس البيضاء ضريبة، وعلى ما في بطنها ضريبة. ثم صمت قليلا وقال تلك العبارة التي كانوا يخشونها: بل، ستكون هذه الفرس هديتكم لوالينا بدل الضرائب المستحقة على هذا البيت!

تقدم سالم خطوتين، وقبل أن يخطو الثالثة، أمسكَ به خالد من كتفه. مطبقا بقوة، ومحرّكًا أصابعه بطريقة أدرك معها سالم أن عليه أن يهدأ لأن أخاه يفكر بطريقة أخرى.

اعتصر خالد جبينه بأصابع يده اليسرى، تراجع الغضب واستقر عميقاً في الأحشاء.

116

الشيء الغريب الذي لاحظوه أن الخوري ثيودورس لم يظهر طيلة الأيام الثلاثة. أغلق باب الدير، وبدا وكأنه يعيش في عالم آخر تماما. أحس الحاج محمود بذلك، فلم يفعل أكثر من أن يهز رأسه وهو يفكر في هذا الأمر.

– إنها رسالته إلينا.

***

عند المغيب ركب رجال الدرك خيولهم، قاصدين التلال الغربية، محمَّلين بكل ما وقعت عليه أعينهم من أشياء ثمينة، وما امتلأت به سروجهم من أموال.

ظلَّ خالد يراقبهم حتى اختفوا تماما، ولم يبق في الأفق سوى ذلك السطوع المُبْهِر للحمامة. حدّق أهل القرية فيه كما لو أنهم يلعنونه، والجنون يكاد يعصف بعقولهم: كيف صمتَ إلى هذا الحد؟ كيف تخلَّى عن الحمامة وما في بطنها، وماذا سيقول للشيخ السعادات؟

استداروا بوجوههم بعيداً، ولم تكن منيرة أقل دهشة ولا الحاج محمود. أما سالم فلم يقل أي كلمة، ابتعد قبل الجميع، وهو على يقين من أنه فقد أخاه إلى الأبد، أنه لن يُكلّمه.. ولن يجمعهما بعد اليوم بيت. أما محمد ومصطفى فكان الدمع يغمر أعينهما.

***

أطبق الليل تماماً على الدنيا بعد أقلَّ من ساعة. الصمتُ وحده يحرث المكان بألسنته المقطوعة وأطيافها التي تسير ملتصقة بالجدران مخافة أن يراها أحد.

في الغرفة الطويلة كان الدمع يجري منحدرا، وثمة خجل يعتصر الجميع.

– الآن، أمضي. قال خالد.

– إلى أين؟ الليل ليس لك. قالت منيرة.

– الليل ليس لي، والليل ليس لسواي.

***

سمعوا خطاه تبتعد باتجاه الإسطبل، وبعد دقائق سمعوا وقْعَ أقدام رجُل يسير إلى جانب حصان.

– لقد أخذ (ريح). قالت منيرة. وهمَّتْ بالنهوض، لكن الحاج محمود أمسكها من ذراعها وشدَّها نحو الأرض ثانية: أقعدي.

سمعوا بوابة الحوش تُشْرَع، وبهدوء تُغلق، كما لو أن من يغادرها لص يخشى انتباه أهل البيت. وظلوا يتبعون وقع أقدام (ريح)، حتى خُيِّل إليهم أن الصوت

117

سيبقى يرنُّ في آذانهم للأبد. وبعد دقائق تغير إيقاع الحوافر على الأرض، تسارع عَدْوُ الفرس وتسارع، وعندما اختفى الصوت، داهمهم حس غريب بأن (ريح) طارت حاملة ولدهم إلى بلاد لا يعود منها أحد.

***

في منعطفات يعرفها كما يعرف راحة يده، أدركَهم خالد أخيراً، منعطفات وانحدارات وصخور طالما تجوَّل فيها بحثا عن الحجل والغزلان.

وفي ليل مضاء بهلال شاحب يزيد البريّة اتساعاً، كان لا بدَّ من أن يلمحوه وقد أصبح على مسافة أمان منهم.

صاحوا منذرين: مَن هناك؟

وظلَّ صامتاً.

ترجّل عن فرسه، ربطَها بعيدا، وتقدّم نحوهم. رؤيته للحمامة أعادت الطمأنينة إلى قلبه. قفز فوق صخرة عالية، جلس. فصاحوا ثانية: من هناك؟

- هيَ أو حياتكم. أتركوها وخذوا كل ما سرقتموه منّا!!

- ماذا؟ سمع صوت الياور ينطلق.

- هي أو حياتكم. أتركوها وخذوا كل ما سرقتموه منا!!

- أنجُ بحياتك، وعُدْ للطريق الذي جاء بك.

وسمع صوت خطى تتقدم نحوه، نـزل عن الصخرة، واختفى. بعد دقائق سمعوا صوتَ صرخة وتهشُّمَ عظم وأنات تتلوى.

وهدأ كلُّ شيء ثانية.

- هي أو حياتكم. أتركوها وخذوا ثلاثة أرباع ما سرقتموه منا!! ولم يكد يُكْمِلها حتى سمع صوت خطى تتقدم نحوه.

اختفى.

تَعثُّر الجنديِّ بجثة رفيقه جعله يُدرك أنه وصل إلى موقع الصوت، لكنه لم ير أحداً.

صاح برعب، وقبل أن يُكملَ الصرخة كان نصل الخنجر يغوص بعيداً في جسده ويجعل نصف صرخته الثاني أكثر وحشية.

وهدأ كل شيء من جديد.

أدرك الياور أن الأمر ليس سهلا، فطلب منهم أن ينطلقوا بعيدا عن تلك البقعة التي لن يستطيعوا أن يفعلوا فيها شيئاً.

118

عاد خالد إلى الوراء، قفز فوق ظهر (ريح) ومضى يتابعهم على مَهل.

***

بعد زمن خُيِّلَ إليهم فيه أن مسافةَ أمان باتتْ تفصلهم عنه، ظهر لهم من جديد على يسارهم، فوق تلة عالية، كانت قامته التي تحدثُ بقامة الحصان تثير الرُّعبَ على نحو غامض.

صوَّبَ الياور بندقيته وأطلق رصاصة وبعد أن هدأ ضوء انطلاقها وتلاشى دخانها لم ير في المكان أحداً.

– أمثاله ليسوا بحاجة إلى أكثر من رصاصة. قال بفخر وهو ينظر نحو مُحَصِّل الضرائب الذي كانت عيناه تلمعان على نحو غريب.

ساروا.

لم يكونوا قد قطعوا أكثر من مئتي خطوة حين رأوا الظلَّ فوق التل من جديد. لكنه ظلُّ الفرس وحدها وقد تلاشى ظلُّ الفارس.

– فلاحون أغبياء، لا يعرفون بأن كلَّ مراجلهم لا تصمد أمام لمسة زناد. قال الياور.

لكن الصوت عاد ثانية؛ وخُيِّلَ إليهم أنه يأتي هذه المرَّة من الجهة الأخرى. عن يمينهم.

أطلق الياور رصاصةً أخرى في الفضاء، فصهلت الخيل واشتدت حلكة الليل أكثر.

– هي أو حياتكم، أتركوها وخذوا نصف ما سرقتموه منا!!

لم يعد الأمر يحتمل العبثَ أكثر، ترجَّل الياور عن حصانه، أشار لاثنين من جنوده أن يذهبا في اتجاه، ومضى صحبةَ جنديّه الطويل في اتجاه آخر. في حين هبط محصِّل الضرائب، ودسَّ جسده بين الخيول.

***

ارتفع الهلال أكثر فتلاشى بعضُ شحوبه، ورأى خالد الحمامة تسطع، أراد أن يصيح باسمها كما يفعل دائما، لكنه يعرف أن ذلك سيكون كفيلا بإثارتها، وذلك آخر ما يريده.

كان هروبها يعني موتها. لكنها فاجأته، صهلتْ فبدا له وكأنها تنطق باسمه.

119

الليل في أوله، يعرف ذلك، تركهم يُقلّبون حجارة السفح بحثا عنه، دون أن يتحرّك. وعندما بدأ الإنهاكُ يهزّ أجسادَهم، وقد أيقنوا أن أفضل ما يمكن أن يفعلوه هو أن يعودوا إلى حيث كانوا، تحرّكَ..

فلم يعد منهم في النهاية سوى اثنين: الياور وجنديّه الطويل. انتظروا لكن الآخرَين لم يظهرا، ولسبب بسيط لم يكن الياور يريد أن ينادي عليها، فلعلها هناك يختبئان ويعدّان شَرَكّاً يُخَلّصه من هذا الذي لم يحسبوا له حسابا.

***

توغّل الليل في عتمته، وبدا الهلال صديقا له وهو يُطل عليه من بين أشجار البلوط حينا ومن بين الصخور حينا آخر، أكثر مما كان صديقا لهم في انكشافهم.

حاول الياور أن يستعيد وجوه أولئك الذين رآهم، الحاج محمود وأبنائه، ولم يحضر في النهاية سوى وجه خالد، لقد بدا له أنه الأقوى وأنه الأهدأ في تلك اللحظة التي قرروا فيها أخذ الحمامة. ولكن فكرة مصادرتها لم تكن قابلة للمراجعة.

بعد أقل من ساعة فَقَدَ الأمل بعودة الجنديين، فقرر الياور أن يسير لعلّه يصل موقعاً أكثر أماناً أو قرية يُمضي ما تبقى من الليل فيها. وفي تلك اللحظة بالذات داهمه الخوف، ولعلّه الندم، أو حسٌّ غريب تكوّن منهما ووخزه عميقاً.

كان التعب قد بدأ يظهر عليه، وربما فائض التوتّر الذي كان قبل ساعات فائض اطمئنان. وفي البعيد كان خالد يراقب الظلال الشاحبة والقامة البيضاء ويُمسّد عنقَ ريح، وهو على يقين من أن زمناً مختلفاً جديداً في طريقه إليه.

لم يكن الوقت في صالح أحد، ليس أمامه سوى القليل كي يتمّ مهمّته، وليس أمامهم سوى القليل كي يخرجوا من قبضة هذا الغموض المحدق بهم.

ـ هيَ أو حياتكم. جاء الصوت. أتركوها وخذوا رُبعَ ما سرقتموه منا!!

وعندها أدركَ الياور أن الرياح ما زالتْ تسير عكس ما تشتهيه أشرعته.

على سفح التل الأيمن هذه المرّة، بزغَ ظلُّ الفارس أكثر رهبة في اتحاده بظلِّ فرسه.

***

قرر الياور استخدام أقوى أسلحته التي ادّخرها للنهاية. لكن المفاجأة لم تكن بيده.

120

لم يكن صعباً على خالد أن يرى تسلل الجندي الطويل، فحتى الليل بلا قمره لا يستطيع أن يحجبَ قامةً بهذا الحجم.

تسمَّرت الخيولُ مكانها، وعاد الصمت من جديد، فكّر خالد في الأمر، وأيقن أنه لو كان مكان الياور لما توقّف، لأنه يتيح له فرصة سماع دبيب النمل في هذه العتمة، لكن الياور كان يفعل ذلك لسبب آخر، كان متلهفا لسماع صوت جنديّه وهو يعلن له: لقد تمَّ الأمر.

بعد زمن، سمع صرخةً فأحسَّ الياور بقلبه يقفز من حَلْقِهِ، كانت الصرخة غامضة، وبعد أقل من لحظة جاء صوت جنديّه: هل أذبحه؟!!

– وهل أرسلتكَ لتعانقه؟! فوراً.

وفجأة رجَّ الليل صوت الرُّعب حيث راحت الصرخة تصطكُّ بجدار العتمة الموحش وتصعد وتصعد إلى أعالي السماء ناثرةَ الدمَ في الأرجاء.

***

انطلقتْ ضحكات الياور ممزوجة ببقايا فزع وأمل ما كان يتوقّع أن يُنير ليلته أبداً. اندفع صوب المُحصّل، عانقه بشدّة على غير عادته. وسار حتى أصبح أمام الحمامة مباشرة: أنتِ أو حياتنا!! آه، أنتِ أو حياتنا، ثلاثة أرباع، نصف، ربع..!!!

هل خطر له من قبْل أنه سيقف في ليل كهذا شامتا بفرس؟ بالتأكيد لا، لكنه يقف شامتا بهذه الفرس البيضاء التي كادت تتحوّل إلى لعنة لا نجاة منها.

فوق التلِّ أبصر الياور تلك القامة متّجهةً نحوه، كان يودّ أن يطير ويعانقها، لكنها كانت بعيدة، وما إن اقتربتْ حتى راح يركض باتجاهها، صهلت الحمامة، وحين أصبح على مسافة خمس خطوات، خيّل إليه أن القامة لا تعود لجنديّه رغم لباسه الذي لم يتغير، وطوله، خُيِّل إليه أنه أصبح أعرضَ وأضخم، ولكن الوقت كان قد فات، فقد غاص الخنجر عميقاً في صدر الياور.

***

عاد الصمت ثانية، فصرخ المحصّل: ماذا حدث؟

– هي أو حياتكَ؟ أتركها وكلَّ ما سرقتموه منا!!

– حياتي. صرخ بفزع.

– لكنكَ تأخرت!

مُنطلِقاً يتعثر باحثاً عن معجزة تحميه، راقبه خالد وهو يبتعد.

121

عادت الحمامة تصهل، فدفع الجثة المتشبثة به، سقطتْ، وبهدوء مضى نحو القامة البيضاء، أمسكَ بوجهها بين راحتيه، قبَّله، ثم انحنى حتى لامست ركبتاه التراب، أمسك بقائمتها اليمنى، رفعها نحو شفتيه، قبّلها، وبرفق أعادها إلى حيث كانت، ثم تناول قائمتها اليسرى وفعل الشيء نفسه.

كانت المرة الأولى التي يُقبِّل فيها قوائم مهرة، لكنه أحس كم أصبح عاليا حين انحنى، وكم أصبحتْ فرسا أكثر.

وقف. كان الظلُّ يواصل تعثره في البعيد، ولم تكن مهمة خالد قد انتهتْ. فهمتْه الحمامةُ فصهلت.

– لا، من العيب أن أُلاحق سارقاً مثله على ظهر فرس أصيلة مثلكِ. انتظريني هنا.

قفز فوق ظهر واحد من خيول الدَّرك، وبعد دقائق دوّت الصرخة الأخيرة، الصرخة التي كان عليه أن يسمعها كي يعود مطمئناً إلى الهادية.

122

سرّ عام!

حين رأى أهل الهادية الحمامة صبيحة اليوم التالي، عرفوا ما جرى، لكن أحداً لم يتحدّث في الموضوع أبداً.

كان ثمة سرٌّ يعرفه الجميع ولا يبوح به أحد لآخر.

لا المرأة تبوح به لزوجها ولا الولد لأبيه ولا الأخ لأخيه أو أخته. ولذلك، حين راحت أخبار رجال الدَّرك والمحصِّل تتوارد بعد ذلك على دفعات، كانوا يكتفون بهزِّ رؤوسهم، وحينما يختَلون بأنفسهم كان كل واحد منهم يبدأ بتجميع فُتات الحكاية، ولما يتمّ له ذلك، ينتابه حسٌّ غريب، ويبدأ بالنظر إلى خالد على نحو مختلف تماما.

لا يستطيع أيّ منهم أن يتناسى انتظاره لتلك الفتاة، وحتى أكثرهم تسامحاً وطيشا، كان لا يستطيع تبرير الأمر كله، وإن حاول أحيانا إيجاد أعذار مخفِّفة، لكن ما حدث بعد ذلك، أعاد رسم صورته في أعينهم من جديد، إذ إن العاشق لم يكن أقل شجاعة في معركته من أجل عشقه من معركته من أجل فرسه. أما هو فما ان اختلى بأبيه حتى فاجأه بصوت ملؤه الأسى: أتعرف يابا. أتمنى ألّا تُريقَ هذه اليدُ الدمَ مرة أخرى!!

فرد الحاج محمود: ليس هنا عاقل يتمنى غير ذلك.

***

لم يعد مرور خالد بأي جماعة مروراً عابراً، وسرعان ما بدأت دعوات لا حصر لها تنهال عليه، كل يريد أن يكون ضيفه الخاص، ولم يكن ذلك سائدا على هذا النحو، لا في الهادية ولا في القرى التي تشبهها.

أصبح الناس يُلحّون عليه كلما ظَهَرَ، وغدا مروره مع الحمامة أمام أيّ بيت حَدَثاً، ولم يعد من الصعب أن تقع صَبيّة ما في حبّه، وقد تحوّل فجأة إلى ما هو أكثر من بشر.

123

وهكذا وقعت سُميَّة ابنة البرمكي.

بدأ الأمر بأن أصبحتْ عيناها لا تريان في الهادية إنسانا غيره، وفي كلِّ مرة يمرُّ أمامها تظلّ تحدّق فيه حتى يختفي، وتظلّ عيناها معلقتين في النقطة التي اختفى فيها حتى يظهر من جديد. وكان يمكن أن يستمر ذلك من مطلع الفجر حتى مغيب الشمس.

وفي أحيان كثيرة حتى بعد المغيب.

لكن ذلك لم يقف عند هذا الحد، إذ فجأة راحت خطاها، رغما عنها، تشدّها إلى حيث يسير، تتابعه.

في البداية كانت تعود بعد خطوات قليلة، بعد نصف المسافة، أو أكثر بقليل، لكن خطاها لم تعد تأتمر إلا بأمر قلبها.

أما الشيء الأغرب الذي حدث، فهو أن أهل الهادية تعاملوا مع ما يرونه منها، كما تعاملوا مع ما لم يروه وعرفوه من أمر استعادة الحمامة واستعادة كل ما سُلب منهم وعاد إلى بيوتهم بسريَّة مُطْلَقة. لأن كل رجل في القرية تمنى أن يكون خالد حصن ابنته، رغم معرفتهم أن خالد قد اختار، وأن كل ما بقي من فصول الحكاية هو تحديد يوم الزواج.

***

انتشر رجال الدَّرك في كل مكان باحثين عن أثر يصلهم بالجثث المبعثرة التي وجدوها فوق التلال والوديان، قلَبوا القرى رأساً على عقب، لكنهم لم يصلوا إلى شيء، وما كان باستطاعتهم أن يصلوا لشيء، ما دام فم الهادية مُطْبقاً إلى هذا الحد، والحياة تسير فيها كما كانت تسير دائما.

لكن ذلك لن يدوم طويلا.

صحيح أن حوادث كثيرة تعرَّض لها جباة الضرائب ورجال الدَّرك الذين يرافقونهم في العادة، من قِبل أولئك (الفرارية) الذين التجأوا للجبال هربا من التجنيد والبطش التركي، لكن طبيعة الحادثة هذه المرة كانت مختلفة، لأنها تمَّتْ على مراحل ولأن من تابعهم كان يعرف ما يريد تماما. وفي الوقت الذي بدت فيه الهادية أكثر دهشا من غيرها، لأنها الأكثر زهواً بالحكاية، كانت قرى أخرى تتناقلها وتضيفُ فصولا جديدة. لكن المُحيِّر، أن الجميع باتوا يردّدون حكاية فارس واحد هو بطل تلك الواقعة، وهذا ما جعل الهادية تخاف وصولَ الخيوط إليها أخيراً.

لكن الأمر، وفي كل الأحوال، لم يكن يتعلّق بفرس. بعض الحكايات كانت تُرجّح انتقاما بسبب ثأر، لأن والد الفارس شُنق على أيدي الأتراك! وبعضهم رأى أن الأمر أكبر، لأن أكثر من شخص من عائلته قد شُنق وسجن، وبعضهم أفتى بأن الأمر يتعلق باعتداء على العرض. أما ما كان يجعلهم أكثر واقعية، فهو تأكيد الجميع أن من قتلَهم لم يستولِ على أفراسهم أو سلاحهم، وأنه اكتفى بما في سروجهم. ولكي تظلّ الفكرة بيضاء من غير سوء، باتوا يؤكدون أن الأموال التي كانت بحوزة رجال الدّرك لم يمسسها الفارس أبداً، وأن من استولوا عليها هم رجال الدّرك الآخرون الذين جاؤوا للبحث عن رفاقهم. وكانت رواية كهذه تُسرّ الناس أكثر لأنها تؤكد لهم حجم ذلك الجشع الذي يعرفونه تماما في رجال الدّرك.

***

الحاج محمود، تأكد من أن ابنه كان أكثر حكمة من الجميع؛ تلاشت من صدره تماما تلك الغمامة الرمادية التي ظهرت بسبب وقوعه المدوّي في حب ياسمين. وبات أكثر من أيّ يوم مضى على استعداد للتنحّي جانبا وترك المكان لابنه وهو أكثر اطمئنانا من كونه الأقدر على زعامة الهادية.

أما أخوته الثلاثة فقد باتوا أكثر انقيادا له، ولم يكن كثير من رجال البلد بعيدين عن هذا، لكن ما كان يمنعهم هو يقينهم بأن الحاج محمود سيبقى دائما في نظرهم رأسَ النبع الذي جاء منه ولده.

125

وخبّأت السّر

انحنتْ منيرة، أمسكتْ بأصابعها النحيلة بعض الأعشاب الجافة، تحسَّستها، اعتدلتْ، نظرتْ إلى السماء، رأتها بعيدة، هزَّتْ رأسها، لم تكن بدايات أمطار تلك السنة تشير إلى جمر أواسطها الذي أحرق الربيع بضربة واحدة، كانت شمس آب قد استقرت في منتصف نيسان حارقةً. ألقتْ نظرةً بعيدة نحو السهل، لم تخدعها عيناها، كان أكثر صفرة من أيِّ مرّة رأته فيها من قبل، أكثر صفرة من أواخر حزيران، لكنها طوتْ أحاسيسها، وتعاملت مع الأمر وكأنه سرٌّ لا يجب البوح به.

تأمّلت كروم الزيتون في البعيد، أحسّتْ أن الوضع لن يكون أقل قسوة هناك أيضاً بعد عدة أشهر، وعذّبها أن قلبها بات مليئا بالأسرار المجبولة بأكثر من خوف.

وفكّرتْ: هل كانت هذه السنة سنة بنات حقاً، أم أننا أردناها كذلك؟ وراحتْ تُحصي أسماء المواليد على أصابع يديها.

***

الحاج محمود قرر المضيَّ مع ولده وزوجته لزيارة أهل الخطيبة، كان يريد أن يُظهر للجميع أن الحياة تسير، كما كانت تسير دائما، لكنه في أعماقه كان يدرك أن حكاية كبيرة كهذه لن تظل سرّاً إلى الأبد.

في الطريق مرّوا بحقول الذرة، أدركوا ما يحدث، أدركوا أنها لم تعد تنتمي لخضرتها المعتادة في مثل هذا الوقت، أما خالد فلم يكن ينظر إلى الحقول بل كان يسمع حفيف أوراقها، وحيّره أنه لم يكن يسمع تلك الموسيقى التي كاد يُمسك بها لفرط حضورها ذات يوم، حيّره أن الصوت كان أقرب لمرور ريح خماسينية بنوافذ مغلقة بإحكام، واكتشف للمرة الأولى أن للموسيقى ألوانها، فها هو يسمع موسيقى صفراء لا تمتُّ بصلة لتلك الموسيقى الخضراء التي كان يمتلئ بها.

126

أما الشيء الغريب، فهو أن منيرة لم تلتفتْ يميناً أو شمالًا، كانت تنظر أمامها بما يتيح لها أن تواصل طريقها فوق ظهر الحصان لا أكثر؛ فمع مرور الأيام بات خوفها أكبر من قلبها، وبدأ يفيض ليغمر كل ما تراه بصفرة باردة.

تأمّلتْ خالد أمامها، نقلتْ نظرها إلى زوجها. همستُ: اللهم الطفْ بنا.

وقال الحاج محمود وقد قطع الصمت فجأة: يخيل إليّ، أن علينا الحديث في أمر الزواج من جديد.

– ما الذي تفكر به يابا؟

– لا أظن أن الانتظار سيكون لصالح أحد، لا لصالحك، ولا لصالح العروس، من الواضح أن السنة ستكون صعبة، وأن الموسم الذي انتظرناه لن يكون على هوانا.

– تحسُّ بما أحس به إذن! قالت منيرة.

– لم أر ربيعاً حارقا كهذا منذ أربعين عاما على الأقل. وأعرف معنى أن يبدأ الربيع بشمس حارقة كهذه.

– صدقت يا حاج. قالت منيرة.

– توافقينني في أمر تقديم موعد الزواج إذن؟

– الصحيح، والله ما أنا عارفة.

وظل خالد صامتا.

راح كل منهم يُصغي لوقع أقدام الخيول التي يمتطونها، وقد اختلطت، فلم يعد أحد منهم قادرا على تمييز وقع أقدام ما تحته من وقع أقدام أي حصان آخر.

– الصحيح يا حاج، هناك الكثير الذي أريد أن أقوله، ولكن أحس بأن على خالد أن يقول ما يفكر فيه، لأن الأمر يعنيه، وأظنه يعرف ويحسّ بما يدور أكثر منا. لكن خالد لم يتكلم.

***

مضت الخيول صاعدةً كما لو أنها تعرف طريقها، دون حاجة لتوجيه. وتحت شمس ذلك الضحى راح خالد يتتبع قطرة عرق انبثقت من جبين (ريح)، التمعَتْ، وبقيتْ هناك أشبه بيلورة، أحس خالد أنها تتأمل الجهات قبل أن تقرر في أي اتجاه تمضي، وللحظة خاطفة رآها تتجه للأعلى قليلا، نحوه، ارتبك، وفجأة أخذته قطرة العرق إلى أعماقها، حيث الضوء الذي ما لبث أن بدأ يتلاشى وحلّتْ هنالك في قلبه عتمة قاسية مثل قطعة فحم.

127

- لا أظن أن الأيام المقبلة ستكون لنا. قال خالد. لا أريد أن أجرَّ بنت الناس لشقائها، هكذا منذ البداية. هناك شيء يحدث الآن، أُحسّه، وأظن أنكم تحسونه معي، هناك شيء قادم نعرفه، ولكن، لا أحد منا يريد أن يعترف بأنه أصعب ما يتصوَّره. وصمتَ قليلا ثم قال: دعونا نؤجل الحديث في أمر الزواج، دعونا نفكر في الأمر أكثر.

- قرارك هذا! علَّق الحاج محمود دون أن يلتفت إليه.

- أظنه قرارنا كلَّنا، أليس كذلك؟

لكن منيرة لم تُجب، واكتفى الحاج محمود بإلقاء نظرة على ما وراءه من امتدادات سهل الهادية، وأحس بأنه يقف تلك الوقفة التي وقفها ذات يوم الخوري جورجيو حين غادر القرية إلى غير رجعة.

***

لم يكن الأمر أقل حلكة عندما وصلوا بيت أهل العروس، لأن الحديث كله راح يدور حول موسمٍ في مهبِّ لهيب لم يعرفوا مثله.

- لم يكن الضحى في أي يوم من الأيام، على ما أتذكر، كما هو عليه في هذه الأيام. قال والد ياسمين.

أما الشيء الغريب فإن أحداً منهم لم يسأل عن أخبار العروس، كما أن خالد نفسه بدا أكثر قلقاً من أن يتلفَّتَ باحثا عنها، لكن أباها فاجأهم حين صاح: ياسمين.

- نعم يابا. ردَّت.

فارتجف قلب خالد.

- تعالي، سلِّمي على أهلك.

***

لم يكن خالد يتوقع أن يراها، ولكن شيئا ما، أيضاً، كان يحدث في قلب والد العروس، يدفعه للتفكير على نحو مختلف.

حين أطلتُ، كان وجهها مضاء بحمرة الخجل وانعكاس الألوان الحريرية التي تغمر ثوبها السّكريّ، الثوب المزيّن بسنابل حريرية حمراء وزرقاء، وعلى طَرفيْ فتحة الرقبة كانت هناك أغصان بنفسجية تتماوج لتغطي فتحة الثوب تماماً. وكان غطاء رأسها السكّري المطرزة أطرافه بنعومة تجمع ألوان الثوب كلها، يجعل طلتها أكثر اكتمالا..

128

***

كيف كان بإمكان خالد أن يرى ذلك كله في لحظات، هو نفسه لن يعرف فيما بعد. أطلّتْ بكمالها الذي سيظلُّ عالقا بقلبه إلى الأبد وهو الذي كان يظن أنه لن يراها أجمل مما رآها في ذلك اليوم على طريق الحقل.

انحنتْ، قبَّلت يد الحاج محمود، منيرة، ثم أمسكت بيد خالد، رفعتها إلى شفتيها وقبل أن يدرك ما يحدث التصقتْ شفتاها بظاهر يده فارتعش جسده كله، وهو يحسّ بأن قبلتها راحت تسير عبر جلده وتتجوّل في جسده وتتجوّل، عائدة إلى مكانها الأول، تطفو قليلا على سطحه ولا تلبث أن تعود من جديد. كان الأمر أكثر من حقيقة، ولكنه بدا له في غمرة تلك الأحاسيس التي فاضت غامرة روحه، بأن ما يعيشه الآن هو حلم لا غير، بل ذكرى.

وكم أفزعه هذا.

129

سِرُّ القتلى

تحوّل بيت الهبّاب إلى مركز للبحث عن سرّ القتلى، وقد شغله هذا الأمر كثيرا، بحيث نسي مصيبته، نُصِبَت حوله الخيام، وحلّ البيكباشي كامل أفندي آغا ضيفا شخصيا عليه.

كان البحث يائساً تماماً، فالمنطقة واسعة، ولا يمكن لأحد أن يحيط بكل قراها، في الوقت الذي تحرّكَ فيه رجال الدّرك بين سهولها وجبالها وهم ينتظرون مصيرا غامضا مماثلا، ولعلّ هذا ما جعلهم أكثر قسوة في تعاملهم مع الناس، ما زاد الناس كرهاً لهم.

كانت استراتيجية البيكباشي قائمة على استغلال العداوات بين كثير من العائلات، وقد أفضى ذلك إلى بعض النتائج، التي تبيّن له فيما بعد، أنها لم تكن أكثر من وشايات.

وكلما كان الأتراك يُطلقون سراح شخص كانت الحكاية تزداد تعقيداٍ. فالرحمة كانت بَذَخاً لا مكان له، لا بين أولئك الذين يُحضرون المتهمين مُكبَّلين ولا بين أولئك الذين يُمضون الليالي الطويلة في التحقيق معهم. وبعد أيام خطرت ببال البيكباشي فكرة أكثر جهنمية، لم تُرُقْ للهَبّاب، وهي الإعلان عن جائزة كبيرة مقدارها عشرون ألف قرش لكل من يُدلي بمعلومات تساعد في إلقاء القبض على المجرمين الفارّين.

***

كالنار في الهشيم انتشر الخبر، ووصل الهادية، كما وصلَ سواها. ولم يطل الوقت، حيث بدأت وشايات تَرِدُ من هنا وهناك، لكنها لم تكن تُفضي إلا لشيئين: فصول التعذيب المُرّة للبعض، واحتجاز للبعض الآخر مع مواصلة فصول التعذيب.

130

ذات يوم وصل خبر بدا كما لو أنه الأكثر دقة، وكان الهبّاب قد أبقى على مصدره كورقة أخيرة يثبتُ من خلالها أنه سيد اللعبة في هذه المنطقة، وأنهم حين يعجزون فإن الحلّ يكمن لديه. لكن خطأه الكبير كان قائما في أنه لم يُلق بأوراقه كلّها دفعة واحدة، وستثبت له الأيام ذلك.

لقد حصر الأمر في الهادية، باعتبارها آخر القرى التي حلّ بها الياور ورجاله، وحين تجاوز الأمر حدود الهمس، ليصل إلى حدود الكلام، قادما من قرى مجاورة، أصبح ذلك كافياً لتوجيه ضربة قوية لخطط البيكباشي، ورياحه التي هبّتْ فلم يحصد من ورائها سوى مزيد من الكراهية التي زرعتها حملات التفتيش والإهانة والاعتداء على كلّ ما يملكه الناس. لكن ما جعل الهبّاب يُجنّ، أنه حين وصلت الهادية تلك القوة الكبيرة التي أحاط جزء منها بالقرية واقتحمها الجزء الثاني، كانت شبه فارغة من كل الرجال الذين يمكن أن يكونوا على قائمة المتّهمين.

تحديد الهادية بهذه الثقة كان يعني الكثير بالنسبة للهبّاب، فها هي تسقط أخيراً بين يديه فريسة سهلة، لطالما انتظر وقوعها. ولم يكن هناك بيت يريد محوه أكثر من بيت الحاج محمود الذي يعني بالنسبة إليه الهادية كلها.

***

الهادية، إنها الشوكة الأخيرة التي كان عليه أن يقتلعها من زمن، وها هي الفرصة تجيء أخيراً على صينية من ذهب، فرصة كاملة، بها يستطيع أن يقصّ أجنحة الحاج محمود كلها، وبضربة واحدة.

الشيء الذي تمنّاه الهبّاب هو أن يكون مع العساكر في طليعة القوة، لكن شيئاً ما جعله يعدل عن ذلك، وقد ظل لزمن طويل يبحث عن تفسير لإحجامه عن الذهاب، فلم يجد في داخله ما يقنعه. كان فرحاً، إلا أنه لم يملك القدرة على ممارسة الرقص في ساحة فَرَحِهِ.

أما الحاج محمود فقد بدا مُغامرا، وقد أحسّ بأنه على وشك أن يفقد كل شيء؛ فحين سأله البيكباشي عن أولاده، قال: وهل كنتم تتوقعون أن يجلسوا هنا في انتظاركم؟! فأخبار ما تفعلونه في كل مكان لا تجعل أحداً ينتظر وصولكم، لأنه لا يعني لنا سوى الإهانة، التعذيب والسجن، ومن يدري ما الذي يمكن أن تفعلوه أكثر من ذلك.

- إذن. هربوا. أولادك هربوا. قال البيكباشي وهو يهزّ رأسه متوعداً.

- أولادي وأولاد غيري.

تحوّلت الهادية إلى معسكر، ولم يبق شيء يمكن أن يفعله رجال الدَّرك ويقلبُ حياتها إلى جحيم إلا وفعلوه. لكن الحاج محمود لم يتوقّف عن ترديد تلك العبارة التي سكنتْ فمه كلما واجه البيكباشي أو أحد رجاله: إنها وشاية وأنتم تعرفون ذلك أكثر منّا.

بعد خمسة أيام طويلة حدث ما لا يتوقّعه أحد، سِيق ما تبقى من رجال الهادية إلى ساحة المضافة، وحُشِرَ بعضُهم داخلها، وسِيقت النساء والأولاد إلى المسجد وأُقفلتْ عليهم الأبواب، وفي كلّ حارة أخرى من حارات القرية كان الشيء نفسه يحدث.

لم تكن ليلة عادية تلك التي عاشوها، حيث الفوضى تغمر الأرجاء وأصوات الجنود تختلط مع أصوات الحيوانات وأصوات تحطُّم الأشياء. وفي انتظار ما سيؤول إليه الليل وحلكته أمضوا الوقت بأعين مشرعة تنتظر أول خيوط النّور.

بعد الضحى بقليل، هدأتْ أصوات كثيرة، وبدا كما لو أن أصوات البشر اختفتْ تماما، فأشرِعَت الأبوابُ، تصفّح الناس الشوارعَ، كانت خالية من أي جندي، ونادى صوت:

لقد رحلوا.

فاندفع البشر يتراكضون كلٌّ نحو بيته. لكنهم، وكما لو أن العالم كله توقف فجأة، وقفوا دهشين أمام الخراب الذي طال كل شيء، مُمزقاً أحشاء البيوت وأبراج الحمام وحظائر المواشي والأبقار التي كانت تئن بأرجلها المقطّعة وهي تحاول عبثا الزحف أو الوقوف.

أحلام طائشة

الشيء الذي خفّف عن خالد قسوة ذلك التَّشرُّد في الأودية والجبال هو أن الحمامة كانت في أمان بعد أن أوصلها إلى أهلها، صحيح أنهم لم يكونوا مرتاحين لفكرة أن أسرة الحاج محمود غير قادرة على حمايتها في الهادية، لكن الحمامة كانت تحمل في بطنها ما هو لهم، أما الهبّاب فلم يكن على قلق مثلما كان في تلك الأيام التي أمضاها البيكباشي وجنوده في الهادية، ورغم أن الأخبار كانت تصله أولا بأول، إلا أنها لم تكن تحمل شيئا مما حَلُم به أو خطط له.

– أحرقتم، خرّبتم، عقرتم مواشيهم. صدّقني، ذلك لا يعني بالنسبة لهم أيَّ شيء في النهاية، ما دام شبابهم قد أفلتوا من قبضتنا، فشعار حياتهم (في المال ولا في العيال). قال الهبّاب ذلك من حافة العلّية، وعيناه تُقلِّبان السهول والمنحدرات البعيدة متسائلة عن مخابئهم.

لم يكن البيكباشي قد ترجّل عن حصانه حين سمع هذه الكلمات. ولذلك أمضى بعض الوقت يُفكِّر، وأخيرا قال: أمامنا الكثير من الوقت لملاحقتهم.

– في رأيي أن علينا عمل الكثير فورا، حتى لا نترك لهم فرصة التقاط أنفاسهم. ردَّ الهبّاب.

– ولكن عليّ أن أنتبه لأنفاسي أيضاً. أجابه البيكباشي بجفاء.

***

كان عبد المجيد، زوج العزيزة، واحدا من رجال كثيرين ساقهم الدَّرك مكبّلين؛ رآه الهبّاب، ابتسم، ولكنّه لم يقل شيئاً.

عند المساء طلب من البيكباشي ألّا يقسو كثيراً على عبد المجيد.

كنت أعتقد أنك أكثر شدّةً منا. قال البيكباشي.

– أكثر شدة أجل. ولكن ليس على رجلي. ردَّ الهبّاب.

– رجلك!

133

– بإمكانك أن تحتجز البقية إلى أي مدى تريد، ولكني أحتاجه بعد أيام هناك في الهادية، لأن ذلك وحده ما يفيدنا جميعا.

بعد يومين.. وفي اللحظة التي كان فيها الخيالة يغادرون ووجهتهم السفوح البعيدة، تم إطلاق سراح جميع رجال الهادية. لا لشيء، إلّا من أجل عودة عبد المجيد. لكن الشيء الأكيد أن الهبّاب اختلى به وتحدّث معه في أكثر من أمر: أعرف أنكَ احتملتَ الكثير هذه المرة، ولكن تأكّد، سأرضيكَ بحيث تنسى كلّ ما مرّ بك.

أنصت عبد المجيد، محاولا ما استطاع كبح جماح ذلك الألم الذي يعتصر جسده النحيف، تقلّصت ملامحه فبدا وجهه أكثر جفافا وسمرة، وضاقت عيناه كأنه يحاول أن يرى شيئا لا يستطيع التحديق فيه. وحينما عاد ومن معه، كانت آثار اللكمات على وجوههم وآثار العصيّ على أجسادهم واضحة كبقايا الخراب.

***

يائساً كان البحث، رغم أن البيكباشي وجد في القرى الكثيرة استراحات ملائمة يُمضي فيها ليلَةً وسحابات من قيظ نهاره.

لم تكن الشمس معهم، وهذا ما كان يزيد الأمر عناء، وأصبح مجرد أمر التحرّك كافيا لكي يبدأ عَرَقُ رجال الدَّرك بالتَّدفق حتى قبل أن يغادروا المضافات التي يحلّون فيها ضيوفا رغم أنوف أصحابها.

أما الشيء الأكيد الذي كان باستطاعة البيكباشي تحقيقه فهو إصدار مزيد من الأوامر لجنوده، الجنود الذين لم يعودوا قادرين على الإمساك بأي من أولئك الذين يطاردونهم لفرط التعب.

***

كان خالد يعرف أن عليه أن يبتعد بحيث يغدو، ومن معه، خارج المنطقة كلها، ولم يكن الأمر صعباً في ظل تلك المودة التي يبديها الناس تجاه ضيوفهم. وطوال ذلك التنقّل من مكان إلى مكان كان يستعيد كلمات أبيه: لا تذهب إلى بلد ماؤها طيب، بل اذهب إلى بلد قلوب أهلها صافية، ولا تذهب إلى بلد محصنة بالأسوار بل اذهب إلى بلد محصنة بالأصدقاء.

وتفرقوا..

(ابتعد خالد حتى وصل إلى (الفالوجة)، فكر أن يمر على الشيخ جبريل، فهو صديق قديم لوالده، ولكن ما إن وصل حتى وجد رجال الدَّرك أمام الباب، فلوى

عنق فرسه وسار في الطريق العام؛ لاحظ خيّال من رجال الدّرك حركة خالد فامتطى جواده وسبقه إلى حيث تلتقي الطريق المختصرة بالطريق العام.

أدرك خالد ما يدور، ولكنه لم يبال لأنه كان واثقا من أصالة وسرعة (ريح) بعد أن ألقى نظرة خاطفة على فرس الدّركي، وهكذا مضى يسير بالهدوء ذاته الذي أقبَل فيه، وقد ساعد ذلك الدّركي أن يلتفَّ بسهولة ويسبقه إلى ملتقى الطريقين. انتصبَ أمامه فوق فرسه وبيده بندقيته.

– السلام عليكم. قال خالد.

– إلى أين؟ سأله الدركي.

– إلى غزّة. وقبل أن يُعَلّق الدّركي بشيء قال له خالد: سألتك بدُرّة والديك ألستَ زُعبياً؟

وقد كان الدّركي أشقر.

ردَّ الدركي: إن صدقت الوالدة فأنا زعبي.

– كيف حال محمد سعيد؟

– أي محمد سعيد منهما؟

– كلاهما، محمد سعيد العبيد ومحمد سعيد السولمي.

– الاثنان بخير.

– بالله عليك سلّم عليهما كثير السّلام.

– سَلِمْت. من أنت لأقول لهما؟

– قل لهما صديقكما من البريج.

– الله يسلّمك. قال الدركي ولوى رأس فرسه وعاد إلى حيث كان. وقد خجل من أن يتمادى في طرح الأسئلة على واحد من أصدقاء أهله.)

***

عند الغروب وجد خالد نفسه وحيداً، ولم يكن هناك في الأفق غير بيت شَعر، فتوجّه إليه. كانت الحركة كثيرة، وخيّل إليه أن إحدى الأفراس هي فرس الشيخ ناصر العلي. طمأنه ذلك كثيرا، فواصل تقدُّمه دون أن يفقد حذره، وما إن أبصروه حتى راحوا يرحبون به. سأله الشيخ ناصر عما يدور خلفه في الهادية، وهل صحيح ما سمعه. فأكد له ذلك، وأضاف: إنها واحدة من السنين الصعبة.

– شوف يا ولدي. هذا الحال لن يبقى على ما هو عليه، ربما يصبح أسوأ وقد يتحسّن، ولكن كل بني آدم وله نقطة ضعفه ونقطة قوته، بعضهم يدرك ذلك

وبعضهم لا يدركه، ولكنه في الحالين يثير الشفقة، وبخاصة ذلك الذي يظهر في النهاية أن نقطة قوته لم تكن سوى نقطة ضعفه.

– سلَّم الله قلبك. قال رجل يرتدي لباس البدو وقد أضاء عينيه بريق عميق.

بعد صمت نظر خالد إلى ذلك الرجل الذي بدا منطلقا في الحديث معهم أكثر من غيره، وسأل: ولكنكم لم تعرفونا بأخينا الكريم.

نطق الرجلُ اسمَه بسرعة مُعفياً الآخرين من ترددهم، وأضاف وكأنه يكمل حديثا: (لولا الظلُم يا شيخ ناصر لما وصلنا إلى ما نحن فيه من الضعف والانحطاط، فها أنت ترى كيف أصبحت معاملة الضباط الأتراك للجنود العرب وكيف أصبح هؤلاء يفرّون من الجيش، وبدأت النزعة العربية تستيقظ، في وقت استسلم فيه كثيرون من الوجهاء والزعماء لمطالب الأتراك، ولك أن تتأمل حادثة قيام جمال باشا بشنق ابن فوزي العظم، حيث لم يُبْدِ الأخير غير الاستحسان في الظاهر، فاحتقر جمال هذه الأمة التي تعبد زعماء يتظاهرون كذباً بالرضا عن تعليق أبنائهم على أعواد المشانق؛ ولذا فإن النفوس التي عانت الضغط والاضطهاد كان لا بد من أن تُضمر السوء لجمال وللدولة العثمانية من ورائه. ثم صمت طويلا وقال: مشكلتنا أننا لا نستطيع استغلال شيء، فها هم العرب يتفككون، ويبقون آلة صماء بيد الأتراك، كما أن الأتراك أصبحوا آلة صماء بيد الألمان الذين يسوقونهم لحملات عسكرية ولا همَّ لهم إلا إشغال بال الإنجليز، وها نحن لا نستطيع تنظيم أنفسنا اجتماعيا، فنحن لا نثق بعضنا ببعض كما أن فكرة الاشتغال بالمسائل العامة تنقصنا، وإذا اشتغل أحد فيها فإنما يتّخذها وسيلة للظهور والمنفعة.)[5]

---

[5] - (وفوجئنا يوما بزيارة جمال باشا لنا في الحفير (بئر السبع)، وكان الباشا آنئذ قادما من دمشق على إثر تنفيذ حكم إعدام الحياة بالقافلة الثانية من الشهداء العرب، فطلب تفتيش الوحدات، فأعددنا له كل شيء. تقدَّم جمال باشا يصحبه القائد الألماني فون لايزر، وأنا في صحبته، إلى التفتيش... وشرع جمال باشا يسألني عن بعض التفصيلات فكنت أسردها له بصراحة وإسهاب أثارا دهشته، ثم شرع بسؤالي عن أسماء الضباط الذين مروا من أمامه أثناء العرض، وعن موطنهم، فكنت كلما مرّ ضابط عربي وعرّفته به ازداد استغرابا ورِيبة، فالتفت إليّ سائلا: وأنت، ما اسمك؟ فقلت فوزي القاوقجي. فسألني: من أي بلد؟ فقلت له من طرابلس الشام. فهزَّ رأسَه، وقال بـالـحرف الـواحد: "طرابلس شاملي لر جدق وطن يروز درلـر" أي أن الطرابلسيين جـد وطنيين وأذكياء .. ولكـن بينهم مـن العائلات ما يجب أن يُصبّ على شرهم ماء الكبريت أليس كذلك؟ فأجبته: إن مولاي الباشا أدرى مني بهذا، على أني، وإن كنت طرابلسيا، فإني لا أعرف طرابلس جيدا، لأني خرجت منها منذ الطفولة للدراسة في اسطنبول، ولأداء الواجب كضابط. ثم سألني: ما قولك فيمن علقتُهم على أعواد المشانق في الشام؟ فأجبته: لقد عُهد بمقدّرات البلاد السورية إليكم، ولا شك في أنكم قد قمتم بما أوحـاه إليكم ضميركم.)

136

كان وقع الكلام قويا على خالد، وعندما عرفَ (نجيب نصار) في آخر الليل أنه مثله قال له: نحن إذن في مركب واحد!

فرد خالد: أتمنى أن تزورنا حين تنقشع هذه الغمامة، وتأكّد أننا سنكون أسعد الناس في الهادية، أما الذي سيكون أسعد من الجميع فهو الخوري إلياس، الذي يردد دائما كلما قرأ شيئا لك: أستاذ. هذا هو الأستاذ، أستاذي.

- وماذا يفعل الأب إلياس في قريتكم؟
- هناك دير. وقد أرسلوه من القدس عقابا له.
- ولماذا يعاقبون رجل دين؟
- إنها حكاية تطول؟
- وماذا وراءنا؟ أسمعنا إياها.

***

عند الصباح طلب نجيب من مضيفيه أن يأذنوا له بالمسير، وقد كان يخشى أن قُرب بيت الشَّعر من الطريق العام لا يخلو من خطر. وكان خالد قد طلب إذن المغادرة أيضاً. ولكن صاحب البيت قال: لقد ذُبحتُ ذبيحتكم، تغدوا والله يسهل عليكم.

فلم يبق لهم ما يُقال، فجلسوا يواصلون الحديث.

فيما بعد، قال خالد: كان لهذا العذاب نافذة واحدة، فلولاه لما التقيت بذلك الرجل النبيل: نجيب نصّار.

137

الليـل خلسةً

انشغال الدولة في حروبها، مكّنَ كثيراً من المطاردين أن يعودوا خلسة إلى بيوتهم، يمكثون فيها ليلة أو بعض ليلة في أغلب الأحيان. إلا أن كل نـزول من الجبال كان يعني مخاطرة أكيدة، إذ بات أمر إصدار أمر بشنق إنسان أكثر سهولة من أي شيء آخر.

ولم يكن يشغل بال خالد في البعيد سوى أمرين: الحمامة وخطيبته. حتى قبل أن يعرف أن أهل الخطيبة كانوا يعيدون التفكير بالأمر كله على نار ذلك الغياب الغامض الذي يرسم مصير خالد في بعيد لا يعرفون أراضيه.

- عُمُرُ الدُّول أطول من عمر الناس! وهذه الدولة باقية. قال والد ياسمين لها. ولم يحدث أن نجا أحد من المطاردة، إلا إذا اختفى للأبد، وبهذا أيضا تكون الدولة قد نالت منه. أحببناه أجل، ولكن هنالك شيئاً تحيكه الأقدار، بل حاكمه، يفوق بقوته ما تتمناه قلوبنا. عليكِ أن تفكري جيدا بما أقوله.

- إلّا هذا. ردّت باكية بصمت.

- لذلك قلتُ لك عليكِ أن تُفكِّري جيداً.

**

أما الحاج محمود فقد أحسّ بأن الوقت قد حان لاستعادة الحمامة. فمضى مع عدد من رجال البلد إلى ديار السعادات، وعندما أصبحوا قبالة بيت الهبّاب، لم يمنع نفسه من أن يلتفتَ، وهناك، رآه كما رآه كل مرة قطع فيها هذا الطريق، يقف فوق العلِّية أشبه بتمثال، بطربوشه الأحمر وعباءته السُّكرية أشبه بقدَرٍ يترصَّد البرّ بغموضه الذي لا يستطيع المرء تصوّره.

وفي طريق عودتهم، كان الأمر نفسه. بل بدا وكأنه ظلّ ينتظرهم طيلة الأيام الثلاثة التي غابوا فيها بعيدا. لكن الشيء الأكيد أن الحاج محمود رأى التمثال يتحرّك هذه المرة وقد أبصرَ الحمامة، لكنه عاد إلى سكونه الحجري ثانية.

138

كان بطن الحمامة آخذاً في التكور أكثر فأكثر. عرض عليهم أهلها أن تبقى لديهم إلى أن تلد، لكن الحاج محمود قال: إنها الكائن الوحيد الذي يُذكرنا بخالد. وهو بشوق لرؤيتها من جديد في البيت.

– ولكن بإمكانه أن يأتي هنا ويراها متى أراد.

– لقد أشرتُ عليه بهذا. ولكنك تعرفه، لا يريد أن يجرَّ النار التي تحرق أطراف ثوبه إلى بستانكم.

***

رؤية الحمامة من جديد بعثت في البيت كثيراً من الأمل، وباتت منيرة على يقين بأن حضورها يعني أن غياب أولادها لن يطول. وفي واحدة من الليالي المظلمة تسلل خالد إلى الهادية، ولكنه قبل أن يصلها طاف حول بيت (ياسمين)، جلس قبالته في البعيد، كما كان يفعل دائما كلما أتيح له في ليالي تشرُّده، امتدت يده إلى جيب قمبازه، أخرج منديلها السكري وراح يتشممه بعمق كما لو أن هواء العالم كله فيه، وحين أحسَّ بأن الوقت داهمه، نهض وهو على يقين بأنه سيراها هناك. ألم تقل له: هذه أنا.

في العتمة وقف أمام الحمامة، كفاه تحتضنان وجهها، تحسس جبينها، ولم يكن الليل قادرا على إخفاء استدارة بطنها الأبيض المنير، استدار قليلا، تاركا راحته اليسرى على جبينها وراح يتلمَّس براحته اليمنى استدارة بطنها، وفي تلك اللحظة أصدرت صهيلا خافتا، واستدارت إليه محدِّقة في عينيه مباشرة، فمال بجسده كله عليها يحتضنها.

في الداخل، استيقظتْ منيرة فجأة على غير عادتها، كما لو أن أحداً صاح باسمها. وقفتُ، تأملتُ بيتها في العتمة التي تبدّدها بصعوبة شعلةُ الفانوس الصغيرة، حدَّقتْ في وجه زوجها، لم تعرف إن كان كبر أم صغُر أم أنه مثلما رأته في يوم عرسها.

تذكّرتْ ذلك اليوم حين رفع الغطاء عن وجهها، كعادة العرسان الذين يرون عرائسهم للمرة الأولى في يوم عرسهم، تذكّرت كيف كان من المفترض أن تُغمضَ عينيها خجلا بمجرد أن تلمس يده الغطاء، ولكنها وبشقاوة البنت الصغيرة فتحتْهما فجأة، فابتسم لها وابتسمتْ له، تذكّرتْ كيف جُنَّتْ أختُها وراحت تقول لها مؤنبة بصمت يكاد ينفجر: يا ويلي. يا ويلي. فضحتينا. سأقول لأبي.

فقالت لها منيرة: إن قلتِ له شيئا، سأدوخ الآن وأقع وأعملها مصيبة!!

139

تذكَّرتْ منيرة ذلك بسعادة، وأحسّت كما كانت تحس دائما بأنها استطاعت إشعال ثورة بمفردها! ولطالما رددت بفخر: من يومها صارت العرايس يفتّحن عنيهن!!

تذكرت ذلك اليوم الذي سألتها فيه الأنيسة: هـل تعتقدين أن الحـاج يحبـك. فقالت بعد صمت طال: يمكن آه، يمكن لا. لكن الشيء الذي أنا متأكدة منـه أنـه يخاف الله، هل يكفي ذلك لأن أقول إنه يحبني؟

***

وقفتُ منيرة صامتة، وقد أدركتْ أخيراً أن شيئا آخر هو الذي أيقظها، تلفتتْ نحو الباب، سارت بهدوء على رؤوس أصابعها حتى بلغته، أشرعته، فأصدر ذلك الصرير المعتاد: شو في؟! سألها الحاج محمود.

- كُلْ خير. ردّت.

وقبل أن تصل الإسطبل كانت على يقين أن ابنها هناك.

ووراءها كان يسير الحاج محمود.

هـــدوء جاف

لم يترك رجال الدّرك وسيلة إلا واتّبعوها للإمساك برجال الهادية، وبات أولاد الحاج محمود على رأس قائمة المطلوبين. ضاعفت الرياح قوتها، وعصف لهيب ذلك العام بكل محاصيل الصيف تاركا الثمار حجارةً لا أمل فيها. وهكذا أمضى خالد وأخوته الشتاء التالي الذي لم يعرف سوى قليل من الغيم العالي، أمضوه في ترحال متواصل، فعملوا فلاحين ورعاة وسائسي خيل. أما الشيء الأكيد فهو أن البيكباشي، ولأسباب كثيرة، بات يلاحق شخصا واحدا لا غير، هو خالد، وقد قيل إن كثيرا من الرجال قد عادوا إلى قراهم، وبعضهم من الهادية، دون أن يحدث لهم شيء، ومنهم غازي ابن البرمكي، لكن ما كان ينتظرهم كان أقسى مما كانوا يتوقعونه وهم هناك مطاردون في الجبال.

***

فجأة ضاعفت الحكومة أعداد الشباب الذين تحتاجهم جنودا، ولم يفلت من ذلك سوى قلة قليلة، أولئك الذين كان بإمكانهم أن يدفعوا بدلا للحكومة مقداره ستون ليرة عثمانية، ولم يكن بالمبلغ القليل، إلا أن ذلك لم يكن يعفيهم من الخدمة لمدة خمسة أشهر في أقرب موقع لقراهم ومدنهم، أما أولئك الذين لم يكونوا يستطيعون الإفلات بهلهم أو بفرارهم فقد كانت القطارات في انتظارهم لنقلهم لأداء الخدمة في أماكن لا يعرفون عنها شيئاً.

وكان يعفى من ذلك المتزوج من غريبة ليست من أهل قريته، أو المتزوج من قاصر ليس لها معيل، وحكّام الشرع الشريف والمدرسون الذين يشتغلون بتدريس العلوم الدينية وسدنة مقامات الرسل والأولياء، ومشايخ الطرق الصوفية وأئمة المساجد والجوامع والخطباء وذوو العلل والعاهات المزمنة، على أن يثبتَ ذلك عليهم من خلال فحص طبي سنوي لخمس سنوات متتالية للتأكد من عجزهم التام عن الخدمة.

***

ورغم أن وحيد الوالدين كان يُعفى، إلاّ أن ما حدث مع غازي ابن البرمكي لم يكن في الحسبان.

كان كل مَن في الهادية يعرفون أنه وحيد أبويه، ومَن خارجها أيضاً، لكن الوثائق الرسمية كانت تثبت أن له أخا آخر يكبره بعام اسمه يونس! ولأن هذا الأخ لم يظهر، فقد تم التعامل مع غازي كواحد من المطلوبين لأداء الخدمة العسكرية، وهكذا سيق للحرب..

***

ذات يوم هبط الجنود ببنادقهم الطويلة وسيوفهم. لم يتركوا أحدا يخرج من القرية، حتى الخوري ثيودورس الذي قال له البيكباشي: الزم كنيستك. في حين جمعوا الرجال في المضافة وأغلقوا الباب عليهم.

ساعات طويلة انتظر الجنود، لكن أحداً من أبناء الحاج محمود لم يظهر، وقد كانوا على يقين، أن خالد وأخوته يعودون سرّا ويعملون في الأرض ليلا لتقديم ما يستطيعون تقديمه.

– ما الذي تفعلونه؟ سأل الحاج محمود أولاده ذات يوم وهو يراهم يحرثون أرضهم في العتمة، ولا شيء يبشّر بأن هذا القحط سينتهي؟!

لكنهم واصلوا وقطرات العرق تلتمع على جباههم.

أمضى الجنود سحابةَ يومهم تحت سماء كانون الأول الصافية، كانت الشمس تذرع الجهات وتُقلّبُ ما تحتها على لهيب لم يعرفوا مثيلا له، لكن أحدا لم يظهر، ومع اقتراب المساء، وقد فقدوا الصبر، قالوا للعزيزة: اصعدي للسطح ونادي عليهم.

رفضتْ، كانت تعرف أنهم ليسوا بعيدين، لكن فكرة غريبة التمعتْ في عينيها، إذ ما هي إلا دقائق حتى قالت: سأصعد. وسط دهشة الجميع. وأولهم أمها منيرة التي صرخت: إياك أن تتحركي من مكانك.

لكنها صعدتْ، وحين أصبحتْ فوق السطح، حدّقت في السهول المحيطة، لم تر شيئا، كانت القرية كلّها محتجزة بخيولها وبقرها وأغنامها، وشيخوها وأطفالها.

وفجأة راحت تصيح: يا أخواني، يا خالد، يا سالم، يا محمد، يا مصطفى. تعالوا ولا تيجوا. وتعيد. يا خالد، يا سالم، يا محمد، يا مصطفى. تعالوا ولا تيجوا. وهي على ثقة بأن الجنود لن يفهموا كلامها كلّه.

142

سمعها أخوتها الذين كانوا قد أدركوا أن ثمة أمراً غريبا يدور، وهكذا راحوا يبتعدون عن القرية.

بعد نصف ساعة من نزولها عن السطح، قال لها الجنود الذين كانوا يتحدثون بعربية مكسرة: الآن تدلينا أنت عليهم. أنت أختهم، أم سنجبر أمهم على فعل ذلك، أم هذا الولد، وأشاروا إلى ابنها.

راحت تقسم أنها لا تعرف شيئا، وأنهم، ربما سيعودون في أي لحظة، لكنهم قالوا لها: ستعترف إذن عنهم أنت. ستعترف.

كان الجنود يدركون أن الاعتداء على أي امرأة سيفجر الأمر، ولكن قائدهم الذي فتَّش البيت جيدا مرتين، لم ينس تلك الدجاجة التي كانت ترقد على بيضها، الدجاجة التي نفضت جناحيها في وجهه تنذره إذا ما اقترب أكثر.

اتجه نحو القن، أزاح الدجاجة غير عابئ بثورة غضبها، تناول بيضة وألقاها على الأرض، فأدرك أن نصف الحياة قد اكتمل فيها.

وحين قفزت الدجاجة نحوه تنقره، وجَّه إليها ضربةً ببسطاره الأسود الطويل ألصقتها بالحائط، وما لبث أن استقرتْ أسفله ميتة.

طلب من جنديين أن يُحضرا البيضَ كله، فأحضرا ست عشرة بيضة، تناول قائدهم اثنتين؛ امتدتْ يده بواحدة نحو العزيزة والثانية نحو أمها: إما تعترفُ، وإما تشرب هذا!!!

نظرت كلُّ من المرأتين إلى عيني الأخرى، ونظرت العزيزة إلى عيني أولادها الثلاثة فايز وزيد وحسين، كسرتْ رأسَ البيضة بطرف الحائط، أغمضتْ عينيها، أغلقتُ أنفها، وابتلعتْ ما فيها من حياة، ولم تتردد الأم التي فعلت مثلها، ولكن الأمر لم ينته عند هذا الحد، إذ راحت يد القائد تمتد ببيضة بعد أخرى حتى لم يبق من البيض شيء.

* * *

غادر الجنود الهادية بعد أن خلطوا زيتها بطحينها، وتركوا أحشاء البيوت ممزقة في شوارعها وأحواشها للمرة الثانية.

أما منيرة والعزيزة، فقد ظلّتا تستفرغان لأيام طويلة فيما بعد، وقد ظلَّ ذلك المذاق الكريه جزءا من عذابهما، إلى أن فوجئتا بما هو أمرُّ مذاقا!

كان الحاج محمود يعرف أن الهبّاب وراء حملة التفتيش هذه، فأرسل إلى أبنائه أن يكونوا أكثر حذرا، ويطمئنهم بالعبارة التي طالما ردّدها منـذ أن رأوا أول درك‍يّ

143

تركيٌّ يعبر عتبة البيت بلا استئذان: تذكروا، لا يمكن لأحد أن ينتصر إلى الأبد، لم يحدث أبداً أن ظلت أمّة منتصرة إلى الأبد.

***

العزيزة وحدها كانت تراهم، وكان زوجها عبد المجيد يعرف ذلك، يعرف أين تمضي بصرر الخبز والطعام التي تُحضِّرها بين حين وآخر وتختفي لساعات من أمام عينيه. وكيف تعود كل مرة محمَّلة بأشياء كثيرة، بعد أن دفعهم القحط والضرائب التي راحت تكنس البيوت من كل ما فيها، إلى الإغارة على رجال الدرك والمحصِّلين للاستيلاء على ما سرقوه من أفواه الناس.

***

ذات يوم، وقد هدأت الأمور قليلا، قال عبد المجيد للعزيزة: لماذا لا نـدْعوهم لتناول العشاء هنا في البيت.

انتفضتُ: وهل تريد أن يُلقى القبض عليهم؟!

ـ أنا؟ استغفر الله. ولكن آن الأوان لأن نُصفّي ما بيننا، فهم الآن أخوال أولادي، وليس هناك من هو أغلى من عائلتي عليَّ.

كانت العزيزة تعرف جيداً أنه لا يحبهم، لأنهم لم يحبوه أصلا، وقد كانوا على يقين من أنه من رجال الهبّاب، وأنه من سرَّب الخبر عن الهادية.

قال خالد: ذنَبُ الكلب سيظل أعوج حتى لو وضعته في قالب.

ـ كل زيارة لأهله هناك، هي زيارة للهبّاب. عيوننا التي هناك تخبرنا. قال مصطفى.

ـ أصيلة وأخذتُ قديش. همهم محمد.

ـ لا تقل هذا أمامي، فهو زوج أختكم. ردَّت منيرة. كما أن الماضي يجب أن ينتهي عند هذا الحد، وفي النهاية يجب أن تفكِّروا بأولادها.

***

ذات يوم رأتها سُميّة ابنة البرمكي حائرة في الجبل: ما الذي تفعلينه هنا؟

ـ وما الذي تفعلينه أنت؟

لم تعرف العزيزة بماذا تجيب، لكن سُميّة فاجأتها: لقد جئت وكلي أمل أن أرى خالد.

هكذا باحت الصَّبية بكل ما في قلبها دفعة واحدة، إلّا أن ذلك أربك العزيزة أكثر.

144

- ولكن له خطيبة وسيتزوج قريباً.

- لا، لن يتزوجها! سيتزوجني أنا! قالت بأسى وتصميم واضحين. ثم التفتت إلى العزيزة وقالت: سِرُّك في بير.

تنهّدت العزيزة وقد رأت الدّمع يفرّ من عيني سُميّة.

- لقد ذهبتُ للمغارة التي أراهم فيها عادة، ولكنهم لم يكونوا هناك.

- لعل أمراً ما أخّرهم. قالت الصَّبية. وأضافت: اتركي لهم الطعام، لا بدّ أنهم سيجيئون أخيراً.

- فِكْرِكْ!

وحين راحتا تسيران عائدتين، اكتشفت العزيزة أنها تحبُّ سميّة كثيراً، بل رأت فيها جمالاً لم تره من قبل، هذه الصَّبية التي يؤرجحها الحب على حافة الجنون منذ استعادة الحمامة.

- وماذا تقولين لو زوجْتُكِ بمحمد أو مصطفى أو سالم؟ سألتها العزيزة.

- أنا لم أجن حتى أتزوج بغيره.

- يعني، أنت تعرفين أنك مجنونة؟!

- وهل تعتقدين أنني هبلة لكي لا أعرف!

***

لم يمض الكثير من الوقت حتى قَبِلَ محمد ومصطفى القدوم إلى بيت أختهما، في حين رفض خالد وسالم، ورجوهما ألّا يفعلا ذلك، وما إن بدآ بتناول الطعام، حتى كان البيت قد أصبح في قبضة القوة الهائلة التي انقضّت فجأةً من كل الجهات.

***

بعد يومين تم إعدامهما في القدس.

***

كانت فرحة الهبّاب كبيرة، أما حزن الحاج محمود فلم يعد البرُّ يتّسع له.

اندفع الناس من جميع الجهات نحو الهادية يشاركون في الجنازة، حتى امتلأ سهل القرية بهم. كانت جنازة لا يذكر أحدٌ أنه رأى مثلها من زمن طويل، وطوال أربعين يوما ظلَّت القرى ووفود من المدن يتقاطرون على بيت العَزاء.

***

دفع خالد باب بيت العزيزة ذات ليل، فإذا به فوق رأس زوجها، أمسكَ بعنق عبد المجيد، الذي راح يُقسم أغلظ الأيمان أن لا علاقة له بما حدث، وأنه يحبها

145

كأخوته، قذف به للحوش، استل خنجره من حزامه، وهوى بالنصل نحو عنقـه، لكن الزمان توقّف فجأة، وتوقّف معه النصل حين سمع صراخ أبناء أخته.

اعتصر جبينه بأصابع يده اليسرى. عمّ الصمت. انتصبَ ثانية، فبدا عبد المجيد قطعةً من الذعر ملتفّة على نفسها تحت تلك القامة العالية التي كانت تهتـز كشجرة حَور..

استدار بوجهه بعيدا: لن أستطيع قتلكَ، حتى لو تأكدتُ مـن أنـك أنـت مـن وشى بهما، هل كنت تعرف هذا؟! وأشار إلى العزيزة وأولادهـا. مـن أراد مـنكم البقاء هنا فهذا بيته، ومن أراد أن يذهب معه، فليكن على الطرف الآخـر مـن هـذه الدنيا، لأنني إن رأيته ثانية سأقتله، ولو كان ذلك أمامكم.

**

قفز فوق ظهر (ريح)، فاختفى نصفها، وكـمـا لـو أنـها أدركـتْ مـا في صـدره انطلقتْ مجنونة تعدو، راحت عباءته تخفق، وبخفقانها كانت فرسه تختفـي حيـنـا وحينا تظهر، فبدا وكأنه يخطو خطوة وتخطو فرسه خطوة، وكأن الذي تحملـه كـان يحملها.

اختفى تماما، حتى قيل إنه قطع المسافة بين رفح والناقورة مـرات ومـرات. وإن كثيرين قد رأوه في الجليل وعلى شاطئ عسقلان، وحين عاد ذات ليلة كانت عيناه غائرتين، و(ريح) مُغبرّة، لا شيء فيها يُذكِّر بلونها الذي كان.

قال لأمه: سأنام.

- صرخت: يا ويلي. هنا؟

قال : هنا.

انتشر الرجال حول الهادية يراقبون الأفق خائفين من مداهمة أخرى.

في الصباح مضى حيث الحمامة، احتضن وجهها، اقتربتْ منه، ألقتْ بعنقها عـلى كتفه، وبقيا زمنا طويلا دون حراك، وعندما امتدتْ يداه نحو أسفل رأسها، أحس بأنها لا تريد أن ترفع رأسها، انحنى قليلا دون أن يُبعد راحتيه عـن فكيها، وحين نظر إلى عينيها، وجدها تبكي، وعندها انفجرت ينابيع الدمع في عينيه دفعة واحدة.

لم يكن خالد يعرف قبل اليوم، أمام أي البشر يمكن أن يترك الرجال دموعهم تسيل، لكنه في ذلك الصباح أدركَ أن ليس هناك من يمكن أن تبكي أمامه أفضـل من الخيل.

146

أحلام صغيرة

تحوّل خالد إلى حكاية يتناقلها الكبار والصغار، حتى ظنَّ البعض أنه حكاية فعلا، وأنه لم يُوجد من قبل، لكن الكبار الذين يعرفونه كانوا يرددون حكاياته عن ياسمين ويؤكدون حكايته مع الدَّرك التركي بحيث أصبح جزءا من خيال الصغار في الهادية. ولم يعد غريباً أن يطلب طفل من أمه أن تسرد له حكايات خالد قبل النوم كما تسرد قصص (نص إنصيص) و (جبينة) و (الشاطر حسن) و (ست الحسن والجمال).

حين طلب كريم من أمه أن تسرد عليه حكايات خالد ارتعبت. تلفتَتْ حولها برعب، خشية أن يكون أحد قد سمع طلبَ ابنها. كانت تعرف أن زوجها صبري النجّار إذا عرف بأمر كهذا فلا بد أنه سيُطلِّقها!!

قال كريم: لن أنام قبل أن أسمع حكايات خالد.

كانت المنافسةُ بين عشيرة الحاج محمود وعشيرة النجّار على زعامة القرية قديمة، لكن النجّار الذي منحه الأتراك بعض الامتيازات، ومن بينها أن يكون مختارا للهادية، اكتفى بذلك، منتظراً الوقت المناسب، ولم يعد يهمّه شيء أكثر من زواج جديد في عشيرته بما يعنيه ذلك من مواليد جدد ستجعلهم في النهاية الأكثر عدداً وقوة.

كان مستعداً لأن يعمل المستحيل لجمْع رأسين على وسادة واحدة، وقد ذلل كثيرا من العقبات التي اعترضت مشروع هذا الزواج أو ذاك. وعندما ولدت امرأته ابنته الأولى رحاب، كاد يجن، وحين جاءت البنت الثانية جُنَّ أكثر، وفكر أن يُطلِّق زوجته، لكنه كان يعرف أن أمراً كهذا هو الجنون بعينه، لأن زوجته ابنة واحد من أغنى وأكبر شيوخ الشمال، أولئك الذين لا يسمحون أبداً بأن تعود بناتهم إلى البيت مُطلَّقات.

147

وقبل أن يحنَّ تماماً، جاء أول أولاده الذكور، فنظر صـبري النجّار إلى الـسـماء وشكر الله لأول مرة من قلبه: كريم يا الله كريم. سألته امرأته وماذا سنسميه فأخـذ يردد دون وعي: كريم. كريم. كريم. سنسميه كريم.

تغير النّجار، بحيث أحس أن عدد عشيرته قد ازداد ألفاً في ليلة واحـدة، وبـات مجنوناً بالصغير بحيث تفوَّق في ذلك على جنون البرمكي القديم بابنه غازي.

بعد كريم أنجبت زوجته ثلاثة أبناء مات أحدهم، لكن تعلُّقه بابنه البكر كـان يفوق الوصف. أما ما لم يكن النجّار يتصوَّره فهو أن صغيره سيصبح أسير حكايات خالد الحاج محمود، التي كانت تدور حول مطاردات الأتراك له.

انصاعت الأم أخيراً لإلحاح ابنها وبدأت تـروي لـه الحكايات التي تعرفها والحكايات التي لا تعرف إذا ما كانت حدثت فعلا أم أنها تؤلفها أو تستعيرها مـن حكايات الشُّطار. كانت راضية بشيء واحد: هذه القصص، هي وحدها، التي تجلب النوم لعيني ابنها. لكن الشيء الذي لم يتوقعه أحـد، هـو أن هـذه القصص ستصبح جزءاً من أحلام الصغير.

***

سمع كريم أن المطارَدين يتسللون ليلا إلى بيوت أهلهم، فبدأ يتسلل مـن بيت أبيه ويرابط قرب بيت خالد.

مرت ليال طويلة بحيث بدأ الصغير يحسُّ أن مـا سمعه لم يكن سـوى مجـرد حكايات ستبقى حكايات، لكنه لم يقبل أن تسرد لـه أمـه، رغـم ذلـك، غـير تلـك الحكايات.

كان قد تجاوز السابعة من عمره، حين خرج مُتسللا ذات ليلة، وهو يُفكِّر حزينا فيما إذا كانت ستكون الليلة الأخيرة، أم لا. ولم يكد يصل بيت خالـد حتى رأى (ريح) مقبلة، كان الليل يُخفي فارسها، بحيث بدت وكأنها تسير وحدها. في تلـك اللحظة كاد أن يغمى عليه، رآه خالد متسمِّراً قرب الجدار، فسأله بلطف: ما الـذي تفعله أيها البطل في هذا الليل؟ فرَدَّ: أنتظرك!

ترجَّل خالد، ثم قرفص ليكون بإمكانه النظر إلى الصَّبي مبـاشرة. وسأله: ومـا الذي تريده مني؟
- أن أراك فقط.
- أولم تفكر بركوب ريح أيضاً. سأله خالد.

148

- كنت أتمنى ركوب الحمامة، ولكن هـل ستسـمح لي بركـوب ريـح؟ سأل الصغير.
- إن كنت تريد ذلك؟
- أريده. أريده!!

عند ذلك أمسكه خالد من وسطه ووضعه على ظهر الفرس.

- أين تسكن؟ سأله.
- هناك. أشار الصغير بيده.

قاد خالد الفرس في الاتجاه الذي أشار إليه الصغير.

- ولكن لم تقل لي أيها البطل، ما هو اسمك؟
- كريم. أنا كريم صبري النجّار.

حاول خالد أن يفعل الكثير كي لا يُشعر الـصغير بـشيء. وقبـل أن يقـول لـه: سأنزلك هنا، وقد قطعا معاً أكثر من مائة متر. قالها الصغير: أنزلني هنـا. يكفـي. أنزلني هنا!!.
أنزله.

وقف الصغير أمام خالد وسأله: أنت حقيقي إذاً؟!

- وهل ترى غير ذلك؟
- هل أقرص نفسي لأتأكد من أنني لا أحلـم أم أقرصـك لأتأكـد مـن أنـك حقيقي؟
- تستطيع أن تفعل هذه وتلك.
- صحيح؟!!
- صحيح.

قرص الصغير نفسه فتألم. قال: أنا لا أحلم. وامتدَّت يده إلى يد خالد وقرصـه، فقال خالد: آه. وبالغ في قولها. فقال له الـصغير: وأنـت حقيقـي!! ثـم راح يعـدو سعيداً إلى البيت.

***

سيذكر خالد هذه الحادثة دائماً، أما الشيء الـذي لـن يـستطيع تخيّلـه أبـداً فهـو نهايتها!!.

مَنْ مات؟

ذات ليل فتح خالد عينيه فرأى رجلا يقف فوق رأسه تماماً، حاول أن يعرف من هو، لم يستطع تمييزه في الظلام، أراد أن يتحرّك لكن أعضاءه كانت ملتصقة بالأرض تماما، سأله:

ما الخبر؟

قال: عزيز مات.

- من؟

- مولود الحمامة. كان ذكراً.

راحوا يكفنونه، ويحفرون له قبراً عميقا يليق بأمير.

- كريم لا يجوز أن تنهشَ لحمَه كلابُ البرِّ أو وحوشه. قال الحاج محمود. وكان الشيخ محمد السعادات، وحوله رجاله. وحين استداروا وجدوا أنفسهم وجها لوجه، مع الحمامة التي تبعثهم باكية.

رفع خالد طرف عباءته ليمسح دموعها، لكن الحمامة اختفت فجأة قبل وصول يده إليها .

هبَّ فزعا.

- اللهم اجعله خيراً.

***

راح يقصُّ حلمه على أمه والدمع يفيض من عينيها، وحين سألها: ولماذا كل هذا البكاء؟ نظرت إلى الحاج محمود وقالت: لأنك فقدْتَها.

- ولكنها هنا.

- ليس الحمامة.

- ياسمين؟!!

150

صمتتْ منيرة وأعتمتْ دموعها أكثر. وامتدتْ يد الحاج إلى كتف ابنه: قِسْمَة ونصيب!!

- ولكن لماذا؟!

- أنت تعرف وأنا أعرف، ولكن ما حدث لا يتيح لنا اليوم المجال لنسأل لأنه تم.

- ولمن سيزوجونها؟

- لابن عمٍّ لها.

- ومن أين خرج هذا؟ ألم يكن موجودا من قبل؟

- لقد تم الأمر.

- وهل وافقت؟

- ومن هي التي تستطيع أن ترفض!

***

على التل بعيداً، وقف خالد إلى جانب ريح، محدقاً في البيت، بيتها، حتى تسللتْ خيوط الفجر الأولى. كان الغضب يرتع في جسده، وقد حوّله إلى سرب وحشي من جراد، سرب يودّ لو يهبط من الأعلى ويجتاح كل ما في طريقه، تاركاً خلفه الخراب. وحينما خُيّل إليه أنه رآها تخرج من بوابة الدار، وأنها وقفت وحدّقت في الاتجاه الذي يقف فيه وظلت ساكنة؛ استدار، ممسكا برسن ريح، مُعذّبا بخطواته المجروحة التي تمضي به لبعيد لم يعرفه من قَبْل.

***

لم يعد له من شيء غير تتبّع أخبارها، وحين حمل له أحد رجال الهادية الخبر الذي لا ينتظره،، قفز فوق حصان الرجل، مخلّفا (ريح) في المكان حائرة، وقد فقد عقله تماماً.

تبعه الرجل فوق (ريح) محاولا أن يثنيه، ولكن اندفاعة الغضب فيه كانت تحلُّ في الحصان فتجعله أكثر جنونا.

اختفى..

كانوا يزفونها فوق جمل، وحولها تغني النساء، حين انبثق جسده المتّحد بجسد حصانه، فارس ملثم لا شيء يظهر منه، حتى قيل إن عينيه كانتا خلف اللثام أيضاً، وقبل أن يُدرك أحد ما يدور، وقد عقدت المفاجأة أرجلهم، اتجه الفارس نحو الهودج مباشرة، امتدتْ يدُه الطويلة واختطفت العروس، ألقاها فوق حصانه، لوى

151

عنقه فانبثقتْ زوبعة في المكان، دارتْ ودارت، وفي لمح البصر كان قد أصبح هناك فوق التل. أوقف حصانه لحظة، استدار وحدّق في القرية، ثم أخذه الانحدار.

تدافعت الخيول من جميع الاتجاهات تحاول اللحاق بالفارس والعروس المختطفة، دون جدوى، كما لو أن الأرض انشقَّتْ وابتلعته، لكن شيئا ما حدثَ في داخله، فمضى بحصانه يدور حتى دخل القرية من الجهة المقابلة للجهة التي اختفى فيها، رأته النساء مُقبلاً، فصِحْنَ، ولم يكن أحد من الرجال هناك، ظلّ الحصان على اندفاعه حتى خُيِّلَ لهن أنه لن يتوقف، لكن الأرض بدأت تنشقُّ والغبار يتصاعد، حيث تحولّت قوائم الحصان إلى محاريث تغوص بعيدا في التراب.

وبلمح البصر، امتدتْ يدُه إلى العروس خلْفه، وكما لو أنها تهبط من السماء مثل ندف الثلج، وجدتْ نفسَها ثانية بين النساء.

اعتصر جبينه بأصابع يده اليسرى، حدّق فيها. عرفتْه.

وكما حدث في المرة الأولى لوى عنق الحصان فانبثقتْ زوبعة في المكان، دارت ودارت، وفي لمح البصر كان الاتجاه الذي عاد منه يطويه.

152

أنين في الليل

على الطرف البعيد للهادية، كانت الأقدار تغذُّ الخطى نحو بعضها بعضاً، إذ إن ذلك الهدوء الذي سكن التلال والسهول، كان يُنذر بعاصفة لم يتوقعها أحد.

كانت المقدمة ذلك القحط العظيم الذي امتصَّ عروق الأرض وذهب عميقا نحو الجذور، مُخلِّفا التراب الأحمر رملا مصفراً، والأشجار كائنات شاحبة. قال الحاج محمود: إنني أسمع أنينها في الليل.

جفّت الآبار، ولم يجد الرجل جرعة ماء يروي بها ظمأ أولاده، أو ظمأ خِرافه.

وفي السهول العالية، كانت التجارة الرائجة التي يـزدادُ بهـا الهبَّـاب غنـى، هـي مبادلة النعجة بسلة تبن، أما الخيول فكان الأمر معها مختلفاً تماماً.

لم يكن أحد يقبل ببيع حصانه، سوى ذلـك الـذي لم يعد يملـك أيَّ شيء، وفي حالات كثيرة كان يتنازل الرجل عن فرسه وهـو يبكـي، مقابل أن يُطعِمهـا مـن يأخذها دافعاً بذلك عنها الموت.

أما النساء، فلم يجدن من شيء ينظِّفن بـه فـوط أطفالهـن غـير أن ينشـرنها عـلى الحبال حتى تجف، ثم يدعكنها كي يتساقط ما عليها من أوساخ.

راحت رؤوس الماعز تتناقص في بيت الحاج محمود، ولم يكن هناك أفضل من أن تُذبحَ فيأكلها أهل بيته، بدل أن يجري استبدالها، لكنهم كانوا مضطرين لمبادلتهـا في حالات كثيرة.

ذات يوم أبصر البرمكي بدوياً قادماً من بعيد يسوق جمله المنهك، راقبه كـما لـو أن ليلة القدر تفتح أبوابها له، اندفع راكضا كي يصل إليه قبل الآخرين الذين كانوا يراقبونه منذ أن أطلَّ من خط الأفق.

وصله البرمكي، قال له: أنت ضيفي فأهلا بك.

كان الأمر بالنسبة للبدوي يعني الكثير، لأن حاله لم تكن أفضل مـن حـالهم، وعجب كيف أن الناس لم تزل تستطيع دعوة الناس إلى بيوتها في زمن لم يبق فيه مـا يمكن أن تأكله وحوش البر.

وصل الناس، كل يريد أن يدعوه، لكن البرمكي قال: إنه ضيفي. فـأهلا بكـم وأهلا به!

وازدادتْ حيرة البدوي أمام هذا الكرم، وأحس بأن الله ما أنقذ هذه القريـة ممـا ابتليت به القرى الأخرى إلا لكرمها.

كل العيون كانت تحدِّق في الجمل كأنها لو أنها ترى هذا المخلوق للمـرة الأولى في حياتها.

سار البدوي إلى جانب البرمكي، إلى أن وصلا بـاب البيت، التفتَ البرمكي للناس وقال: يشهد الله أنكم ضيوفي.

حين دخلوا، أجلسوا البدوي في صدر البيت، بعد أن ربطوا جمله بعيداً في طرف الساحة.

صبّوا له القهوة التي لم تكن سوى قمح محروق؛ حـين تـذوقها أدرك بفطنتـه أن قهوة كهذه لم ينج أصحابها مما أصاب الجميع.

نهض وقد أحس بهذا، قال: سأقضي حاجة.

حين وصل الباب أبصر جمله مذبوحاً في طرف الساحة.

نظر إليهم بغضب وقال: لقد ذبحتم بعيري.

- بل هي ناقة!! قال له البرمكي.
- بل بعير. ردّ البدوي بغضب أكبر.
- بل ناقة. قالوا له.

واختلفوا في المسألة حتى نسوا مسألة ذبح الجمل.

طيّبوا خاطره، وأعادوه إلى صدر البيت، رفعوا فرشَة أهل البيت التـي تحتـه وأحضروا فرشة الضيوف. وكلما كان الخبر يصل إلى أحد من أهل القرية، كان يأتي راكضاً.

أحضروا الطعام أخيرا، فاندفعوا يأكلون كما لو أنهم يودّعون الطعام إلى الأبـد، وبصعوبة استطاع أن يظفر ببعض لحم بعيره.

عندما انتهوا أرادوا غسل أيديهم، فقال أحدهم له: وأنت أخونا الكبـير!! هـل يمكن أن تصبَّ الماء لنغسل أيدينا.

تناول الإبريق وصبَّ الماء إلى أن غسل الجميع أيديهم.

ثم تناول أحدهم الإبريق وساعد البدوي في غسل يديه.

دخلوا البيت ثانية، تناول البرمكي دلة القهوة ليصبَّ له، تذكَّر البدويّ طعمها فقال: خَلَفَ الله عليكم. لا أريد سوى رحْل بعيري!!

فقالوا: بل ناقة.

قال: بعير.

قالوا: بل ناقة.

فقال: أعطوني إذن رحْل ناقتي.

فالتفتَ البرمكي إليه وقال: لو اعترفتَ منذ البدايـة بأنها ناقـة لمـا حـدث مـا حدث!!

فتناول البدوي رحل بعيره ومضى.

***

أمام الحمامة، كان خالد يقف، وكلّه خوف من أن يجيء ذلك اليوم الذي لا يجد فيه ما يمكن أن يطعمها إياه، وقد وصل الحال بالناس إلى أن يُخرجوا القشّ الناشف من سطوح بيوتهم ليُطعموا به حيواناتهم، ويفتشوا في روثها عن حبات الشعير التي لم تُهضَم، ويحدقوا كل يوم في الأفق باحثين عن حلم عاشوه ذات يـوم ويتمنـون أن يتكرر ولو مرة واحدة: بدوي يصل من بعيد وفي يده ناقة أو بعير.

***

ألقى خالد ذراعه على ظهر الحمامة، سمع ذلك الهمس العميق: هذه أنا؟ هذه أنا.

تلفّت حوله لم ير أحدا، اعتصر جبينه بأصابع يده اليسرى، خرج، تفقد الحوش لا أحد.

ابتعد، وحين عاد بعد أيام، تكرر الأمر نفسه.

ابتعد أكثر، وحين عاد سمعها تهمس: هذه أنا. هذه أنا. أوشك أن يجن.

إلى أهلها توجّه خالد، لكنها لم تتوقف طوال الطريق عن تكرار همسها.

رأوها من بعيد، وكانوا يعرفون أنها الوحيدة التي يمكن أن تعود، عرفوها، راحوا يتجمّعون في انتظار وصولها، وحين وصلت، تأكدوا أنها كانت مصونة هنالك في البعيد.

– أخشى أن الزمان سيجور على عزيزتكم أكثر إن ظلَّتْ معي. قال خالد.

155

وظلّوا صامتين.

وأضاف: أتركُها هنا، حتى تتغير الأحوال قليلا وأعود إليها.

ـ أنت تعرف أن الفرس التي تُعاد لن تعود. لقد قبلنا بعودتها في المرة الأولى، فهل تريدنا أن نقبل بعودتها ثانية، لقد وزّعنا كل خيولنا في الأرض مع رجالنا كي لا نخسرها، لا يعود إلينا فيها بعد، إلا من يعود بها مصونة، حتى لا تُساق كالبغال في دروب هذه الحروب التي لا تنتهي أو تموت جوعا وهي واقفة ونحن ننظر إليها.

أطرق خالد: ولكنني سأخسرها إن بقيت معي. أنا المطارد فما ذنبها.

ـ الحرّة تحتمل.

جارحة كانت الكلمات:

ـ ولكنني لا أحتمل.

ـ تحبها إلى ذلك الحد الذي لم تجد فيه وسيلة للاحتفاظ بها سوى هجرانها.

أطرق خالد من جديد محاذرا انفلات بحيرة الدمع الصغيرة. وقابضاً بكل روحه على ذلك السرِّ الذي دفعه لفعل ذلك.

فجأة راح الشيخ محمد السعادات ينادي: يا ابراهيم. وما هي إلا لحظات حتى كان يقف أمامهم ذلك الفتى الذي لا يتجاوز السادسة عشرة من عمره وهو يجيب: أمرك يا شيخ.

ـ الحمامة أمانة في عنقك.

ـ لا تقلق يا شيخ.

وكما لو أنه لا يريد أن يضيّع لحظة واحدة، قفز فوق ظهرها، وراح يبتعد وهم يراقبونه إلى أن اختفى.

أما خالد فلم يكن له أفق يحدّق فيه سوى ذلك الأفق الذي يراه إنسان مطأطئ الرأس!!

156

أحباب على الباب!

بعد أعوام رملية، حسم الشتاء الأمر..

لم تكن العزيزة، التي عادت إلى بيت أبيها مع أولادها، تستطيع النوم مع تـدفّق
المطر بغزارة، المطر الذي أيقظ أهل الهادية كلهم، كانوا فرحين بحيث ظلّ بعضهم
أمام بابه لساعة متأخرة من الليل، ظلّت تتقلّبُ في فراشها، إلى أن أحسّت بـأن
الوقت قد حان، أحكمتْ غطاء رأسها، وخرجتْ مهرولةً نحو زريبة الأبقار.
حلبتْ بقرتين، وحين خرجتُ مـن الزريبة سمعتْ صوتَ طَرَقات عـلى بـاب
الحوش، ركضتْ، إذ كيف يمكن أن يُترك أحدٌ في الخارج تحت مطر كهذا،
أشرعتْ البابَ، لم تر أحداً، استدارت لتُغلقه، فوجئتْ أمام العتبات بما لم تره عيناها
من قبل: عظام تروح وتجيء بقوة الماء، لم تكن بحاجة للكثير من الوقت كي تعرف
أنها عظام بشرية. كان ثمة ذراع وعظم حوض، سيقان، ومشط يـد، وجمجمة.
أخذها الرّعب فسقط ماعون الحليب مـن يـدها، دون أن تحس به. راح الأبيض
يختلط بالماء الترابي.

تتبعتُ مجرى البياض حتى اختفى. أحسّت بأن شيئا ما غريبا يحدث.

لم تصرخ، لم تستدع أحداً، تركت البوابة تتأرجح وراءها ومضتْ تتسلَّقُ مجرى
السيل المندفع من أعلى التلة قاصدةً المقبرة. ومع كل خطـوة كانـت تخطوهـا، كـان
رعبها يزداد، وقلبها يخفق بشدة أكبر.

ظلّتْ تصعدُ وتصعد، وكلما تقدّمتْ أكثر كانت تُفاجأ بعضو بشري آخر يجرّه
الماء. وصلتْ هناك، وكأنها لو أنها تعرف ما حدث تماماً، اتجهت إلى قبري أخويها عند
الحافة التي تفصل أرض المقبرة المستوية عن السفح.

***

في ذلك اليوم البعيد، رجتهم منيرة: احفروا لها هنا، كي أستطيع رؤية قـبريهـا
من البيت. احترم الجميع حزنها، بحيث لم يحجب أيُّ قبر جديد قبري ولديها.

157

حين وصلتُ، رأت الماء يجري حاملا ترابها، ومحاولا دفع ما تبقى من الجثتين للخارج.

وقفت العزيزة طويلاً تحت المطر، غير قادرة على أن تفعل شيئاً، أي شيء، سوى تتبع مجرى السيل وما يحمله من قلبها. استدارتْ عائدة بجانب حافة الماء، وكلما سارت لحق بها عضو من أعضاء أخويها، وحينما وصلت وجدت الأشلاء كلها قد تجمّعت أمام الباب، في تلك الزاوية الخفيّة التي تكوّنت بفعل سُمك الجدران.

دخلت البيت، غابتْ قليلا، وحين خرجتُ، كانت ملتفّة بعباءة سوداء تحجبها تماما فوق ظهر (الجليلة).

***

فتّشوا طويلا عنها، في البيت، في الزريبة، وعندما افتقدوا الجليلة، أيقنوا أن شيئا كبيراً يحدث، راح الحاج محمود، تتبعه منيرة، يركضان نحو الباب غير عابئين بالمطر الغزير المنهمر، وحين أشرعه، فاجأه هناك ما فاجأ العزيزة، فراحا بِرعبهما يتبعان تدفُّق الماء.

قبل أن يصلا السّفح أدركا ما حدث. ارتدَّ الحاج محمود نحو البيت مهرولاً، يتناثر الطين مُلطخا ثيابه. ولم يكن باستطاعته أن يفعل أكثر من أن يُلملم العظام بيديه المرتجفتين، ويحملها إلى داخل الحوش. في حين وقفتْ منيرة على التل غير قادرة على التقاط أنفاسها من وقع المفاجأة.

***

كان الماء قد تجاوز الجسر قليلاً. استجابت الفرس للحاج محمود، عَبَر الماء المتدفق. وعندما وصل الحافة الأخرى، كان الشيء الوحيد الذي يفكر فيه هو أن (الجليلة) لن تتخلّى عنها.

لم يستطع اللحاق بها، وقد أيقن أنها لن تذهب إلا إلى مكان واحد. تجاوز كروم الزيتون منطلقاً صوب قرية الهبّاب. وقبل أن يصل رآها عائدة.

راح يبحثّ فرسه نحوها، وحين وصلها، تجاوزته كما لو أنها لم تره، استدار عائدا، امتدت يده إليها، فزعتْ، صرختْ، فراح يُطمئنها: هذا أنا.

مال جانبا، التقطَ رسن الجليلة، الجليلة التي رفعت عينيها وحدّقتْ فيه قليلا ثم عادت تسير بالرتابة نفسها. كانت المياه تغمر الجميع، وكلما تناثر بعض الطين ملطخا قوائمها كان المطر يغسله بسرعة، حتى لا يكاد يلحظ أن طينا عَلِقَ بها.

158

حين وصلا إلى حافة الجسر، كان نصف القرية على الجانب الآخر منه، أولادا ونساء وشيوخا.

***

– سنوات طويلة ينحبس المطر، وفجأة ينفتح باب السماء. كان يجب أن يكون القحط كي يكون هذا السيل. كل تلك الشتاءات الجافة لكي تصل الرسالة إليّ. قالت العزيزة. وأضافت: أنا؟ أنا لم أنس. وكأن هناك من يسألها. كيف يمكن لي أن أنسى، ولكنني أوشكتُ أن أسامح.

– ما الذي حدث هناك. سألها الحاج محمود.

لم تُجب.

وأدركوا أنها قتلت زوجها.

***

مع انقطاع المطر، جمّعت الهادية عظام الجثتين، صعدت الجبل لتدفنهما ثانية، وحين بدأوا الحفر كانت الأرض تستجيب بليونة الطين، ليونة قال البعض إنه أحسها لأول مرة وهو يمسك فأساً.

في قبر واحد وضعوهما.

– لعلهما كانا يريدان ذلك منذ البداية أيضاً. قالت منيرة هاذية.

***

عند الظهيرة امتلأ السهل بالفرسان، فرسان غرباء جاؤوا يطلبون الثأر، وكان يمكن أن يراهم المرء قادمين من أكثر من اتجاه.

فرسان أدركوا بعد وصولهم، أن ما أمامهم يفوق بهوله ما خلّفهم، أن ثمة موتا كبيرا؛ لم يجرؤوا على الصعود.

يعرفون، في مثل هذه الحالات أن الدّم يكون حارا، والأرواح على وشك الخروج من سجون أجسادها.

عادوا.

***

لم يكد اليوم ينتهي، حتى كان الخبر يجتاح القرى كلها: صَرَفَنْد، تل الصَّافي، عَجُّور، بيت جمال، زِكْرِينْ، زَكَرِيّا، البُرَيْج، صُمِّيل، عَرْطوف، بيت جِبرِين، الدَّوائمة، دُورا، القُبِيبة، عَسقلان، مرورا بالظَّاهرية وبيت حنُون وعِراق سويْدان. وقد أكدّ كثير من الناس أنهم عرفوا بما جرى في الخليل ونابلس والقدس.

159

اهتزت المنطقة كلّها على وقع الخبر الذي كانت له رهبة وجلال لا يمكن لأحـد إلا أن يفكّر بها. ولذا، حين عاد الفرسان في اليوم التـالي، كـانوا بـضع عـشرات لا غير، وقفوا في السهل طويلا وخيولهم تدور حول نفسها، والهادية تراقب متحفِّـزة، ومع كل فترة من الزمن كانت تمرُّ كان أحدهم يلوي عنق حصانه أو مهرته ويرحل مبتعدا، وهكذا لم يبق في النهاية سوى رجل واحد. أمضى نصف نهاره يـدور فـوق جواده، يُغير حينا نحو القرية حتى يكاد يصل إلى حدودها، ثم ما يلبث أن يتراجـع إلى النقطة التي انطلق منها.

عرفوه..

وحين هبط الليل طواه..

رياح الهبّاب

الشيء الذي لم يتوقّعه أهل الهادية، أن الهبّاب بدأ يظهر فجأة في قريتهم، ولم يعد يفوّتُ يوما من أيام السّوق.

يأتي على ظهر حصانه، وحوله عدد من رجاله، يتجوّل، يـشتري بعض الإبل الصافيات، كلما أتيح له ذلك، وقد كان بعض البدو يضطرون لبيع إبلهـم العزيـزة هذه، حيث لم يكونوا، بعد، قد قطفوا خيرات المطر الذي انهمر.

كان الهبّاب خبيراً في هذا، ويستطيع بسهولة أن يعرف الناقـة الصّافية والجمل الصافي، بل ويعرف أنواعها وأسماءها، بـدءا مـن السّمحات، مـرورا بالزّغبيـات والوضحيات والبشاريات حتى الضّبعات. هذه النّوق التي تحتل مكانة عالية لـدى البدو وأهل القرى على السواء، مكانة لا توازيها سوى مكانة الخيل الأصيلة؛ ولذلك كانت هناك وثائق باستمرار تثبت نسب النّوق ونقاء سلالتها.

***

وجود الهبّاب في السوق كان يربك كل شيء، لكن ذلك لم يظهر في البداية، وما إن أحس الناس بالأمر حتى بدأ بعضهم يتحاشى النـزول لـسوق الهاديـة، مفضلا أسواقا أبعد ولكنها أكثر أماناً.

لم تكن قوة الهبّاب في سلطته وحدها، بل في قوته الجسدية أيضاً، وكما لو أنه قرر أن يتحدّى الجميع كرجل لا غير، أصبح ظهوره يتكرر باستمرار.

كانت هذه الإبل على الدوام صورة للجمـال: ارتفاعهـا، صفاء لونهـا، طـول رقبتها، رأسها الصغير، وَبَرُها القصير، والأهـمّ: تلـك القـدرة الهائلـة على تحمّـل المشاق، حيث تتزايد اندفاعتها كلما تقدّمت في المسير، وهي واحدة مـن الصفات التي تجمعها مع الخيول الأصيلة أيضاً.

لم يكن غريبا أن يرى المرء بدويا يبكي وهو يُسلِّمُ رسنَ ناقته لرجل اشتراها، أما الشيء الأغرب الذي بدأ يحدث، فهو أن كثيراً من البدو كانوا يضطرون لبيعها بأسعار بخسة للهبّاب.

يُقبل الهبّاب من بعيد ونظره لا يُفارق الناقة أو الجمل، وفي أحيان الأفراس، ويظلّ يسير في خط مستقيم نحو صاحبها والناس تتراجع على الجانبين لتفسح له الطريق، وهكذا، كان يمكن لكل من يشاهد السوق عن بعد، وارتفاع كاف، أن يرى كيف ينقسم السوق إلى نصفين بمجرد سيره فيه، ويظل ذلك الممرّ لفترة طويلة خاليا من أي رجل، مخافة أن يُفكر في العودة ثانية من حيث أتى.

يتأمل الناقة، لا لأنه يريد أن يتأكد من أصالتها، فهو يعرف هذا من النظرة الأولى، يتأملها لكي يبتهج بمرآها.

**

ثمة شيء ظل غريبا فيه، سيعيش معه حتى ذلك اليوم الذي سيشهد نهايته المشهورة التي سيبتكر خاتمتها بنفسه، وهو هذا الضعف الذي يحسُّ به وهو يرى ناقة أصيلة، أو حصانا، لكن الشيء الغريب أنه لم يكن يَقبَل بأن يسلبها من أصحابها عنوة في السوق، رغم أن شيئا كهذا لم يكن يحدث حين يرى امرأة أو فتاة جميلة. إذ لم يكن يتورَّع عن التوقّف في حقل ما، دون أن يترجّل عن فرسه، ويسأل فلاحا يعمل بجانب امرأة: من هذه؟

فيرد الفلاح: امرأتي.

- بل هي امرأتي. يرد الهبّاب غاضباً. ويضيف، كيف تجرؤ على أن تقول إن امرأتي امرأتك؟!

وفي حالات كثيرة لم يكن يتردد في إطلاق رصاصة واحدة تستقر غالبا في جبين الزوج. وقبل أن تُدرك المرأة ما حدث، ينحني وبيد واحدة يُلقي بها خلفه، ويمضي وسط صمت ودموع كثيرين يتأملون المشهد، دون أن يجرؤ أي منهم على النطق بكلمة واحدة. لكن هذا لم يعد يتكرر منذ زواجه من ريحانة.

هنا، في السوق كان الأمر مختلفاً، يمدّ يده للبائع، يصافحه، مبقيا على يده في يده.

- كم تريد ثمنا لها؟
- عشرين مجيدية.
- بل سبع مجيديات.

162

وعند هذا، تبدأ عملية الشراء الفعلية التي لا بدَّ أن تنتهي لصالحه. تُطْبِقُ أصابعُ الهبَّاب الغليظة على يد الرجل، وتشدّ. يحسّ الرجل بتلك القوة الهائلة تتزايد شيئاً فشيئاً.

- خمس عشرة. تكفي.
- سبع مجيديات.

وهكذا يتواصل الانقضاض الوحشيّ للأصابع القوية، حتى يبدأ العرقُ بالتفصُّد من جبين البائع، وتدريجياً من كل جسده، والارتباك يغمره، لأنه لا يستطيع أن يصرخ أو يشكو فيظهر أمام الناس أقلَّ من رجل.

***

بعض البائعين كانوا يبذلون الكثير من الجهد، بعضهم كان يغالب كل آلامه، ويحتمل لفترة أطول، لكن النتيجة واحدة دائماً؛ وأصبح الناس على يقين من أن كلمة الهبَّاب لا تصبح كلمتين، وما دام نطق بها وحدد السّعر، فليس هناك قوة قادرة على تغيير الوضع، لكنهم كانوا يحيلون ذلك إلى سطوته لا إلى قبضته. ولعل ما جعل كثيرين يواصلون القدوم للسوق هو عدم اعتراف أحد بأنه اضطرَّ للبيع لأنه كان أقل رجولة، ولم يحتمل.

أما الحاج محمود فلم يكن يتدخّل في الأمر، كان يراقب ذلك من بعيد، فقد كان يرى فيه رجلا يشتري لا أكثر، إلا أن تناقصَ عدد الناس بدأ يثير حيرته أكثر فأكثر. وبخاصة أن الأسعار لم تكن تهبط إلى ذلك المستوى إلا إذا كان هو الشاري. لكن زمنا طويلا سيمرّ، قبل أن يعرف السبب.

163

خيـال الأدهم

شقَّ الهبّاب طريقه عبر سوق الهادية، العيون تحدّق فيه خائفة، وليس هناك من يجرؤ على الوقوف أمامه.

كان دورانه حول الجموع كافيا لأن يعرف ما يريد، لكن رؤية الرعب في وجوه الناس كانت تبعث فيه نشوة لا توصف.

ترجَّل عن الحمدانية، وقبل أن تلامسَ قدمه الأرضَ لمعت صورةُ الأدهم في مخيلته فأوشك أن يتعثر.

أمسك بمقدمة السّرج، وكأنما لو أنه تحوّل إلى عمود من ملح، ظلَّ ساكنا للحظات، قبل أن يسحب قدمه من الرّكاب.

على الجانب الثاني من فرسه استقرت صورة الأدهم. لقد أبصره هناك بلحمه ودمه، واقفا بلا سرج ولا رسن، سواده يلمع في الشمس مثل سطح البحر في ليل مظلم، بحر مضاء بأشعة ضوء قادمة من لا مكان. التفتَ الحصان إليه، ظلَّ يحدّق فيه، ثم استدار وسار بعيدا.

اربدّتْ ملامحُ الهبّاب، اكتستْ بطبقة من رماد بارد. ظلَّ ينظر للحصان المبتعد حتى اختفى.

***

دائما كان يكره هذه الرؤى السوداء التي تبزغ مُعَكِّرَةً صفوَ يومه. فكَّر بالعودة إلى هناك، فكر بمسدسه، فكر بطلقة تخترق ذلك العناد كله: ليس ثمة أفضل من رصاصة لترويض حصان بهذا الجموح!

لكن الهبّاب لم يعد.

وسيندم على هذا كثيراً.

تذكّر أنه رأى مهرة حمراء، تضيء جبهتَها بقعةٌ بيضاء، شقّ الصفوف، رآها، أدرك البائع أن يومَ نحسه قد أتى، حاول أن يبتعد، لكن الهبّاب صاح به: إلى أين؟ لم ينته السوق.

توقّف، ثم استدار مواجها الهبّاب، وهو لا يعلم ما الذي ينتظره تماما.

***

حين كان الهبّاب يهمّ بمغادرة السوق مكتفيا بالمهرة الحمراء، تاركا صاحبها يبكي من القهر بعيداً عن عيون الناس، أبصر ذلك البدويَّ القادم من بعيد، وخَلْفَهُ تلك الناقة التي تُبهر الأبصار.

لم يكن وحده من رآها، لقد استدارت الأعناق كلها، وعمّ الصمت، وقد أدركوا أن الضحية قد أتت إلى مصيرها على قدميها.

لكن البدوي سار بمحاذاة السوق، وعندها أدركوا أنه لم يأت لبيع الناقة، أنه ليس أكثر من عابر سبيل.

صاح الهبّاب: يا أخا العرب.

توقّف البدوي، وتوقّفت ناقته. استدار إلى مصدر الصوت، كان غطاء رأسه يلتفُّ حول وجهه، ويخفي ملامحه تماماً.

- نعم.
- الله ينعم عليك. ردّ الهبّاب نصف ساخر. هل هذه الناقة للبيع.
- مثلها لا تباع. قال البدوي بصوته الخشن.

وتقدم الهبّاب نحوه واثقاً بأن ناقة كهذه لن تخطو خطوة تالية إلّا معه.

- الله ورسوله حللا البيع والشراء! قال الهبّاب وهو يسير نحوه.
- مثلها لا تباع. أعاد البدوي.
- لا تكفُر يا رجل! قال الهبّاب.
- لا إله إلا الله، محمد رسول الله. ردّد البدوي.

راحت العيون تحدّق فيهما وقد نسيَ كلُّ من في السوق ما في يده، اقتربوا متلهّفين لمعرفة ما ستسفر عنه اللحظات التالية، رغم أنهم على يقين من أن هذا اليوم هو يوم نحس لهذا البدوي.

***

وصله الهبّاب، مدَّ يده نحو يد البدوي، وعندها بدأ العرق يتصبّبُ من جباه الجميع.

مدَّ البدويّ بدوره يده.

- صلِّ على النبي.

- اللهم صلي على النبي. ردّ البدوي.

- اشتريناها بخمسمائة قرش.

- مثلها لا تباع.

شدَّ الهبّاب على يد البدوي أكثر.

- وفوقها عشرون.

- مثلها لا تباع.

من طرف عينيه راح البدوي يراقب ما يدور في السوق، حتى رأى العيون كلها مُسلَّطة عليهما.

- وفوقها عشرون أخرى.

- مثلها لا تباع.

حبس الجميع أنفاسهم، ولم يكونوا مطمئنين إلى شيء.

وفي تلك اللحظة الفاصلة التي لا بد منها، راحت يدُ البدويّ تُطبِقُ على يد الهبّاب رويداً رويداً. أحسَّ الهبّاب بشيء مختلف، مفاجئ. التمعتْ في عينيه ثانية صورة الأدهم. همس لنفسه: رؤيا سوداء تطلُّ مرتين في يوم واحد. فألُ شر.

- وفوقها عشرة.

- مثلها لا تباع.

وعند ذلك بدأت قطراتٌ من عرَق تطلُّ برؤوسها من جبهة الهبّاب، التمعتْ، ورآها كثيرون.

بين أن يسحب الهبّاب يده أو يزيد المبلغ قال: وفوقها خمسون. لا أكثر.

- مثلها لا تباع.

كانت واحدة من لحظات الرعب التي لم يعد خلالها أحد قادراً على معرفة ما يدور في نفسه. تصبب العرق ليغمر الجميع، تدفَّق تحت أرجلهم، غامرا ملابسهم ومُحوِّلًا ساحة السوق إلى بحر من الطين، وهبَّت ريح باردة فارتجفت الأعضاء، ثم هبَّ لهيب.

عاد صاحب المهرة الحمراء، وقد فاجأه صمتُ السوق، ولكنه لم يجرؤ على الاقتراب خائفاً أن تفضحه بقايا الدمع.

166

أدرك الهبّاب أنه خاسر، أنه يعيش يوم حياته الأسود، حاول أن يسحب يده، لكن تلك اليد الجهنمية أطبقت أكثر وأكثر.

كيف يمكن أن يصيح ألماً، كيف يمكن أن يصبر لحظات أخرى. صاح:

- وفوقها ألف!!!

وفي تلك اللحظة التمعت أعين الناس بالشماتة، وقد أيقنوا أن المعركة قد حُسِمَتْ.

وأعاد البدويّ بهدوء: مثلها لا تباع. وأطبقت أصابعه بقوة أكثر.

* * *

تذكّر الهبّاب ذلك اليوم الذي غاص فيه السيف عابراً لحمه، تذكّر كيف كان على وشك أن يصيح، لكنه صبر وفاز بكل شيء، بحياته وسلطته وبهيبته وباسمه الذي يهزّ الجهات. لكن الأمر لا يسير كما يشتهي الآن، حتى وهو يشتري نفسه بألف أخرى دفعةً واحدة. وأوشك أن يصيح: وفوقها ألفان. إلا أنه أحسّ بصوته يغوص عميقاً في صدره، صدره الذي بات فارغا من الهواء.

أيقن البدوي أن الأمر قد تمَّ، وأنّ كل ما عليه الآن هو أن يضغط قليلا، وقد أحس بأن اليد الأخرى قد فقدتْ كلّ ما فيها من قوة وارتمت ميتة بين أصابعه. وأطبقت اليد اطباقتها الأخيرة. وعندها شهق الجميع وهم يرون ركبتي الهبّاب تنغرسان في الطين.

ظل البدوي مطبقاً بيده، إلى أن تأكد له، أن هزيمة غريمه قد وصلتْ مداها. عندها ترك اليد تسقط، واستدار يجرُّ ناقته في الاتجاه الآخر.

حاول الهبّاب الوصول بيده اليمنى لمسدسه، وهو يحدّق في ظهر البدوي المكشوف، لكن ذلك كان مستحيلا، حاول بيده اليسرى، وعندها سمع زمجرة الناس الذين تقدموا نحوه منذرين.

أي حركة منه كانت تعني موته.

عادت يده اليسرى إلى مكانها على الأرض، اتكأ عليها، نهض.

وفجأة، تعالت الصيحات فَرَحاً، وانطلقوا يركضون خلف البدوي، البدوي الذي توقف واستدار ليلقاهم.

- من أنت يا أخا العرب؟

- واحد منكم.

كان صوته قد تغير تماما.

بصعوبة ألقى الهبّاب جسده فوق ظهر الحمدانية، وسار مبتعداً مخلِّفا وراءه تلك المهرة التي دفع ثمنها، المهرة التي وقفتْ حائرةً وقد وجدتْ نفسها طليقة، قبل أن يتقدم أحد الرجال ويمسك برسنها.

- وحدك الذي يملك شرف إعادتها لصاحبها. قال الرجل. ثم نادى: يا رضوان. ولم يكن مضطرا لأن يعيد نداءه ثانية.

انشق الجمْع، تقدَّم صاحب المهرة، مدَّ له خالد يده، ناوله الرسن، ولكن يدي صاحب المهرة كانتا مشغولتين بشيء آخر هو معانقة هذا الرجل الذي لم يُعِد له المهرةَ وحدها، بل أعاد له كرامته.

اندفعوا يحتضنونه، ومن بعيد كانت الهادية كلّها تندفع إلى السوق وقد أدركتْ أن شيئا كبيراً يحدث. وسيندم كثيرون منهم لزمن طويل أنهم لم يكونوا هناك، أنهم لم يروا بأعينهم ما حدث.

وصل الحاج محمود. أفسحوا الطريق له، ظلَّ يسير إلى أن وقف أمام البدوي. احتضنه، وفي أوج عناقه له سمع البدوي يهمس: علينا أن نحسب الآن حساباً لكل شيء يابا!

رفع يديه، وأبعد الغطاء عن وجه البدوي، وعندها انعقدت ألسنة الجميع.

***

بوضوحها الحارق ذاك، أشرعت تلك الحادثة أمام الهبّاب بوابةَ الأيام التالية الأكثر سوادا، الأيام التي هبت عليه بعواصف رمادها. وسينتهي كل شيء بطريقة لم يتصوّرها أحد، وحتى قبل أن يعرف الهبّاب اسم ذلك البدويّ! الذي جلله بالعار وسط صيحات الفرح التي ملأت السّوق.

مقدمات لاحقة

في الليلة السابقة كان قد امتطى (ريح) وطار إلى الشيخ ناصر العلي، شرب قهوته، وبعد العشاء قال خالد: لي طلب يا والدي.

- عيوننا لك.

- تسلم عيونكم.

- أريد أجمل ناقة عندكم، أستعيرها الليلة وأعيدها مساء الغد.

- أنتَ تأمر، ولكن ألا تريد أن تقول لي لماذا تريد أن تستعيرها؟

- سأقول لك كل شيء بإذن الله.

- ولكن لم تقل لي ما أخبار الحمامة؟

أطرق خالد، ففاض الصمت هامساً بالكثير، فرأى الشيخ ناصر ذلك الجرح الذي رآه في صدر خالد حين جاءه ممزقاً من سنوات.

حين جاؤوا بالناقة، أدرك خالد أنهم جاؤوه بأفضل ناقة لديهم، كانت بلونها السُّكري وشعرها الناعم القصير، وقامتها العالية وعنقها الطويل الذي ينتهي برأس صغير تضيئه عينان لامعتان تسلبان العقل بصفائها.

- هذه سَمْحة. لا أريد أن أوصيكَ بها.

***

أمضى خالد ليلته في بيت الشيخ ناصر العلي، وقبل أذان الفجر، واصل سيره نحو سوق الهادية، قابلته (العزيزة)، في المكان الذي اتفقا عليه، على طرف أراضي الهادية الشرقية، ناولها رسن ريح.

- هل أحضرتِ ما طلبته منكِ.

- كلّه حاضر.

تناول خالد صرَّة من يد أخته، توارى خلف شجرة بلوط، وحين خرج. كان شخصا آخر.

169

- كيف؟ سألها.

- والله لو لا أنني رأيتك تدخل خلف الشجرة، وتلبس الثياب التي حملتها
إليك بنفسي لما عرفتك.

- توكّلتُ على الله.

نهاية أولى

لم يمرّ على الهبّاب زمن أكثر حلكة مثل ذلك الأسبوع..

لم يبصر في طريق عودته دابة إلا وقتلها، ولا رجلا أو امرأة إلا وجعله يـسفّ التراب، ولا طائراً في الأرض أو السماء إلا وأطلق عليه النـار، ولا غـصنا بـارزا إلا وقطعه؛ وعلى أطراف قريته وجّه رصاصة لأول ناقة قابلته.

كان الغبار يملأ الأفـق، وكلـما انقشع أسفر عـن دم متطايـر يغمر حجارة السناسل، تراب الطّرق وأوراق الأشجار.

وعندما وصل البيت ظلّت فرسه تعدو عبر الحوش بالاندفاع نفسه، حتى ظنّ كل من رآه أنه يريد اجتياح الأسوار العالية والإسطبل بصدر الحمدانية.

***

في اللحظة الفاصلة بين تهشم العظم وانبثاق الصرخة، وقفتْ فرسه وقد تشبثت قوائمها كلّها بالأرض، فحفرت عميقاً في التراب. قفزَ، أمسكَ بمسدسه البرابلو، وثبّته تماما في جبين الأدهم الذي تراجع خطوتين وقد أحسّ بما يدور. ارتجفتْ يده، أطلّ وجه ريحانة خطفاً، كانت تبتسم، ويدها اليمنى على ظهر الحصان.

- ألم تجد طريقة أخرى لامتطائه غير أن يكون سرجُكَ هذه الرصاصة؟

تراجع، وعندها تقدّم الأدهم خطوتيه اللتين دفعتا الهبّاب نحو الجدار الـذي خلفه، وتلاشت صورة ريحانة، كما لو أنها استقرّتْ داخل الحصان، كما لـو أنـها أشرعتْ باباً لم يره من قبل في جسد الأدهم ودخلت منه.

رفع المسدس ثانية، أغمضَ عينيه، وضغط على الزناد بكلِّ قوته كما لـو أنـه يسحق تلك اليد التي جللته بالعار.

صهلت الخيول ثائرة تمزّق الهواء بحوافرها وخوفها، لكـن ذلك كلـه لم يكـن قادرا على أن يُغطي الانتفاضة التي أطلقها الجسد العظيم وهو ينهار، أشرع الهبّاب عينيه ثانية، حدّق في الأدهم وقد تحوّل إلى جثة، استدار، ولكنه قبل أن يـصل بـاب

171

الإسطبل، توقّف، عاد ثانية إلى حيث الأدهم، أبعدَ البوابة الخشبية، ولم يعد يعنيه شيء من كل تلك الأصوات التي راحتُ تتصايح حوله، أصوات بشر وخيل وماعز وقتلى لا يعرف أين التقاهم، وفجأة قفز على الأدهم المُسَجّى، واستقرّ فوق الجانب الأيمن للحصان. هزَّ الهبّاب جسده، أطلق قدميه تستحثان الجسد المدمى أن يسير؛ وفجأة أعتم المكان، كانت أكثر من قامة قد سدَّتْ طريق النور، قامات بشر وخيول وفرسان.

نهض، وما إن توقّفَ حتى أُشرعَ بابُ الضوء ثانية، التفتَ إلى الحصان القتيل، فرآه هادئاً، وكم حيره هذا، كم حيره أن الأدهم هادئ إلى هذا الحد، وحين خطا خطوته الأولى أحسَّ بقدميه تنغرسان أكثر في الأرض، كانتا قد استقرتا عميقا في بركة الدم الهائلة التي فاضت عن حدود الجسد العظيم.

وكما لو أنه نائم ويحلم.. حاول انتزاع قدميه من بين فكّيِ الدم المطبقين بجنون عليه، لم يستطع. وفجأة راح يصرخ ويصرخ..

نهاية ثانية

انـزوى الهبّاب، كما لو أنه اختفى عن وجه البسيطة، طلبَ من زوجته صبحيّة أن تمنع أي أحد من الدخول عليه، وهي تردد كلما طلب شيئاً: حاضر يا سيدي. طلب منها أن تغلق النوافذ، وأن لا يرى وجهها أيضاً، فأجابت: حاضر يا سيدي.

وما إن أغلقت البابَ حتى اكتشفَ تلك الصلابة التي لم يتصوَّرها، صلابة العتمة حين تُطْبِقُ على الكائن الحي. كان على يقين، أن روحَهُ تسللتْ من بين أضلاعه، خرجتْ ولن تعود، فانشغل بمراقبة ذلك الوهَن الذي بدأ يحسّه وهو يذرع جسده بكسل مميت ممزِّقاً أحشاءه بنصال رمادية حادة باردة.

أما ريحانة، فقد انـزوتْ في علِّيتها، بعيدا عن كل شيء، وكل ما كانت تحسّ به هو انتظارها له، انتظارها لرصاصة تمزِّق جبهتها وتحوِّل جسدها إلى بقعة دم هائلة.

طوال ليلات ثلاث، ورغم أصوات الريح المجنونة، كانت تسمع خطواته تقترب من الباب، تتوقَّف طويلا، إلى ذلك الحد الذي يداهمها فيه النعاس، وفجأة تسمعها تبتعد. أما صبحية فلم تسمح لأي من أولادها أن يظهرَ في أي مكان من البيت.

في اليوم الثالث، أشرعتْ ريحانة الباب قليلا، حدَّقتْ في الخارج، رأت السماءَ صافية، لا أثر لأي غبار سوى ذلك الذي تسلل من تحت الباب وتجمع بُنيّاً مائلا لاحمرار غريب، وعلى بعد نصف خطوة من العتبة رأت مسدَّسه هناك، ملقى كما لو أن المسدس هو القتيل.

لم تدر ما الذي يعنيه ذلك، لم تدر ما الذي يعنيه أن يتركَ مسدسه قرب العتبة. أشرعت البابَ أكثر، انحنتْ، أمسكتْ بالمسدس، قلَّبَتْهُ، حيَّرها حجم الموت الذي يمكن أن يختبئ في قطعة باردة من المعدن المسوَّد، ولوهلة أدارت الفوهة نحو وجهها وحدقتْ داخلها، فلم تجد سوى العتمة.

173

الموت هو العتمة وفي العتمة يعيش.

جمعتُ نفسَها من جديد، تركت بوابة العلِّية مُشرَعةً خلفها، ومضت إلى حيث هو، في ديوانه الكبير المطلّ على الحوش. كانت الدرجاتُ تتزايد كلما هبطتْ واحدة منها، تكاثرتْ وأصبحتْ عشرات. حيّرها أنها لم تصل رغم كل هذا الهبوط إلى قاع الحوش. توقفتُ، نظرتُ إلى الدرجات خلفها، فتأكد لها حسُّها، لم يكن ثمة نهاية لها، بدتْ لها الدرجات أنها تنتهي هناك في السماء.

أفزعَها أن تواصل الهبوط، أفزعها تفكيرُها بالعودة.

تجمّدتْ بين مكانين لم يكونا سوى قطعة واحدة دائماً، لم يكونا سوى درج عادي يصعد من حوش وينتهي بعلِّية.

* * *

وجود المسدس في يدها أعادها من تبعثرها، وجود المسدس كان الحقيقة الوحيدة التي تشير إلى أنها هبطتْ من فوق وأنها سارت إلى هنا وأنها في المنتصف، وأن العتمة كلّها في داخل قطعة المعدن التي تلتفّ أصابعُها حول مقبضها، أن الحياة هي في كل مكان، وأن الموت يربضُ في الداخل متقوقعاً متجمهراً ملتصقاً بعضه ببعضاً، مثل زنبرك، يتطلع لكل من يقف هنا في آخر الفوهة، في الضوء، ولا يهمّه مَن يكون أو ما يكون.

حرّكتُ قدمها بهدوء، خائفة من أن تتعثر، نَقَلَتها إلى الدرجة التالية، وعندما لامست صلابة الحجر، تشجّعتُ أكثر وواصلت الهبوط.

لقد أحسّ بوصولها، وسمع إيقاع تلك الخطوة التي استوقفته ذات يوم، كيف سبقها، كيف انتظر وصول ذلك الإيقاع قبل وصول صاحبته.

– فقط لو تفتح الباب.

لكنها لم تفتحه. توقّفتْ أمامه طويلا، ثم انسحبتْ.

حين وصلتْ حافةَ الدَّرج ترددتْ، نظرتْ إلى الأعلى، ولم تجد الدَّرج الذي رأته من قبل، الدَّرج الذي ينتهي بالسماء.

هذا يعني أن باستطاعتها أن تُشرع البابَ وتُوجِّه الظلمةَ إليه وتضغط فينفجر النور خاطفا وتعود العتمة تاركة خلفها عتمة تشبهها.

عادت.

لكنها لم تستطع أن تقطع الخطوات الثلاث الأخيرة.

كانت تلك هي أقصى مسافة يمكن أن تحمِلَها إليها قدماها.

174

وأحس بها تعود ثانية فانفجرتْ في جوفه النصال الرمادية الباردة الحادة بفوضى عارمة، انفجرت ممزقة كل ما حولها.

***

ليس أسوأ من أن تجدَ نفسك أمام حيوان مفترس جريح. لكن الأمر كان أكثر قسوة، كان الجرح هو العار، كما لو أن الجرح حدث من تلقاء نفسه ولم يكن له سبب.

كل ما كان يعذبه هو تلكَ الضحكات، الريح التي حملت الخبرَ وساقته أمامها مثل كومة غبار ونثرته في الأرجاء، فإذا به كلما وصل أرضاً وجدها تضحك شامتة.

– كانوا يستحقون الموت.

تراجعت الخطواتُ مرة ثانية، ابتعدتْ عن الباب، وللمرة الأولى أبصرتْ ريحانةُ صبحيّة تحدّق من خلف الباب تنتظر ما سيحدث.

وكان الأدهم يمرُّ أمامه يصهل!! أما هو الهبّاب، فمصاب في العتمة بامرأة تنتظر أن يقتلها وينتظرُ أن تقتله.

***

ثلاثة أيام أخرى، والخطى تصعد وتهبط، والباب مغلق، وفجأة تجمّع الهبّاب في تلك الصرخة الأخيرة، ونادى: صبحيّة.

كان قد حاول مرة، مرتين، ثلاثا، ولكنه اكتشف أن صوته لا يستطيع قطْعَ تلك المسافة الجافة، القاحلة، بين حنجرته وشفتيه.

نادى.

ارتجَّ البيتُ. نهضتْ ريحانة فزعَة نحو الباب متوقِّعة حدوث كل شيء. اكتشفت أن المسدس لم يزل في يدها، اطمأنتْ قليلا. لكنها ظلّت متخشِّبة في مكانها بالصمت الذي هبط مُتطلعاً لسماع أي حركة في الخارج، وسمعتْها.. خطى متتابعة متعثرة يصطدم بعضها بعضاً، بأطراف ثوب يكنس الأرض بفوضى غريبة، كما لو أنه سكين تُشحَذ.

حين وقفتْ صبحيّة أمامه، لم تتمالك نفسها من أن تُطلِقَ صرخة مكتومة رجَّت جسدَها.

في العتمة كان الهبّاب هناك أشبه بكيس قش ممزق، لم يكن فيه ما يدل عليه سوى يقينها أن لا أحد في المكان غيره.

175

كان يموت.

كان يلزمه أن يكون مع موته كل هذا الوقت وحيداً، كي يفكر بنفسه، بهن، بكل شيء.

- إنني أموت. قال لها.

- بعيد الشّر! قالت صبحية وهي ترتعد.

- اسمعيني وإلّا.

صرخت باكية: أرجوك، لا تقلها.

كانت تخشى أن يقول: ثلاثة.

ولم تكن تكره ولن تكره رقماً مثله في حياتها، مجرد ذكره، وفي أي مناسبة كان يكفي لأن تنتفض كما لو أن سكينا شقّت صدرها، أو كما لو أن للرقم شبحاً يمكن أن يظهر في أي لحظة، أما إن حدث ومرَّ الرقمُ في أيّ حلم فإن ذلك كاف لأن يحيل ذلك الحلم إلى كابوس.

- لا تجبريني على قولها.

- حاضر يا سيدي.

- سأقول لك شيئاً لتنفِّذيه دون مناقشة.

- حاضر يا سيدي.

- حين أموت.

- بعيد الشّر !

- فقط اسمعي، لا أريدُ أن أسمع صوتك.

- حاضر يا سيدي.

- قلت لك لا أريد أن أسمعه.

كانت على وشك أن تقول (حاضر يا سيدي). مرَّة ثانية لكنها ابتلعتها بهزّة من رأسها.

صمتَ كثيرا..

- سأقول لكِ ما أريد بعد ذلك، أما الآن، فأريد منك شيئاً آخر.

هزّت رأسها.

- أريد أن تذهبي وتطلبي من كل رجال المنطقة أن يأتوا، قولي لهم إنني أموت، وإنني أريدهم لأمر هام. لا أريد أن يذهب أحدٌ غيرك. أنت فقط. مفهوم؟

هزّت رأسها.

176

انطلقتُ نحو باب الديوان، حين وصلت العتبة أحسَّستُ بالهواء يعود إلى رئتيها، أحسَّستُ بأنها تُخلَقُ من جديد.

- بسرعة. وإلّا.

راحتْ تركض دون أن تعرف الاتجاه الذي تركضُ فيه، لكنها كلما قابلتْ أناسا أبلغتهم. ظلت تركض إلى ذلك الحد الذي أحسَّستْ معه أنها ابتعدت كثيراً، وأنها لن تعود أبداً.

وحيث لا شيء حولها ولا أحد، تمنّت أن يموت قبل أن يقولها؛ لكنها طوت أمنيتها في صدرها من جديد، عندما تذكَّرت قطعَ اللحم التي وراءها، أولادها.

عادت. ولما وصلتْ بوابة بيتها، كان الرجال الذين طلبت منهم الذهاب إلى بيتها قد بدأوا يغادرون! وهم يهزّون رؤوسهم، ويرددون: دنيا. دنيا!! ويبتعدون.

***

- لا أريد منكِ بعد الآن سوى شيء واحد.

هزَّتْ رأسها.

- قبل أن أموت سأقوله لكِ.

هزَّتْ صبحيةُ رأسها ثانية وخرجتْ.

***

لم تفهم ريحانة ما يدور، إذ لم يسبق لها أن رأت كلَّ هؤلاء الناس هنا، هؤلاء الذين لم يُسمح لهم يوماً بأن يتجاوزوا عتبات هذا البيت. وحيّرها أنها عاشت للزمن الذي رأتْ فيه ما رأته بأمِّ عينها.

لكنها لم تكن فرِحَة بشيء، كانت بقعةُ الدم تتحرَّك كل ليلة تحت فراشها وتحوِّله إلى مركب تتقاذفه الأمواج. تصحو، ولا شيء في يدها غير قطعة المعدن الباردة ذات الفوهة التي يربض في نهايتها الموت.

***

- لقد ظلمتُكم!! قال لهم حين تحلَّقوا حوله.

فلم يستطيعوا منعَ أنفسهم من أن ينظروا بعضُهم في وجوه بعض، غير مُصدِّقين.

- لقد ظلمتكم. ها أنا أقولها أمامكم. فسامحوني.

- ظلمتَنا أم لم تظلمْنا. الله يسامحك!

177

وكانوا خائفين.

- ناديتكم هنا، حتى تسمعوا وصيَّتي بأنفسكم. أن تسمعوها من فمي، لا من فم غيري.

تشنَّفتْ آذانُهم وكلٌّ منهم يتوقَّع أن يسمع شيئاً مختلفاً، لكنهم بُهتوا تماما حين سمعوا الوصية.

- لا شيءٌ يُمكنُ أن يُكفِّر عن أخطائي بحقِّكم إلا شيء واحد.

وصمتَ.

تأمل وجوههم بعينيه الذابلتين، رأى عيونهم تلتمعُ غير مُصدِّقة، ورؤوسهم مترددة، لا يعرفون إن كان عليهم أن يهزّوها أم لا.

- أريد منكم، بعد أن أموت، أن تأتوا إلى هنا، وأن تربطوا قدمي بحبل وتجروني حول البلد ثلاث مرات، وإن شتمتم أكثر، فعسى أن يغفر الله لي ذنوبي.

- ما هذا الكلام؟!!

قال أكثر من صوت.

- كما أقولُ لكم.

- الله يسامحك. قال أحدهم.

- لا تحرموني من أمنيتي الأخيرة. أرجوكم.

ولم يصدِّقوا آذانهم.

- الله يلهمنا. قال أحدهم قبل أن يخرجوا.

- اللهم ارحمنا. قال أحدهم وهو يغادر عتبة البيت.

الحكاية الطائرة

لثلاثة أيام ظلّتْ تلت يتجادلون، ولكنهم لم يصلوا إلى شيء، ووصلت الحكاية إلى القرى البعيدة، القرى التي باتتْ تنتظر وصولَ خبر الوفاة، لترى ما سيحدث.

كان ثمة مرارة في القلوب خَلَّفَها مروره في كل أرض وطأها، لكنهم كانوا أمام الموت، دائما، أكثر اتزانا، لأن للموت رهبته.

ولم يتَّفقوا.

***

– هل فهمتِ ما عليكِ أن تفعليه. قال لصبحيّة.

– ولكن هذا حرام، ولا يجوز. قالت.

فصرخ بها: حرام مش حرام، وأنتِ مالك؟ نفِّذي ما أقوله لك ولا تفكري بأي شيء آخر وإلّا.

– حاضر يا سيدي. ولكن أرجوكَ، لا تقُلها.

توقّعت أن يزجرها لأنها لم تهزَّ رأسها، لكنه لم يفعل، فحمدت الله على ذلك. وتمنّى أن يرى وجه ريحانة لمرة أخيرة..

***

كان يكفي أن تصرخ صبحيّة من فوق العلية، أربع مرات، في أربعة اتجاهات، أمام بوابة بيت ريحانة: يا مصيبتي.. مات.

وتكفّلت الريح بالبقية، وحيثما لا تستطيع الريح الوصول كان الناس يوصلون الصرخة راكضين وعلى ظهور خيولهم وحميرهم وإبلهم. وبعد أقلّ من ساعتين، كان السهل قد امتلأ بالبشر كما لو أنه يوم الحشر.

***

لم تغادر ريحانة غرفتها، أما صبحيّة فقد انشقَّت الأرضُ وابتلعتها. وهكذا وجد الناس أنفسهم أمام بيت لا أثر للحياة فيه.

179

بوجل تقدّموا، وحين وصلوا عتبة الديوان، رأوه مسجّى قرب الحائط تحت النافذة تجلله العتمة.

– لا إله إلا الله.قال أحدهم فردّدوها بعده. لكن الفوضى انفجرت فجأة وقد بدأ الجدال من جديد: يجوز، أو لا يجوز.

وقال أكثر من رجل: هذا حرام. وابتعدوا عائدين من حيث أتوا.

لكن المرارةَ انتصرتْ في النهاية، إذ اخترق الجموع رجال وشباب غاضبون، وهم يصيحون: هذا أقل ما يمكن أن نفعله.

وفَهِمَهم آخرون فلم يعترضوا طريقهم.

دخلوا.. وفي يد أحدهم حبل، ربطوه من قدمه دون أيِّ رغبة في أن يروا وجهه، أو ربما خوفا، وظلوا يجرّونه حتى الحوش.

وهناك، تدافعَ أناسٌ وتراجع أناس، وكل منهم يقول كلاما لا يشبه ما يقوله الآخر، وما إن وصلوا بوابة البيت الخارجية، ما إن تجاوزوا الأسوار العالية، حتى قفز أحدهم فوق حصانه، بعد أن ثبّت الحبل بمؤخرة السرج، وصاح صيحة منتقم مجروح بفرسه أن تركض.

وانطلق كثيرون خلفه راكضين.

وقبل أن يتمّوا الدورةَ الثالثة، كانت القرية كلها قد أصبحت مُطوَّقةً من جميع الجهات برجال الدَّرك الذين جاؤوا تقودهم صبحيّة صارخةً.

لم يترك رجال الدّرك رجلا في الساحة إلا وساقوه مكبلا بالحبال، لم يتركوا شيخا ولا شابا، كلهم سيقوا إلى (الديوان العرفي). وكانت الجريمة واضحة وضوح شمس ذلك اليوم الحارقة.

لقد أوقعُهم من جديد.

قال أحدهم أخيرا: الله لا يسامحه.

وقال آخر: لقد أَهْلكَنا حيا وأهلكنا ميتاً.

وسيمضي زمن طويل قبل أن تتّضح حقيقة ما جرى، لأن صبحيّة، ستظل على يقين أنه لم يمتْ، وأن شخصاً آخر ذلك الذي سحلوه، وأنه سيُطلّ في أي لحظة ويقولها بعد أول خطأ سترتكبه: ثلاثة.

فتنتهي حياتها.

180

حافة القيامة

راحت السماء تتقدَّم مُطبقةً على الأرض من كل الجهات، فحيثما التفت المرء كان يرى حائطاً صلداً من غبار داكن يتقدم، كما لو أن القرى وقعت أسيرة فخ جهنمي لا نجاة منه.

وطوال ثلاثة أيام هبّت ريح لا يستطيع أحد السيرَ عكسها، التجأ الناسُ إلى بيوتهم، حاملين معهم كل ما يستطيعونه.

حشروا إبلهم، ماعزهم، وخرافهم، خيولهم وأبقارهم وحميرهم في الزرائب والإسطبلات، متطلّعين من الشقوق الصغيرة لشبابيكهم وأبوابهم نحو أشجارهم التي بدت الرياح أنها قادمة لاقتلاعها من جذورها واقتلاع السهول والتلال من تحتها. وكانوا يرون بآذانهم تطاير سقوف وأبواب وكل تلك الأشياء التي لا بدّ من وجودها عادة في أحواشهم؛ وحين تراجع صوت الريح، كانت الريح لم تزل هناك، رملاً يدور على نفسه غير قادر على الافلات من جدران الأفق، ومن السماء تتساقط جداول حمراء بلا نهاية.

– كأنها القيامة. قال الحاج محمود.

ولم يعلق أحد.

كانت العزيزة تنتظرها من زمن بعيد، ومنيرة التي راحت تَضمُرُ شيئا فشيئا كما لو أنها في طريقها إلى التلاشي؛ العزيزة التي استقرت رماح اليتم عميقة في قلب أطفالها؛ البرمكي، الذي كان يتمزّق ليل نهار غير قادر عن التوقف عن تقليب صفحات الأقدار التي صاغت مصير وحيده؛ ريحانة، في البعيد هناك على التل، ريحانة التي راحت دماء الأدهم تجرفها عن سريرها كل ليلة فتجد نفسها ملقاة تحته غير قادرة على التقاط أنفاسها؛ وسُميّة التي وقفت فوق سطح الدار تفتّش بعينيها الممتلئتين رملا عن شبح يطل من جوف تلك العتمة الحمراء، غير عابئة بالنداءات التي تستحثها على الدخول.

181

***

تقلبت الأرض كحزمة قش، وتقلّب الزمان..

***

.. وتصاعد صوت الريح يذرع الجهات بجنون، أحكموا إغلاق الأبواب والنوافذ، كانوا قد التجأوا جميعاً للبيت الكبير، ومن الداخل كان بإمكانهم أن يسمعوا تمزّق أغصان السنديانة وأنينها الموجع.

فجأة هيئ لمنيرة أن ما تسمعه على الباب طرقات أيد لا ثورات ريح.

نهض الحاج خالد!! سار إلى الباب، ألقت منيرة نظرة على شعلة الفانوس، ولوهلة أدركت أن إشراع الباب سيكون كافيا لإخمادها، انقبض قلبها. فتح الحاج خالد الباب مواربة، خرج، سار نحو بوابة الحوش، أشرعها، جاء صوت من الخارج شاقاً سحابات الغبار الثقيلة: إنه هو. فدوّى طلق ناري، تراجع الحاج خالد خطوتين، ثم هوى على الأرض على وجهه.

ركضت العزيزة نحو أخيها، صرخت، في حين لم تجد سميّة قدميها لتتحرك، وتجمّدت منيرة مثلها، وفي الخارج كان باستطاعة العزيزة أن ترى قامة ضابط إنجليزي محاط بجنوده.

صاحت العزيزة: يا خوي!! يا خوي!!

تراجع الضابط والجنود بأسلحتهم المشرعة.

وصلوا إلى عربتهم التي ظلَّ محركها يدور طوال الوقت، انطلقت بسرعة، راح صوتها يلتحم قليلا قليلا بأزيز الريح حتى اختفى فيه.

انطلقت العزيزة تجري مجنونة خلف العربة العسكرية، لكن الغبار الـذي أطبـق على الدنيا راح يخفيها، أشبه بشبح كانت، لا يكاد يظهر جـزء منهـا حتى يختفي، لكنها كانت على يقين من أنها سمعت، حين وقفت خلف الباب، مـن يقول: إنـه هو، ولم يكن إنجليزيا.

182

الكتاب الثاني

الـتراب

أعراس الهادية

برقٌ ورعـــود	يوم ما ودّعنـــاهم
نضربْ بارود	يوم ما استقبلناهم
مطرٌ وسيـــل	يوم ما ودّعناهـــم
حنّينا الخيـــل	يوم ما استقبلناهم
شمسٌ مضوية	رجعوا لي مِن النُّور
بالطلّة البهيّة	يـا فرحـة أخـتـه
من عند الرسول	رجعوا لي من بعيد
وبشـروا الخيول	بشـروا الزيتـــون
يا جاي من بعيد	يا حجي خـــالد
وفي إيدك العيد	عا جبينك الشمس

كان ظهور موكب الحجاج القادم مـن جهـة البحر، الموكب الـذي وقفوا ينتظرونه منذ الفجر على مشارف التـلال الغربية، كافيـا ليتحوّل المـدى كلـه إلى عرس، غنت النساء وأطلق الرجال النار في الهواء، واختلطت أغاني حـارتيّ الهادية في فرح واحد. راح الفرسان يقطعون السهول، تتقافز خيولهم في الهواء وتطير مـع قلوبهم، وخلفهم كانت الشوارع قد زيّنتْ ورُفعت الرايات البيضاء علـى سـطوح المنازل ورُسمتْ صورُ الكعبة على الحيطان محاطة بآيـات القرآن، وصـور قوافـل الجمال التي تسير إلى جوار أشجار النخيل، في حـين كانـت أقـواس مـن غـصون الزيتون بلونها الأخضر العميق، تنحني أكاليل فوق الأبواب.

***

185

كانت العودة للبيت تعني ميلادا جديدا، حيث لم تكن الرحلة إلى مكة سهلة، ففي كل عام كانت المواكب تفقد بعض الحجاج، إما بسبب المرض أو المشقة أو غارات اللصوص التي لم تسلَم منها هذه المواكب.

كانت العودة ميلاداً جديداً، حيث تتغيّر نظرة الناس للحاج؛ وأيا كانت صورته قبل ذهابه، إلا أنها تنقلب إلى عكسها، إذ يُضفي الرحيل إلى أرض الرسول هالةً عليه، ويتمُّ التعامل معه فور عودته من مكة، كواحد من أهل الحكمة والرأي، ويغدو في عيون أهل القرية أعلى مرتبة وأرفع أخلاقاً. لكن ذلك قد لا يدوم في بعض الحالات، بسبب سوء التصرّف أو سوء الخلق، ما يذكّر الناس بسيرته الأولى، فيبدأون بالتشكيك في حجته باعتبارها (سُكَّر خفيف).

***

حُطّوا الحبق عا الطَّبق   وأنا من النّدى لسُقيك
ومن لون السما الزرقا   لنسجُلك ثوب إيدفيك

لأيام طويلة ظلّت الهادية مشتعلة بأعراسها، وتحوّل الأمر إلى منافسة غير عادية حين أحس الحاج صبري النّجار أن نار أعراسه لا يجب أن تُطفأ قبل نيران الحارة الأخرى؛ هو الذي ما إن سمع بعزم خالد على التوجه إلى مكة، حتى قرر الذهاب، وبات على يقين بأنه تأخر كثيراً في ذلك، إذ كان عليه أن يقوم بهذا قبل خمس عشرة سنة على الأقل، فلم يكن ينقصه المال يوما، كما لم يكن أقل منزلة من الحاج محمود نفسه؛ صحيح أنه سمع همسا عن بُخل يمنعه من الذهاب في رحلة الإيمان هذه للقاء ربه، كما سمع همساً لا يقل سوءا عن تمسّكه بذنوبه التي اقترفها، إلا أن ذلك لم يكن السبب، فلم يكن يخيفه إلا أن يبدأ الناس بمنادة خالد (يا حاج) ويبقى هو مجرد (صبري النّجار).

***

قال الحاج خالد في الليلة السابعة: لا فرحة أجمل من تلك التي تغمر القلب. لقد فرحنا كثيراً وأصبح علينا الآن أن نتأمل قلوبنا من جديد.
لم تُوقد النارُ في الليلة التالية؛
بدا وكأن صمتا من نوع آخر، صمتا عميقا شفافا لا يجرحه شيء، قد سكن حارة الحاج خالد، فما كان من الحاج صبري النّجار إلا أن أطفأ نيران أعراسه بعد ذلك بثلاثة أيام، وقد أحس بأن عليه أن يدفع صفة الزّهو عن حجته.

186

ابتسامة الفَراشة

أمسك الحاج خالد برسغ ابنته تمام بيد وكوعها باليد الأخرى، ونظر إلى بياض ذراعها وهمهم: همم!

فتح فمه، فظهرت أسنانه البيضاء: أنا لم آكل منذ يومين، إنني جائع، جائع جدا، ونظر إلى عيني تمام التي كانت تعرف اللعبة جيداً وسألها: أهذا اللحم اللذيذ للأكل؟!

عندها، صاحت بفرح يدّعي الخوف: لا. لا. تملّصت من بين يديه، وفرَّت هاربة، لاحقها في الحوش وهو يرجوها: لقمة واحدة على الأقل. إنني جائع. دارا حول برج الحمام ثلاث مرات وهي تصرخ وتضحك في آن: لا. هذا ليس للأكل.

***

أشرعت زوجة الحاج خالد الباب قادمة من الخارج، أبصرتْ زوجها يلاحق تمام من مكان إلى مكان، ابتسمت. قالت لابنتها: أهربي قبل أن يأكلك. وأبعدت جسدها الذي يسد باب الحوش؛ عبرت تمام طائرة، وكان الحاج خالد يلهث. راقبت زوجته ابنتها تبتعد وأمامها المدى سهلا ممتدا ذاهبا لأقاصي الشرق.

من هذا الاتجاه تماماً، كان بإمكان الشمس أن تدخل كل يوم ومنذ سنوات للوصول لحوش بيتها الواسع بسقوفه الحجرية الصغيرة المثبتة بالجص المرتفعة على هيئة الأسواق القديمة المسماة بالقيصريات وتتوسطه ساحة مكشوفة، زُرعت فيها شجرة برتقال تملأ غرفه الخمس وإيوانه برائحها المسكرة كل عام. أما الحوش الواسع الذي ينتهي بباب خشبي ثقيل فقد كان امتدادا للساحة التي تتوزع الغرف على جوانبها الثلاثة، وفي منتصفه تماما كانت هناك شجرة سنديان قديمة.

كان الحاج خالد يكبرها بتسع سنوات؛ بعد تسعة أشهر من زواجها أنجبت محمود، وفقدت الولد الذي بعده وعانت عامين كاملين، بحيث باتت على يقين بأن محمود هو ولدها الأول والأخير. بعد رحيل الأتراك بتسعة أشهر أطلت فاطمة،

187

وفقدت البنت التي تلتها، فموسى، وفقدت ابنة أخرى، فناجي، وفقدت ولداً وبنتاً، وفقدت الأمل في الإنجاب تماماً ثلاثة أعوام، إلى أن تململت (تمام) في بطنها ذات يوم، فقالت لزوجها: والعلم عند الله، هنالك شيء أكثر من الانتفاخ في بطني! وجاءت تمام، وعندها باتت على يقين من أن الموت يقاسمها أبناءها، وصدق ظنها حين أغار واختطف اثنين آخرين من مواليدها واحدا بعد الآخر، ولدا وبنتا، قالت: لو لم أفكر بالأمر على هذا النحو، لما حدث ما حدث. لكن ذلك لم يمنعها من أن تواصل وكل أملها أن تستطيع هزيمته، ولو بولد واحد على الأقل، بعد أن أدركت قواعد لعبته .

ابتعد الموت لكنها كانت تعرف أنه يواصل دورانه دون توقف حول الكائنات؛ ولسنوات بدت قابلة بهذه القسمة الدامية، إلى أن سمعها الحاج خالد ذات يوم تقول: لقد ارتحتُ منهما أخيراً.

سألها: من تقصدين؟ قالت: الحيض والبيض!

- أوليس هذا قبل الأوان؟!

***

صباحا، وقفت ابنته فاطمة خلفه، وأمامه المرآة. سألته: هل تراني؟
كان طويلاً، وعريضا: لا، لا أراكِ.

ضحكتُ، قالت: فقط لو كنت أطول. آخ لو أن الله أعطاني شيئاً من طولك وبياضك وخضرة عينيك، لكنتُ أجمل من بنات الإنجليز اللواتي يتحدثون عنهن!!

- ولكنك أجمل.

- صحيح؟!!

لم يشغلها شيء مثل طولها، مع أنها كانت طويلة.

ذات يوم بعيد قالت له: إن الملائكة لا يبذلون جهداً كافياً.

فسألها مستغربا: جهدا كافياً في ماذا؟

- في أن أكون طويلة كما يجب!

- وما علاقتهم بطولك أو بعرضك؟!!

شرحت له أن الملائكة يعملون حين ينام الأطفال، فيأتون بأعضاء طويلة ويضعونها بدل الأعضاء القصيرة، وهكذا يصبح الناس أطول.

- وعقلك؟ هل يُغيِّرونه أيضاً؟

188

- لا. عقلي لا يغيرونه لأنهم لا يستطيعون الدخول إلى رأسي بسهولة.
- الآن عرفت لماذا لا يستطيعون؟
- ماذا؟
- لأن رأسك ملء بهذه الأفكار!! هأ هأ هأ.

***

منذ زواجه، تغير الحاج خالد، كما لو أنه طوى كل الصفحات القديمة مرة واحدة، كما لو أنه أغلق كتاب الماضي؛ لم تعد الابتسامة تفارق شفتيه أبداً، إلا حين يغضب، فعندها يتحول إلى كتلة من الجمر، لكن الغريب في الأمر قدرته على تجاوز حالة الغضب بسرعة والعودة لابتسامته التي يظللها شاربان طويلان ظهرت تخللتها بعض شعرات بيضاء، في الوقت الذي بقي شعر رأسه خاليا من ذلك البياض.

أما زوجته ففاجأته بثلاث مواهب لا خلاف عليها: قدرتها الغريبة على تربية الحمام والعناية به، ومعرفة أنواعه وطباعه، ولذلك لم تصرّ على وجود شيء في البيت أكثر من إصرارها على بناء برج حمام؛ وقدرتها العجيبة على إعداد طعام لا مثيل له، بدءا بالعدس ومرورا بالمجدرة والكوسا والملوخية والمقلوبة التي كانت تتجلى مواهبها فيها كما لا تتجلى في طبخة أخرى؛ وربما تكون قدرتها الأعجب في معرفة مذاق الحليب هي سر طبيخها، إذ كانت تضع عدة نقاط من حليب البقرة في راحتها، تتذوّق الحليب ثم تغمض عينيها وحين تفتحهما تنظر إليهم: البقرات أكلت اليوم من أعشاب السهل الشمالي، فيؤكدون لها أنها أكلت فعلا من هناك، وفي يوم آخر تقول: البقرات اليوم كانت في تلة عباس، أو في جبل الريحان.

كانوا قد تناولوا طعام الإفطار معا قبيل شروق الشمس. بيض مسلوق وجبن أبيض وزبدة وحليب، قالت أمهم: اليوم لدينا عمل كثير.

هزَّ موسى وفاطمة رأسيهما، وكذلك محمود العائد للبيت بعد عام دراسي طويل، وبدا لها أن تمام لم تسمع شيئا مما قالت، أما ناجي فلم يكن هناك أبدا!!!
- سيضيع الولد قبل أن نجده! قالت لزوجها.

عند ذلك، انتبه ابنها، سأل: ماذا؟

قالت: اسم الله عليك! ولا إشي.

دائما كان هنالك ما يشغل عقل ناجي ويتركه هائماً في مكان غير ذلك الذي هو فيه، ودائما كانت فاطمة وحدها التي تعرف السبب. ولم يكن عليها أن تفكر كثيرا

189

فما ان تراه مرتديا ذلك الجلباب الأبيض الناصع والطاقية البيضاء التي أحضرهما له والدهم من الحج، وكان يحلو لناجي أن يزهو بهما، حتى تدرك أن عليها أن تفتح عينيها جيدا.

انتشرت الابتسامة الخبيثة فوق وجه فاطمة.

قالت بعدها: آخ!! وهي تحاول براحتيها إعادة لملمة شفتيها.

– حسرة، على بنات هذه الأيام!! ماذا رأيتِ حتى الآن لتقولي آخ؟

– فقط توجعني ابتسامتي. ثم تعيد: آخ.

– لأنها خبيثة. قالت أمها.

– أعرف!! أعرف!!.

لأسباب كثيرة، كان يدرك بعضها ويجهل سواها، ترك الحاج خالد ابنتيه تكبران دون أن يرهقهما بشيء فوق طاقتيهما، تركهما حرّتين مثلما كانت الحمامة حرة ذات يوم، مهرته الغالية، التي ظلت على الدوام مصونة بذلك الاحترام البهي الذي حفّ بها..

كم يودّ أن ينساها، كم يود أن ينسى تلك الهزيمة التي أصابته في عمق روحه حين أدرك أن عليه التخلّي عنها حتى لا يعود إلى أبيه وأمه بلا عقل!!

حين عادت زوجته بعد أن أدخلت ما تبقى من الطعام، بحثت عن فاطمة وتمام وناجي، لم تجدهم.

سألت: أين الأولاد.

– موسى سبقنا.

– والآخرون؟ سألت.

رد: الله أعلم.

فانطلقتْ تركض محاولة اللحاق بهم قبل أن يبتعدوا.

عادت: ستفسدهم.

وكان يبتسم ابتسامة فاطمة الخبيثة ذاتها، ويداه تطوّقان صدره، حاول أن يبدو بكامل هيئته، لم يستطع، جمع شفتيه ثانية، فبدا لها وكأنه في عمر تمام لا أكثر.

– يكفيها اليوم!! ليس هناك سبب في أن نجعلها تقلق أكثر. قال ذلك كما لو أنه يحدّث نفسه.

– من التي يكفيها؟ أنا؟ ثم مع من تتحدّث؟

– ألم أقل يكفيها، ها هي قد بدأت تغضب.

190

- ستجنني. قالت له.

وفجأة أشرع ذراعيه، فانطلقت ثلاث صرخات فرحات مع انبثاق أجساد أولاده من تحت العباءة الكبيرة.

***

في المساء قال لها: يا سُميّة!! إنهم أولاد، فلا تثقلي عليهم.

- أولاد!! ما الذي تقوله يا حاج؟! لقد كنتُ أطاردك حين كنت أصغر من فاطمة!! وتقول أولاد!

- ما داموا في هذا البيت، فسيبقون أولادا.

- حتى متى؟

- ما داموا في هذا البيت.

- أمس قالت لي عمتك الأنيسة، أخشى أن يكون محمود لا ينفع لنسوان. قلت لها: بعيد الشر. وما الذي ينقصه؟!!

فقالت: أن يبدأ بتكسير الصحون!!

- ولكنه لم يبلغ الثانية عشرة بعد، ولم ينه دراسته!!

- بل أكبر بسنة!!

***

كان المكان الأجمل بالنسبة لهم أن يختبئوا تحت عباءته.

بدأ الأمر في واحدة من تلك الليالي الشتائية القاسية البعيدة، لكنه استمر بعد ذلك، وحتى حين كانت الشمس تسطع، فإنهم لم يفوِّتوا فرصة الاندساس تحت العباءة الصيفية كلما ارتداها. وفي أيام كثيرة كانوا يسيرون تحت العباءة معه، ويطوف بهم الحوش كله، طَرِبا بكركراتهم التي تنطلق كلما سمعوا أمهم تتساءل بسعادة عن مكان وجودهم.

لكن ذلك كان من زمن طويل.

- من يراك تلعب معهم هكذا، لن يصدق أنك شيخ البلد.

- أنا شيخ البلد خارج هذا الحوش، أما في داخله فأنا أبوهم، ولا شيء غير ذلك.

وتظل سُميّة موزعة بين فرحها بحبه لهم وخوفها من أن يفسدهم ذلك الحب.

- لست أدري لماذا أحس بأنها المرة الأخيرة التي أخبئهم فيها تحت عباءتي.

عند هذه الجملة انقبض قلبها وهمست شبه باكية: بعيد الشّر.

191

- إنهم يكبرون بسرعة، وهذا الأمر يحزنني.
- كأنك تخشى أن لا تجد من تلعب معه!!

***

تذكّر الحاج خالد أيام تسلله للهادية التي تكاثرتْ بسبب انشغال الدولة العثمانية بما هو أهم وأكبر من أولئك الفارّين من وجه عدالتها، بحيث أصبح باستطاعته أن ينام في الهادية أكثر من ليلة وأن يسير في الشوارع غير عابئ بشيء، تذكر قلب سمية ابنة البرمكي الذي كان يتقافز حوله بفرح من مكان إلى مكان، أحس بأنه الفرح الأصفى والأنبل، فرح للفرح، ليس إلا، فليست أخته ولا أمه ولا عمته ولا والده. مثل فراشة بدت وهي تتطاير حوله، ويوما بعد يوم انتابه ذلك الإحساس الغامض. إنها ملاك رحمة يطوف به.

كانت تتابعه، يعرف ذلك دون أن يلتفت، يحسّ بها أمامه وهي خلفه وعلى يساره ويمينه ومحلّقة فوقه. توقّف ذات يوم، وقد كانت تتابعه، فتسمّرت مكانها. وحين مرَّ زمن طويل قبل أن يخطو خطوة واحدة إلى الأمام أو تصدر عنه أي حركة، راح الفرح يغمر قلب سمية شيئا فشيئا، فلم يمر زمن طويل بعد، لتنسى ما فعله حين راح ينتظر ياسمين في الحقل وعلى كتفه تتكئ الحمامة.

رأته أمه منيرة التي لم تكن عيناها تفارقانه، وإلى جانبها وقفت أخته العزيزة، وحين رأت الأنيسة وقفتهما وقد تحولتا إلى تمثالين. سألت: شو في؟!! لم تسمع إجابة، تحاملتْ على نفسها وآلام ركبتيها التي تهبّ كالريح في بعض المواسم، سارت حتى وصلت إليهما.

- هل ترين ما نرى؟ سألتها منيرة.
- وهل بقي فيَّ شيء سليم غير عينيَّ؟ طبعاً أرى!

في تلك اللحظة استدار خالد وبدأ يسير باتجاه سميّة التي تجمّدت مكانها، وصلها، حدّق في وجهها طويلا، ذابت، تمنّت أن تبتلعها الأرض. كان في وجهها الصغير براءة وشقاوة ولها عينان سوداوان عميقتان، لم ير عينين تتحركان مثلهما من قبل. تنظران إلى الأرض بخجل وترتفعان فتنظران إليه بشغب في الوقت نفسه. وفجأة قال تلك الكلمة التي لم تحلم يوماً بسماعها: إذا عقلتِ سأتزوجك.

- صحيح؟!!
- صحيح.

دارت الأرض بسميّة ألف دورة في لحظة واحدة، وسقطت فاقدة الوعي.

راحت العزيزة تهرول، تبعتها منيرة، اندفع رجال وشباب كثر، لكنهم قبـل أن يصلوا كان خالد قد أعادها لصحوها من جديد.

- خير إن شاء الله. ردد أكثر من صوت.

- خير إن شاء الله. قال خالد.

نهضت لتسير، أحسّتُ بقدميها مسمّرتين في تلك النقطـة التـي وقعـت فيهـا، وسيتابها هذا الحس لسنوات طويلة، كلما مرّت من هناك، بحيث أصبحت تـدور حول تلك المساحة الصغيرة التي لا يراها أحد سواها، كمـا يمكـن أن تـدور عربـة دون توقف حول ميدان في حيفا أو يافا أو القدس.

اختفت سميّة تماما من الطرقات، لم تعد تظهر إلا لسبب أقوى مـن أن يبحـث الإنسان له عن عذر. وأرّخ البعض الحوادث بما قبل وبعد أن أغمي عليها.

في مطلع الشهر الثالث، كان الأمر قد تغير بالنسبة لخالد، بات في شوق حقيقي لأن يراها. ولم يكن يشتاق لشيء مثلما كان يشتاق للطريقة التـي تـدير فيهـا عينيهـا وسط تلك المساحة البريئة المشاغبة التي تشكل وجهها الصغير.

- مضى الزمن الذي كنت أكسر فيه الصحون ولن يعود. قال خالد لأمه.

- على بركة الله. ردّت بفرح، قبل أن تسأل: ومن سعيدة الحظ؟!!

- سمية؟

- سمية ابنة البرمكي!

- سمية ابنة البرمكي.

لم تُعلِّق. أما الحاج محمود فلم يستغرب، لأن سمية استطاعت أن تمحو صـورتها القديمة تماماً من أذهانهم، وتحوّلت إلى كائن آخر يتطلّعون إليه بإعجاب لا يُخفى.

***

- ولكنكم تعرفون. أخوها غازي في الحرب. قال البرمكي.

- سيعود إن شاء الله.

- لا يكون هنالك عرس إذن. سوى للقريبين. قال البرمكي.

- لا يكون إلا ما تريد. رد الحاج محمود.

وهكذا عقدوا قرانها بسرعة، في انتظار أيام أقل سواداً، يقيمون فيهـا العـرس الكبير الذي يليق بزواج الابن الأول للحاج محمود، لكن الأيام امتـدت، وبـدل أن تجلس لتفكّر في ذلك اليوم المنتظر، راحت سمية تنجب ولداً بعد آخر.

الليل والنهار

من أطراف الليل الغامضة جاء الصوت مذعوراً.

- الحقوا!! الأبقار أكلت زرعكم.

وقبل أن يدركوا أن الصوت صوت ناجي، كانت (الهادية) تنتفض كلها، كل ما وصلت إليه يده، منجلا كان أم حجرا أم عصا.

كان الفتى قد فوجئ بالأبقار تجتاح أحد الحقول. أمسك حجراً كافيا لـردِّ بقرة ورماه، ولكن المساء الذي حوّل الأبقار إلى ظلال لم يمنعه من سماع صوت ارتطام إحداها بالأرض، مترافقا مع توجع في صوتها لا يخفى.

وقبل أن يتأكد من أنه كسر ساقها، انفجر صوت حوافر حصان يعـدو بجنـون نحوه وصوت فارس يصيح بغضب. انطلق ناجي يجري مخترقا الزرع الذي حجبه تماماً، نحو القرية، وقد أدرك أن بقاءه يعني هلاكه.

***

أحاط أهل الهادية بالقطيع وبدأوا يردونه نحو القرية.

صاح الفارس: أتركوا الحلال.

ردَّ الحاج خالد: لن يعود (الحلال) لكم قبل أن تدفعوا ثمن الخسارة التي سبَّبها ونعرف من هو صاحبه.

- لن أكون أخو خضرة إن لم أُكسِّر رجلَي كل من يحاول الاقتراب من القطيـع. وها قد عرفتم من أكون.

فرد الحاج خالد: ولن أكون أخو العزيزة وأبو محمود إن لم نأخذها للبلد الليلة.

- أنت أخو العزيزة وأنا أخو خضرة.

ازداد الليل حلكة مع غموض اللحظات التي راحت تتسارع منذرة بما لا يمكن توقّعه. فتقدّم إيليا راضي ومحمد شحادة قاطعين الطريق بينه وبين غضبة الفارس الغريب. لكن الحاج خالد طلب منهما أن يتراجعا.

194

تراجعا..

اندفع الفارس مشهراً سيفه، وحين هوى النصل لامعاً لا يحجبه الليل نحو رأس الحاج خالد، تلقّى السيف بعصاه الغليظة التي تحيط بمقدمتها رؤوس المسامير، والتمع حاداً صوت انكسار السيف إلى قطعتين.

رد الفارس حصانه وأغار ثانية بنصف سيفه، انثنى الحاج خالد للوراء ولكن ذلك لم يمنعه من توجيه ضربة قاسية أصابت فخذ الفارس الذي كان يوشك أن يكرّ ثالثة، إلا أنه أبصر القرية تندفع نحوه فلوى عنق حصانه وانطلق بعيدا.

وقف الجميع يراقبون اختفاءه في الليل، حتى لم يعد هناك أثر لوقع حوافر حصانه.

حين عادوا بالبقر قالت فاطمة: أظنني أبصرته منذ يومين.

***

قبل غروب اليوم التالي بقليل، لمح أهل الهادية مجموعة من الرجال فوق خيولهم يعبرون السهل الشرقي.

راقبهم الحاج خالد يقتربون والحمامة بينهم، تماما كما يحدث له في كل غروب.

ظلوا يسيرون حتى وصلوا، وظلّ يحدق في فرسان خلفهم لن يصلوا أبداً؛ وكما لو أنه استيقظ من نومه، انتصب واقفاً، ارتبكت الخيل قليلا، تراجع بعضها خطوات، وحين أدرك ما حدث، سمع صوت أحدهم يقول: جئناك ضيوفا.

فردّ: أهلا بالضيوف. دون أن يفارق نظره تلك المهرة الكحيلة التي كان يمتطيها فارس الأمس.

أشار الحاج خالد لحمدان، فاندفع لإعداد قهوة جديدة. في الداخل جلس الرجال القادمون صامتين. وصل حمدان بالقهوة، تناولها سالم منه، صبّ الفنجان الأول وناوله لأخيه، الذي قام بدوره بتقديمه لذلك الشيخ الجليل الذي يتوسطهم.

تناول الشيخ الفنجان من يده، وحين همّ بأن يضعه على الأرض أمامه، كما جرت العادة، حيث لا يشربون القهوة قبل الموافقة على طلبهم. قال الحاج خالد: أبقاركم وصلتكم.

فتوقّفت اليد في منتصف المسافة، رفع الشيخ الفنجان إلى فمه وهو يقول: صدق من قال فيك أنبل الكلام.

195

فنهض الفارس مادًا يده للحاج خالد وهو يقول: أشهد أنك أخو العزيزة وأبـو محمود.

– وأشهد أنك أخو خضرة. وتعانقا.

حين طلب الرجال الإذن بالمغادرة، قال الحاج خالد: أكرمتمونا بقـدومكم ضيوفا فلا تجرحونا برحيلكم بسرعة.

قال الشيخ الجليل: تعيد أبقارنا ونحن الذين اعتدينا على زرْعكم ومـن أشهر السيف في وجوهكم ولا تطلب حقك منا، هذا كثير.

– لا كثير على الضيف قال الحاج خالد. أنتم ضيوفنا بإذن الله لثلاثة أيام.

– هذا كثير والله.

– لا كثير على الضيف. قال الحاج خالد، ثم أضاف، صلوا على النبي.

– اللهم صلي عليه. ردّد الرجال.

ونظر الرجال إليه وقد أدركوا أنه سيقول شيئا: قيل إن هناك ملكا، كلما زاره أحد قطع رأسه، وصل هذا الخبر لأحد الرجال، فقال سأذهب لأعرف لـماذا يقوم الملك بهذا مهما كانت النتيجة.

وصل القصر، فقال: أنا ضيف الملك. فأدخلوه عليه.

صاح الملك: أحضروا للضيف وسادة!

ولما وضعوها إلى جانبه قال الضيف: واجب!

ثم صاح الملك: أحضروا له القهوة.

جاؤوا بالقهوة وقدّموها له، فقال الضيف: واجب!

فأمر الملك أن يحضروا له فرشة أخرى، فقال الضيف: واجب!

ثم صاح الملك: إلينا بأفضل الطعام، فلما قدّموه له، قال الضيف: واجب!

ولما همّ الضيف بالمغادرة، اقترب أحد خدم الملك وأمسك بحذاء الـضيف ووضعه تحت قدميه، فقال الضيف: واجب.

وقف الملك، صافحه وتمنّى له رحلة آمنة إلى أهله.

وما إن خرج حتى راح المقرّبون من الملك يسألونه: لماذا لم تقطع رأسه؟

فقال الملك: للضيف واجب وعليه ألا يستكثر واجب الضيافة الذي يُقـدّم لـه، لأنه حقه.

***

هبط صمت عميق على الرجال، قطعه الشيخ الجليل بعبارة واحدة: الله يقدرنا على ردّ معروفك.

فقال الحاج خالد: أن تكونوا ضيوفنا لثلاثة أيام.

وللحظة أوشك الشيخ الجليل أن يقول: هذا كثير. ولكنه فاجأ الجميع وهو يقول: واجب.

وعندها غمر الضحك الغرفة كلها وفاض عابرا العتبات.

**

لم ينتبه أحد لما فعلته الفرس الكحيلة بناجي، شبه مسحور كان، يطوف حولها غائبا عن العالم، يودّ لو يستطيع القفز على ظهرها والهرب بها، ويظل يبتعد ويبتعد إلى أن يختفي تماماً.

ورآهم يبتعدون، ينعطفون بعيدا عن القرية، كانوا يمضون بسرعة أبقارهم لا بسرعة خيولهم، والكحيلة هناك تتهادى كالحمامة التي لم يرها، الحمامة التي شغلت الجميع وما زالت تشغلهم.

ولأنه لم يعد قادرا على رؤيتها تذهب إلى غير رجعة، تبعهم، أوغل في البساتين، صعد تلالا، تأمل القرية من بعيد. ما دام لن يستطيع رؤية الكحيلة مرة ثانية، فليرها مرة أخيرة، أخيرة فقط.

راح يركض محاولا اجتياز المسافات بكل ما لديه من قوة، متقافزا فوق السناسل ومراوغا أغصان الأشجار، لكن المسافة لم تكن تنتهي، وأخيرا أدركهم.

ابتعدوا، ونسي أن يعود، نسي تماماً.

افتقدوه في القرية، بحثوا عنه لم يجدوه.

داروا في الوديان المحيطة، عبروا الكروم والبساتين وحقول القمح هاتفين باسمه.

ولم يجب أحد.

وفجأة قالتها فاطمة: لعله تبع ضيوفنا!

- كيف يتبعهم، وما الذي يريده منهم كي يتبعهم؟!

صمتت. لم يكن بإمكانها أن تنشر ابتسامتها الخبيثة تلك، الابتسامة التي ستغدو جزءا من وجهها، مثل أنفها وعينيها وجبينها.

كانت قلقة.

وحينها عاد أخيراً منهكا كجندي بعد حرب لا يعرفون عنها شيئاً، حمدت الله.

197

سألوه: أين كنت؟

ظل صامتاً، ألقى رأسه على مخدته ونام، نام يومين..

***

لم يكن التسلل بعيداً، أمراً غريبا على ناجي، لفتة صغيرة في اتجاه آخر، أو لحظة تأمل أو فكرة عابرة تمضي بالحاج خالد نحو مكان ما، كانت كافية لتكون الثقب الذي يتسلل منه ولده ويختفي.

ومنذ أن بدأت العائلة تلاحظ هذا الاختفاء أصبحت ابتسامة فاطمة توجعها أكثر.

لقد عمل الحاج خالد الكثير كي يجبر ناجي على الالتحاق بالمدرسة، التي ظل الشيخ حسني أستاذها الوحيد لفترة طويلة ، إلا أن ناجي كان يرفض دائماً: ما دامت تلك الخيزرانة الطويلة في يده، فلن أذهب إلى هناك. عكس أخيه محمود الذي وجد فيه الشيخ حسني أفضل طالب تعلّم اللغة العربية وأتقنها منذ سنوات طويلة على يديه، ووصل به الحد إلى أن يعتبر (عود القصب) كما كان يدعوه (معجزته الخاصة).

198

جمل إيليّا

الشيء الغريب الذي أدهش القرية دائماً، هـو أن فاطمـة كانـت الأكثـر قربـاً لقلوب الخيول والماعز والأبقار وبقية المخلوقات المنتشرة التي تملأ ساحات البيوت والسهول المحيطة، إذ أمضت طفولتها في صحبة هذه الحيوانات، فمـرّة يتعلـق بهـا كتكوت فيتبعها إلى حيث تمضي، ومرّة معزاة أو بطّة أو حمامـة، ولعـل تـأخر ميـلاد أخت لها إلى زمن طويل، دفعها للبحث عن أخت بديلة، ولم يكن صعبا عليها أن تجدها ما دامت تعيش في قرية كالهادية. كان مجرد اقترابها من حصان كافياً لكي يأتي ويدسّ رأسه تحت ذراعها، أما الماعز فقد كانت تتبعها وكأنها أمها، وحين هاج جمـل إيليا راضي ولم يستطع أحد الاقتراب منه، قالت: اتركوه لي. حاولوا أن يمنعوهـا، لكنها قالت: أعرف ما الذي أفعله. أتركوني.

فتحت بوابة الحوش، حيث كان الجمـل يحـاول اجتيـاز الأسـوار دون هـوادة، محطما كل شيء، وما إن رآها حتى تراجع قليلا، وراح يحدّق في عينيها لاهثا؛ أطلـق صوتا غريبا لا شبيه له، لوى عنقه بعيداً، وتجمّد للحظـات، وحـين اسـتدار بعينيـه ثانية إليها، كان لهاثه قد اختفى، لكن سيل العرق المختلط بالدم كان ينزُّ من أنحـاء كثيرة في جسده. وكانت خائفة. إنها المرة الأولى التي تجد فيها نفسها وجهـا لوجـه مع جمل هائج، تقدّمت خطوة، تراجع الجمل خطوات، التصقتْ مؤخرتـه ببـاب الغرفة التي خلفه، تقدّمت ثانية، حاول التراجع، أدرك أن لا مجال لـذلك، فخطـا نحوها خطوتين وتوقّف.

كانت الرؤوس تطل من فوق السور ومن بوابة الحوش والأعين مفتوحة علـى اتساعها، في حين كانت زوجة إيليا وبناته الخمس الجميلات يرتعـدن خوفـا فـوق سطح البيت.

– طلقة واحدة يمكن أن تحل المشكلة. قال الختيـار جمعـة أبـو سـنبل. لكنهـا قالت: امنحوني الفرصة.

حين وصل الحاج خالد أخيراً، جُنّ بسبب سماحهم لابنته بالدخول إلى الحوش والوقوف وجهاً لوجه مع هذا الوحش الهائج، والجميع يعرفون أن غضبة الجمل لا توازيها غضبة حيوان آخر.

أبعدهم عن البوابة شاقاً طريقه إلى حيث هي، وقبل وصوله إليها، رأت الجمل يتراجع ثانية، التفتتْ خلفها، رأت أباها: أرجوك. لقد انتهى الأمر. اتركني قليلا معه.

تجمّد الحاج خالد في مكانه، خائفاً أن تصدر عنه أي حركة تثير الحيوان الرهيب.

لم يتراجع الجمل أكثر، وتراجع الحاج خالد.

لم يعرف أيّ منهما، فاطمة والجمل، ما عليه أن يفعل بعد ذلك؛ هل تتقدّم نحوه أم يتقدّم نحوها؟ حسمتْ فاطمة الأمر وتقدّمتْ خطوتين، لم يتراجع الجمل، لم يتقدّم، تقدّمتْ خطوتين أخريين، وظل في مكانه، لكن عنقه مُشرع في الفضاء كسيف وعينيه مشتعلتان ببرق غريب.

بعد أكثر من نصف ساعة من تحديق كلٍّ منهما في عيني الآخر، راح رأس الجمل يميل قليلا قليلا نحو الأرض. وفي تلك اللحظة أدرك الجميع أن فاطمة قد نجحتْ مرة أخرى.

بدأت تسير نحوه بهدوء، واثقةً من أن كل شيء قد انتهى.

أمسكت رأسه براحتيها وراحت تمسّده، رفع عينيه قليلا، نظر إليها كما لو أنه يعتذر، دارت حوله ممسدة جسده براحتها الصغيرة، وحين عادت من الجهة الثانية، حرّك رأسه وألقاه على كتفها بصمت. كان يبدو كطفل أكثر من أي شيء آخر، وللحظة أوشكت أن تبكي عليه.

امتدت يدُها باللجام إلى رأسه، ألقته عليه، لم يتحرك، وفي لحظة أدهشت الجميع رأوه يفتح فمه الهائل ويساعدها في إتمام ما عليها.

***

قال حسين الصعوب: أظن أنه استطاع النجاة من الرصاصة، لكنه الآن مضطر لمواجهة السكين!!

‒ تذبحونه؟! صرخت فاطمة. لم أفعل ما فعلته لتذبحوه أخيراً.

200

- لا حلّ غير ذلك. في مرة تالية قد يتسبب في سحق روح أو عدة أرواح دفعة واحدة. قال إيليا راضي.
- ولكن، ها هو أنظروا إليه، أنا متأكدة من أنه لن يعيِدها!! قالت.
- لا نستطيع المغامرة حين يكون الأمر متعلقاً بجمَل! قال حسين الصعوب.

***

لم تتكلم فاطمة، صمتتْ لأيام طويلة، كما لو أنها فقدت لسانها، حاول الحاج خالد جرَّها لأيِّ حديث يمكن أن يخفف عنها، لكنها لم تتكلم، كانت تحس بأنها خانت الجمل الذي وضع ثقته فيها.

ذات ليل استيقظتْ تصيح، كان الكابوس الذي هزَّ ليلها لا يُحتمل: رأت نفسَها تسير عبر شوارع الهادية، وفجأة انتبهتْ لتلك الحركة الغريبة التي تصدر خلف الأسوار، خافت، حاولتْ أن تسرع، فتصاعدت الضجةُ أكثر، تلفتتْ، رأتْ قِطَعاً كبيرة من اللحم تُطلُّ عليها من حواف الأسوار والسناسل، قِطعاً من لحم بعيون عرفتها، كانت عيون الجمل نفسه، الجمل الذي ذبحوه ووزّعوا لحمَه على أهل القرية، لحمه الذي رفضتْ أن تلمسه، أن تنظر إليه حين أتوا ببعضه إليها لكي تأكله.

انطلقتْ تركض، لكن قِطعَ اللحم ذات العيون الواسعة، كانت تتراكض إلى جانبيها، خلفها، أمامها، وتجاوزها إلى حيث الجسر لتجتمع هناك وتلتصق ببعضها بعضاً. وفجأة تكتمل الكتلة الهائلة مسفرة عن كائن غريب أدركتْ أنه ذلك الجمل، الجمل نفسه، اندفع نحوها هائجا وقبل الوصول إليها بلحظات، أحستْ بذلك الهواء الذي ينطلق من منخريه يهبُّ كعاصفة ويُلقي بها إلى الجدار الذي خلفها، صاحتْ وصاحت، وحين استيقظتْ رأت العائلة كلها حولها.

- اسم الله عليكِ. كانت تردد أمها سُمية.

حمدان يتذكّر

ألقى الحاج خالد نظرة على الهادية، أحسّ بأنه لم يرها منذ زمن بعيد، كانت قد كبرت، انتشرت، لكنه لم يلحظ ذلك الذي يـراه الآن للمـرة الأولى، كانت بيـوت القرية أمامه قد انتشرت في كل الاتجاهات، وغدت المقاهي جزءًا من حيـاة القرية وحياة زوار السوق الذين يجدون فيها بعض ما يحتاجونه، كان محمد شحادة أول من تجرأ على إنشاء مقهى بعد أن رأى مقاهي الرملة ويافا والقدس، ثم تبعه مقهى شاكر مهنا الذي أدخل الراديو، وقبل أن يختطف كـل زبائن السـوق نـزل محمد شحادة إلى القدس واشترى أحـدث وأجـمل وأصـغر راديـو مـن ماركـة فيلبس، فأصبح باستطاعة الناس أن يـسمعوا أغـاني صـالح عبـد الحـي وأم كلثـوم وسيد درويش ومحمد عبد الوهاب، وأن يتتبعوا أدقّ أخبار فلسطين من شمالها إلى جنوبها دون أن يكونوا مضطرين لانتظار وصول الأخبار من أفواه الناس. وتحوّل كثير من أهل القرية للسهر في المقهى بدل السهر في المضافات. لكن الحاج خالد لم يكن يرتاد أيًا من المقهيين، ويعتبرهما أمرًا يُنقص من هيبة الرجل، فاكتفى بالسهرات المتأخرة، التي يحمل فيها شاكر مهنا الراديو إلى المضافة بعد إغلاق مقهاه.

تذكر الحاج خالد الأيام الأولى كيف كـان النـاس يلقـون نظـرات الاستهجان وهم ينظرون إلى محمد شحادة وزبائنه، لكنهم أصبحوا مفتونين بعد أقل مـن عـام براديو شاكر مهنا، وكيف أصبحوا يختلقون الأعذار كي يعبـروا مـن أمـام مقهـاه ليسمعوا الأغاني والأخبار، ولم تسلم النساء من غواية ذلك الصندوق الـذي فتن قلوب الجميع وتحوّل إلى أعجوبة لم يعرف الصغار مثلها.

- كيف يكون الشيء أمامك ولا تراه، كيف تتحوّل إلى أعمى كـما لـو أنك لا تملك من هذا العالم الواسع غير زوايا البيت وبواباته التي تغلقها آخر الليل، خائفا أن تفقد هذه الزوايا!! أم خائفا من دخول العالم فجأة إلى داخل بيتك؟

كيف لم أنتبه؟ راح الحاج خالد يتأمل الناس من جديد، كما تأمل الهادية، راح يتأمل أولاده، امرأته سمية، أمه منيرة، عمته الأنيسة، أخته العزيزة التي استطاعت أن تربي أولادها رافضة أي مساعدة من أحد، حتى منه، أخيها الذي تعتبره البيت وسقفه.

عَبَرَ بوابة الحوش كما لو أنه يدخل بيته للمرة الأولى، البيت الذي اتسع، البيت الذي أصبحت له علِّية، العلِّية التي صعدت إليها أمه ذات يوم وقالت: كل هذه الدنيا يستطيع أن يراها الإنسان من هنا وأنتم محشورون في الأسفل. ثم قالت كلمتها التي ذهبت مثلا: إللي بدو إياني يطلعُلي يا أخواني. وطلبت منهم أن يحضروا لها فراشها وحاجيّاتها لأنها وجدت المكان الذي يمكن أن تعيش فيه كما تشتهي أخيراً.

التفتَ الحاج خالد إلى حمدان، كان منهمكاً في تحميص القهوة كما رآه أول مرة في حياته، تقدّم منه، وفجأة قال لنفسه: ما الذي فعلناه بك يا حمدان؟ كيف نسيناك كل هذا الزمن؟ كيف؟

أحس حمدان بخطى الحاج خالد تقترب، عرفها، استدار.

- لقد صبرنا عليك أكثر مما يجب؟! قال الحاج خالد لحمدان بصورة أثارت الذعر فيه.
- ما الذي فعلته؟!!
- المشكلة أنك لم تفعل شيئاً، المشكلة أنني لم أفعل شيئاً، ولذلك علَيَّ أن أتصرّف بنفسي.
- هل قصّرتُ يوما ما؟!!
- لا، أنت لم تُقصّر، ولكن مشكلتك أنك لم تُكَسِّر أبداً! كل هذه الفناجين التي تتنقّل بين يديك من سنين طويلة، ولم ينكسر منها حتى فنجان واحد؛ إنني أحاول أن أتذكر إن كنتَ كسرتَ فنجانا منذ أيام المرحوم أبي، ولا أنجح.
- لا تؤاخذني يا حاج، ولكن ما العيب في ذلك؟!
- يا رجل، ألم تفهمني! لقد آن الأوان لأن تتزوج!
- أتزوج!!!

كانت الكلمة صادمة إلى ذلك الحد الذي أحسَّ معه الحاج خالد أن وجه حمدان قد تغيّر تماماً، كما لو أنه يستمع إلى خبر وفاة أحبِّ الناس إلى قلبه.

- ما لك؟ لماذا كل هذا العبوس. هل قلتُ شيئاً يحرّمه الله؟

- لا، ولكنك فاجأتني، فاجأتني!!
- كيف أفاجئك في أمر بسيط كهذا؟
- لأنني نسيت.
- نسيت ماذا؟
- نسيت أنني يمكن أن أتزوج مثل بقية الناس الذين أفرح لأفراحهم. نسيت تماماً.
- وهل ينسى أحد أمراً كهذا يا رجل. هل ينسى أجمل ما في الدنيا: المرأة؟
- نعم، هنالك من ينسى. حمدان ينسى.
- كان عليّ أن أُذكّرك بهذا من زمان.
- ربما كنت سأنسى أيضاً.
- ها أنا أذكّرك، وسأرى إن كنت ستنسى أم لا.
- ولكن، مَن يمكن أن يُزوِّج حمدان ابنته؟!
- هذه هي المسألة إذن؟! من يزوِّج حمدان ابنته؟! هذه اتركها عليّ إن كنتَ قـد نويت.
- اتركني أفكر بالأمر على رواق. قال حمدان.
- ولكن أخشى أن تنسى ثانية؟
- لا أعرف، ولكن أظن أنني لن أنسى!!

***

بعد ثلاثة أيام سقط أحد فناجين القهوة من يـد حمـدان وانكسـر، فهبّ الحاج خالد فرحا: أخيراً قررتَ.
- سامحني. لن ينكسر فنجان مرة أخرى.
- إذن لم تقصد كسر الفنجان؟!
- أستغفر الله، كيف يمكن أن أقصد فعل شيء كهذا؟!!
- لا عليك. لا عليك. إهدأ.

***

الشيء الذي لم يعرفه الحاج خالد أن الأيام الثلاثة التي مرَّت قـد تركـت حمـدان ملقى بعيداً بأعين مشرعة خارج أبواب النوم.

أقفل باب غرفته المحاذية للمضافة، وتكوَّم على نفسه. كان الفراغ الذي يحيط به واسعاً أكثر من أي يوم مضى، وكل نقطة معتمة في الغرفة لا يصلها ضوء السراج، كانت ليلاً كاملاً.

منذ الليلة الأولى، راح يرتجف، حاول أن يلملم شتاته، لم يستطع، كيف أحسَّ فجأة بكل هذا الشوق لامرأة، كيف أحسّ بأنها وحدها القادرة على لملمته من جديد وبعث الحياة فيه.

قد يكون أغفى قليلا، قليلا فقط، حين رأى نفسه يسير في بستان كبير، بستان تملؤه أشجار من كل نوع، وفجأة، هبَّت ريح خفيفة فرأى الأوراق تتساقط، راقبها وهي تُحلِّق في الفضاء، تتلوَّى وتحطُّ على الأرض بصمت. حاول أن ينحني ليسمع صوت ارتطامها، لم يسمع شيئاً، عاد يسير، وفجأة، سمع صوتا، التفتَ فرأى ذراعا إلى جانبه، نظر إلى الأعلى ليعرف المكان الذي يمكن أن تسقط منه ذراع، لم ير شيئاً، كانت الأشجار وحدها في الأعالي، وقبل أن يعود ببصره من تلك الارتفاعات الشاهقة، سمع صوتاً آخر، التفتَ إلى يمينه، فرأى ذراعا أخرى، عند ذلك انتابه الخوف فجأة، الخوف الذي تصاعد ليتحوَّل إلى رعب، ما إن سمع ذلك الصوت الغريب؛ التفت، رأى رأساً آدمياً أمامه، كان الوجه للأرض، انحنى ليعرف رأس مَنْ هذا الذي يمكن أن يسقط أمامه فجأة هكذا، قَلَبَ الرأس، فوجد أنه يشبهه كثيرا. خاف، لكن فكرة غريبة خطرت له، هي أن يتحسس رأسه ليتأكد، وحين استطاع أن يفعل ذلك، حمد الله كثيراً لأن رأسه لم يزل في مكانه، وقال: لا بد أن يكون الرأس عائداً لرجل يشبهني تماماً. لكنه لم يكن مطمئنا، عاد لتحسس رأسه من جديد، ولكي يتأكد أكثر حاول أن يتأكد من أنه مثبَّت جيداً بكتفيه، شدَّه للأعلى، وشدّه، وعند ذلك استيقظ. راحتاه تحتَ فكيه تدفعان الرأس إلى أعلى وقدماه تشدّان على الحائط بكل ما فيهما من قوة.

**

طرق الحاج خالد باب غرفة حمدان. حين رأى ملامحه المتعبة قال له: كأنك لم تنم هذه الليلة.

- هل رأيت حلمي؟
- كيف يمكن لي أن أراه؟ ما الذي حدث لك يا حمدان؟!
- كنت ميتاً وانتبهت.

205

- الحمد لله. على أيّ حال جئت لكي أقول لك إنني وجدتها. منذ أيام أفكـر في الأمر، وأظن أنها المناسبة لك.
- ومن هي؟
- (رفيقة) ابنة أبو ريحي.
- ولكنها متزوجة!
- كانت متزوجة، فزوجها غائب منذ عشرين سنة.
- ولكنه قد يعود.
- هل رأيت أحداً يعود من حروب تركيا بعد عشرين سنة على غيابه؟!
- لا. المهم، هل تعتقد أن (أم الفار) هي المناسبة؟ سأله حمدان.
- ومن غيرها. قلت لك لقد فكرت كثيراً، وهي المناسِبة، ثم إن خيرها والله أعلم، لم يزل فيها، فإذا شدَّيت حيلك شوي سترزقان بولد أو اثنين، وربما أكثـر. ماذا قلت؟!
- ما تقوله يا حاج. نتكل على الله. ولكن، هل تعتقد أنها ستقبل بي؟
- وما الذي ينقصك؟
- أنت تعرف، لم أعد صغيرا، ثم إنني أعرج.
- هي ليست صغيرة أيضاً، ثم من قال لك إنك بحاجة لرجُلك إذا ما عزمت على الزواج؟!

‌‌*

جميع من في القرية كانوا يعرفون أن حمدان وُلد معافى، لكن والديه وأخوته ماتوا في حادثة غريبة، حين انهار السقف عليهم في عزّ الظهيرة وسحقهم تحته، لم ينج أحد، سوى حمدان الذي كان خارج البيت. كانوا رعيانا يعملـون في بيت الحـاج محمود، وكعادة أهل البلاد، لم يكونوا يتقاضون أجراً، بل تُخصص لهم مجموعة من الأبقار والأغنام للانتفاع منها ومن مواليدها؛ وهكذا يكونون شركـاء في القطيـع، ومع مرور السنوات، يمكن أن يكون لديهم قطيعهم الخاص وأن يواصلوا العمـل في المكان نفسه أو ينتقلوا ليؤسسوا حياتهم الخاصة.

ذات يوم من أيام القحط، خبأوا التبن فـوق الغرفـة التي يسكنونها، ولفرط جوعها، تمكنت الأبقار من الوصول إلى السطح الملتصق بالسفح، بعـد أن دارت حول البيت. نادتها رائحة طعامها المخفي، صعدت للسقف، وفي لحظة واحـدة تجمّعت أبقار الحاج محمود وأبقار سواه، فانهارت الغرفة على من فيها. وهكذا ماتوا

206

جميعا في لحظة واحدة. أما حمدان، فقد غدا واحدا من أهل بيت الحاج محمود، لكنه أصر على العودة للغرفة نفسها التي قضى فيها أهله، بعد إصلاحها.

في البداية كانوا يخشون أن لا يستطيع النوم في مكان فقَد فيه والـده ووالدتـه، لكن الذي حيّرهم أنه لم يكن يستطيع النوم إلا هناك.

***

ذات يوم، خرج حمدان من البيت على صوت بائع متجول، وكان في العاشرة من عمره، نظر إلى البائع وراح يستمع إلى طريقته في دعوة الناس لشراء بضائعه، حاول أن يُقلّده، لم يستطع. تبع البائع محاولا أن يستمع إليه أكثر، لكن حمـدان اكتشف أن صوته أضعف من أن يكون مثل هذا الصوت العظيم. أحب البائع كثيراً، وفجـأة، لاحظ حمدان أن الرجل يعرُج، فأعجبته الطريقة التي يسير بها، حاول أن يقلّـده، وأدهشه أنه نجح تماماً، ومنذ ذلك اليوم، لم يعد حمدان يسير إلا بالطريقة نفسها.

في البداية قال له الحاج محمود: ما لك؟ ما الذي حدث لرجُلك؟!

- لا شيء. أجاب حمدان.

- ولماذا تعرُج؟!

- لا أعرف!

- عليك ألّا تمشي هكـذا إذاً، لا يمـشي الإنسان هكـذا إلا إذا كانت رجله توجعه.

- إنها توجعني!!

- تعال. أرني إياها.

تأمل الحاج محمود قدم حمدان، تفقّدها، ضغط عليهـا في أكثر مـن مكـان مثـل طبيب عليم.

- هل توجعك حين أضغط عليها؟

- لا.

- لا توجعك أبداً؟

- قليلا.

- ستتعافى. كن مطمئناً.

لكن حمدان لم يكن يريد أن يطمئن.

ومنذ ذلك اليوم، لم يعد حمدان يسير إلا على طريقة البائع المتجول.

***

207

كان عرساً بسيطاً، يغمره الحزن أكثر مما تغمره البهجة، لكن حمدان وجد نفسه أخيراً تحت سقف واحد مع أم الفأر، أمّا الفأر نفسه، فقد بقي في بيت جده أبو ربحي، ولن يمضي وقت طويل، قبل أن يسمع أبو ربحي صوت تحطم أحد الصحون في الدكان.

غضب أبو ربحي كثيراً: الذي يريد أن يتزوج لا يُكسِّر الصحون التي نترزّق ببيعها. هل هنالك قلة صحون في البيت؟!

صمت الفأر، وبعد قليل نظر إليه أبو ربحي وقال: معك حق، الصحون التي في البيت المنيوم، لا تُكْسَر! ولكن، كان يكفي أن أسمع قرقعتها لكي أفهم!! وفي الليلة نفسها قال له: سأخطب لك ابنة الأرملة صباح. لم يعترض الفأر، وفي صبيحة اليوم التالي أرسل أبو ربحي لصباح طالباً أن تمر عليه في الدكان، حين جاءت، قالت: خير إنشا الله. وكانت تتوقع أن يطلب منها سداد الديون التي تراكمتْ عليها. فقال أبو ربحي: خير إنشا الله. عندكِ بنت صبية وعندي شاب، وقد فكَّرتُ طويلا، فوجدتُ أن كلاً منهما مناسب للآخر، ويكفي أن الاثنين فقدا أبويهما، الولد فقد أباه في حروب تركيا والبنت فقدت أباها الذي ظل يتبعد هاربا من الأتراك حتى وصل البرازيل!

انتفضت صباح وقالت: لا تفاول على زوجي، لقد سافر وسيعود.

– يا صباح، البرازيل بعيدة، وإذا ما استطاع شخص الوصول إليها، فإنه لن يجد من جسده القوة ليعود إلى هنا، وكما ترين لقد رحل الأتراك وجاء الإنجليز ولم يعد بعد.

– سيعود. ما دام قال لي سيعود. فإنه سيعود.

– المهم. ما رأيك أن نزوجها.

– كنت أخشى أن تطالبني بما عليّ من ديون تتجمّع منذ سنتين.

– أستغفر الله، وهل يمكن أن أفعل ذلك وأنا أرى بعيني أحوال الناس الصعبة؟!!

– لم أكن أخشى شيئاً أكثر من هذا!

– اطمئني. أظن أن علينا أن نتفق قبل أن نجيء مساء لنخطبها. قال لها.

– هذا أفضل.

– لنتحدث في المهر، كم تريدين مهرا لها؟

– مثل بنات البلد، وأقل شوي!

- عشرين نيرة[6] مليح؟!

- مليح. ردّت.

- اتفقنا إذن، الآن عليَّ النظر إلى صفحة ديونك في دفتر الدّكان!!

قلَّبَ الدفتر باحثا عن صفحتها. هزَّ رأسه، قال: ليس لديك صفحة واحدة يا صباح!! لديك أربع صفحات. شوفي: عليك سكر وقهوة وحلاوة وملح وكاسات شاي وطنجرة وصينية بتسع نيرات وثلاثين قرشا، وعليك قماش وخيطان حرير وحذاءان -كنتِ طلبتِ أن أحضرهما لك من الرملة- بست نيرات وعشرة قروش، وعليك ديون قديمة سبع نيرات. فيكون المجموع 22 نيرة وأربعين قرشاً.

نظر إليها وقد تغيَّر لونها وقال: ما رأيك يا صباح (قابلة ها القُبَّع بها الرُّبع)[7]؟ أعرف أن ما عليك من ديون أكثر من المَهر، لكنني مسامح، فمنذ اليوم سنكون أقارب.

- إلى بتشوفه. قالت.

- يعني موافقة؟

- موافقة، ما الذي يمكن أن أقوله؟

- توكلنا على الله إذن.

---

[6] - كانوا يطلقون اسم نيرة أو لبرة على جنيه فلسطيني.

[7] - أي هل تقبلين هذا بهذا؟

209

أم الفار

يا شعر الولدْ	سنابل مضويَّة
يا شِبْه الذَّهبْ	ع صدر الصبيَّة
يا شعر الولدْ	أنعَمْ من حرير
حمامة بتهدِّي	وحمامة بتطير
يا شعر الولدْ	سحره ذوّب قلبي
إحفظه من الشر	وأحرسه ربّي

كانت حكاية أم الفار واحدة من حكايات الهادية المعروفة، فبعد أن ماتَ ابنها الأول وابنتها بعده، قال لها أحدهم: إن أنجبتِ ولداً ضعي على رأسه سِنَّ فأر كي لا يموت! وهكذا، حين ولدت ابنها الثاني، أعلنت بأنها بحاجة إلى سن فأر، وقالت لأولاد الهادية: إنها خصصت جائزة محترمة لمن يأتيها بالفأر الأكبر.

عادوا لها بفئران كثيرة انتقت الأضخم منها وخلعت سِنَّه بيدها، وضعته على رأس وليدها، ثم تحت مخدته بعد ذلك، ولما كبر الولد وأصبح يمشي، علّقته في عنقه.

عاش الولد.

فأصبحوا يسمونه الفار، وأصبحت هي أم الفار.

***

لكن أم الفار لن تكن مطمئنة لما تحقق، فلم تـترك ضريـح وليٍّ إلا وذهبـت إليـه داعية الله أن يحمي ابنها.

بشعره الأشقر الطويل، الـذي لم تقصه أمـه أبـداً، لحمايتـه مـن أعيـن الحسّـاد، بظهوره كبنت، كان الفار يجوب الشوارع متقافزا من مكان إلى مكان، مشرقا ببراءة وجمال لم يعرفهما أهل الهادية من قبل، جمال سيحجبه الفقر يوما بعـد يـوم. لكـن أم

210

الفار ستظل واصلة ليلها بنهارها تراقب صغيرها بخوف لا مثيل لـه، فـإذا أصابـه برد دثّرته بكل ما يوجد في البيت من ملابس وغطته وأغلقت الباب وجلست خلفه كي تمنع أي نسمة هواء من التسلل للداخل.

وإذا لم يشف، قامت بخطوتها التالية واثقة أن عينها أصابته، فتُحضر جمرات وتضعها في وعاء وتقوم برش (الشبة) عليها وهي تتلو رقية، وعندما تذوب الشبة تسم جبهة الصغير برمادها، وإذا لم تجد الشبة تستبدلها بطحين وملح وبعض القطن وقطعة من ثياب الشخص الذي تتوقع أنه أصاب ابنها بالعين؛ ولم تكن مهمـة الحصول على هذه القطعة مسألة سهلة، لكنها كانت دائما مستعدة لعمل المستحيل.

وكما تتوقع أم الفار، فإن النتيجة التي ستحصل عليها في النهاية هي رؤية صورة ذلك الشخص في الشبة المحروقة؛ لكن الأمر لم يكـن محسوماً دائماً، ففـي إحـدى المرات ظهرت صورة زوجة محمد شحادة، في حين أن قطعة القماش المحروقة كانت لزوجة شاكر مهنا التي لم تُنجب إلا بعد زمن طويل من زواجها، مما جعل أم الفار تذهب وتطلب السماح منها، لأنها أساءت الظن بها. وفي بعض الأحيان كانت قطعة القماش تعود لرجل ولكن أم الفار ترى صورة امرأة. أما أغرب ما حصل لها فهو أنها ظنت ذات يوم أن الأنيسة أصابت ابنها بـالعين، لكنهـا فوجئـت بـصورة زوج فتحية الحولة الذي ذهب للحرب منذ عشر سنوات ولم يعد، الزوج الذي لم ير ابنها أبداً، وهنا باتت تشك في الشّبة؛ وهكذا قالت: هـذه الـشبة ليست صادقـة. واكتفت بـالطحين والملـح اللـذين لم يخـدعاها أبـدا وبالرقيـة التـي لا تكـف عـن ترديدها:

أولها باسم الله، وثانيها باسم الله وثالثها باسم الله ورابعها وخامسها وسادسـها وسابعها باسم الله، أُرقي واسترقي، من كل عين زرقاء، وكـل سـن فرقـاء، رقينـا ناقته حتى يتبع رفاقته. العين العينونة خايبة الرجيّة، والعيوب الرديّة، لاقاها الـسيد سليمان في واسعة البرية مكشرة عن أنيابها وفي إيدها غُرابها، ومدلية مخالبهـا، تنبح نباح الكلاب وتعوي عوي الذياب. يا عين بـاص بـاص، لأرميك بالرصـاص، أخرجي يا كافرة يا ملعونة كما خرجت الدودة من الليمونة، أخرجي بحق الأنبيـاء والقديسين والخليل إبراهيم. إن كنتِ في الـرِّجلين أخرجي بحـق الله المعـين، وإن كنت في الراس أخرجي بحق الخضر أبو العباس، وإن كنت في الكـرش أخرجي بحق رب العرش....

حوطتك بالله، وأدخلتك في حفظ الله، من عيني ومـن عـين خلـق الله.. وتقلـع العين اللي تشوفك وما تصلّي على النبي.

* * *

حين وصل شعر الفار إلى خصره حملته ومضت به إلى مقام النبـي موسـى كـما نذرت، ومعها خروف سمين كانت قد ربّته لهذا اليوم المشهود، وأمام المقام قصّت شعر ابنها وذبحت الخروف ووزعت لحمه على المحتاجين.

كانت تتمنى أن تفعل ما يفعله الأغنياء، فتـضع شـعر ابنهـا في كفـة ميـزان وفي أخرى الذهب، أو الفضة، وتنفق قيمتها على الفقراء، لكنهـا لم تكـن تملـك ذلـك، فاستعاضت عن الفضة والذهب، بأن وضعت في كفة الميزان نقودا معدنية ووزعتها على أولئك الذين التفوا حولها ينتظرون صدقتها. ومن يومهـا، لم يمـرض الفـار ولم يصبه أذى، ظلّت تؤكد. لكنها بقيت تتحسر دائما على جماله الذي ذهب، حين كـان مزيّنا بذلك الشعر الطويل.

فكرت ثانية بتربية شعره، لكن الفار كان قد كبر إلى تلك الدرجـة التـي تجعلـه يدرك أن شعرا طويلا كالذي كان، يصلح للبنات لا للصبيان.

212

الظل الطويل

لم تستطع فاطمة تجاوز جمل كابوس إيليّا إلاّ في غروب ذلك اليـوم الـذي رأت فيه ذلك الفارس مندفعاً خلف غزالة فوق التلال الشرقية المحاذية لسهول القرية.

ارتبك وقد أصبحت الغزالةُ في منتصف المسافة بينه وبين فاطمة، فاطمـة التـي بدا ظلّها طويلا إلى حدٍّ لم ير من قبل ظلا مثله. لكن الذي أدهشه أن الغزالة ظلت تركض نحو فاطمة، في الوقت الـذي كـان عليهـا أن تنعطف وقـد رأت آدميـا في طريقها. خفف من سرعة انطلاق فرسه وهو يرى الغزالة تبطئ سرعتها، وتواصل تقدُّمها نحو تلك الفتاة الغامضة ذات الظل الطويل؛ وفجأة، راحت تسير كمـا لـو أنها ترعى بأمان، وقد نسيتْ تماما ذلك الفارس الذي كان يحاول الإمساك بها قبـل لحظات، إلى أن وصلتْ إلى فاطمة، توقَّفت الغزالة وألقت نظرة بعيـدة عـلى ذلـك الفارس وكأنها تقول له: لن تستطيع أن تفعل شيئا الآن! أحس الفارس بأنـه عـلى وشك السقوط أمام هول المفاجأة، تجمَّد في مكانه، محاولا أن يـدرك كُنْـه مـا يـدور (هل تكون الغزالة غزالتها؟ ولكن من يمكنه أن يُربي غزالـة ويطلقهـا خارجـا في السهول؟!)

بعد صمت طال، تقدَّم، عرفته، إنه أخو خضرة، ورآها تهمس للغزالـة، الغزالـة التي انطلقت مبتعـدة تتهـادى، وقبـل أن تختفـي سـمع فاطمـة تـصيح: انتظـري. فتوقفت الغزالة، أدارتْ رأسَها، فصاحت فاطمةُ بفرح: مع السلامة.

∗∗

وقفت فاطمة خلف أبيها الذي كـان يُـشذِّب لحيتـه أمـام المـرآة، وسـألته: قـل الحقيقة. هل تستطيع أن تراني الآن؟

- لا.
- ولا، حتى، أي جزء من رأسي؟!
- جزء صغير.

213

- الحمد لله. هذا يكفي!

شيء جميل عميق تحرّك في قلب الحاج خالد، وتذكر ذلك الزمان الـذي كانت تردد (لا أريد أن أكبر. أريد أن أبقى هكذا) ثم تحبو على أربع، تتقـدّم نحوه وهي تهزّ رأسها، مقلَّدة ثغاء حَمَل: ماء.. ماء. تدور حوله، تندسّ تحت ذراعه، يختفي جسدها خلفه، ولا يبقى أمامهم سوى رأسها الصغير.

ها هي الآن قد كبرت.

- لن تصبحي أطول إلا فوق فرس. قال لفاطمة. فاطمة التي فهمت الإشارة: أنت تعرف أبي. لا تجيء الخيول وحدها..

*   *   *

لم تعد فاطمة تصحو فزعةً بعد على قِطَع لحم الجمَل ذات العيون المفزعة، منذ التجاء الغزالة إليها، راحت تنام مطمئنة بهدوء غريب، عـاد لهـا سلام إغفـاءة الأطفـال الصغار، وانبثق في قلبها شيء أخضر لم تحسّه من قبل. وقبل أن تعرف ما يدور فيها، ما الذي تغيّـر، رأتهـم يعودون ثانية إلى بيتها، الرجال أنفسهم الـذين أتـوا ذات يـوم بعيد لاسترجاع أبقارهم.

*   *   *

لم تكن فاطمة قد عرفتْ بعد سرَّ ذلك الغروب، وتلك الدهشة التـي عصفـتْ بذلك الفارس وبها، وقد التقتْ أعينها للحظات؛ كيف سارت نحو الغرب باتجـاه القرية، وكيف كان ظلّها يمتد خلفها قاطعا السَّهل ذاهبا للبعيد، إلى حيث يقف هناك يقف متجمدا على ظهر فرسه الكحيلة، لم تعرف كيف أن ظلها كان قد التصق بظل الفرس ومن عليها، وأنه كان يطول كلمّا ابتعدت، دون أن ينحرف أبداً، إلا أن الفارس الذي لاحظ ذلك، أدرك أن مصيره قد بات معروفـا، وأن الحيـاة التـي قـد كُتِبَتْ له، تبدأ هناك، مع بدايات ذلك الظلِّ الطويل، الظل الذي لا نهاية له، الظـلّ الذي راحت الكحيلة تتبعه. حاول الفارس أن يوقفها عندما لاحظ ذلك، لكنهـا وللمرة الأولى لم تستجب لـه، شدَّ رسنها، فشبّت صاهلةً، لوى عنقَها، قاومت، ثـم تقافزت في الهواء مجنونة، إلى أن سقط عـن ظهرهـا، وقبل أن يـستفيق مـن هـول المفاجأة، رأى الكحيلة تتبع تلك الـصبية إلى أن وصلتها، اقتربتْ منهـا فاطمـة، همست بشيء لن يعرفة أحد سواهما، فعادت الفرس إلى خيّالهـا الـذي تجمّـد في البعيد، غير قادر على أن يتبع فرسه، غير قادر على أن يعود دونها.

214

***

قبل مغيب شمس اليوم الرابع أطلت الخيول من جديد، لكن الحاج خالد لم ير منها غير الحمامة، ولم يعد ذلك غريباً، فكل خيل تمر قادمةً من ذلك البعيد، لم يكن يرى منها سوى الحمامة.

كان يوم خميس، وقد بدأ الناس الذين جمعهم السّوق الذي اتّسع وغدا الأكبر في المنطقة كلها، يعودون صوب بيوتهم المنتشرة في جميع الجهات، لكن أولئك الفرسان ظلوا يقتربون، ولسبب ما، غامض وعميق، أحس أن القادمين لا يقصدون سوى بيته، صاح: يا شباب، أجاكم ضيوف.

تلفّتوا فرأوا كوكبة الفرسان تتقدّم من بعيد. ولم يكن صعبا عليه أن يرى المسافة تتسع ما بينهم وبين أحد الفرسان الذي تباطأت فرسه، إلى أن توقفتْ تماما، كان شكله في ذلك الغروب رائعا، إذ غدا مع فرسه كتلة بالغة الجمال، كان السهل بحاجة إليها، من زمن طويل، حتى يتحوّل إلى مشهد لم يسبق أن رأوا مثله. أحس الحاج خالد بقلبه يرتجف بقوة بين أضلاعه، حدث هذا، في اللحظة نفسها الـذي ارتجف فيها قلب فاطمة، فراحت تركض نحو أمها مُلقية بنفسها بين ذراعيها.

- شو في؟!
- لا شيء. خير إنشا الله!
- شو في يا بنت؟ ما لِكِ إشي؟
- لا. لا يا مه. خير إنشا الله. وحين حاولت سُمية إبعادها قليلا لتنظر إلى وجهها، التصقتْ فاطمة بها أكثر، فراحتْ أمها تردد: خير إنشا الله. خير إنشا الله.

حين صعدوا باتجاه المضافة، كانت كلُّ استعدادات الاستقبال قـد تمّـت، لكن الذي حدث، أن الأحلام البيضاء التـي سكنت عيـون الحـاج خالـد وابنـه نـاجي تلاشت فجأة، إذ لم يكن بين تلك الخيول سوى فرس رمادية لم تكن تشبه الحمامة أو الكحيلة أبداً.

***

في مقدّمة الفرسان، كان الشيخ الجليل، فـوق فـرس يميل لونهـا إلى الأزرق قليلا، فرس بلون البحر حين تنظر من فوق جبل عال وترى صفاء المناطق غـير العميقة فيه.

- لم يأتوا هذه المرة إلا لشيء كبير. قال الحاج خالـد في نفسه. ولم يخب ظنه حين عانقهم، حين أحسَّ بذلك الشيء الأليف في ملامحهم، كما لم يـره مـن قبـل في زيارتهم الأولى.

دخلوا المضافة؛ بدأ حمدان يحمّص القهوة، ويراقب باب المضافة بعينين، عبثـا تحاولان معرفة ما يدور خلف الجدران، لكن قلبه كان يعرف أكثر منه، قلبـه الـذي أحسَّ بفرح ما، وأن ضيوف اليوم لن يكونوا عابرين أبداً.

كانت السنوات قد غيّرت حمدان كثيراً، وبدا وكأن اقترابه من النار ومصاحبته لها كل ذلك الزمان قد زاده سُمرة على سمرة، كما أن قامته راحتْ تـضمحل قليلا قليلا، أما شعره، الذي تطلّ بعض خصلاته من تحت كوفيته المعقودة حول رأسـه بإحكام كعمامة الشيخ حسني، فقد كان الـشيء الأبيض الوحيـد فيـه، في حين أن عينيه لم تفقدا بريقها المعهود منذ عرفوه، كانتا مضيئتين على الدوام حيثما رأوه كـما لو أن النار التي تركها خلفه لم تزل تنعكس ألسنتها في عينيه. أما الشيء الذي لم يكن يفارق ملامحه الرقيقة، فهو تلك الابتسامة التي لا يـستطيع المـرء أن يعـرف مـا إذا كانت ابتسامة تنتمي للرضا والقناعة أم لإدراكه بأنه لن يرى بعد اليوم جديدا تحت شمس هذا العالم.

في النهاية، كان لا بد له من الاستماع لصوت قلبه متخلّياً عن المهمة التي أوكَلَها لعينيه. وفي تلك اللحظة انطلق صوت مهباشه صادحاً، مهباشـه الـذي ملأ الجـو برائحـة القهوة ورائحة لحظات سعيدة لا بدَّ أنها تُولَد في الداخل في تلك اللحظات.

***

شربوا قهوتَهم، واستأذنوا، حاول الحاج خالد أن يبقيهم، لكنهم قالوا له: هناك من ينتظرنا في آخر السهل، ولا يجوز أن نتركه معلقا بحبال هذا الليل.
-	ترسلون له وتخبرونه.
-	ولكن هناك من ينتظر وراءه في القرية بلهفة لا تقل عن لهفته.

حين خرجوا، كان حمدان يواصل العزف على مهباشه، التفتوا إليه، أحسّوا بأنـه يشاركهم أفراحهم، تحلّقوا حوله كما يتحلّقون حول راقص "دَبْكَـة" أسطوري، نسوا أنفسهم، إلى ذلك الحدّ الذي دفع الحاج خالد أن يقول: كان يمكن أن تنهوا عشاءكم قبل هذا الوقت!!

انتبهوا. كان الليل قد حلَّ، ولم يعد الفارس تحت ضوء ذلك القمر الرمادي، في نهاية السهل، غير نقطة غامضة لا يمكن الجزم بأنها قامة فارس.

216

هبطوا التل، رأوا القمر يصعد من خلف الأفق، يصعد ويضيء السهل قليلا قليلا، وخلْفهم كانت دقات مهباج حمدان تملأ الفضاء بعذوبة لم يحسّها من قبل أولئك الضيوف الذين سيتحوّلون إلى جزء أصيل من أهل البيت، بدءا من ذلك المساء.

***

- لم يكن علينا سوى أن نتحدّث عن الفرسان حتى نراهم على عتباتنا. قال الحاج خالد لابنته. ابنته التي التفَّتْ بخجل على بعضها بعضاً وتحوّلت إلى ما يشبه الكرة. وصمت قليلا ثم قال: كأنك تعرفين؟!!
- لا. لا أعرف شيئاً ولكنني أحسّ.
- إذن تعرفين!
- لا. أحس. أحس فقط.
- ما دام الأمر كذلك، فلم يكن عليّ أن أقول لهم بعد يومين سأعطيكم جوابي.
- ما الذي يحدث؟ سألت سُميَّة.
- خُطّاب، جاء لابنتك خُطّاب.
- ألف مبروك.
- ألن تسألي من هم؟
- لن يطرُق أبواب بيت الحاج خالد في أمر كهذا، سوى أناس يعرفون مقداره ويعرفون مقدارهم.

***

كبيرا كان عرس فاطمة ونوح أخو خضرة، نوح الذي سيظل لقبه جزءاً منه دائما، منذ أن أطلَّ على ظهر فرسه صائحاً ومُغيرا بسيفه. من كان يمكن أن يُصدق أن بدايةً كتلك ستوصلهم إلى نتيجة كهذه. حاول نوح أن يعتذر للحاج خالد، فقال له الحاج: لو لم تُدافع عن بقراتك ذلك المساء لما قبلت بزواجك من ابنتي.
- ولكن لا تنس أنني هُزمتُ.
- هُزمتَ؟! لا لم تُهزم، لأنك حين هجمتَ لم تكن تريد أن تنتصر، كنت تريد استرجاع حقك.
- هل تسمح لي أن أناديك منذ اليوم والدي.
- ومن أنت إن لم تكن كذلك؟!

217

ديوك روميّة

حين أنهى محمود دراسته الابتدائية في مدرسة النجاح بنابلس[8]، كان استقباله في البلد أشبه ما يكون باستقبال الفاتحين. طويلا أصبح وتحت أنفه الصغير التمعت شعيرات شاربيه الذهبية، لكنه بقي نحيفا كعود القصب، أما عيناه فقد بدا أن بريقا جديدا سكنهما، في حين كان لا بد للجميع أن يلاحظوا أن خطواته كانت أقرب لخطوات موظف حكومي أكثر منها لخطوات طالب مدرسة.

حين تفرّق الناس سأله الحاج خالد: ما الذي تفكر فيه الآن؟

- لا أعرف؟

- أظن أننا بحاجة منك لأكثر من هذا. لم نرسلك لتتعلّم وتعود إلينا بكلمات كهذه.

- ما تريده يصير.

- أنت تعرف أن مشكلتنا قائمة في قلة التعليم لدينا، أقصد هنا في القرى، كما لو أنه حرام علينا وحلال على سوانا. لا العثمانيون كانوا يريدوننا أن نتعلم ولا الإنجليز، ولا حتى هؤلاء الوجهاء؛ أنت تعرف أن عبد اللطيف الحَمْدي طرد أحد المزارعين الذين يعملون في أرضه لأنه تجرأ وأعلن أنه يريد تعليم ابنه.

- وما الذي تراه؟

---

[8] - كانت المحاولة الأولى لتأسيس هذه المدرسة الابتدائية، قد تمت أواخر الحكم العثماني، لكنها رفضت وذلك بسبب (الأوضاع السياسية التي كانت تمر بها الدولة العثمانية، أواخر فترة حكمها للمنطقة العربية، حيث بدأت تبرز في هذه الفترات التيارات والأفكار القومية، التي أخذت تهدد وجود وكيان الدولة العثمانية نفسها، لذا رأت هذه الدولة الحد من تأسيس المدارس، للحد من المشاعر القومية التي بدأت بالانتشار والتصاعد. وفي محاولتها لكسب ودّ سكان المدينة وافقت السلطات البريطانية على تأسيسها في بدايات عهد الانتداب).

218

- أرى أن هناك مدارس في القدس يمكن أن تذهب إليها وتُكمل تعليمك.
- وهل يمكن أن تقبلني؟
- أليست علاماتك ممتازة؟
- ممتازة.
- سنحملها ونذهب بها إليهم ونرى ما الذي يمكن أن يقولوه.

✷✷✷

ارتدى الحاج خالد أفضل قنباز لديه، وتوجّه مع ولده إلى محطة القطار على ظهر حصانين، عاد بهما ناجي. وحين وصلا القدس كانا في عالم آخر تماماً، عالم يتغير ما بين زيارة وزيارة كما قال لهم ذات يوم الأب إلياس.

السيارات تكاد تطحن الناس لفرط اندفاعها، وعربات الخيول المزركشة تتنقّل مثل الديوك الرومية كما لو أنها سيدة الأرض ومن عليها، وحافلات النقل تُغيّرُ من كل جانب باحثة عن فسحة تندسُّ فيها لمواصلة طريقها بأي وسيلة.

- من أين تأتي كل هذه السيارات؟ لقد أصبحت أكثر من عدد النـاس. قـال الحاج خالد لابنه مستغرباً. وقد لاحظ لأول مرة شاربي ابنه الناعمين.

قال محمود: نابلس أهدأ.

- أظن أن الهادية بحاجة لخمسين سنة كي تدبّ فيها الحيـاة التي نراهـا اليـوم على بعد نصف ساعة بالقطار.

✷✷✷

كانت خيبة أملهما كبيرة في القدس.

قال الحاج خالد: ما دمنا وصلنا إلى هنا، فلن نعود خائبين، لنذهب إلى رام الله.

- رام الله!!
- ألا يوجد فيها مدارس؟
- هناك مدرسة سمعت اسمها أكثر من مرة "الفرندز".
- وهل يمكن أن يقبلوك فيها؟
- لا أعرف!

كان مدخلها العريض بأقواسه الثلاثة، يشكل شرفة كبيرة لطابقها الثاني، أمـا قرميدها الأحمر المنتصب على شكل هرمين صغيرين، فقد كان يمنحها هيبة كنيسة أكثر مما يمنحها شكل مدرسة، في حين بدت نوافذها المعتمة ذات الأقـواس المُطلّة من بين الجدران الحجرية العتيقة أكثر غموضاً من أي شيء رأوه من قبل.

استقبلها مدير المدرسة بطريقة لا يستقبلون بها في الهادية حتى موظفي الحكومة. ألقى نظرة مُتفحِّصة على العلامات المدرسية لمحمود ثم راح يهزّ رأسه: تلميذ نجيب، ولكن.

- ماذا؟ علَّق الحاج خالد الذي لم يتلقَّ دعوة للجلوس.
- لا شيء.

من فوق نظارته السميكة التي تكاد تسقط من فوق أنفه، راح المدير يتأمل الحاج خالد من أساسه حتى راسه، ، كما لو أنه يريد أن يخطبه!! ثم قال بصوت كسول أقرب للهمس: (نحن مدرسة تبشيرية كما تعرف، ونصلّي صباح كل يوم قبل الدخول للصفوف.

أدرك الحاج خالد أن حجة المدير أضعف مما كان يتصوّر. اعتصر جبينه بأصابع يده اليسرى، التفتَ للمدير.

- في بلدنا يوجد دير من أيام أبي. وهذا الأمر ليس غريباً علينا. قال الحاج خالد.
- ولكنكم هناك لا تصلُّون في الدير!
- عال. لِيُصلِّ ابني معكم هنا.
- ولكن، كما تعرف، صلاتنا مختلفة، تراتيل دينية نُمجِّد فيها الله ويسوع والعذراء.
- هذا يلائمني، فنحن نؤمن بالتوراة والإنجيل ويسوع والعذراء.
- ثم إننا نأخذ التلاميذ صباح كل أحد إلى كنيسة الكويكرز حيث نصلي أيضا وهناك موعظة يُقدِّمها قسيس.
- لا مانع، فالكنيسة بيت الله، كالمسجد، ومن المهم أن يعرف ابني الدين المسيحي.
- لا رمضان عندنا، لأنه لا يمكننا تحضير إفطار المساء للتلاميذ المسلمين، ثم وجبة السّحور.
- صحة ابني، كما تراها، ضعيفة، على قدّه!! وهو لا يصوم في البيت، فلا أريده أن يصوم عندكم!!)

تأمل مدير المدرسة الحاج خالد وقال: عجيب. لم تترك لي شيئا أقوله. وبعد فترة صمت طالت قال المدير: هكذا إذن. ثم عدَّل نظارته، والتفت إليهما وقال: مبروك.

الليل وحده

- هيا انهضوا. لقد طلع النهار. صاحت سُميّة بأبنائها.

***

ما كان الطفل يبلغ العاشرة من عمره، حتى يكون مُلزماً بالخروج إلى السهول، يردّ الدواب، يرعاها، وفي حالات كثيرة كانت الأغنام تعود، يفتقدونه، يـذهبون للبحث عنه فيجدونه نائما في السهول. فيقولون: عادت الجِمْلان والصّبي غَفْيان!!

لكن الشيء الأكيد أن الوحيد الذي لم يلحق به هذا العار كان نـاجي. حتى أن الحاج خالد كان يناديه أحيانا: يا ذيب.

وعندما كان يشتد عود الطفل أكثر كانوا يضعون بين يده ويد المحراث حجرا صغيراً ويشدّون عليها حتى تتقوّى يـده ويـصبح قـادرا عـلى الـتحكّم (بكابوسـة المحراث)، لكن ذلك لا يحدث قبل أن يكون رأس الصغير قد غدا أعلى بقليل مـن المحراث، بحيث يستطيع رؤية الأرض وردَّ البقرة والضّغط على المحراث ليغـوص في التراب أكثر فأكثر.

في حالات كثيرة كانت البقرة توقعه فيتحوّل مـشهده إلى فاكهـة للـضحك في نهارات التعب تلك.

- هيا انهضوا. لقد طلع النهار. صاحت سُميّة بأبنائها ثانية.

تململوا، وعندما فتحوا أعينهم أدركوا أنهم تأخّروا فعلا.

كان هنالك سهل شاسع من القمح، وقد حان موعد النزول إليه.

تعبين كانوا بسبب عملهم الطويل في اليوم السابق.

نهضوا، وما إن وصلوا حتى رأوا أن كثيراً من الناس قـد وصلوا ذلـك الحقـل قبلهم.

- أترون لقد تأخّرتم!! قالت لهم.

221

هزّوا رؤوسهم، لا لتأكيد كلامها أو نفيه، هزّوا رؤوسهم كي يتساقط النعـاس من أعينهم.

بدأ الحصاد، تصاعدت الأغاني من كل جانب:

منجلي يا منجلاه   راح للصايغ جلاه

والقمر حوله بيْدور   وينقِّط نور وحياه

والقمح عالي وبيميل   شَرْقَة وغَرْبَة يا محلاه

راحوا يتسابقون: من يستطيع التقدم أكثر في الحقل. ومـن بعيـد كـان يمكـن للمرء أن يرى الممرات الضّيقة والواسعة التي باتت تشقّ الحقل كالطرقات. ودائمـا كانت عفاف حفيدة الحاج جمعة أبو سنبل في المقدمة.

نهار، ولكن الشمس لم تكن هناك.

كان القمر وحده.

ألقى ناجي نظرة إلى الأفق الشرقي: لا شيء!!

وعندما تخشّبت ظهور الصغار وبعض ظهور الكبار، بطحوهم أرضاً وداسـوا عليها حتى تلين.

– كانت الحياة بحاجة للجميع كي تستمر بهم ويستمروا بها.

– سنحمّل لك الجمل لتوصل القمح للبلد. قالوا لموسى.

قال ناجي: سأذهب أنا.

– لا. نحن بحاجة إليك هنا. قال له الحاج خالد.

سار الجمل مسافة ليست قليلة، توقّف، حاول موسى، الأكثر كسلا بين أبنـاء الحاج خالد، أن يجبره على السير، رفض، بعد لحظات أناخ، حاول أن يستحثه علـى الوقوف، لم يستجب.

صاح موسى طالبا النجدة، فتدافعوا خائفين.

حين وصلوه، وجدوا أن المشكلة أقل بكثير مما ظنوا.

– نشّفت ريقنا الله ينشِّف ريقك. قالت سُمية.

– وما الذي أفعله؟!! إنه لا يريد أن يمشي. قال.

لكزَ الحاج خالد الجمل بطرف قدمه فنهض.

– هيا، أكمل طريقك. فضحتَنا. قالت له سمية.

رفض: ومن يعرف أنه لن يفعلها ثانية؟! قال.

ذهب معه محمد شحادة، بعد ساعة عادوا.

لم تزل الشمس بعيدة.

حينا أطلت أخيراً، اكتشفوا أن الكبار خدعوهم، كـان بعـض الحصّادين قـد استطاع شقَّ طريقه بحيث أوشك على الوصول إلى منتصف الحقل.

لم تكن هناك طريقة لتجنُّب حرائق شمس النهار إلا بـالنهوض ليلا والعمـل تحت ضوء القمر.

حين نادت سمية في الليلة التالية: هيا. لقد طلع النهار.

قال لها موسى دون أن يفتح عينيه: لن أصل العتبة قبل أن تغيب الشمس!!

دروس خصوصية

كما لو أنها تراها لأول مرة، نظرتْ سُميّة إلى عفاف وقالت: هذه هي العـروس التي لا يجب أن تضيع من يد محمود.

كانت عفاف حفيدة الحاج جمعة أبو سنبل، قد عاشت مع أمهـا في بيت جـدها منذ وفاة ولده أحمد في حادثة غريبة، فذات يوم، كان يسـوق الأبقـار صاعداً أحـد التلال هاربا من سيل اجتاح الوادي، انزلقت بقرة وظلت تتـدحرج حتى ألصقتـه بإحدى الصخور.

- تسألني: ولكن كيف مات؟ رجوع البقر جعله يشكو من آلام في ظهره، فذهبت أمي إلى زوجة نبيل العودة! لماذا؟! لأنها تعرف العلاج بالكي! لا أريـد أن أطيل عليك، كوته بالنار حول الزرد ووضعت حبة حمص وفوقهـا أوراق أشجار خضراء، وربطتها، وصرنا نضع حبة حمـص وأوراق شجـر كـل يـومين، حسب الوصفة! في الأسبوع الأول قال والله كأنه كذب، لم أعد أتألم! مع أنه لم يكن يستطيع أن يتحرك. وبعد مرور أسبوعين بدأ ظهره ينحني وينحني، فحملناه وذهبنا بـه إلى الرملة، كشف عليه الدكتور وراح يصرخ: يا حمير ماذا فعلتم به؟!! أنتم تستحقون الذبح، فقالت أمي: كان يشكو من وجع في ظهره فمـرت امرأة غريبـة في القريـة، وقالت إنها تعالج بالطب الشعبي، وعالجته. طبعاً أمي خافت أن تذكر اسم زوجة نبيل العودة، لأنها فهمت أن ذلك سيؤدي إلى سين وجيم وتحقيق. فقال الطبيـب: كل النخاع الشوكي انسحب من ظهره!! أخذوه إلى يافا، القدس دون فائدة، لم يعد قادرا على تحريك رجليه، وطوال النهار كان يطلـب منـا الله يرحمـه: مـدّوا رِجْلـيّ، أرجعوا رِجْلي، وكلما أراد أن يساعده أحد في الليـل، كـان يوقظنا بقصبة طويلـة وضعناها بجانبه، وكانت الناس رايحة جاية كي تراه، بعد أقل من شهر مات.

راحت سميّة تراقب عفاف في ذهابها وإيابها، في عملها في الحقول، وفي جدِّها للزيتون، وفي طريقة إحضارها للماء من البئر، وحين اطمأنت، مضت إلى بيتها في

زيارة لا يمكن أن يقال فيها إلا أنها مفاجئة، وبمجرد أن ألقت نظرة على البيت تأكد لها أن البنت نجحت وتجاوزت الامتحان بشرف.

ولكي تطمئن أكثر، عادت في زيارتين مفاجئتين، فكانت النتيجة ذاتها.

أما عفاف نفسها فلا تذكر نفسها إلا على هذه الصورة، باستثناء ذلك اليوم المشؤوم الذي كانت فيه عائدة من البئر وصاحت عائشة ابنة محمد شحادة: حيّة! حيّة!

نظرت عفاف تحت قدميها، رأت الحيّة التي لم تكن في الحقيقة، سوى قطعة من حبل، ارتبكت خطواتها، تأرجحت قامتها، فسقطت الجرة من فوق رأسها وتهشّمت.

لم تكن عائشة تعتقد أن مزحتها ستؤدي إلى مصيبة كهذه، إلا حين رأت عفاف تنحني فوق جرتها وتبدأ بالبكاء. وعندما وصلت عفاف البيت لم تجرؤ على دخوله، ظلّت تطوف حول البيت ثم جلستْ في ظلال السور بعينيها المتدفقتين.

خرجت أمها التي أحسّت بأن ابنتها تأخرت فرأتها تبكي: ما الذي حدث؟

- كسرتُ الجرة.

- كسرتِ الجرة. يا خراب بيتي. كسرت الجرة، وكيف يمكن أن تكسري الجرة؟

- وقعتُ.

- يا خراب بيتي!!

كانوا فقراء، وكان ثمن الجرة الذي لا يتجاوز عشرة قروش خسارة لا تحتمل. وطوال ثلاثة أيام، ظلّت أمها تنوح وتجوح، كما لو أنها فقدت زوجها من جديد. ولكي تُعوّض الخسارة، اضطرت أمها أن تتركها تعمل مساعدة للأختين سارة وميري في الدير بعد موت أنطونيوس؛ وحين رأت الأختان الطريقة التي تعمل بها عفاف تمسّكتا بها، بحيث لم يستطع أحد انتزاعها من بين أيديها، وبدأتا بتعليمها اليونانية وأدهشهما أنها كانت ذكية إلى حد كبير.

ذات يوم جاء خالها عبد الرحمن من يافا ليزورهم، وجدَ أمها الحامل في شهرها الأخير مريضة، سألها: أين عفاف؟

- في الدير؟

- وما الذي تفعله في الدير؟

225

- راحت تساعد الراهبتين أسبوعاً، أسبوعين، وهـا هـي منـذ خمـسة أشـهر هناك.

- ومن يُساعدك؟

- زي ما انت شايف!!

طرق عبد الرحمن الباب، خرجت الراهبة ميري: أين عفاف؟

- في الداخل. تعمل. ومن أنت؟

- أنا خالها وأريدها الآن أن تعود معي للبيت.

- لا يمكن أن تأخذها، إنها تعمل هنا ونحن لا نستطيع الاستغناء عنها.

- ولكن أمها بحاجة إليها أكثر.

- لن تأخذها.

دفع عبد الرحمن الراهبة ودخل، وراح يصيح: عفاف، عفاف.

- خالي؟!

ركضت باتجاهه، كانت تحبه كثيراً، كان الوحيد في هذه الدنيا الذي أحضر لها من الأشياء اللذيذة ما لم تتذوقها أي بنت في الهادية.

- أريدك أن تأتي معي. أمك مريضة. وأريدك أن تتركي الدير نهائياً. فاهمة؟!

- فاهمة، بس ما راح يرضوا.

- لن نقبل بأن تأخذها. إننا نعتمد عليها في كل شيء. قالت ميري.

- تعتمدون عليها، لا تعتمدون، تلك مشكلتكم أنتم وعليكم حلّها.

كانت عفاف الأكثر سعادة، لأنها تخففت من ذلك العبء الثقيل الملقى على كتفيها في الدير، العبء الذي كان يحملها للفراش فـور عودتها باحثـة عـن حلـم سعيد في النوم.

***

الشيء الذي يعرفه الجميع، أن عفاف الخارجة مـن الـدّير بكثيـر مـن الكلمـات اليونانية التي تستخدمها أحيانا في شتائمها الغامضة، واصلت حياتها السابقة كما لو أنها لم تغب يوماً واحداً، وحين ولدت أمها تكفّلت برعاية أخيها الـصغير، الـذي جاء بعد انتظار طويل، ولو كان باستطاعتها إرضاعه لفعلت ذلك.

انتشرت في الهادية أخبار عفاف التي أصبح النـاس يمتدحونها باعتبارها (تربيـة راهبات) رغم أنهم يعرفون ألا شيء فيها قد تغير سوى شتائمها التي تُطلقها عـادة ضاحكةً!!

226

أرسلت سُمية ابنها ناجي ليخبر محمود الذي يعمل في إحدى صحف يافا أنها وجدت له عروساً، وأن عليه أن يعود: لن أنتظر أكثر من ذلك، لقد أصبح عمره اثنتين وعشرين سنة.

حين وصل ناجي إلى يافا ظهيرة ذلك اليوم، وجد محمود نائماً، فقد كان أمضى الليلة السابقة في مشاهدة مسرحية يوسف وهبي (كرسي الاعتراف) التي امتدّ عرضها حتى الواحدة والنصف صباحاً.

حاسماً كان جوابه: أنا لا أفكر في الزواج. كان سعيداً بيافا والحياة فيها إذ فجأة وجد نفسه في مكان لا ينقصه فيه شيء، فهناك المقاهي والمسارح والأندية الثقافية والفنانون الكبار الذين كانوا يقيمون حفلاتهم ويقدمون مسرحياتهم وشهرتهم تملأ الدنيا من يوسف وهبي ونجيب الريحاني وعلي الكسار ومحمد عبد الوهاب حتى أم كلثوم، وفوق ذلك كله كانت هناك دور السينما التي لا تتوقف عن عرض أحدث الأفلام وأجملها، لكن المفضلة لديه منها كانت سينما الحمراء في مدخل حي النزهة. أما في الأعياد فكان يمضي إلى سينما الشرق التي كان يشاهد فيها أفلام فلاش جوردان ودك تراسي حيث كان باستطاعته أن يحضر ثلاثة أفلام في عرض متواصل مقابل تذكرة ثمنها قرشان.

بكت سمية أمام الأنيسة: كيف لا يفكر بالزواج وهو في هذا العمر؟

- ليكون ابنك ما بينفع للنسوان!! قالت الأنيسة.

- أعوذ بالله.

- ليكون بنات المدن خطفن عقله!

كانت الأنيسة أسوأ نساء الهادية حظاً، حيث لم يدم زواجها سوى ثلاثة أشهر، دون أن يسفر عن أي نتيجة، وأدركوا أن المشكلة في رجلها وليس فيها، حينها بدأ يبتعد عن كل مكان يمكن أن يلتقي فيه بأحد، وحين لم يجد مكانا في النهاية، ذهب بنفسه وتطوّع جنديا في الجيش التركي، ومنذ ذهابه لم يروه ثانية. البعض قال إنه لم يكن ينفع، لكن الأنيسة أسرّت لمنيرة ذات ليلة بحزن: المسكين، لم يكن الذّنب ذنْبه. فقالت منيرة: ولكنني لم أفهم أيضاً. فقالت الأنيسة: الحِزيط ما لوش من اللي للرجال! فشهقت منيرة: أبداً أبداً. فردت الأنيسة: مش أكبر من حبة الفول!!

في الزيارة الأولى له، أجبرته سمية أن يسير معها لتريه عفاف، وحين رآهـا تغير كل شيء. كانت جميلة فعلاً، طويلة ونحيفة وتتهادى في مشيتها بطريقة أجمل مـن ممثلات السينما اللواتي كان يراهن في سينما الحمراء كل يوم خميس.

- ولكنها لا تعرف القراءة ولا الكتابة. قال لأمه.

- لقد تعلّمت في الدير وهي تتحدث باليوناني. إذا سمعتها تتحدث باليوناني ستغيّر رأيك. هل حضرتك تعرف اليوناني؟!

فأجاب بارتباك: لا.

- إذن اسكت!

التفتتْ عفاف نحوهما، كان كل شيء فيه قد تغيّر، وجهـه الـذي امتلأ قليلاً وازداد بياضاً، قامته التي لم تعد تُذكّر بعود القصب، شاربـاه الرفيعـان المشذبان بعناية، ونظارته المستديرة كنظارة طبيب، ابتسمت وقالت: صباح الخير يا خالتي.

- صباح الخير يا حبّة عيني.

كانت ابتسامتها كافيه لتحريك قلب محمود، ابتسامة مضيئة تغمرها خفة دم لم ير مثلها من قبل، وسُمرة صافية تزيد عينيها الواسعتين صفاء.

- إنها صغيرة. وتستطيع أن تُعلّمها بنفسك. قالت سمية.

- هل تعتقدين ذلك؟!

- إذا لم يستطع شاب مثلك أن يُعلّمها فمن يستطيع؟!

في المساء ذهب الحاج خالد لبيت الحاج جمعة أبو سِنْبِل وأخبره بما يفكر فيـه، فقال أبو سنبل: على بركة الله.

في اليوم التالي عاد محمود إلى يافا، ومن هناك اشترى ساعة وخاتماً ذهبياً، حين رأتها العروس طار عقلها، وستظل لـزمن طويـل تمشـي في القرية وهي تنظر إلى الساعة والخاتم كما لو أنها ليسا لها وتتمنّى الحصول عليها.

- إنتِ عاجباني من كل النواحي. بس أريدك أن تعرفي القراءة والحساب بصورة أفضل. أنا أحب القراءة وأشتري القصص والكتب والمجلات، وأريدك أن تقرأي كل ما أقرأه حتى نكون متفاهمين أكثر.

لم يُضع محمود الكثير من الوقت، فقـد بـدأ بتعليمهـا في صبيحة اليوم التـالي، ولكي يُشعرها بأن الأمر أكثر من جدّيٍّ، ترك لهـا مجموعـة مـن المسائل الحسـابية، وقال: حين أعود، أريد أن تكون هذه المسائل محلولة، وهذه القصة مقروءة. اتفقنا.

- اتفقنا!

228

انشغلتْ عفاف بحل المسائل الحسابية وقراءة القصص، سواء أحبت هـذه القصص أم لم تحبها. وذات يوم عاد محمود في زيارة مفاجئة، حاملاً كعادتـه كـل أعداد الصحيفة التي يعمل فيها، والتي صـدرت أثناء وجوده في يافا، نظرتُ للبعيد، ورأت صندوق الكتب والصحف فوق ظهر الحافلة، وعنـدها أدركـت أن المصيبة قد وقعت، لأنها لم تقترب من الأوراق التي أعطاها إياها في زيارته الأخيرة.

اندفعت عفاف تـركض مـن أعـلى التـل إلى أسـفله. في البدايـة استطاعت أن تتجاوز بنجاح عدة سناسل حجريّة تفصل الكروم والبساتين عـن بعـضها بعـضاً، لكن اندفاعها أصبح أقل قوة في النهاية، وهكذا راحت ترتطم بالـسناسل واحـدة بعد أخرى، وكلما اصطدمت بواحدة أحدثتْ ثغرة صغيرة فيها. نظرتْ خلفها وإذا بها قد فتحتْ ممراً عبر السلاسل كلها. كانت تريد الوصول إلى البيت قبلـه، لعلها تستطيع تدارك ما فاتها، لكـن، عبثـا، إذ استطاعت الحافلة أن تـسبقها، وهكـذا وجدت نفسها مع أمرّ وأقسى امتحانات حياتها.

أمسك بأذنها وفركها كما يفعل المعلمون مع الطلاب في تلك الأيام، صرخـتْ، وبدأتْ تبكي، لم يكن الألم هو السبب، بل لأنها لم تتصور أن تُهان إلى هذا الحد.

كانت تغسل له ملابسه وتكويها ، في كل مرّة يزور البلد، كما تعلّمت في الـدير. امتنعتْ عن ذلك.

- ابحث لكَ عن واحدة غيري لتكوي ملابسك.

- هذه اللهجة لم أعتد عليها.

- من يشلع ذاني، عليه أن يعتاد على هذا منذ الآن، وإلا فإنه لن يعتاد.

وفي محاولة منه للردّ عليها أصدر قراراً بفصلها من مدرسته!! وما لبث الأمر أن تطوّر ليكون أول خلاف عميق سيمس علاقتهما في الصميم ويدفعه لمقاطعتها سنة كاملة، لا يُكلّمها في شيء ولا يزورها.

229

صحون سميّة

.. فجأة راح يطالب بالزواج، رضخ الحاج خالد لطلبه زوّجه قبل محمود، ولم يكن هذا لائقاً، حيث على الكبير أن يتزوج أولا ثم يأتي بعد ذلك دَوْرُ الأصغر فالأصغر.

حين تتذكر سميّة ذلك اليوم تغرق في ضحك يُسيل دموعها.

أمسك ناجي عدداً من الصحون وبدأ بتكسيرها، انتبهت، نهضت بسرعة محاولة التقليل من خسائرها المحتملة، سألته: في حد مستحي طلب منك تعمل اللي خجلان يعمله؟!! ثم فكرت في جملتها، فأضافت: محمود إله خطيبة أصلاً، ليكون مستحي يقول زوجوني؟ وإلّا ليكون موسى؟!!

اندفع يحطم الصحون أكثر فأكثر.

صرخت: يا حاج خالد. إلحقني.

كانت قد أحاطته بذراعيها القويتين، وفي يده أحد الصحون: أتركي، وإلا سأكسره. كان يهددها.

نظر الحاج خالد فرأى الحطام يغطي الأرض.

- شو في؟

- إلْحَقْ أولادك، خجلانين يقولوا بدنا نتجوّز، وبيطلبوا من ها المفعوص يكسّر الصحون. ثم تلتفت إلى ابنها وتشد عليه: ولك يا مفعوص مين اللي طلب منك تعمل إللي بتعمله؟!

- أنا!!

- مين؟

- أنا. أنا اللي بدي أتجوز!!

- إنت؟!!

أرخت سميّة يديها فانطلق يركض بعيداً عنها، ظهره للحائط، والصحن في يده.

– أكسره والّا بتجوزيني؟!!

وكما لم تضحك في أي يوم من الأيام، راحت تضحك، وتضحك. وما هي إلا لحظات حتى كانت عدوى الضحك تطوّح بالحاج خالد. لكنه عندما وجد القدرة في نفسه على أن يوقف الضحك، لم تستطع هي، فعاد يضحك، توقف ثانية، ولم تتوقف، وعندها أدرك أن سمية في طريقها للجنون.

حين توقّف ضحكها أخيراً رغما عنها، بسبب ذلك التشنج الذي أطبق على فكّيها، لم تستطع نطق كلمة واحدة لمدة ثلاثة أيام. وحتى لا تعود ثانية لعذاب الضحك ذاك، لم يجد الحاج خالد وسيلة أفضل لإنقاذها، سوى أن يُحكِم إقفال فكيها بربطهما وقمة رأسها معاً.

في اليوم الرابع حلّت العقدة بنفسها، ولكنها بدل أن تضحك راحت تبكي، وحين قال لها الحاج خالد: كنا تعبانين من الضحك، شو اللي ناوية تعمليه فينا بالعياط؟ فقالت له إنها كانت تنتظر أن تكمل فرحتها بمحمود فإذا بناجي هو الذي يريد أن يتزوج.

– يا مرا محمود خطب، والمهم أن تزول هذه الغيمة التي بينه وبين خطيبته، حتى لا يفاجئنا بطلب الزواج من سواها!!

– يا خوفي ها الحكي يصير؟

– لماذا لا يصير إذا بقيا على هذه الحال؟

– إلّا هذا!!!

**

خضع الحاج خالد كما خضعت سمية، ولكن الخوف عاد ليطرق القلوب من جديد، حين سألت سمية: وهل قال لكِ ناجي من هي منحوسة الحظ التي يريدها؟

عند ذلك ابتسمت فاطمة ابتسامتها الخبيثة التي يعرفونها، والتي لم تفارقها حتى بعد زواجها.

– قبل أن توجعك ابتسامتك، من الأفضل أن تخبرينا باسمها.

– وأنا شو عرّفني!!

231

كانت فاطمة، التي سكنت في بيت جديد مجاور لبيت أبيها، تعرف أنـه يـذهب إلى حارة الحاج صبري النجّار، وأن كل غياب له عن هنا، يكون حضورا هناك. حاولت أن تستدرجه أكثر من مرة، لكنه رفض أن يعترف، راحت تراقبه، وعندما رأت أنه يطوف حول بيت سالم الدّقر، عادت تلطم خديها وهي تصيح: أي واحدة إلا هذه الهبلة!

فتسألها أمها: ومن هي الهبلة التي تتحدثين عنها؟

في النهاية اعترفت لها فاطمة: الهبلة!! خديجة!! بنت سالم الدّقِر!!

- يا خراب بيتك يا سمية. الهبلة بنت سالم الدّقر!!

***

حين عاد ناجي بعد غياب طويل، وجد الجميع بانتظاره، وإلى جانب الحاج خالد جلست سمية وقد جمعت كـل مـا لـديها مـن صحون يمكـن أن تُكـسر في حِجرها.

- تعال يا خوي، يا حبيبي، كَسّر الصحون كما تريد. أمّا أن أزوّجـك مـن خديجة الهبلة فهذا لن يكون.

- ومن قال إنني أريد أن أتزوج من خديجة الهبلة؟

- ولماذا تحوم طوال الوقت حول بيتهم وتفضحنا؟ سأله الحاج خالد.

ارتبك قليلا، فصرخت فيه سمية: اتفضّل فهّمنا.

قال: كنت أريد مهرتهم الشهباء.

- يا خراب بيتك يا سمية. بدك تتجوّز مهرة عن حق وحقيق؟!!

- أريد أن تشتروا لي إياها.

- ولماذا لم تقل لنا اشتروا لي إياها.

- خفت أن ترفضوا.

- تقوم تكسر الصحون، صحوني يا ضلالي! صرخت فيه سمية.

- خفت ترفضوا وأنا بحبها!

- بتحبها. شو بتحبها، يعني المهرة؟! إنت صاحي وإلا انجنيّت.

صرخ في النهاية: بالمليح، بالعاطل بدي إياها.

- آخ. قالت فاطمة.

- آخ في عينك. قالت لها أمها. أهذا وقته؟!!

- إنها توجعني. ابتسامتي توجعني. قالت فاطمة.

232

- والله إنت السبب، تعرفين من البداية ولا تخبريننا. وبّختها سُميّة.

***

أرسل الحاج خالد في طلب محمد شحادة، قال له: اذهب وأسأل سالم الدّقر عن الثمن الذي يريده لهذه المهرة. وحين عاد قال: هذه المهرة ليست للبيع.

- ما الذي يعنيه حين يقول ليست للبيع؟ هكذا أخبرني.
- قال هذه مهرة خديجة، وحين يأتيها النّصيب ستخرج إلى بيت زوجها على ظهرها!!
- وما الذي يقصده بذلك؟
- لن تكون المهرة إلا لمن يتزوج البنت!!
- لهذا سمعتهم يقولون إنه يدللها أكثر من ابنته، إنـه يعـرف إذن أنـها بـاب المستقبل لهذه الهبلة. قال الحاج خالد.
- هذا ما جاءكم..

***

- يرضيك نتبهدل بهذه الطريقة، ومع مين، مع عشيرة الحاج صبري النجّار؟ قال له والده.
- لا يرضيني ولكنني أريد تلك المهرة.
- وهل تعرف ما هو شرطهم؟
- أعرف.
- وهل ترضى أن تتزوج خديجة الهبلة؟
- ليست هبلة كثيراً!!

عندها أطلقت سمية ولولاتها، وراحت تنوح وتجوح: الولد إنجن.

- أريدها، يعني أريدها. بخديجة أو دون خديجة.

***

حاول الحاج خالد مرّة بعد أخرى. أرسل لسالم الدّقر: أطلب ما تريد. فرد سالم: في هذه القضية ليس هناك سوى جواب واحد.

- وما رأيك بأن نشتري لك مهرة أفضل منها؟ قالوا الناجي.
- هذه المهرة يعني هذه المهرة. رد.

***

233

كان ناجي يظن أنه وقع في حب الكحيلة، لكن ذلك كان مجرد وهم، فما إن رأى الشهباء تطأ أرض الهادية، حتى تحوّلت الكحيلة إلى كائن غير مرئي، كائن لم يكن، ولن يكون.

نحل ناجي، لم يعد يقرب الطعام، انكمش فأصبح بنصف حجمه الـذي كـان. تأملته تمام بحزن، لم تعد فاطمة تبتسم، وصمت الحاج خالد طويلا فلم يعـد يكلـم أحدا، وذات مساء اقتربت سُميّة من زوجها وقالت له: خاف الله إني كنت أهبل منها قبل أن تتزوجني!!

- ما الذي تقولينه يا امرأة؟!!

وحيّره أنها امتلكت الجرأة على إعادة جملتها من جديد.

- خاف الله إني كنت أهبل منها قبل أن تتزوجني!!

***

لا أحد يعرف سرَّ ما حدث، فقبل أن تنتهي أيـام خطبتهـا، كانـت خديجـة قـد أصبحتُ شيئاً آخر تماماً، حتى قيل: إن فقدانها الأمل بالحصول علـى عـريس، كان سبب هبلها، أما وقد تحقق الأمر فخديجة اليوم، غير خديجـة الأمـس أبـداً؛ في حين أرجع كثيرون سبب هبلها إلى كثرة البيض الذي كانت تأكله!!

لكن ما أوشك أن يبدد عقلها من جديد، فهو ذلك الشّغف الذي يبديه العريس لرؤية الشهباء، أكثر مما يبدي من شغف لرؤية العروس.

ما إن يجلس حتى تذهب عيناه للبحث عن مهرته، وحين نادت أم خديجة طالبة منها الدخول في أول زيارة لهم: لا تخجلي يا عروستنا. تعالي. توقع ناجي أن تـدخل الشهباء من الباب، لا خديجة.

أفول الشهباء

- أفضل ما في الزمن أنه يمرُّ بسرعة، وهذا أسوأ ما فيه أيضا. قال الحاج خالد.

لكن ناجي لم يفهم كلمات أبيه.

حين خرجت خديجة على ظهر مهرتها. لم تكن الأرض تتّسع لفرحة ناجي، الذي انتابه ذلك الإحساس العميق: ستكون الشهباء لي. في حين كانت التغيّرات الكثيرة التي طرأت على خديجة قد أزالت حِدَّة ذلك الارتباك الخجول الذي أطاح بالحاج خالد طيلة فترة الخطوبة.

- لم أخطئ حين بقيت مصرَّة على أن أسميه ناجي. قالت سمية.

***

بعض فترات الخطوبة كانت تستمر لسنوات طويلة، الحاج خالد اكتفى بسنة عمرا لخطبة ناجي.

لكن ناجي الذي راح يتفلّتُ من نفسه للوصول إلى الشهباء، قلَبَ الحسابات كلها. ولذا بات على الحاج خالد أن يختم الفصل بكلمة قاطعة، اعتصر جبينه بأصابع يده اليسرى وهو يحدّق في ولده وقال: الزواج لن يكون في موعده الـذي حددناه!

ارتبك ناجي، أوشك أن يُغمى عليه وسط الرجال في المضافة. حيث يجتمعون كل ليلة هناك.

- الزواج سيكون قبل موعده بتسعة أشهر. أوضح الحاج خالد.

عادت الحياة تجري في شرايين ولده، وتدفّق الدم ثانية إلى وجنتيه.

***

من جميع الجهات جاء الناس، لحضور العرس، ولم يترك الحاج أبو سـليم والـد زوجة الحاج خالد الأولى (أمل) هذه المناسبة تمر، جاء مـن القـدس، قـال للحـاج

خالد: لا أعرف لماذا يتابني ذلك الحس الغريب منذ أن سمعتُ بأنك ستزوج أحد أبنائك، بقيت أشعر طوال الطريق أنه حفيدي وأني قادم لتهنئة ابنتي!

- الله يرحمها. قال الحاج خالد. وأعاد ثانية: الله يرحمها. أنت تعرف أنني بمثابة ولدك وسيظل أبنائي أحفادك.

- الله يرحمها، لم يكن اسمها أمل فقط، كانت الأمل.

***

حملت النساء والصبايا طعام العرس فوق رؤوسهن، باتجاه المضافة وهن يغنين:

يا زريف الطول	ومن هونا مَرَقْ
ورقبتُه شبرينْ	من تحت الحَلَقْ
والصدرْ بستان	وجبينه حَبَقْ
لو نادى من بعيد	قلبي بيسمعه
يا زريف الطول	ما احلى طلَّتُه
والشَّعر لِشُقَرْ	عا الصَّدر دَلَّتُه
لو شافِك لمجوَّز	طلَّقْ مرته
ويضيع إف ها البر	وعقلُه مش معه

وبقين يغنين على أبواب المضافة حتى أنتهى الرجال من تناول طعامهم، كما يحدث دائماً.

كان العرس للبلد كلها، ولذلك كان الطعام كافياً للجميع.

***

الشيء الذي كان يخيفهم حصل.. فقبل أن يتناول طعام العشاء المعدّ للعروسين، وقبل أن يُتمَّ ليلة زفافه، قال ناجي لخديجة: سأخرج قليلا وأعود. موحيا إليها أنه ذاهب لقضاء حاجة مُلحَّة!!

فاجأته أمه أمام الباب وأم خديجة اللتان تنتظران نتائج ليلة الدُّخلة: على وين إنشا الله!!

- سأقضي حاجة!!
- أهذا وقته؟!! قالت له سُميَّة من بين أسنانها.
- يا خوفي... قالت أم العروس، وقبل أن تُكمِل قاطعتها منيرة.
- لا اطمئني!!

انسلَّ من بينهما وغاب.

236

‑ كانت الهادية لم تزل تتندر بحكاية زواج البرمكي من زوجته، فقـد تزوجهـا وهو في الحادية عشرة من عمره، وفي ليلة العرس قـال أريـد هريسة، وأصرّ علـى ذلك، لن أدخل مع العروس إلا إذا أحضرتم لي هريسة، فذهبوا الیلا يبحثون عنهـا في الرملة وعندما عادوا ظهيرة اليوم التالي وجدوه ينتظر الهريسة، لكن ذلك لم ينفـع أيضا، فقد ظل يلعب في الحارة إلى زمن طويل. وحين كانت تعـود بـه مـن مكـان بعيد، ينام على كتفها لفرط التعب؛ وفي إحدى المرات دقّ أحـدهم البـاب وسألهـا: أين رجل البيت، وكان نائماً على كتفها. فردّت: إنه نائم. هل تريد أن أقول له شـيئا عندما يصحو؟ إلا أنه حين تذوق (هريسة) عروسه بعد ثلاث سنوات قـال: الله. إنها أطيب من الهريسة!!

راح قلب سمية يتقافزُ ما بين قدميها وحنجرتها. أحسّتْ أنه تـأخّر أكثـر مـا يجب، كل ثانية تمرّ كانت في نظرها غياباً كاملاً.

تركتْ أمّ العروس في مكانها وقالت: لحظة وأرجع لك!

سارت إليه واثقة من أنها لن تجده إلا في مكـان واحـد، وصلتـه. كـان يحتضـن رأس الشهباء ويقبل وجنتها.

‑   يا خراب بيتك يا سمية. ما الذي تفعله؟

‑   جئت أراها.

‑   وتترك بنت النـاس تنتظـرك هنـاك. اذهـب قبـل أن ألمّ النـاس عليـك. يـا فضيحتك يا سمية!! راحت تقول لنفسها.

***

الشيء الغريب الذي حدث بعد ذلك، أن ناجي الذي تذوّق حـلاوة جديـدة لم يكن يتصوّرها، لم يعد يغادر البيت، انزرع في الفِراش وتشبّث به كمـا لـو أنـه أحـد خيوطه. لم يكن يظن أن هناك عالما مثـل هـذا، عـالم خديجـة التـي تفتّحـت كـوردة وراحت تزوم كأنها الشهباء بدلاً من تتقبله سمية، ولولا أن خديجة عروس جديدة لأسمعتها كلمتين ناشفتين.

لم يعد يرحم نفسه، لم يعد يرحمها. باتت قدماها تتأرجحان، كقدميه، كلمـا حـاول قطع المسافة بين غرفه والغرفة الطويلة التي تتناول فيهـا العائلـة طعامهـا مجتمعـة. وبعد أقل من ثلاثة أسابيع قالت له خديجة: لماذا لا تذهب لتطمئن علـى الشـهباء!! وظلت تردد عبارتها تلك إلى أن حفيَ لسانها. وبعـد انتهـاء الشـهر الأول أسرّت

العروس لأمها، فقامت الثانية وأسرّت لأمه: يا سمية يا حبيبتي البنت مش حديد!!

– أنتِ تعرفين، شباب!!
– يا حبيبتي شباب، مش شباب، بقول لك البنت مش حديد!!
– سأجد حلاً لهذا.

***

مرّ سرب من طيور الدّوري على ارتفاع منخفض، تابعته سُمية حتى اختفى، أخذتْ نفسا عميقاً، وراحت تتأمل كل ما حولها، أدهشها أنها منذ وقت طويل لم تلحظ شجرة البرتقال. كيف يحدث هذا؟ سألت ولم تستطع أن تجيب. ارتفعت بنظرها إلى الأعلى من جديد متوقّعة مرور سرب آخر، لكن السماء النحاسية ظلت خالية، التفتت إلى ناجي وقالت: تعرف يا ناجي يا حبيبي، لقد أعطوك المهرة والعروس، وهم يقولون الآن، ما دمتَ رضيتَ بالعروس، فلتُعد لهم الشهباء التي لا تلتفت إليها. مهرتهم غالية عليهم كابنتهم، وإذا لم تنتبه فسيأخذونها منك، قلتَ نعم أو قلتَ لا.

– وبأي حق يستطيعون أخذها؟
– لأنك تهملها، ولن يمضي وقت طويل قبل أن تموت بسبب الإهمال.
– هكذا إذن!
– نعم، هكذا إذن.
– خلاص. أعيديها إليهم!!

فقدت سمية هدوءها دفعة واحدة: إلّا هذا! هل جُننت؟ ماذا سيقول الناس. ناجي ابن الحاج خالد لم يستطع أن يقوم بواجبات مهرته. يا عيبك.

***

لكن الأمر تغير حين وجد ناجي أن عليه أن يعول بيته بنفسه، وأنه لم يعد ذلك الشاب الذي يسير حرّاً بأكتاف خفيفة.

قال له الحاج خالد: الحمد لله. مبارك هو البيت الذي يخرج منه بيت. وظل يرددها حتى أدرك ناجي أن الزمن تغير.

لكن الشهباء لم تعد تتربع على ذلك العرش الذي تربّعت عليه ذات يوم.

238

سحابة سوداء

من بعيد رأوا ذات نهار سحابة سوداء تتقدَّم، لم يسبق أن رأوا مثلها مـن قبـل، واحتاروا: هل هي عاصفة أم غمامة؟

اقتربت، أصبح باستطاعتهم أن يسمعوا صوتها، اقتربـت مـن الأرض أكثـر، أصبح بإمكانهم أن يروا سماء صافية فوقها، تصاعد صوتها أكثر فأكثر، صاح محمد العسيليني: جراد يا ناس.

هبوط الجحيم على الأرض كان يمكن أن يكون أرحم؛ في لحظات اختفى كـل شيء، في لحظات فقط، تحت ذلك اللون البني المسوَد لملايين الجراد. مـن كـل اتجـاه اندفع الناس يحاولون تحقيق معجزة لا يمكـن تحققهـا، صرخـوا، طرقـوا الأواني ببعضها البعض، لوّحوا بقمصانهم، لوّحت النساء بأغطية رؤوسهن، تقافز الأولاد محاولين سحق ما استطاعوا بأرجلهم العارية، وعندما هدَّهم التّعب وأدركوا عبثية محاولتهم، جلس كثير من الرجال يبكون حقولهم وبساتينهم.

***

قبل وصول الجراد، كانت الحكومة البريطانية قد أرسلت رجال الضرائب في كل الاتجاهات، كان الزرع قد نضج، سألوا كل صاحب حقل عن مساحة أرضـه المزروعة، حددوا قطعة صغيرة، مساحتها مائة متر مربع، ، حصدوها، وأخرجوا منتوجها، ثم اعتبروه مقياساً لحساب منتوج كامل الأرض.

حين عاد موظفو الضرائب بعد أسابيع، وبدأوا بتحديد الضريبة المترتبة على كل صاحب حقل، أدرك الناس أن المصيبة قـد وقعت، إذ لم يكـن بين أيـديهم شيء، فاضطر البعض لإخراج محصول السنة السابقة من المطامير ليدفع ما عليه، ومـن لم يكن لديه قمح ومعه نقود، اضطر للذهاب لشراء القمح من السوق. كانت شركـة ستيل البريطانية تشتري رطل القمح بستة قروش وستة مليم في حين تبيعه لصاحبه إذا ما احتاجه بثمانية عشر قرشاً.

- من لا يدفع سنصادر أرضه.

كان فايز ابن العزيزة يعرف أن كلَّ ما يملكه هو طن قمح وطن ذرة، قال لأمه قفي بباب البيت، وإذا ما حاول موظفو الحكومة الدخول قولي لهم إن هناك امرأة تلد في الداخل!!

ذهبوا وعادوا وذهبوا مرة أخرى وعادوا، دون أن تسمح العزيزة لهم بالدخول.

عصراً عاد فايز من قرية (كزازة) بعد أن اشترى طن قمح بثمانية عشر جنيهًا وطن ذرة بالسعر نفسه.

عاد موظفو الحكومة، فأخذوا ما اشتراه وما كان في البيت، بعد أن قدّروا ثمـن الطن الذي اشتراه بسبعة جنيهات لا غير.

- كان همّنا الوحيد هو ألا تضيع الأرض.

في ذلك العام أدركوا أنهم عادوا إلى الوراء عشر سنوات. وأصبح على الرجـال أن يفتشوا عن لقمـة عيشـهم خـارج حقـولهم وبـساتينهم وبيـاراتهم، سـمعوا أن الإنجليز بحاجة للعمال لأنهـم ينوون بناء معسكر في (وادي الـصرار)، انـدفع الكثيرون منهم إلى هناك.

***

بين الحرائـة والحصـاد تراكضت الأيـام وبـات موظفـو الـضرائب ينتظـرون المحاصيل على البيادر قبل وصولها للبيوت. وزاد الأمر سوءاً قيام الحكومة البريطانية بوضع يدها على كثير من أراضي القرى المجاورة. أحاطتها بالأسـلاك الشائكة، امتلأ الفضاء بضجيج الآليات ودخانها الأسود الذي لم يروا سحابا أسود مثله، وقبل أن تنتهي أسئلتهم، التي لم تتوقف، عن سرّ خطوتها الجديدة.

قيل لهم: الإنجليز ينون معسكراً.

- معسكر؟

تدافع أهالي المنطقة باحثين عن عمل لهم، كان الفقر يزداد، وما تنتجه الحقول لا يكفي لاستمرار الحياة..

لم يكن ناجي قد تجاوز السادسة عشرة، قال لأبيه: سنذهب إلى هناك كما يذهب الناس ونعمل كما يعملون.

- وماذا يقولون، ابن الحاج خالد يعمل في معسكرات الإنجليز؟!

- كنت أتمنى ألا أذهب، ولكن للضرورة أحكام يابا.

نظر إليه بحزن: أتريد ذلك فعلا؟

240

- محمود في يافا، وليس هناك غيري وغير موسى. والأوضاع كما ترى!

***

حين وصلوا إلى المعسكر، وضعوهم في صف طويل، جاء رئيس العمال؛ كان يهودياً واسمه أبو الذيب.

بدأ باختيار الشباب الأقوياء، وعندما انتهى استدار عائداً.

- ولكننا جئنا لكي نعمل. قال ناجي.

توقف أبو الذيب في مكانه، يفكر في جرأة صاحب ذلك الصوت. استدار. من الذي تكلّم؟

- أنا. قال ناجي.

- ومن سمح لصغيرين مثلكما أن يأتيا إلى هنا أصلاً؟

- هذا أخي، ولسنا صغيرين، ثم إن لديَّ زوجة لا بدَّ أن أعولها!

- لستَ صغيرا وفهمناها!! ولكن كيف يكون لك زوجة؟!

- يكون لدي زوجة ما دمتُ لستُ صغيراً. لقد قلتها أنت بعظمة لسانك!!

- ذكي!! ولكنك لن تستطيع بذكائك هذا أن ترفع طوبة أو تحفر حفرة.

كان ناجي يبدو أقل من عمره بكثير؛ تأمله أبو الذيب من جديد وقال: كما أننا لا نستطيع أن نأخذ أخوين، باستطاعتنا أن نأخذ واحدا فقط، هـذه هـي سياستنا هنا.

- خذوني إذن. أنا الكبير. قال موسى.

- وهل أنت متزوج؟ سأله أبو الذيب.

- لا.

- إذن سنأخذ المتزوج لأن وراءه مسؤوليات.

***

كانت أصوات الآليات تصمُّ الآذان، ضجة لم يسمعوا مثلها مـن قبـل، أمّـا الغبار، فكان ينطلق سحابات داكنة لا تلبث أن تتجمَّع في سـحابة واحـدة تـصل الأرض بالسماء حاجبةً الشمس تماماً.

إلى إحدى الثكنات التي يتم بناؤها أشار له أبو الذيب أن يذهب، حين وصل قال العمال: وما الذي يفعله هذا هنا؟!

وقبل أن يجيب أحد، ردَّ ناجي: مثلكم، أعمل مثلكم.

241

لا أحد يمكن أن يؤكِّد إذا ما كانوا قد حاكوا مكيدة له أم لا، حين طلبوا منه أن يصعد، وما إن أصبح فوق السقايل حتى قالوا له: خذ.

أمسك بالقفة الممتلئة إسمنتا، ليرفعها، سحبتُه، فإذا بقدميه تتخبّطان في الهواء دون جدوى وقد تحوّلتا إلى جناحين لا نفع منهما، وقبل أن يصل الأرض كانوا قـد تلقّفوه وهم يضحكون.

- سليمة. جاءت سليمة. راح يـردد. واستدار ليـصعد حيـث كـان، لكن المراقب الإنجليزي الذي يتابع العمل ناداه.
- من الذي سمح لك بالعمل هنا؟
- أبو الذيب.

بعد لحظات ناوله ورقة وقال له: اذهب إلى أبي الذيب واعطه هذه الورقة.

- مثلما يذهب المرء حاملا أمراً بقطع رأسه ذهبتُ. قال ناجي لأبيه بعد أيام. لقد نظرت إلى الورقة ولم أعرف ما المكتوب فيها. كان يجب أن تعلّمنا الإنجليزية يا شيخ حسني!!
- كان عليك أن تتعلّم العربية قبلها يا فصيح!

في الداخل، كان أبو الذيب يحتسي الشاي. ناوله ناجي الورقة، قرأها وراح يهـز رأسها: ألم أقل لك. إنك لن تنفع هنا، هل ستحمّلنا دمك أيها المتزوج!!

- أنا أستطيع العمل، ولكن لم أعتد عليه بعد.
- اجلس.

جلس ناجي، فقال له أبو الذيب: صب لحالك كاسة شاي.

صبها. لكنه لم يلمسها. قال له: اشربها.

شربها.

كتب أبو الذيب ورقة وناوله إياها: هل ترى ذلك الشارع الذي يُعبِّدونه؟!! هزَّ ناجي رأس وهو يقول لنفسه: ما هذا السؤال أيظنني أعمى؟!

- وهل ترى تلك المِدَحلة؟!

هزّ ناجي رأسه مرة أخرى، وقال لنفسه: ومن لا يرى مدحلة بحجمها؟!!

- وراء المدحلة هل ترى ذلك المبنى؟!

هزّ ناجي رأسه وهو يقول لنفسه: وكيف لا أرى مبنى كهذا؟

- تذهب إلى هناك، وتُعطي هذه الورقة للخواجا.

ذهب، أعطاه الورقة، قال له الخواجا: اتبعني.

ظل يسير به إلى أن أوصله إلى ذلك الكوخ الجانبي، فتح الباب، قال لـه: هـل تعرف كيف تُشغِّل بابور الكاز هذا؟

- لا، لا أعرف. قال ناجي.
- لا تعرف إذن. وراح يهز رأسه.

قرفص الخواجا إلى جانب البابور، قال لناجي: انتبه لما أقوم به. أشعلَ البابور، أطفأه، أشعله وأطفأه، أربع مرات، ثم التفت إلى نـاجي وسأله: هل تعلمتَ؟!

- نعم تعلمت.
- أشعلْه إذن واطفئه لأرى.

أشعلَه ناجي وأطفأه.

قال الخواجا: خلاص. لقد وجدنا لك العمل المناسب. والآن نريد تجهيز الشاي. تضع الماء إلى هذا الحد في الإبريق، وتتركه حتى يغلي، ثم تضع ملعقة كبيرة من الشاي، وتتركه يغلي قليلا. أما بالنسبة للسُّكر فلا تضع شيئا. كل واحد سيضع كمية السكر التي يريد. فهمت؟!

- فهمت.

- كان ناجي يعرف أن القرية لم تكن تملك قبل افتتاح المقهيـين سـوى بـابور واحد، ولم يكن مهتما في أي يوم مضى ليعرف الطريقة التي يعمل بها، كـان البـابور لعائشة اليازورية، وكان لدى البرمكي كاسات وإبريق لا مثيل لهـا، ولا يمكـن مقارنتها إلا بما تبقّى من صحون جلته منيرة، وفي ليـالي الصفاء النـادرة كـانوا يجتمعون، كنوع من الاحتفال، بابور عائشة مع إبريق وكاسات البرمكي لتكـون تلك السهرة واحدة من سهراتهم العرمرمية التي لا تنسى، في وقت لم تكـن هنـاك سوى كاسات الفخار ومواقد النار. أما من أتيح له أن يزور المدن القريبة فقد كان يعرف أن الحياة هناك (غير شكل)! وكل ما فيها بـوابير. مـن بـابور الكـاز حتـى الكهرباء التي تحيل ليل الشوارع إلى نهار.

بعد ساعة قال له الخواجا: أنت لـن تُمضي الوقـت كلّـه في إعـداد الـشاي لنـا. سأعلّمك شيئاً آخر.

ظلَّ يسير أمامه إلى أن وصل إلى المدحلة، قال له: هذه هي مسؤوليتك الثانية.

ارتبك ناجي: وما الذي يمكن أن أفعله؟

- لا عليك، هذه بحاجة لأن تشرب أيضاً!! ولكن ليس الشاي.

243

في الساعة التالية تعلّم ناجي كيف يضع الحطب فيها لتحميتها، وكيف يـضع الماء البارد في الرديتر لتبريدها.

قال له: كله تمام؟

فأجاب ناجي بسعادة: كلّه تمام.

لكن ذلك الوئام الذي تحقق كاد يمضي إلى غير رجعة، حين وضع ناجي رأسـه في رأس قائد المعسكر كله وقرر أن يتحدّاه!!

244

جسر العاشقين

أحسّتُ سميّة بأن عفاف ستطير من يدها، حاولت أن تصلح بينها، دافعةً أم عفاف للتدخل لإنهاء المشكلة، أمها التي قالت لها: محمود سيكون صحفياً كبيراً، ولن تجدي أفضل منه. يا بنت إعقلي.

لكن عفاف نفسها قررت ألّا تتراجع.

أمام هذا الأمر المفاجئ، قررت سمية استخدام قوى الغيب لحل المشكلة، مهـما كلّفها الأمر. طلبتُ من موسى أن يأخذها إلى مدينة الرملـة، وهنـاك التقـتُ أحـد المشايخ الذي أعدَّ لها حجابا أكد أنه سيحل المشكلة من أصولها.

قال لها: تدفنين الحجاب تحت عتبة بيت خطيبته، وحين تمرُّ العروس من فوقـه، وكذلك أهلها، فإن الشر والغضب وانعدام المحبة ستنقلب إلى عكسها مـع مـرور الأيام.

كانت مهمَّة سميّة الأصعب، هي وضع الخطة الناجحة التي تستطيع من خلالها الوصول إلى العتبة والحفر ودفن الحجاب.

- شو بدك بطول السيرة!!

استطاعت أخيراً وضع الحجاب في المكان المحـدد، بعـد تسـللها ليـلا، والانسحاب بسلام إلى بيتها، حيث ستبدأ بترقُّب النتائج.

ولأن الشيخ كان يريد أن يحلَّ المسألة مـن جـذورها، لم ينس العـريس نفسه: تضعين هذا المسحوق في شاي ابنك، مرة، مرتين، ثلاثا، حسب ما تستطيعين.

***

- الشاي جاهز يا حبيبي. قالت سمية لابنها العائد ليلا متعباً من يافـا، صبيحة اليوم التالي.

- أنا تعبان، اتركيني أنام.

بعد قليل عادت إليه، وأعادت: الشاي جاهز يا حبيبي، شو ها الكسل!!

245

نهض محمود، بحث عـن نظارتـه، وجـدها، اعتـدل في فرشتـه، مُسْنداً ظهـره للجدار، وضعت له الشاي إلى جانبه، امتـدّت يـده، ارتشفَ قليلا منـه، لم يجبّه، وقف، ودلق الشاي في الحوش.

جُنَّتْ سمية، بدأت بلطم خدودها: لماذا تعمل هذا فيَّ؟!

- ما الذي حدث؟! كاسة شاي، إنها مجرد كاسة شاي يا أم محمود!!

وعندما هدأت أخيراً قالت له: خلاص، سامحتك، سأحضر لك شايا جديدا.

- لا. أنا سأُحضِّر الشاي هذه المرة. قال لها.

لكنها أصرت. ذهبت وجهّزت شايا جديداً، حين عادت وجدته يحلِق ذقنه، قالت له: سأضع لك الشاي على حافة النافذة. تشربه براحتك!!

وخرجتْ. لكن عينها كانت تنتظر المصير الذي ستؤول إليه كاسة الشاي.

بعد قليل قفزت إحدى دجاجاتهم إلى النافذة، صرخ بها محمود: كش.

هربت الدجاجة، لكنها أخذت في طريقها كاسة الشاي التي تحولّت إلى حطام.

جلست سمية تبكي حظَّها، ولكي تكتمل مصيبتها على الطرف الثاني من جسر العاشقين، دوّى رعد واشتعل برق، وفي لحظات تحوّلت السماء إلى نهر.

***

كانت القرية قـد خرجت قبل أيـام عـن بكرة أبيهـا، صلّى الرجـال صـلاة الإستسقاء، ودارت النساء والأطفال في الشوارع، طالبين المطر مـن السـماء رحمـة بالأرض وأهلها، أمسكت أم الفار طاحونة يد وراحت تُلقي فيها بعـض حبـات الفول، وأمسكت العزيزة ديكا، ضربته بيدها كي تدفعه للـصباح فـصاح، وكـان الجميع يغنون:

يا ديك يا أبو عرف أزرق   ريتك في المية تغرق
يا إم الغيث غيثينا   بلِّ شيبات راعينا
راحت إم الغيث تجيب رعود   ما جت إلا الزرع طول القاعود
راحت إم الغيث تجيب المطر   ما جت إلا الزّرع طول البقر

تدفّقت المياه في الـشوارع، فـوق الـسطوح، وفـوق الـتلال، التمعـتْ حجـارةُ السناسل كالقناديل في الليل، وبدا الأمر لسميّة حين نظرت إلى الـوادي أن الـسماء تمطر منذ أسبوعين دون توقف.

تذكّرت الحجابَ المدفون تحت عتبة بيت عفاف فتصاعد بكاؤها.

246

- صدقني، كانت السماء أيامها تستجيب لغنائنا أكثر مما تستجيب لصلواتنا هذه الأيام!!

***

خرجت أم عفاف لتفتح قناة الماء الصغيرة كي يسيل الماء الـذي تجمّـع داخـل حوشها خارجاً، حاولت مرة مرتين بالعصا الصغيرة التي في يدها، وفجأة أحسّـت بشيء يعيق عملها، انحنت وأخرجته بيدها، تأملته، ارتجف قلبها، أحسّـت أن الذي في يدها حجاب وأن وجوده هنا ليس مصادفة.

تحت سيل الأمطار المتدفقة راحت تركض إلى أن وصلت بيت الشـيخ حسني، طرقت الباب: خير إنشا الله. راح يردد.

طلبتْ منه أن يقرأ لها ما كُتب فيه، فوجد أسماء عفاف، محمـود، واسمها هـي وأسماء أشخاص مـن عائلتها. رَجَـت الشيخ حسني ألا يقول شـيئاً، ذهبت وأحرقت الحجاب، وبعد أن رأته رمادا، حملت الرماد، ونثرتـه في الـريح، بحيث اطمأنت أنه لن يستطيع أن يقوم بأي مهمة أعدَّ لها.

انتهت مهمة سميّة إلى فشل كامل على الجبهتين.

***

حدّقت أم عفاف في السماء رأت طـيرين يعـبران السـماء، حامـا قليلا في سـماء القرية، وقاما بعدة حركات استعراضية تسحر القلب، هابطين صـاعدين، قبـل أن يواصلا طريقها نحو الغروب. فجأة أحسّت بأن عليها التّحرك: خطيبك جاء من يافا اليوم كما سمعت. وعلينا أن نحل هذه المشكلة.

رفضت عفاف: هو الذي بدأ، وعليه أن يُنهي المشكلة بنفسه إذا أراد إنهاءهـا. لن أنكسر أمامه أبداً!

لكن الأمر تغيّر مع تدخُّل عبد الرحمن خال عفاف، الذي زار محمـود في يافـا في مهمة لا يمكن أن يقال فيها إلا أنها مهمة خاصة: إنها مجـرد بنـت صغيرة، لقد قلتَ بلسانك أنك ستربيها على يدك. لا يمكن أن تكون قاسيا معهـا هكذا، قليل من السياسة سيفيد. ثم مـاذا. لم تحفظ الـدّرس!! هـذه بنـت عليهـا مسؤوليات كثيرة في البيت وتعمل من الليل لليل، وتريدها أن تحلَّ المسائل الحسابية وتقرأ القصص.

غضب محمود وقال له: أنتَ رجعي!!

تشاجرا، وانسحب الخال وهو يصيح: أنا رجعي!! أنا رجعي!!

247

عدة أشهر أخرى مرَّت، وذات يوم وصل محمود إلى الهادية.

طلب منهم أن يخطبوا له إحدى بنات يافا، فقالوا: وخطيبتك؟

- خطيبتي خلاص. انتهى أمرها.

- ومن التي تريد أن تخطبها؟

- بنت، تكتب معي في الجريدة.

- بنت مدينة، وتكتب في الجريدة. صاحت سميّة بفزع.

- وما لها بنت المدينة؟ إنها أفضل من هذه الجاهلة.

- هل أرسلناك لتتعلم كي تعود وتشتمنا كلنا. قال له الحاج خالد غاضبا.

- أستغفر الله. لم أكن أقصد.

* * *

شاع في البلد أن محمود سيخطب بنتا من يافا، وأصرّ أن تذهب أمّه إلى بيت
عفاف وتطلب إعادة الساعة والخاتم والعقد الذهبي. لكنها بدل أن تطلب ذلك،
حاولت أن تُقنع الخطية بأن تفك إضرابها وتعود عن مقاطعتها لمحمود، مقاطعتها
التي طالت أكثر مما يجب، ولأن الأمر أصبح الآن لا يحتمل، فقد أصبح الجميع
يلعبون بالنار!

عند ذلك، قررت عفاف اتخاذ خطوة التراجع الكبيرة من جانبها.

صبيحة اليوم التالي قالت لأمها: يلا نزور دار عمي الحاج خالد!

لم تصدِّق الأم أذنيها، وما إن تجاوزتا عتبة بيت الحاج خالد حتى انتهى كل
شيء. عاد قلب محمود لفوضاه التي تصيبه كلما نظر إلى عفاف، وعادت عفاف إلى
ما كانت عليه، الفتاة التي يفوق جمالها كل ما رأى من ممثلات السينما، وعلى رأسهن
غريتا غاربو، ممثلته المفضلة.

248

عصا الجنرال

قبل شروق الشمس بقليل، كان باستطاعة كثيرين أن يستمتعوا بتلك الفوضى الرائعة التي تُحدِثها العصافير بتنوع غنائها على أغصان الأشجار المحيطة بالمعسكر، تحت سماء ذهبية وفي قلب سكون أبيض سيتبدد بعد أقل من عشر دقائق.

- غود مورننغ مستر غرين. ردَّدها أكثر من عامل عندما مرّ المستر ريتشارد غرين.

لم يكن قد حدث أن رد على تحيتهم بتحية مثلها: كان يواصل سيره بخطى طاووسية، عصاه تحت إبطه، ونظراته التي تتطلّع للأعلى تجعل من يشاهده يظن أن العمال يحفرون ويبنون الدُّشم والمخازن والاستحكامات في السماء لا في الأرض. هكذا وصفه ناجي بعد عودته للهادية في نهاية الأسبوع.

وجد ناجي نفسه مُستفزًا بعد اليوم الثاني.

مرَّ بجانب المستر غرين، ألقى عليه التحية: غود مورننغ مستر غرين. لم يرد.

ابتعد بنياشينه، التي عرفوا فيما بعد أنها من حصاد الحرب العالمية الأولى، كما لو أنه لم ير ولم يسمع شيئاً.

أزعج الأمر ناجي كثيراً، وقد بدأ يظن أن عاملا تناط به مسؤولية وضع الحطب في المدحلة وسقايتها وإعداد الشاي للمُشرفين، لا يجوز أن يتجاهله أحد بهذه الطريقة.

في صبيحة اليوم الثالث، بحث عن عصا، أبصر يد فأس، كان طولها يزيد قليلا عن طول عصا مستر غرين ومحيطها أكبر، رأى ناجي مستر غرين قادما من بعيد، وضع العصا تحت إبطه وسار مقلِّدًا مشية قائد المعسكر، قدماه تعرفان مكانها وتنظمان إيقاعها بشكل مثالي، صدره مندفع إلى الأمام وكأنه يحاول أن يلفت انتباه

249

الناس للنياشين التي تغمره، ونظراته تحدّق في مكان أكثر ارتفاعاً من نظرات مسـتر غرين.

ظلَّ ناجي يسير مباشرة إليه حتى كـاد أن يـصطدم به، وفي اللحظـة الأخيـرة انعطف، دون أن يلقي تحية الصباح. وعلى مدى يومين آخرين، فعل الشيء نفسه.

في صبيحة اليوم الثالث اعترض مستر غرين طريقه: وسأله: ما اسمك؟

- ناجي الحاج خالد.

ابتعد قائد المعسكر، دون أن يقول أي كلمة أخرى، وفي صـبيحة اليـوم التـالي، كان ناجي قد قرر محاذاته حتى يعرف نتيجة عملـه، وإذا بمسـتر غرين يقول لـه مبتسما: غود مورننغ مستر ناجي!!

- غود مورننغ مستر غرين!!

بعد ذلك أحسَّ ناجي أن شروط العمل قد أصبحت أفضل.

**

الشيء الغريب الذي أدهش الجميع أن ناجي راح يتسامق طولاً، أسبوعـا بعـد أسبوع، ولم يدر أحد إن كان ذلك السرُّ يكمن في الزواج أم لا، بل إن بعضهم راح يضرب أمثلة لا يمسّها الشك عن أولئك الذين (فاروا) مرّة واحدة بعد زواجهـم، وعن بنات تغيرن بين ليلة وضحاها. لكن بعضهم أصر على أن ناجي الذي لم يكـن يعمل فيما مضى، كان بحاجة للعمل أكثر من حاجته للـزواج، ومـا إن حـرك قفـاه وبدأ يعمل حتى راحت قامته تمتد وتمتد.

لكن زمنا طويلا سيمرُّ قبل أن يكتشف هو ذلك، ولعل السرَّ في عدم اكتشافه، هي تلك البراءة الغريبة التي ظلّت تسكنه وتشكّل ملامحه، كما شكلت ملامـح أمـه سمّية ذات يوم، ولعل الشبه الكبير بين عينيه وعينيها والطريقة التي تتحرك فيها تؤكدان أن ناجي ابن أمه، وشبيه خاله كما قيل، خاله غازي الذي ابتلعتـه حـرب لم يعرفوا أين دارت رحاها.

أما الشيء الأكيد، فهو أن القروش القليلة التي بـدأ يحملهـا معـه في نهايـة كـل أسبوع، جعلته أقرب إلى رجل منه إلى فتى في عيون الجميع.

كان العمال الفلسطينيون يحصلون على ثلاثة أرباع قرش عن كل ساعة عمـل، ولأن الحظ وقف إلى جانب ناجي، فقد تمّ اعتباره مساعد عامل فني، وبذلك كـان يُمنح قرشاً كاملا عن كل ساعة، في حين كانـت أجرة العامل اليهـودي أربعـة أضعاف ذلك، كما أن السيارات كانت توصل العمال اليهود إلى مدينة تل أبيب مـع

250

نهاية كل أسبوع. في حين كان عليهم أن يسيروا أكثر من ثلاث ساعات على أقدامهم كي يعودوا إلى قراهم.

أما علي الأعرج فقد وجد وظيفة على أكتاف وظائفهم، إذ صار يُحضر لهم صُرّة من الخبز كل يومين، ويتقاضى ثمنها نصف قرش، لكن الزمن الذي راح يسير بسرعة أسفر عن نتائج في النهاية لم يكونوا يتوقعونها، ومن بينها أن ناجي استطاع أن يدخر ويشتري بقرة في النهاية.

* * *

حادثة كبيرة هزت المعسكر ذات صباح، حين اكتشف الحراس أن الأسلاك الشائكة قد قُطعت في أكثر من مكان، وأن آثار عجلات السيارات الكبيرة التي عبرتها لا تخفى.

فتح تحقيق كبير، تم خلاله استجواب الجميع، وعندما انتهت نتائجه إلى الصفر، وتبادل فيه الفلسطينيون واليهود التّهم، توترت الأجواء ونصب كل طرف منهما فخاخه للطرف الآخر.

كان المعسكر يضمُّ عددا من رجال البوليس الفلسطينيين.

- صباح الخير. حيا ناجي الشاويش الفلسطيني قرب أحد مخازن الأسلحة.
- صباح الخير. رد الجندي.
- أنا اسمي ناجي.
- وأنا اسمي عيسى.

بعد أيام مدّ الجندي يده بسيجارة لناجي.

- أنا لا أدخن.
- لا بأس، لا بأس أن تجرب.

من بعيد أقبل أبو الذيب، ظل يسير حتى وصلهما، طلب سيجارة من عيسى، فردّ: ليس معي.

- ليس معك!! إذا لم تعطني سيجارة الآن فسأذهب إلى الضابط الإنجليزي وأخبره أنك تدخن أمام باب مستودع الذخيرة.
- هكذا إذن!! تمهّل لترى ما سأفعله.

أطلق عيسى صفارته فجأة، فاندفع الجنود من كل جانب بينادقهم. وكان عيسى يصيح: حرامي. حرامي. وهو يوجه بندقيته إلى صدر أبو الذيب الذي وقع مصعوقا تحت ثقل المفاجأة.

251

بدأ الجنود بتوجيه الضربات إليه مـن كـل جانـب، وحـين وقـع أرضـاً بـدأوا يركلونه ببساطيرهم الثقيلة بلا رحمة قبل أن يعرفوا من هو.

ولم يكتف الجنود بذلك، إذ يبدو أن ما طالهم من عقاب بسبب اخـتراق أسـلاك المعسكر قد جعلهم ناقمين على الجميع، فاندفعوا يضربون كـل مـن في المكـان مـن العمال.

بعد أن تعب الجنود! ساقوا الجميع أمامهم إلى أكثر من مكان.

في خيمة الحراسة وجد ناجي نفسه مع داوود العمايرة. نظر ناجي فوجد سريرين هابطين، مضى نحو أحدهما وجلس، وما كاد يفعل ذلك حتى فاجأته صرخة أحـد الجنود الإنجليز: انهض.

فوجد نفسه يقفز من مكانه، وقد أحسَّ بأن الأمر كبير.

قال أحد العمال الـذين أحسوا بـالخطر: أنتم لا يهمكم شيء، أمـا أنـا فـأهلي بعيدون، وليس معي أحد هنا سوى ابني الذي لا يعرفون أنه ابني!!

- وهل تعتقد أنهم سيعدموننا؟!! سأله ناجي.

فضحك العمال.

بعد قليل ساقوا الجميع إلى الساحة، وحضرت سيارتا شحن كبيرتان.

صاح المستر كاراميل، المسؤول الأمني: صُفُّوهُم.

فانتظم الجميع في صف طويل.

اقترب كاراميل من أحد العمال وقال له: ألم أطردك في السابق بعد أن أمسكتك تدخن السجائر هنا.

- نعم، لا!!
- من الذي أعادك إلى العمل؟
- لقد عدتُ وحدي.

أشار إلى جنديين أن يمسكاه وبدأ بتوجيه اللكمات إليه حتى سـقط أرضـاً، ثـم أمسكه أربعة جنود مـن أطرافـه ولوّحـوا بـه، ثـم تركـوه يطـير في الهـواء لـيرتطم بصندوق الشاحنة.

حدّق مستر كاراميل في وجوه العمال وقال: واحد، واحد، إلى الشاحنة!!

كان عليهم أن يمرّوا بين صفين من الجنود، وعندما وصل العامل الأول إلى منتصف ذلك المضيق انهال الجنود عليه بعصيّهم دون رحمة، وبصعوبة استطاع

252

الوصول والقفز إلى صندوق الشاحنة، أما الثاني فقد سقط أرضاً فحملوه وطوّحوا به. طار في الهواء واستقرَّ إلى جانب الأول.

لم يصمد الكثيرون أمام ضربات يتطلب الإفلات منها معجزة حقيقية.

أدرك ناجي أنه سيموت إذا ما تعرّض لكل هذا الضرب، فقال لمن إلى جانبه، سأطير إلى الصندوق طيرانا قبل أن يلمسني أحد. وطار فعلا. استطاع اختراق صفّي الجنود، دون أن ينال أي ضربة، ولكن ولفرط سرعته، ارتطم جبينه بالصندوق فارتد جسده إلى الوراء، وإذا بدمه يفور من جبهته كينبوع. استغل بقية العمال فرصة انشغال الجنود به وراحوا يتقافزون إلى الصندوق من كل جانب.

* * *

تم احتجاز الجميع حتى منتصف الليل، وبعد تحقيقات لم تصل إلى شيء، قال مستر كاراميل: أنت الذي عدتَ بعد أن طردتك ستبقى محتجزاً هنا. أما أنتم فستعودون الآن إلى منازلكم.

- الآن. سأل ناجي.

- الآن. رد مستر كاراميل. أم تريد أن أحبسك معه؟

حملتهم السيارة التي جاءت بهم وألقتهم أمام واحد من أبواب المعسكر.

- إلى منازلكم. هيا، اذهبوا. صاح أحد الجنود الإنجليز.

وما كادوا يبتعدون مسافة خمسين متراً إلا وسمعوا عواء، ولم يكونوا يخشون أكثر من كلاب الحراسة تلك التي اندفعت خلفهم، فراحوا يركضون في ذلك الليل وسط دوائر الضوء التي سُلّطت عليهم ويتعثرون برعب كلما أحسوا بأن الكلاب على وشك اللحاق بهم.

* * *

إلى النقطة التي بدأوا منها، عادوا من جديد، فانتشروا باحثين عن وظائف جديدة في تلك المشاريع التي كانت بحاجة إلى عمال، من شركة سكة الحديد إلى مصلحة البريد، ووصل الأمر ببعضهم أن تحوّلوا إلى عمال في الموانئ.

253

المناديل

لم يكن ذلك متوقعاً أبداً: أن يرفض محمود امتطاء الفرس.

قال: لن أركبها تحت أي ظرف. ومهما حصل!

حاولوا أقناعه أن لا معنى للعرس دون زفة العريس، وأن إصراره على ذلك فيه مساس كبير به وبعائلته.

رفض، زمّ عينيه الصغيرتين، شد قامته، وحدّق في السماء كما لو أنه يُغطي وجهه بها بعيداً عن أعين الناس، فانعكس ضوء الشمس على زجاج نظارته بقوة. الطول لا ينقصه أصلا، هكذا كان يحسّ، فلماذا يكون بحاجة لظهر فرس؟ ولم يكن هنالك في العائلة من هو أطول منه، حتى بدا للجميع أنه استولى على ميراث عمته الأنيسة كله في هذا المجال.

: سأسير خلف الفرس، أمام الفرس، أمام الزقّة، خلفها، لا يهم، هذا أقصى مـا يمكن أن أفعله!

– هل ذهبتَ إلى المدينة لتعود وتُلغي عادتنا؟ قال أحدهم.

ودون أن ينظر إلى مصدر الصوت، قال محمود: لن ألغي شيـئاً. تـستطيعون أن تفعلوا ما تريدونه، أما أنا فلي فكري الخاص!

– فكرك الخاص أم فضيحتك الخاصة؟ قال له أبوه.

مالت جدته منيرة نحو الحاج خالد وقالت له: يا ولدي كبّر عقلك، أتركوه على راحته، في زمناتي رفعت الغطاء عن وجهي في العرس أمام العريس، فماذا حصل؟ هل خربت الدنيا؟ أظن أن الولد طالع لجدته!!

– ابني الكبير، يفعل ذلك، أيـن يمكـن أن أواري وجهـي بعيـداً عـن أعـين الناس؟

– كما قلت لك. لن تخرب الدنيا، ولكن إذا أجبرته على ذلك ستخرب. الولد راسه مثل الحيط.

254

- سأترك العرس وأعود من حيث أتيت. هذا كلامي الأخير. قال محمود.

كان الناس غاضبين، وما إن وصلوا الساحة الصغيرة الموجودة أمام بيت العروس، حتى تعقّد الأمر أكثر.

لم تُطلّ العروس كما هو متوقَّع، وطال انتظارهم.

كانت عفاف تقول لأمها: علينا ألّا نتأخر أكثر. وأمها تقول لها: أسكتي، لـن تخرجي قبل وصول خالك.

لم يكن باستطاعة عفاف أن تخرج دون رضا خالها، إنها العـادات التـي لم يكـن هناك مجال لكسرها مرتين في عرس واحد، خالها الذي كان غاضباً بسبب ما سمعه من محمود من كلام قاس.

ذهب محمد شحادة، إيليا راضي، الختيار جمعة أبو سنبل، رجـوه أن يـأتي معهـم لحل المشكلة؛ رفض.

نصف ساعة طويلة، كشهر مرَّت عليهم أمام باب العروس.

- إذا لم تخرج العروس الآن، سأعود فوراً إلى يافا.
- أسكت. قال له الحاج خالد. على الأقل البنـت تفكر بخالهـا ولا تريـد أن تجرحه كما فعلتَ بنا.

قالت زوجة الخال: أنا سأذهب إليه.

كانوا يعرفون أنه يحبها وأنه ترك البلد من أجل سواد عينيها ليستقر نهائيـا في يافا.

دخلت عليه، كان أشبه بطفل حردان يجلس في الزاوية.

- ولو يا عبد الرحمن!! تـترك ابنـة أختـك الوحيـدة تنتظـر في يـوم عرسها. اقتربت منه، قبّلت رأسه، وجهه، رفعتُ رأسه وحدَّقت في عينيه: أليـس لـي خـاطر عندك؟!

هزّ رأسه، نهض، أمسكه من يده، وسارت به نحو البـاب، بعـد لحظة عـاد: انتظري قليلا.

دخل وخرج بسرعة. رأوه معها، فأدرك الجميع أن بنات المدن لا يصعُب عليهن شيء!

امتدت يده إلى جنبه، أخرج مسدساً وراح يطلـق الرصـاص في الهـواء. كانـت أحاسيسه مختلطة بالغضب والفرح والاحتجاج والانتقام، وظلَّ يطلق الرصاص في الهواء حتى عتبة بيت العروس.

توقف لحظة، أعاد المسدس إلى خصره، استدار باتجاه الناس الـذين تـصاعد غناؤهم أكثر فأكثر، ودون أن يقول أي كلمة اختفى داخـل الحـوش، وبعـد قليـل ظهر مع العروس التي وضع عليها عباءته.

***

بعد الغداء تقدّم العريس أمام الحمدانية التي تـم تزيينهـا، وبعـد قليـل أطلت العروس فوق جمل لا يظهر منها شيء.

راحوا يدورون بهـا مـن شـارع لـشارع وسـط الأغـاني، وقـد وضِـعَ (جهـاز) العروس على طبق من القش حيث تتناوب النساء حملـه فـوق رؤوسـهن وهـن يرقصن، وكلما تقدّم العرس كان يقترب أحد الشباب ويعقد منديله في رسن الجمل وهو يقول: هذه محرمة هاشم شحادة. ثم يأتي شـاب آخـر فيـربط منديلـه بمنديـل الأول وهو يقول: هذه محرمة سعدي يونس، وهكذا يتواصل الأمر.

تكاثرت المناديل حتى غدت حبلا طويلا.

وفي اللحظة التي أحسّوا فيها أن أحداً لن يـربط منديـلا جديـدا، بـدأ الخـلاف بينهم، أيهم أحقُّ بتقديم عشاء العروس في تلك الليلة. اختلفـوا، عـلا صياحهم، اقترح أحدهم أن يذهبوا لشخص يحكم بينهم. وعادة ما يكون القاضي واحدا مـن كبار السن الذين يعرفون أدقّ تفاصيل البلد.

– كان الشباب هم الذين يتدافعون لطلب هذا العشاء، مدفوعين مـن آبـائهم، بهدف زرع الجرأة فيهم وإثارة الشهامة.

ووقفوا أمام الشيخ حسني. قالوا: أحكم بيننا يا شيخ. وبدأوا بعرض حججهم.

– أريد أن آخذ عشاء العروس وأنا دخيل عليك، محرمتي هي الأولى.

– يا عمّي الشيخ، أنا دخيل عليك، أهل العروس لهم عنـدي حـق لأننـي نسيبهم، بالله عليك تعطيني عشاء العروس.

تواصل عرض الحجج الذي كان طويلا كحبل المناديـل. أخـذ الـشيخ حـسني نفساً طويلا، حدّق في وجوههم من جديد: عشاء العروس عند سامي العبد.

استدار الشباب عائدين للجَمَل بصمت لأخذ مناديلهم، ولم يبق معلقـاً بـرسن الجمل سوى منديل سامي العبد الذي كان الحُكم له. أمسك برسن الجمل سار بـه مسافة خمسين أو ستين متراً بحيث أصبح بإمكان الجميع أن يـشاهدوه ويـسمعوه، وبصوت عال قال: يا جماعة عشاء العروس عنا الليلة ويا ألف مبروك.

عاد سامي، ناول الرسن لمن سيواصل الدوران بالجمل، ومضى لإعداد العشاء.

سار موكب العروسين في شوارع البلد، وكلما مرَّ أمام واحدة من الدكاكين التي تكاثرت، وأصبحت تنافس دكان أبو ربحي، قام صاحبها بإلقاء الحلو عليه. وعلى البيادر، ظلَّت الأغاني والأعراس مشتعلة طوال الليل، حتى أنهم أحرقوا خمسين حزمة حطب، حتى لا تغيب وجوه الناس عن بعضها البعض. في تلك اللحظات عادوا بالعريس والعروس إلى بيتهما.

— المهم تزوجنا، عاد إلى يافا وبقيتُ في الهادية، في البداية كان يحمل لي قصصا محزنة أكثر من القصص التي سبق أن أحضرها، القصص التي تبكيني، وتجعل عيني محمرتين كالجمر دائما!! لكن الشيء الغريب أنه لم يعد يسألني هل قرأتها أم لا؟!

257

رصاصة في الفجر

كما لو أنها سقطتْ من السماء، استيقظوا صباحاً فوجدوها تغطي رأس التـل الغربي، ببيوتها وأسلاكها الشائكة وأبراجها الخشبية العالية.

كان ينادي الواحد منهم الآخر بصمت كما لو أنهم ضيَّعوا الكلام، ولحظة بعـد أخرى تجمع أهالي الهادية غير مصدِّقين أعينهم.

يعرفون أن ما يرونه مستعمرة؟ ولكن كيف استطاع اليهـود بناءهـا في ليلـة واحدة هكذا؟ كيف لم يسمعوا شيئاً، كيف لم ينبح كلب أو تصهل فرس أو يصحو أحد على كل تلك الضجة التي لا بد أن يُحدثها تجهيز شيء كبير كهذا.

ومع صعود الشمس أكثر وأكثر، أدركوا أن البيوت لم تُبن هنا، بل هـي بيـوت جاهزة جيء بها من مكان بعيد.

عند الضحى تجرأ أحد الرعيان ودنا من الأسلاك الشائكة التي تحيط بها، سمعوا صوت طلق ناري شق هدأة الأفق ممزقاً يومهم ومبعثراً الخراف والماعز في الجهـات كلها. كان الوحيد الذي باستطاعته أن يعرف وجهته هو الراعي الذي ظلَّ يركض إلى أن توقّف أمام الحاج خالد.

ألقى الحاج خالد نظرة عليه، حدق مـن جديـد محـاولاً معرفـة المكـان الـذي انطلقت منه الرصاصة، لم يلمح أحداً.

اختفى أكثر من رجل، وحين عادوا، كانوا يحملون فؤوسا ومناجل وسكاكين، أشار لهم الحاج خالد أن يهدأوا.

لم يُعجب ذلك الحاج صبري النجَّار الذي بات منـذ زمـن غـير قصير يطالـب بحقه في أن يكون شيخاً للبلد لأن عشيرته اليوم هي الأكبر وما يملكونه من أراض أكثر: وهل سنبقى هادئين إلى أن نستيقظ ذات يوم فنجدهم في أحواش بيوتنا؟!

- لن يكون ذلك بإذن الله. ردَّ الحاج خالد.

- وما الذي يمكن أن تفعله وأنت واقف مكانك؟!

258

- لا شيء أبداً، تماماً مثلك، لو حاولتَ الوصول إلى هناك تحت هذه الشمس.

للحظة أوشك الأمر أن يتحوّل إلى كارثة حين تقدم الحاج صبري النجّار نحو الحاج خالد ملوّحاً بقبضته وصائحاً: كيف تجرؤ على إهانتي هكذا أمام الجميع؟!

اندفع الناس وسدّوا طريقه.

- لا ينقصنا سوى أن نبدأ بذبح بعضنا البعض وأولئك يتفرجون علينا من هناك. قال الحاج خالد وهو يشير إلى المستعمرة.

- الذي مضى لن يعود ثانية. صاح الحاج صبري.

عند ذلك تدخل كريم الابن الأكبر للحاج صبري وقال لأبيه وسط دهشة الجميع: لا يجوز أن تقول كلاماً كهذا للحاج خالد.

ووسط ذهول الجميع صفعه أبوه.

كانت تلك ذروة جنون النجّار التي ستملأ قلبه حقداً أبدياً على الحاج خالد الذي اضطره أن يفقد صوابه ويصفع ابنه أمام الجميع، ابنه الـذي يوشـك أن يبلغ الثلاثين بعد أقل من عام.

نظر الحاج خالد إلى كريم كما لو أنه يحتضنه.

ابتعد كريم بصمت.

- لقد اخترتَ الوقت المناسب لتقول كلمتك هذه!!! قال الحاج خالد للنجّار.

وقبل أن تأخذ الرياح وجهتها السوداء، سمعوا مـن بعيد أصـوات سيـارات تتقدّم نحوهم، التفتوا معا إلى مصدر الصوت، وهناك رأوا ثـلاث عربـات جيب عسكرية إنجليزية فوق الشارع الأسود الطويل، الشارع الذي تم شـقّه منـذ عشـر سنوات ليصل بالرملة الهادية شمالا وغزة جنوبا باتجاه الغرب والقدس شرقا.

وقبل أن تصل العربات كانت أسلحة القرية البيضاء كلها قد اختفت تماماً.

- منذ اليوم سيكون لكم جيران جدد، وعليكم أن تحترموا وجودهم. سيُمنع اقترابُ أي شخص أقل من مائة متـر مـن الأسـلاك الشـائكة، وكـل مـن يقتـرب سيتحمّل نتائج فعلته. هذه الأراضي ليست لكم، إنها من أراضي الدولة، ولذا ليس لأحد منكم أن يحـتج علـى مـا يمكـن أن تفعلـه الدولـة بـما تملكه. قـال الضـابط الإنجليزي إدوارد بترسون[9] ذلك بهدوء قاتل، قبل أن يستدير نحو العربة وكأنه لم

---

[9] - (ولد بترسون في الهند عام 1893، وتلقى العلم في بيت عائلته التي كانت تنتمي إلى (إخوان بليموث) إحدى الطوائف المتشبعة بروح صارمة، وقد استحوذ عليه تاريخ انجلترا العسكري فأصبح شغله الشاغل، أما أوليفر كرومويل، أحد أهم الديكتاتوريين العسكريين، وتشارلز غـوردون حـاكم

259

يكلّم أحداً. وبمجرد أن عاد إلى مكانه في المقعد الأمامي للسيارة الأولى واصلت السيارات طريقها كما لو أن الضابط سيقول الكلمات نفسها لعشرات القرى التي يمرُّ من أمامها الطريق. [10]

بعد ساعتين لم يكن هناك سوى الحاج خالد الذي لم يتحرك من مكانه، نظراته مثبتة على تلك البيوت التي هبطت مثل كابوس من السماء، وأفكاره تعصف باحثة عن إجابة ما لهذا السؤال الثقيل.

أحس بيد تُربِّت على كتفه: ما تراه ليس امرأة يمكن أن تأتيك إذا ما انتظرتها هنا تحت هذه الشمس!

ولم يكن عليه أن يستدير ليعرف أن الصوتَ صوتُ عمته الأنيسة، عمته التي ازدادت نحولًا، وابيض شعرها، لكن الجميع كانوا على ثقة بأنها تزداد طولا عاما بعد عام.

السودان، فهما بطلاه المفضلان، عشق دائما الأعمال التي يقوم بها منفردا، مثل السباحة، ركوب الخيل، والرماية، وبعد انتهاء دراسته العسكرية انكب على دراسة اللغة العربية، وأصبح ضابطا في (قوة الدفاع السودانية)، وبعد أن عاد إلى إنجلترا انتظر حدثاً ما يخرجه من عمله الرتيب كضابط مدفعية صغير، وحملته الأحداث التي انفجرت في الشرق إلى فلسطين.. أما السرّ الذي لم يبح به لأحد، وكان دائما خارج أي سيرة ذاتية له فهو مواظبته على كتابة الشعر.)

[10] - في تلك الليلة كتب بترسون: الرياح الرمادية تُذري الكلمات البيضاء/ أين أنتَ؟/ الأفق قبعة مثقوبة ينهمر منها الخريف/ من أنت؟/ أسحابة صيف أم قمر مجنون؟/ أم موعد، تم تأكيده خمس مرات، مع لا أحد؟

وصاح: الوغد!!

كان بترسون قد وصل القدس برتبة ملازم في البوليس الإنجليزي، وسرعان ما تحوّل اسمه إلى كابوس حقيقي. وغدا الاقتراب منه أو محاذاته لا يعني سوى شيء واحد: احتمال الموت. وكبر اسمه خلال ثورة عام 1929 بحيث أصبح الناس لا يعرفون الفرق بينه وبين الشيطان.

فجأة يُشهر مسدسه ويقتل أحد المارة ثم ينقضُّ على جسده الغارق في الدّم الحار موجهاً له اللكمات، وحين تصل قوات البوليس يجدونه يركل القتيل موجِّها له كل أنواع الشتائم وهو يصيح: الوغد، يريد اختطاف بندقيتي!! يحاول رجال البوليس إبعاده عن الجثة، يبتعد قليلا ثم يُغير عليها من جديد كما لو أنه يعارك رجلا حياً، وهو يصيح: تريد البندقية أيها الوغد، انهض وخذها![11]

***

ذات يوم كان على شاويش في البوليس البريطاني أن يذهب لإحضار نمر الطيري للمخفر لأخذ إفادته في قضية إطلاق النار على شرطي بريطاني في حافلة للركاب كانت متجهة للرملة، لكن بترسون فاجأ الشاويش وقال له: سأذهب لإحضاره بنفسي.

التفت الشاويش ذو الوجه الأحمر المكسوّ بالنّمش إلى رفاقه وقال: فليرحمه الله.

- بترسون؟ سألوا.

- بل الطيري.

***

كان الطيري، في ذلك اليوم، يجلس في المقعد نفسه مع الشرطي جوار النافذة، وهكذا وجد نفسه ملطخاً بدم وفتات دماغ الشرطي القتيل.

_____

[11] - في تلك الليلة كتب بترسون: لن يحبك أحد مثلي/ لا الوردة ولا الرصاصة/ لن يحبك أحد مثلي/ لا النمر ولا الغزالة/ لن يحبك أحد مثلي/ بدمي أكتبها لك وبدم غيري!!

توقفت الحافلة فجأة، كما لو أن الرصاصة التي أُطلقتْ قد ألصقتْ السائق بكابح السّرعة. تدافع الركاب نحو البابين بفوضى لا مثيل لها، واستطاع بعضهم القفز من النوافذ غير عابئين بما قد يصيبهم. في حين بقي نمر الطيري محشورا تحت ثقل ذلك الجسد الذي ألصقه بالنافذة.

راقب الناس مطلق الرصاصة يبتعد داخل أحراش (باب الواد). كان خطط تماماً لعمليته، ولم يجرؤ سوى القليل منهم على الهرب مخافة أن يُعتبروا من شركاء مُطلق الرصاص.

ظل نمر الطيري متجمِّدا في مكانه. وصلت قوات من البوليس والجيش البريطاني، صعدت للحافلة، كانت ثيابه قد التصقتْ تماماً بثياب القتيل وغطى وجهه ويديه دم ناشف.

تحركت الحافلة من جديد، عائدة إلى القدس، حاملة في جوفها شهود الحادثة الذين لم يستطع البوليس الحصول على أي شيء مفيد منهم، كانت روايتهم واحدة، بما فيهم السائق الذي رأى كل شيء في المرآة التي أمامه: كان مُطلق النار يُخفي وجهه بكوفية، وهو متوسط الطول، وصوته عريض، وقال: اشهدوا. ما فعلته كان انتقاما لشهدائنا الذين أعدمتهم سلطات الانتداب يوم أمس. [12]

***

نمر الطيري كان أقل الشهود قدرة على إعطاء التفاصيل، لأن مطلق النار جاء من المقاعد الخلفية للحافلة، كما أن المفاجأة ودويّ الرصاصة لم يتيحا له سماع الكلمات التي سمعها بقية الركاب. في النهاية، أطلقوا سراح الجميع باستثناء سائق الحافلة الذي كان عليه (ألا يتوقّف قبل الوصول إلى أقرب نقطة للجيش أو البوليس) كما قال له الضابط المكلف بالتحقيق.

---

[12] - (قامت قوات البوليس الإنجليزي في تلك الأيام باعتقال 26 شابا فلسطينيا ممن شاركوا في ثورة الدفاع عن حائط البُراق في القدس، وأصدرت بحقهم أحكاما بالإعدام في محاكمة صورية، ثم خففت الحكم عن 23 منهم إلى السجن المؤبد وأبقت حكم الإعدام بحق كل من محمد جمجوم وفؤاد حجازي وعطا الزير وتم إعدامهم في سجن عكا يوم 17/6/1930.) (وقد أعدم من المحكومين في ست سنين (على يد الإنجليز) في فلسطين وحدها، أكثر مما أعدم في كل المملكة العثمانية الكبيرة في عهد السلطان عبد الحميد الذي طال أكثر من ثلاثين سنة رغم أن الناس كانوا ينظرون إلى عبد الحميد كحاكم ظالم مستبد وإلى الإدارات الإنجليزية كإدارات دستورية عادلة حكيمة.)

تلك الحادثة كانت من الحوادث الشهيرة، الحوادث الكبيرة التي بدأت تتكاثر، بسبب تصاعد موجات الإعدامات وتزايد موجات الهجرة اليهودية التي غدت كابوساً وطنياً عاماً يقلق الناس.

***

طرق إدوارد بترسون باب نمر الطيري..

خرجت امرأته، قال لها بلطف أدهشها: إن كان السيد نمر موجوداً، فأرجو أن يتفضّل ويرافقني لاستكمال شهادته في قسم البوليس.

وحين قالت: إنه موجود.

قال بلطف أشد: أرجو ألا أكون قد أزعجتكم بوصولي في هذا الوقت المبكر.

- لا. لا بأس. قالت ويدها خلف الباب ترتجف.
- لن يتأخر، سأحرص شخصياً على أن يعود بأسرع مما تتوقعين.

***

لم يكونا قد ابتعدا..

انحنى بترسون نحو حذائه، متظاهراً بأنه يريد تثبيت رباطه بصورة أفضل، تاركاً نمر يبتعد عدة خطوات كان يحتاجها كي يشهر مسدسه.

صوّب المسدس ببرود شديد، أطلق النار على ضحيته من الخلف، سقط نمر الطيري على وجهه.

اندفع بترسون نحو جسد نمر النازف يركله، تلوّى نمر محاولاً اتّقاء الضربات، وعندها أدرك بترسون أن طلقة واحدة قد لا تكفي أحياناً، فأطلق الرصاصة الثانية من المسدس الذي لم يزل في يده، وهو يصيح: مت أيها الوغد. مت.

- لقد حاول سرقة بندقيتي والفرار بها. الوغد. كان يريد أن يقتلني. راح يردد عندما تجمّع المارة ورجال البوليس.

_ وقد وصل الأمر إلى أوجهِ حين قامت دورية بقيادة بترسون باعتراض طريق الشاب فضل الجابي وتفتيشه فوجدوا معه صورة متقلّداً فيها بندقية فأطلقوا النار عليه وقتلوه._

بعد أقل من عام تمّ ترفيعه بمنحة نجمة جديدة ونقله، حيث تبيّن للقيادة أنه لم يُقتل لأسباب (تخريبية) فسيُقتل لأسباب ثأرية.

263

أبواب الريح

لم يكن آذار متقلبا كما كان في ذلك العام، بحيث أربك الجميع: لم تكن الشمس تسطع إلا وتغيب فجأة، ينزل مطر شديد، ثم ينقطع فتعود الشمس حارة. وتحت أرجلهم في السفوح، كانت الزهور تنمو وتذبل وهم يحدقون فيها، كما لو أن فصول السنة كلها اجتمعت في يوم واحد.

- نحن الذين نحارب الإنجليز، فما حاجتكم لهذه البنادق؟!

صرخ رجال عبد اللطيف الحَمْدي في النساء بعد أن أجبروهن على كشف مخابئ خمس من بوارید من بوارید رجالهن.

**

لم تكن تلك هي المرة الأولى التي يقوم فيها رجاله بأمر كهذا، لكن الأمر تعدّى حدوده هذه المرة، فأن يتطاولوا على النساء في غياب الرجال، وأن يسلبوا هذه البنادق منهن أمر كبير.

لم تكن حكاية الهبّاب قد انتهت، لم تكن النساء قد خلعن أثواب الحداد، حين توقّفت مجموعة عربات ذات يوم ونزل منها الحمْدي مع عدد من الضباط الإنجليز، وفي صباح اليوم التالي غادرت العربات العسكرية وغدا هو سيد ذلك البيت.

لقد قيل الكثير في ذلك، لكن أحداً لم يعرف، كيف أصبح بيت الهبّاب له. قيل إن البيت كان من أملاك الدولة العثمانية، وقيل إن الحمْدي اشتراه من ورثة الهبّاب، وقيل إن الإنجليز كانوا يخططون لجعله واحداً من مراكز جيشهم، إلا أنّ الحمْدي أقنعهم بقدرته على ضبط هذه المنطقة، وبهذا يبعدهم عن أي اصطدام مباشر مع أهلها.

وما كان عليه أن يفعل الكثير كي يضمن خضوع خمس من قرى المنطقة، كانت في أسوأ أحوالها بعد رحيل الأتراك، وهي التي كانت خاضعة للهبّاب فيما مضى.

264

كانت القرى المتجاورة تجتمع كوحدة واحدة، حرةً أو مكرهةً، ويكون لها شيخ واحد يُسمى شيخ (صَف).

- أنتم من ضمن المنطقة وعليكم أن تكونوا جزءاً من صفنا. قال الحمُدي.

اجتمع رجال الهادية وقرروا ألا تكون البلد تحت سلطته، فكـل مَن في المنطقـة يعرفون أنه رجل ظالم وأنه واحد من أزلام الإنجليز منذ وصولهم. حتى لقـد قيل إنه حين كان يحارب إلى جانب الأتراك في غزة ورأى الغلبة للجيـوش الإنجليزيـة المتقدمة، راح يهتف بحياة بريطانيا العظمى وأدار فوهة بارودته وأطلـق الرصـاص على رفاقه الذين كانوا معه في الخندق.

- هذه ليست قرية أناس قاصرين ليكون هناك وصي عليها. قال لـه الحـاج محمود، وكما عبرنا سنوات الأتراك دون أن نتبع أحداً، سنعبر سنوات الإنجليز هذه دون أن نكون تابعين لأحد. نحن على استعداد لأن نلتقي معـك في الخـير، أمـا أن نكون تحت إمرتك فهذا لن يكون.

- أهذا آخر كلامك؟! قال له الحمُدي.

- كان هذا أول الكلام من قديم وسيبقى آخر الكلام دائماً.

- أنت تلعب بالنار إذن.

- حين لا يكون هنالك شيء يمكننا اللعب به، لن نختار سواها.

انتفض الحمُدي، سار نحو حصانه، تبعه رجالـه بينادقهم التـي كـان يعـرف الناس أن الإنجليز سلّحوهم بها.

- لقد فتحتَ بابا للريح لن تستطيع إقفاله. قال للحـاج محمـود قبل أن يلـوي عنق حصانه.

- إذا هبّت الريح فلن تهبّ علينا وحدنا.

قبل أن يختفي غبار خيول الحمُدي من الأفق، حضر الخـوري ثيـودورس، ومـا كان بحاجة لأن يشرح له أحد شيئاً: ما دام الدير هنا، فلن يجرؤ أحـد عـلى المسـاس بأرض هذه القرية.

بعد يومين من ذلك، أغار الحمُدي على السهول العالية للبلـد واستـولى عليهـا وألحقها بأرض واحدة من قرى صفِّه.

- هذه الأرض لكم ما داموا يرفضون الانضمام إلينا.

ذهب الحاج محمود إلى ثيودورس: أهذه حمايتك التي كنت تحدثنا عنها؟!

265

– لقد ذهبت بنفسي للإنجليز، فقالوا لي، إذا كانت هذه الأرض لهم فليحضروا الكواشين التي تثبت ذلك.

– وهل بإمكان الحَمْدي أن يحضر الكواشين التي تثبت ملكيته لها؟!

– كلمته إذن مقابل كلمتكم، وأنتم أول العارفين، الإنجليز سيكونون معه.

– من يسمعك تتحدث هكذا سيقول إنك معه لا معنا.

***

كانت الهادية أقل قوة من أن تقف في وجه عبد اللطيف الحَمْدي، فابتلعتْ جرحها، وقبل مُضيّ أقل من شهر على ذلك، اعترضتْ مجموعـة مـن اللصـوص طريق الحاج محمود العائد من الرملة، أطلقوا عليه النار فقتلوه ومن معه، بعد أن جرَّدوهم من مالهم وبضاعتهم التي كانوا قد اشتروها. وكما كـان متوقعـا انتهت تحقيقات الإنجليز إلى النتيجة التي يعرفونها جميعا: تُقيَّد القضية ضد مجهول. لكن كثيرا من أهل القرية كانوا يدركون أن يديّ الحَمْدي ورجاله قد لا تكون بريئة مـن الدم الذي سال في تلك الوديان، ولكن من كـان يسـتطيع أن يثبـت ذلـك: مـا دام القاضي هو العدو. كما قال الناس.

***

وصول الحَمْدي لبنادق أهل القرية كان يعني الكثير.

جاء الرجال إلى الحاج خالد: ها نحن نجيئك كالعادة، ونسألك، ما هو الحل؟

اعتصر جبينه بأصابع يده اليسرى، وهو يحدّق فيهم وقال: لا عليكم، بواريدكم ستأتيكم حتى أبواب بيوتكم.

– ولكن الذين أخذوها هم رجال عبد اللطيف الحَمْدي!

– ولهذا السبب بالذات لا بد أن تعود بواريدكم إليكم.

كان الكيل قد طفح، كما يقال، وقد أدرك الحاج خالد، أن البنادق هي آخر مـا تبقّى لأهل القرية، وهو يتطلع إلى المستعمرة فوق التل الغربي.

– فليذهب أحدكم لإحضار فايز.

بعد لحظات جاء. كان فايز، ومنذ زمن طويـل أفضـل مـن يسـتطيع إصـلاح البنادق في المنطقة كلها. خبرة فطرية اكتسبها بسبب تعلُّقه الشديد بالأسلحة.

– أنت فاهم طبعا أن الأمر كان يتمُّ سرًّا!!

سأله الحاج خالد: كم عدد البواريد التي لديك يابا؟

– كثير. قال لخاله وهو يتلفَّتُ حوله.

266

- لا عليك. قال الحاج خالد يُطمئنه. وأضاف: ما عدد البواريد التي تعود لقرى (صف) الحَمْدي.

- عشر بواريد ربما.

- اذهب واحضرها إلى هنا، وحين يأتي أصحابها لاستلامها قل لهم إنها موجودة عندي. وأشار إلى عدد من الرجال أن يذهبوا لمساعدته.

لم يكن يسعد فايز شيء مثلما كان يسعده صوت الرصاص وهو يعود ليدوّي من جديد في تلك البواريد الميتة! لم يكن يسعده شيء مثل عودة هذه البواريد للحياة ثانية!!

وكما توقّع الحاج خالد، لم يطل الوقت قبل وصول أصحاب البواريد باحثين عنها.

- إنها في الحفظ والصون. ولكن الحاج خالد يريدكم. قال لهم فايز.

***

- صُبُّوا لهم القهوة وجهِّزوا غداءهم. قال الحاج خالد.

- عامر يا حاج، ولكننا مستعجلون.

- لقد قام رجال من عسكر الحَمْدي بدخول عدد من بيوتنا المِطرقَة، وأجبروا النساء على كشف مخابئ بواريدنا وأخذوا خمساً منها. لا أريد أن أطالب بحقّنا لأنهم دخلوا البيوت في غياب الرجال، وهو حقٌّ كبير، ولكن أريد منكم أن تذهبوا للحَمْدي وتقولوا له بأنني لن أعيد بواريدكم إذا لم تعيدوا بواريدنا الخمس لنا.

- ولكننا يا حاج لا نعرف شيئا مما حصل، وليس لنا ذنب فيما يفعله عساكره.

- أعرف هذا، ولكن ذنبكم أنكم قبلتم أن يكون مثل هذا الظالم سيداً عليكم.

صمت الرجال وقد أوجعتهم الجملة الأخيرة. ودون أن يقولوا شيئاً آخر غير الذي قالوه، نهضوا بصمت.

لم يروا الحَمْدي غاضباً مثلما رأوه ذلك اليوم حين أوصلوا له رسالة الحاج خالد، ولكن رياحه غيرت اتجاهها فجأة: اذهبوا إليه وقولوا سنعيد بواريدهم. أنا كفيل بهذا.

عادوا: وأنا كفيل بإعادة بواريدكم ما إن يُرجعَ بواريدنا لنا. عودوا للحَمْدي وقولوا له: إن الذين يدخلون البيوت في غياب الرجال ليسوا رجالاً، وإذا لم تعد

267

بواريدنا فعليكم أن تعرفوا أن الأمر لن يتوقف عند إعادتها، لأن الهادية مثـل قنـاة السـويس بالنسبة لكم، ولا بـدَّ من أن تمـرّوا من هنا إذا أردتم أن تواصلوا حياتكم.

لم يأت الرد. فقال الحاج خالد: لا عتب علينا الآن.

***

كان أهل المنطقة يسمّون ذلك الموسم، موسم الخروف، ففيه يجيء النـاس إلى سوق الخميس في الهادية ليبيعوا خرافهم، وكثيرون كـانوا يربطـون مواعيـد زواج أبنائهم، أو تعمير بيوت جديدة لهم، بهذا الموسم، وقبل وصـول عـدد مـن رجـال قرى صف الحمْدي إلى السّوق، اعترضهم عدد من فرسان الهادية واستولوا علـى خرافهم: إذا كنتم تريدونها، فاذهبوا للحمْدي وقولوا له، باسم الحاج خالـد فعلنـا ما فعلناه بكم.

– كانت قرى المنطقة تعرف جيداً أن الحاج خالـد رجـل حـقٍّ ولم يسبـق لـه أن اعتدى على أحد أو أكل حق أحد، فثار الناس في وجه الحمْدي: أعِد لهم حقهم يـا عبد اللطيف!! إلى متى سنظل ندفع ثمن مـا يفعلـه عسـاكرك؟!! ولم تكـن هنـاك طريقة أمام الحاج خالد إلا أن يدفع قرى صف الحمْدي للثـورة عليـه، وقـد كـان يدرك أن الخير موجود في هؤلاء الطيبين الذين يعرفونهم ويعرفونه منذ زمن طويل!!

***

بعد أيام وصل الهادية من يحمل البواريد الخمس، تفقّدها الحاج خالد ثم أرسل في طلب أصحابها، تناول أربعة منهم بواريدهم، في حين قال الخامس: هذه ليست بارودتي.

– أعيدوا لنا البارودة الأصليّة، وعـودوا لأخـذ بواريـدكم وخرافكم. قـال الحاج خالد.

– عشر بواريد ومئـات الخـراف مقابـل بـارودة واحـدة. قـال أحـد رجـال الحمْدي.

– لا، بل عشر بواريد ومئات الخرفان من أجل الحق. ردّ عليه.

في صبيحة اليوم الثاني عادوا بالبارودة الأصلية.

– الآن يمكنكم أن تأخذوا ما لكم، بعد أن وصَلْنا ما لنا.

راحت أحقاد الحمْدي تأكله يوما بعد يوم، ولم تكن الهادية مطمئنة، فقد كانوا يطلقون على سلوكه اسم (السياسة البريطانية)، التي حين تُبْدي لينها تكون تمارس أعتى أساليب قسوتها.

نار صامتة

استيقظ أهالي الهادية صباح ذات يوم، فوجدوا أن الأسلاك الشائكة للمستعمرة قد تقدّمت أكثر من مئتي متر، مبتلعة جزءا من أرضهم والمراعي الشمالية والجنوبية المحيطة بها؛ وحين ذهبوا إلى هناك لكي يلمسوا بأيديهم ما تراه أعينهم، انطلق الرصاص صوبهم على طول الجهة الغربية بكاملها، انبطحوا أو التجأوا إلى أقرب نتوء يمكن أن يحمي أجسادهم، حاولوا أن يعرفوا مصادر النار بدقة، لكنهم لم يبصروا جسدا واحدا يتحرك في الجهة المقابلة.

تراجعوا.

كانوا يعرفون أن المشكلة أمامهم، فبعد أسابيع عليهم النزول إلى حقولهم لكي يحصدوا القمح في السهول الموازية للأسلاك، وقد أدركوا أن أي مشكلة يمكن أن تحدث الآن، يمكن أن تحرمهم من الحصول على نتائج تعبهم وشقائهم.

بعد المساء جلس بعض الرجال في مقهى محمد شحادة ومقهى شاكر مهنا لسماع الأخبار، متنقلين ما بين إذاعة وأخرى، فرحوا حين سمعوا (إذاعة فلسطين) في رام الله، التي كان يتم افتتاحها في تلك اللحظات، لكنهم بعد قليل سمعوا خطابا باللغة العبرية. كان الأمر صاعقاً بالنسبة إليهم: هذا يعني أن اليهود سيكونون في كل بيت منذ الآن. علّق محمد شحادة وأقفل الراديو بغضب.[13]

***

---

[13] - (في ذلك اليوم قام المندوب السامي السير آرثر واكهوب بافتتاح هذه المحطة، وأذيعت الخطابات باللغات الإنجليزية، العربية، العبرانية، إنه أقوى مظهر لقيام الوطن القومي اليهودي في فلسطين! هذا الاحتفال أعده مأتما، إنه أقوى مظهر لقيام الوطن القومي اليهودي في فلسطين! اليوم تزاحم العبرانيةُ العربيةَ وغدا تطردها من فلسطين. ولم يكن ذلك تشاؤما. فيكفي من علامات المستقبل المشؤوم أن يحضر سماحة الحاج أمين الحسيني، رئيس المجلس الإسلامي، هذا الاحتفال. كيف تناسوا ذلك القرار الـذي يقضي بمقاطعة مثل هذه الحفلات!؟)

269

راحت الشمس تحرق سنابل القمح بلهيبها، السنابل التي بدت لهم أكثر خصباً منذ زمن طويل، وكان باستطاعة الفارس إذا ما عبرها على ظهر حصانه أن يعقد سنبلتين فوق السرج بيسر تام.

لم يكونوا قد وصلوا بعد أطراف الحقول، حين بدأت المستعمرة بإطلاق النار عليهم. تراجعوا. وحين ذهبوا إلى مقر الضابط الإنجليزي المستر إدوارد بترسون، قال لهم بغضب: نحن لا نستطيع أن نرسل دورية للجيش مع كـل مـن يريـد أن يحصد حقله!

عادوا، نظروا صوب المستعمرة لم يروا أي حركة تشير إلى أن هناك من يترصّد، عمَّ الصمت، وكان بإمكان الجميع أن يسمعوا أخفض أصوات كائنات الله في ذلك الامتداد. اندفعوا بمناجلهم نحو الحقول، وبدأوا العمل بكل ما فيهم مـن قـوة. لم يكونوا قد تقدموا في الحقل أكثر من ثلاثة أمتار، حين دوّى الرصاص مـن جديـد فتبعثر الناس في الجهات الثلاث المتبقية.

ذهبوا إلى بترسون من جديد، فلم يجدوا سوى إجابته السابقة، عادوا أكثر يأسـا مما كانوا عليه قبل ذهابهم.

***

عند الغروب اجتمع عدد من الرجال في مضافة الحاج خالد، كان الشيخ حسني إمام المسجد هناك، والبرمكي الذي أنهكه الزمن وضياع ولده؛ وحتى لا يعتب أحد من عشيرة الحاج صبري النجَّار أرسل يـدعوهم، فجـاء شـاكر مهنا مـع بعـض الرجال وتخلّف آخرون واعتبر الحاج صـبري أن دعوتـه إلى مضافة الحـاج خالـد ليست أقل من إهانة: فلماذا لا يأتي هو إلينا بدل أن نُجرجر أنفسنا إليه، أم أنه يرى نفسه أكبر من الناس!!

لم يكن ما يدور في فلسطين كلّها سرّاً، فـما يحـدث في الهاديـة يحـدث هناك في عشرات القرى، لكن النار وصلت أطراف ثوب قريتهم هذه المرة.

لم يصلوا لشيء يُذكر، أكدوا إحساسهم بالخطر، وبدا العجز جزءا من كلمات بعض الرجال الذين تحدّثوا عـن كفٍّ لا تستطيع مناطحـة مخـرز، وعـن الحمايـة الإنجليزية للمستعمرات اليهودية، وعن عدوٍّ لم نستطع أن نراه حتى الآن، وعـن سهولة انكشاف أمر كل من يفكر في الاقتراب من تلك الأسلاك الشائكة، وعـن أصابع اتهام لا يمكن أن تتجه إلى أي مكان غير قريتهم، إذا ما قاموا بأي عمل ضد المستعمرة. لكن كثيرين أيضاً كانوا عكس هـذا التيار: في النهايـة تـذكروا أن مـن

270

هنالك خلف الأسلاك ليسوا أشباحا، وإذا صمتنا اليوم ستكون الهادية داخل الأسلاك الشائكة غداً. قال فايز. وأنتم تعرفون جيداً ما الـذي تفعله هـذه المستعمرات في أراضي غيركم.

لم يتكلم الحاج خالد، ظل صامتا، وحين انتهى الكلام، سأله شاكر مهنا: وما الذي تقوله يا حاج؟

فرد الشيخ حسني: وما الذي يمكن أن يقال؟ وأي عمل يـصدر عنا سُيلقي بالجميع إلى التهلكة!!

فأعاد السائل سؤاله كما لو أنه لم يسمع كلام الشيخ حسني.

اعتصر الحاج خالد جبينه بأصابع يده اليسرى وهو يحدّق فيهم وقال: سنرى ما يمكن أن تأتي به الأيام المقبلة.

***

في تلك الليلة الهادية استيقظت على نار تغمر الأرجاء وتحيل الظلام إلى نهار، كانت النار تلتهم حقول القمح في مشهد لن يروا مثله، أو ما هو أقسى منه، إلا بعد سنوات طويلة في ذاك اليوم الأسود الطويل الذي لم يخطر ببال. بدت المستعمرة في منتصف ذلك الحريق الكبير عارية تماماً، ولأول مـرة اسـتطاعوا أن يـروا في البعيـد ظلال أناس يتحرّكون بسرعة من مكان إلى مكان، بين البيوت الجاهزة وقريباً مـن الأسلاك الشائكة.

سكون الرياح كان كفيلا بأن يجعل الحقول تشتعل ببطء، وصمت الليـل كـان كفيلا بأن يبتلع ذلك الدّمع العزيز الذي تفجّر في العيون.

***

من بعيد راحت عربات الجنـود تتقدّم، وحين وصلت، هبط منها الـضابط إدوارد بترسون ثائراً، وهو يصيح: من منكم أشعل النار؟!

- وهل تظن أن أحداً منّا يمكن أن يحرق ماله بيديه. لم يحرقه أحد سوى أولئك الذين هناك.
- بل أنتم الذين أحرقتموه حتى تحترق المستعمرة معه.
- أنظر إلى وجوه الناس وعيونهم، وستدرك أن الـذي أحرقـه لا يمكـن أن يكون بيننا.

271

استدارت العربات صاعدة نحو المستعمرة، دون أن يستطيع أحـد مـن أهـالي الهادية أن يكون على يقين من أنها قد أطفأت مصابيحها أم لا، تحت أضواء ذلك اللهيب الذي يتصاعد غاضباً نحو السماء.

***

حين راحت الشمس تصعد بطيئة، لم يكن في ذلك السهل سوى بضع شـعلات صغيرة وأرض متفحِّمة.

- في هذه الأراضي المحروقة لن يجنوا بعد اليوم غير الحصاد الأسود. قـال الحاج خالد.

- أهذا جوابك على سؤالي؟ سأله شاكر مهنا.

- أرجو الله أن يكون هذا هو جوابنا كلّنا.

272

تلك الظهيرة

في واحدة من قرى ضف الحمْدي، كان هناك قاض بدأ صيته يصل إلى أرجاء فلسطين كلها، كان اسمه مسعود الحطّاب؛ في فترة قصيرة غدا واحداً من أهم القضاة الذين يحلّون أكبر المشاكل التي تعصف بالقرى، من قضايا الخلاف على الأرض، أو الاعتداء على العرض - على قلّتها - إلى جرائم القتل. أحس الحمْدي بالخطر الكبير الذي بات يحيط به، وأدرك أن ذلك اليوم الذي سينافسه فيه هذا القاضي على الزعامة، ليس ببعيد. وهكذا نصب له كميناً بعد عودته من إجراء صلح كبير. وحين قُتِل، ثارت القضية التي حَكَمَ فيها من جديد، إذ اتّهم الطرفُ الذي حُكِمَ له الطرفَ الثاني الذي حُكِمَ عليه بقتل القاضي لأن النتيجة لم تعجبه، وعادت الثارات تدقّ أبواب البيوت وتغمر السهول والوديان بالدم من جديد.

لم يكن الحمْدي يتوقع أنه اصطاد عشرات العصافير بحجر واحد، إلّا بعد أن رأى بعينيه ما فعلته الرصاصة التي اخترقت قلب القاضي.

أعلن أن الحداد سيمتدّ أربعين يوماً، وأن أولاد القاضي سيكونون منذ اليوم أولاده، وأن اليد التي أطلقت الرصاصَ ستُقطع إلى ثلاثة أجزاء، وحين انتهت أيام العزاء حاول الحمْدي أن يجد حلا للقضية التي حَكَمَ فيها القاضي مسعود، فلم يجد سوى أن يُحضر الطرفين رغماً عنهما ويجبرهما على القبول بحكم القاضي احتراما لدمه الذي سال من أجلها!

حين أصبح أولاد القاضي رجالا لم يعودوا بعيدين عن أي خطوة يخطوها الحمْدي. ذات يوم طلب أحدهم وقال له: أنت تعرف أنك مثل ابني.

- نعم يا عم!!
- أريد منك أن تلبّي لي طلباً، وليس هذا والله لأنني كنت عونا لكم على يُتْمكم طوال حياتكم!
- أعوذ بالله يا عم.

273

- وحتى أكون صادقاً أكثر معك، بإمكانك أن تقول لي: لا أريـد تنفيـذ طلبك. واعلم أنني لن أغضب، ولن يتغير شيء من مشاعري تجاهكم.
- أنت تأمر ونحن ننفذ يا عم!

صمت الحمدي قليلا، وبدا كما لو أن هموم الدنيا كلها قـد أطبقـتُ عليـه، ثـم قال: هل ترضى بأن يهينني أحد؟
- معاذ الله يا عم.
- أنت سمعتَ ما الذي فعله الحاج خالد بي.
- ومن لم يسمع يا عم! أقصد سمعتُ يا عم!
- أظنّك قد عرفت طلبي الآن، فهل أقول إنك ستنفذه؟
- أنت تأمر يا عم.
- لا، أنا لا أريد أن آمرك بشيء في هذه القضية، أنا أريد أن تقـوم بـما عليـك القيام به وأنت مؤمن به.

***

في تلك الظهيرة الحارقة التي بدتْ فيها الشمس قطعة جمـر كاويـة، وصـل ابـن القاضي إلى الهادية كضيف، وحين عرف الحاج خالد بـذلك، تـرك كـل مـا فـي يـده وهبّ لاستقباله مع مجموعة من الرجال.

أدرك القادم أن فرصة القتل مستحيلة في تلك اللحظة.
- القهوة يا حمدان، وغداء الضيف يا رجال.
- لا أستطيع أن أبقى طويلا هنا، ولكني مررتُ من جوار بلدكم فقلت كيف لا أُلقي التحية على الحاج خالد، واطمئن على أوضاعكم بعد احتراق حقولكم.
- أصيل وابن أصيل، لقد كان أبوك واحـداً مـن رجـال فلسطين الـذين لا يمكن أن يجود الزمان علينا بمثلهم ثانية.

.. وطوال ساعتين كان حديث الحاج خالد عـن القاضي مسعود وحكمتـه والقصص والقضايا التي قام بحلّها بعد أن عجز الإنجليز عن حلها، وكيف اضطر المندوب السامي البريطاني نفسه أن يلجأ إليـه لفـضِّ نزاعـات وقفـت الحكومـة الإنجليزية أمامها عاجزة.

ـ ولحظة بعد أخرى راحت النخوة تستيقظ في دم الشاب وهو يسمع كـل هـذا عن أبيه من الشخص الذي يريد أن يقتله.

274

– هل أستطيع قتلَ رجل يحبُّ أبي ويحترمه إلى هذا الحـد. هـل أسـتطيع قتـل رجل قدّم لي كل هذا الاحترام، هل أستطيع قتل رجل يكرم ضيفه ويعـرف قيمـة الرجال؟!

وعندما نهض بعد الغداء ليمضي، وقف الحاج خالد وعانقه بحرارة كما لـو أنـه يعانق ابنا له.

لم يكن هناك بين جسديهما أي حاجز يمنع تنفيذ المهمـة، ولكنـه بـدل أن يفعـل ذلك همس في أذن الحاج خالد: انتبه، لقد أرسلني الحمْدي لأقتلـك، وإن كنتُ لم أفعلها فسيفعلها غيري، فاحذر غيري.

***

بعد أقل من أسبوع، خرجتْ مجموعة من رجال الحمْدي وأحاطوا بابن القاضي في المكان الذي قُتل فيه أبوه.

أدرك ما يدور، فقال لهم: كنت أعرف أنه لن يقتلني في مكان غير هـذا المكـان. قولوا لعبد اللطيف إن الجميع يعرفون الآن أن دم أبي يلطّخ يديه.

انهال الرصاص عليه من ثلاث جهات، لكنه ظـل واقفـاً، فـأطلقوا الرصـاص عليه ثانية، فظل واقفاً. بدأ الفزع يعصف بهم، للحظات أحسوا بأنـه لـن يمـوت، تجرأ أحدهم وتقدّم نحوه بخطى وجلة، كان يريد أن يتأكد من أن الدم الذي ينزف منه هو دم حقيقي، لمس الدم، وقال: إنه دمه. وتجـرأ فـدفع الجسد الممـزق بعقب بندقيته، وعندها سقط.

ذلك الليل

بعد سبع ليال، استيقظت الهادية على حريق يلتهم بيوت المستوطنة، ظل يـضيء العتمة حتى مشارف الصباح. [14]

أدرك الجميع خطورة ما يحدث، فاكتفوا بالصمت، وانتظروا علـى عتبـاتهم مـا سيحمله نهار الغد.

لم يكن النهار قد أطلّ حين أطبقت قوة من الجيش الإنجليزي على القرية مـن جميع الجهات.

وقف إدوارد بترسون أمام الحاج خالد وقال له: من الذي أحرق المستعمرة؟

– ومن قال لكم إنني أعرف إجابة لسؤال كهذا؟!

– ليس هناك أحد غيركم يمكن أن يفعل ذلك.

– النار تشتعل في فلسطين من كل جانب، فلماذا تحمّلوننا نحن المسؤولية؟

– لأن المستعمرة هنا في أراضيكم.

– ها أنت قد قلتها، إنها في أراضينا، فكيف تطلب منا أن نكون حرّاسا لها؟

---

[14] - يدافع فلاديمير جابوتنسكي، مؤسس الحركة الصهيونية التصحيحية عـن الشـعب الفلسطيني باعتبار فلسطين وطنا قوميا لهذا الشعب، لكنه حين يبحث عن شبيه للفلسطينيين لا يجد سوى الهنـود الحمر والأزتك هذه الشعوب التي أبادها الغزاة، وحين يستعير هذا الوصف يكون قد أعطى لنفسه حق الغزو وللضحية خيار الموت وهو يدافع عن الضحية!! "أي شعب أصلي – بغض النظر إن كـان هذا الشعب شعباً متمدناً أو متوحشاً – ينظر إلى بلده على أنها وطنه القومي، والذي سيكون هو سيده بالكامل، وعليه فلن يسمح بإرادته أن يكون شريك جديد ولا حتى شريك جديد، وهكذا هي الحـال مع العرب. المسيفون منا يحاولون إقناعنا بأن العرب قوم مـن المغفلـين، يمكن للحيـل أن تنطلـي عليهم... أنا أرفض هذا التقييم لعرب فلسطين. .. هم لا يمتلكون مقدرتنا على التحمّل ولا قـوة إرادتنا، ولكن هذه هي جمل الاختلافات الداخلية فيها بيننا.. فهم ينظرون إلى فلسطين بـنفس الحـب الفطري والحماس الحقيقي الذي كان ينظر من خلاله كـل أزتك إلى بلـده المكسيك وكـل سـو إلى مروجه .. "

276

- أنا لا أطلب منكم أن تكونوا حراسا لها ولكنني أسألك من الذي أحرقها؟
- لا أحد من هنا، أؤكد لك ذلك.

تأمل بترسون الوجوه التي جمعها جنوده أمام جدران المنازل.

- لا تريد أن تخبرنا بالحقيقة. قال للحاج خالد.
- الحقيقة هي ما أقول لك، لا علاقة لنا بذلك الحريق.

استدار الضابط، توجّه لصفوف الرجال التي ألصقتها البنادق بالجدران، وفجأة ارتفعت يده تشير، وما كانت تتوقف أمام رجل حتى يقوده الجنود جانباً.

لم يبق سوى عدد قليل من الشيوخ، وحين أتمَّ انتقاء من يريد، استدار إصبعه إلى الحاج خالد وقد أضحتْ كفُّه على شكل مسدس، ثم سمعوه يقول: بوووم.

بعد قليل كان الحاج خالد بين رجال القرية الآخرين الذين حاولوا أن يحتجوا، لكن الحاج خالد أشار لهم بعينيه أن يهدأوا.

كانت إحدى العربات المصفحة تقف على بعد عشرين متراً تراقب ما يدور. سار بترسون حتى وقف أمام الحاج خالد تماماً: لم تقل لي أسماء الرجال الغائبين؟

- لأنك لم تسألني؟
- ها أنا أسألك.
- هناك الكثير من الرجال في الخارج يتابعون شؤون حياتهم بيعاً وشراء.
- ومن هم؟
- أكثر مما أستطيع أن أسمّيهم.
- لا تريد أن تخبرني بأسمائهم إذن.
- قلت لك، إنهم أكثر مما أستطيع أن أسميهم.
- سمِّ بعضهم إذن.
- أخشى أن أنسى الآخرين!
- لقد سمع سكان المستعمرة رصاصاً يُطلق باتجاههم. لا تقل لي إنك لا تعرف مخابئ السلاح أيضاً.
- لم يكن لدينا سلاح في أي يوم من الأيام. نحن قرية مُسالمة، وأنتم تعرفون ذلك.
- نحن نعرف ما الذي فعلتموه بالأتراك.
- هل تريد أن تحاسبنا على ما فعلناه بأعدائكم؟!!
- لا، ولكن أريد أن أعرف مخابئ السلاح الذي حاربتم به أعداءنا.

277

- لا سلاح لدينا قلت لك. كان السلاح لدينا حين كنا بحاجة إليه.

أشار بترسون إلى الجنود أن يسوقوا الحاج خالد نحو شجرة بلوط عملاقة تتوسط الساحة ويوثقوه بجذعها.

تقدم بترسون نحوه: ألا تريد أن تعترف بمخابئ السلاح؟

- قلت لك، لا سلاح لدينا.

وعندها حدث ذلك الذي لم يتوقَّعوه: صفعة قوية كان صوتها هادراً إلى ذلك الحد الذي أصمَّ الجميع.

تفلَّتَ الرجال، حالت البنادقُ دون وصولهم للحاج خالد، أشرع بترسون مسدسه، أطلق ثلاث رصاصات في الهواء مُحذِّراً.

- لا تريد أن تعترف، عليك أن تتحمّل إذن.

صفعة أخرى هوت مدوية، وحين استطاع أحمد خميس عبور صف الجنود باندفاعة مجنونة، كانت الرصاصة الرابعة قد استقرَّت في قلبه تماما. وخلف الجموع أطلقت المصفحة صلْية منخفضة فاجأت كل مـن في الساحة، مجبرة الجميع علـى خفض رؤوسهم، حتى الجنود.

اشتعلت اللحظات بترقب مميت حين أمر الجنود كل سكان القرية أن ينبطحوا ووجوههم للتراب.

وحين تردد بعضهم انطلق الرصاص مبعثراً التراب والحجارة ما بين الأقدام.

عاد بترسون للحاج خالد: لا تريد أن تعترف إذن؟!

امتدت يده إلى الشارب الأيمن الطويل للحاج خالد، وبكل ما فيها مـن قـوة انتزعته، فانبثق دم قان راح يغطي جزءا من شفتيه وذقنه.

- سأسألك مرة أخرى. أين مخابئ الأسلحة؟

- لا أسلحة لدينا قلت لك.

امتدت يد بترسون إلى الشارب الأيسر، التقتْ أعينهما، ولم تكن عينـا الـضابط تقولان سوى شيء واحد: لا تريد أن تعترف إذن!! في حين كان الغضب المعجون بالقهر يذهب بعيداً في عيني الحاج.

وكما في المرة الأولى انتزع الجانب الآخر فانبثق الدم.

- أتريد مواصلة هذا العناد؟

- فلتعلَمْ، لو كان لديَّ سلاح، وليس لديَّ، لما كنت أفرط فيه وأسلِّمك إياه بعد الذي فعلته.

278

التفت بترسون إلى الوجوه الملتصقة بالتراب وقال : لا يريـد أن يعـترف. هـل هنالك شخص آخر يريد أن يعترف أم نبدأ من جديد؟

خيم الصمت على الجميع.

أشار بترسون لجنوده أن يسوقوا الرجال باتجاه المصفحة.

راحت يد أخرى هذه المرة تشير إلى صف الرجال، يد رجل يختفي وجهه تحت قناع لا يُظهر سوى عينيه، يُطلِقُ عليه أهل القرى (كيس الخيش).

وجد ثمانية رجال أنفسهم يُساقون جانباً.

من بينهم انتقى بترسون إسماعيل يونس، طلب أن يوثقوه في الجانب الآخر مـن جذع شجرة البلوط، فأطبقت الحبال أكثر فأكثر على جسد الحاج خالد.

كان فصل التعذيب مختلفاً، حيث انهال الجنود على إسماعيل هذه المـرة بأعقـاب بنادقهم من كل جانب، فتناثر دمه في كل الاتجاهات، وكلما أصابته ضربـة انتفـض جسده فأحس الحاج خالد الحبال تغوص أكثر في لحمه على الطرف الثاني.

بعد نصف ساعة صاح إسماعيل تحت الألم: سأعترف. سأدلُّكم على السلاح.

هبط الرعب فجأة على رؤوس أهل البلد، وأيقنوا أن نهاية الكثيرين مـنهم قـد حانت.

- أين السلاح. سأله بترسون.
- سأدلَّكم عليه.

أشار للجنود أن يحلّوا وثاقه، دفعوه أمامهم بفوهات البنادق، وكلمـا أوشكت قواه أن تخور تلقّى ضربة أخرى.

ظل يسير بهم إلى أن وصل إلى حافة البئر، وقبل أن يسألوه: أين السلاح؟

صرخ: إنه هنا. وألقى بجسده في عتمة البئر.

حدق بترسون في جوف البئر فلم ير غير العتمة، العتمة القاسية.

- فتِّشوا البئر. أمرَ جنوده.

لم يجدوا هناك غير الجثة الطافية والماء المختلط بالدم.

عاد بترسون للساحة مـن جديـد، حـدّق في وجـوههم: ألا تعني لكـم الحيـاة شيئاً؟!! صرخ فاقداً أعصابه.

- إنها تعني لنا كل شيء. قال الحاج خالـد. وللحظـة أحـس بترسون أن الكلمات التي سمعها كانت ملوثة بالدم فعلا. امتدت يداه، مسح أذنيه.

***

انطلقت المصفحةُ بعيداً، في جوفها سبعة رجال ثامنهم الحاج خالـد، وخلفهـا ثلاث عربات جيب عسكرية. [15]

بعد خمسة أيام من الاعتقال والتحقيق والتعذيب في سجن (المسكوبية)، الـذي كان ذات يوم من أعظم البنايات التي بنتها روسيا القيصرية لحجاج بيت المقدس خارج أسوار القدس، اشتعلت النار ثانية في المستعمرة، وبدل أن يطلق الإنجليز سراح المعتقلين، وقـد ثبت أن هنـاك مـن يحـرق المستعمرة غـيرهم، راحـوا يستجوبونهم عن أسماء رفاقهم الثوار الذين يقومـون بـذلك. وحين لم يستطيعوا الوصول إلى شيء أطلقوا سراح الرجال أخيراً.

وصلوا القرية ممزقين تماماً، لكنهم تحاملوا عـلى أنفسهم كـي يـداروا الألم والضعف اللذين يثقلان أجسادهم.

لقد عاد الجميع.

ولثلاثة أيام متتالية ظلَّت الأفراح والأعراس مشتعلة احتفاء بعودتهم.

أما على الطرف الآخر من الهادية، فقد كان الحقد يأكل قلب الحـاج صـبري النجّار.

- كنا نريد أن يكون أصغر فإذا به يصبح أكبر!!

_____

[15] - تلك الليلة كتب بترسون:
الظلمة مفتاح الضوء/ الشجرة سلم السماء/ العصفور رسالة الحلم/ في القلب استقر خنجرك يا حبيبتي/ وفجأة راح المعدن ينمو/ لا تسأليني عن الثمر.

حافة القيامة

راح صوت الريح يذرع الجهات بجنون، أحكموا إغلاق الأبواب والنوافذ، كانوا قد التجأوا جميعا لبيت الحاج خالد، ومن الداخل كان بإمكانهم أن يسمعوا ارتجاف شجرة البرتقال وتمزّق أغصان سنديانة الحوش وأنينها الموجع.

فجأة هيء لمنيرة أن ما تسمعه على الباب طرقات أيد لا ثورات ريح.

نهض الحاج خالد، سار إلى الباب، ألقت منيرة نظرة على شعلة الفانوس، ولوهلة أدركت أن إشراع الباب سيكون كافيا لإخمادها، انقبض قلبها. فتح الحاج خالد الباب موارِبة، خرج، سار نحو بوابة الحوش، أشرعها، جاء صوت من الخارج شاقاً سحابات الغبار الثقيلة: إنه هو. فدوّى طلق ناري، تراجع الحاج خالد خطوتين، ثم هوى أرضاً على وجهه.

ركضت العزيزة نحو أخيها، صرخت، في حين لم تجد سميّة قدميها لتتحرك، وتجمّدت منيرة مثلها، وفي الخارج كان باستطاعة العزيزة أن ترى قامة ضابط إنجليزي محاط بجنوده.

صاحت العزيزة: يا خوي!! يا خوي.

تراجع الضابط للوراء والجنود بأسلحتهم المشرعة.

وصلوا إلى عربتهم التي ظلّ محركها يدور طوال الوقت، انطلقت بسرعة، راح صوتها يلتحم قليلا قليلا بأزيز الريح حتى اختفى فيه.

انطلقت العزيزة تجري مجنونة خلف العربة العسكرية، لكن الغبار الـذي أطبـق على الدنيا راح يُخفيها، أشبه بشبح كانت، لا يكاد يظهر جـزء منهـا حتـى يختفـي، لكنها كانت على يقين أنها سمعت، حين وقفت خلف الباب، من يقول: إنـه هو، ولم يكن إنجليزياً.

***

281

كانت منيرة تنظر إلى خالد وسالم، وتحمد الله أنه أبقاهما لها، كلما تلفتت نحو قبري مصطفى ومحمد، كلما تذكَّرت عودتها المُرَّة لباب أمها بعد سنوات من دفنهما، كلما تذكَّرت كيف تم جمعهما ودفنهما من جديد.

كان الخروج من زمن الأتراك بمثابة عودة للروح بالنسبة لها ولآلاف الأمهات والآباء الذين عاد أبناؤهم إلى بيوتهم من أزمنة المطاردات، أو من الجبهات وقد انتهت الحرب، لكنها كانت تعرف أيضاً، أن هناك ألآلاف من قلوب الأمهات التي لم تزل تترقَّب عودة أولئك الذين لم يعودوا، الذين ابتلعتهم الجبهات البعيدة وشعاب الجوع.

حمدت الله أنهم هنا، ولم تكد تهنأ بعودتهم حتى راحت تحفر بيديها العاريتين قبر زوجها الذي هبّ عليه رصاص الغدر واختطف روحه، هي التي كانت تدعو الله دائما: اللهم أمتني قبله حتى لا أشرب حسرته. لكنها شربتها، كما شربت حسرة موت محمد ومصطفى.

***

على بعد سنتمترات قليلة من القلب عبرت الرصاصة، وخرجت من الظهر، تاركة نافورة دم تتدفَّق في كل الاتجاهات، اندفعوا يحاولون وقفها، أدركوا استحالة ذلك، إلى الشارع المعبَّد ركض سالم، كان الأفق مقفلاً تماما، وليس ثمة مجال لسماع صوت محرك قادم من بعيد، لم يكن هناك سوى صوت الريح، هذه اليد الكونية التي تُكوِّر الأرض على هواها وتبعثرها دون رحمة.

أدرك سالم، الذي وصله الخبر في بيته، أن خالد لن ينجو أبداً، حين راحت الدقائق تتطاير حوله مع التراب، لكن العودة للبيت لم تكن تعني له سوى التسليم بهذا الموت الغادر، قرر البقاء، لن يعود، ومرّة أخرى أحس بدوامة الوقت تُغيِّر وتقتلعه من مكانه وتطوِّح به، وللحظة عم الصمت، يرى الأشياء تتطاير حوله ولا يسمع لها صوتا، وفي لحظة غامضة أطلت سيارة من جوف الريح، وبصعوبة استطاع سائقها تفادي سحق ذلك الجسد الذي انتصب في وسط الشارع كسارية مكسورة.

***

في مستشفى الرملة قالوا لهم: يحتاج إلى عملية كبيرة، لا نستطيع أن نجريها هنا، كما أنه فقد الكثير من الدم. عليكم أن تنقلوه لمستشفى الدجاني الجراحي في يافا.

282

ممدداً على السرير كان، شاحباً كيوم عاصف وذابلاً كصحراء. هـز الأطبـاء رؤوسهم: ليس هناك أمل.

تحلّقوا حوله يبكون، مدركين أن العالم سينهار في أي لحظة فوق رؤوسهم، وقد فقدوا عمود البيت.

ومن بين الجموع التي تحلّقت حول السـرير وفي المـمـرات وساحة المستشفى، إنسل حسين الصعوب، شاكر مهنا وعلي الأعرج صوب الهادية، ليحفروا قبراً لـه جوار أخويه وأبيه.

كانت الريح لم تزل تحوّم وتقلب الأرض، وتعيد التراب الذي يتجمّع إلى جانب الحفرة إلى داخلها من جديد، حتى باتوا على يقين مـن أن الـريـح لا تريـد مـنهم أن يواروه التراب. تماماً كما فعل المطر ذات يوم بجثتي أخويه.

وفي لحظة غامضة أوقفوا الحفر، وقد أوشكوا أن يتمّوا الأمر، تأمّلوا بعضُهم في وجوه البعض عبر كثافة الغبار والدمع الطيني الذي ينساب على وجوههم. وقرروا العودة إلى المستشفى.

كانوا يهبطون التل، حين رأوا سالم يهبط مـن سيارة أجرة، ويعدو نحوهم، صائحاً بكلمات لم يستطيعوا التقاطها، ركضوا نحوه، وحين التقوا راح يعانقهم وهو يبكي، ويصرخ بجنون فرح: عاش، رجع عاش. والله عاش.

نظر الرجال بعضُهم في وجوه البعض وراحـوا يـصـرخون ويبكون: عـاش. عاش!!

***

توقف الحاج خالد فوق قبره، تأمّل تراب الذي ناداه، تراب الذي لم يكمل نداءه، وفي تلك اللحظة أدرك أنه حي، تحسس جسده وهو يحدّق في الحفرة، وبكى، بكى كما لو أنه لم يعش، كما لو أن من يقف على حافة القبر هو طيفه الذي يحترق ألماً وقد تيتّم بعد فقد جسده.

"أهذه هي الحياة الجديدة التي يقولون أنها تكتب للإنسان؟ إنها هي، وماذا يمكن أن ندعوها إن لم تكن كذلك؟ اتركوا ذلك القبر لي. إنه قبري، لا تـدفنوا غيري هنا حتى لو انعدمت القبور"

راحت القبور تتكاثر فيما بعد حول تلك الحفرة، وفي كل مرة كان الحاج خالد يصعد إلى هناك. كان يقف وجهاً لوجه مع تلك الحفرة التي لا يتعبها التحديق فيه ولا يتعبه التحديق فيها.

283

سِرُّ الرصاصة

لم يعد الأمر سراً: فالرصاصة التي انطلقت كانت تستهدف قلبه، بعد أن عجزوا عن إثبات صعوده الجبل مع الثوار؛ فحاولوا اختصار ذلك كله برصاصة. أنكر الإنجليز علاقتهم بالأمر، أغلقوا التحقيق قبل فتحه، ولم يكن هناك أحد من أهل البيت يمكن أن يقول إنه رأى وجها ما بوضوح، حتى العزيزة لم تستطع أن تصف وجه الذي أطلق النار: قالت إنه طويل وتوقفت. ماذا أقول، كلهم مثل بعض!

***

كان الحاج خالد يعرف أن الرصاص يمكن أن يهبّ عليه من جهات كثيرة، لكن الكلمات راحت تتّضح أكثر فأكثر وتشير إلى ذلك الطامع في احتلال مكان الحاج خالد كشيخ للقرية.

عض الحاج خالد على جرحه، وبدا له الأفق مقفلا كما لم يكن في أي يوم من الأيام، فالحديث عن طمع الدّير بأرض الهادية راح يتصاعد، واشتكى الناس من أن الخوري ثيودورس، ومنذ زمن طويل، لا يعيد إليهم الكواشين القليلة التي تثبت ملكيتهم للأرض، وأن حججه تتكاثر ويتعثر بعضها بالبعض الآخر. وبدا عبد اللطيف الحُمْدي أكثر قرباً من أن يحقق ما يريده مسلحا بقوة عسكره وسلطات الانتداب الإنجليزية. وبدت المستعمرة كما لو أنها تتسع دون أن تمتد، فبيوتها تتكاثر وتزداد ارتفاعا، وأصوات جراراتها التي تحرث الأرض تمزق فجر القرية نهارا، ومولّدات الكهرباء تهدر ممزقة هدأة الليل دون انقطاع، معلنة بهذا الضجيج مسافة كبيرة بين زمنين، زمن الهادية وزمن المستعمرة.

***

تأمل الحاج خالد، سعد صالح يحرث الأرض ببقرته وصعّد نظره إلى المستعمرة فرأى ذلك الجرار الذي يقلب الأرض رائحا غاديا كرصاصة.

284

تنهّد: إحنا وين وهمّ وين!!!

بعد أقل من ثلاثة أسابيع على انطلاق تلك الرصاصة، جاء الخبر اليقين: يـد الحاج صبري النجّار هي التي وضعت الطلقة في البندقية الإنجليزية، كل مـا فعله الإنجليزي هو الضغط على الزناد!!

أطبقت العتمة تماما على قلب الحاج خالد، نظر إلى يديه وقدميه فرأى عشرات القيود تلتفّ عليها.

انتقى فايز واحـدة مـن البنـادق التـي يطلـق عليهـا اسـم (الصّـواري) بندقيـة إنجليزية قوية وذات مدى بعيد، تستطيع استيعاب خمس طلقات، وتسلل ليـلا إلى الحارة الثانية، طرق الباب وابتعد، وحين خرج شقيق النجّار أطلق عليه رصاصة واحدة في جبينه وولى هاربا.

***

أحس الحاج صبري بأن سرّه لا بد قد انكشف، فالرصاصة التي عـبرت جبين أخيه تعلن ذلك؛ أشرع الجحيم أبوابه، وفي لحظة جنون قرر المضي بالأمر إلى آخره، حين اندفع برجاله نحو حارة الحاج خالد، لتبدأ معركة لم تنتهِ حتى بعد وصول الإنجليز الذي تمهّلوا كثيرا قبل وقفها.

***

اعتصر الحاج خالد جبينه بأصابع يده اليسرى، تأمّل كل ما رآه وما لم يره بعد، أدرك أن الرصاصـة المقبلـة سـتكون قاتلـةً، وهكـذا، مـا إن رأى عربـات الجيش الإنجليزي تتقدّم، حتى اختفى تماماً، كما لو أن الأرض ابتلعته، ليبدأ فصل طويل من المطاردة لن ينتهي إلا بعد القبض عليه عند عرب السُّطرية قرب الرملة.

كان أعوان الحاج صبري النجّار وعبد اللطيف الحمْدي قـد تعقّبوه حتى اكتشفوا مكانه، ولكي لا يتحوّل الأمر إلى مذبحة قرر أن يسلّم نفسه للقوة التي حاصرته، فهو يعرف في النهاية أن أحدا لا يستطيع أن يثبت أنه هو الذي قتل شقيق النجّار.

في السجن وجد نفسه؛ تحرّكت المنطقة كلّها لتجد حلا لهذه المشكلة التي راحت تهدد القرية بأكملها، لكن النجّار رفض الصلح، وقرر المضي في الطريق إلى أن يرى الحاج خالد على خشبة المشنقة.

***

285

بعد ثلاثة أسابيع من تحقيق مع الحاج خالد لم تكن نتيجته سوى الهباء، استطاع الوصول إلى سطح السجن، كانت الريح شديدة، وقد قيل إنه قفز من فوقه بعد أن استخدم غطاء السرير كمظلة وأنه اختفى في أحد القبور يومين، حتى فقد الإنجليز الأمل في العثور عليه.

***

بوصول أخبار فراره إلى النجَّار، أخذت الرياح اتجاها آخر، في الوقت الذي راحت فيه الخيوط تتضح أكثر فأكثر. حين شهد أحد رجال عشيرة النجَّار أن النجَّار نفسه كان وراء محاولة قتل الحاج خالد، وأنه هو من قاد الإنجليز؛ وبوصول الفضيحة إلى ذروتها، أعلن النجَّار أنه على استعداد لإجراء الصلح وإيجاد حل. رفض الحاج خالد. أحس النجَّار بالخطر، فالتجأ إلى الإنجليز ثانية باحثا عن حمايتهم، فطلبوا منه أن يجد حلا لمشكلته، فلم يجد سبيلا إلى ذلك غير عقد صلح مع الحاج خالد: دم بدم!! مقابل حرية الحاج خالد الذي تتعهد سلطات الانتداب بعدم ملاحقته.

– لم تكن أمور هذه الثارات تعني الإنجليز، سواء أكان عدد القتلى واحداً أو خمسين، كان يعنيهم ألا يكون القتلى منهم أو من اليهود. ولذلك تركوا المجال واسعا للمحاكم الشعبية كي تصل إلى حلول لهذا النوع من القضايا، وفي حالات بدت فيها الثارات مزعجة للإنجليز ذهبوا بأنفسهم للقضاة الشعبيين لإيجاد الحلول الضائعة.

كان ذلك بعد فترة، غدا فيها الحاج خالد واحدا من أكثر المطلوبين الذين يتردد اسمهم في تلك المناطق.

– هذا أقسى ما يمكن أن نقدّمه لك. قال إدوارد بترسون للنجَّار.

***

– يحضر أمام الجميع ويكون المسدَّس الذي سلَّحته به بريطانيا مُعلَّقا في رقبته. هذا شَرْطي الأول. قال الحاج خالد.

– وما هو شرطك الثاني؟

– أرجو الله أن يلهمني إياه بعد أن يتحقق الشرط الأول!! ضغطوا على النجَّار، قَبِلَ بذلك.

***

286

نُصبت بيوت الشَّعر، حضر أهالي منطقة الخليل، غزة، القدس، وحضر الحاكم الإنجليزي لمدينة غزة بنفسه، وقد كان معروفا عنه أنه يتصرف كما لو أنه المندوب السامي، وحضر إدوارد بترسون أيضاً.

حين وصل الحاج خالد، تقدّم نحو رجال الجاهة ليصافحهم، لكن حاكم غزة وبترسون ظلّا جالسين. أحس الناس بالإهانة، فصاحوا معا بصوت هادر: قفوا وسلّموا عليه. فما كان منهما إلا أن استجابا، مرغمين.

تأمل بترسون الحاج خالد بحنق شديد، وقد أطبقت يد كل منهما على يد الآخر، وهمس لنفسه: أعدك. سأقتلكَ ذات يوم!

***

كثيرون كانوا يريدون رؤية الحاج خالد، الذي تحوّل إلى أسطورة بعد هربه.

لم يكن الاجتماع لبحث القضية وإصدار حُكْم، بل اجتماع يطلب فيه الحاج خالد ما يريد، على أن يقبل النجّار بذلك دون مناقشة.

من بعيد جيء بالنجّار. ظلّ يسير ومسدسه معلّق برقبته إلى أن توقّف وسط الساحة.

– تسألني لماذا صمتت عشيرته؟ سأقول لك، معظمهم لم يكن يطيقه بسبب علاقته بالإنجليز، كان هناك ضمير، والناس كانت تحسّ بالخطر الذي يحيط بها، حتى أن ابنه كريم كان ضده، ولم يغادر البيت ذلك اليوم..

قال الشيخ ناصر العلي، الذي سيتوفى بعد أقل من أسبوع مخلّفاً جرحاً عميقاً في قلب الحاج خالد: غريمك أمامك فاطلب ما تريد.

اعتصر الحاج خالد جبينه بأصابع يده اليسرى، استقرّت نظرات آلاف الأعين عليه.

– بعد أن تحقق الشّرط الأول، أطلب أن يدفع ألفي جنيها إذا ما أراد أن أعفو عنه.

– كان يعرف أن طلبه مستحيل في تلك الفترة وأن مبلغا كهذا ليس من السهل الحصول عليه.

انتفض النجّار: لو أنك طلبت رأسي لكان ذلك معقولاً أكثر.

لكن الناس صرخت: ادفع ما عليك يا صبري!!

287

بعد قليل قام أقاربه بتجميع النقود، وحين وضعوها أمام الشيخ ناصر العلي وقام بعدِّها وتقدير ثمن بعض الحلي الذهبية إلى جوارها قال: هذا المبلغ أقل من المطلوب.

ارتبك رجال الجاهة، ولم يعرفوا ما الذي يمكن عليهم أن يفعلوه. وأصرَّ الحاج خالد: لا تنقص الألفان فلساً واحداً.

تصاعدت الأصوات منذرة بفوضى يمكن أن تجتاح الساحة. وفجأة، اخترق أحدهم الساحة بعباءته الواسعة وكوفيته التي تستر وجهه.

– هل تقبل أن تتبرع النساء؟!!

قال الحاج خالد: أقبل.

قالت: يا حاج خالد هذا تبرع مني. وأزاحت الكوفية عن وجهها وإذا هي منيرة أمه.

فرَدَّتِ المحرمة الحمراء التي في يدها فشعَّ الذهب أمام الشيخ ناصر العلي.

– هذه صيغتي وصيغة أختك وصيغة زوجة فايز وزوجة محمود وصيغة عمتك الأنيسة. إننا نقدمها لك، فهل يكتمل المبلغ.

– نعم يكتمل.

– وهل يكفيك هذا بحيث لا تطلب فوق ما طلبته؟!

– لا يكفيني أبداً!!

هبط الصمت وراح القلوب تتقافز في قلوب الناس من جديد.

قالت: لا يكفيك هذا إذن!! ولكن لي عندك دَين هل تتعهّد بأن توفيه في وجوه هؤلاء الحاضرين؟!

– برقبتي.

– لقد حَمَلْتُك تسعة أشهر في رحمي وولدتكَ من عيني وربيتكَ حتى أصبحت رجلا وأنا أريد الآن حقي منك، وحقي هو كل ما يمكن أن تطلبه من النجّار.

فقال: وجهكِ عليَّ، إنني أعفو عنه.

عند ذلك طلب الشيخ ناصر العلي من الحاج النجّار أن يتقدّم.

– ما الذي يمكن أن تقوله الآن للحاج خالد؟ سأله.

– هذا أنا بين يديك. قال. فإذا عفوت فهذا من شيمك، وإن أحببت أن تقتص مني فهذا مسدسي في رقبتي وتستطيع أن تتناوله وتقتلني به!

288

اعتصر الحاج خالد جبينه بأصابع يده اليسرى، تفحَّص وجوه الحاضرين الذين كانوا ينتظرون كلمته، وبعد صمت قال: لقد عفوت عنك، ولكن لتعلم أني كنت أستطيع أن آخذ ما أريده بالقوة وما كنت أحب أن آخذه منك شخصياً، بـل مـن حكومة بريطانيا ممثلة بالخيانة التي تسكنك.

اندفع الناس يكبِّرون ويرقصون، واستمرَّ العرس حتى سمعوا أذان المغرب.

***

مال الشيخ ناصر العلي نحو أذن الحاج خالد وهمس: كنت أعتقد أنك ستطلب تجريده من منصبه كمختار أيضاً.

- لقد فكرت في ذلك يا شيخ ورأيت أن ذلك قـد يشـقُّ القريـة مـن جديـد، فطوال عمرنا كانت المشيخة لنا والمخترة لهم، ثم أنت تعرف، لن نجد أفضل منـه ممسحة لأقدام الإنجليز.

***

اختلى شيوخ الجاهة بالنجَّار، قالوا له: عليك أن تُرضي الحاج خالد إلى الأبد.

فقال: كيف؟!

قالوا: تزوجه ابنتك، تعطيه إياها (غُرَّة).

فقال: لن تكون ابنتي غُرَّة أبداً.

- طبعا رفضه مفهوم، فالغُرَّة، عكس الحُرَّة، وهي أسوأ النساء حظـاً، إذ تُعتـبر أمَة، يواجهها الحقد والاحتقار، ولا يحق لأهلها أن يدافعوا عنها، أو ينتصروا لها إلا بعد أن تنجب ولدا ذكراً.

أجبروه على ذلك، ذهبوا وجهّزوها، أركبوها فرساً، وقالوا لـه قُـدْها إلى بيـت الحاج خالد. لقد سامحكَ هو، لكننا لم نسامحك بعد أن التجأتَ لبريطانيا وتسلطت على الناس بجنودها، وأصبحت (عبد اللطيف) الصغير هنا.

***

لم تقل ابنته سعدية شيئاً، ظلت صامتة، حين سألوها هل تقبلين بالحـاج خالـد زوجاً. وقال لها أخوها كريم حين اختلى بها: ستكونين حرة هناك أكثر مما أنت هنا.

طرق الباب، خرج الحاج خالد، قال النجَّار: هـذه ابنتي جاءتـك، ولا جـزاء وراءها.

حدّق الحاج خالد في وجوه القضاة، أشاروا له أن يوافق، أفسح لها الطريق، دخلت البيت، تسمّرت سمية غير قادرة على أن تنطق بكلمة واحدة، أدرك الحاج خالد ذلك، هزَّ رأسه ففهمته. أمسكت العروس من يدها وقادتها للداخل.

قالوا له: نتكل على الله ونعقد القران.

- إنها ضيفتي الآن وأختي إلى أن يلهمنا الله ما نفعله.

كان يدرك أن إعادتها ستعني إهانة كبرى ستفتح الجروح من جديد. ولم تكن سعدية غريبة عنه فلطالما رآها في الحقول والأعراس تتنقّل كالنحلة بين شجرة زيتون وأخرى وهي تجمع الثمار أو تحصد القمح، وقد ظلوا دائماً يشبهونها بعفاف زوجة محمود.

أما الشيء الذي لم يعرفه أحد سوى تلك العروس التي قادها حظها إلى هناك متجاوزاً كل التوقعات، فهو أنها الوحيدة التي كانت فرحةً بهذا القَدَر الذي هبط عليها رغماً عن الجميع.

* * *

بعد أربعين يوما، نهضت سمية باكرا، زيّنت سعدية، وأحاطتْ عنقها بضعف ما جاء عليها من حليّ، ونادت: إنها جاهزة.

كانت دموع سعدية تتساقط غزيرة، لكن أحدا لم يعرف سرَّ تلك الدموع، وسيمضي زمن طويل قبل أن يدركوا ما فيها.

أمسك الحاج خالد بالفرس، وظل يسير، يتبعه أهل القرية الذين راحوا يتكاثرون شيئاً فشيئاً، حتى وصلوا بيت أبيها. طرق الباب. خرج. فقال للنجار أمام أعين الناس: هذه ابنتك تعود إليك نقيّة كما أتتنا وبضعف ما كان عليها. لقد عدتَ بالفرس التي حملتها، أما أنا فلن أعود بهذه الفرس، إنها لها، وباستطاعتك أن تزوجها لمن تشاء.

لكن، وإلى زمن طويل ستظل حكاية سعدية من أكثر الحكايات التي عرفتها الهادية حزناً، سعدية التي رفضت الزواج بكل أولئك الذين تقدّموا يطلبون يدها، وظلت تردد هناك رجل واحد يمكن أن أكون امرأته، ذلك الذي دخلتُ بيته ذليلة وأعادني كريمة إلى بيت أهلي.

وصول ريحانة

وصل الخبر إلى الهادية، بعد الغروب بقليل.

- إدوارد بترسون نجا من محاولة لاغتياله، وبعد ثلاث ساعات جاء الخبر الصاعق: البوليس البريطاني ألقى القبض على مطلق النار.

وحين علموا أن الشاب هو ابن ريحانة زوجة الهبّاب الأخيرة، أدركوا أن هناك امرأة يجب أن يقفوا جميعاً إلى جانبها، وقد كانت القرى تتناقل قصتها منذ مقتل الهبّاب من لسان إلى لسان، حتى أن اسمها الشائع أصبح (ريحانة الأدهم) فكانت أول إنسان في البلاد يُنسَب إلى حصان لا إلى أبيه.

***

في محاكمة خاطفة لم تستغرق أكثر من ثلاثة أيام، تم الحكم على ابنها بالإعدام.

لم تبكِ ريحانة، لم تصرخ، لم تلعن المحكمة وحكومة بريطانيا أو تنزل دعواتها على رأس الملك. ووقفت حدَّقت في عيني ابنها وقالت: أعيدوني إلى البيت.

لكنها قبل أن تصل، قالت: ميلوا على الهادية.

وعندما سألوها: لماذا؟

قالت: أريد رؤية الحاج خالد.

***

كان وصولها في تلك الساعة المتأخرة مفاجأة كبرى، أحدث ارتباكاً كبيراً في الهادية، كان الإحساس الذي انتاب الجميع يفوق كثيراً إحساسهم لو أن المفتي الحاج أمين الحسيني بنفسه وصل.

صعدت باتجاه المضافة.

كان حمدان يراقب محاولاً التكهّن بضيوف هذه الساعة المتأخرة، مذ توقّفت السيارة ونزل منها شخص واحد ملتفا بتلك العباءة التي اختلط لونها بسواد الليل. وحيّره أن الظلال التي لمحها لأكثر من راكب قد بقيت داخل السيارة.

291

ظلت تسير إلى أن وصلته. ألقت عليه التحية، فهاله أنها امرأة. سألته عن الحاج خالد، فرد مرتبكاً: إنه في البيت.

- لديه ضيوف. قالت.
- هل أخبره بأسمائهم؟
- قل له ريحانة.
- ريحانة الأدهم.
- ريحانة الأدهم!!

كان لاسمها وقعه، وبدت في أعين الكثيرين أقرب لكائنات الأساطير منها إلى البشر، عفيفة ومنزهة كسيدتنا مريم، وقوية الإرادة كزيتونة معمرة.

**

الشيء الغريب، أن ريحانة كانت الأكثر فخراً باسمها الجديد، وفي وقت اعتقد كثير من الناس أن إطلاق اسم كهذا عليها قد يكون محرجاً، كانت على ثقة بأن هذا الاسم كان يجب أن يكون اسمها منذ مولدها، لأن الأدهم كان الوحيد الذي وقف إلى جانبها وحماها بكل ما فيه من قوة، وعندما صار عليه أن يقدّم دمه، قدّم ذلك الدم، في الوقت الذي لم يستطع أي رجل من رجال قريتها الوقوف في وجه الهبّاب (الذي انتزعها من بين أيديهم على مرأى شواربهم ولحاهم) كما قالت فيها بعد.

بعد ثلاثة أيام من موت الهبّاب، التفتت إلى زوجته صبحية وقالت: كل ما تريدينه من هذا البيت خذيه.

سألتها صبحيّة: ولكن هل تعتقدين أنه مات فعلا؟!

- ما هذا الكلام يا صبحية؟!
- والله أنني غير مصدقة حتى الآن. أخشى أن ينهض من قبره فجأة ويقول لي: ثلاثة!!
- اطمئني. ثلاثة أيام كافية لأن تُشبع الميت موتاً.
- طيب، وأنت، ألا تريدين شيئاً؟
- لقد أخذتُ ما أريده.

ارتبكت صبحية: وماذا أخذت؟

- أخذتُ موت الهبّاب يا صبحية ألم تعرفي حتى الآن ما أخذت!! حصتي من هذا البيت ومن كل أملاكه شيء واحد: موته. وأخشى أن أكون ظلمتك حين أخذت الحصة الأكبر!

اندفع كثيرون من جميع الاتجاهات لتقديم العزاء لهـا، لكنهـا أقفلـت البـاب في وجوههم: إذا وجدتم له أهلا فاذهبوا وعزّوهم به. نحن لم نكن أهله في أي يوم من الأيام. نحن كنا أسراه، سباياه.

***

لزمن طويل فكّرت ريحانة بخالد، كما لم تفكـر بـأي رجـل مـن قبـل، وعنـدما سمعت بقصته مع ياسمين، أحست بجرح غائر في صدرها، جرح سقط فجأة مـن مجاهل الألم وأستقر عميقا. كان هنالك رجل واحد لا غير، بإمكانها أن تتنازل عـن نسبها الجديد من أجله: خالد. وقد باغتت نفسها تقارن بين اسمها والاسـم الآخـر الذي كان يمكن أن تحمله: ريحانه زوجة خالد الحاج محمود.

لقد حلمتُ كثيراً، وفجـأة وقتـتُ في مواجهـة نفسـها وقالـت: يكفـي، لقـد ابتعدتِ كثيراً يا ريحانة!

لكنها لم تنس أبدا أن خالد كان الرجل الوحيد الذي مدَّ يده إليها في قعر تلـك البئر المظلمة وانتشلها في اللحظة الأخيـرة، تلك اليد العظيمة التي استطاعت سحق يد الهبّاب، اليد الرحيمة، اليد التي ستُصافحها بعـد قليـل باحثـة فيهـا عـن حيـاة أخرى، ولكن لولدها هذه المرة.

***

في بيت الهبّاب، لم تكن صبحيّة قادرة على معرفة خطوتها التالية، فسلمى زوجته الأولى لم تكن هناك، أما ريحانة فقد غادرت صبيحة اليوم الرابع، كانـت قـد دفنت الأدهم، كما ينبغي أن يُدفن، فأصيل مثلـه لا يُتـرك لكـلاب البـرّ تنهـش لحمـه أو لجوارح السماء تُمزّق حبتي عينيه. دفنته كما يليق بأي فرس أصيلة أو حصان حسب عادات أهل البلاد التي تُقدِّر الخيل حيّة وميتةً.

بعد أقل من سنة، تزوّجت ريحانة من سيف الدين السـعدي الـذي استطاع أن يقول لا لعبد اللطيف الحمْدي حين طلـب منـه أن يرسـل أخواتـه لتنظيـف بيـت الهبّاب الذي بناه بيته.

- قل لعبد اللطيف، أخوات سيف الدين لا يُنظفن سـوى البيـوت النظيفـة.

صرخ في وجه أحد عساكر الحمْدي الذي جاء إليه في حقله.

وعندما ابتعد الرجل طلب منه سيف الدين أن يعـود، كـان الشـرر يتطايـر مـن عينيه: وقل له إن عمر الرجال أطول من عمر الإمبراطوريات.

293

لم يكن سيف الدين السعدي يعرف أنه يردُّ على تلك الجملة التي قالها ذات يوم والد ياسمين، وهو يقنعها بالتعقل: عُمْرُ الدُّول أطول من عمر الناس!

***

حين وصلت أخبار ما حدث لريحانة، خفق قلبها. قالت لأمها: سأتزوج هذا الرجل.

- وهل أنت مجنونة. كيف يمكن أن تختاري عريسك. عريسك هو الـذي يختارك.

- صدقيني، سيختارني.

في صبيحة اليوم التالي طلبت من أختها أن تـذهب إليه وتخبره بـما تفكـر فيـه. رفضت أختها، طلبت من أختها الثانية فكان الجواب نفسه بانتظارهـا. عـادت إلى أمها: لم يبق هناك غيرك.

- سيقتلني الرجال إن عرفوا بالأمر.

- سيقتلك الرجال لو كان هناك رجال حقاً، أما هؤلاء الذين قبلوا بأن تكون أمهاتهم وزوجاتهم وأخواتهم خادمات في قصر الحمْدي فلا تخافي منهم.

***

خائفة، متخفية، متعثرة بظلها الواهن سارت أمها باتجاه الحقـل، غطـاء رأسها يحجب ثلاثة أرباع وجهها. رآها سيف الدين من بعيد قادمة، لم يعرفها، وقف ينظر إليها، تسمَّرت مكانها، لم يعرف ما الذي عليه أن يفعله، هـل يسير إليهـا ليعرف حاجتها أم ينتظر حتى تجيئه. وظلّت مكانها. بعد لحظات وجد أن عليه أن يمضي إلى هناك. مرتبكاً تقدَّم، وقد أحسّ بشيء غريب. حين وقعت عينـاه علـى يـدها المتغضنة بعروقها النافرة، يدها التي تمسك بغطاء رأسها لتخفي وجهها أكثر، سألها: هل من خدمة يمكن أن أقدمها لكِ يا ماما؟

- أحمل لك كلاماً ثقيلا عليّ لم تحمله أمٌّ من قبل في هذه البلاد.

- الله يجعلني عند حسن ظنك.

- ريحانة ابنتي تسلِّم عليك وتسألك أن تكون زوجها.

كانت المفاجأة أكبر مما يتصوَّر، فحين كانوا هنالك في الجبال يقـاتلون الأتراك من مكان إلى مكان، كانت ريحانة وحيدة تقاتلهم هنا. صحيح أنهم لم يكونوا علـى علم بكل ما يدور معها، لكن الأيام التالية حملت كل أسرار الأيام الماضية بتسارع أذهل الجميع.

294

- قولي لها. إذا كان هنالك في هـذه الـدنيا شيء يُسمى الشَّرف، فـلا شيء يشرّفني أكثر من هذا.

***

لم تكن مفاجأة الحاج خالد أقل من مفاجأة حمـدان حين وصـل يتبعـه موسى وناجي ووجد نفسه معها وجهاً لوجه.

لو رآها من قبل لقال: إن الزمان لم يغير فيهـا شـيئاً، سـوى أنـها ازدادت طـولا وأصبحت نظراتها أعمق، تنظر إليك وكأنها تنظـر لماضيك كلّـه، لكن جمالها لا يخفى.

التفت الحاج خالد إلى حمدان. فَهِمَتْ: ليس هنالك وقت للجلوس. قالت.

ولكنها جلست أخيراً، أحضروا فرشتين إضافيتين وضعوهما فوق الفرشة التي دعاها الحاج خالد للجلوس عليها، وحين أشار لولديه أن يـذهبا لتجهيـز عشاء ضيفتهم. قالت: سأكون ضيفتكم، بل من أهل بيتكم إذا وجدتم لي حلا.

كان الحاج خالد على علم بما قام به ابنها، ولكنه لم يكن يتوقع أن الحكم سيصدر بهذه السرعة: ليس هنالك من أحد يمكن أن آتيه سواك. أفضالك غمرتني ويـداك هما الوحيدتان اللتان استطاعتا أن تكسرا باب سجني، ولا أظن سواهما تستطيعان فكَّ حبل المشنقة عن عنق ولدي خالد.

تهدج صوتها حين قالت ذلك وارتبك الحاج خالـد حين سـمع اسـم ولدها: تعرف، لم أجد له اسما أنبل من هذا الاسم.

وأضافت: لم تعرفه يا حاج، ولكنه من الشباب الذين إذا ما وضعتهم على الجرح يشفى.

- وما أخبار والده؟
- يقاتل مع من بقي من رجال عز الدين القسّام، ولكنه بخير.
- إن كنت أستطيع تقديم شيء فأنا أقدمه لنفسي.
- ابنك محمود متعلّم ولا يخفى عليه شيء من يافا إلى القدس. أريد أن ترسل إليه ليجد لنا محاميا، لقد قالوا لي إننا لم نـزل نملـك فرصة. فهنـاك شيء يـسمونه الاستئناف.
- في الغد سأذهب إليه بنفسي.
- كنت أتوقع ذلك. ونهضتُ.
- ولكن كيف تذهبين قبل أن نكون قد قدمنا الواجب.

295

- هناك سيارة تنتظر والليل غَلَبَنا.

***

- كثرة الشدة هي التي خلقت الثوار. آه والله. ولا تنس القهر الذي أُحس به
الناس بعد استشهاد الشيخ عز الدين القسَّام ورفاقه، ثم من يستطيع أن ينسى يـوم
جنازته؟ مَن؟ (الجنازة التي خرجت من المسجد إلى الساحة الكبرى أمامـه، آلاف
المشيعين وجثث القسام ورفاقه على الأكف مرفوعة، النساء يزغردن على السـطوح
والشرفات والنوافذ والكشافة ينشدون أناشيد تثير النخوات، وسار الموكب.. إلى
أن اقتربنا من دائرة البوليس فراح الجمهور يرجمها بالطوب والحجارة وكـان فيها
بعض الأنفار فبادروا إلى الهرب، وكانت ثلاث سيارات للبوليس تقف أمامها
فحطمها الجمهور، ولمحنا جنديا بريطانيا يشرف على سير السيارات فهجم عليه
البعض فولى هاربا، واستأنفنا مسيرنا إلى أن وصلنا محطة السكة الحديدية، فهاجمها
الجمهور بالحجارة.. وأقبلت كتيبة من الجند البريطاني المدجج بالسلاح يقودها
الضابط جيمس بخوذها الفولاذية، وإذا بالجمهور يضع الجثث علـى الأرض
ليدخل في معركة مع البريطانيين الـذين جاؤوا لقمـع الموكـب، ورأيت بنفسي
الضابط جيمس يقع على الأرض.. وأدركت القوة ألا قِبَل لها بمقارعة الجمهور
فانسحبت بسرعة، وكان مقررا أن ترسل النعوش إلى مقبرة بلـدة الشيخ، عزفت
الموسيقى نشيدها الحزين، وتقدم البعض لوضع النعـوش في السـيارات، ولكـن
الجمهور حال دون ذلك، واستأنف السير إلى المقبرة مشيا على الأقـدم خمسـة كيلـو
مترات، وقد استغرق السير من الجامع الكبير في ساحة الجرينة إلى مقبرة الياجور
ثلاث ساعات ونصف الساعة. ورأيت وفودا من نـابلس وعكـا وجنين وبيسان
وطولكرم وصفد وزحوفا من جميع قرى حيفا، ولكنني لم أشاهد رؤساء الأحزاب،
وعلقت جريدة الجامعة الإسلامية على الدعوة الموجهة للناس للمشاركة في الجنازة
صبيحة ذلك اليوم قائلة: (.. أما مسألة تشييع الجنائز فهـذه مسألـة دينيـة لا يُرجَـعُ
فيها إلى حكم سياسي، ولا إلى نص قانوني، وإنما إلى حكم الدين الذي لا يُفرق بـين
ميت وميت، والذي يسمو على ملابسات السياسة وعن سفاسف هـذه الحيـاة
الدنيا!!)

***

حين وصلوا محطة القطار: الحاج خالد، ريحانة وأخواها جميل وحافظ، كـان
محمود في انتظارهم ببدلته الرمادية وطربوشه الأحمر.

– ليس لنا في هذه القضية غير سليمان المرزوقي.[16]

بعد قليل كانوا في مكتبه المجاور للمستشفى الفرنسي في البلدة القديمة. شرحوا للمحامي تفاصيل القضية، فقال: بسيطة! ولكن عليّ أن أراجع الملفات الرّسمية كلها. والتفت إلى ريحانة وقال لها: اطمئني.

– ومن تستطيع أن تطمئن وحبل المشنقة حول رقبة ابنها؟

– أرجو أن يكون الله في عوننا.

كان أول ما فعله هو تقديم طلب استئناف قبل تصديق الحكم. وقبل أن يحين موعد المحاكمة، كان قد عرف اسم القاضي الذي سيبتُّ في القضية وكان عسكريا برتبة عقيد.

**

ما حدث بعد ذلك رواه الحاج خالد بانبهار شديد للرجال الذين تجمّعوا في المضافة دون أن يغيب أحد، واضطر لإعادته مرات ومرات في الليالي التالية، كانوا مبهورين مثله: حين وصلنا قاعة المحكمة، لم نجد محامينا هناك. نادى الحاجب مرة، مرتين، ولكن لا جواب! وقبل أن يعلن الحاجب غيابه: دخل يرافقه أحد معاونيه.

– كيف تتأخر عن قضية مهدد فيها موكلك بالموت. سأله القاضي الإنجليزي بغضب. كما أنه لم يُصدر حكم الإعدام!

– الضرورات يا سيادة القاضي.

– وما هي الضرورات التي لديك، الضرورات الأهم من حياة موكلك؟!

---

[16] - كان واحدا من أكثر المحامين شهرة، فقد بصره طفلاً، فأرسله والده إلى الأزهر وكان واحدا من تلامذة الشيخ محمد عبده. وقد تعرض لعقوبات كثيرة من السلطات القضائية البريطانية، كما نفاه جمال باشا السفاح إلى الأناضول أثناء الحرب العالمية الأولى بسبب معارضته الاستيلاء على المحاصيل الزراعية للفلاحين لتموين الجيش التركي.. وسينقل مكتبه بعد ذلك إلى جوار النادي الرياضي في شارع جمال باشا، بعد نسف ذلك الجزء من يافا القديمة، حيث لم تعد القوات البريطانية قادرة على السيطرة على ذلك الجزء من المدينة الذي كان مكتبه فيه، بسبب وجود الثوار، وقد أفاقت المدينة في الساعة الرابعة من صباح يوم 18/ 6/ 36 على أزيز الطائرات تحوم في سمائها والقوات العسكرية تحيط بها، وفي السادسة صباحا أخذ العساكر ينفخون في الأبواق الإنذارية. وبعد قليل أخذت فرق من مهندسي الجيش البريطاني تضع صناديق الديناميت في أساس البيوت وتفجيرها واحدة بعد أخرى، وفي غضون ساعتين كانت معظم يافا القديمة أنقاضا بما فيها من منازل وحمامات ومدارس وأفران ومقاه ومعامل وأضرحة أولياء، فشرّد أكثر من ستة آلاف فلسطيني. وقد صرح وزير المستعمرات أن حكومة فلسطين اغتنمت فرصة وجود فرقة المهندسين الملكية لفتح شارعين يؤديان إلى الميناء فأخلت هذه المنطقة المزدحمة بالأبنية القذرة ونسفتها بعد أن كانت مركزا للمتردصين وملجأ للخارجين على القانون ولا يستطيع البوليس الدخول إليها)

297

- لقد تأخرت يا حضرة القاضي لأن لي صاحبة، وكان لا بدَّ لي من أن أمضي أطول وقت معها!!

- وهل لمثلكَ صاحبة؟!! سأله القاضي وهو يبتسم.

- ولِمَ لا يا حضرة القاضي؟!

- وهل صاحبتك أفضل من ذلك الذي يضع روحه بين يديك؟

- لهذا أهمية خاصة ولصاحبتي أهمية خاصة أيضا! ولكن ألا تريد أن تعرف من أين أتيت؟

- لا يهمني ذلك. قال له القاضي.

- ولكن يهمني أنا أن تعرف، حتى تكون على يقين من أن صاحبتي تستحقّ الكثير أيضاً. وقبل أن يجيب القاضي، قال: لقد أتيت من بيت صاحبتي التي تسكن بين مبنى جريدة فلسطين ومدرسة الفرير، ولا أكتمك، إنها زوجة مسؤول كبير.

تحفز القاضي. عند ذلك شد مرافق المرزوقي على يده، وكان أوصاه بذلك عندما يحسّ بانفعال القاضي.

- كنت في العمارة الثالثة، وحين صعدت إلى الطابق الثاني، كان علي أن أعود لأن خادمتها سوزان كانت هناك.

وشد المرافق على يده مرة أخرى.

- كان من الصعب أن أختلي بها، مع وجود خادمتها ولذلك انتظرت في الطريق حتى رأى مرافقي الخادمة تبتعد. لقد استطاعت صاحبتي أن تخترع لها عملا تقوم به.

وشد المرافق على يده مرة أخرى.

- هيلانة، إنها أجمل امرأة يمكن أن يظفر بها رجل!! ولو وضعتَها في هذه القاعة بين كل هؤلاء الناس دون أن تقول لي أين هي، لعثرتُ عليها أنا الأعمى بسهولة. كانت تقول لي دائما: لعل هذه الكنبة الحمراء لم تُصنع إلا لنا!!

عند ذلك صرخ القاضي: إخرس. وأشهر مسدسه في وجه المرزوقي.

ارتبك الناس، تعالت أصوات الفزع، واحتمى كثيرون منهم خلف مقاعدهم.

- المسدس موجّه إليك. قال له مرافقه.

عندها أطلق المرزوقي ضحكة مجلجلة هزَّت المحكمة. وقال للقاضي: إذا كنت مُستعداً للقتل من أجل زوجتك فكيف تحكم بالإعدام على رجل يدافع عن وطنه.

298

أحس القاضي فجأة بورطته. ارتبك، ولكي يغيب عن الأنظار بأقصى سرعـة ممكنة، قال: حكمت المحكمة على المتهم بالسجن عشر سنوات ومنعك من دخـول المحاكم ستة أشهر.

فقال للقاضي: لقد فعلتُ ما عليَّ، وليس يهمّني بعد ذلك أي شيء.

فقال له القاضي: كنت ستخرب البلاد لو كنت ترى.

فقال للقاضي: حمداً لله أنني أعمى ولا أرى المظالم التي ترتكبهـا بريطانيـا ضـد شعبي.

......

حين يصل الحاج خالد إلى هذه النقطة يكون الصمت قد غمر الجميع.

- ولكن كيف عرف كل تلك الأشياء عن القاضي؟ سأل محمد شحادة.

- وهل تتوقع أن أمراً كهذا، يا لبيب، يمكن أن يكون صعبا على رجل مثله، لقد أرسل إلى هناك من سألَ وعرف تفاصيل كل شيء.

كانت تلك هي أول مرة يلتقون بها المرزوقي، لكنهـا لـن تكـون الأخيـرة، لأن المفاجأة التي تنتظرهم في المستقبل تفوق الوصف.

***

لم تتوقع ريحانة أكثر من ذلك، بل إنها للحظة كانت عـلى يقيـن مـن أن الحكـم سيكون أقسى. وحين خرجت من قاعة المحكمة أبصرته هنـاك، عرفتـه: سيـف الدين، زوجها. أومأ إليها واختفى خلف المنعطف.

- انتظروني. قالت لهم.

- سيف الدين؟!! كيف حالك.

- طمِّنيني.

- الحمد لله، الحمد لله، لقد ابتعدتْ غيمة الموت، حكم عليه عشر سنوات.

- لا عليكِ. ابني وأعرفه، مثلما أعرفك، وتذكّري دائما: إذا ما آمن الرجال أن أعمارهم أطول من عمر الإمبراطوريات، سيعمرون أكثر منها.

ذلك الفلّاح !

وصل سليم بيك الهاشمي إلى قصره الريفي، كان غاضبا، فالأيام التي مرت كانت أقسى من أن تُحتمل، كلّ شيء يسير عكس ما يريد والـشـوارع تُسحب مـن تحت رجليه. حاول أن يهدأ، تأمّل كل الأشياء الزرقاء، بـدرجاتها المتفاوتـة، التي كانت تحيط به، من الستائر إلى المقاعد إلى ألبسة العاملين لديه، لكنه اكتشف أنه بحاجة إلى بحر عميق يَغرق فيه، لا مجرد هذه الألوان التي بدت له تعسة وسخيفة، كفكرته الأولى التي لمعت ذات يوم وساقته وراءها. [17]

***

حاول الهاشمي الابتعاد ما استطاع، بعد أن وجد نفسه مـضطرا لحـضور حفـل تأبين القسّام.

- أي كارثة هذه التي تضطرني أخيراً لحـضـور احتفـال تـأبين هـذا الفـلاح؟! كان يصرخ في وجه امرأته وابنه: كنا نعتقد أن موت واحد من هذا النوع يريحنا منه إلى الأبد، وإذا به يجرف الشعب كلّه في طريقه، بحيث لم يبق علينا سوى أن نساير التيار. لقد انتصر على الجميع وتحوّل إلى رمز مع أنه قُتـل في أول معركـة يخوضها. معقول!!

---

[17] - (ليس هنالك ما هو أدق من ذلك الوصف الذي قرأته عنه ذات يـوم (الرجـل الهـادئ الرصين، الناعم الملمس والباسم الثغر والخبيّ المكنون، الذي يعد كلماته كما لو أنه ينقد قطعاً ذهبيـة)، أكمل دراسته في الجامعات البريطانية، وحين عاد من هناك قرر أن يكون صناعيا، ولم يمض الكثير حتى غدا واحداً من الكبار في هذا المجال ففي (عام 1933 أسس أول مزرعة نموذجية عربية لتربيـة الأبقار والدواجن والأرانب، كما استخدم أساليب جديدة في زراعة الخضار والفواكه، وعقد اتفاقيـة مع الجيش البريطاني لتموينه بالخضار وعبوات الحليب المعقمة والجبنة المغلفة، كما استطاع عقد اتفاقية أخرى لتزويد المستشفيات البريطانية بمنتجات المزرعة، أما النمط الذي اتبعه في التسويق فهو نفس النمط الذي اتبعته شركة تنوفا اليهودية. وفي نهايات أيلول من عـام 1936 أصبح واحـداً مـن أكـبر المتحمسين لوقف الثورة والإضراب العام بسبب اقتراب موسم البرتقال.)

لم يكن وحده الذي شعر بذلك، فعشرات الزعامات في المدن أحسّت بالزلزال، وأدركت أنها إن لم تتحرك بسرعة فستفقد شرعية وجودها، ولذلك كان لا بدّ لها من أن تجد الحل.

لم يكن اللقاء السري الذي رتّب على عجل مع المندوب السامي كافياً لكي يخرجوا من عنده أكثر اطمئنانا، أخبروه أن الغضبة التي تملأ الشوارع منذ (مقتل) القسّام تهددهم كما تهدد بريطانيا نفسها، وطلبوا منه أن يتفهّم معنى عدم تغيّبهم عن حفل التأبين: كان غيابنا يعني المراهنة على شرعيتنا. وطالبوه بأن تكون السلطات أكثر حزماً لأن البدايات تشير إلى نتائج لن يستطيع أحد معرفة مداها.

أرسل الهاشمي في طلب عبد اللطيف الحمدي؛ حين وصل لم يدّعُه للجلوس، كان لما يزل غاضبا.

- ما الذي يحدث هنا، أمام عينيك؟ يخرج ولد من القرى التي ائتمنتك عليها ويُطلق النار على ضابط إنجليزي في وضح النهار.

- لقد أطلق النار عليه في المدينة يا بيك وليس هنا.

- لكنه خرج من هنا يا حمار. أصل المصيبة هنا، رأس الأفعى هنا، وكل ما حدث أن ذنَبها هو الذي تحرّك هناك. ثم ماذا عن الهادية، وتنطّحها للبحث عمن يفك حبل المشنقة عن رقبة ذلك الولد بعد أن التفَّ عليه؟

- الهادية كما تعرف يا بيك لم تكن في أي يوم تحت يدنا، وعلى الرغم من أنها في حماية دير الروم، إلا أننا لم نُقصِّر وفعلنا الكثير دائماً.

- ما يحدث الآن يحتاج إلى ما هو أكثر مما فعلته في الماضي وإلا فإن كل شيء سينقلب على رؤوسنا، هل فهمت؟!

- فهمت.

- قل (لنسائك) الذين تفتخر بهم دائماً أن يتحركوا، وإلا.

- أستغفرُ الله، لا تُقسِم يا بيك، لن يكون إلا ما يرضيك.

- أريدك أن تتحرّك بسرعة وتقوم بما يجب عليك القيام به.

- وما هو يا بيك؟

- هل تريد مني أن أقول لك ما الذي عليك أن تفعله أيضا؟!

خرج عبد اللطيف الحمدي أكثر حيرة مما دخل: ما الذي يريده مني فعلا، تقـع الفأس في رؤوسهم هناك ويأتون لتفريغ غضبهم فينا هنا؟!

أرسل خبرا إلى المختار صبري النجّار أن يحـضر بسـرعة، حين وصـل لم يدْعُـه للجلوس كان غاضباً.

- ما الذي يحدث في الهادية تحت بصرك، يذهبون ويوكّلون محامياً للدفاع عن ذلك الولد الذي أطلق النار على الضابط البريطاني في المدينة.

- لقد خرج الولد من قرى الصفّ التي تخضع لك يا بيك.

- لكن رأس الحية الذي تحرك لينقذه كان في قريتك: الحاج خالد بنفسه.

- تعرف يا بيك أنني فعلت أكثر مما يفعله أي شخص آخر في هـذه المنطقـة، ويؤسفني أن أقول لك إنني كنت الخاسر الوحيد، حين أوشك رأسي أن يضيع بين الإنجليز وبين أهل القرية.

- ولكنك أخذت مكافأتك، حين عملنا على أن تكون مختاراً دائما للبلد.

- لا أنكر أفضالك يا بيك.

- أريدك أن تتحرّك بسرعة وتقوم بما عليك القيام به!

- وما الذي عليّ أن أفعله يا بيك؟

- وهل تريد مني أن أقول لك ما الذي عليك أن تفعله؟!!

***

خرج المختار صبري النجّار غاضبا: إذا كان باستطاعة أحـدهم أن يفعل شـيئاً فليتفضل جنابه للقيام بذلك!!

كان النجّار يدرك أنه انتهى منذ ذلك اليوم الذي وصـل فيه إلى تلـك السـاحة ومسدسه مُعلّق في عنقه، لكن أفضل مـا حـدث لـه فعلا أن الإنجليز لم ينسـوا تضحيته، حين رفضوا كل محاولات سحب هذا المنصب المعنوي منه، وقد ظـل يشعر على الدوام أن مقام الحاج خالد ليس أكبر من مقامه ما دام أهل الهادية يـأتون إليه طالبين ختمه في كل صغيرة وكبيرة.

302

الصّفعة

أدرك الحاج خالد أن الزمن الذي مضى لن يعود ثانية، أرسل في طلب فايز، وحين جاءه، قال له: اليوم نحن بحاجتك.

– إبشر يا خال.

كان على يقين من أن البندقية التي تُشهر، لا يمكن أن تُعاد إلى مخبئها من جديد، لكنه فكر بطريقة مختلفة: سنضرب ونهرب، سنضرب بعيداً ما استطعنا، ونعود متسللين إلى البلد دون أن يحس بنا أحد. وحين نتفق مع أحد ليأتي ويضرب هنا سنقوم بكل ما يثبت أننا لم نغادر القرية.

– أنت تعرف أهالي القرى المجاورة، لا أريد الكثير، ليس أكثر من اثنين أو ثلاثة من كل قرية، حتى لا نلفت انتباه أحد. أوصى فايز.

– إبشر يا خال. وجودك في الجبال سيعني الكثير للشباب.

من الهادية خرج معه فايز، إيليا راضي وسعد صالح. ومن القرى المجاورة التي تخضع لعبد اللطيف الحمْدي اختار عشرة رجال من القرى الخمس، من بينهم عادل أبو ممدوح الذي باتت قصته على كل لسان؛ ذلك الرجل الذي ما إن سمع باستشهاد القسّام حتى وقف على طرف الطريق وحين وصلت عربة جيب إنجليزية قتل الجنود الثلاثة الذين كانوا فيها، واستولى على أسلحتهم واختفى في الجبال.

– عادل سينضم إلينا في الجبال، ما إن يسمع أنك هناك.

***

كانت عملياتهم تتمُّ بعيدا عن الهادية، إحراق مستوطنة، تخريب سكك الحديد من خلال ربطها بالجمال وجرّها أو دهن السكك الحديدية بالشحم مما يعطل سير القطارات ويسهل مهاجمتها، وإطلاق النار على سيارات الإنجليز واليهود للاستيلاء على الأسلحة.

أحس الحاج خالد بأن العمليات نجحت، فقرر أن يُقسِّم القوات التي لديه إلى أربع مجموعات، أرسل واحدة منها للشمال وواحدة للجنوب وواحدة للساحل وترك لمجموعته المجال للتحرك في المنطقة الوسطى.

لم يكن قانون الطوارئ الذي أصدره الأنجليز مفاجئا لهم بقسوته حيث نص على:(الحكم بالإعدام أو بالحبس المؤبد لمن يتعرض لأي خط أو جهاز تلغراف أو مطار أو ميناء أو سكة حديد أو سبيل ماء أو ممر أو محطة لتوليد القوة. ويجيز للحاكم فرض غرامة مشتركة على أهالي أي مدينة أو قرية أو محلة نقدا أو أبقارا أو خرافا أو ماشية أو غلالا والحجز على الممتلكات وبيعها لدفع ثمن الغرامة إذا تخلفوا عن المساعدة لإظهار الجرم أو المجرمين أو مصادرة أي دار أو أي بناء أو إنشاء دون تعويض أو هدمها.. وإلقاء القبض على كل من يحمل عصا أو نبوتا أو قضيبا حديديا أو حجراً أو آلة جارحة مهما كان نوعها أو وصفها.. ويجيز القانون لمأمور البوليس أن يوقف بدون مذكرة أي شخص ينشد نشيداً أو يستعمل كلمات أو إشارات من شأنها أن تؤدي إلى إخلال بالأمن..)

بعد ثلاثة أسابيع أدرك أن الحاجة للرجال باتت مُلِحَّة أكثر لاستمرار العمليات وتوسيعها. جن الإنجليز، وأعلن قائد منطقة القدس جائزة مالية مقدارها خمسة آلاف جنيه فلسطيني لمن يُدلي بمعلومات تساعد في القبض على الرأس الكبير لهؤلاء (المجرمين).

لكن ذلك لم يغير شيئاً، إذ استطاع سعد صالح أن يتسلل إلى بيت القائد الإنجليزي نفسه ذات ليلة، وفاجأه بإطلاق النار عليه وهو في السرير، وعندما حاول الفرار وجد عشرات البنادق مصوبة إليه في لحظة واحدة. وهكذا قُتل في الحال. حين فتشوا الجثة لم يجدوا ما يثبت شخصية صاحبها، حملوه في اليوم التالي في صندوق عربة وداروا به على القرى واحدة واحدة، إلّا أنهم لم يصلوا إلى نتيجة. كان الجواب واحداً وحاضراً في كل قرية دخلوها: لا نعرف.

سلموا الجثة لدوريات أخرى، طافت في قرى كثيرة دون جدوى، إلى أن توقّفت العربة التي تحملها على باب إدوارد بترسون.

كان بترسون قد غدا أكثر دموية منذ محاولة اغتياله، وبات يسكنه يقين وحيد: في أي لحظة يمكن أن يُطلق عليك النار واحد، أي واحد من هؤلاء. [18]

- الآن جاء دورك لتعرف صاحب هذه الجثة، منذ يومين نطوف دون نتيجة.

***

خرج بترسون. كان أول ما فعله أن ألقى نظرة على الجسد بعد أن أزاحوا الغطاء عنه. كان يأمل أن يساعده الحظ فيعرفه، لكنه قال: الآن اكتشفت كم يتشابهون حين يكونون أمواتاً. لكن أحداً من الجنود والضباط لم يضحك. ولم تكن الرائحة المنبعثة من الجثة هي السبب الوحيد.

عندما وصلت العربة إلى الهادية أخيراً، كانت الجثة قد بدأت تتحلل لفرط ما فيها من ثقوب وبسبب حرارة الطقس التي أخذت في التصاعد ما بعد التاسعة من صباح ذلك الثلاثاء، لكن الوجه كان واضحا رغم الدم الناشف الذي يغطي أجزاء كبيرة منه.

عرفوه. إنه سعد صالح. ابتعدوا بوجوههم عن الجثة. لاحظ بترسون ذلك: تعرفونه إذن؟!

هزّوا رؤوسهم كما لو أنهم يقولون (لا) جماعية..

أمر الجنود بإحضار كل نساء القرية.

حضرن. طلب منهن أن ينتظمن في صف طويل لتُلقي كل واحدة منهن نظرة على الجثة ثم تقف هناك في الساحة ووجهها للعربة.

فعلنَ ذلك، واحدة واحدة، لكن الذي أربكه أنه لم ير الدّمع في عيون أي واحدة منهن.

كان على وشك أن يصاب باليأس، على وشك أن يُلقي الجثة في وجوههم جميعا ويذهب، لكنه سمع ذلك النشيج الذي صدر من بين تجمّع النساء.

اقترب منها، كانت أمه: تعرفينه إذن؟! هل هو ابنك؟

كان الجميع يعرفون أن ثبوت انتمائه للقرية يعني أول ما يعني نسف البيت الذي خرج منه واعتقال عدد لا يمكن توقّعه من الرجال.

- تعرفينه إذن؟

---

[18] - في تلك الليلة كتب: في ظلمة القرون يسافر طيفك/ أبيض كالثلج/ أزرق كالفاجعة/ منذ زمن لم أسمع خطاك في الممر/ أو أرى وجهك في المرآة/ أقلّب روحي كقطة ميتة بأصابعك التي كانت لي / وأحدّق في العصفور الغافي على حافة النافذة.

305

– لا. لا أعرفه.

– ولماذا تبكين عليه؟

– أبكي على شبابه. أبكي على أمّه التي أتمنى ألّا تراه على هذه الصورة. لهذا أبكي.

تراجع بترسون خطوات وقال: وهل تعتقدين أن مجرماً كهذا يستحق الدموع التي تُذرف عليه؟ صمت قليلا وهو يحدق في مقدمة حذائه ثم قال: أظنهم لم يقتلوه تماماً، كأنه لم يزل يتحرك!! أخرج مسدسه وأفرغ ثلاث طلقات في صدر الجثة. ارتفع البكاء وصرخات الاحتجاج: خاف الله.

– وما الذي يزعجكم ما دمتم لا تعرفونه؟

صمتوا.

رأى طفلة تختبئ خائفة خلف أمها، سار نحوها، اختطفها بيد، في الوقت الذي كان مسدسه مشهراً في وجوه الجميع. حاولت الأم التشبث بابنتها، ضربها بكعب مسدسه، سقطت.

– لا تخافي. لا تخافي. رددت الأمُّ برعب!

وقف بها أمام صندوق سيارة الجيب: هل تعرفين هذا؟

كانت تبكي، لكنها وجدت القدرة كي تهز رأسها وتقول: لا.

– قرَّب وجهها أكثر إلى الجثة، وفي تلك اللحظة فقدت الطفلة وعيها، نظر إليها ثم تركها تسقط أمام قدميه.

اندفعتْ أمها نحوها، حاول الجنود أن يمنعوها لكنها وصلتْها قبلهم، انحنت لتحملها، تلقت تلك الركلة المفاجئة من قدم بترسون فسقطت على ظهرها.

تراجع: لا تريدون الاعتراف. إذن لن تعرفوا مكانه. لن تعرفوه أبداً. سأعذِّبكم بهذا طوال حياتكم. وكانت تلك جملته التي رددها في كل قرية.

ابتعدت العربات، وما إن وصلت الشارع حتى ملأ العويل الفضاء

– في رأيي أن الحادث الثاني الذي هزّ السلطة كان مقتل الضابط السري أحمد نايف في حيفا، وهو الذي ساعد في اكتشاف عصبة القسام وتعقب القساميين.

أما الإخبارية التي حسمت الأمر وأفقدت إدوارد بترسون عقله وكادت تودي به إلى الجنون فهي تلك التي وصلت متأخرة أكثر مما يجب وكانت تقول: خالد الحاج محمود هو الذي يقف فعلا وراء كثير من العمليات ضد الإنجليز.

306

عند ذلك صفع بترسون جبينه بقوة وقال: أي غبيّ كنتُ حين لم أطلــق عليــه
النار عندما كان في قبضتي. [19]

وجهاً لوجه

لم يبق هناك جبل في فلسطين إلا وعاش فيه الحاج خالد. هكذا أحسَّ الناس.

كان عمره قد تجاوز الخامسة والخمسين، أما الشيء الـذي لم يكـن يتوقعـه فهـو ذلك المرض الذي بات يهدد حياته: السّكري. لكنه استطاع تجاوز ذلك بالإبر التـي تعلّم أن يحقن بها نفسه بنفسه. وكانت برودة الجبال في تلك الأيـام، وحمايتـه للإبـر التي يحملها من أي حرارة مرتفعـة في حافظـة خاصـة مـن تلـك التـي يسـتخدمها الإنجليز، قد أعانتاه كثيراً.

بدأت ملامح تلك الشخصية الغامضة تتضح يوما بعد يـوم للإنجليـز، ولكـي يتأكدوا قاموا بعدة حملات تفتيش مفاجئة أكدت لهم أن الحاج خالد لم يعد يتواجـد في القرية أبداً. ثم جاءت تلك الحادثـة الصـغيرة التـي وقعـت بـين الجبـال لتؤكـد للإنجليز أن حسَّهم كان في مكانه.

***

قرر بترسون تعيين ضابط فلسطيني اسمه سند رجب علـى رأس قـوة بريطانيـة لملاحقة الحاج خالد والقبض عليه بأي ثمن. وكان اختياره لهذه المهمة عائدا لكونـه قد قابل الحاج خالد أكثر من مرة حين كان عريفاً. كانت مهمة سند أن يتنقّـل كـما يريد، سالكا الطرق التي يعتقد أن الحاج خالد يمكن أن يسلكها، وهكذا عاش مع القوة المكوّنة من عشرة جنود، حياة لا تختلف أبداً عـن حيـاة الثـوار أنفسـهم، وفي لحظات كثيرة كان أكثر قرباً منه مما يمكن أن يتصور.

بات سند مهتما بكل تلك المستعمرات ومخافر الشـرطة والمؤسسـات البريطانيـة التي يمكن أن تفتح شهية الثوار لضربها، ولم يعد ينقصه شيء كـي يـصبح مـثلهم تماماً إلا أن يُهاجم المواقع التي يرى بأنهم سيهاجمونها.

ثلاث مرات أوشك أن يموت، لأنه ومن معـه، كـانوا أهـدافا سـهلة معزولـة، هاجمه بعض رجال الحاج خالد وهاجمه بعض رجال الحاج يوسف أبو درة وعبـد

308

الرحيم الحاج محمد وفرحان السعدي، وفي كل مرة خسر بعـض رجالـه، وفي بـاب الواد أطبقت عليه قوة يقودها محمد صالح أبو خالد فأجهزت على جنوده العشـرة، لكن مرور قافلة إنجليزية في اللحظات الأخيرة كان حبل نجاته.

من جديد عاد واختار عشرة آخرين، وراح يطوف بهم الوديان وسفوح الجبـال من جديد.

لكن الذي لم يكن يتوقّعه أن الثّورة ستتصاعد إلى حد لم يكن له أن يتخيلـه، وفي لحظات تأمله تسلل إليه الشك فجأة: كيف يمكن أن يقوم بعملية عسكريـة ناجحـة في الوقت الذي لم تستطع فيه القوات الإنجليزية مجتمعة أن تحقق نصراً حاسماً فيها؟ من هذه الثغرة الصغيرة استطاع الحاج خالد المرور.

***

عندما كان الحاج خالد يتنقّل من منطقة إلى أخرى كان يرسـل أحـد رجالـه إلى أقرب قرية فيُحضر له حصانا من أحد الرجال الذين يعرفهم. أما إذا كان يريد شيئا من القرية أو من رجالهـا، فقـد كـان يرسـل حمامـة زاجلـة، تهبط في بـرج سمية، فتمسكها، وتسلّمها لناجي الذي يقوم بتنفيذ ما يريده أبوه، وحين يعود الشّخص حاملا ما يريده الحاج خالد، تكون الزاجلة معه، في انتظار مهمة أخرى لها.

***

ذات مرة أرسل إلى مختار (كزازة) محمود عبد الله جروان أن يُرسل إليـه فرسـه لأنه سينتقل إلى مكان آخر. وصلت الفرس، ركبها متوجها إلى قرية (مغلس) وفي أحد المنعطفات الجبلية فوجئ بدورية خيل إنجليزية وجها لوجه، ولم يكن قائـدها سوى سند رجب.

أحد رجال الحاج خالد رأى الدورية من فوق الجبل، صاح محاولا أن يحـذّره، دون جدوى. لم يكن هناك شبر واحد يمكن أن يمرّ الحاج خالد من خلالـه، فـالممر ضيق ولا يكاد يتّسع لمرور أربعة خيول.

التقت أعينهما، عرفه سند.

- إلى أين تمضي يا رجل؟
- أنا ذاهب إلى (مغلس) أنا بائع زيت، كنت قادماً مـن (كـزازة)، وضعـتُ زيتي عند مختارها محمود جروان، وأنا ذاهب لأفتّش عن رزقي في مغلس؛ وإذا مـا كان هناك أحد بحاجة لزيت، أعود وأُحضِر له طلبه، بدل أن أحمل الزيت متنقلا بـ بين القرى.

فكر سند بسرعة، وأدرك أن أي محاولة للقبض على الحاج خالد ستكون سبباً في إبادتهم جميعاً. كان على يقين أن البنادق في الجبال مصوّبة إليه من كل جانب.

- ألا يوجد معك سلاح؟
- وما الذي أفعله بالسلاح وأنا ذاهب لأبيع الناس لا لأقاتلهم.
- كان لا يحمل سلاحا بالطبع في النهار لأن العثور على شبرية معه كان يعني نهايته.
- وما هذه الحقيبة التي تحملها؟ سأله سند.
- أنا مريض وأحقن نفسي بالإبر. وأخرج إبرة وأراهم إياها.
- نحن نبحث عن الثوار هنا، وعليك ألا تتجوّل وحدك، فهذا خطر عليـك أيضا. ربما يقتلونك!!
- إنني مجرد بائع زيت، وأنا مضطر لفعل ذلك، أمـا إذا كنتم لا تريـدوننا أن نسير في بلادنا فلن نسير!
- لا أريد كلاماً زائداً. قلت لك، لا تتجوّل وحدك. ثم قال له بجفـاف: مـع السلامة!!

***

وصل الخبر الذي لا يريد أحد سماعه: لقد ألقوا القبض على الحاج خالد. فراح الجميع يبكون رجالا ونساء وأطفالا. كانوا على يقين أن الإنجليز سيمضون بـه مباشرة إلى المشنقة.

سمع الإنجليز نحيب الناس في القرى قبل أن يسمعوا الخبر، بحثوا عـن الحـاج خالد بين أيديهم فوجدوها فارغة. طوّقوا الهادية، فتّشوها، لم يعثروا علـى شـيء، لم يكن هناك سوى النواح.

- إنه هو إذن. قال إدوارد بترسون. لقد وقع الثعلب في الفخ وإن لم نُمسـك به!!

بعد ساعة من دخوله القرية أمر بترسون بتلغيم دار الحاج خالد ونسفها، وحين حاول الناس إخراج بعض الأشياء الضرورية من داخل البيت، أطلق بترسون نـار مسدسه في الهواء محذرا.

- نُخرج الخيول على الأقل.
- الخيول فقط!

310

كانت نقطة ضعف بترسون هي الحصان العربي الذي وجد فيه أجمل مخلوقات الله. وقد وصل به الأمر أن قال ذات يوم: الشيء الوحيد الذي يجعل الحياة محتملة هنا هو وجود هذه الحيوانات الساحرة: الخيول.

حين رأى تلك الخيول أمامه، أوشك أن ينسى المهمة التي جاء من أجلها، تقدم من أحدها، ربّت على ظهره، ثم استدار حوله يتأمله، وفي لحظة خاطفة قفز فوق ظهر الحصان وراح ينحدر باتجاه السهل أمام ذهول الجميع؛ قطع السهل مرتين ذهاباً وإياباً، وعيون الناس تتابع الغبار المتصاعد نحو السماء، وقبل أن يفتح أي منهم فمه ليقول ولو كلمة واحدة، رأوه يتجه عائداً، حين وصل، قفز من فوق ظهر الحصان برشاقة فارس، وربّت على ظهره بمحبة نادرة، ثم التفت إلى جنوده وقال: حين ننتهي من كل هذا الخراء سأشتري حصاناً كهذا وأعود به إلى إنجلترا.

ولم يكد يُنهي جملته حتى رفع يده معطياً إشارة تفجير البيت.

في لحظات تحوّل البيت إلى سحابة من غبار.

- لم يكن ذلك يعني الكثير لأهل الهادية في تلك اللحظة، ولا لأصحاب البيت، فالبيوت تنسف كل يوم، لكن رجالاً مثل الحاج خالد لا يجود بهم الزمان دائماً.

بعد أيام وصل الحاج خالد بنفسه ليلاً إلى الهادية، دخلها، لم يكن هناك سوى الصمت، الصمت المريب الذي أوشك أن يدفعه للعودة، لكنه واصل بحذر. وعلى الرغم من أن خبر نسف البيت كان قد وصله إلا أنه اتجه إليه كما كان يفعل عادة، وللحظة أحس أنه سيجده فعلاً هناك، وصلَه، بحث بعينيه عنه، كان المكان فارغاً تماماً، كان قد تحوّل إلى تل صغير بائس من الركام، لا شيء يشير إلى وجوده الذي كان سوى برج الحمام المتصدّع وشجرة السنديان التي تتوسّط الحوش، أما شجرة البرتقال فقد بدا للجميع بأنها تبخرت في الهواء.

.. بعد أقل من أسبوع صدر حكم غيابي عليه بالإعدام.

ذلك المساء

سمعت رفيقة طرقا على الباب، قام حمدان ليفتح، قالت له انتظر: مين؟

- أنا أمين؟
- أمين مين؟!
- أمين ابنك؟
- وما الذي تفعله هنا يا أمين يا اللي بتقول إنك ابني.
- خلاص. تعبت. وهذه هي البارودة، ليأخذها أي شخص يستطيع الاستفادة منها أكثر.
- وهل تعتقد أن حيلة كهذه يمكن أن تمرَّ علي. أنت جاسوس لا بد، ولم تُحضر البندقية التي تتحدَّث عنها إلا لأن الإنجليز معك.
- ولكنني أمين. والله إني أمين ابنك. الفار!!
- أنا ليس لي ولد اسمه أمين. أمين ابني الـذي أعرفه لا يمكن أن يتـرك الرجال في الجبال تقاتل وتموت كي يعيش هو في حضن أمه.

فجأة عمَّ الصمت، وعلى طرفي الباب تساقط دمع غزير، دفنتْ أم الفار رأسـها في صدر حمدان وبكت بحرقة: لقد بعتُ ذهبـاتي لأشـتري لـه بـارودة، والآن يـأتي ليقول لي: ليأخذها أي شخص يستطيع الاستفادة منها أكثر. والتفتـتْ إلى السـقف كما لو أن السماء هناك وقالت: لماذا تعذّبني بهذا يا إلهي؟!!

بعد زمن طال، سمعت خطوات ابنها تبتعد.

312

شرفة النار

- كانت البلاد من شمالها إلى جنوبها سعيدة بخبر اغتيال الجنرال أندروز[20]، المعنويات مرتفعة إلى ذلك الحد الذي أحسسنا معه أن باستطاعتنا مناطحة الصخر نفسه.

بعد حادث الاغتيال بيومين ارتفع صوت الرصاص، كانت الدنيا صباحاً، حاول الناس تحديد المنطقة التي تصلهم منها الأصوات، كما يفعلون عادة؛ قال البعض المعركة في (سَجَد) وقال آخرون إنها في (كزازة). تجمّع أهل الهادية واندفعوا باتجاه سَجَد، حين وصلوها وإذا بالناس تندفع من سجد إلى خلدة. سألنا: أين المعركة؟ قالوا: في (خَلْدَة).

وصلنا مشارفها، كانت عالية، وتحتها أرض منخفضة، أشبه بواد فسيح يمتر من منتصفه الشارع وعلى شماله المحاجر الملاصقة لخلدة، جبال. أما المنطقة التي كنا نتواجد فيها فكانت مزروعة بالقمح، لكنها عالية أيضاً. كان بعض الناس يحملون

---

20 - (جاء الجنرال اندروز من بريطانيا وهو يزيد ويهدد بتأديب الثوار الفلسطينيين الذين شقوا عصا الطاعة على بريطانيا. وروى لي محمد أبو جعب أكثر من مرة كيفية اغتيال الجنرال أندروز. قال: علم الثوار في اليوم السابق أن الجنرال اندروز سيحضر قداسا في كنيسة البشارة في مدينة الناصرة، وقد ذهبنا من الصباح الباكر فكمنّا هناك .. وكانت الاستعدادات جارية لاستقبال الجنرال. وفيما الناس يقفون هناك جاء شخص مريض نفسيا متبوعا ببعض الصبية وأشار المريض بيده إلى موقع على الأرض وقال : "الدم سيسيل هنا، الدم سيسيل هنا " وقال لي أبو جعب: إن الجنرال سقط فعلا وسال دمه في المكان الذي أشار إليه المجنون. وصل الجنرال في سيارة رولز رويس فقام أبو جعب بإشهار مسدسه وتردد قبل أن يطلق النار إذ انتابته رهبة فيما استمر اندروز في سيره إلى باب الكنيسة. ولما رأى أبو جعب أن الجنرال سيفلت منه خلع حذاءه وجرى خلفه وأطلق ثلاث رصاصات عليه في ظهره حيث أرداه قتيلا. بعدها خرج ضابط من داخل الكنيسة ووقف مع أبو جعب وجها لوجه وقد وضع كل منها مسدسه في وجه الآخر، ومرّت لحظات من الانتظار والترقب يُطلق الرصاصة من مسدسه، لكن الضابط الإنجليزي استدار متراجعا، فتراجع أبو جعب وادارا ظهريها لبعضها البعض؛ وقد تم إلقاء القبض على اثنين من رفاق أبو جعب وأعدمهما الانجليز فيما بعد . أما محمد أبو جعب فظل مطاردا من قبل الإنجليز حتى نهاية الثورة وخروجه مع الثوار إلى سوريا ثم...)

سلاحاً وبعضهم أعزل تماماً. كنت إذا سألتَ الأعزل: لماذا أنت هنا؟ كان يقول: لأسعف الجريح، وأعود بالشهيد إلى أهله. لكن يده لم تكن فارغة أبداً، فدائماً هناك عصا أو بلطة أو شبرية.

كنا جميعاً معذَّبين بذلك الإحساس: إذا خسر اليهود فإنهم سيعودون إلى البلاد التي أتوا منها، أما إذا خسرنا نحن، فسنخسر كل شيء.

حين اقتربنا من ذلك المكان رأينا علم فلسطين، الذي أضافت إليه الثورة، وسط مثله، هلالاً يحتضن صليبا، فتبين لنا أن هناك أكثر من خمسمائة مسلح من الثوار ونجدات أهل القرى.

هذا الأمر كان يحدث دائماً في ذلك الوقت، لم يكن على أحدهم إلا أن يقول: أخوانكم في سَجَد يحتاجونكم، أو أخوانكم في الدَّوائمة أو القالوجة بحاجة لنجدتكم، حتى تهبّ الناس لنجدة الثوار والقرى التي تتعرض لهجوم.

حين وصلنا وجدنا الثوار يحاصرون قافلة يهودية توقَّفت في منتصف الشارع، يحرسها الجيش الإنجليزي، واليُهود يحاولون فك الحصار ويطلقون النار من أعالي المحاجر على كل من يحاول التقدُّم.

قلنا يا شباب: ماذا تنتظرون؟!!

قالوا: نحن مكشوفون، وإذا نزلنا سنُقتل.

قلنا: وهل كل من في السهل يهود وإنجليز؟

قالوا: بل هناك بعض الثوار الذين يحاصرون القافلة أيضاً.

في موجة حماس قرر عدد كبير من الشباب النزول إلى السهل، وفي اللحظة الأخيرة جاءهم صوت الحاج خالد الذي عقد كوفيته [21] على رأسه بإحكام: لن تتحركوا من هنا. لن أخاطر بالجميع. أريد متطوعاً أو اثنين لا استكشاف المنطقة. فقال شاب من (مغلس) لم أكن أعرفه: أنا. التفت الحاج خالد إلينا وسأل: من الثاني. فقلت: أنا. (على بركة الله) قال.

_____

[21] - (المعروف أن الثوار في فلسطين يلبسون على رؤوسهم العقال والكوفية، وذلك أساساً هو ما يُلبس على الرأس في القرى، فلم تجد السلطة ما تميز به الثوار في المدن عن غيرهم إلا اعتبار كل لابس للعقال والكوفية ثائراً، فأذاعت الثورة بياناً تحض فيه على نزع الطربوش عن الرأس، وهو غطاء الرأس لدى جميع سكان المدن، وبذلك زال الفرق بين الثوار وغيرهم، وقد كتب كبار الموظفين وقضاة المحاكم والقائمقامون إلى السلطة أنهم لا يستطيعون الخروج من بيوتهم إلى أعمالهم ما لم يلبسوا العقال والكوفية (رمز الثورة) فأذنت لهم بذلك فلبسوها كما شوهد بريطانيون وصحفيون أجانب يلبسونها.)

314

نزلنا إلى الأسفل دون أن تُطلَق رصاصة علينا، فقلنا: لعل الذين هنا من جماعتنا. أمسكتُ بحطتي البيضاء ورفعتها ببندقيتي وصحت: عرب، عرب.

وعند ذلك أنتشر الصمت أكثر.

وخلفنا، أراد الجميع أن يندفعوا إلى السهل، لكن الحاج خالد منعهم: لن يتحرك أحد قبل أن نعرف ما يدور هناك. لعله كمين. لن أغامر بمئات الناس وعلى الجهة الثانية كل تلك الرشاشات.

تقدّمنا أكثر، وظل الأمر على ما هو عليه، لا رصاص ولا غيره، وفجأة حينما اقتربنا، وكنا نركض لعبور شلال صغير، عاد الرصاص يئز من جديد، قفز رفيقي ابن مغلس ووقع، وحين حاولت القفز من فوقه وقعت في بركة موحلة على وجهي، ضحكت: لماذا عرقلتني؟!! وكان ملقى في الشلال، شلال لا يزيد ارتفاعه على متر!

نظرتُ وإذا بدمه يسيل مع الماء. قلبته. قال يا خوي: أنا أُصبت. حاولتُ أن أسعفه، لم يكن معي شيء سوى حطتي، لكنني لم أستطيع معرفة مصدر الدم، كان ينزف من كل جانب حتى خُيّل إليّ أن كل عضو فيه قد أصيب. بدأت بإخراجه دون أن أرفع رأسي، محتميا بالشلال، وإذا به يقول لي: اتركني. وصَل اليهود.

التفتُ فإذا بهم هناك على بعد خمسين مترا، تركته يسقط من بين يدي، وبدأت بإطلاق النار عشوائياً، وما أن أُنهي إطلاق رصاص بندقيتي حتى يكون قد عبأ لي بندقيته وناولني إياها، وهكذا.

كانت البندقية الإنجليزية تعبأ بخمس طلقات من أعلاها، تسحب الأقسام إلى الخلف وتضع الرصاصة وتضغط عليها فتنزل إلى المخزن.

قلت له: إنهم يقتربون أكثر وأكثر، وكان معي حقيبة فيها ثلاث قنابل ملز، اشتريتها بسعر جنيه واحد لكل قنبلة في ذلك الوقت، ناولني الحقيبة، تناولت قنبلة، نزعتُ مسمار الأمان وألقيتها إلى أبعد مكان يمكن أن تصله. انفجرت. تناولت الثانية وألقيتها، ثم الثالثة وألقيتها. فلم تُطلَق بعد ذلك أي رصاصة باتجاهنا. التفتنا إلى السفح فرأينا الرجال يندفعون من هناك باتجاهنا، وسمعت الحاج خالد يصيح: ليس الآن. لكن الفوضى وعدم الانضباط واختلاط أهل القرى مع الثوار خلط الأشياء بعضها ببعض (حُوَسَة!).

رجال يركضون في أرض مكشوفة وفي الجهة الثانية رشاشات ليس لها عدد تحصد الناس على هواها. الله لا يوريك ذلك المشهد! لكن ما نفعنا أن أعداد رجالنا

315

كانت كبيرة إلى ذلك الحد الذي أُربك الكمائن ومن في القافلة. وبينهم لمحتُ الحاج خالد يتقافز كالنمر من مكان إلى مكان. لا، لم أر أحدا بخفته وقوة إندفاعه أبداً. اختفى قليلا، رحت أنظر حولي لأعرف أين ذهب، وفجأة رأيته فـوق رأسي عنـد الشلال: سألني عن وضع رفيقي، وقد رآه ينزف، فقلتُ لـه: لـن نعرف قبل أن نسعفه.

قال أحد الرجال: سأعيدُ الجريح، فأنا ليس معي سلاح.

فقلت للحاج خالد: سأعيده أنا. لقد قمتُ بها علّي في هـذه المعركـة، وذقتُ الكثير!!

حملته بمساعدة رجل آخر حتى أخرجناه من الشلال، ثم واصلت الطريق وأنا أحمله وحدي.

بعد أمتار قليلة وجدتُ رجلا مصابا في قدمه، عرفته: كان (حنوك) الغجري، حاولتُ أن أسنده أيضاً، وكان صغير الجسم، فقال: اتركني. الذي تحمله إصابته أخطر.

وحين قلت له: لن أتركك خلفي. قال: لـيس بـي شيء، أنظـر، وأمسك ساقه المكسورة وأعادها إلى حيث هي، مستقيمة كما كانت، دون أن يصرخ والله!! عليك أن تقوم بواجبك، ومن يبقى حيا تنقذونه، وكما ترى، لـن أمـوت لأن رصاصة أو اثنتين هشمتا رجلي.

تركته وصعدتُ. كانت المعركة أمامي، ثم أصبحتُ وسطها ثم خرجتُ منها. إذا ما سألتني كيف حدث ذلك دون أن تُصاب؟ سأقول لك: لا أعرف.

أوصلته إلى أعلى، وكـانوا هنـاك في انتظارنـا لنقـل الجرحـى، وحين ابتعـدتُ خطوات قال لي: أنت لم تعرف حتى الآن من أنا! فقلت لـه: لم تكـن هنـاك فرصـة لتعارف، ولكننا نستطيع أن نتعارف الآن. قال: أنا فوزي محمود من (مغلس)، ابن المختار. فقلت له: وأنا فُلان مـن الهادية. فقـال: أنتم أهلنـا، وأريدك أن تكمـل معروفك، أن توصل الخبر إلى أهلي وأخوتي.

قلت: إذا عدتُ حياً فسأذهب فورا إلى أهلك. وكانت سيارة قد وصلتُ لنقل الجرحى إلى الرملة. ثم قـال: هـذه بندقيتي، وهـذا مسدسي وحزام الرصاص، أوصلها لهم أيضا. فقلتُ له: ستصل. كن مطمئنا. وقد كان معي أربعة وعشرون رجلا من قريتنا. قلت: سيوصلها كل من معي من شباب.

316

كنت أريد أن أجلس لألتقط أنفاسي، لكني تذكرتُ (حنّوك) الغجري. قلت: لا يجوز أن أتركه هناك وحده. سأعود إليه، وتذكّرته في أكثر من معركة: كان يقول للرجال: لا أريد بندقية، بخنجر أستطيع أن أساعدكم أكثر.

عدتُ إليه، وصلتُ إلى ثلاثة رجال يختبئون خلف صخرة كبيرة، قال لي أحدهم: إلى أين؟ كل هذه المنطقة مليئة بالإنجليز واليهود ورفع يده وهو يشير، فجاءت طلقة واخترقت راحته. فاحتميتُ بالصخرة معهم. ولم يعد باستطاعة أحد أن يواصل الهجوم حتى لو كان زاحفاً على بطنه. ظهرت طائرة حربية إنجليزية في سماء المعركة، حلّقت وابتعدت..

كانت المعركة أشبه ما تكون بمخزن ذخيرة وسط النار، لا تستطيع أن تعرف من أين يأتيك الرصاص، مثلما لا تستطيع معرفة المكان الذي يمكن أن تنزل فيه قذيفة.

لكن صورة حنّوك وهو يردُّ رجله المكسورة كانت أمام عينيّ، حنّوك الذي مرّت عشيرته قبل عامين بمنطقة الهادية، ثم ذهبت لقرى الصف الخمس التي جوارها، وعندما رأى عبد اللطيف الحمْدي تلك الفتاة الغجرية ترقص، سحرته بجمالها، فدفع خمس ليرات ذهبية لشيخ العشيرة مقابل أن يأخذها، وحين رحلت العشيرة لم يرحل حنّوك الذي يحبها، نصب خيمة صغيرة، أحرقها عسكر الحمْدي فجاء بأخرى فأحرقوها، لكنه لم يتزحزح من مكانه، وحين بدأت تحرشات الحمْدي بالهادية، انحاز إلى الهادية، وحين أدرك أن الحمْدي مع الإنجليز واليهود أصبح ضدهما. كان يحوم حول بيت الحمْدي كل ليلة ويردد: قلبي عارٍ من دونها.

طلب الحاج خالد من القوة المتقدمة أن تبدأ بإطلاق الرصاص في الوقت الذي يبدأ الرجال بالانسحاب نحو مناطق أكثر ارتفاعا، وهذا ما حصل، ولكني بدل أن أتراجع معهم، تقدّمتُ باحثاً عن حنّوك، وأنا واثق من أنني سأجده في المكان الذي تركته فيه. أين يمكن أن يذهب رجل بقدم مكسورة كقدمه؟ لكنني لم أجده. قلت أين ذهب لعين الوالدين هذا؟! على بعد خمسين مترا لمحتُ جثة، عرفته، رحتُ أزحف إليه حتى وصلته، ولم يكن عليّ أن أقلبه لأعرف ما جرى له، كانت رصاصة قد عبرت جبهته وخرجت من أعلى عنقه، كان الرصاص ينزل علينا من فوق مثل المطر، وفي يده رأيتُ بارودة لأول مرة. بارودة لا بدّ أنه التقطها من بين يدي شهيد أو جريح. فقلت: رحم الله حنّوك، لقد مات في اللحظة التي استبدل فيها خنجره ببندقية.

317

رصاصة في القلب

وجود ذلك العدد الكبير من الرجال، خلق فوضى لا يتصوّرها عقل. بدأت المعركة، بخمسين رجلا، وفجأة أصبحوا خمسمائة!

من جديد قام الحاج خالد بتنظيم المسلّحين بعد انسحاب الجزء الأكبر إلى سهول القمح.

ارتفعت حرارة الجو، وكنا نتوقع أن تُطبق القوات الإنجليزية علينا من ثلاث جهات، لكن الذي حدث أن طائرة اقتربت، بعضنا كان يعرف ما الذي يفعله، وبعضنا اعتقد أن الهرب منها سينفعه، كل من هربوا ماتوا أو جُرحوا في غارتها الأولى. صاح بنا الحاج خالد: سلاح. وطلب منا أن نستلقي على بطوننا ونوجه بنادقنا للسماء ونطلق النار حين يعطي الأمر، كنا أشبه بسور طويل من البنادق، وحين عادت ثانية سمعناه يصرخ: رصاص، فانطلقت البنادق في اللحظة نفسها، كانت أصوات الرصاص قد اتّحدَت لتتحوّل إلى رعد لم نسمع مثله من قبل، اغمضتُ عيني دون أن أعرف السبب،، وحين فتحتها على تهاليل الرجال الفرحين، ونظرتُ حيث ينظرون، رأيت سحابة دخان طويلة خلف الطائرة، وبعد لحظات قليلة رأيناها ترتطم بالأرض، فقدّرنا أنها وقعت بين قريتي (صيدون) و (أبو شوشة).

سقوط الطائرة رفع معنوياتنا.

فجأة رأينا شابا أبيض إلى جوار الحاج خالد، شابا لم نر بياضا مثل بياضه من قبل، عيناه صغيرتان لونهما أزرق كالبحر، وقامته طويلة وكان رفيعا كعود قصب. تحدّثا دقائق، ثم اتجها إلينا.

- كان يمكن أن نموت جميعا بسبب الفوضى، وقد رأيتم ذلك بأعينكم. ما حدث في بداية المعركة لن يتكرر ثانية، من يريد أن يقاتل الإنجليز واليهود عليه أن

318

يقاتلهم كما يجب، لا أن يكون سببا في موت من يقاتل معهم. الآن سيقوم (سافا) بشرح الخطة لكم.

كان سافا يملك قوة حضور غريبة لم أر مثلها حتى في الحاج محمود رحمه الله، وحين فتح فمه ليتكلم، أدهشتنا قدرته على التحدّث بالعربية. وحتى يقطع حبل تساؤلاتنا قال: أنا سافا من يوغسلافيا وأنا متطوّع مع الثورة. دخلت الحرب العالمية الأولى طفلا، وخدمت في الجيش خمس عشرة سنة. سننقسم إلى مجموعات، كل مجموعة هجوم مكوّنة من عشرة رجال، وخلف كل مجموعة ستكون هناك مجموعة من عشرة رجال للحماية والتغطية تقدّم مجموعة الهجوم. وحين تتقدّم المجموعة الأمامية تقوم بدور التغطية كي تساعد المجموعة التي خلفها على التقدّم وهكذا.

كان تنظيما جميلا.

المعركة كانت قد هدأت في السهل، لكن القافلة لم تكن قادرة على التحرك، فمن بقي من جنودها كان خارج العربات، أما الذين كانوا داخل المصفحة فلم يغادروها، وكان هناك ثوار في مؤخرة القافلة لا يمكن تجاوزهم، أما الطريق أمامها فكان مغلقاً بالحجارة وغصون الأشجار.

قاد الحاج خالد واليوغسلافي مجموعتي هجوم، تقدّمتا زحفا، وحين وصلتا إلى نقطة مناسبة لإطلاق النار، بدأت المعركة من جديد، وعند ذلك تقدّمت المجموعات الخلفية.

لم نكن نعرف الخوف أبداً. تسألني لماذا؟ لأننا كنا على يقين من أن الروح التي وهبنا إياها الله، هو وحده الذي يستطيع أن يأخذها، وفي الوقت الذي حدده الله، لا الوقت الذي حدده الإنجليز أو أي مخلوق على وجه الأرض.

حين خرجتُ من البيت ذلك الصباح سألتني صفيّة، زوجتي: إلى أين؟ ما الذي يمكن أن تفعله بقطعة العصا هذه أمام مدرّعات الإنجليز؟ فقلتُ لها: لا تصرّي على سماع إجابتي الآن، حتى إذا ما خرجتُ من المعركة حيا، يكون هنالك سبب يدفعني للعودة إليك من جديد!!

نجح التقدّم وأصبحنا قريبين، رغم أرجلنا التي تنزف بسبب الزحف وارتطامنا بالصخور بين حين وحين وشبكة النار التي كنا نسير عبر ثقوبها.

صرخ اليوغسلافي: تقدّموا.

تقدمنا، وفجأة رأيتُ طلاقة المصفحة تُفتح والرصاص ينطلق، ورأيتهم جميعا، أولئك الذين كانوا أمامي يسقطون ميتين. انبطحتُ. كان هنالك رجل أمامي يلفظ أنفاسه الأخيرة، رجلاه ترتعشان بقوة وتضربان وجهي دون توقف، مددتُ يديّ بصعوبة وأمسكتُ بقدميه محاولا أن أثبته دون جدوى، ظل يرتعش بقوة حتى استشهد في النهاية.

عدنا لخطتنا الأولى: مجموعة تتقدَّم وأخرى تحمي تقدُّمها، فأُغلِقت الطَّلاقةُ أمام قوة النار. وصلنا المصفحة. وسمعت اليوغسلافي يصرخ على من في داخلها: استسلموا. وهو يدُقُّ حديدها!!

صعد أحد رجالنا محاولا إطلاق النار على من في داخلها من فتحة الزجاج المهشمة، فأطلق عليه من بداخلها النار فسقط أمامها ميتا.

هبَل!!

وسمعتُ أحدهم يقول لآخر: اذهب واقتل من قتل أباك! لكن الفتى رفض ذلك، فسمعتُ الصوت الأول يقول للفتى: جبان. وحين تقدَّم بنفسه متسلِّقا المصفحة ليقوم بما عجز عنه الفتى ألقاه الرصاص فوق جثة ذلك الذي قُتل في البداية.

يا عمّي الحرب ليست شغلتنا!!

سحبنا الرجلين عدة أمتار، وكأننا نخشى أن تتحرّك المصفحة فجأة فتسحقهما أيضا.

بعد قليل وصلت مجنزرة إنجليزية ترفع علما أبيض فقلنا: يا سبحان الله. عشنا لنرى الإنجليز يرفعون الرايات البيضاء!!

طلبوا فكّ الحصار عن القافلة مقابل السماح لرجالنا بالانسحاب. التفتَ اليوغسلافي إلى الحاج خالد فقال الحاج لهم: أنظروا قتلانا، بعد كل ما خسرناه لن نتراجع أبدا. وإذا لم تعودوا فورا فإننا سننسف القافلة بمن فيها.

عادت الراية البيضاء من حيث أتت.

ارتفعتْ حرارة الشمس أكثر، نظرتُ باتجاه الماء الذي يسيل جوار الشارع ورأيت الماء أحمر يجري.

قال اليوغسلافي: ليختبئ كل منكم خلف أي شيء يجده.

كان من في داخل المصفحة قد هدأوا تماما، لا بد أن الرعبَ كان قد قتلَهم وهم يسمعون الطرقات المتوالية على حديد آليتهم.

320

سأله الحاج خالد: بماذا تفكر؟

- سأنسفها. قال له. وأخرج من حقيبته لغما.

ابتعدنا.

وفي اللحظة التي أصبح فيها اليوغسلافي بجانب المصفحة انفتح برجها وأطلت البنادق وحدها، لم نر جنودا!! وانطلق الرصاص كيفما اتفق. كانوا يتوقعون، لا بد، أن هناك الكثير من الرجال حول مصفحتهم. فوجئ اليوغسلافي بذلك، ترك اللغم على بعد مترين لا أكثر، وتراجع بسرعة، وقبل أن يبتعد أصابت رصاصة اللغم فانفجر. تطايرت المصفحة إلى السماء، فأصابته شظية شقّت كتفه الأيمن حتى نصف صدره.

لا. لم أر جرحا كذلك الجرح في حياتي، لكني سأرى الكثير مثله بعد، في ليلة المذبحة!

مرة أخرى دبّت الفوضى من جديد، واندفع الناس يركضون نحو اليوغسلافي، ولو كان هناك رشاش واحد لاستطاع أن يقتل العشرات منا في لحظة واحدة، لكن، الحمد لله، كان انفجار المصفحة نهاية كل شيء. إذ رأينا الجنود والضباط الإنجليز، الذين كانت تفصلنا سيارات القافلة عنهم، يرفعون أيديهم طالبين الاستسلام. أما المفاجأة الكبرى فهي أن الحاج خالد وجد نفسه وجها لوجه مع الضابط الفلسطيني سند رجب.

لم يكن باستطاعة اليهود في أعلى المحاجر أن يطلقوا النار بمجرد أن استسلم الإنجليز. كانوا يترقبون ما سيحدث.

حاولتُ أن أضغط على جرح اليوغسلافي لأوقف النزيف، وإذا بيدي تنزلق داخل الجرح. لأشهر طويلة بقيت غير قادر على تناول الطعام بها، صرتُ أحس كلما رأيتها تتجه إلى فمي بأنها تقطر دما.

بدأت أبكي. نعم بكيت.

فالتفت اليوغسلافي إليّ، وقال لماذا تبكون؟! التفتُ حولي كان الرجال كلهم يبكون بمن فيهم الحاج خالد.

قال اليوغسلافي: تبكون على شخص سقط في صفوفكم، إن من يبكي على شاب يستشهد لا يستطيع أن يوقف هجرة اليهود لفلسطين أو يطرد الإنجليز منها!!

فمسحنا دموعنا في اللحظة ذاتها.

كانت تلك آخر كلماته، لكنه لم يكن الأخير الذي سيستشهد في تلك المعركة، إذ فجأة رأينا بندقية جريح إنجليزي كان ملقى في صندوق سيارة جيب تُشهر، وفي اللحظة التي أطلق فيها النار، أغلق الحاج خالد طريق الرصاصة التي كانت تتجه إلى صدر قاسم عليان، فاخترقت الرصاصة كتف الحاج خالد وواصلت طريقها نحو صدر قاسم فسقط شهيدا في لحظتها. في الوقت الذي رأينا فيه الحاج خالد ينحني نازفا.

تجمّعنا حول الحاج خالد نحميه، في الوقت الذي راح بعض الشباب يمطرون صندوق سيارة الجيب بالرصاص. ثم أقترب أحدهم وأطلق ثلاث رصاصات من مسدسه داخل الصندوق وعاد.

كثيرون أكبروا في الحاج خالد ما فعله، أدركوا أن رجلا كهذا يمكن أن تقتحم معه جهنم ذاتها. لكن الأمر كان أعمق بكثير. كان سرأ، سيتّضح شيئا فشيئا كلما اقتربنا أكثر من قرية قاسم، ثم من بيته..

وصل رجال فوزي القاوقجي قائد الثورة، قال الحاج خالد الذي ضمدنا جرحه على عجل: هؤلاء سيأخذون السيارات والأسلحة. أما الذخيرة فقد تمّ وضعها على الشارع، وكان هناك الكثير منها، صناديق. فقال: من أطلق رصاصة فليأخذ مقابلها رصاصتين، ومن ألقى قنبلة فليأخذ قنبلتين أيضاً.

رحنا نتفقد كلَّ من ماتوا إنجليزا وعربا، وصلتُ إلى شخص ملقى على الأرض، لم يكن يلبس مثلنا، لم أر دما حوله ولا منه، أشرعتُ بندقيتي في وجهه وأمرته أن يمدَّ يديه، لم يفهم، فوضعتُ البندقية على ذراعه الأيمن، ففرد ذراعه، ثم على الأيسر ففرده، وخزته في جنبه فانقلب، وإذا به يهودي. صرخت: يهودي.

كان معنا متطوع إنجليزي اسمه جاك. وكان واحدا من جنود إنجليز قليلين قرروا البقاء مع الثوار حين ساعدت الثورة عددا منهم على الهرب إلى سوريا، ومنها إلى حيث أرادوا، الجنود الذين كانوا ضد جرائم بريطانيا وضد فكرة الاستعمار.

قال جاك الذي يحمل رشاشا إنجليزيا من نوع فكرز: أرجوكم أن تسمحوا لي بأن أقتله.

هز الحاج خالد رأسه مغالبا الألم: لن يُقتَل أحد هنا. سننسحب ومعنا الأسرى، هم ضمانتنا إذا ما اعترضتنا أي قوة بريطانية أو لا حقتنا الطائرات.

حملنا اليوغسلافي، وقاسم عليان، وبقية الجرحى والشهداء ورحنا نصعد السفح نحو حقل القمح الذي تصلبت سيقانه لدرجة أحسست معها أن رياح العالم كلها لن تستطيع هزها في تلك الظهيرة.

حين ابتعدنا، حفرنا قبرا لليوغسلافي. ووقف الرجال صفا واحدا، أكثر من أربعمائة وخمسين رجلا والله، وأطلقنا النار تحية له.

كان الجميع يفكرون بمصير الأسرى: أحد عشر ضابطا وجنديا، واليهودي وسند رجب.

كان الرجال قد تفرقوا حاملين الشهداء والجرحى إلى القرى التي جاؤوا منها، وكنت أحمل معي بندقية ومسدس فوزي محمود الذي تعهدتُ له أن أوصلها إلى أهله في مغلس.

بمجرد أن وصلنا إلى منطقة أمان، اختلى الحاج خالد ببعض رجاله، وحين عاد التفتَ إلى الأسرى وقال كلمة أدهشت الجميع: مع السلامة.

التقت عيناه بعيني الضابط الفلسطيني سند رجب. وخُيّل إلينا أننا سمعنا عيني الحاج خالد تقولان: واحدة بواحدة والبادئ أكرم.

قال أحد الرجال بغضب: لنقتلهم. فرد الحاج خالد صارخا دون أن ينظر إليه: نحن ثوار ولسنا قتلة. فعاد الصمت من جديد.

انطلق الأسرى بعيداً، وبقينا نسمع وقع خطاهم حتى اختفوا تماما باتجاه الشارع على مشارف (بيت محسير).

قال الحاج خالد: هناك مهمة لن يستطيع القيام بها أحد سواي، ولكن أريد أن يرافقني بعض الرجال.

سمعت صوتا يقول: أنا معك. ثم آخر وآخر وآخر وآخر إلى أن قال الحاج خالد: يكفي. وحين نظرتُ إلى وجهه كان مختلفا تماما، ممتقعا وحزينا وقلقا كما لم أره من قبل.

حمل الرجال الشهيد قاسم عليان فوق أكتافهم، وبقينا نراقبهم حتى انعطفوا باتجاه قريته المحاذية للهادية..

وكأنني كنت غائبا عن الوعي وصحوت فجأة، فقلتُ كيف نسيت؟!! ودبَّ الرعب في أوصالي!!

323

زهرة الماضي

جاء اليوم الذي كان يخشاه.

منذ وصول قاسم، أدرك الحاج خالد أن المسؤولية لا تُحتمل. أخفى ارتباكه حين سمع الاسم (قاسم عليان) وقرر أن يعتذر له، حتى قبل أن يعرف إذا ما كان هذا الاسم للرجل الذي في باله، أم لا. أبعد أي فكرة حول تشابه الأسماء المنتشر بين الناس في أرض فلسطين من شمالها إلى جنوبها. حسٌّ عميق ما كان يقول له: ليس هنالك سوى قاسم عليان واحد، وهو هذا القاسم الذي يقف أمامك.

لم يستطع الحاج خالد أن يُثني قاسم حين جاء إليه حاملا بندقية الصواري القديمة التي خاضت، لا بدَّ نصف حروب تركيا، قال له: لدينا الكثير من الرجال هنا، وباتت حركتنا تزداد تعقيداً، ربما كان الأفضل لك ولنا أن تلتحق بمجموعة أخرى من الثوار.

- إن لم أكن معك فلن أكون مع أحد غيرك أبداً. اترك لهذه البندقية فرصة أن تكون إلى جانبك، فلعلها اكتفت بما فعلته بنا وهي في أيدي الأتراك.

فجأة أحسَّ الحاج خالد بوخزة سرية موجعة، امتدت يده إلى جيب بنطاله شدَّت على الجيب وقد انتابه رعب شديد من أن ذلك المنديل السُّكري الذي يقبع في جيبه مكشوف، وأن قاسم سيعرفه ما إن يلمحه. ترك الحاج خالد مكانه وسار حتى آخر الحرش وحيداً. تحسس جيبه مرة أخرى، اطمأنّ، وقف هناك قرب الهوة المحاذية للحرش الجبلي، اعتصر جبينه بأصابع يده اليسرى، حدَّق فيها طويلا، وخيل إليه أن الأرض ليست أكثر من هوة عميقة لهذا الكون، هوة من الصعب علينا نحن البشر أن نتسلَّقها، بعضنا يحاول فيصل إلى رأس شجرة وبعضنا يصل منتصفها وبعضنا يصل إلى رأس الجبل وبعضنا يحاول أن يقفز فيركب طائرة أو يجري بسرعة أكبر ليتجاوزها فيركب حصانا أو سيارة أو قطارا، ولكن النتيجة لا شيء، نحن في الهوة، في قعر هذا الكون وعلينا أن نتخذ تلك القرارات التي نحس

324

من خلالها أننا أصبحنا أعلى من الطائرة وأسرع مـن الحصان والعربـة، أننـا عـلى وشك بلوغ الحافة والصعود إلى حيث الهواء.

أخذ نفساً عميقاً وتساءل: من أين خرج لي هذا القاسم؟ مـا الـذي أتـى بـه؟! كنت أعتقد بأنني تركتُ الماضي كله ورائي، تركته بما فيه، وإذا به أمامي. أكـان لا بد من أن يظهر الآن؟ ثم ماذا؟ أن يلتحق بي! أي لعنة هذه التي تطاردك يـا خالـد؟ ما الذي فعلته؟ وما الذي يمكن أن تفعله وأنت تـسير جنبا إلى جنب مـع هـذا الرجل؟ تهاجم الإنجليز واليهود، وتحميه في الوقت نفسه؟ إن لم تكـن هـذه هـي اللعنة، فما هي اللعنة إذن؟

حين عاد لقاسم، قال: كما قلتُ، ليس هناك مكان لك، ستُقدَّم الأفضل بالتأكيد في مكان آخر.

– أنت لا تعرف، لقد جئت هنا لسبب واحد، هو ألَّا أعود. وكما ترى لست ذلك الولد الصغير الذي يمكن أن تقنعه بكلمة من هنا أو بكلمـة من هناك. ها هـو الشَّيب يملأ رأسي.

ورفع طرف كوفيته فالتمع رأسه أبيض لامعاً وقد انعكسـتْ عليـه حزمـة مـن ضوء الشمس كانت تعبر من بين الأغصان.

– ثم ليس عليك أن تحمل همي!! فلا أولاد لي يمكن أن يتيَّتموا إذا مـا كتـب الله لي الشهادة. أنا وامرأتي، ولا أحد سوانا. قال قاسم.

ارتجف قلب الحاج خالد، أشاح بوجهه بعيداً، وحين عاد لينظر إلى قاسم ثانية قال: بصراحة، لا استطيع أن أحتمل مسؤولية وجودك معنا.

كان الرجال يتابعون الحوار غير مدركين لما يدور خلفه.

– لم آت إلى هنا لكي أكون عبئا عليك، جئتُ هنـا لأكـون سـاعدك، ولـو أحسستُ أنني غير هذا لقتلتُ نفسي الآن.

عاد الحاج خالد يسير، إلى أن وصل تلك الهوة، التفتَ بعيدا فرأى دخان طوابين أكثر من قرية، وسمع صيحات رعيان يردُّون أبقارهم وأغنامهم وعـواء كـلاب. ولما وقف ثانية أمام قاسم قال له: أهلاً بك. وأرجو أن يلهمنا الله الصواب.

* * *

في كل المعارك التي خاضها قاسم معه، لم تكن عينا الحاج خالد تفارقانه، لم يكن قاسم طفلا ليحتاج كل تلك الرعاية، كان بعمر الحاج خالد نفسه، ولكـن ذلـك لم

يمنع الحاج خالد من أن يتحسس قلبه خائفاً من مكروه قد يهبُّ فجـأة ويصيب قاسم.

.. وها هو الحاج خالد يسير أمام الرجال الذين يحملون جثة قاسم ويهبطـون الوديان ويصعدون السفوح ويقطعون السهول.

حين وصلوا مشارف القرية، أحسّ بحجم الكارثة أكثر. قال لهـم: سأنتظركم هنا حتى تعودوا!

– كيف يمكن أن تنتظرنا هنا، لن نتركك وحدك، ولن نذهب وحدنا، نحـن بحاجة إليك هناك، فالذي نحمله على أكتافنا ينتظرون عودته حيا لا شهيدا. نحـن بحاجة إليك، وأهله بحاجة إليك، سيعني الكثير لهم أنـك قـد جئـت بنفسك، في ذلك تقدير لهم وتقدير لشهيدهم.

– والشهداء الآخرون ألم يكن عليَّ أن أوصلهم لبيوتهم أيضاً؟

– كل واحد كان يستحق، ولكنك أنت الذي قلت إن عليـك إيصال قاسـم إلى أهله.

كان الحاج خالد يعرف ذلك كله، ويعرف أن الأصول تحتّم عليه ذلك، ويعرف أن رجاله يعرفون وأهل القرية والبلاد كلها تعرف، ويعرف أن الثقب الذي يحـاول التسلل منه أضيق من أن يتّسع لمرور إصبع واحد من أصابعه، فما بالك بجسده كله، بروحه كلها؟!

هز رأسه: ما دمتُ قبلتُ هناك، وسرت إلى جانب جثته إلى هنا، فيبـدو أن علـيَّ أن أواصل السير مهما كانت النتائج حتى هناك. قال في نفسه.

***

ولم يكن يعرف إن كان عليه أن يواصل أو يتوقّف رغم كل هذه الحجج التي لا يستطيع الصمود أمامها، لكنه وجد نفسه يسير ويتبع الناس وهم يغنون!!:

قولي لي وين دارك   يا ياسمينة يا مليحة
والله لتبَّع أثارك   لو حتى على ريحا
قولي لي وين دارك   يا ياسمين يا لطيفة
والله لتبع آثارك   حتى القُدْس الشّريفة
...

يا طول الشعر الأسمر من عكا حتى يافا
ومن غزة حتى المجدل ومن حيفا لـ (صَفافة)

وكما لو أن والد العروس راح يحيي الجاهة غنت النساء على لسانه:

يا هلا ومرحب باللي هلّوا علينا

بنرحب فيهم وبنحطهم في عينينا

……

فجأة توقف، فاصطدم به الرجال الذين خلفه وأحس بجمجمة الشهيد ترتطم برأسه، عند ذلك أدرك أنه أمام امتحان أكبر من طاقة البشر.

***

من بعيد لمحت القرية الرجال الخمسة، تنبّهت كل حواسها، ومع كـل خطـوة كانت تقرّبهم من بيوتها الأولى، كانت الدقائق تشتعل أكثر فأكثر.

رآهم بعض أولئك الذين يعملون في كروم الزيتون، راحوا يركضون نحوهم من بعيد، وصلوا، وعند ذلك تعالت الصيحات: الله أكبر، لا إله إلا الله.

اندفع كثير من أهل القرية نحوهم، التقوا، اقتـرب أحـد رجـال القريـة رفـع الغطاء عن وجه الشهيد، تراجع خطوتين.

- مَنْ؟ سمع أكثر من صوت ممن لم يتمكنوا من رؤية الوجه.

- قاسم. قاسم عليان، استشهد فداكم، فدا فلسطين.

بكي بعض من هناك وكبّر بعضهم، ثم راحوا يهبطون نحو بيته.

عرف كثير من الرجال الحاج خالد، اقتربوا منه، ساروا على جانبيه، فأصبح في المنتصف، التفتَ إلى ذراعه فرأى دمه يتسلل من الجرح ويتساقط قطرة قطرة.

ومن بعيد رآها تُطلّ، وبخطى وجلة تتقدّم نحوهم، مثل عشرات النساء اللواتي كنَّ هناك، وحين انعطفت الجنازة وراحت تسير نحو البيت يقودها ذلـك الطفـل الذي تصرّف كما لو أنه الوحيد الذي يعرف بيت الشهيد، ارتجفتْ ثم تجمّـدت. ولم تعد عيناها تطرفان..

.. وهمست لنفسها: أخيراً قتلَه حسّه بالذَّنْب!

الفراغ

لم يكن قد فعل ما يُمكن أن يقال فيه إنه وشاية، ولكنه بالغ في الثرثرة لسبب يعرفه. كانت تلك الثغرة قد انفتحت عميقاً في روح قاسم، وازداد اتساعها حين لم يستطع أن ينجب ولدا واحدا من ياسمين.

- لقد حصلتُ عليها. وهذا هو المهم. كان يقول في البداية لنفسه، وعندما أصبحتْ بين يديه أحس بأنها فارغة تماماً، فارغة بكل معنى الكلمة، لا شيء في الداخل، لا القلب ولا الأحشاء ولا الرَّحم ولا الرحمة، كانت مثل بناء جميل مهجور، خاو ولا شيء فيه سوى العناكب التي تتكاثر وتتكاثر لتملأ الزوايا. لم تكن ياسمين تعرف سرَّ ما حدث، ففجأة، تحوّل خالد، الذي استعاد الحمامة وكل ما سُلِبَ من القرية، إلى طريد للأتراك. كان قاسم يهمس لكل من يلقاه: ليس هناك غيره أؤكد لكم. إنه البطل. خالد هو البطل الذي فعل ذلك كله بالأتراك.

تسرّب الهمس كما يتسرّب المطر في الأرض من إنسان إلى آخر: ليس هو. لا يمكن أن يكون هو. ليس شخصاً واحداً من يستطيع أن يفعل ذلك كله. ينفي أولئك الذين يحبّون خالد. لكن دون جدوى.

حملت الريحُ الهمسات إلى القرى المجاورة، وطافت بها حتى استقرت أخيرا في آذان الدَّرك التركي، كما استقرت همسات أخرى أكثر وضوحاً.

حين سمع قاسم بأن خالد أصبح مطاردا، لم يستطع أن يحدد طبيعة شعوره. أحيانا، كان يهمس لنفسه: لقد جعلته بطلا فعلا، وعليه أن يشكرني! وأحيانا، ينتابه الشك في كلِّ ما فعله حين يفكر بصوت عال: كيف يمكن لياسمين أن تقبل بي وقد حوّلت خالد بنفسي إلى بطل؟

لكن ياسمين قبِلتُ في النهاية، قبلت لأنها لم تجد أمامها من خيار سوى أن تقبل، مثل نعجة تُقاد إلى الذبح بحبل، سارت إلى بيت زوجها. وجملة أبيها تلاحقها: عُمْرُ الدُّول أطول من عمر الناس! وهذه الدولة باقية؛ لم يحدث أن نجا أحد من المطاردة،

328

إلا إذا اختفى للأبد، وبهذا أيضاً تكون الدولة قد نالت منه. أحببناه نعم، ولكن هنالك شيئاً تحيكه الأقدار، بل حاكته، يفوق بقوته ما تتمناه قلوبنا. عليك أن تفكري جيداً بما أقوله.

– لكنه عاش، عاش أكثر من الدولة نفسها، ماتت الدولة وظل حياً. قالت لأبيها بعد زواجها.

– هذا الموضوع انتهى، ولا يجوز لك الحديث فيه أبداً.

– لا يا أبي، هذا موضوع لن ينتهي، على الأقل ما دمنا أحياء، أما حين نموت، فقد ينتهي، وما دام الناس يذكرونه فسيعيش إلى الأبد، كلعنة. كل شيء يموت سوى هذا النوع من اللعنات.

– الزمن سيمحو كل شيء.

– الزمن يمحو يا أبي، ولكن ليس كل شيء.

***

حين زارتها أمها بعد شهرين همست في أذن ياسمين: بشّريني! هل هنالك شيء؟!!

– لا يا أمي، ليس هنالك شيء ولن يكون!

– قاسم لا سمح الله (مش نافع)!

– المسألة ليست في قاسم، المسألة فيّ.

– نأخذك لطبيب، صباح الغد، يأتي أبوك ويأخذك إلى طبيب، إلى الرملة، إلى يافا، القدس، إلى حيفا.

– الطبيب ليس له علاقة بما يحدث فيّ أيضاً.

– لقد قررتُ. لن يكون لي أولاد من قاسم!!

– كيف يمكن أن تقولي هذا، أنت صبيّة وزوجك في عزّ شبابه، وهذه مسألة لا تستطيع امرأة أو رجل التحكّم فيها، فما دام الأمر طبيعيا فلا بد أن يكون هنالك أولاد.

– لا يا أمي، أنا أعرف نفسي، جسمي لا يحبل ولا يلد، لأن روحي هي التي تحبل وروحي التي تلد.

***

ولم تنجب ياسمين، ثلاث سنوات مرّت ولم تنجب، أربع، خمس، عشرون... ولم تنجب.

329

ولم يجرؤ على أن يقول لها: إذا كان الأمر هكذا، سأتزوج بامرأة ثانية.

قال لها قاسم: سألتحق بعسكر الحاج خالد.

- أخشى أن تكون السبب في مقتله هذه المرة. قالت، وكعادتها لم تنظر إليه.

- ما الذين تعنينه؟

- على أيّ حال، لقد فات الأوان، بحيث لم يعد باستطاعتك أن تفعل شيئاً من أجلي؟

- ما أفعله الآن من أجلي فقط. الشيء الوحيد الذي يمكن أن أفعله كان يجب أن أفعله منذ زمن طويل.

***

حين وقف الحاج خالد وجها لوجه مع ياسمين اقشعرّت أبدان أولئك الـذين يعرفون أنه كان خطيبها ذات يوم، وأنها باعته من أجل قاسم الثرثار.

وعلى الرغم من أن الحاج خالد كان يعلم بموت أبيها منذ زمن طويل، إلا أنه ولسبب غامض ما، راح يبحث عنه بين الوجوه.

التفت إلى جثة قاسم. ثم قال لها: البقية في حياتك.

حياتك الباقية ردّت. وعند ذلك بدأت تبكي.

وانحدرت الشمس؛ أشار أكثر من رجل إلى أهمية أن يُدفن اليوم: إكرام الشهيد دفنه. قالوا.

... وسار الموكب الذي كان عدد المشاركين يتضاعف فيه مع مرور الوقت.

- نأخذه إلى بيته ليودّعه أهله، ثم نذهب به للمقبرة.

حملوه لبيتها، جاءت أخواته، أمه، تصاعد البكاء، وبعـد لحظـة دخـل أبـوه: لا تلوثن جرحه بالدموع. هذا شهيد.

- إنه ليس لله وحده، إنه لي أيضاً، إنه ابني، صرخت الأم في وجهه.

***

كان قاسم أكبر أولادها، وقد أحسّت دائما بتلك اللعنة التي أصابته في الـصميم منذ أن اختطف ياسمين من بين يدي خالد: أخشى أن الله لـن يغفـر لـكَ فعلتـكَ، مهما فعلتَ، لقد فرّقتَ بين قلبين وحرمت كلّا منهما من الآخر.

وصدقتْ نبوءتُها، لكنه فاجأها وهو يعود إليها شهيدا، نظرتْ إلى وجهه، كـان هنالك طيف ابتسامة على شفتيه. نظرتْ إلى ياسمين ومن أعمـاقها قالت وهي تنظر للسماء: رحمتك يا رب.

330

***

حين عرف الناس بتفاصيل لحظة استشهاده، وكيف أن الحاج خالد كـان يريـد أن يفديه بحياته، اختلطت أحاسيسهم أكثر، وتحدّثوا عن القدر وحكمة الله والعمر المكتوب للبشر منذ مولدهم.

أما ياسمين، فقد باتت أكثر ضياعا. وعذّبها أكثر أن خالد لم يزل مستعداً لتقديم حياته من أجلها بعد كل ما حصل. عذبها أنه كان يمكن أن يموت من أجلهـا هي في تلك اللحظة، لا من أجل فلسطين؛ وهو لا يعرف أنه لو استشهد وعـاد قاسـم لكان بذلك ينتقم منها أكثر.

– رحمتك يا رب. صاحت. ما الذي يحدث لي؟!

***

كانت تلك هي المرة الأخيرة التي ستشاهد فيها الحاج خالـد أمامهـا؛ اللقاء الأخير المعمّد بالدم، والمفتوح على المجهول. اللقاء الأخير الذي لا بد منه كي تصدّق أنها فقدت خالد للأبد، كما أحس بأنه فقدها للأبد.

كان ينظر إليها وهو يرى دم الشهيد يتدفّق نهرا بينهما، نهرا لا يمكـن لآدمـي أن يستطيع تجاوزه.

عودة الحمامة

حدّق الحاج خالد في البعيد، ورأى سبعة خيول تقطع السـهل، ارتجـف قلبـه، وكلما كانت المسافة تضيق بينه وبينها، كان يراها أكثر وضوحا بينها: الحمامة. صعد الفرسان السفح اختفوا بين أشجاره: لسبب ما لم يكن أحـد يمتطـي تلـك الفرس البيضاء. أحس الحاج خالد بذلك، فراح قلبه يرتجف، تماما كـما ارتجـف في تلـك اللحظة التي رآها فيها إلى جانبه ليلا، فلم يعرف إن كان ما يراه حقيقة أم حلما.

راح يحاول ما استطاع التحديق عبر الأشجار، ولكن دون جدوى، وحيره أنـه فقد حذره كله دفعة واحدة ما إن أحس بـأن هـذه الفرس لا يمكـن أن تكـون إلّا الحمامة.

– أي حمامة؟ لقد ماتت الحمامة لا بدّ، ولعلها شاخت مثلك. قال لنفسه.

حيّره أنه وقف مكشوفا ومعزولا، بعيدا عن عسكره، كـما لـو أنـه ليس ذلـك الشخص المحكوم بالإعدام: أي سخرية يمكن أن تحدث لو أن الحمامة قد أصبحت طُعْمًا؟ لكنه رغم ذلك لم يتحرّك.

فجأة أطل رأسها من بين الأشجار، وحيدة: إنها هي. لكن أيـن مـن معهـا مـن فرسان؟ حاول أن يتراجع، أن يختفي وراء شجرة، لكن قدميـه انغرسـتا في الأرض أكثر.

– لستَ بحاجة لشيء أكثر من حاجتك إلى فرس مثلها. جاء الـصوت عـن يمينه.

التفتَ، وإذا به وجها لوجه مع طارق بن الشيخ محمد السعادات، كان قـد كـبر كثيرا، بحيث أصبح يشبه أباه الشيخ محمد إلى حد بعيد. ورأى إيليـا راضي الـذي رافقهم يراقب بعينين دامعتين.

***

دار الزمن كله دورة واحدة، ورأى الحاج خالد نفسه وهو يعيدها إلى أهلها:
أخشى أن الزمان سيجور على عزيزتكم أكثر إن ظلَّتْ معي. قال. وظلّوا صامتين.

- أتركُها هنا، حتى تتغيّر الأحوال قليلا وأعود إليها!!
- أنت تعرف أن الفرس التي تُعاد لا تعود.
- ولكنني سأخسرها إن بقيت معي. أنا المُطارد فما ذنبها.
- الحرّة تحتمل.
جارحة كانت الكلمات.
- ولكنني لن أحتمل.

∗∗∗

ظلوا يقتربون منه وهو ثابت في مكانه غير قادر على الحركة. وحين عانقه طارق وشدّه بقوة إلى صدره رفع ذراعيه واحتضنه بدوره.

- هذه هي الحمامة. ليس هنالك من هو أهل لمثلها مثلك.

حاول أن يفتح فمه ليعتذر. وضع طارق يده على فم الحاج خالد ومنعه: جئناك بابنتنا ثانية إلى هنا، لأنك تعني لنا الكثير.

تجمّع عسكر الحاج خالد حولهم، يتابعون حديثا لم يعرفوا في أي زمن ابتدأ. نظر الحاج خالد إلى الحمامة: كأنها هي.

- إنها حفيدتها. قال طارق.
- وهي؟ ما أحوالها؟
- مثلنا كبرت، لكن روحها لم تزل مشتعلة كما كانت دائماً.
- أخشى أن تكون مجاملا في قولك هذا.
- في كلامي عنها أم في كلامي عنّا؟

ضحكوا.

ثم عم الصمت فجأة.

راح الحاج خالد يحدّق فيها، وحين وجد القوة التي يحتاجها في جسده كي يتحرّك سار نحوها، كان أحد رجال طارق قد ربطها إلى جذع شجرة صنوبر، احتضن الحاج خالد وجهها بيده، انفلتت دمعة منه رغما عنه وظلت تسيل إلى أن بلغت شاربه الأيمن، لكن دمعة من عينه الثانية لم تستطع قطع منتصف المسافة التي قطعتها الدمعة الأولى. وأمام دهشة كثير من عسكره قبّل جبينها، ثم انحنى حتى

333

لامست ركبتاه التراب، أمسك بقائمتها اليمنى، رفعها نحو شفتيه، قبّلها، وبرفق أعادها إلى حيث كانت، ثم تناول قائمتها اليسرى وفعل الشيء نفسه.

***

بعودة الحمامة، عادت إلى الحاج خالد روحه التي مزّقتها دون رحمة تلك اللحظة التي وجد فيها نفسه وجها لوجه مع ياسمين.

وعندما قيل له: عليك أن تستريح حتى يشفي جرحك. لم يقل تلك الجملة التي رددها طويلا في الأيام الماضية: ما دام الأمر متعلقاً بجرح فإنه سيشفى، عاجلا أم آجلا. قال: الجرح! أما زلتم تذكرونه.

أمسك برسن الحمامة وسار معها بعيداً، وحين تأكّد له أن أحدا لن يسمعها قال لها: شَرطي الوحيد ألا تذكّريني بها.

هزت الحمامة رأسها.

كان مستعدا لكل شيء إلّا أن تعود لهمسها القديم الذي كانت تملأ به إذنيه في صحوه ومنامه: إنني هي. إنني هي. إنني هي.

في ذلك البر أوشك أن يُجن: كيف يمكن لفرس أن تتكلم؟ راح يصرخ.

وحينما لم يعد يحتمل ذلك، قرر أن يُعيدها. كان يعرف المعنى العميق لما يقوم به، ولكنه كان سيفقدها أيضا إذا ما واصلت الهمس في أذنه، سيفقدها لأنه سيجن، ويفقد نفسه معها.

حاول الحاج خالد أن يطرد صورة ياسمين التي انتصبت أمامه تنظر إليه وتنظر إلى جثة زوجها، حاول أن يطرد صورة المرأة فيها، حتى أنه لم يجرؤ على أن يهمس لنفسه: إنها هي، كما كانت دائماً، لم تتغير. إنها هي.

لكنه همَسَها أخيرا. إنها هي. قالها بصوت عال للحمامة. إنها هي، وأنا الوحيد الذي يمكن أن يقول هذا بعد اليوم، لا أنتِ، ولا أي مخلوق آخر. فهمتِ؟!!

هزّت الحمامة رأسها مرة أخرى. امتدت يده إلى جيبه تتحسس المنديل السّكري، وللحظة رفعه نحو أنفه كي يتشممه بانتشاء كما كان يفعل دائما، إلا أن يده توقفتْ في منتصف الطريق. حدّق في المنديل من جديد، فكّر بإلقائه في الريح لتحمله إلى حيث تريد أو لعلها تعيده إليها. لعله لم يكن لي منذ البداية. همس لنفسه. لعله للحمامة وحدها. امتدت يده إلى رسن الحمامة وعلّقته هناك، في المكان الذي وضعته فيه ياسمين ذات يوم. نظر إلى المنديل، لكنه لم يستطع معرفة تلك الأحاسيس التي راحت تمور في داخله بصخب.

334

طويلا حاول الحاج خالد أن يهرب من ذلك الصوت الذي ظل يتابعه لزمن طويل: إنها هي. إنها هي.

يصحو ولا يجد الحمامة إلى جانبه، يلتفتُ ويظل صوتها حاضراً حتى في الصحو، من بعيد يأتي هامساً: إنها هي. إنها هي.

ترك الجبال التي عرفها وعرفته، انحدر إلى مدن الساحل، وفي ضجة شوارعها تلك، استطاع أن ينام للمرة الأولى بهدوء بعيداً عن لعنة ذلك الصوت الذي يلاحقه.

لم يبح إيليا راضي الذي عثر عليه هناك بشيء، لكن صمته كان يقول أكثر مما يمكن أن يقوله كلامه. أما محمد شحادة فقد تحدّث فيا بعد عن امرأة ألمانية وسكتَ، فقد كان على يقين من أن خالد الذي كان هناك لم يكن أبداً هو خالد الذي عرفه أو سيعرفه فيا بعد!!

وقف محمد شحادة الذي يصغُر خالد بعشر سنوات أمامه كرجل كبير وقال له: سنعود للهادية معا. الآن.

- وماذا عن الأتراك!
- الأتراك هناك أقل من هنا. كثيرون منا عادوا.

وكما لو أن خالد كان ينتظر ذلك منذ زمن طويل، نهض، تاركاً كل ما يملكه من أشياء قليلة في تلك الغرفة المطلة على بحر حيفا. وسار معه.

قال محمد شحادة: .. والتفتَ خالد خلفه مرتين، وحين حاولتُ أن أنظر إلى حيث ينظر هو، أمسكني من رأسي وقال لي بحزم أرعبني: يا محمد إذا نظرت خلفك سأعود لذلك الذي ستراه.

تجمّد محمد شحادة، كما لو أن رقبته تحوّلت إلى لوح ثلج، وبصعوبة قال: لن أنظر.

كانت المشانق التي ملأ بها الأتراك البلاد تملأ الشوارع والتلال المحيطة، وتنتصب في الريح كفزاعات شرهة تتطلع لأعناق الناس بنهَم مجنون، ولن يمضي الكثير من الوقت، قبل أن يأتي لها الانجليز بما تحتاجه من فرائس.

الضباب

في ذلك الفجر البارد، أطل من جوف الضباب أحد رجال القاوقجي وسلم الحاج خالد بيان وقف الثورة بصمت شديد. تناوله وراح يقرأ:

بلاغ رقم 16

(تلبية لنداءات ملوكنا وأمرائنا العرب ونزولا عند طلب اللجنة العربية العليا نطلب توقيف أعمال العنف تماما وعدم التحرش بأي شيء يفسد جو المفاوضات التي تأمل فيها الأمة العربية الخير ونيل حقوق البلاد كاملة، وأن نتجنب أي عمل من شأنه أن يُعدّ حجة علينا في قطع المفاوضات.. إننا نرحب بالسلم الشريف ولن نعتدي عليه ولكننا عند اللزوم ندافع ولن نرمي السلاح....)

القائد العام/ فوزي الدين القاوقجي 1936/10/12

لم ير أحد الحاج خالد غاضباً كما رأوه ذلك اليوم، كوّر البيان وألقى به بعيداً، سقط قرب الحمامة، مدّت رأسها؛ كانت تهمُّ بالتهام الورقة التي ألقيت أمامها، فصاح بأعلى صوته: لا.

ارتبكت الفرس وتراجعتْ خطوات.

سار نحو البيان التقطه من على الأرض، فَرَدَ البيان ثانية بحيث يسهل حرقه، أشعل عود كبريت، تأمّل شعلة النار الصغيرة التي راحت تهبط نحو نقطة التقاء إبهامه بسبابته، انطفأت، امتدت يده بالبيان إلى إيليا راضي.

مضى للحمامة، احتضن رأسها بكفيه محاولا تهدئتها، اعتصر جبينه بأصابع يده اليسرى، ثم التفت إلى رجاله: ما الذي يريده، هل يعتقد أن الإنجليز سيسمحون لنا ثانية بالعودة إلى بيوتنا ومزارعنا؟! وهل يمكن أصلاً أن نعود، والبحر لم يتوقف لحظة واحدة عن حُمل المهاجرين اليهود كل يوم؟! ثم أي مفاوضات هذه، منذ عشرين سنة ونحن نفاوض، وقرار كهذا سيحكم علينا بأن نظلَّ نفاوض للأبد.

والتفت إلى رجاله: على أي حال هذا قراركم. قرار كل واحد منكم قراركم، لأن البيان لا يتحدث عن أي عفو عن الثوار، البيان يقول لنا: كل من عليه حكم إعدام فإن عليه

336

التوجّه فوراً إلى المشنقة، ومن عليه حكم بالسجن فإن عليه أن يمضي ويطرق باب السجن ويقول للإنجليز: لقد عدت.[22]

كانت الأيام التالية أكثر حلكة مما يمكن أن تحتملها العين، هبط ضباب كثيف فوق الجبال، وصمتَ كل شيء فجأة، صمتت العصافير، وتلاشت خطوات الغزلان التي كانت تعبر بين حين وحين، وبدت الحمامة كما لو أنها ذابت، لولا صوت تنفّسها الرتيب الخافت. لم ينظر الحاج خالد حوله ليرى كم بقي معه من رجال وكم ذهب، كان الضباب نعمة في تلك اللحظة، بحيث لم يكن باستطاعة أحد أن ينظر عميقا في عيني أحد أو يشيعه وهو يعبر جدار العتمة البيضاء الباردة.

كان الحاج خالد يدرك أن الناس (تعبت)، ولكن تلك الكلمة لم تكن تعني له سوى شيء واحد، أنها هُزمت.

***

حين تلاشى الضباب أخيراً لم يجد حوله هناك سوى اثنين، إيليا راضي والحمامة.

قال لإيليا: أظن أن بإمكانك أن تعود، بالنسبة لي، لن أسير إلى المشنقة برجلي، سأذهب إلى الشام، ما دامت كل قياداتنا قد أصبحت هناك، ربما نصل إلى حل؛ سأفكر بخطوتنا التالية، يبدو أن الجميع ضدنا الآن؛ لم يعد هنالك شيء في هذه البلاد غير الوهم.

- حين خرجت للجبال معك، لم يخطر ببالي أن أعود للهادية إلا معك.
- لا. أريدك هناك. بالنسبة للإنجليز أنت غير معروف، وحينا أحتاجك سأرسل في طلبك، وربما سآتيك بنفسي. اطمئن. ثم أخرج الحاج خالد الزاجلة من قفصها وأطلقها. وأضاف: فليظلّلك جناحُها. وراقبها وهي تنطلق، دارت نصف دورة، ألقت نظرة عليهما، ثم حددت مسارها وراحت تبتعد.

***

على مشارف قرية (كوكب الهوا) رأى الحاج خالد تلك الورقة تتقلّب في الريح، أوقف الحمامة، نزل والتقطها، كان يريد أن يقرأ أي حرف يشير إلى أين وصلت الأمور، إلى أين ستصل، قرأ الورقة:

---

22 - في تلك الفترة كانت بريطانيا قد أصدرت أحكامها بالسجن، مدداً طويلة على حوالي 2000 فلسطيني، وهدمت أكثر من 5 آلاف بيت، وأعدمت شنقاً في سجن عكا 148 شخصاً، وبلغ عدد المعتقلين لمدد مختلفة أكثر من خمسين ألفاً.

337

(.. أطلبُ من الشعب العربي المجيد مراعاة الأمور الآتية بكل اهتمام: عدم مقابلة اليهود بالمثل، وهم الذين أخذوا يعتدون، لا عن شجاعة أو شهامة.. بل بقصد الدّس والإفساد بين جيش الثورة والجيش البريطاني كي يعود النزاع والاضطراب ولكي يفسدوا علينا المفاوضات فيحولون دون نيل البلاد حقها، وإني أنتظر من الشعب الكريم الصبر وانتظار ما ستصنعه السلطة البريطانية في حقوق العرب... إن جيش الثورة لفخور جدا بأن يكون قام بواجبه، كما عاهد، وأنهى مهمته بالفوز وأوصل البلاد إلى حدود أمانيها وحقوقها التي أصبحت في عهدة الملوك والأمراء والأمة العربية جمعاء. لهذا ترى قيادة الثورة، اعتمادا على ضمانة الملوك والأمراء وحفظا لسلامة المفاوضات، ولعدم جعل أية ذريعة للخصم يتذرع بها للعبث في الحقوق المضمونة أن يترك الميدان.. بعد أن لم يبق له أي عمل، وإنها لتعاهد أن يكون جيش الثورة في طلائع الجيوش العربية التي سوف تسرع لإنقاذ فلسطين!!!)

القائد العام/ فوزي الدين القاوقجي 1936/10/20

كوّرها، همَّ بأن يلقيها بعيداً، تراجع عن ذلك، امتدت يده إلى خُرْج الحمامة، عادت أصابعه بعلبة ثقاب، أخرج عودا، هم بإشعاله، لكنه قذفها للأرض بقوة، ثم انحنى، أمسك حجرا وراح يدقّها ويدقّها حتى تحوّلتْ إلى فتات.

حين أراد أن ينهض، أحس برأسه يدور، والسماء تدور، الأرض تدور، والحمامة لا تتوقف عن الدوران، أدركَ سريعا أن عليه أن يتماسك، أن يصل إلى الإبرة في الخُرْج، أن يحقن نفسه، وإلا سيموت في هذا البر. بصعوبة بدأ ينهض، دون أن يتوقف عن الدوران، وسط هذه الدوامة التي تقتلع قدميه وتطوّح به بعيدا لأعالي السماء وأعماق الأرض في آن. أمسك بحافة الخرج، كان واقفا على ركبتيه ليس إلا، لكن وجود الخرج أمامه جعله يحس بأنه واقف على قدميه. امتدت يده، أخرج الإبرة، حقن نفسه، عاد بطء إلى صحوه، فرأى أن الحمامة كانت قد انحنت لتساعده، وأنها ملتصقة بالأرض قربه.

كان أول شيء فعله هو النظر إلى فتات تلك الورقة، لم يكن قد تبقى منها سوى قطعة واحدة ملتصقة بالحجر الذي استخدمه لسحقها، وبصعوبة استطاع قراءة تلك الجملة الممزقة: بلاغ رقم...

بعد أكثر من نصف ساعة، شعر بالحياة تعود إليه من جديد، كان لما يزل واقفا على ركبتيه، لكن صدره كان ملتصقا بجسد الحمامة.

338

إلى جانبها راح يسير؛ في البعيد رأى بحيرة طبريا، كانت ساكنة إلى حد لا يُصدَّق، وكل ما حولها ساكن، الأشجار، الطيور وخطوات الغزلان، فأحسَّ أنه يسير في الصمت: لماذا يعود هذا الإحساس ليتكرر من جديد. [23]

***

23 - (ووصل خبر يفيد أن الملك السعودي سمح للقاوقجي وصحبه من المجاهدين بالإقامة في (القريَّات) داخل حدود مملكته، وجاء خبر آخر حول موافقة الحكومة العراقية على استضافته، حيث كان له وداع وطني عظيم في شرق الأردن، وذكرت الصحف أن وفداً من الأردن صحبه بترتيب ورضاء الأمير عبد الله. وكان قد شاع أن سلطات الانتداب البريطانية في الأردن ستعيق رحيله، لكن شيئاً من هذا لم يحدث!!!)

أحزان العزيزة

لم يكن قد مضى على غياب الحاج خالد في الشام أكثر من خمسة أشهر حين علمت الهادية بخبر إلقاء القبض على ولديّ العزيزة فايز وزيد بتهمة قتل ضابط وثلاثة جنود بريطانيين على الطريق ما بين قريتي لفتا وقولونيا.

ساقوهما إلى سجن المسكوبية فورا.

إلى القدس جاء الحاج سالم والعزيزة ومحمد شحادة. لم يسمح الإنجليز لهم بمقابلة فايز وزيد. قالت العزيزة، سأبقى هنا حتى أراهما.

- اليوم نعود للهادية وغدا صباحاً نكون هنا. أين يمكن أن تنامي في القدس؟

- ليس هناك سوى بيت الحاج أبو سليم.

- ولكن!!

- إنه رجل أصيل، وكان يمكن أن يكون جد أولادنا لو أن الله كتب الحياة لابنته أمل.

- اللي بتشوفيه. قال لها الحاج سالم.

***

"اللي بدي أحكيلك إياه، رأيته بعيني هاتين وسمعته بأذني هاتين: وصلت العزيزة إلى بيتنا بعد الظهر بقليل، كان معها الحاج سالم، أخوه للحاج خالد، وشخص آخر من بلدهم اسمه محمد شحادة، لم يكن والدي في البيت، دعتهم أمي للدخول فقالوا سنرجع للهادية، ولكن العزيزة ستبقى، وستشرح لكم كل شيء.

قالت أمي: أهلا بالعزيزة، طول عمرك عزيزة أنت وأهلك.

ذهبتُ وحضّرتُ الشاي، وجلسنا، كانت تعبانة كما لو أنها لم تنم من عشر ليال. سألتها أمي شو في؟! فقالت القصة من طقطق للسلام عليكم. حزنا عليها كثيرا. ثم نظرت إلى وجوهنا وقالت: يبدو أن نصيبي مثل نصيب أمي التي أعدموا لها

340

ولدين في يوم واحد. فقالت لها أمي: بعيد الشر. آخر شيء يمكن أن يفعله الإنجليز هو أن يشنقوا أحداً هذه الأيام، لأنهم لا يريدون أكثر من رضا الفلسطينيين بعد انتهاء الثورة.

في اليوم التالي ذهبت هي ووالدي والحاج سالم ومحمد شحادة، إلى سجن المسكوبية، لكنهم منعوهم من الدخول، قالوا لهم هؤلاء في التحقيق وقضيتهم طويلة.

عادت العزيزة إلى بيتنا مع والدي، سألته أمي عن الحاج سالم ومحمد شحادة، فقال: إنهم عادوا للهادية، لأنهم يريدون الذهاب للمحامي المرزوقي. جلسنا أنا وهي وأمي وأختي سعاد في غرفة، بدأنا بتناول طعام الغداء وبعد أن تناولت كل واحدة منا لقمة أو لقمتين، ونحن نسمع نشرة الأخبار من الراديو، سمعنا ذلك الخبر الرهيب: نُفّذ صباح اليوم حكم الإعدام بالأخوين فايز عبد المجيد وزيد عبد المجيد بعد أن أدانتهما المحكمة العسكرية بقتل ضابط وثلاثة جنود بريطانيين.

تجمّد كل شيء في تلك اللحظة، نظرنا إلى العزيزة، فإذا بها في عالم آخر، كانت صامتة وكأنها تجلس وحدها، وبعد لحظات نظرت إلينا وقالت: شو صار؟؟!؟ لماذا لا تأكلن؟!! سمعنا كلامها فبدأنا نبكي، وقامت أمي لتذهب. قلتُ لها: على وين يا أما؟ فقالت وهي تخفي وجهها: مش قادرة، مش قادرة. لكن العزيزة عادت تمضغ اللقمة التي في فمها، ثم مدّت يدها إلى الطعام من جديد واستمرت تأكل! فازداد بكاؤنا أكثر. في النهاية لم نستطع إلا أن نمدّ أيدينا ونأكل معها والدموع تختلط بطعامنا.

لن آكل في حياتي طعاما مرًّا مثل ذلك الذي أكلته ذلك اليوم.

بعد أذان العصر قامت وتوضأت وقالت لأمي: خذيني للمسجد الأقصى. فذهبتُ أنا وأختي سعاد معها، دخلنا السور من باب الخليل وحين وصلنا إلى المسجد راحت تلطم خدودها وتصيح بأعلى صوتها وتتمرغ على السّجاد.

تركناها تفعل ما تريد، وبعد نصف ساعة عادت إلينا وقالت بهدوء: خذوني للبيت. فرجعنا بها.

علمت الهادية بالخبر فعاد الحاج سالم وإيليا راضي ومحمد شحادة وجمعة أبو سنبل، ماذا أقول لك، كثيرون كانوا. ذهبوا للسجن فقالوا لهم: نسلّمكم إياهما غدا. فجاؤوا إلى بيتنا. دخلت العزيزة عليهم وسلّمت على الجميع، وجلست صامتة لم تقل شيئاً ولم يستطيعوا هم أن يقولوا أي شيء أيضاً.

341

تلك الليلة نام الجميع عندنا وفي الصباح ذهبنا كلنا إلى السجن، في الطريق اشترى والدي جريدة (فلسطين) وإذا بصورتيهما على الصفحة الأولى، تناولت العزيزة الجريدة من يد أبي، حين لمحت وجهَيْ ابنيها، تأملت الصورتين ثم طوت الجريدة ووضعتها في جيب صدرها.

قال لهم الضابط البريطاني: لن نسلمهما لأحد، سيوضعان أمام باب العامود ليرى الناس كلهم مصير الأشقياء!

عادت العزيزة، قالت لنا: خذوني للمسجد الأقصى. فأخذناها، ومثلما فعلت في اليوم السابق فعلت في ذلك اليوم: صرخت وبكت وتمرغت على سجاد المسجد حتى استوت، ثم قالت أعيدوني للبيت، وهكذا ستفعل خلال الأيام الأربعة التالية.

بعد الظهر وصلت سيارة جيب، أنزلوا الجثتين وضعوهما على الأرض، وكان هنالك أكثر من مئة جندي بريطاني في حالة استعداد لإطلاق النار على كل من يقترب.

كانوا يعرفون أن وضعهم بهذا الشكل سيفجّر المشاكل ولكن الإنجليز أصروا. ثار الناس، لكن ذلك لم ينفع، حاولوا اختطاف الجثتين فانطلق الرصاص من كل مكان، هرب الناس.

أربعة أيام تركوهما هناك إلى أن ملأت رائحتهما الجو ولم يعد الجنود أنفسهم قادرين على البقاء في أماكنهم. صباح اليوم الخامس وصل ضابط بريطاني، حدّق في الجثتين ثم التفت إلى الناس: بإمكانكم الآن أن تأخذوا الجثتين.

العودة من الشام

بعد عام عاد الحاج خالد من الشام مكسورا باطمئنان الجميع[24]، وأكثر يأساً من أن تعبر الحدود غيمة ماطرة، قال: منذ عام ننتظر، ولم يتغير شيء، الأمور تزداد صعوبة، وكل ما يفعله الانتظار هو مراكمة الصدأ فوق أجسادنا وأرواحنا. قالوا له: عليك أن تنتظر، أي حركة من قبلنا الآن ستجعل العالم كله ضدنا.

عاد، حتى دون أن يودّعهم، وكان هناك الكثير من القيادات التي التجأت لدمشق هرباً من الإنجليز.

في المكان الذي توقّف فيه قبل عام مفتتا بيان قيادة الثورة، وقف من جديد، كانت الحمامة قد غدت أكثر قربا منه، في الوقت الذي بدأ يحس أنها كل ما تبقى له.

في دمشق لم تتوقّف رسائل أسرته، ولا رسائله إليهم، والرسالة التي لم يكن باستطاعة البريد أن يحملها، كان يحملها الناس.

***

كان أول ما فعله حين دخل الهادية ليلا، أن ذهب إلى بيت أخته العزيزة، طرق الباب، خرجت، فوجئت به، كانت على وشك السقوط، خطا نحوها خطوتين واحتضنها، فراحت تبكي بصمت على صدره، وكلما حاول أن ينظر إلى وجهها

---

[24] - (... وأعترف لجنابك بالدهاء فأنت في نظري داهية دهماء وذكي من الطراز الأول.. تصرف مواهبك وذكاءك لمصلحة الاستعمار البريطاني.. لقد عيّنت أبناء الذوات في الوظائف، وأجلست أبناء العائلات على الكراسي فغدوا رهائن لديك، وارتبطوا بالسلطة ارتباطا ماديا، وستذكر أياديك البيضاء عليها وشعارها دائما: الحسنة بعشرة أمثالها والتحية بأحسن منها.. وحسبك أنك استطعت أن تجعل الكثيرين من العرب يعتقدون أنهم في حاجة إلى حماية إنجليزية تقيهم عدوان اليهود، وجعلت الكثيرين من اليهود يعتقدون أنهم بحاجة إلى حماية إنجليزية تقيهم عدوان العرب... أحس أنني مهان وأن كرامتي جريحة وأنا أنتمي إلى شعب لا تقيمون له وزنا ولا تحترمون له إرادة.. وقد عرضتم عليه أخيرا بعد تضحيات وثورات وجهود مجلسا إشتراعيا هزيلا كسيحا أبتر، فاقد الصلاحية مسلوب الإرادة..) من رسالة موجهة للمندوب السامي البريطاني.

دفنت وجهها في صدره أكثر، أحس بحرارة دموعها تحرق جسده، أطل ابنها حسين، فتجمّد في مكانه أيضاً.

زمن طويل مرَّ قبل أن ترفع وجهها وتنظر إليه، كانت الدموع قد اختفت من عينيها، قالت له كما لو أن شيئاً لم يحدث: افتقدناك؟

أمسكها من يدها وسار نحو بيته، يتبعها حسين، حين وصل لم يعرف البيت، كان ثمة بيت جديد مكانه، لا يشبهه أبداً، بيت أقل ارتفاعاً وأصغر، وللحظة أحس أنه أخطأ، نظر حوله، تذكّر أن البيت القديم قد نسف، نظر إلى أعلى التل حيث قبور أخويه وأبيه، وقبره الفارغ، رأى في السماء برقاً بعيداً، أعقبه رعد مكتوم، شدَّ عباءة الصّوف أكثر حول جسده، وكما لو أنه زائر غريب طرق الباب، فأحس بالحمام يستيقظ في برجه.

كان الصباح بحاجة إلى ثلاث ساعات كي يطل.

طرق الباب ثانية، سمع خفق أجنحة قادماً من البرج، وجاء صوت من الداخل: مين؟

لم يجب، كان يخشى أن يوقظ صوته أهل القرية، لكنه لم يكن خائفاً من طرقات يده على الباب!

- مين؟ جاء صوت سميّة من جديد. ولم يجب.

حين أشرعت الباب أخيراً، كان ناجي قد وصل وموسى أيضاً.

شيء ما غامض تحرّك فيهما، فجعلهما يتبعان أمهما، أمهما التي قالت لهما محذرة: ربها الإنجليز، ربها اليهود، سأذهب وحدي. ابقيا هنا، ولكنهما تبعاها.

لم يكن على سميّة أن تُضيء قنديلا لترى ملامحه وتعرفه، كانت قامته تملأ باب البيت، العزيزة إلى جانبه وخلفهما حسين يمسك برسن الحمامة التي كانت تنظر حولها كما لو أن ذاكرة الحمامة الأولى قد استيقظت فيها.

عانقهم واحدا واحدا، قبّل رأس سميّة، وبصمت احتضنه موسى وناجي الذي امتدت يده فتناول بارودة أبيه، وصعد إلى سطح الدار.

مال الحاج خالد وقبّل جبين ابنته تمام: كبرتْ!! قال. وصمت الجميع. فتحتْ عينيها، ولم تعد قادرة على إغماضهما ثانية، ثم همست: أبوي! وكحلم خفيف اعتدلت وعانقته.

- سأوقظ عمتي منيرة. قالت سميّة.

344

– لا. سأوقظها بنفسي. وصعد إلى العليّة، دون أن يترك يد العزيزة. بعد أن طلب من موسى أن يذهب لإحضار فاطمة.

***

سمع الحاج خالد أذان الفجر، نهض ليتوضأ، تبعته سمية: لا تنسَ أن تُسلّمي لي على الشيخ حسني.

– الله يسلمك. قالت. واكتشفت معنى جديداً لأمنيتها تلك، معنى مختلفاً تماماً، كما لو أن الأمنية التي يرددها الناس في كل يوم مرات ومرات، وجدتْ معناها الحقيقي أخيراً.

– انتبه، الجواسيس في كل مكان. [25]

– الرب واحد والعمر واحد.

صلى داخل البيت، وبعد قليل دخل ناجي. قال هامسا وهو يتلفّتُ حوله: طلع الضوء.

– ولماذا تقول لي ذلك بصوت منخفض. لن يسمعك أحد بين هذه الحيطان.

وكانوا يتحلّقون حوله، كما يتحلّقون حول كانون نار.

– تذهب اليوم إلى بيت إيليا راضي، وتقول له. أبي ينتظرك.

– أين؟ سأل ناجي.

– سيعرف. فقط قل له أبي ينتظرك.

***

---

[25] – (.. قام فخري النشاشيبي بتنظيم اجتماعات شعبية عامة تدعم (فصائل السلام) وتناوىء الثورة وتطارد فلول قواتها. وقد كان أهم هذه الاجتماعات ذلك الاجتماع الذي نظمه في بيته في أيلول 1938 واجتماع آخر نظمه في قرية يطا في قضاء الخليل في كانون الأول عام 1938 بحضور الجنرال البريطاني أوكونور القائد العسكري العام لمنطقة المركز.

.. وامتدت ظاهرة (فصائل السلام) لتشمل مناطق نابلس وجنين والخليل والروحة ومرج ابن عامر ومنطقة عكا والجليل الغربي، ووصلت إلى ذروتها، فيما بعد، من خلال مساعدة أحد هذه الفصائل للبريطانيين بالظفر من القائد العسكري العام للثورة، عبد الرحيم الحاج محمد.) (وقد لاحقت الثورة النشاشيبي، بعد أن أصدرت عليه حكماً بالإعدام إلى أن تم قتله بعد عامين في بغداد.)

(وعقد مؤتمر شعبي برئاسة مثقال الفائز في قرية أم العمد، لدعم ثورة فلسطين بالرجال والعتاد، بعد أن كان البريطانيون قد قرروا اعتبار شرق الأردن ميداناً متصلاً للقتال ضد الثوار الفلسطينيين في تحركاتهم.. بعد بناء الأسلاك الحاجزة على حدود فلسطين الشمالية، وتوج نظام شرقي الأردن نشاطه المضاد حين ألقى القبض على اثنين من القادة الفلسطينيين في 1939، أحدهما يوسف أبو درة، وسلمهما إلى البريطانيين حيث تم إعدامهما بعد ذلك بشهور قليلة.)

سار والحمامة، نحو المضافة، خرج حمدان يجرُّ ساقه وقد سمع وقع حوافر فرس على الأرض، نظر صوب الباب، ورآها هناك، قبل أن يرى الحاج خالد. كانت أشبه بقطعة من قمر منتصف الشهر، وفي العتمة الخفيفة تلك، رأى تلك القامة التي يعرفها من قديم، منذ أن كان طفلا. ركض نحو الحاج خالد وقبل أن يصله كانت الدموع قد ملأت عينيه. احتضنه، لكنه لم يستطع قول كلمة واحدة. سأله الحاج خالد عن أحواله. فهز حمدان رأسه، عن صحته وعن زوجته فهزَّ رأسه من جديد. كان يبكي بصمت، ثم راح ينشج بانفعال عميق.

- قلت لنفسي لا يمكن أن أمر بالهادية دون أن أشرب قهوة حمدان.

هزَّ حمدان رأسه، ثم وجد لسانه آخر الأمر: إنها جاهزة.

صبَّ له الفنجان الأول، شرِبه، ثم صب له الثاني، فقال لحمدان: كأنك أصبحت بخيلا منذ رأيتك آخر مرة. يا رجل املأ الفنجان!! ملأه.

بهدوء شرب الحاج خالد قهوته، وهو يتأمل ساحة المضافة، شجرة التوت العارية، وحدق في السهل البعيد كما لو أنه ينتظر ظهور الحمامة.

همهمت الفرس، نظر إليها خلفَه: أعرف. أنتِ هنا.

صعد التل باتجاه قبور أبيه وأخويه وابني أخته، التفتَ إلى قبره الفارغ، كان ممتلئا بالمياه. حاول أن يعثر على إحساس واضح يشيره في داخله امتلاء القبر بالماء، لم يجد. قرأ الفاتحة، قفز فوق فرسه، نظر إلى الهادية، كان الناس قد بدأوا بمغادرة بيوتهم، ومن بعيد رأى أكثر من شخص طيف الحمامة الأبيض، وحين اختفت بسرعة، ظنوا أن ما شاهدوه خيالا ليس إلا.

المصيدة

لم يصدق إدوارد بترسون، الذي أزعجه كثيراً تجدد العمليات العسكرية، أذنيه حين جاءه الخبر: الحاج خالد عاد، ويُعِدُّ كمينا لقوة بريطانية ستخرج من جنين وستعبر الطريق ما بين قريتي بُرْقَة وسَبَسْطِيَة. أجرى اتصالاته السريعة، وقرر، مع قائد المنطقة، أن تتحرك القوة في الوقت المحدد لها، وأن تسلك الطريق نفسه حتى لا يثير الشبهات. في السادسة والنصف من صباح الثلاثاء هدرت محركات الشاحنات فاختفت الأصوات المنبعثة من أي عربات سواها، وبدل أن يملأ بترسون صناديقها بالسلاح والذخيرة كما كان مقررا، ثبَّت عدداً من الرشاشات الثقيلة فيها، وأخفى ذلك كله بشوادر عسكرية خضراء سميكة يسهل التخلّص منها ما أن تُطلق الرصاصة الأولى باتجاه القافلة. ولأنه لم يكن يريد بأي حال من الأحوال أن تفشل خطته، بسبب وقوع المنعطف في نقطة منخفضة محاطة بالجبال من ثلاث جهات، قرر منح الطيران فرصة المفاجأة.

٭ ٭ ٭

لم يكن الحاج خالد ومن معه يتوقَّعون ذلك، كانوا متلهِّفين لعملية كبيرة، لا تشبه العمليات الصغيرة التي قاموا بها، بعد انتظار طويل لم يسفر عن أي نتائج على الأرض. [26]

---

[26] - فلا الهجرة اليهودية إلى فلسطين قد توقفت ولا زعماء فلسطين عادوا من منفاهم في جزيرة سيشيل ولا لجان التحقيق فيما يحدث في البلاد قد أوصلتهم إلى شيء، ولم تتوقف عمليات الاعتقال والإعدام: كان عبد السلام البدري، من قرية بُرْقَة، عاملا يعمل في مدينة حيفا، أعدمه الإنجليز شنقا في سجن عكا، حين ألقي القبض عليه وهو يحمل في يده علبة مسامير صغيرة كان اشتراها بقرشين لإصلاح قبقاب الحمام الخشبي في بيته. والسبب في اعتقاله أن قنبلة انفجرت في حيفا وكانت تحتوي على مسامير مشابهة للتي يحملها، فاتُهم بأنه مُعِدّها أو مشارك في إعدادها، وحكمت عليه محكمة عسكرية بالإعدام شنقا دون أن تلتفت لأقواله مع أن الرجل كان مسالما.. وهذه القصة يعرفها معظم أهالي برقه الذين في عمري.

347

– إلى أين؟ سألت فاطمة زوجها نوح.

– إليه، إلى الحاج خالد. هل تمانعين.

– إذا كنتُ أمانع ستمانع الكحيلة. أجابت.

ولم يكن ما سمعه نوح جديدا، فهو يعرف أنها لم تكن بحاجة إلى أن تقول له رأيها في أي شيء يفعله، كان يكفيه أن يقفز فـوق ظهـر الكحيلـة لا غيـر، فـإذا تحرَّكت فرسه فهذا يعني أن فاطمة راضية، أما إذا ما وقفت الكحيلة في مكانها كوتد، فإنه يعرف أن عليه أن يترجَّل، لأن أيَّ قوة لن تستطيع زحزحتها مـن مكانها ما دامت فاطمة لا تريد لها ذلك.

أمسك نوح برسن الكحيلة، في تلك الظلمة الآخـذة بالتبـدد، لا يعـرف إن كانت ستتحرك أم لا، لكنها تحرَّكت. عاد واحتضن زوجته، احتضنها إلى ذلك الحد الذي أحست معه فاطمة أنه لا يريد أن يذهب. عندها ربتت علـى ظهـره وهي تبعد رأسها عن كتفه، وهمست: سلِّمْ لي عليه. الله معكم.

كان الغبش الصباحي يملأ الوادي، في حين كانت السّفوح قـد بـدأت تضاء بشمس آذار الباردة. لم يكن الأمر سهلا وقد بدأوا يتجمّعون في المكان منذ الساعة الثانية فجراً. أمام الحاج خالد وقف نوح أخو خضرة، ممسكا برسن الكحيلة: لقد أتيت. قال.

عانقه الحاج خالد: ما الذي تفعله هنا؟ ألم أقل لـك سأرسـل في طلبـك حين أحتاجك؟

– أظنك بحاجة لي ولسواي.

– وما أدراك أنني بحاجة إلى رجال؟

– ما دمتَ قد عدتَ، فأنت بحاجة إليهم.

اعتصر الحاج خالد جبينه بأصابع يـده اليسرى، ألقـى علـى إيليـا راضي تلـك النظرة التي باتوا يعرفونها عنه: لم يكن عليَّ أن أقول له أي شيء. بمجرد أن أحسّ بأنك ستبدأ من جديد، قال لي أنا قادم معك. قال إيليا.

عبرت حافلة ركاب وعدة سيارات مدنية وسيارة جيب عسكرية بسلام. كانوا قد حددوا اللحظة التي سيُقفل فيها الطريق. في البعيد كان هنالك مقاتلان مكلّفان

348

بإعطاء الإشارة بالتناوب وقد اختبأ كل منهما في مكان يبعد عن الآخر مسافة خمسائة متر.

كل الأعين كانت تحدّق في الشارع، وكل الآذان تحاول التقاط هدير محركات القافلة في ذلك المكان المعزول؛ لكن الهدير، الذي جاء خافتاً في البداية، وبعيداً، بدأ يتصاعد، تحوّلت نظراتهم إلى السماء، وفي اللحظة نفسها، رأوا الإشارة التي تعلن وصول القافلة. كان التحرّك في تلك اللحظة مغامرة قاتلة، رغم عدم إدراكهم إن كانت الطائرات الثلاث التي تحلّق على ارتفاع منخفض، تقصدهم، أم أن مرورها في سماء المكان مجرد مصادفة.

لقد أدركَ بترسون أنهم لـن يطلقوا النار نحو الطائرات حتى لـو مست رؤوسهم، ما دامت القافلة هي هدفهم.

***

في الدغل الصغير الذي أخفوا فيه الخيول، تصاعدت الفوضى، بمجرد مرور الطائرات من فوقه، كانت الخيول تحاول التخلّص من أرسُنها الملتفة على أغصان الأشجار.

التصق الثوار بالأرض، اندسّوا في أيِّ ظلّ يمكن أن يخفي أجسادهم، لكن الطيارين كانوا قد رأوهم. سمع الرجال الكامنون حوافر حصان، التفتوا، كان الحصان يجري مبتعدا خارج الدغل، انخفضت إحدى الطائرات أكثر، طارت فوقه تماماً، تعثر الحصان، نهض، لكن صوت الطائرة التي تجاوزته جعله يرتدّ فجأة ويجري للوراء، كما لو أنه سيعود للدغل. صهلت الخيل من جديد حين رأته يحاذيها، تفلّتت، لكنها لم تستطع الإفلات، ورأته يعدو مبتعدا.

في تلك اللحظة عادت الطائرات من الجهة التي أتت منها في المرة الأولى، فوجئ الحصان بها تتجه نحوه، ارتبك، وقبل أن يقرر الجهة التي سيمضي إليها، انطلقت المدافع الرشاشة للطائرات باتجاه الأرض، حيث اختبأ الثوار في ظلال الصخور والشجر البري.

لم يكن الانسحاب ممكنا مع عاصفة النار التي اندفعت من السماء حاصدة كل ما في طريقها، وحين رأوا القافلة تصل، لم يكن باستطاعتهم فعل أي شيء، كانوا محاصرين تماماً، لكن أفضل ما حدث أن المكلفين بقطع الطريق على القافلة، استطاعوا تنفيذ ذلك بنجاح بسبب بعدهم عن مجموعة التلال وعدم اكتشاف الطائرات لوجودهم.

أمام الحاجز الصخري وجدت القافلة نفسها، وقبل أن تُطلق عليها رصاصة واحدة كانت مدافعها الرشاشة قد ظهرت.

مع الدورة الثالثة للطائرات، بدأوا يعون أنهم وقعوا في فخ، وأن خطتهم قد انكشفت، أعطى الحاج خالد أوامره لتشكيل حائط نار لمواجهة الطائرات الثلاث، الطائرات التي عادت أكثر اطمئنانا، وقد بدا الأمر لها مجرد لعبة لا أكثر. ظلّت الطائرات تقترب وتطلق نار رشاشاتها إلى أن أصبحت أمامهم، وعندها أمر بإطلاق النار، فانطلق الرصاص في لحظة واحدة، التفتوا خلفهم لمعرفة ما إذا كانت إحدى الطائرات قد أصيبت لم يروا دخانا ينبعث من أي منها، وعندها، أدركوا أن الغارة القادمة بعد دقائق قليلة.

في تلك اللحظات المحتشدة بكل الاحتمالات، إنتاب الحاج خالد ذلك الحس الغريب، شعر أن الشمس تسطع بقوة مجنونة لم يعرفها من قبل، والرطوبة صلدة لا يستطيع المرور عبرها واهواء أثقل من أن تحتمل الرئتان مروره بهما.

كان القهر يعتصره، وهو يتساءل عن سر انكشاف خطته. أخذ نفساً عميقاً، مرة تلو أخرى، حاول أن يهدأ ما استطاع، أن يتناسى الطائرات التي تحوم فوقهم والعربات التي ستتقدم لتطاردهم بعد قليل. كل شيء كان يمكن أن يحتمله سوى نوبة (السكري). ألقى نظرة على الحرش الصغير حيث الخيول، فرأى الحمامة أبعد مما كانت في أي يوم مضى.

في الوادي استطاعت القوة المكلفة بسدِّ الطريق إشغال القافلة، لكن الأمر لم يكن سهلا، لأن قوة النار التي اندفعت، فتحت أعلى وأوسع أبواب الجحيم، كان كل شيء حول الثوار يتطاير، الحجارة، غصون الأشجار، التراب، الأعشاب البريّة، كما لو أن الأرض قد تحوّلت إلى براكين صغيرة بلا عدد. وقد اكتشف الثوار هناك أن الطلقات القليلة التي أطلقوها هي آخر الرصاص، كان مجرد ظهور أي جزء من أجسادهم يعني الموت فوراً، في الوقت الذي بدأوا فيه يحسّون أكثر فأكثر بهشاشة الصخور التي يحتمون خلفها. وفي لحظة تشبه المعجزة استطاع أحدهم إلقاء قنبلة يدوية باتجاه القافلة، عمّ الصمت فجأة، لكن القنبلة لم تنفجر، استقرّت تحت إحدى الشاحنات، كما لو أنها حجر ليس إلا، لكن ذلك لم يمنع مَنْ في

350

الشاحنة، وقد رأوا القنبلة تتجه نحوهم، من القفز من الصندوق، محاولين الابتعاد بأقصى سرعة ممكنة.

في تلك اللحظة استطاع ثلاثة رجال الانسحاب وبلوغ أعلى التل، في اللحظة نفسها التي عادت فيها الطائرات، الطائرات التي وجدت فيهم أهدافا سهلة، وقبل أن يوجهوا أسلحتهم إلى السماء كانت قد حصدتهم.

وللمّرة الثانية، لم يستطع حائط النار إحراز شيء يذكر.

***

المفاجأة التي لم يتوقّعها أحد أن القنبلة انفجرت أخيراً. القنبلة التي حيَّرت الجنود الإنجليز كثيراً، فلم يعودوا قادرين على العودة للشاحنة، أو إطلاق الرصاص على القنبلة، لأن ذلك يعني أن عددا من سيارات القافلة يمكن أن يحترق، وكانت الحافلة التي خلفها قد أخليت من الجنود أيضاً.

في تلك اللحظة أدرك الحاج خالد أن عليهم الانسحاب بسرعة قبل عودة الطائرات من جديد، ولن يمضي الكثير من الوقت قبل أن يتقدَّم الجنود باتجاه الكمين العاري.

طلب منهم أن يتفرّقوا ما إن يصلوا الدغل، حتى لا يكونوا فريسة سهلة للطائرات.

قبل عودتها من جديد، كانوا قد وصلوا الدغل واختفوا فيه، وبدا الأمر للطيارين، كما لو أن الأرض انشقّت وابتلعت الجميع. لكن الأمر لم يكن كذلك فعلا، إذ بقي عدد من الثوار في أماكن صغيرة خفية، كانت مهمتهم وقف تقدُّم جنود القافلة لإتاحة الفرصة للبقية أن ينسحبوا.

اندفعت الخيل خارج الدغل، كان الهدف وصول الأحراش التي تبعد عن المكان الذي هم فيه ثلاثة كيلو مترات، هناك يمكن أن يختبئوا جيداً، وأن يقاتلوا إذا لزم الأمر.

لكن وجود ثلاث طائرات لم يكن سهلا، فرغم أن الخيل كانت قد تفرَّقت بعيدا عن بعضها البعض، إلا أنها كانت أهدافا سهلة في النهاية، وهكذا كان يمكن أن ينجو حصان ويصيب الرصاص فارسه، أو ينجو الفارس ويُصاب الحصان. كانت أعين الرجال تراقب الحمامة وهي تقطع المسافة الصغيرة القاتلة برعب شديد. كانت تراوغ، تركض يميناً وشمالاً وتتوقّف، ثم تعدو من جديد، وتدور في حلقات كاملة ثم تندفع إلى الأمام، وكان باستطاعة الطائرات أن تدور مرّتين قبل وصول

351

الخيول إلى أطراف الحرش، لكن مجموعة كبيرة استطاعت الوصول إلى هناك أخيرا والاختفاء فيه.

لم تكن معركة متكافئة، وقد جُرد الثوار من عنصر المفاجأة من الدقائق الأولى، عنصر المفاجأة الذي انقلب ضدهم [27].

أصوات الرصاص كانت تمزق الصباح الغارق في الدم، واللحظات التالية حبلى باحتمالات لا نهاية لها.

لم يستطع الرجال الذي تبقّوا في الكمين فعل الكثير، فقد وجدوا أنفسهم محاصرين من كل الجهات، ومع مرور الوقت كان صوت الرصاص يختفي قليلا قليلا، إلى أن عمّ الصمت.

**

وقف إدوارد بترسون يتأمل الجثث التي لم يترك فيها الرصاص مكانا إلا وفجر فيه ينابيع الدم، ألقى نظرة بعيدة على الأحراش وبدا سعيداً كما لو أنه على وشك تحقيق كل أحلام حياته في لحظة خاطفة.

لكن، وبمجرد أن راحت سيارة الجيب التي يستقلّها تقطع السهل مقتفية آثار الثوار، بدأت ابتسامته تضيق قليلا قليلا، إلى أن تحوّلت إلى ثورة غضب لا مثيل لها. فبمجرد أن رأى الحصان الأول ملقى على الأرض، وعبثا يحاول النهوض، اقشعر جسد بترسون، وحين عبرت السيارة بجانبه ظل ينظر إلى كتلة الألم التي تتلوى خلفه بالتياع. أمر السائق أن يتوقف، نزل من العربة، عاد إلى الحصان، أخرج مسدَّسه، صوّب نحو الكائن الجريح، أدار وجهه بعيداً، أطلق رصاصة، وعاد للعربة دون أن ينظر للحصان القتيل. بعد مائتي متر رأى مهرة رمادية قتيلة تحت جسدها شاب لم يتجاوز الخامسة والعشرين مصاباً، توقّف بترسون، كانت بندقية الشاب على بعد خمسة أمتار منه، وقربها كانت كوفيته الصفراء ملقاة وبجانبها

---

[27] - (مجمع الروايات الشفوية (معززة بوثائق أرشيفية بريطانية من نفس الفترة) أن سبب فشل هذه المعركة هو معرفة البريطانيين المسبقة بأمر الكمين عن طريق أحد اللصوص والمجرمين الذين أطلقت سلطات الانتداب سراحهم، أو سهّلت فرارهم، وطلبت منهم الالتحاق بالثورة منذ بداية انطلاقتها، ووعدتهم بالعفو عنهم وتقديم المكافآت لهم مقابل كل ما يحققونه من نجاحات، وقد نفذ حكم الإعدام بهذا الجاسوس فيما بعد إذ اعترف بأسماء بقية الجواسيس وبتقاضيه خمسة وعشرين جنيها للتجسس والاغتيال إن أمكن، مع وعد بمنحه مبالغ أكبر حسب حجم النجاحات التي يحققها.)

عقاله، أطلق بترسون رصاصة نحو رأس الثائر، وظل يتأمله إلى أن تأكد أن روحه قد غادرت المكان تماماً.

سبعة خيول كانت قد قُتِلَت، لكنه لم يعثر على أحد من فرسانها، سارت العربة من جديد، رأى خيط دم، أشار إلى السائق أن يتبع الخيط بحذر، توقفت العربة أمام انحدار شديد، هبطوا من العربة، رأوا العربات التي خلفهم تتجه للأحراش مباشرة، تقدّموا نحو الحافة، سمعوا صوتا خافتا، وهناك وجدوا أنفسهم وجها لوجه مع فرس كحيلة، لم تكن سوى فرس نوح أخو خضرة.

فتشوا المنطقة، لم يجدوا أحدا، صوّب بترسون مسدسه نحو رأس الكحيلة، وللحظة التقت أعينهما، فرأى فيها جمالا لا يمكن وصفه، تجمّدت يده، وقف الجنود يترقبون اللحظة التالية، لكن يده تحركت فجأة نحو السماء وأطلق رصاصة في الهواء، واستدار عائداً.

**

كان بترسون يعرف أن اقتحام الحرش مسألة ليست سهلة، لأنها ستكلّفه الكثير، حيث لم تكن خسائره، في المعركة ،حتى تلك اللحظة، سوى مقتل جنديين وإصابة ثلاثة بجروح.

ظلّت العربات العسكرية تسير إلى أن توقّفت على مسافة آمنة من الحرش، راقب الخُضرة الداكنة الغامضة بعينين نافذتين لم يسلبهما سهر الليلة الماضية، في انتظار الفجر، بريقها، ثم أصدر أوامره: سنقصف الأحراش بالمدفعية والطائرات، وبعد ذلك لن يكون علينا أكثر من تمشيط المنطقة.

**

غابت الطائرات طويلاً، قبل أن تعود ثانية، رأى الطيارون حصانا يقف إلى جانب جثة فارسه، وبعد ذلك كان بإمكانهم أن يحصوا جثث سبعة خيول ملقاة في السهل.

لم يكن بإمكان أحد أن يرى ما يدور في الغابة، لم يكن باستطاعة أحد أن يتأكد من أن الذين التجأوا للأشجار ما زالوا هناك، لكن الطائرات بدأت عملها بسرعة، كانت الانفجارات تطوّح بالأشجار عالياً، وبدت الأغصان وهي تتساقط أشبه ما تكون بكائنات آدمية تموت واقفة، شبّ أكثر من حريق، وتلبّدت السماء بسحابات الدخان الأسود. وبعد ست غارات متتالية، بدأت المدفعية تطلق نيرانها.

في العاشرة تماماً، وبعد حوالي ساعتين من انطلاق الجحيم، رفع بترسون يـده، معطيا إشارة الزحف نحو الحرش.

تقدّمت المصفحات، ثم تبعتها سيارات الجيب وعدد كبير مـن الجنـود الـذين ترجّلوا من الشاحنات. كل دقيقة كانت تحمل الكثير مـن الاحتمـالات، لكـن مـا أدهش بترسون، أن طلقة واحدة لم تُطلق نحو القوة المتقدِّمة.

"مع قوة تلك النيران، لن يستطيع أحد بلوغ شاطئ النجاة". همس لنفسه.

***

عبرت المصفحات الحرش، متجاوزة الأشجار المحطمة، وتوقفت سـيارات الجيب على أطرافه.

لا شيء.

وفي اللحظات التالية أدركوا أن تقدُّم الآليـات بـات مـستحيلا بـسبب كثافـة الأشجار. تقدّم المشاة، أوغلوا في الغابة الصغيرة، وأمامهم كان بترسون.

لا شيء.

بعد قليل رأوا جثة حصان، كان عنقه قد قُطع تقريبا، وبركة مـن الـدم واسـعة حوله، خُيّل لبترسون أنها لم تزل حارة. بعد عـشرة أمتـار، وجـدوا حـصانا آخـر، وآخر. لم يكن هناك سوى الخيول القتيلة، عشرة، وكان بعضها قد احترق تماماً.

أوشك بترسون أن يعود، حيث لم يعد قادرا على رؤيـة المزيـد مـن الخيـل التـي نفقت؛ لكنه كان يريد أن يعرف مصير تلك الفرس البيضاء، الحمامـة، التـي سـمع عنها الكثير ولم يرها بعد، كان يعرف أن مجـرد الوصـول إليهـا يعنـي الوصـول إلى الحاج خالد، لكن الشيء الذي كان يتمناه هو ألا يعثر عليها قتيلة.

حين أوشكوا على بلوغ الجانب الآخر، بات على يقين من أن سـاعات القـصف كانت فرصة المطارَدين للنجاة.

354

الإسبارطي

كان عليهم أن يتفرّقوا ثانية..

إلى الشمال البعيد مضى الحاج خالد، ومعه زوج ابنته نوح أخو خضرة.

مطر غزير نزل من السماء جارفا حجارة السفوح وصخور الوديان، ولم يكن نوح حزيناً مثلما كان في ذلك اليوم، كلما ابتعدا قليلا، تلفّت وراءه متمنيا أن تعبر الكحيلة جدار المطر السميك وتصل إليه طالبة منه أن يتوقف.

يعرف أنها أصيبت، لكنه لم يكن يعلم ما الذي يمكن أن يفعله بها جرحها، كان يخشى وقوعها أسيرة، أو فريسة سهلة لطلقة تُنهي حياتها.

الفرس الحمراء تحته، كانت فرس جميل السرحان، جميل الذي هشم الرصاص جمجمته، بحيث بدا وكأنه بلا رأس، حين أبصره نوح كانت الفرس تعدو به، ولم يزل جميل ممسكا برسنها، كما لو أنه لم يُدرك بعد أنه قُتل.

دارت الطائرات مرة أخرى وحين عادت أحسّ نوح أنه لن يبلغ الحرش أبدا، الحرش الذي لم يكن يبعد عنه أكثر من ثلاثمائة متر، لم تكن مسافة كهذه في أي يوم من الأيام شيئاً بالنسبة لمهرة كالكحيلة، لكن الطائرة كانت تتبعه، وكان يعرف أنه لن يستطيع الدخول في سباق مع هذا الطائر المعدني المجنون الذي يزأر ويحرث الأرض بنيران رشاشاته.

**

أحس بأنه أصيب، تدفّق الدم حاراً بين ساقه وجانب الكحيلة الأيمن؛ إحدى الطائرات جاءت من مكان لم يكن يتوقّعه، كانت على يمينه، في حين كانت طائرة أخرى خلفه وأخرى على يساره؛ والطيارون يحاولون القضاء على أي فرصة للمناورة يعرفها أولئك الفرسان الذين يقطعون السّهل؛ أدرك نوح أن قدمه سليمة حين شدّ على جسد الكحيلة محاولاً الانعطاف، وقد رأى الطائرة الأخرى تغير عليه من اليسار، انعطف، وللحظة، أحس بأن نزيف الجرح توقف، كان يغلقه فعلا بقوة

355

ساقه، لكن الكحيلة بدأت تلهث وتنطفئ تحته ببطء حزين؛ في تلك اللحظة رأى جميل السرحان يمضي بعيداً بلا رأس، جمع كل ما في الكحيلة من قوة وتبعه، لم يكن من السَّهل اللحاق بتلك الفرس الحمراء التي غمر الدم عنقها وأذنيها؛ تبعها، الفرس الحمراء التي غدت طوق نجاته الوحيد قبل عودة الطائرات مرة أخرى، أدركها أخيراً، حاذاها، وفي لحظة خاطفة قفز من فوق ظهر الكحيلة إلى ظهر الحمراء، كان جميل لم يزل متشبثاً بالرسن كما لو أنه يريد بلوغ باب بيته، حاول نوح انتزاع الرسن من قبضتي جميل، لم يستطع، أمسك باليدين المتيبستين، وتشبث بجسد جميل؛ يعرف أن وجود اثنين فوق فرس واحدة يعني الموت، فما دام جميل مصرّاً على البقاء فوق ظهر فرسه فإنه يريد بلوغ مكان ما، مكان لن يعرفه أحد، سوى الحمراء.

قبل عودة الطائرات وصل الشجرة الأولى من الحرش، كانت تلك الشجرة تعني له الكثير، كانت أجمل أشجار الدنيا، كانت شجرة الكون كلّه، شجرة الحياة.

**

بجنون كانت الحمامة تدور حول ساق شجرة سرو، ولم يكن الحاج خالد هناك، تلفّت نوح حوله وقد احتمى بجسد الفارس والفرس، لم يره، سمع صوت الطائرات تعبر، نظر إلى السماء، لم يرها، كثافة الأشجار كانت كافيه لإخفاء كل شيء. جاء صوت الحاج خالد: لم يخلق الله وحشاً أسوأ من الإنسان، ولم يخلق الإنسان وحشا أسوأ من الحرب. قال وهو يحدق فيما تبقّى من رأس الفارس. ثم قال لنوح: انزله عن فرسه، أنت بحاجة إليها.

التفت نوح وراءه، كان الحاج خالد ممسكا ببارودته وقد احتمى خلف أحد الجذوع الكبيرة: سيطوقوننا وسيحرقون كل شيء. علينا أن ننسحب قبل وصولهم. كان يعرف، لن يمر الكثير من الوقت قبل أن يبدأ القصف برا وجوا، يعرف أن الطائرات ستعود للتزوّد بالذخيرة والوقود، أما إذا كان يومهم أكثر سواداً من بدايته، فإن طائرات أخرى ستصل قبل مغادرة الطائرات التي تحوم في الجو.

من بعيد رأى طلائع المصفحات الإنجليزية تظهر، التفتَ إلى السماء، رغم معرفته أنه بحاجة لأذنيه أكثر مما هو بحاجة لعينيه في هذا الأمر.

**

ابتعد صوت الطائرات، وحين تأخرت عودتها، أمر الحاج خالد الرجال العشرين الذين معه بالتحرّك بسرعة، وقبل أن يفعلوا ذلك، بدأت القذائف تنهال على تلك البقعة الصغيرة؛ وكما لو أن القوات الإنجليزية كانت تعرف أن القضاء على الخيول يعني القضاء على فرسانها، سقطت قذيفة عمياء وقتلت أربعة خيول. نحو الحمامة راح الحاج خالد يركض، صرخ برجاله: بسرعة. وطلب من نوح أن يقفز فوق ظهر الحمراء، لكن نوح، لم يكن يجرؤ على إنزال جميل من فوق فرسه، كان للأمر رهبة لم يستطع معها فعل شيء.

- سننقسم إلى قسمين، بعضنا سينزل ويتسلل عبر الوديان راجلا، ومن بقي لديه حصان سيركبه ويخرج من الطرف الثاني.

لكن القذائف راحت تتساقط بشدة أكبر، وعند ذلك، اقترب نوح من جسد جميل، أمسك يده وقبّلها، وقال له: سامحني. وأنزله برفق من فوق الفرس كما لو أنه يخشى عليه من جراحه ألم يحرّكه إن حرّكه بطريقة خاطئة.

**

لم يكن أمامهم من سبيل للنجاة سوى ذلك، لكن أفضل ما حدث لهم في ذلك النهار الدامي، أن الثوار الذين امتطوا خيولهم استطاعوا بلوغ أماكن آمنة، قبل عودة الطائرات، تماما كما استطاع أولئك الذين هبطوا للوديان الاختفاء بسهولة، والخروج عائدين إلى قراهم.

كان معهم شاب من حيفا، أحبه الحاج خالد كثيراً، اسمه سامي الأسمر، أمضى عامين في القاهرة يدرس الرسم، ومع الأيام، تحوّلت سعادته في رسم الوجوه إلى مصدر سعادة غير عادية للجميع، إلا أنهم في النهاية كانوا مضطرين لتمزيق الصّور حتى لا تقع في يد الإنجليز، وكم كان ذلك يحزنهم، ويحزنه؛ ولكي يخفف عليهم راح يعدهم: ذات يوم سأرسمكم كلكم، سأرسم الأحياء والشهداء، وأقيم معرضاً أطوف به مدن فلسطين كلها، ذات يوم، حيث لا يكون هنا إنجليز ولا مستعمرون يهود.

كان سامي قد قطع دراسته والتحق بالثورة، لكن حنينه للقاهرة كان جارفاً، إذ لم يكن يتوقّف عن الحديث عنها، بل لم يكن يتحدّث عن سواها، كان يقول لهم: يكفيني أن أجلس أمام لوحات محمود سعيد وتماثيل محمود مختار، الله لو رأيتم تمثال نهضة مصر، الله لو رأيتم تمثال الفلاحة أو الخماسين، الله لو سمعتم أم كلثوم وعبد الوهاب، كان يحدّثهم عن ذلك كله، كما لو أنه يسرد حكايات ألف ليلة

357

وليلة، وحين يعلن أكثر من رجل أمنيته في أن يزور القاهرة، كان يقول لهم: أشياء كثيرة من هناك يمكن أن تشاهدوها هنا!! الأفلام هنا وأم كلثوم هنا، والريحاني وفرقته هنا، أما الذي لا يمكن أن تشاهدوه إلا إذا ذهبتم إلى هناك فهو النيل.

***

وقف سامي وقال: أظن أني لن أستطيع السير أكثر من ذلك.

- سنحملك.

- لا. أنتم بحاجة إليَّ هنا الآن، أكثر مما أنتم بحاجة إليَّ فيما بعد. سيصل الإنجليز، ولا بد من وجود من يشاغلهم.

- لن تستطيع ذلك وحدك.

- أعرف، بهذه البندقية لن أستطيع أن أفعل شيئاً. خذوها!

كانوا قد بلغوا طريقا معبَّدا، قال: هنا سأنتظرهم.

- سيقتلونك.

- لقد قتلوني فعلاً، هذا الجرح لن يتركني أعيش. وأنا أعرف جسدي، صدّقوني. سأكون سعيداً إذا ما وصلوا قبل أن أموت. كل ما أريده أن تضمدوا جرحي وتعطوني عباءة غير عباءتي هذه التي تقطر دماً.

على حجر كبير جلس ملتفّاً بعباءة ألقاها على جسده إيليا راضي بعد أن ضمدوا جرحه بكوفيته. حين وصل الإنجليز، كان الرجال قد ابتعدوا كثيراً، ظلّت سيارة الجيب تسير إلى أن وصلته، البنادق مصوبة إليه، وقد جلس تاركاً يديه مكشوفتين كي لا يثير ريبة الجنود.

تحلّقوا حوله، سألوه: من أين أنت؟

قال: من تلك القرية.

- وما الذي تفعله هنا؟

- أنتظر سيارة تُقلّني إلى جنين.

- وهل رأيت أحداً يمرُّ من هنا؟

- منذ نصف ساعة مرَّ تسعة رجال. وكانوا مسلحين.

- ماذا تقول؟ سأله بترسون.

- قلتُ إنني رأيت تسعة رجال مسلحين.

- وإلى أين اتجهوا؟

- إلى ذلك الوادي.

358

- هل تحاول خداعنا؟! هل تريد أن تقودنا إلى كمين كما يفعلون معنا حين يرسلون لنا إخباريات كاذبة؟

- لو كنتُ أريد أن أخدعكم، لما قلتُ لكم بأنني رأيتهم أصلاً. كان يمكن أن أصمت، وينتهي كل شيء.

- وما الذي يجعلك تُرشدنا إليهم؟

- إنها حكاية طويلة. لقد كان أمثالهم السبب في مقتل أبي منذ سنتين. اتهموه بأنه يبيع الأرض لليهود!!

- وهل كان يبيعها فعلا؟

- لا. أكذب عليك إن قلت لك إنه يمكن أن يبيعها، لكنهم قتلوه. وشاية، مثل عشرات الوشايات التي كانت تُطلق لتصفية الحسابات ما بين شخص وآخر أو عشيرة وأخرى. وفي هذا أنتم تعرفون أكثر مني!

- هناك طريقة واحدة يمكن أن نتأكد من عدم خداعك لنا.

- وما هي؟

- أن تسير أمامنا.

- لا مانع لدي، لا شيء أتمناه أكثر من رؤية جثثهم بعد أن تقتلوهم. [28]

***

حيث سقط سامي الأسمر، تركته القوة الإنجليزية المنهكة، أطلق بترسون سيلاً جديداً من الشتائم، لم يسمعه الجنود من قبل ورفع يـده بيأس طالباً مـن الجنـود العودة.

بعد يومين عثر راعي أغنام من قرية (جَبَع) على سامي، حمله فوق حماره وعاد به للقرية. اجتمع الناس يستطلعون الأمر. لم يكن صعباً عليهم أن يعرفوا أنه من الثوار وقد أبصروا الجرح العميق، فتشوه ليعرفوا هويته، لم يعثروا في جيبه إلا على كسرة خبز وثلاث حبات من التّمر، رفعها أحدهم عاليا وقال: أنظروا هـذه كل ثروته. ثم مضى نحو بوابة المسجد، وعلّقها هناك وكتب تحتها: هذا هو طعام الثوار يا أهالي جبع.

---
28 - نشرت جريدة الباليستاين بوست اليهودية بعد أيام خبراً بعنوان: العربي الإسبارطي ، قالت فيه: قام أحد أفراد العصابات العربية الذي أطلق النار على الجنود بتمثيل دور الـدليل، وبعـد أن سـار مـع الجنود عبر ممرات جبلية وعرة مسافة كيلو مترين انهار ووقع ميتا، ولدى فحصه، وجدَ أنـه كـان قـد أصيب برصاصة اخترقت معدته وأن هذه الرصاصة خرجت من ظهره. وقد اكتشفوا متأخرين أنـه خدعهم.

359

الحَمْلة

كان لا بدَّ من عمل شيء أكبر للوصول إلى نتائج حاسمة، هـذا مـا أحـسَّ بـه بترسون وأحسّت به القيادة البريطانية، وعلى الرغم من أنهم لم ينسوا فـشل الحملـة الكبيرة التـي قامت بهـا القوات البريطانيـة في شهر تمـوز مـن عـام 1936، واستخدمتْ فيها قوة من أربعة آلاف جندي لم يتركوا حجرا إلا وفتشوا تحتـه ولا قرية إلا وبعثروا كل ما فيها، تحت تلك الشمس الحمـراء اللاهبة، إلا أن بترسون كان مع التحرّك بسرعة واللجوء للوسيلة ذاتها، ولو أدى الأمر لاستخدام قوات أكثر عدداً.

في السادسة من صباح اليوم التـالي، تحرّكت قوتـان مؤلفتـان مـن خـمسة آلاف جندي، معززين بالدبابات والمصفحات مع قوة جوية كافية لتغطية جبهتين طـول الواحدة منهما عشرون كيلو مترا على الأقل.

أمضى بترسون الليل مع الكولونيل (لامي)، الذي سبق له أن اشترك في الحملـة الأولى، للتحضير للمهمة الأكبر التي تقوم بها القوات البريطانية في فلسطين، وقـد استغلوا الليل كله لنقل الجنود بالشاحنات. كـل التقديرات كانت تـشير إلى أن الثوار قد مضوا نحو الجنوب الغربي.

تجمّعت القوات على طريق القدس نابلس شرقا وسكة حديـد طـولكرم واللـد غربا، وقبل شروق الشمس كان الجنود قد احتلوا مواقعهم على طول خط الـسكة الحديدية بين قلقيلية ورأس العين.

لم تكن برودة الليل القاسية إلى جانبهم هذه المرة، مثلما لم تكن شـموس تمـوز إلى جانبهم في المرة الأولى. وفي الخامسة صباحاً، بدأ الزحف على الجبهتين المتقابلتين، وكان الهدف أن تلتقي القوتان أخيراً في خط واحد، بعد أن تكونـا قـد حشرتا أي عناصر من الثوار بينهما.

تقديرات بترسون كانت تشير إلى وجود ثلاثمائة ثائر في المنطقة.

لم تكن المهمة سهلة في تلك الوديان الوعرة والجبال التي تملأها الكهوف والأشجار البرية، ولم يلبث الأمر أن تحوّل إلى مهمة مستحيلة، مع تجمّع الغيوم المنخفضة التي اتّحدت مع ضباب الوديان، وحين بدأت أولى قطرات المطر بالنزول، أدرك قادة القوات أن الوضع سيزداد صعوبة. لكن ما حدث بعد ذلك أن الضباب تلاشى وأصبح باستطاعة الجنود أن يستخدموا الرايات والتلويح بها للتخاطب بالإشارات إضافة لأجهزة اللاسلكي التي تحملها السيارات.

**

الخوف من المفاجآت، ساهم في الحدِّ من تقدّم الجنود بسرعة، وكذلك الوحل الذي لم يكن هنالك حين بدأوا زحفهم. كانت الأيام السابقة شبه مشمسة، إنه آذار الذي يصفه الناس قائلين (آذار، مرة شميس ومرة أمطار).

بين حين وحين، كان صوت الرصاص يملأ الوديان ويتردد صداه عاليا بحيث يسمعه الجميع، لكن أحداً لم يكن يعرف بالتحديد ما الذي يحدث. كان على الجنود أن يُطلقوا النار داخل أي كهف أو بئر قديمة أو أشجار يمكن أن تشكل مخبأ للثوار، وأن يخيفوا الرعيان بإطلاق النار في الهواء وأن يمسكوا بهم ويحققوا معهم ويتأكدوا من براءتهم قبل إطلاق سراحهم.

أما السماء فكانت قد أصبحت ملعبا للطائرات التي تُراقب كل حركة على الأرض، وتطمئنُّ لخلوِّ الوديان والسهول من أي أخطار محتملة، حتى أنها كانت تهبط إلى ارتفاعات لا تزيد على ثلاثين أو أربعين متراً لتتأكد من أي أمر يثير الشبهات.

**

في الساعة الثانية من بعد الظهر، لم تتغير النتيجة، كان الأمر يبدو للجميع كما لو أن مهمتهم ستبدأ بعد قليل. لكن المطر الذي توقّف، سهّل حركة المشاة قليلا، المشاة الذين راحوا يتقافزون من حجر إلى حجر بعيداً عن وَحْل الوديان والسهول الحمراء التي غدت مصائد لسيارات الجيب بشكل خاص، مما جعل المصفحات تعود لإخراجها من ذلك الوحل الذي أطبق كالكمّاشات على العجلات.

**

أدرك بترسون، كما أدرك (لامي) من قبل، أن المهمة عسيرة؛ لقد فتشوا سبسطية، كفر قدوم، جيوس، كفر صور، رامين، عنبتا، برقة، بيت امرين، سيريس، دير الغصون ....، دون جدوى، حيث لم يجدوا هنالك أي شيء، وما كان

باستطاعتهم أن يجدوا، فبمجرد أن يُخفي الثوار بنادقهم، كانوا يتحوَّلون إلى فلاحين، لا يستطيع أحد أن يثبت أنهم حملوا السلاح في أي يوم من أيام حياتهم. ولم يكن دخول قرية مختلفاً عن دخول قرية أخرى، كان الجنود يعرفون ما عليهم تماما: تطويق القرية، الطلب من أهلها عبر مكبرات الصوت مغادرة البيوت والتجمّع في الساحات، لأن كل من يختفي في بيته سيُقتل، اقتحام البيوت، تحطيم أي باب مغلق بإطلاق النار عليه، جمْع الرجال في جانب والنساء والأطفال في جانب آخر، تحطيم كل ما في داخل البيوت من أوان وبعثرة وسكب ما فيها من حبوب وزيوت وأغذية، تمزيق الأغطية والفرشات والوسائد بالحراب، إطلاق النار داخل الآبار أو تفجير القنابل، إخراج المواشي والخيول والأبقار وتفتيش حظائرها، التحقيق المرّ مع من يعتقدون أنه يمكن أن يكون من الثوار، وإذا كان حظ القرية سيئاً فإن بترسون هو الذي يقوم بالتحقيق، حيث يُجبر الرجال والفتيان على المشي حفاةً فوق ألواح أشجار الصبّار لكي ينتزع اعترافاتهم، ولكن دون جدوى، إذ كان الاعتراف بشيء يعني الموت عاراً، وحين ينتهون من ذلك كله يبدأون بإطلاق الرصاص في الهواء على ارتفاع منخفض فوق رؤوس الناس.

في السادسة من مساء ذلك اليوم الطويل، التقت القوتان في النقطة المحددة، أما النتيجة التي حصلوا عليها فكانت صفراً.

عند ذلك صرخ بترسون وهو يضرب الأرض برجليه: فَكِنْ عرب. فكن، فكن.

أسبوع الآلام

لم يكن إدوارد بترسون بحاجة إلى أكثر من رصاصة تُطلق على دورية إنجليزية من الهادية.

رصاصة، كانت شبه طائشة لم تجرح حتى الهواء في ذلك المساء. وقد أقسم كثير من الناس أنهم لم يسمعوها وأقسم آخرون أنهم لم يروا دوريّة، وقال آخرون إن الأمر ليس سوى حجة لعقاب القرية.

طوّق القرية وأمر الجميع بالخروج إلى الساحات كما تفعل القوات الإنجليزية ويفعلُ عادة.

فتّشها بيتاً بيتاً، لم يعثر على شيء، نظر فوجد سبعة رجال أمام حائط، أمر جنوده بإطلاق النار عليهم، وحين انتهى قال لجنوده: ولكن لماذا اصطفوا كلهم أمام هذا الحائط. وصمت لحظة ثم قال: لم يخطر ببالي أن أقتلهم، ولكنّهم وقفوا أمام الحائط. فكن عرب. ثم صرخ: إن لم تتعاونوا معنا فكلكم متّهمون في هذه القضية.

كانت خسارته في المعركة الأخيرة لا تحتمل: كيف استطاع الفرار وهو بين يدي؟! كان يردد ليل نهار، وتحوّل الأمر إلى كارثة مع خديعة ذلك (الإسبارطي) لقواته ونشر حكايته في الصحف.

- أعرف أنكم عنيدون، أعرف أن أحداً لن يتعاون معنا لكي نريح الجميع. ولذلك، فإن قراري الأول هو أن تناموا في الساحة حيث أنتم هذه الليلة.

كان العقاب أكثر من قاس؛ لم يَسلَم منه أحد، لا الأطفال ولا النساء ولا الشيوخ، ولا صبري النجّار نفسه، الذي كان بودّ بترسون أن يُطلق النار عليه كأي حصان شائخ.

**

مع غياب الشمس أصبحت برودة الليل غير محتملة، جلس الجنود داخل العربات مُشهرين أسلحتهم، في الوقت الذي بدأ الناس يقتربون بعضهم من

363

بعض، مع مرور الوقت، محاولة منهم للعثور على بعض الدفء الذي توفره لهم أجسادهم المتلاصقة.

عند منتصف الليل تحوّلوا إلى كتل متراصة لا يستطيع الهواء المرور عبرها وارتفع بكاء أطفال، عبثاً، راحت أمهاتهم يحاولون اسكاتهم.

بعد مرور ساعتين كانوا قد تجمّدوا تماماً، وأصبح باستطاعة الجنود أن يسمعوا اصطكاك أسنان الناس وتمزّق رئاتهم التي كانت تحاول مواصلة عملها بصعوبة. ومع ظهور أول أنوار الفجر كان المرض قد عصف بالكثيرين، ارتفع السعال من كل جانب وراحت الأجساد ترتجف بشدة واتّسعت الأعين مُسفرة عن دموع تسيل رغماً عن أصحابها.

لم تعش الهادية من قبل ليلة مثل تلك. تمنّى الناس أن تنتهي أو يموتوا لا فرق، تمنّوا أن يخرجوا من جحيم تلك اللحظات إلى الأبد. [29]

* * *

مع قطرات المطر التي بدأت تتساقط، في التاسعة صباحاً، عاد بترسون، وقف أمامهم: هل هنالك أحد على استعداد لأن يريح الجميع ويتكلّم.

تصاعد بكاء طفل هنا وطفل هناك وأنزلت أكثر من عجوز اللعنات على جنود الشيطان، وأدرك بترسون، حين رآهم على ذلك النحو، أنهم باتوا جاهزين للخطوة التالية التي خطرت بباله في الليلة الماضية قبل أن يغفو بقليل، فنهض وكتبها على ورقة بجانب سريره كي لا ينساها كما يحدث عادة.

ذات يوم قرأ عن شعراء وكتّاب يتّبعون هذه الطريقة لتدوين أفكارهم التي تأتيهم كإلهام ما قبل النوم أو خلال النوم، وأعجب بذلك كثيراً، فقد كان يعاني، مثل معظم الناس من هذا النسيان الغريب لتلك الالتماعات الفذة التي تعبر الرؤوس، خطفاً، كشُهب.

في الصباح امتدت يده إلى الورقة لقراءة ما كتبه ليلا، وقد دهش تماماً حين أدرك عبقرية فكرته.

---

[29] - بين عامي 1936 و 1939 (كان الرد البريطاني على اندلاع الثورة الفلسطينية، هائلاً؛ حيث أعادت بريطانيا اجتياحها لكل فلسطين مرة أخرى، وقتلت أكثر من خمسة آلاف فلسطيني وجرحت أكثر من خمسة عشر الفا آخرين، ونفت وأعدمت القيادة الفلسطينية، كما اشتمل الرد البريطاني على تنظيم فرق موت مكونة من جنود بريطانيين وقوات صهيونية عرفت باسم "قوات الليل الخاصة" والتي أغارت على القرى الفلسطينية ليلاً وقتلت العديد من الفلسطينيين.)

رفع بترسون ورقة بيضاء في يده، بسط الورقة، وقال: قبل أن أقرأها أحبُّ أن تعلموا أن المكافأة المخصصة للقبض على خالد الحاج محمود قد أصبحت منذ هذا الصباح عشرة آلاف جنيه. وصمت قليلا، ثم قال: من سعيد الحظ بينكم الذي سيفوز بها؟!!

تأمل البشر المنهكين وقال: لا أحد. أنتم الخاسرون!! ثم بدأ بقراءة الورقة التي في يده: بسبب تواطؤ أهالي قرية الهادية مع مطلقي النار باتجاه دورية إنجليزية في مساء الثالث عشر من شهر مارس 1939 فقد قررت المحكمة أن يقوم جميع سكانها بإثبات وجودهم مساء كل يوم ولمدة أسبوع اعتباراً من تاريخ اليوم، الرابع عشر من مارس 1939 في أقرب مركز بوليس إنجليزي لقريتهم.

التوقيع/ القاضي العسكري كارل نيومان.

أدرك أهالي الهادية أن رحلة العذاب لم تبدأ، وأن ليلة الجحيم لم تكن سوى المحطّة، فأقرب مركز بوليس يبعد عنهم خمسة كيلو مترات، وهذا يعني أن يسيروا عشرة كيلو مترات كل يوم.

وقف الحاج سالم في مقدمة الطابور الطويل ومحمد شحادة في نهايته، ووقف صبري النّجار في مقدمة طابور عشيرته، وسار متباهيا ينظر للحاج سالم كما لو أنه يقول له بأن خالد الحاج محمود ليس أفضل منه في شيء.

***

في الرابعة من بعد ظهر ذلك اليوم بدأت رحلة العذاب الأولى، كانت السماء تنذر بكثير من المطر، والأمراض التي وجدت لها فسحة في أجسادهم قد بدأت تحتلّ هذه الأجساد بأكملها. لكن أفضل ما حدث أن السماء لم تمطر.

وقف بترسون هناك في انتظارهم، وصلوا منهكين، كما لو أنهم قطعوا عشر صحار في مسيرهم الطويل ذاك، ولما رآهم، أحس بأنهم أقل من عددهم الفعلي بكثير، ولذلك أصرَّ على أن يمرّوا واحدا واحدا أمام عتبة مركز البوليس قبل أن يعودوا إلى الهادية من جديد.

في نهاية رحلة العودة، حاول الحاج سالم البحث عن الهادية في تلك العتمة المطبقة على الأرض، لم ير شيئاً، كانت معتمة كأنها لم تكن هناك، لكنهم بمجرد أن وصلوا أطرافها تفرّقوا بصمت كل إلى بيته.

كانت اللعنات ترتفع ما إن يصل أي منهم عتباته، إذ اكتشفوا أن الجنود قد نهبوا ما يريدون وحطموا ما يريدون.

365

ناموا كقتلى واستيقظوا كأسرى.

لكنهم كانوا يعرفون أنهم يقتلون بترسون بشباتهم كما يقتلهم بقسوته.

في الصباح التالي كانت شوارع القرية خالية تماماً. وعلى مدى ستة أيام أخرى، تكررت رحلة الجحيم تلك، سطعتْ شمس وهطلت أمطار وتفجّرت ينابيع تحت الأقدام؛ فقدوا طفلين: نور ابن طه سعادة وسميح إبن أديب ناصر، وثلاثة من كبار السن: فهمي أبو سنبل وفاروق الناشف وكمال سعيد الشريف، ونخر المرض أجساد الكثيرين أكثر فأكثر...

وناموا كقتلى واستيقظوا كأسرى، ولم يعودوا قادرين على معرفة كم تبقّى من العقوبة وكم انقضى، وذات مساء عادوا فوجدوا بترسون في انتظارهم.

-   أعرف أنكم قد فعلتم ما عليكم، لكنني متأكد الآن أنني قد فعلت ما عليّ، وأرجو أن تتذكروا دائما زيارتي اللطيفة هذه!!

أشياء كثيرة ستتحدث بعد ذلك، سينسون بعضها، لكنهم سيتذكّرون أسبوع العذاب ذاك دائماً، وعندما ستحين الفرصة لمحوه إلى الأبد بعد سنوات، لن يترددوا أبداً في فعل ذلك. [30]

---

[30] - تلك الليلة كتب:
الذي لم أحلم به بعد/ لم أعشه من قبل/ الذي كان لي ذات يوم/ لم يكن قرب مخدتي في الصباح/ اسمكِ العذب إنه أنتِ/ ولكنه فارغ كبر حين لا تكونين هنا.

سرّ الزهرة الحمراء

بعد ثلاثة أيام من أسبوع العذاب الكبير، مرّ الحاج خالد بالهادية، ترك الحمامة في كروم الزيتون خلف المقبرة، وتسلل متخفّياً إليها، كانت أصداء تلك المعركة لم تزل تهزّ روحه، وتتركها عارية، تلك المعركة التي انقلبتْ عليه وعلى رجالـه، ووجدت فيها البنادق نفسها عاجزة عن مناطحة الطائرات والمصفحات التي أطبقت عليهم من جميع الجهات.

حين وصل البيت فوجئت سميّة بزوج الحمام الأبيض الذي أحضره إليها، زوج حمام لطالما تمنت أن يكون لها، من ذلك النوع الذي يُدعى الهزّاز.

كل ما في ذلك النوع من صفات كان يجعله أقرب إلى الخيـول منه إلى أي شيء آخر، وبخاصة (الحمامة) نفسها، الرأس الصغير المرفوع باعتزاز والصدر المندفع إلى الأمام والذيل الذي ما إن يبدأ بالاهتزاز حتى ينتشر ويغدو بحجم جسدها كله.

منذ سنوات بعيدة رأت سمية هذا النوع في القدس، وكم تمنت أن يكون لها مثله. سمية التي بدت فرحة بالهدية إلى ذلك الحدّ الذي أوشكت معـه أن تنـسى أن من أحضرها لن يبقى سوى ساعات قليلة ويبتعد من جديد.

في حجرة أمه وحوله الأنيسة والعزيزة وسمية وفاطمة وبقية أفراد العائلة جلس الحاج خالد. وفجأة سألته أمه منيرة ذلك السؤال الذي لم يكن يتوقعه: هل استشهد زوجها فعلا؟ وما إن سمعته سمية حتى طارت فرحتها بالهدية.

- من؟
- ياسمين.

عم الصّمت فجأة، نظر إلى سمية، أحسَّ بلونها يتغيّر وملامحهـا تـنكمش تحت ضوء الفانوس الشاحب.

- أجل استشهد.

367

- وهل صحيح ما قيل أنك حميته بجسدك، وأن الرصاصة التي عبرت كتفكَ هي التي قتلته؟ لماذا؟
- كنت أعتقد أن الرصاصة لا يمكن أن تخترق جسدين!
- من أجلها أم من أجله فعلتَ ذلك؟
- من أجلنا يا أمي. من أجلنا. كان واحداً من رجالي.
- وهل ذهبت فعلا إلى هناك؟
- كان علي أن أقوم بالواجب.
- وهل رأيتها؟
- رأيتها. كما رآها أي إنسان آخر.
- وأولادها!
- ليس لها أولاد.
- هل....؟
- أظن أن ما قلناه يكفي.

نهض الحاج خالد، أمسك بيد سمية غادر الغرفة. في الحوش كانت عينا حمدان تبرقان وهما تتصفحان المدى، وأذناه مشرعتين على اتساعهما، في حين كانت يده تقبض على يد المهباش كما لو أنها تقبض على بارودة.

- كأن شيئاً منها ما زال في نفسك!! قالت له سمية.
- ذلك الماضي انتهى يا أم محمود، انتهى تماماً، ولن يعود.
- أكيد؟!
- أكيد؟
- ولكنك تقول ذلك بحزن؟
- سأخون ثقتكِ لو قلت لك إنني لست حزيناً، ولكنني لا أعرف السبب تماما، أعدك إذا ما عرفته ذات يوم أن أقوله لك.
- هذا وعد الحاج خالد.
- لا، هذا وعد أبو محمود.

كانت سمية على وشك أن تسأله: والمنديل الذي يرفُّ في رسن الحمامة، أليس منديلها؟!

لكنها ابتلعت سؤالها في اللحظة الأخيرة.

***
368

تحت عباءة صوفية، فوق السّطح، جلس ناجي متطلّعاً في جميع الاتجاهات، في حين كان حمدان ينتظر أي حركة يمكن أن تصدر عن ناجي ليبدأ عمله الفعلي، عمله الذي بات يتجاوز كثيراً إعداد القهوة من زمن بعيد. كانت مهمته، قد تطوّرت منذ بدء الثورة إلى ما هو أكثر من إعداد القهوة، إذ تحوّل إلى رجل الإنذار المُبكّر، فما كان عليه إلا أن يستخدم مهباشه، في إيقاع بات جميع أهل القرية يعرفونه، كي يدركوا أن ثمة خطراً يقترب. تلك الليلة، سمع حمدان ما لم يره ناجي من موقعه فوق السطح، فانطلق يطحن القهوة في ذلك المهباش النحاسي الذي بدا وكأنه جرس كنيسة صغيرة في قوته، نظر إليه ناجي وقال هامساً: ما الذي تفعله؟ أنا لا أرى شيئاً.

- ولكنني أسمع ما لا تراه.

شدّ الحاج خالد على يد سمية وقال لها: حان الوقت. فتشبثت بيده لا تريد أن تتركه.

- اهدئي. وليكن قلبكِ معي.

- قلبي معك ومع كل رجالك، الله يحميكم.

كانت دقات المهباش بذلك الإيقاع كافية لإيقاظ الجميع، دبّت الحركة في الظلمة الآخذة في التبدد، وفي لحظات تجمّع كل من جاؤوا مع الحاج خالد أمام بيته، ألقى ناجي البندقية من فوق السطح، بندقية جديدة استولى عليها الحاج خالد من دورية إنجليزية، لم تك قد أطلَقتْ بعد، حتى رصاصة واحدة، تلقّفها الحاج خالد، احتضن الجميع بسرعة، قبّل يد أمه، ويد عمته الأنيسة ورأسي العزيزة وسمية، ثم انحنى ورفع تمام إلى الأعلى وعانقها، انكشف ذراعها الأبيض، أنزلها، أمسك رسغها بيد وكوعها باليد الأخرى وانحنى نحو ساعدها بأسنانه البيضاء: هل هذا اللحم الطري للأكل؟!!

- لا، لا. قالت وقد سحبت يدها وهي تضحك، كما لو أنها تلك الطفلة الصغيرة التي كانت ذات يوم بعيد.

لوّح لهم، كان جنادا الرصاص يتصالبان فوق صدره، شدّ معطفه الثقيل حول جسده وصعد التل، مرّ بجانب قبور أخويه وأبيه وابني أخته، تجاوز القبور، لكنه ولسبب غامض، عاد وحدّق داخل قبره الذي رآه في المرة الأخيرة ممتلئا بالماء، حدق في داخله، وهناك رأى بعض الأعشاب الخضراء، وبينها رأى برعم زهرة حنون. كانت الظلمة عبثاً تحاول الإطباق على لون الزهرة القاني، الزهرة التي استطالت

بحيث بدت أكثر ارتفاعا من الأعشاب التي حولها أربع أو خمس مـرات. ولم يكـن عليه أن يفكر طويلا في الأمر، فقد كان يعرف السرَّ دائمًا، فما دامت النبْتَة أو الشجرة قابعة في ظلٍّ ما، أي ظل، فإنها ستنمو بسرعة أكبر مـن أي زهـرة أخـرى نبتت في الضوء وعاشت في الضوء، كان يعرف أن هذه النباتات تطول أكثر من سـواها، لا لشيء إلا لكي تبلغ الشمس.

حس غريب باغته، كما لو أن الزهرة التي تبرعمت قبل أوانها بقليل كانت جزءا من جسده.

قال له نوح: علينا أن نسرع؟

قال: إنها تحاول الوصول إلى الشمس.

- ما هذه التي تحاول الوصول إلى الشمس؟

- زهرة الحنون. أنظر.

- ومصفحات الإنجليز أيضاً!

ارتفعت دقات مهباش حمدان أكثر، ولأول مـرة استطاع إدوارد بتـرسون أن يُدرك معناها. استجمع المرات السابقة التي داهم فيها القرية، وسمع الإيقاع نفسه، لا يمكن أن تخدعه أذناه، إنه الإيقاع نفسه. لم يحس بتـرسون بأنه خدع من قبل، كما خدعتْه تلك الدَّقات التي تتوارى خلف قناع البراءة واللامبالاة. وقبـل أن يـصل، كان على يقين من أن طرائده قد استطاعت الإفلات.

ظل بترسون يسير إلى أن وصل إلى حمدان، حمدان الذي واصل عمله كـما لـو أن الجنود الذين تحلّقوا حوله في بلد آخر، قارة أخرى، عالم آخر. وحين رفع حمدان نظره إلى الأعلى وقد أحس بحركة غريبـة، رأى فوهة المـسدس بـين عينيـه تمامـا، وسمع بترسون يقول: الدقة الأخيرة لي. وأطلق النار، لكن يد حمدان التي كانت قد تجمَّدت في الهواء مع وجود المسدس، هـوتْ بالـذراع الـذي تقبض عليـه داخـل المهباش، وعندها سمع بترسون صوتاً يفوق صوت انفجار طلقته: فَكِـنْ عـرب. صرخ. وقد أدرك أن حمدان لم يتركه ينعم بدقته الأخيرة التي وعد نفسه بها.

تأمل بترسون جثة حمدان، وبعد صمت طويل، أخرج ورقة من جيبه، وعلى غير عادته كتب:

وجهكِ الأزرق كالبحر/ ليس فيه سوى أسماك القرش/ ذراعاكِ المفتوحتان كفضاء/ يتربصان بالخطوة كقدر/ وحديثك المنهمر كشلال/ هل باح لي بغير الصمت.

الوصيّـة

أمسك الحاج خالد ببارودته، نظر إلى الحمامة من شق الباب. تأملها في تلك اللحظات الغامضة، اللحظات المفتوحة على كل الاحتمالات.

قال له صاحب البيت: حتى الآن هنالك فرصة للانسحاب، خلّفنا بيوت كثيرة يمكنك التسلل عبرها، وبعدها مباشرة هناك بساتين وكروم زيتون.

حمل الفجر الذي لم تُشرق شمسه، هدير العربات العسكرية وصليل المجنزرات، ولم يكن صعباً على أهل القرية أن يحسّوا بهذا، وأن يأتي ذلك الفتى فزعاً: الإنجليز على أبواب القرية.

اعتصر الحاج خالد جبينه بأصابع يده اليسرى، التفتَ إلى رفيق إلى دربه وزوج ابنته نوح أخو خضرة، وقال: فلنعمل أفضل ما نستطيع كي لا نُنكّس رأسيّ خضرة والعزيزة. وقال لإيليا راضي: اليوم يومك!

نظر الحاج خالد للحمامة من جديد في آخر الحوش، كان يريد أن يقول لها شيئاً ما، شيئاً يحسه لكنه لا يستطيع تحويله إلى كلمات.

– ما زال رأيي كما هو، عليكم الانسحاب من الجهة الخلفية. قال صاحب البيت.

– لا عليك، لقد عبرنا أياماً أصعب، ودائما، كانت هذه اللحظة في انتظارنا، كما كنا نحن دائماً في انتظارها. لكنني سأقول شيئا فكرت فيه طويلا. أرجو يا نوح ويا إيليا أن تبلغاه لأهل الهادية إن لم أستطع أن أقوله لهم بنفسي.

هزّ نوح رأسه بأسى غامض.

– كان والدي رحمه الله يـردد دائـماً: لا يمكن لأحـد أن ينتصر إلى الأبد، لم يحدث أبداً أن ظلّت أمة منتصرة إلى الأبد. ودائماً كنت أفكر فيما قاله، لكنني اليـوم أحس بأن شيئاً آخر يمكن أن يُقال أيضاً وهو إنني لست خائفاً من أن ينتصروا مرة وننهزم مرة أو ننتصر مرة وينهزموا مرة، أنا أخاف شيئاً واحداً أن ننكسر إلى الأبـد،

371

لأن الذي ينكسر للأبد لا يمكن أن ينهض ثانية، قل لهم احرصوا على ألا تُهزموا إلى الأبد.

أحس نوح وإيليا أن كلماته تتحوّل إلى وداع، كانا ساهمين.

ثم عاد صوت الحاج خالد من جديد: هل تذكُر يا نوح ذلك اليوم الذي أتيت فيه بعد خطبتك لفاطمة، قلتَ لي: إنك قد هُزمتَ في معركتك من أجل بقراتك، وقلت لك: لا لم تنهزم، لأنك حين هجمتَ لم تكن تريد أن تنتصر، كنت تريد استرجاع حقك. الشيء الوحيد الذي لم يخطر ببالي في أي يوم من الأيام، أنني ذاهب لألحق الهزيمة بأحد، كنت مثلك ذاهباً لأحمي حقي. وأنا الآن لا أريد التسلل هارباً، ولا أريد أن أقول لهم أكثر من هذا: أنا لا أقاتل كي أنتصر.. بل كي لا يضيع حقي.

نظر الحاج خالد إلى السماء، امتدت يده إلى كوفيته الصفراء، لفّها على عنقه، وضع معطفه في خرج الحمامة، نظر إلى رفيقيه، أبصرا في عينيه الزيتونيتين بريقا غامضاً. ابتسم.

**

وصل الخبر لإدوارد بترسون مساء اليوم السابق: سيكون الحاج خالد في واحدة من قريتين، لا ثالث لهما، أجرى حساباته، وقرر تشكيل قوتين، واحدة تذهب إلى ميثلون والثانية إلى صانور، ومرة أخرى، وجد نفسه غير قادر على تحديد الوجهة التي سيمضي إليها، هل يكون على رأس القوة التي تحاصر القرية الأولى أم على رأس القوة التي تحاصر القرية الثانية، قرر الذهاب إلى ميثلون، وأن يقتحمها بسرعة، حتى إذا لم يجد الحاج خالد فيها، عاد إلى صانور جامعا القوّتين.

في ذلك الفجر الهادئ البارد من نهايات آذار، لم يكن صعبا على أهالي صانور أن يسمعوا أصوات الرصاص والقنابل تأتي من جهة ميثلون، لقد عاشوا زمناً طويلا كان باستطاعة الريح أن تنقل أصوات المغنين في أفراح تلك القرية، فكيف لا يسمعون صوت الرصاص.

استطاع بترسون أن يمشط القرية كلها، لكنه لم يجد شيئاً، وعند ذلك أمر قواته بالتراجع نحو صانور.

**

كان على بترسون أن يعود إلى صانور، قبل أن تبدأ القوة الأخرى اقتحامها للقرية، وحين وصلها أخيرا، قسّم القوتين إلى ثلاثة خطوط يبعد الواحد منها عن

الآخر مائة متر، واختار القوة التي ستباغت القرية، دون أن ينسى إرسـال ثلاثين جنديا للجانب الآخر كي يُقفلوا أي باب للنجاة يمكن أن يكون مُشرَعاً هناك.

* * *

سار الحاج خالد نحو الحمامة؛ لم يرها بعيدة مثلما كانت في ذلك اليـوم، مـع أن المسافة التي تفصلهما لم تكن تزيد على ثلاثين متراً.

لم يتأكد من وجودها إلا حين لمس جبهتها برفق، هزَّت رأسها كما لو أنها تريد أن تقول شيئاً، احتضن وجهها، ثم انحنى وقبَّل قدمها اليمنى برفـق وأنزلهـا، ثـم اليسرى وأنزلها. نهض، حدَّق في عينيها مباشرة وقال لها: اليوم يومك. وقفـز فـوق ظهرها. نظر إلى نوح الذي كان قد سبقه إلى ظهر الحمراء، وكذلك إيليا راضي إلى ظهر الشهباء.

وضع الطلقة في بيت النار، وكذلك فعل نوح، أشرع بندقيته: إن كـان الله يحبنا كثيرا فربما نستطيع اجتياز قوائمهم، أما إذا كان يحبنا أقل، فلن يسمح لهم أن يمسكوا بنا أحياء ليمضوا بنا كالنعاج إلى حبال مشانقهم.

أشرع صاحب البيت باب الحوش، اندفع الحاج خالد وخلفه نوح وإيليا، بعـد قليل كانوا يندفعون متجاورين، ثم اتسعت المسافة التي تفصلهم قليلا قليلا.

لم يروا الجنود الذين كمنوا لهم، سمعوا الرصاص يئز حولهم، ازداد اندفـاعهم، كان الحاج خالد في المنتصف، على يمينه نوح وعلى يساره إيليـا، استطاعوا تجـاوز الخط الأول، وقبل وصولهم للخط الثاني فوجئـوا بـصف الجنـود واقفـاً والبنـادق المسددة بإتقان، عند ذلك بدأ الخيالة الثلاثة يُطلقون النار، أحس الحاج خالد بوخزة في جنبه الأيمن، واصل اندفاعه بشدة أكبر. وقبل وصولهم بقليل لحـاجز الجنود الذين أشرعوا حرابهم، تلقى نوح طعنة اخترقت فخذه بشدة بحيث أفلتت البندقية من يد الجندي الذي وجه له الطعنة، وظلَّـت تتأرجح بفخـذه إلى أن مال عليهـا وانتزعها.

رصاصة أخرى عبرت كتف الحـاج خالـد، لكنـه كـان يعـرف أن عليـه بلـوغ الحاجز الثالث الذي ظهر فجأة تتوسّطه ثـلاث مصفحات وعـدد مـن سـيارات الجيب، وفي لحظة غير متوقعة انعطف إيليا راضي بعيداً، بعد أن لـوى عنـق فرسـه نحو اليمين، رآه نوح فانعطف نحو اليسار، أحسّا أن ذلك سيشتت نيـران القـوة الإنجليزية، وسيتيح للحاج خالد فرصة تجاوز الخط الثالث.

373

في تلك اللحظة رأى إدوارد بترسون الفرس البيضاء تتجه نحوه، فصاح: أوقفوا إطلاق النار. أوقفوا إطلاق النار..

استجاب بعض الجنود للأمر، فاستطاع نوح وإيليا الإفلات، لكن جنود المنتصف الذين كانوا يربضون داخل المصفحات واصلوا إطلاق النار، وفي لحظة غريبة رأوا جسد الحاج خالد يرتفع ويطير في الهواء، تاركاً الحمامة تواصل اندفاعها، الحمامة التي كانت تعدو، دون أن تنتبه أنه لم يعد فوق ظهرها.

سقط على الأرض، كان مسدسه في يده، أما بارودته فلم تكن هناك، كانت قد سقطت، ربما قبل وصوله للأرض، أطلق عدة رصاصات مباشرة صوب الجنود الذين لم يكونوا يبعدون عنه أكثر من عشرين متراً، رأى أحدهم يسقط قبل أن يهبط ضباب مفاجئ ويملأ عينيه، لكنه كان لما يزل قادراً على سماع صياح عسكري يُصدر أوامره: لا تطلقوا النار. لا تطلقوا النار. ووقع حوافر الحمامة تبتعد، ويرى ذلك المنديل السُّكري الذي يخفق بمحاذاة وجهها.

كانوا على وشك قتل الحمامة التي عبرت خطهم فاستدارت البنادق نحوها، وإذا بترسون نفسه يقف بينهم وبينها رافعا يديه: لا تطلقوا النار، لا تطلقوا النار.

فجأة هدأ كل شيء، التفتَ بترسون نحو الحمامة فرأى قطرات دم تتبعها.

- فكن عرب، فكن إنجليز، فكن العالم. فكن.

***

كان بترسون يقترب من جسد الحاج خالد، بتثاقل أذهل جميع جنوده، رآه مُلقى، وجهه للسماء ويده ممسكة بمسدسه، جسده ممتلئ بثقوب الرصاص وثيابه غارقة في الدم. سدد أحد الجنود بندقيته وكان يهم بإطلاق الرصاصة الأخيرة نحو الجسد المسجى. امتدت يد بترسون وأنزلت البندقية: لقد مات.

- مبروك؟!! سمع أحدهم يقول.

ودون أن يلتفت ليعرف مصدر الصوت، قال بترسون: هذا رجل شجاع، من العيب أن نتلقّى التهاني بمناسبة موته. ثم قال وهو يحدق في وجوه الجنود: كان رجلا شريفاً، من أين لي بعدوٍّ مثله بعد اليوم؟!!

***

أمر بترسون جنوده أن يحفروا قبراً، ليواروا جسد الحاج خالد التراب، ولم تكن عيناه تبتعدان عن الحفرة التي كانت تتسع وتتسع، وقبل أن يتمّوا الحفر، كان قد

وصل الميجر جنرال برنارد مونتغمري قائد القوات الإنجليزية في شمال فلسطين،[31] وقف صامتاً إلى جانب بترسون، أشار بترسون أن يحملوا الحاج خالد إلى القبر، حين وضعوه داخله، اصطف عدد من الجنود ثم أطلقوا الرصاص في الهواء تحيةً، في الوقت الذي كان بترسون ومنتغمري والضباط الكبار يؤدون التحية العسكرية للجسد المسجى.[32]

***

بأكثر من جرح في جسديهما، وصل نوح وإيليا إلى منطقة آمنة أخيراً، ولم يكن عليها أن يفكرا طويلا بالسبب الذي جعل الإنجليز لا يطاردونهما، لقد وصلوا إلى هدفهم الكبير، ولم يعد يعنيهم أي انتصارات صغيرة يمكن أن تتحقق.

***

نظرت سمية فرأت الحمامة تأتي من بعيد، تعدو بجنون، ولم يكن عليها أن تحدّق كثيراً لتعرف أن الحمامة تعود وحيدة. تجمّدت سمية في مكانها، ولحظة بعد أخرى، كان عدد من أهل البيت يتجمّعون حول سمية، وللحظة أحسوا بأن الحمامة التي تعدو بكل هذا الجنون لن تصل أبداً.

لكنها وصلت أخيراً، مصابة برصاصة في فخذها الأيمن، أحدثت جرحاً عرضياً نازفاً بحيث غدت قائمتها الخلفية حمراء وكذلك ذيلها الذي تطاير الدم وأغرقه. وعندما توقّفت أخيراً أمام سميّة، بدا وكأن الحمامة تنتظر الحاج خالد أن يترجّل عنها، وحين لم يفعل بدأت الحمامة تبكي. وعند ذلك انهارت سمية فصاحت بها: ما الذي تفعلينه هنا؟

ارتبكت الحمامة، تراجعت خطوتين، ثم انحدرت تسير بتثاقل نحو الشرق، تنظر خلفها بين لحظة وأخرى، بحيث لم تكن بعد ساعة قد اختفت.

جلست سمية تبكي: ما الذي فعلته؟ هاتوها. ركضت فاطمة خلفها، طلبت منها أن تعود، لكن الحمامة واصلت طريقها بتثاقل مكسور، نادتها باسمها، لكن الحمامة لم تلتفت. كانت المرة الأولى التي لا يستجيب فيها حيوان لفاطمة، وعندها أدركوا أن جرح الحمامة أكبر من أن يلتئم. وحين انطلقت الخيول تجري وراءها، أخذت تعدو بجنون كما لو أنها تريد اللحاق بفارسها.

---

[31] - سيغدو أحد أبرز أبطال الحرب العالمية الثانية بعد معركة (العلمين) في الصحراء المصرية.
[32] - في تلك الليلة كتب: هل كنتُ بحاجة لك أيتها القدمان/ كي أصل إلى ذلك المكان البعيد/ وأسأل كل من صادفني هناك: هل حقاً وصلتُ/ هل كنت بحاجة لك أيها القلب كي أكره وأحب/ قال لي والدي دائماً: إن أردت العودة حياً للبيت. إكره خصمك.

بعد الظهر بقليل كان باستطاعة الجميع أن يسمعوا الخبر مباشرة من الإذاعات، وأن يروا محمد شحادة وشاكر مهنا وكثيرين آخرين يصيحون: لقد ضعنا. [33]

***

خمسة أيام ظلَّ نوح يتأرجح ما بين الحياة والموت، أما إيليا راضي فقد اصطحب عددا من الرجال وتسللوا إلى القبر الذي دفن فيه الإنجليز الحاج خالـد، حفروا وأخرجوا جثته من القبر، وساروا به نحو الهادية.

حين توقَّفوا هناك، رآها إيليا راضي ونوح، كانت قد تجاوزت حافة القبر، زهرة الحنون الحمراء التي تفتّحت. همّ أحد الرجال بأن يهبط لكي يزيل العشب، فصرخ بهم إيليا: اتركوه.

وضعوا الجسد بجانب الوردة، بدأوا بإهالة التراب عن الجانبين: قال لهم إيليا، لا تتركوا التراب يغمر رأس الوردة.

في الصباح التالي عاد إيليا وحده، نظر إلى الوردة كانت قد غدت أطول، جمع التراب بيديه ووضعه فوق القبر، وهكـذا ظل يفعل كـل يـوم، والـوردة ترتفـع وترتفع، بعد سبعة أيام وصل القبر صباحا، فـرأى إحـدى بتلات زهـرة الحنـون تسقط، وعندها، بدأ يبكي ذلك البكاء المر الذي لم يسبق لرجل أن بكى مثله.

***

كانت تلك السنة هي سنة الموت، وقد صدف أن فقدوا الكثيرين، وكـان علـى كل فتاة وامرأة عمرها اثنتا عشرة سنه فأكثر، يموت قريب لهـا، أن تبقـى في ثوبهـا الذي كانت ترتديه عندما جاءها الخبر، أربعين يوما، بعدها تخلعه وتستحم وتلبس الثياب السوداء، كانت كل العائلات ترتدي السّواد، وجاء العيد، فـرأى الحاج سالم النساء في السواد، فراح يصرخ: والله إللي ما بتشلح الأسود إلـلي لابسته لأكسِّر رجليها. فشلحن الأسود كله، ووضع عليه الكاز وأحرقه.

أما السرُّ الذي بقي يقض مضجعهم لزمن طويل فهو سرُّ اكتشاف مكان الحـاج خالد، إلى أن جاء ذلك اليوم الذي سأل فيه إيليا راضي سُميَّة: ولكـن ألم تصلكم الحمامة الزاجلة؟ وستبكي سمية: كانت آخر مرة رأيناها حين أخذها معك!!

---

33 - (.. وتوقفت الحركة في المدن الفلسطينية وأغلقت المحلات التجارية وأضرب طلاب وطالبـات المدارس الأميركية والوطنية والأجنبية وتوقفت حركـة النقل والمواصلات فخلت الشـوارع مـن السيارات والعربات، ونعى المسلمون من على المآذن وقرع المسيحيون نواقيس الكنائس حزنـاً علـى الشهيد وحمل الناس أكاليل الزهور والأعلام السوداء مخترقين الشوارع، وألغت الطائفة الأرثوذكسية جميع الاحتفالات التي تقام ابتداء من أحد الشعانين حتى ظهر يوم (اثنين البعوث))

البَصْقة

تلفّت نحو الغيم وبصق، عادت البصقة نحوه، تحملها الريح، انعطف فجأةً، رآها تطير محاذية كتفه وتحط على حذاء سليم بيك الهاشمي.

نظر سليم إلى حذائه، ثم نظر إلى الضابط.

تجمّدت أعينهما الجافة الباحثة عن كلام يقال في هذه اللطخة المبتلة.

كان سليم بيك الهاشمي على وشك أن يفتح فمه، حين تلقى تلك الـضـربة المفاجئة من هراوة بترسون، ضربة صاعقة كان يمكن أن تُطيح برأسه لولا أنه مـال في اللحظة الأخيرة فتلقاها بذراعه، دارت به الـدنيا وهـوى. صرخ عـدنان الرجل السبعيني بترسون: ما الذي تفعله، ألا تعرف مع مَنْ تتعامل؟!! وعندها، تلقى رشيد ضربة على رأسه، فتناثر الدم في كل الاتجاهات ملطخا ثياب سليم بيك الهاشمي، وفي اللحظة الأخيرة تلافى بترسون قطرات الدم الطائرة وقد رآها تتجه نحوه ببطء أدهشه.

تركها وسار في طريقه، وحين سمع صيحات الاستهجان والشتائم تنطلق خلفه، توقف حدّق في الغيمة السوداء ثانية، فكر بأن يبصق، لكنه بـدل أن يفعل ذلك عاد إليهم. أغار كثور هائج مشتتا الحشد ومُنزلا الـضربات كيفا اتفق غـير عابئ بشيء، كان يركض خلفهم وقد امتلأ بأحاسيس غريبة وهو يراهم يتساقطون واحداً إثر واحد، ويسمع ولولة جراحهم خلفه، ولما توقف أخيراً، وقد غـدت المساحة التي تفصله عن الناس كبيرة، بصق، مـدركاً أن الـريح سـتحمل بصقته إليهم هذه المرة دون أخطاء.

في طريق عودته لم يـسلَم أحد ممـن سـقطوا مـن ضربة ثانية أو ثالثة تلصقه بالأرض، وعندما وصل إلى سليم بك الهاشمي توقف وبصق ثانية.

**

377

كانت الأيام العشرة التالية لاستشهاد الحاج خالد الحاج أسوأ أيام بترسون على الإطلاق، أضربت البلاد كلها، وحيثما التفتَ وجد صورة للحاج خالد هنا أو مقالة عنه هناك، ولم تتوقّف الإذاعات عن الحديث عن تفاصيل حياته، نزاهته وأخلاقه الرفيعة، وتحدّثت إحدى الصحف عن سرِّ الفرس البيضاء واختفائها.

كل شيء بدا لبترسون مفرغا من معناه، وبلغ به الأمر أن تساءل: ما الذي يمكن أن أفعله الآن؟ وحين وصل قيادة المنطقة الوسطى قال أريد الابتعاد عن هنا.

لم يكن أحد يتوقّع أن يعود ثانية للمدينة التي كادت تختطف حياته، لكنه عاد. كان أول شيء يفعله هو الذهاب إلى ذلك المقهى الذي تعرَّض فيه لمحاولة الاغتيال، بل لم يتوان عن أن يجلس خلف الطاولة نفسها، وفي لحظة غريبة وجد نفسه يحدّق في الأرض، وإذا بدمه هناك لم يزل طرياً. وقف مذعوراً، أخذ نفساً عميقاً ثم عاد وجلس من جديد غير عابئ بشيء، غير عابئ بالدم الذي ظل يراه.

***

الشخص الوحيد الذي كان مزهواً طيلة الأيام التالية التي عُلِّقتْ بيده التي عُلِّقتْ في عنقه، كان سليم بيك الهاشمي، الذي تحلّق الناس حوله مستنكرين جريمة بترسون، وكانت تلك مناسبة غير عادية لكتابة أكثر من رسالة احتجاج للمندوب السامي، وكتابة أكثر من مقال ناري كان أشهرها بعنوان (عودة الوحش إلى الشوارع).

***

حاول الطبيب أن يقنع سليم بيك الهاشمي بضرورة نزع الرباط عن يده، وحين فعل أخيراً، قال له: ولكنها لم تزل تؤلمني! فقام الطبيب بوضع رباط أبيض جديد.

***

مقتل الألماني شتيفان شيفر، صاحب مطبعة شتيفان، على يد مجموعة من اليهود، فجر الغضب وسط أبناء الجالية الألمانية، التي تظاهرت في الشوارع ورفعت يافطات احتجاج أمام قيادة البوليس الإنجليزي، مطالبة بالعثور على القتلة قبل دفنه. [34]

خرج إدوارد بترسون، وقال: إن لم ترحلوا الآن، وتحملوه إلى المقبرة فلن تجدوا مكاناً واحداً يمكن أن تدفنوه فيه.

---

[34] - (... ومع بدء الحرب العالمية الثانية، راح اليهود يلاحقون الجاليات الألمانية بأكملها ويجبرونها على ترك القرى والتجمعات والمزارع والمعامل، وما إن جاء عام 1948 إلا وكان الألمان كلهم قد غادروا فلسطين ورحل معظمهم إلى أستراليا)

378

رفضوا التراجع، فقال: لا تقولوا بعد ذلك إنني لم أنذركم.

كانوا مضطرين في النهاية للعودة كل إلى بيته.

***

صبيحة اليوم التالي عادوا، تظاهروا، لثلاثة أيام، وانضمت إليهم مجموعات من الألمان قادمة من القدس وحيفا، لكن إدوارد بترسون لم يعرهم انتباهاً. كل ما يمكن أن يقوله كان قد قاله.

في النهاية، توجهوا إلى المستشفى وحملوا جثة شتيفان قاصدين الكنيسة. ولأن الأمر قد أصبح حديث المدينة كلها، فقد اندفع كثير من الفلسطينيين باتجاه المستشفى لمرافقة الجنازة.

ـ كان يوما ماطراً. أذكره تماما، كما لو أنني أحس بقطرات المطر تتساقط على جسدي الآن وأنا أحدثك!!

حين وصلت الجنازة إلى ساحة الكنيسة الألمانية، كان بترسون يقف على بابها وحوله مجموعة كبيرة من قوات البوليس. لم يكن عابئا بالمطر الذي يتساقط كما لو أن السماء تحاول إفراغ كل ما في جوفها من ماء دفعة واحدة!! اقترب الناس حاملين النعش، أشهر بترسون مسدسه، رفعه صوب السماء، فجأة دوّى انفجار رصاصة مختلطاً بصوت الرعد الذي تفجر في اللحظة ذاتها، تراجع الناس قليلا واهتزّ النعش للحظات بين أيديهم.

على أبواب مذبحة وجد الناس أنفسهم.

هتفوا، شتموا، ولكنهم كانوا مضطرين للتراجع.

ـ لقد أنذرتكم، ولكنكم لم تسمعوا.

تشاور الناس، وقرروا الذهاب إلى المقبرة مباشرة، الصلاة عليه هناك، ودفنه. وقبل وصولهم وجدوا بترسون أمامهم سادّا الطريق.

حاولوا تجاوز القوة فانطلق الرصاص من كل جانب باتجاه المشيعين: تريدون موتى آخرين. لن أتردد في منحكم ذلك فورا.

تراجعوا قليلا.

إذا أردتم أن تدفنوه فابحثوا عن مكان خارج هذه المدينة.

عادت الجنازة من حيث أتت، إلى المستشفى، ومع اقتراب المساء، عادت أسرة شتيفان وحدها، حملت النعش متوجِّهة إلى الميناء.

ليلة روزلين

قبل وصول نهار اليوم التالي إلى منتصفه، كان خبر سهرة الليلة الماضية قد تحوّل إلى حديث المدينة. وحين أطلّت الصحف بعد يومين، كان هنالك أكثر من مقال يشير بوضوح ويتحاشى ذِكر الأسماء.

***

كان حاكم اللواء قد سمع بما حدث لسليم بيك الهاشمي، فأرسل إليه باقة من الزهور مصحوبة بورقة اعتذار وتمنيات بالشفاء العاجل. وصول تلك الزهور أيقظ عدداً لا يحصى من الأفكار المتضاربة في رأس الهاشمي، لكن أهمّها كان إرسال رسالة عتب غاضبة لحاكم اللواء، الذي التقطها سريعاً وقرر إقامة سهرة يدعو إليها عدداً من الزّعامات والوجهاء والشخصيات العامة وتكون على شرف الهاشمي نفسه. [35]

فكر الهاشمي بالصّورة التي يجب أن يدخل بها بيت حاكم اللواء، هل ينتزع الأربطة البيضاء عن يده، ويحرر عنقه من ثقلها، أم يمضي إلى هناك بها؟ اختار الحل الثاني. وكما توقّع، كان لظهوره باليد المعلقة سحر خاص، وأحسّ بدوره أنه يدخل ذلك البهو الفسيح كأي محارب عائد من المعركة. لقد استطاع اصطياد عصفورين بحجر واحد، إذ أرسل رسالة لأصدقائه وخصومه من الحضور بأنه يجيء إلى بيت

---

[35] - (.. ومع الأسف الشديد ان بعض العاملين في الحركة الوطنية ومنهم أعضاء بارزون في اللجنة التنفيذية على اختلاف صفاتهم الحزبية استسلموا لسياسة المآدب والحفلات التي تجمع اليهود والعرب، وقد أخذت السلطة الإنجليزية تبتكر المناسبات والأساليب، فلبوا دعوات المندوب السامي إلى ولائمه وحفلاته وجلسوا أحيانا فيها مع اليهود في صعيد واحد كما قبلوا تكليفه واشتركوا في اللجان الاستشارية المختلطة كلجان العمال والطرق والتجارة والزراعة...وهكذا نشأ في فلسطين ونتيجة لبلوائها المزدوجة بالإنجليز واليهود من جهة وما حلّ في حركتها الوطنية من ضعف في الجهة الأخرى ما يمكن أن يسمى بالوطنية الثنائية أو الخنثوية.. فلم يبق أحد لم يشعر بما طرأ على الحركة الوطنية الاستقلالية في هذه البلاد من ضعف وفتور وما وقعت فيه من اضطراب وانحلال وفوضى)

الحاكم برأس مرفوعة، وأرسل رسالة للحاكم بأنه يُكنُّ له من الاحترام ما يجعله يتغاضى عن تلك الإهانة تقديرا له.

***

أحاديث الساعة الأولى انصبَّت حول الذراع، الألم الناتج عن الإصابة، الموعد المتوقَّع لإزالة الرباط، وما إذا كان الهاشمي قد أخذ أكثر من رأي طبي حتى يطمئن أكثر، وهل (لا سمح الله) هناك أي مضاعفات مستقبلية.

كان الهاشمي يستمع إلى ذلك كله ويجيب وعينه تتابع الحضور، وهو يفكِّر في مَن حضر وفي من تغيَّب، ويجري حساباته السريعة الخاصة حول أسباب الحضور وحجج الغياب وأسبابها الفعلية.

أما حاكم اللواء فلم يكن كريماً وسعيداً في أي يوم من الأيام، كما كان في تلك الليلة، تحرَّك بخفة وجذل واضحين وعيناه الصغيرتان مضاءتان ببريق عجيب، تأمل الحضور وسمع ضحكاتهم بانتشاء، فقد كان مثل الكثيرين من ضيوفه، العرب واليهود، يدرك أن سنوات (الاضطراب) السوداء الأربع الماضية قد انتهت وأن بإمكانه، مثلهم، أن يستريح قليلا.

البرنامج الحافل الذي افتتح بتلك اللقاءات الحرّة التي تخللها تبادل الكثير من الأنخاب، عاد ليتجمَّع في كلمة مختصرة بالعربية، رحَّب فيها المضيف بالحاضرين وبضيف الشرف وأنهى كلمته بتلك الدّعابة: لست طبياً، ولكني أعدكم، قبل أن تنتهي هذه السهرة سيخرج مستر هاشمي بيد سليمة من هنا إلى بيته!!

ضحك الجميع بمن فيهم صاحب اليد المعلقة، وبعد لحظات راح يقلِّب الدّعابة على وجهها باحثاً عما فيها من معان خفية.

***

بدأت الفرقة الموسيقية التي أحضرها حاكم اللواء بعزف عدد من المقطوعات الموسيقية، ولدى وصولها إلى منتصف مقطوعة (ذا دراغون أف ألكالا) حدثت المفاجأة الكبرى التي لم يكن يتوقعها أحد: وصول مدام روزلين متأبطة ذراع حاكم اللواء الذي كان في انتظارها أمام الباب. بمجرد أن اختلط إيقاع خطوتها بموسيقى (بيزيه)، تغيَّر معنى المقطوعة، إذ بدت روزلين وكأنها الآلة الموسيقية التي كانت تلك الفرقة بحاجة إليها لتقدِّم بيزيه كاملا في تلك السهرة.

***

381

كانت مدام روزلين حديث الطبقة الرفيعة في المدينة، باعتبارها أجمل امرأة تطأ قدماها ساحل هذه البلاد في نظر الهاشمي، والمرأة التي لو أصبحت ملكة لبريطانيا بدل الملك، لما ترددنا في النزول إلى الشوارع للمطالبة بإلحاقنا ببريطانيا، كما كان يردد رشيد عدنان الوجيه السبعيني لحاكم اللواء كلما جمعتهم سهرة من هذا النوع. أما حاكم اللواء نفسه فقد كان يقول لهم: أظنكم لن تغادروا مقرَّ الحاكم أبداً لو تمّ تعيينها مكاني!!

منذ زمن طويل يتطلَّع سليم بيك الهاشمي لما هو أكثر من لقائها، حاول كثيراً، لكنه في كل مرة كان مضطرا للوقوف عند ذلك الحدِّ الدقيق الذي يفصله عن مدام روزلين.

ما ان انتهت الفرقة الموسيقية، حتى كان الهاشمي قد أنهى الكأس الخامسة. بحيث نسي أكثر من مرة السبب الذي دفعه للقدوم بيد معلقة في كتفه، فراح يحرّكها صعودا إلى ذقنه ليحكّ أسفلها.

***

لسهرة طويلة كان حاكم اللواء قد خطط، ولذا، حرص على تأخير موعد العشاء إلى ذلك الحد الذي دفع السيد فخري سلمان أن يقول ضاحكا بصوت عال، موجها كلامه لحاكم اللواء، لم نعرف أنكم دعوتمونا لتناول طعام السحور!

ضحك الجميع، وقال له حاكم اللواء: أعتذر لكم، ألسنا في شهر رمضان؟!! وضحكوا أكثر..

أدرك سليم بيك الهاشمي أن الليلة ليلته، وباستطاعته أن يتصرَّف بحرية أكثر. راح يسير باتجاه مدام روزلين، وقبل أن يصلها بأربع خطوات اعترض حاكم اللواء طريقه: اسمح لي أن أقدمك لمدام روزلين، فأنت عريس هذه الليلة.

- يا ليتها كانت العروس؟ ردّ سليم بيك وهو يضحك.

- لا أظن أن هنالك ما يصعب عليك! ثم ما هي الصفات التي تريدها مدام روزلين في رجل ولا تتوفر فيك!

فوجئ سليم بيك الهاشمي أنها مالت عليه وعانقته بحرارة، ثم تراجعت خطوتين وقالت: أرجو أن لا تكون إصابتك كبيرة بحيث تمنعك من أداء كل أعمالك!

- لا، أبداً، بضعة أيام وأنتهي من هذه الأربطة.

- ولكني وعدته أن نخلصه منها هذه الليلة. قال حاكم اللواء ضاحكاً.

382

- في هذا البيت، كل المعجزات يمكن أن تتحقق. اسألني. أنا التي تعرف هذا. وأطلقت ضحكة عالية زلزلت روح سليم بيك الهاشمي.

حتى الساعة الحادية عشرة والنصف، لم يكن الطعام قد وصل، لكن وجود مدام روزلين قد أنساهم ذلك.

***

على المقعد الطويل جلست بين سليم بيك الهاشمي وحاكم اللواء. كانت الحرارة المنبعثة من جسدها تلفح الجميع، وتوقد ليل أيار ذاك. كانوا فرحين ومستنفرين ويحسدون الهاشمي بسبب استئثاره بها طوال السهرة. لكن ما حدث بعد ذلك، كانت بدايته مجرد لعبة، أو كلمات لم تكن مقصودة تماماً، فحين مال الهاشمي بجسده نحو روزلين، وأحسّت بذلك، التفتت إليه وقالت بصوت مسموع: مستر هاشمي لم تعد ذلك الشاب!! ألم تتجاوز السبعين؟

- بل لم أصل الستين بعد.
- هذا غير معقول. أرني هويتك.

مد يده وتناول الهوية محاذراً أن يحرّك يده المصابة، وناولها إياها، تأملتها. فعلا، لم تزل شابا؟

كانت تلك الكلمات كافية لإعادة الحياة إليه من جديد.

- ما رأيك أن نلعب لعبة إذن، وإذا فزتَ بها، أعدك أمام الجميع أن تكون الليلة ليلتك. مستعد؟

نظر الهاشمي إلى وجوه الحاضرين، كانوا قد صمتوا فجأة، كما لو أنهم أمام فرقة إعدام، وقد بدأ كل منهم يفكر: هل سيكون الهاشمي أول شخص من بينهم يحظى بها فعلاً.

أدرك بعينيه الزائغتين أن حسد العالم كله قد تجمّع في تلك الصالة.

- ماذا قلت؟ مستعد؟

نظر إليها الهاشمي وقال: مستعد!

أمسكت ببطاقة هويته وألقتها بعيداً في آخر الصالة.

- ماذا تفعلين؟
- إذا استطعتَ أن تُمسك بها بأسنانك وتعود بها إلى هنا وتناولني إياها فأنا لك؟
- هذا غير عادل؟ صاح السيد عزيز باشا وقد بدا أكثر الجميع ثمالة.

383

- ماذا تقترح؟
- أقترح أن يكون دخول المسابقة من حق مَن يريد.
- لا، هذا ما لا أستطيعه. قالت مدام روزلين. بهذه الطريقة ستحرمونني مـن فرصة انتقاء الشخص الذي أريد أن يكون جائزتي أيضاً.
- لنحدد عمر المشاركين في المسابقة إذن، أهذا يرضيك؟ قال حاكم اللواء.
- دعني أفكر؟ قالت روزلين. وهي تتأمّل وجوه الحضور ثم هـزَّت رأسها: أنتم تقولون بالعربية (أمري إلى الله) أليس كذلك؟
هزوا رؤوسهم، وقد كان لحديثها بالعربية سحره الخاص.
- إذن، أمري على الله، ولكن لن أقبل أي شخص يزيد عمره يوماً واحداً عن عمر مستر هاشمي. موافقون؟
- موافقون.
وظهرت الهويات كلّها.
كان سليم بيك الهاشمي من مواليد 16 أكتوبر 1882، استبعد حـاكم اللـواء الذي أصبح الحكم أيضـاً، كـل مـن ولـدوا قبل ذلـك اليـوم، تعالـت صرخـات الاحتجاج حين تبين أن أربعة فقط كانوا أصغر من الهاشمي.
- أعدكم. قال حاكم اللواء. أعدكم أن تكون المسابقة في المرة القادمة لمن هم أكبر قليلاً. دعونا نتوّج سعادتنا باختيار الفائز في هذه الليلة السعيدة.
تأملت روزلين المشاركين في المسابقة، لم يزل الهاشمي أجملهم فعلا، فهو الأطول والأكثر بياضاً ولا يمكن للناظر إليه إلا أن يقع في سحر امتـداد شاربيه الـرائعين. قالت: ولكن لي شرطاً وحيداً هو أن نربط أيدي المتسابقين وراء ظهورهم.
- لا أستطيع أن أفعل هذا، أنت تعرفين. قال الهاشمي غاضباً.
- أنت غير مضطر لذلك، لكن على البقية أن يفعلوا ذلك.
- لماذا لا تطفئون الأضواء أيضاً، ستكون المسابقة أكثر إثـارة. قـال حسـن باشا.
- من يريد الرقص في العتمة فليرقص وحده. قـال السبعيني رشيد عـدنان وكأنه ينتقم من المتسابقين.
- معك حق. نحن هنا لنفرح؟
- إذن يجب أن تحددوا وقتا للمسابقة وإلا ستفقد معناها. قال عزيز باشا وقد بدا أن نصف سكرته قد طار.

384

- هذه فكرة رائعة. قالت روزلين.

- نضع الهويات بجانب هوية مستر هاشمي إذن. قال حاكم اللواء.

- لحظة. لحظة، يجب أن يكون هناك شرط آخر. إذا فشلوا كلهم فإن من حقنا الدخول في المسابقة بعدهم. قال زاهر أفندي.

- هذه سنتركها لمناسبة أخرى. قال حاكم اللواء. أظن أن علينا أن نأكل الليلة!! ألم تجوعوا؟

- لا. لا. رددوا معا بحماس.

***

بدأ السباق بتدافع غير عادي، كان حاكم اللواء قد جلس في الجانب المقابل أمام الهويات مباشرة، وصلوا بسرعة، تصاعدت الهمهمات وارتطام الرؤوس بعضها البعض، انقسم الضيوف يشجعون المتسابقين، استطاع سليم بيك الهاشمي أن يستغل وجود يد طليقة له، إذ انحنى واستطاع بعد ثلاث محاولات الإمساك بالهوية مستعينا بلسانه، وحين وصل قبل الجميع لاهثا، كان قد نسي تماما أن يده المصابة قد تحررت من رقبته.

اعترض المتسابقون حين رأوا يده الطليقة، أمسكها الهاشمي بيده اليمنى وأعادها إلى مكانها وهو يحاول ما استطاع كتم ألم مزعوم.

***

أمام الباب، مال حاكم اللواء نحو أذن الهاشمي: أظن أن عليك التخلّص منها تماما إذا ما أردت إنجاز شيء يستحق هذه الليلة.

- أتخلص من روزلين؟! سأله وقد بدا ثملاً تماماً.

- لا، من ربطة يدك.

- أوكي. أوكي.

وراحا يهبطان الدرجات باتجاه عربتها المنتظِرة.

***

بعد الظهيرة بقليل تلقّى سليم بيك الهاشمي اتصالا من حاكم اللواء: طمنّي. كيف سارت الأمور؟

- تمام، إنها نَمِرَة، صحوتُ وإذا بكل قطعة من ثيابي في غرفة!

أغلق السماعة وأتصل بروزلين: كيف سارت الأمور.

385

– لاحقني من غرفة إلى غرفة وفي كلِّ واحدة منها كان يخلع قطعة من ملابسه، وحين وصلنا إلى السرير أخيراً كان قد نسيَ لماذا يلاحقني فنام.

***

***

***

رصاصة بعد صلاة الصّبح

استيقظت الهادية على صراخ وعويل ينطلق من حارة النجّار ويملأ سماء القرية: لقد قُتِلَ صبري النجّار.

انتشرت الفوضى،

وقبل أن يعرف أحدٌ القاتل، اندفعت عشيرته باتجاه حارة الحاج سالم. وقبل أن يصل أحد إلى هناك صاح كريم صبري النجّار: أنا الذي قتلته!! لم يصدّقوا.

أشهر مسدسه وأطلق رصاصة في السماء وقال: وبهذا المسدس.

تجمّد الجميع في أماكنهم. ولم يعد أحد قادراً على معرفة ما عليه أن يعمل.

***

لم يكن كريم يرافق أباه في أيٍّ من مشاويره إلى خارج القرية، لم يكن يحب أن يراه أحد وهو يسير بجانبه، سواء أعرفه ذلك الشخص أم لم يعرفه..

– وبالمقابل، كانت المشكلة المُحرِجة بالنسبة للنجار باستمرار هي ابنه كريم الذي كلما اختفى جاء خبر يقول إنه في السجن بسبب اشتراكه في مظاهرة هنا أو مظاهرة هناك.. حيث لم يكن يسمع أو يقرأ عن مظاهرة في الرملة أو يافا أو القدس حتى يتسلل للمشاركة فيها. وبعد خروجه من السجن في إحدى المرات، أقسم الحاج صبري بالطلاق أنه سيزوّجه، فقبل كريم حتى لا تُطلَّق أمه. كان النجار يعتقد أن الزواج سيجعل ابنه (يُعْقَل)؛ ومرت فترة هادئة كما لو أن كريم أصبح شخصاً آخر بعد أن رزق بولدين، فقال النجّار: كان يجب علي أن أزوّجه قبل خمس سنوات!! وفي إحدى المرات رأى النجّار زوجة ابنه تسير في الشارع المليء بالجنود الإنجليز، فناداها من الشّباك: عـودي. لكنها لم تستجب، فخرج إليها وعندما وصلها أمسك بها وهو يصرخ: وتخرجين بابنك الرضيع دون خوف! وامتدت يده ليأخذ الولد من بين يديها، وعندها أدرك أنها تحمل سلاحا. جرّها من

387

يدها نحو البيت على مرأى من الجنود وعندما تجاوز العتبة وأغلق الباب وراءه راح يصيح بها: زَوَّجْتُهُ ليعقل، واليوم بعد سنتين، أكتشف أنك أصبحتِ مجنونة مثله!!

***

منذ استشهاد الحاج خالد أصبح كريم أكثر إحساساً بالخزي، وكلما وجد نفسه ينظر إلى أبيه أطلّت تلك الفكرة الغريبة: لم يكن أبي طوال حياته يعادي الحاج خالد بل كان يعادي الشهيد خالد.

في ذلك الصباح كان إصرار الحاج صبري غريباً، قال لكريم: تـذهب معي، يعني ستذهب معي.

عندما علم، في منتصف الطريق، أنهما سيمرّان ببيت عبد اللطيف الحمْدي أولا. قال كريم: سأعود. فأقسم الحاج صبري بالطلاق. ستذهب معي، يعني ستذهب معي.

حاول كريم أن يفهم معنى لإصرار أبيـه، لكنـه لم يفهـم، وواصـل الرحلـة معـه صامتاً.

رفض كريم أن يدخل بيت الحمْدي: سأنتظرك هنا في السيارة. قال لأبيه. خرج الحاج صبري بعد أقل من ربع ساعة، وقال لابنه: سـنكمل مـشوارنا. وانطلقت السيارة التي استأجرها خصيصاً نحو هدفها الجديد.

- إلى أين؟
- إلى يافا.
- إلى يافا؟
- نعم إلى يافا.

حين وصلا إلى (ساحة الساعة) في المدينة قال لابنه: سأنزلك هنا، تنتظرني في ذلك المقهى، نصف ساعة وأعود.

كانت الساحة التي تأخذ شكل مستطيل، قد أصبحت الميدان الرئيس للمدينة منذ مطلع القرن العشرين، وبؤرة للحركـة الاجتماعيـة والاقتصادية والسياحية وملتقى الفئات الاجتماعية كافة، بسبب وجود عدد كبير من المقاهي والمطاعم فيها. كما عرفت باسم (ساحة الحناطير) لأنها كانت، ولزمن طويل، مركز تجمّع وانطلاق العربات التي تجرها الخيول لنقل الركاب إلى مختلف أنحاء المدينة، وما لبث اسمها أن تغير ليصبح (ساحة الشهداء) لأن المظاهرات المعادية لبريطانيا عادة ما كانت

388

تخرج من الجامع الكبير بعد صلاة الجمعة، حيث سقط عديد الشهداء في ذلك الميدان.

بعد خمس وعشرين دقيقة توقّفت السيارة من جديد أمام المقهى، أشار له والده أن يصعد بسرعة، صعد، التفتَ كريم ورأى تلك الرزمة الغريبة التي يقبض عليها الأب بكلتا يديه.

***

لم يتحدَّثا طوال الطريق.

قبل وصولهما للهادية عادت السيارة وتوقَّفت أمام بيت الحمْدي، لكن النجّار لم يطلب من ابنه أن يرافقه، غاب عشر دقائق وعاد.

نظر كريم إلى الرزمة فوجدها قد تقلَّصت إلى نصف حجمها، وكاد الأمر ينتهي عند ذلك الحد، لولا الفضول الـذي غلب الابن ودفعه للبحث عن سرِّ تلك الرزمة.

***

الوصول السهل إلى السائق الذي يعرفه الجميع كان الخطوة الأولى، ذهب إليه، وبعد نقاش حاد اعترف بأن الأب قد يكون ذهب إلى مقر الحاكم الإنجليزي، فقد طلب منه أن يُوقِف السيارة في أحد الشوارع القريبـة مـن المقـر، وألّا يتحرّك من مكانه حتى يعود إليه.

***

عاد كريم للبيت باحثاً عن الرُّزمة نفسها، بعد ليلتين لمح خيطاً مثبتاً بمسمار صغير فوق ظهر خزانة الملابس في غرفة أبيه وأمه. شدَّ الخيط، أحس بأنه وجد ما يريد، سحبها برفق، كي لا يثير أي ضجّة، لكنـه لم يستطع قطع الخيط، ذهب، أحضر سكيناً، قطعه، خرج بالرُّزمة، في الحوش فتحها، فرأى كمية من المال لم يرها أحد من سكان الهادية من قبل.

وفجأة داهمه ذلك الشعور الغريب: أنه يعرف عدد الجنيهات تماما: خمسة آلاف. قال لنفسه. إنها خمسة آلاف. ولكي يتأكد قام بعدِّها: خـمسة آلاف لم يكـن ينقصها فلس واحد.

نهض، توجّه إلى المكان الذي يعرف أن والده يخبّئ مسدسه فيه، أخرج المسدس وجلس ينتظر عودته على عتبة الحوش.

***

وصل الأب عائداً من صلاة الصُّبح، وقبل أن يصل بقليل أشعل كريم النار في الخمسة آلاف التي بدتْ كومة عملاقة حين بعثرها، وقبل أن يقول الأب أي كلمة أو يفعل أي شيء لإنقاذ ما يمكن إنقاذه من المال، أخرج كريم المسدس وصوّبه نحوه، كانت المفاجأة وحدها كافية لقتل الحاج صبري، لكن كريم كان بحاجة لإطلاق النار أيضاً.

في القلب تماماً استقرت الطلقة، وعندها استدار كريم وأغلق باب الحوش تاركاً أباه يتخبَّط في دمه على مسافة ثلاثة أمتار من العتبة.

***

لم يستطع أحد من الناس أن يقول شيئاً، تجمّدوا. وحين رأوا بقايا النقود المحترقة ازداد الأمر غموضاً.

كانت أم كريم تصيح في وجه ابنها، وهي تهزّه: لماذا؟

كان سؤالها في تلك اللحظة هو سؤال الجميع.

فردَّ: ذات يوم ستعرفون. 36

---

36 - لم يعرف أحد كيف وصل سرُّ الزاجلة التي يستخدمها الحاج خالد في نقل رسائله لأسرته ورجاله في الهادية، إلى صبري النجّار، الذي ما إن عرفه حتى أدرك أن أيام الحاج خالد باتت معدودة، حيث قام باستبدال الزاجلة بأخرى تشبهها تماما.

راقب بعض أعوانه الأمر إلى أن رأوا الزاجلة في قفص على ظهر فرس إيليا راضي، هاجموه قبل شروق الشمس بقليل، استطاع الفرار والاختباء بعيدا، وعندما عاد إلى المكان الذي هوجم فيه، متوقعاً أن يكونوا قد أخذوا الشهباء، فوجئ بأنها هناك والزاجلة أيضاً. واصل طريقه إلى حيث يجب عليه أن يلتقي الحاج خالد بأقصى سرعة. بعد أيام، عادت الزاجلة برسالة جديدة يطلب فيها الحاج خالد من هاشم شحادة أن يلاقيهم ما بين صانور وميثلون، ولم يكن يحدد المكان خوفا من أن تقع الرسالة بين يدي أحد ما، لكنهم كانوا يعرفون أنه المكان الأول دائما، لكن الزاجلة هبطت في بيت صبري النجّار الذي رأت النور فيه وعاشت وفرّخت فيه. وبوصولها، كان الأمر قد انتهى.

390

الكتاب الثالث

البـــشر

عَصْر منُولي

عندما فتح محمد شحادة الذي كان الحاج سالم يدعوه "لبيب الهادية" فمه، قال كلمة واحدة: يا جماعة، لا تؤاخذوني، لم يكن علينا أن نذهب إلى الرملة لنكتشف أننا حمير!

***

كان وصول سيارة البونتيك السوداء، التي أقلّت الأب منولي، قد قلب حياة الهادية رأساً على عقب، أما الأب ثيودورس فلم يكن الأمر مفاجئاً بالنسبة إليه، لكنه، وكما فعل الأب جورجيو من قبله، لم يخبر أحداً أنه سيمضي، حتى الحاج سالم الذي أصبح كبير القرية بعد استشهاد شقيقه الحاج خالد.

كان ثيودورس جهّز حقيبته وصندوقه الخشبي الكبير، واكتفى بمصافحة القادم الجديد على بوابة الدير، كما لو أنه لا يريد أن يجمعهما مكان واحد.

***

تابع الناس السيارة المبتعدة، وعندما بلغت الطرف الشرقي من سهل الهادية، دون غبار يلاحقها، كالعربة التي أحضرته ذات يوم، توقّفتْ.

ساد صمت ثقيل، ظنّ معه البعض أن السيارة ستقفل عائدةً. لكن ذلك لم يحدث.

ومع استمرار وقوفها، فكّر أكثر من رجل أن يمتطي حصانه للذهاب إلى هناك، ومعرفة ما يدور. وبينما هم في حيرتهم، رأوا باب السيارة يُفتح، ويترجّل منها الأب ثيودورس.

استدار يتأمل الهادية من بعيد، يتأمل امتداد السهل وزيتونه، واتساعها الذي عبر الوادي، بحيث لم تعد البيوت التي على التل سوى جزء صغير من القرية.

كان الأب ثيودورس يودّع جزءاً عزيزاً من حياته، وتساءل: أكان عليّ أن أغادرها حتى أراها من هنا، (هاديةً) أخرى؟!

زمن طويل مرَّ على وقوفه، بحيث بات الناس يظنون أن الوقوف في تلك النقطة بالذات أشبه ما يكون بشعائر لا بد من أدائها، وعندما صعد السيارة من جديد واختفى في جوفها، لم يبق في البعيد سوى ما يمكن أن يُسمّى سراب السيارة، إن كان للسيارة سراب كالماء.

***

ترقَّب الناس ظهور راعي الدير الجديد، لكنه لم يظهر، واختفى ما تبقّى من الأختين ميري وسارة اللتين نحلتا وتقوس ظهراهما وغدا أنفاهما أكثر طولا وغارت أعينهما وجفت.

في اليوم الرابع، أشرع باب الدير على مصراعيه.

كان الأب منولي رفيعاً وطويلاً إلى حدٍّ لم يروا مثيلا له، عيناه صغيرتان كعيني قطة ونافرتان بشكل غريب، بحيث يظن المرء أن باستطاعته أن يرى ما وراء ظهره، أما يداه فكانتا أكثر طولاً من أي أيد رأوها، حتى لو قورنتا بطول جسده. ولم يكن الثوب الأسود الواسع الذي يرتديه قادرا على أن يحجب حجم حذائه الذي كان أشبه ما يكون بقاربين صغيرين. لكنهم لن ينسوا أبداً أن أول ما رأوه من تعابير على وجهه، كان تلك الابتسامة الغريبة باتساع تلك السهول التي راح يتصفّحها كما يتصفح إنسان كتابا.

***

فكر الحاج سالم بذلك السرّ الذي يجعل أناساً يقيمون زمنا طويلا كهذا في القرية، ولما يحين موعد رحيلهم لا يودّعون أحدا، ولا يتركون في البعيد سوى نظراتهم المعلّقة في الفضاء كغيمة لا يعرف إنسان ما في رحمها.

أول ما خطر له أن يكون الأب منولي ضيف القرية لثلاثة أيام على الأقل، "هذا ما كان سيفعله الحاج خالد رحمه الله لو كان موجودا" همس لنفسه؛ لكن بداية الزيارة لم تُخلّف ذكريات تُحب.

دلق راشد، الذي احتل مكان حمدان، القهوة على الأرض، وبدأ يحمّص القهوة الجديدة، وعندما بدأ بطحنها، لم يكن مهباشه ذلك المهباش الذي عرفه، مهباش حمدان، ولا الإيقاع الذي اعتادوه، كان ثمة حزن غريب، حزن عميق ومجهول، ولو كان يجوز لأحد أن يشبه المهباش بالناي، لقال إن مهباش راشد كان أقرب إلى ناي منه إلى أي شيء آخر.

394

من أين يأتي كل هذا الشجن؟! هل بسبب فراق حمدان، وقد كان راشد دائماً أكثر الناس حرصاً على مشاهدته وهو يطحن القهوة، والاستماع إلى أناته التي يحملها صدى مهابه لبعيد لا يعرفون آخره؟ لا أحد يعرف.

حين وقف الحاج سالم ومدّ للأب منولي يده بفنجان القهوة: شكره: أنا لا أشرب القهوة. وحين سأله: هل يمكن أن نقدم لك الشاي. قال: لا بأس. وعندما أحضروا الشاي لم تلمس يده الكوب الذي راح البخار المتصاعد منه يتلاشى قليلا قليلا، إلى أن اختفى، وحين جيء بالعشاء قال: أنا لا آكل اللحم. فأشار الحاج سالم أن يعودوا بالطعام من حيث أتوا به.

كان الحاج سالم على وشك الانفجار، وأدهشه أنه لم يزل قادرا على ضبط نفسه إلى هذا الحد، تأمّل الرجالُ القادمَ الجديد بصمت، ولم تكن اللغة هي الحاجز، فقد كان الأب منولي يتكلّم العربية بلهجة أهل الشام، ويمكن لكل من تحدّث مع شامي أن يكتشف ذلك القدر من الدِّقة الذي تتدفق فيه حروف كلماته من مخارجها.

كانت كل أسئلته حول القرية، الزراعة، المواسم الأخيرة، الأرض، المساحة التي أصبحت ضمن حدود المستوطنة والمساحة التي سيطر عليها الحمْدي وألحقها بالقرية المجاورة، العُشْر الذي لم يعُد عشراً، وقال: إن أناسا يستهويهم ترك الأرض والتحوُّل إلى عمال لن يستطيعوا تقديم شيء لا للأرض ولا للحكومة.

وعندها وجد الحاج سالم نفسه مضطرا لتجاهل أصول الضيافة، وتناسى أنه في حضرة رجل دين: الخدمة الوحيدة التي تقدّمها بريطانيا العظمى للناس ليست سوى سعيها لتحويلهم إلى عبيد يعملون في أراضيهم ليواصلوا دفع الضرائب التي تؤمن ثمن الرصاص الذي يقتلهم وحبال المشانق التي تلتفّ على أعناقهم، والهراوات التي تلتهم لحمهم بلا رحمة. تقول لي إن الناس تركت أرضها!! لا، الناس لم تترك أرضها، الناس تعود من شقائها هناك لتعمل هنا في الأجازات التي من المفترض أن ترى فيها أبناءها. وكل ما تفعله الحكومة في النهاية أنها تأخذ الوليد من باب رحم أمه!! ولا تترك لها إلا بقايا الدم الذي يلوثها. نعم الناس مضطرة للذهاب إلى هناك لكي تستطيع الحصول على الماء الذي تنظف به بقايا هذا الدم هنا!

كان صوت الحاج سالم قد ارتفع إلى ذلك الحد الذي أحس معه جميع من في المضافة أنه سيمسك منولي من عنقه ويُلقي به خارجاً.

عند ذلك وقف الأب منولي وقال كلمته التي سيظل صداها يحوم بلا رحمة في آذان الناس وقلوبهم سنوات وسنوات: لو كانوا أصحاب هذه الأرض فعلاً لما كنا وصلنا لهذه النتائج التي نعاني منها الآن!!

انتفض الحاج سالم ووقف أمامه وجهاً لوجه: ما الذي تعنيه يا منولي بكلامك هذا؟!

– على أي حال، المسؤولية كانت مسؤولية الأب ثيودورس، ولذا كان لا بد أن يدفع الثمن الذي دفعه، بعد أن حوّل بليونته هذه الأرض التي تسلّمها جنةً إلى صحراء!!

كان الكلام الأخير لا يقل قسوة عن سابقه، فصرخ به الحاج سالم: أتهيننا في بيتنا؟!!

* * *

ترك اللقاء الأول أكثر من سؤال مُعلَّق في سماء القرية، ولذا بدأ العدد القليل من الناس الذي كانوا يملكون كواشين تثبت ملكيتهم للأرض بالتوافد على الدّير طالبين إعادتها لهم. ولم يجدوا هنالك إجابة لسؤالهم سوى سؤال واحد: أي كواشين؟

وحين ألحّوا واندفعوا ذات مساء خارجين من المضافة بعد اجتماع كبير لمناقشة هذا الأمر، خرج الأب منولي وقال لهم: لم يحدّثني الأب ثيودورس بهذا الأمر قبل أن يغادر الدّير إلى غير رجعة!!

قرر مجموعة من الناس النزول إلى مدينة الرملة لفك غموض هذا السر، وحين عادوا مساءً، لم يقولوا أي كلمة. عادوا صامتين، لم يستطع أحد أن يعرف ماذا رأوا هناك أو ما الذي قيل لهم. وعندما فتح محمد شحادة، الذي كان الحاج سالم يدعوه "لبيب الهادية" فمه، قال: يا جماعة، لا تؤاخذوني، لم يكن علينا أن نذهب إلى هناك لنكتشف أننا حمير!

انهالت الأسئلة عليه من كل جانب، قال: مصلحة الضرائب تقول ليس لديها أيّ أرض بأسمائنا!! تقول هذه الأرض يملكها الدّير، وتثبت ذلك الضرائب التي يدفعها عنها منذ أيام الأتراك.

* * *

396

قبل أن يقرروا ما الذي عليهم فِعْله وصلهم ذلك الإنذار الغريب الذي يطالبهم (كعمال) بإخلاء البيوت والأراضي التي يعملون فيها، بناء على رغبة الدير في إعادة استصلاح أرضه واستغلالها وفق أساليب حديثة.

نظروا حولهم، لم يكن هناك سوى العراء.

بحثوا بعضهم عن البعض. لم يكونوا هناك.

**

- كنا ننتظر العاصفة أن تأتي من ذلك البعيد، وإذا بها تهبّ من تحت أقدامنا. قال الحاج سالم.

- ليس لنا سوى أن نذهب إلى سليم بك الهاشمي، هو وحده الذي يستطيع أن يساعدنا، والجميع يعرف أنه مناضل كبير، وأنه ينفق أمواله من أجل الـوطن، ولهذا سجنه الإنجليز أكثر من مرة. ثم إنكم تعرفون ما يقال عـن كرمـه، فحين يقصده محتاج يمرر له حاجته من المال من فتحة أسفل الباب حتى لا يُحرج ذلـك المحتاج، أو يشعره بأنه منّ عليه إذا ما رآه في مكان ما. قال إيليا راضي.

- كأنك لم تقاتل مع الحاج خالد يا إيليا، لسه طيب وعلى نياتك، مـا الـذي تقوله عن هذا وأمثاله، يدافعون عن الوطن؟ كل الذين دافعوا عن الوطن ماتوا إما على المشانق أو برصاص اليهود والإنجليز، أما هؤلاء الزعماء فلا يموتون، سبحان الله، إلا موتة ربهم!! قالت الأنيسة. وأضافت: ما لكم يا رجال، مـا الـذي حصل لكم هل عميتم؟ ما الذي يمكن أن يقدِّمه لكم شخص كهذا، لو فيه خـير، لا يـأتي إلى هنا ويبني قصرا يقول كل من رأى قصره في المدينة بأن هذا أكبر منه. ألم تسمعوا الناس تقول: إنه كلما غير ألوان أثاث بيته يُجبر كل مـن يعمـل فيـه علـى أن يرتـدوا اللون نفسه. ألم تروا الناس مرة خُضرا ومرة صُفرا ومرة حُمرا ومرة سودا. وتقولون ينفق أمواله من أجل فلسطين، لا تؤاخذوني، لو كان ينفقها فعلا لما كان لديـه كـل هذا المال.

لكنهم أصروا: ما يفعله داخل بيته لا يخصنا. لا يهمنا سوى ما يفعله للـوطن. قال إيليا راضي.

- لو كان باستطاعته أن يأخذ الهادية منكم لأخذها من سنين، إنه واحـد مـن أكبر المرابين. ما الذي تقوله يا إيليا؟[37]

---

[37] - (.. ولا تكاد تمر بقضاء من الأقضية حتى تسمع بأخبار عن بلفورات فلسطين أو عـن العـاملين على إتمام تصريح وعد بلفور بإنشاء الوطن القومي لليهود ومن هؤلاء المرابين الـذين يـستفيدون من

- الأنيسة معها حق. قال الحاج سالم. فالذي يذل الناس، لا يمكن أن يعمل إلّا لمصلحته. لكن إذا أردتم أن تجربوا، فجربوا، حتى لا يُقال بأنني أقفلت بابا تعتقدون أن الضوء يمكن أن يدخل منه.

لم يكن عليهم أن ينتظروا طويلا، فهم يعرفون أنه يأتي في الخميس الأخير من كل شهر ويبقى في قصره إلى صباح السبت. كان بينهم وبين لقائه عشرة أيام. انتظروا..

***

خرج منولي صبيحة الأربعاء من الدير قاصدا سهول القرية، فوجئ الجميع بأن الأختين سارة وميري كانتا تتبعانه، كانتا هرمتين إلى ذلك الحد الذي يدعو للشفقة، تستند كل منهما إلى الأخرى، وتحاولان معا تلافي أي سقطة قد تعصف بهما الاثنتين معا. كجسد واحد كانتا تتحركان، يتحدّث هو، وهما صامتتان، وعندما يشير إلى جهة ترفعان أعينهما بتثاقل وتنظران دون أن تريا أي شيء.

بعد قليل التفتَ إليهما، قال كلاما لم يسمعه أحد؛ جلستا على صخرة، واصل طريقه، انحنى، ملأ يديه بالتراب حدّق فيه، تركه ينساب من بين أصابعه وهو يراقبه، وعندما وصل أول كرم زيتون، قصف غصنا، ونظر لطرفه باحثاً عن كمية الحياة فيه.

عاد بعد ساعتين، بعد أن مرَّ برعيان وفلاحين، نساء يعملن في الحقول ورجال يعيدون ترميم السناسل ويرفعون الأغصان الهابطة.. لكن أحداً منهم لم ينظر باتجاهه، مرَّ أمامهم كما لو أنه ليس هناك. وعندما وصل إلى تلك الصخرة التي تجلس عليها ميري وسارة، أشار إليهما بسبابته أن هيّا؛ بصعوبة نهضتا، كما لو أن جسديهما قد أصبحا جزءا من تلك الصخرة.

إلى الدير مضى، أغلق الباب بنفسه، ولم يظهر ثانية إلا مساء الجمعة.

***

كان سليم بيك الهاشمي سعيدا دائماً بالأوقات التي يُمضيها في قصره الريفي، الذي لم يكن يبعد عن الهادية أكثر من سبعة كيلو مترات باتجاه الغرب. يـدعو

شدة الضائقة الاقتصادية يسلفون الناس بفائدة 30 بالمائة لسنة وأحيانا لثمانية أشهر وأحيانـا لسـتة... فكان منّا الباعة وكان منا السماسرة، وقد بلغَنا أن المساومة تجري على بيع أراضي زيتا وكفر سابا .. وبعضها ملك الرئيس الثاني لحزب الزراع الذي لما استوضحناه عن البيع قال إنِّي مديون بألفي ليـرة للمرابين من زعماء الوطنية.. وقد عرضوا عليهم أن يستوفوا مني أرضاً بديـنهم بنصف جنيه أدنى من السعر الذي يشتري به اليهود فأبوا، فرجوهم أن ينزلوا الفائدة من ثلاثين إلى 12 بالمائة فأبوا...)

أصدقاؤه من العرب والإنجليز في الخميس الأخير من كـل شـهر، وعنـد وصوله
للمنعطف الصاعد نحو القصر يجد مشايخ ومخاتير القرى التابعة لـه، كـما خطط
لذلك، مصطفين لاستقباله، أما طريقه فيكون قد زيّن بصور الحاج أمين الحسيني،
في حين تكون مهمة أهالي القرى كنس الطريق المعبّد ورشه بمياه عين النخيل.
³⁸

***

- وصل البيك. إلا أنه لم يزل نائما. قال أحد الرجال (الزُرق) لرجـال الهاديـة
الذين وصلوا إلى بوابة قصره ضحى الجمعة.

قرروا ألا يعودوا للهادية بلا إجابات: سننتظره إلى أن يصحو. قال إيليا راضي.
سمح رجال الهاشمي للقادمين بتجاوز أسوار القصر بلا ابتهاج. نظرة واحدة
كانت كافية لأن يدركوا أن الهاشمي في واد والعالم في واد آخر. رأوا أعمدة رخامية
بتيجان وأقواس، نوافير ماء، أزهارا بألف لون ولون، وطيوراً غريبة في أقفاص لم
يلزمهم الكثير من الفطنة كي يدركوا أن هياكلها تـشبه الـشكل الخـارجي للقصر
تماماً.

- إن كان علينا أن نحفظ كرامتنا فإن علينا أن نعود الآن. قـال عبـد الـرحيم
سلمان. فلا يليق بنا أن نضع أنفسنا في موقف كهذا.

- أخشى ألّا يكون هناك كلام نقوله للناس حين نعود غير الكلام الذي قاله
محمد شحادة حين عاد من الرملة. قال إيليا راضي وقد أحـس بـأن السَّمع غـير
الشّوف تماما.

- الأنيسة كانت على الحق. قال نمر عباس.

كان إيليا راضي يهم بفتح فمه حين سمع صوت باب القصر يُفتح، ومنه يخـرج
سليم بيك الهاشمي بـرداء حريـري أسـود مـزيّن بأزهـار صـغيرة حمـراء وبيضـاء
وزرقاء.

- لا تؤاخذوني. وصلنا يوم أمس متأخرين، فسهرنا كثيرا ونمنا متأخرين،
وكما ترون كان لا بد من أن نصحو متأخرين.

تبادل رجال الهادية النظرات، وهم يُقلّبون كلامه.

---

³⁸ - (بعد أقل من عام سيقيم احتفالا بمناسبة زواج ابنه أنس سيحضره المندوب السامي وكبار
أركان الدولة من الإنجليز وكبار الأعيان ورجال السلطة في فلسطين ويتمّ نحـر 500 خـروف وآلاف الطيور مـن
كلهم من الأعيان ورجال السلطة في فلسطين ويتمّ نحـر 500 خـروف وآلاف الطيور مـن
الطواويس والحبش والدجاج وتقديمها كلها مأدبة للفرح.)

399

- بماذا أخدمكم؟

- العفو. قال إيليا راضي. لا بد أنك سمعت بحكاية الهادية مع الدير.

- ومن لم يسمع؟!

- لكن أحداً لم يتحرّك. قال الختيار أبو سنبل. ولذلك كان لا بدّ من أن نأتي إليك.

- أنتم تعرفون، في مسائل وطنية كهذه، أنا رهن إشارتكم.

- لقد وصلتنا إنذارات لإخلاء البلد. قال الختيار سِنْبِل.

هزّ البيك سليم الهاشمي رأسه.

- وهذا يعني، وأنت سيد العارفين، أن الدّير قد حسم المسألة لصالحه. قال الحاج جمعة.

- وما المطلوب منا؟!

- أنتم تعرفون أن السلطات البريطانية ستكون إلى جانب الدّير، لأنها لن تدافع عن سارق أرض، فكل ما تفعله هو سرقة أرضنا أو تسهيل سرقتها. ولذلك نحتاج إلى قوة تقف إلى جانبنا في هذه القضية الكبيرة.

- اطمئنوا، سنعمل جهدنا.

- إذا راحت البلد، فهذا يعني أن أربعة وعشرين ألف دونم من أرض فلسطين ستطير في لحظة واحدة، منها ثمانية عشر ألف دونم أراض زراعية وستة آلاف دونم أراض حرجية.

- كما قلت لكم، قضيتكم ليست سرًّا، ونحن معنيون بها مثلكم تماماً، فاطمئنوا، سنعمل جهدنا.

وللحظة أحس الختيار جمعة أن البيك أبو سنبل يتعامل معهم كما لو أنه يريد أن يُرضي ولدا صغيراً يلحُّ في طلب شيء. أحس بالغضب، هبَّ واقفا، وقال له: يا سليم!! إذا ولّاك الناس ومن معك الزعامة علينا، ولم تكن على استعداد للوقوف إلى جانب قرية بكاملها، فنحن سنعتمد على أنفسنا وسنعمل ما نريد. والتفت إلى الرجال الذين معه: يا الله يا رجال.

في تلك اللحظة وصل أحد الخدم يحمل القهوة على صينية فضيّة مذهبة أطرافها: لا يعقل ألا تشربوا قهوتكم!! قال سليم بيك الهاشمي.

- لقد شربناها مُرّةً هناك قبل أن نأتي. ردّ أبو سنبل.

قفزوا إلى ظهور خيولهم بصمت عائدين.

400

- اذهب إليهم وراضِهم. قال لأحد رجاله.
- وما الشيء الذي يمكن أن أقوله لهم ولم تقلُه جنابك؟
- قل لهم سنكلِّف محاميا للدفاع عن قضيتهم.

لم يكونوا قد ابتعدوا كثيراً، سمعوا من يصيح خلفهم: استنّوا.
أنصتوا لرسالة البيك دون أن يقولوا شيئاً، وواصلوا طريقهم.

***

على جمر كانت الهادية تنتظرهم، وحين أطلّوا من بعيد تكاد خيولهم تسقط تحت
ثقل مَن على ظهورها، أدارت الأيسة ظهرها عائدة لبيتها وهي تقول: شو بتستنوا،
ما المكتوب بباين من عنوانه. يا خسارة! صرنـا مـش عـارفين حالنـا ويـن. طاسـه
وضايعة. الانجليز ينهشوا فينا واليهود ينهشوا فينا ومشايخنا ينهشوا فينـا.. وكلمـة
تأخذنا وكلمة تودِّينا!!

401

حكمة بترسون

خبران متتاليان لا يقل الواحد منهما سوءًا عـن الآخـر وصـلا إلى بترسون، لا يفصل الواحد منهما عن الثاني سوى أسبوع واحد. كان الخبر الأول يقول: الـذي أطلق عليك النار استطاع الفرار من سجن عكا مع اثنين من السجناء.

قال: خالد!!

- هو.

ارتبك بترسون، لا لأنه يسمع بخبر الفرار فقط، بل لأنه يـسمع اسـم (خالـد) يتردد مرة أخرى، وقد كان يحس أنه انتهى من هذا الاسم إلى الأبد.

ولم يكن قد توقّف عن تأمل تلك المفارقة الغريبة حين وصله الخبر الثاني: هنـاك من يخطط لقتلك.

- وما الجديد في أمر كهذا؟ أجاب مستنكرًا. كل ما في الأمر أنني أؤدي عملي كما يجب، أما النتائج فهي شيء آخر ينتمي للمستقبل الـذي لا مجال لجـرّه نحـو الحاضر لمعرفة مداه، كل ما في الأمر أنني نفّـذت دائمًا مـا يوجد هنـا، وأشار إلى رأسه. [39]

***

- هنـاك مـن سيـضرب اليـوم، سيـستغلون عودتـك للمدينـة، وسينفّـذون العملية.

- لقد اقتربوا كثيرا إذن وهذا ما أريده.

- لنبحث لهم عن طُعم يثير شهيتهم!

لكنه أصرَّ: بعض الطيور بحاجة لطعم حقيقي حتى تطل برؤوسها.

***

---

[39] - في تلك الليلة كتب:
الذي يجيء أخيرًا/ لا تنتظره/ الذي تستطيع اللحاق به ماشيًا/ لا تركض خلفه.

لم يعرف بترسون لماذا انتابه ذلك الحس الغامض حين وجد نفسه يستعيد محطات رحلته في فلسطين كما لو أنه يتابع فيلما سينمائيا.

استعاد صورة الحاج خالد والتراب ينهال عليه، استعاد صورة الحمامة وهي تبتعد، استعاد محاولة البحث عنها التي لم تسفر عن شيء، استعاد صورة ذلك الشاب الذي أوقفه بعد ذلك بأيام، وكان يمتطي فرسا عجيبة لم ير بترسون مثلها من قبل. استعاد ارتباك ذلك الشاب، كيف فتشه الجنود فوجدوا معه خنجرا حربيا، سأله، ما هذا؟ خنجر. أجاب الشاب، وقد أدرك حجم المشكلة التي وقع فيها. ولماذا تحمله؟ لأحمي نفسي من اللصوص في هذه الوديان. أتعرف، خنجرك سبب كاف لكي أقتلك الآن؟ قال بترسون. صمت الشاب. لكن عيني بترسون كانتا تتأملان الفرس طوال الوقت. أهي لك؟ سأله. هزّ الشاب رأسه مؤكدا ذلك. قطع بترسون الخطوات التي تفصله عن الفرس، ربَّت على ظهرها، تأمّلها بحب، ثم قفز على ظهرها. ابتعد إلى ذلك الحد الذي لم يعد باستطاعتهم مشاهدة شيء سوى غبار انطلاقه، وعندما عاد، ترجّل عنها ببطء، وقال كأنه يخاطب نفسه لا أيّاً من أولئك الذين ينظرون إليه دهشين: حين ينتهي هذا الخراء سأشتري فرسا مثل هذه وأعود بها إلى إنجلترا. ثم التفت إلى الشاب وقال له: جريمة امتلاكك لهذا الخنجر لا يغفرها أحد، ومشكلتكم أني عدوّكم، لكنك تملك فرسا جميلة. ولذلك سأمنحك فرصة لم أمنحها لأحد من قبل. وأخرج رصاصة من مسدسه. إذا عرفت في أي يد ستكون الرصاصة فهي لك، أما إن لم تعرف فسأطلقها عليك.

وضع يديه خلف ظهره وسأل الشابّ الذي راح يتأرجح على حافة الموت: هل أنت جاهز لكي تختار؟!!

***

في السادسة من بعد الظهر تماماً، وأثناء تواجده في المقهى نفسه الذي تعرض فيه للاغتيال في المرة الأولى، أطلّ ذلك الشخص الملثم من زاوية الشارع، سار نحوه مباشرة؛ وبحاسته التي لا يثق بسواها أدرك بترسون أنه الطائر، وبعد لحظات كان على يقين من أنه خالد نفسه الذي حاول اغتياله سابقاً، أشهر بترسون مسدسه بسرعة وأطلق رصاصة أصابت الملثم في جبهته، أتبعها برصاصتين في جسده قبل أن يراه يسقط؛ لكنه أحس أنه أخطأ حين أطلّ شخص آخر يشبه الأول خطفاً فأطلق بترسون ثلاث رصاصات أصابته جميعها، وحين ضغط الزناد ليطلق رصاصة أخرى اكتشف أن المسدس أصبح فارغا. في الوقت الذي تحوّلت فيه

403

الساحة إلى جحيم من الفوضى، وقبل أن يعيد بترسون حشو مسدسه أطلَّ شخص آخر ملثم يسير نحوه بثبات غير عابئ بالطلقات التي راح الجنود يطلقونها في الهواء، كان بترسون يحدّق فيه في الوقت التي انشغلت يده بحشو المسدس؛ واقترب الرجل، خمسة أمتار، أربعة، ثلاثة، وفي لحظة خاطفة أخرج الرجل مسدساً من جيبه وأطلق النار على بترسون من تلك المسافة القاتلة.

كصاعقة هبطت المفاجأة على رؤوس الجنود، فها هو قائدهم يموت أمامهم وهم حوله، رغم معرفتهم بما يدور مسبقاً.

كانت الطلقة التي ثقبت رأس بترسون قد ألصقت جزءاً من دماغه بواجهة المطعم. ومع تصاعد تلك الفوضى، استطاع مُطلِقُ النار أن يختفي بين الجموع، لكن أحد الجنود كان قد رآه، وفي وقت تحرّكت فيه الأهداف في كل اتجاه، ظلّت عينا الجندي مسمَّرتين على هدف واحد لا غير، راح يركض خلفه، وبعد أقل من دقيقتين كان الجندي يضع مسدسه في رأس خالد ويأمره بالتوقف. توقَّفَ.

في تلك اللحظة المجنونة انفجرت طلقة أخرى مهشِّمة رأس ذلك الجندي.

تحسس خالد سيف الدين رأسه، نظر إلى الخلف، كان رفيقه يصرخ: هيا.

404

بِحار يافا

لم يكن محمود يتطلع لشيء حين وصل إلى يافا، مثلما كان يتطلع للعيش مع البحر، فجراً نهض، لبس ثيابه على عجل، تجاوز العتبات، عابراً حي المنشية الغارق في الصمت، مرَّ بمحاذاة المدرسة المروانية ثم المدرسة العباسية انعطف باتجاه شارع المنشية، ومن هناك، كان يمكن أن يُلقي نظرة على مسجد حسن بيك الكبير، في طريقه للشاطئ.

قبل وصوله بقليل، أحس بأنه يسمع ما هو أكثر من صوت الموج، تسارعت خطواته، وأذا به أمام شِباك طويلة قد تحوّلت إلى جدران لفرط ما عَلِقَ بها من طيور منهكة، لم تعد في أجنحتها أي قوة لمقاومة الخيطان التي أطبقتُ عليها.

لم يكن ذلك هو المشهد الذي يريد أن يبدأ به حياته في يافا، لكن ذلك حدث. لم يعرف إن كان عليه أن يعود لشقته الصغيرة أو يحاول تجاوز الشِّباك. بحث عن فسحة وحين وجدها، فاجأه المشهد الأكثر قسوة: عدة طيور اصطدمت بجسده وسقطت على الأرض شبه ميتة.

قرر العودة بسرعة. ولزمن طويل، لم يعد قادراً على الذهاب لرؤية البحر، البحر الذي لم يره تماما، البحر الشاحب المغطى بهشاشة الأجنحة؛ وعلى الرغم من أن طيور السّمان تغدو وجبة شائعة في الخريف، وغير مكلفة، إذ كان باستطاعته أن يشتري خمسة عشر طائراً بخمسة قروش، إلا أنه لم يفكّر بأكله أبداً بعد الذي رآه.

في النهاية، استبدل البحر برائحة يافا، الرائحة التي تفوح وتغمر المدينة كما لو أنها بحر آخر، بحر خاص بها وحدها، وصار يتمشى كل مساء بجانب البيارات كما لو أنه يتمشى على شاطئ البحر.

***

قالت له ليلى: سآخذك للبحر.

تردد. استشعرتُ تردده. سألته: أتخاف البحر؟ أم تخاف مني؟!!

405

حدّثها عن لقائه الأول بالبحر. حدّثها عن فزعه، وعن طيور تصطدم بـه كـل ليلة في أحلامه وتسقط أمامه شبه ميتة.

قالت له: أنت قصة كاملة تسير على قدمين. وضحكتُ.

لكنه لم يضحك.

وأخذته للبحر. قالت له: البحر في يافا بحار، هكذا أحسّ دائمـا، البحر مقابـل حي المنشية غير ذلك الذي أمام البرية، وهذا يختلف عن الشّط أمام البلدة القديمة، والبحر في العجمي يختلف عنها كلها. سآخذك للعجمي. ما رأيك؟

ظلَّ صامتاً. كان يتطلع لمشهد آخر يراه ويمحو به تلك الذكرى الحزينة.

***

خرجا من (ساحة الساعة) نحو شارع العجمـي، مـرّا بمقر النادي العـربـي، المدرسة الأرثوذوكسية، المدرسة الإنجليزية للبنات، مدرسة الفرير، مقبرة الأرمـن، قبل أن ينعطفا مباشرة إلى البحر بمحاذاة المستشفى الإنجليزي.

كان يسجل ذلك كله في رأسه، وهذا ما كان يفعله في رام الله الصغيرة والقدس الواسعة ويافا الضاجة بالحياة كخلية نحل. لم يكن يخشى شيئا أكثر مـن الـضياع، ولذا كان يبحث باستمرار عن تلك العلامات التي تعيده بيسر إلى عتبة بيته.

حين سألته: هل تأكدت مما قلته لك عن اختلاف بحر يافا.

هزّ رأسه، كان البحر، غير ذلك الذي رآه معتما وممتلئا بالموت في ذلك الفجر. ولم يكن هذا فقط، فقد كانت ليلى هناك.

***

لم يكن موسم طيور السّمان التي تصل شواطئ يافا منهكة أمرا جديدا، فقد عاشه محمود خريفا خريفا، منذ تلك الذكرى: آلاف الطيور تصل منهكة فـلا تجـد في انتظارها سوى شباك الصيادين، تماما كأسماك السردين التي تنـدفع إلى الـشاطئ مع بدايات شهر أيلول في أسراب يصل طولها إلى مئات الأمتار، ويكون الـصيادون في انتظارها.

***

كان عليه أن يفعل الكثير، أن يذهب للعمل في الصحيفة، وأن يذهب للقاء ليلى بعد ذلك، لكن ما حصل أن أقدار طيور السمان فاجأته مرة أخرى، وبطريقـة أكثـر قسوة، فما إن أشرع الباب حتى وجد المئات منها على العتبة، وقبل أن يعرف ما عليه أن يفعل، تدحرجتْ عدة طيور كالكرات وارتمت في الداخل عند قدميـه، انحنى،

406

أمسكها بيده ووضعها خارج الباب. وبحـذر شـديد استطاع تجـازو تـل الطيـور المنهكة؛ وقبل أن ينعطف نحو الشارع العام رأى الأولاد يجمعون السهان، بعـضهم يضع الطيور في أكياس وبعضهم في أقفاص وبعضهم في جيوبه أو تحت ملابسه.

لم يستطع مواصلة طريقه، عاد للبيت مسرعا، خائفـا مـن أن يـرتطم بـه طـائر ويسقط شبه ميت أمامه من جديد. كان يمكن أن يحتمل كل شيء إلا مفاجأة مثل هذه!! : المفاجآت هي نهاية النهايات. كان يقول لليلى دائماً.

✲✲✲

بعد العصر بقليل تجرأ ثانية، أشرع الباب، التفتَ إلى العتبة، لم يكن هنالك أي أثر للطيور، وعندما رفع بصره وجد نفسه وجها لوجه مـع لـيلى: أيـن أنـتِ؟ لقـد قلبتُ الدنيا بحثاً عنك، وحين اتصلتُ بالجريدة قالوا لي إنكَ لم تأتِ!

مزارعون، حرّاثون ورُعاة!

لم يكونوا بحاجة للكثير من الذكاء كي يعرفوا أنهم خسروا القضية قبل انتهاء الجلسة، فالمحامي الذي أرسله سليم بيك لم يكن غير ابنه أنس.

قال له: لا أظن أنهم سيجدون أفضل منك!!

-   ولكن ليس لي خبرة بهذا النوع من القضايا.
-   ومن قال إن الناس ولدَت وخبراتها في الطب والقانون معها؟! فرصتكَ لتتدرب في مثل هذه القضايا الصغيرة، بانتظار القضايا التي تصنع لك اسماً.
-   ولكن هذه القضية ليست سهلة.
-   أعرف أنها ليست سهلة، ولكن إذا ربحتها سيشهدون لك بالكفاءة ويُسجِّل ذلك في تاريخك الوطني وإن خسرتها سيُقال إن القضاء الإنجليزي المتحيِّز كان السبب. لقد فكَّرتُ في الأمر طويلا. اطمئن!

***

كان الدير معزَّزاً بصندوق خشبي يغصُّ بالوثائق التي تُثبت أنه لم يتخلَّف عن دفع الضرائب، لا في زمن الأتراك، ولا في زمن الإنجليز. وأن القضية كلها قائمة حول مجموعة من العمال لم يبق لها من شيء تفعله، بعد أن أنجزت ما عليها من أعمال، سوى أن تغادر؛ عمال يأتون ويذهبون، قد يتكرر مجيء أحدهم مرة أو مرتين أو حتى ثلاثا لسنوات متتالية، لكن، وبمجرد أن يقبضوا أجرتهم يعودون لقراهم من حيث أتوا. وحين طلب القاضي العسكري الإنجليزي من محامي القرية أن يُقدِّم إثباتاً واحداً يؤكد ملكية (هؤلاء العمال) للأرض، لم يجد ورقة واحدة في يده.

وفي أقل من لحظة حكم القاضي للدير، واعتُبَر الحُكمُ بمثابة وثيقة أخرى تثبت ملكية الدّير لأراضي الهادية، تضاف للوثائق القانونية التي أبرزها.

***

في تلك الظهيرة ساروا كما لو أنهم مصابون جميعـا بـضربة شـمس، فصرخـات احتجاجاتهم التي أطلقوها لم تُجِد، والحقيقة الوحيدة التي بـاتوا يعرفونهـا أنهـم لا يملكون شيئاً، لا أرضهم ولا بيوتهم ولا حقولهم ولا كرومهم ولا الطرقـات التي يعرفونها، ولا حياتهم التي عاشوها هنا أبـا عـن جـد، وأن الحُكـم يقـول لهـم إن ذكرياتهم مجرد أحلام وأحلامهم أوهام والعذابات التي عاشوها والتضحيات التي قدَّموها من أجل الحفاظ على هذه الأرض لم تكن؛ أدركوا أنهم يُجرَّدون من الفـأس التي حفروا بها ومن المنجل الذي حصدوا به والحصان الـذي عاشـوا معـه الأجـل الأقسى، والأبقار التي حلبوها والقطعان التي سهروا الليل في البـراري يـدفعون عنها خطر الموت وصفرة جفاف المواسم.

كل ما في الهادية، فجأة، لم يعد لهم.

عمال هم، مزارعون وحراثون ورعاة، لا يملكون غير مـا عـلى أجـسادهم مـن ملابس.

- بعد نصف ساعة كان يمكن أن تسمع رجلا يشتم أو يصرخ وأن ترى آخر يستدير لكي لا يلمح أحد الدموع التي تملأ عينيه.

***

- إلى أين؟ جاء السؤال قاطعا ومؤنِّباً.

التفتَ الحاج سالم خلفه، كان يعرف أن الصوت هو صوت الحاج خالد.

- إلى الهادية؟

- وما الذي يمكن أن تقوله لأمك، لعمتك الأنيسة، للعزيزة، لأهـل البلـد؟ لقد خسرتُ الهادية؟ ما الذي تفعله يا رجل؟!

- تسمَّرت قدما الحاج سالم، بحيث لم يعد قادراً على أن يخطو خطوة واحدة. هزَّه الختيار أبو سنبل: ما لك؟!!

أدرك الحاج سالم أن الموت أهون من عودتهم مكسورين للقرية.

- ليس هنالك سوى مكان واحد يمكن أن نقصده الآن. قال الحاج سالم.

- جهنم. وهل بقي لنا مكان سواها؟

- نعم بقي لنا الكثير، نحن قاتلنا الأتراك وقاتلنا الإنجليز وقاتلنا المستعمرين اليهود، قاتلنا الجوع وقاتلنا الفقر، وآن لنا أن نقاتل هذا القرار الظالم.

- وما الذي تقترحه؟

- لا نعود إلى الهادية قبل أن نذهب لنرى المحامي سليمان المزروقي.

ولم يعترض أحد.

***

إلى مكتبه، في شارع جمال باشا بيافا، وصلوا بعد العصر بقليل، لم يكن هناك. انتظروه.

ـ لا عليكم، قال لهم المحامي المتدرّب لديه. سيكون هنا في الثالثة والنصف تماما، ما عليكم سوى أن تراقبوا عقارب هـذه السـاعة. الـشيء الـذي لا يمكن أن يفعله هو أن يتأخر عن مواعيد العمل.

تحوّلت مراقبة ساعة الحائط إلى عذاب حقيقي، رغم كل تلك التطمينات، وكما لم يحدث مع البشر الذين ينتظرون بلهفة، منذ اختراع الساعة، وتكتكات عقاربها، راح ذلك الصوت الواهن المنسيّ في العادة، يتحوّل إلى طبول يتصاعد إيقاعها شيئاً فشيئاً باحثا عن لحظة انفجاره. كيف يمكن للساعة أن تتحوّل إلى قنبلة، ولا يكون لهم إلا أن يربطوا أنفسهم إلى جوارها بكل هذا اليأس؟!

لم يكن أحد منهم خارج هذا الحسّ القاتل، فجأة نهض إيليا راضي، وقال: أكاد أختنق سأنتظر في الخارج. تبعه محمد شحادة والختيار جمعة أبـو سـنبل الـذي قـال: أنتم تعرفون متى تصل هذه العقارب إلى الثالثة والنصف، لكنني لا أسـتطيع، لـن أبقى هنا معذبا بهديرها إلى الأبد!!

***

في الثالثة والنصف تماما فُتح الباب، دخل المرزوقي، ودخـل الـذين كـانوا في الخارج معه.

شرحوا له القضية من أولها إلى آخرها، وأخبروه بقرار القاضي.

لم يقل شيئاً، ظلَّ صامتاً إلى ذلك الحد الذي جعلهم يحسّون أنه لا يـسمعهم، أو ربما هو نائم. كان يحدّق في الحائط الذي تتوسّطه الساعة، كما لو أنه يعد ثوانيها، وحين انتهوا قال: في المرة الأولى، حين أتيتموني، حُرمتُ مـن دخول المحكمة ستة أشهر، وقضية كهذه ستكون السـبب في حرمـاني مـن دخـول المحكمة مدى الحياة ربما، هل تعرفون هذا؟

ـ ليس لنا غيرك. قال الحاج سالم.

ـ كان يجب أن تأتوني من قبل، لا أن تذهبوا لسعادة ابن البيك!!

ـ نحن لم نذهب إليه، لقد ذهبنا إلى أبيه، وهو كـما تعـرف مـن كبـار زعمائنا الوطنيين.

410

- تعرفون. المشكلة الكبرى التي تهدد البلاد كلها أنكم أطيب مما يجب. طيبون إلى حد مميت. كأن الحاج خالد لم يكن منكم، ولم تعرفوه! موجعة كانت كلماته وحزينة.

- نرجوك ألا تترك الهادية تضيع بهذه السهولة. قال الحاج سالم، وقد بدا لأول مرة في حياته شخصاً آخر، يمكنه أن يفعل أي شيء، أن يستجدي حتى، والتفت إلى محمود فوجده دهشا مما يسمعه. فعاد للحاج سالم حسّه العميق بنفسه: والله لو كان هذا القرار يُمحى بالدّم لمحوناه، ولو كان يحل بإحراق منولي حيا لما ترددنا في فعل ذلك. لكنه قرار لا يحل بهذه الطُرق.

- تعرفون أن قضيتكم هذه قد تكلفني مستقبلي في هذه المهنة!!

- نحن مستعدون لكل ما تطلبه.

- هل تحبون قريتكم؟!!

- وكيف لا نحبّها. إنها حياتنا.

- ما دمتم تقولون هذا وأنا أراه واضحاً، سأقول لكم: حقكم سيعود إليكم. سواء كان القاضي إنجليزياً أو حتى شيطانا. ولكن مقابل هذا ستدفعون لي خمسين جنيهاً عن كل كلمة أقولها في قاعة المحكمة!!

- خمسون جنيهاً عن كل كلمة! أليس هذا كثيرا؟!

- هذا هو شَرطي، وإن لم تقبلوه فأنتم أحرار.

- ولكنك تعرف أن هذا فوق طاقتنا. قال الحاج سالم.

- وهل سيكون خسرانكم لقريتكم في حدود طاقتكم؟!!

- لا والله، لن يكون. قال الختيار أبو سنبل.

- هل أقول إننا اتفقنا؟ وحدّق في وجوههم، فأحسّوا بأن ملامحهم قد انطبعت إلى الأبد في عينيه المشرعتين.

- اتفقنا. قال الحاج سالم. وامتدت يده إلى جيب قنبازه. أحسَّ المرزوقي بذلك: لا أريد منكم شيئاً الآن، حين أعيد إليكم حقكم كاملا تدفعون لي حقي كاملا، وليس قبل هذا.

***

- ستضطرون لبيع البلد إذا ما أعادوا لكم كي تدفعوا أجرته. قال البرمكي.

- نهر الكلام الذي سيتدفق من فمه، يحتاج إلى نهر مال، وحسب عِلْمي لا نهر مثل هذا في الهادية. قال الختيار أبو سنبل.

411

- لقد كنتَ معنا وسمعتَ بأذنيك كل كلمة قالها ولم تعترض. قال الحاج سالم.

- لأنني كنت مجنونا مثلكم! من يوافق على شرط كهذا!؟!

- أنت. ألم توافق؟ سأله محمد شحادة.

- إذا انجن قومك لن ينفعك عقلك!! كان لا بد من أن أجنّ معكم.

- يا جماعة، كل شيء سيكون أرحم من أن تؤخذ الهادية من بين أيدينا وأمـام أعيننا ظلما. وتذكّروا إذا انتصر الدير فلن تجدوا لكم مكانـا تعيشون علـى أرضـه باحترام أو تموتون وتدفنون فيه باحترام. وأضاف: ما رأيك يا محمود؟

- لا أعرف، دائما هناك مفاجآت!

- لكني أسألك لكي نعرف، فالشيء الوحيـد الـذي لم نعـد نحتملـه هـو المفاجآت!!

* * *

لم يكن محمود يخشى شيئاً مثلما كـان يخشى المفاجآت: المفاجآت هـي نهايـة النهايات.

انتهى عرض فيلم (الرجل النحيل) للممثلة ميرنـا لـوي. أمـام بـاب السـينما، فوجئ بتلك المظاهرات التي تطوف شوارع يافا، المظاهرات الصاخبة التي لم يـر أشد منها من قبل، سأل: شو في؟

- مظاهرة. كل شيء ينتهي في هذه البلاد إلّا المظاهرات. قال له أحد العاملين في السينما.

عاد لغرفته في حي المنشية، خطر بباله أن يعرف سبب تلك المظاهرة التي رآهـا قبل أقل من ساعة، فتح المذياع وانتظر موعـد نشـرة الأخبـار، غنـت اسمهان، لم يسمعها، وغنى صالح عبد الحي لم يسمعه، وحين حان موعد نشرة أخبار السادسة ترك كل شيء في يده وبدأ يحدّق في المذياع الكبير الذي أمامه كما لم يفعل في أي يـوم مضى، وفجأة جاءه الخبر الذي لم يكن يتوقعه: خرجـت الجماهيـر العربيـة اليوم في مظاهرات كبرى في مدن فلسطين كافة حين بلغها نبأ استشهاد القائد خالـد الحـاج محمود، وقد أصدرت الأحزاب الفلسطينية بيانا تدعو فيه الأمـة إلى إعلان الحـداد لمدة ثلاثة أيام....

412

ملك النهايات

دقّة مواعيد ليلى، كانت تفتن محمود، لا لشيء إلّا لأنه كان يحس بـأن أي دقيقـة تأخّر ستُعرِّيه من قطعة ما من ملابسه في ذلك الميـدان الكبيـر، كـم يكـره الوقـوف وحيداً. منذ الموعد الأول اختار مكانا لا التباس فيه: (دوّار الساعة). وكـم أسـعده ذلك، كان العثور على مكان يعرفه الجميع واحداً من أهـم انتصاراته. هكـذا فكّـر دائماً. ولم يكن هنالك من مكان فيها أشهر من (عمارة السراي) التي كـان ينتظرهـا أمامها.

– أنا هنا يا عم، وين إنتَ؟!! قالت ليلى ضاحكة. وأضافت: عجيب، في كل مرة أعثر فيها عليك تكون ضائعاً!

– آسف، سرحت.

– خليك معانا يا عم أحسن تضيع.

لا ينكر محمود أنها خفيفة ظلّ على نحو غير عادي، لكـن عفـاف كانـت أجمل وأطول، لولا مشكلتها الوحيدة تلك: جاهلة!

المرة الأولى التي التقى فيها ليلى كانت لا تنسى، كالنهايات التـي لا يكـفُّ عـن التحدُّث عنها، امتدّت يده نحو كتاب (الجحيم) لدانتي الذي كان قد ترجمـه أمـين أبو الشعر، لكن يدها اختطفت النسخة في الوقت الذي كان يحاول قـراءة عنـاوين الصُّحف المرتَّبة على الأرض.

حين وصلتْ يده أخيراً إلى مكان الكتاب كان فارغاً، فارغا تماماً، التفتَ، وجده في يدها، قال لها: ولكني كنتُ أريد أن اشتريه.

– ماذا؟

– الكتاب، كنت أريد أن أشتريه.

– بإمكانك أن تشتريه. خُذا!!

– آسف، لا أقصد ذلك.

413

- وما الذي تقصده؟! تريده، خذه، ليست هناك مشكلة في هذا، فلـديَّ مـن الكتب التي أحتاج لعشر سنوات حتى أنهيها، حتى لو لم أشترِ كتاباً واحداً غيرها.
- صحيح؟
- آه، صحيح.
- أنا آسف.
- خلاص، أنت تستحقه أكثر مني إذن. وناولته إياه وقد رقَّتْ ملامحها.

***

دفع ثمنه بسرعة، محاولا اللحاق بها قبل أن تبتعد. تجاوز بـاب المكتبـة كسهم، وعندها حدث ذلك الذي لم يكن متوقعاً: اصطدم بها فأوشكت أن تقـع. مـشكلة ثانية في أقل من ثلاث دقائق.

- آسف. فعلا آسف، وبدا مرتبكا إلى حدٍّ غـير عـادي. تفصَّد جبينـه عرقـاً واحمرَّ وجهه وأوشك الكتاب أن يسقط من يده.
- لا عليكَ. لماذا كل هذه السرعة؟ هل تحاول اللحاق بالقطار؟
- لا. لا، أبداً. قال وكأنه يردُّ تهمة!
- فقط كنت أسأل.

تأملته من رأسه إلى قدميه، وفجأة سألته السؤال الذي لم يكن يتوقعه: هل تريـد أن تتمشّى قليلا؟

سار معها، حتى دون أن يجيب. ولحسن حظه أنه كان يعرف الكثـير عـن هـذه الأمور في رام الله. لكن أكثر ما أثار دهشتها أنه يعمل في جريـدة. قالـت لـه: وأنـا أكتب. فسألها: وهل سبق لك وأن نشرتِ شيئاً؟ قالت: لا.

كان من الطبيعي أن يقول لها: ولماذا لا تعطيني شيئاً أنشره. لم يجرؤ على قـولٍ كبير كهذا، فهو يعرف نفسه، ويعرف أنه لا يستطيع أن يفعل ما هو أكثر من قـراءة ما يُقدَّم له.

***

قوة النهايات، كانت ذروة تأملاته بعد سنوات من العمل الصحفي، لكنه حين التقاها لم يكن يعرف الكثير عن البدايات، كان أفضل ما يحدث لـه أن تـأتي البدايـة وتأخذ بيده، تسير إلى حيث أرادت لتختار النهاية التي تعجبها. لكنـه كـان قارئـاً جيداً، وهكذا يمكن القول إنه تعلَّم. كما أن قيامه، على مدى سنوات، بترجمـة عـدد

414

كبير من قصص أوسكار وايلد، موباسان وتشيخوف التي كان ينشرها بتوقيع م. خ، تركت فيه أثراً عميقاً لم يدركه لزمن طويل.

***

حين صارح ليلى بأنه يترجم وينشر بعض القصص في الصحيفة، بعد عامين من تعرّفه إليها، سألته: ولمن تُترجم؟ قال لها: لموباسان وتشيكوف ووايلد. صرخت بابتهاج: أنت (مُخ) إذن، كيف لم يخطر ذلك ببالي؟!!

– ما الذي تعنينه بـ (مخ) هذه؟!

– ألا توقِّع في نهاية القصة بالحرفين (م. خ)؟ أنت مخ إذن.

أخيراً انتبه لما تعنيه: تعرفين لم يخطر ذلك في بالي من قبل! وبعد قليل قال لها: الحمد لله على أي حال!

– ما الذي تقصده؟

– الحمد لله أن اسمي لم يكن تيسير لكان سيُصبح (تَخ). [40]

وفي موجة ابتهاج قالت له: أو أسوأ من ذلك بكثير.

– ماذا؟

– لا، ليس من اللائق أن تقولها فتاة.

أقفلَ الموضوع فوراً، لكن عقله راح يدور باحثاً عن اسم يُمكن أن يُشكِّل مع اسمه الثاني فضيحة ما، وحين اكتشف ذلك قال: فعلا، كان يمكن أن يكون الأمـر مصيبة لو كان اسمي شكري أو شاكر أو شريف.

أما على الطرف الآخر من عالمه، فقد كانت عفاف تتابع آخر فصول الحكايـة صامتة، إذ لم تكن ليلى تتركه يعود للقريـة دون أن تـضع في يـده رسالـة، يقرأهـا في القطار عشر مرات على الأقل وخمس مـرات في الهاديـة، وفي بعـض الأحيـان قصة جديـدة كتبتهـا، ولم يكـن ينقصهـا شيء سـوى النهايـة، ألم تقل لـه: النهايـات اختصاصك.

– والبدايات اختصاص من؟

– البدايات اختصاصي. ألم أكن البادئة بالتعرّف إليك؟

لكن ما حيَّره دائما أنها لم تكن تلمّح إلى أين تمضي علاقتهما، علاقتها التي لم تصل إلى أن يلامس يدها، أو تلامس يده، حتى في العتمة.

_____
[40] - وهنَ وتداعى.

415

السمسار والشاري والبائع!

وصلت عربة جيب، ترجّل منها ثلاثة رجال، سمسار اسمه أسعد نسناس [41] ويهودي اسمه ليفي والأب منولي.

وقفوا يعاينون قطعة أرض غربي سور المستعمرة التي أقيمت على أطراف الهادية وعلى جزء من أرضها.

لم يكن الأمر بحاجة لتفسير. وهكذا اندفعت البلد بأكملها تركض إلى حيث هم، من وجد حصانا ركبه ومن وجد حمارا ركبه ومن لم يجد هبّ يركض، حتى لو كان، حافياً.

ركضت نساء وأطفال وشيوخ وصبايا من الحارتين، وهذا يحدث للمرة الأولى منذ زمن طويل، فقرار المحكمة الذي صدر لصالح الدّير ترك الجميع عراة في ذلك المدى المفتوح على مخاطر لا حدود لها. أحسّ الثلاثة المحاصرون بما يجري، حاول السمسار والشاري الصعود إلى السيارة، منعهم الأب منولي: هذه الأراضي للدّير ولا يستطيع أحد أن يقول لنا لمن نبيع ولمن لا نبيع!

تراجعوا خطوات، لكن قربهم من السيارة كان يعطيهم بعض الأمان.

---

[41] - كان أسعد نسناس واحداً من أبناء البلد، أحب سلمى ابنة محمد شحادة، لكن ابن عمها قال إنه يريدها زوجة له، فتزوجها، ذهب أسعد وخطب فتاة جميلة جدا وعاد إلى الهادية، كان يريد أن يغيظ سلمى وأهلها، ولذا كان يستعرضها أمامه كل يوم وهو يسير معها. ذات يوم التقى وجها لوجه مع سلمى في الشارع وكانت امرأته تسير معه فصرخ: والله مئة زوجة لا تستطيع أن تنسيني سلمى!! فغضبت زوجته: ما الذي ينقصني؟ قالت له معاتبة. راضاها، قال لها إنه لم يلتق بها منفردين أبدا قبل الزواج، أما سلمى فكان يخرج معها للوعر. قالت زوجته: هيا إذن إلى الوعر. وهناك عرّاها، فسألته هل كنت تفعل هذا مع سلمى؟ فقال: وأكثر. ثم في لحظة خاطفة أغمد سكينه في صدرها وحملها وألقاها في أرض زوج سلمى، ثم ذهب للبوليس وسلّم نفسه: لقد وجدتُ زوج سلمى فوق زوجتي فقتلتها. كان يعرف أن هذا سيخفف الحكم عليه. لكن الذي لم يكن يتوقعه، أن زوجته لم تمت، وحين وجدوها وحملوها للقرية قالت كل شيء، فحكم عليه بالسجن خمسة عشر عاما. وحين خرج من السجن، بعد قيام الإنجليز بإطلاق سراح المجرمين واللصوص خلال ثورة 1936 - 1939 لم يعد للهادية.

من كلِّ جهة حاصرهم الناس.

تقدم الحاج سالم مندفعاً شبه مجنون، بعينيه الواسعتين المحمرَّتين وقامته الشبيهة بوتد: ما الذي تفعلونه هنا؟!

– لا شأن لكم بهذا. هذه الأرض للدّير ويحقُّ له أن يتصرف فيها كما يريد، ولستم في النهاية أكثر من أُجراء. قال منولي.

– أُجراء إذن!!

– إن لم تعرفوا ذلك من قبل فهذا ليس ذنْبكم. إنه ذنْبُ الأب ثيودورس الذي لم يقل لكم.

– هكذا إذن. قال الحاج سالم. وأضاف: لنر من هم الأجراء هنا. التفتَ إلى الناس ثم وجّه إصبعه نحو العربة.

السمسار والشاري اللذان كانا يظنّان أن اقترابهما منها يجعلهم أكثر أمانا، أحسا فجأة أن ابتعادهما عنها هو الصحيح. ابتعدا، لكن حسّهما خدعهما مرة أخرى.

مثل عاصفة لا مجال للوقوف في طريقها اندفع قسمٌ من الناس نحو السيارة واندفع القسم الآخر نحو السمسار والشاري.

تأرجحت السيارة، وبعد لحظات كانت قد قُلِبَت، دفعةٌ أخرى جعلت عاليها سافلها، ثم أخرى وأخرى حتى وصلت إلى طرف منحدر صغير، وعندها جاءت الدفعة الأقوى؛ تأرجحت السيارة قليلا ثم انقلبت ثلاث مرات واستقرت أخيراً على أحد جانبيها. وخلف هؤلاء، كانت العصي تنهال من كل جانب على الرجلين اللذين لم يجدا مكانا يحميهما. التجآ إلى الأب منولي، أبصرا في عينيه نظرة ترمي بهما لمصير غامض. في حين وقف الحاج سالم والأب منولي وجها لوجه، لا تفصلهما أكثر من خمس خطوات، يحدّق كل منهما في عيني الآخر بتحدٍّ مجنون.

راقب سكان المستعمرة المشهد من بعيد، وكان باستطاعة الجميع أن يروهم.

وما إن أصبح السمسار والشاري بعيدين عن الناس الذين يلاحقونهم، حتى راح الرصاص ينهال على أهل البلد.

التفتَ الأب منولي إلى المستعمرة صائحاً: هل جننتم؟!! كما لو أنهم يسمعونه.

فرد الحاج سالم: ذاك جنونك.

***

أدرك الناس أن الرصاص الذي يُطلق ليس له سوى هدف وحيد: أن يَقتُل، عندما صاحت شمس ابنة جمال ربحي: يابا. دم.

417

لم تكن قد تجاوزت العاشرة. بعد قليل صاح حاتم أبو عميرة بصعوبة: ألحقوني. وكان الدم يفور من رقبته.

حين أبصر الناس ذلك، انطلقتْ مجموعة مـن الرجال تركض خلـف أسعد نسناس وليفي اللذين يجرّان نفسيهما بصعوبة نحو الأسلاك الشائكة للمستعمرة. انهال الرصاص على الملاحقين لمنعهم من الوصول إلى هدفهم، فأصبح باستطاعة الناس على الطرف الآخر الابتعاد أكثر، والتواري خلف السناسل وبين أشجار الزيتون، حاملين معهم شمس وحاتم الذي فارق الحياة.

كان الرجال يركضون بجنون غير عابئين بالرصاص الذي يجتاح كل ما أمامـه. سقط عماد الأخرس وحسين الضُعوب، لكن أحداً لم يتوقّف. كانـت كثافة النـار تقل شيئاً فشيئاً كلما ضاقت المسافة بين الهاربين ومَن خلفَها. ومـا إن أمسكوا بهما وراحوا ينهالون عليهما بالعصي حتى توقف إطلاق النار تماماً.

- لا تقتلوهما. صاح زياد نجم.
- ما الذي تقوله؟! جاءه صوت حسن بركات.
- إذا قتلناهما سنُقتل في مكاننا. سننسحب وهما معنا أحياء.

كيف لم ينتبهوا لهذا؟! كيف لم ينتبهوا إلى أنهم أصبحوا في منتصف الشَّرك؟!

- إذا عشتُ سأقول لقد أنقذ زياد حياتي وحياة هؤلاء الرجال. قال حسن بركات.

- إذا عشنا سنقول لقد كتب الله لنا حياة جيدة. قال زياد.

**

تراجعوا يجرّون نسناس وليفي، وصلوا لعماد الأخرس، كان ينزف بغزارة، لقد عبرت رصاصة كتفه الأيمن وأخرى خاصرته اليسرى، صاح: اقتلوهما!! حملوه، وحين وصلوا لحسين الضعوب كان قد فارق الحياة.

أطلّ الناس من مخابئهم، وعندما أدركوا أن الرصاص لـن يوجه ثانيـة إليهم، راحوا يركضون نحو القرية حيث وصل الرجال مع نسناس وليفي.

**

لم ير أحد الأب منولي بعد ذلك، اختفى تماماً، حاول الحاج سالم أن يعـرف أيـن اتّجه، لم يصل لنتيجة، في أقلِّ من لحظة اختفى، اختفى وهـو يحـدّق فيـه. وهكذا سيظل يكرر في الأيام الصعبة التي كانت في انتظارهم على عتبات المستقبل.

بعد دقائق من وصول الجميع إلى أطراف القرية، دوّى انفجار كبير لم يسمعوا مثله من قبل، انحنوا، وقبل أن يرفعوا رؤوسهم لمعرفة ما يدور انفجرت القنبلة. أدركوا أنها سقطتْ في مكان بعيد، ورأوا قرب العربة الجانحة دخانا يتصاعد.

قنبلة ثانية، كانت أقرب، فثالثة، انفجرت السيارة، وتحوّلت إلى كتلة نار يتصاعد منها عمود دخان إلى أعالي السماء.

حدّق الناس بعضُهم في وجوه بعض. كانت المفاجأة الأكبر أنهم أدركوا وللمرة الأولى أن السلاح الذي صُوّب إليهم من تلك المستعمرة أكبر من أي سلاح توقّعوا وجوده فيها.

***

القوة البريطانية التي وصلتْ بعد أقل من ساعة لم تر في المكان سوى بقايا عمود دخان، جثتي حاتم أبو عميرة وحسين الضعوب، وجراح عماد الأخرس والصغيرة شمس، وغضب الناس الذي تفجّر في وجوه الجنود، وضد بريطانيا التي تشنق الواحد منهم من أجل سكين ولا تسمع دويَّ القنابل الذي يتساقط عليهم تحت ضوء الشمس.

لكن ذلك لم يمنع الملازم جاك إدموند من أن يتراجع عن أسئلته التي وجهها للقرية حول مصير نسناس وليفي والأب منولي.

–   إذا وجدتم الأب منولي ستجدون نسناس وليفي. لقد انشقّت الأرض وابتلعتهم بمجرد أن بدأ إطلاق النار علينا. أين اختفوا؟ الله وحده الذي يعلم. قال الحاج سالم.

في السادسة والعشرين أو السابعة والعشرين من عمره كان الملازم جاك، كل ما فيه يوحي بأنها المرة الأولى التي يجد فيها نفسه وجها لوجه مع قضية كهذه.

–   سكان المستعمرة يقولون إنكم أمسكتم بها.

–   ونحن نقول، إننا لم نرهما منذ أن بدأ إطلاق النار. فهل تتهموننا بقتل أناس لأنكم لم تجدوهم ولا تتّهمون المستعمرة التي قتلتْ وجرحت هؤلاء.

–   المستعمرة كانت تدافع عن نفسها.

–   بإطلاق القذائف باتجاهنا والرصاص ونحن عُزّل؟

–   سأضطر آسفاً لتفتيش القرية بكاملها!! قال جاك. وقد بدا مؤدباً على نحو لم يروه من قبل.

419

- بإمكانك أن تفتش كما تريد. لكنك لن تجد شيئاً، لأنها ومعها الأب منولي في الجهة الأخرى الآن. نعم لقد وقفنا في وجههم ومنعناهم من أن يروا أرضنا التي يريدون المتاجرة بها. لكن ذلك كل ما فعلناه، وسنفعله مرة أخرى وأخرى إذا ما تكرر الأمر. أما ما عليك أن تفعله فهو أن تساعدنا الآن في إنقاذ الجريحين حتى لا تكون السبب في موتهما.

****

لم يجد الملازم جاك إدموند ما يبحث عنه، وعندما وصل إلى باب الدير خرجت الأخت سارة، وقالت له: إن الأب منولي غير موجود. فاكتفى بجملتها تلك، وساعدها في إغلاق الباب الثقيل بأن سحبه باتجاهه، وعاد إلى أهل القرية من جديد، حيث البكاء لم يتوقف ومحاولات إسعاف الجريحين لا تُسفر عن نتيجة.

وقبل أن يقول لهم إنه سيعود للمستعمرة لمعرفة المزيد من التفاصيل. صرخت أم شمس فوق جسد ابنتها، فأدرك الجميع أنها فارقت الحياة.

التفتوا للملازم جاك: لقد قتلتَها.

- أيْ أَمْ سُوري. راح يتأسف مرة بعد أخرى بانفعال حقيقي. ثم أشار إلى الجنود أن يحملوا الجريح إلى السيارة.

بدا الجنود مستغربين أمراً عسكرياً كهذا، رآهم مترددين فصرخ بهم وقد اختفت كل ملامح براءته مرة واحدة، وأخذ وجهه لوناً داكناً: ناو. الآن.

****

لم يعد منولي للظهور إلا صبيحة يوم المحاكمة، أما نسناس وليفي فقد فشلتُ كل محاولات الملازم جاك في الوصول إليهما، حتى بعد عودته حاملا عماد الأخرس في سيارته كبادرة حسن نية.

- هم يقولون بأننا أخذناهما ونحن نقول إنها هربا للمستعمرة، ونحن لدينا ثلاثة قتلى وجريح، فما الذي يقولونه هم؟

أُقفل التحقيق بسبب عدم وجود أي دليل مادي، ولاستحالة توجيه الاتهام لشخص أو أشخاص بعينهم.

420

وصول غريتا غاربو

أقبلت من بعيد، تأمل وجهها الطفولي وشعرها الذي يغطي جزءا مـن كتفيهـا،
السعادة الدائمة التي كانت تملأ قسماتها فتجعل شفتيها أكثر تورُّداً، واندفاعتها، كـما
لو أنها قادمة لاحتضان العالم كله.

لم يكن هناك ما ينقصها، ولعلها تعمّدت أن تسير على ذلك النحو بعد أن دعاها
أربع مرات لحضور فيلم (الفندق العظيم) ومرتين فيلم آنا كارنينا، وظلَّ يردّد عـلى
مسامعها تلك الجملة التي حفظتها غيباً؛ يقول: تعرفين..

وقبل أن يُكملَ تُقاطِعُهُ وتُكمّلها: .. أن غريتا غـاربو أجـمل امـرأة عـلى سـطح
الأرض ومشيتها أجمل مشية مخلوق خلقه الله.

كانت ليلى ترى فيه مغامرة جميلة، لا بدَّ لكاتبة مثلها من أن تحظى بهـا؛ دون أن
تُنكر أيضاً أنه يُعجبها، وأنها رغم مرور وقت طويل على موعدها الأول، لا تجـرؤ
على النظر إلى عينيه مباشرة، لقد جرّبت ذلك مرة واحدة، واكتشفت أنهـا سـتقع في
حبه لا بد، إذا ما فعلتها ثانية، وكلما حاول النظر إليها مباشرة، كانت تُطلق ضحكة
صغيرة عذبـة وتبتعـد بعينيها محدقـة في أي شيء يمكـن أن تـراه حـولهما في تلـك
اللحظة. أما أكثر ما كان يفتنها فيه فهي قدرته العجيبة عـلى اخـتراع نهايـات غـير
مألوفة لقصصها. كان يقول لها: كل البدايات ليست مهمة. المهم النهايات، قولي لي
ما النهاية أقل لك ما تستحقه قصتك من اهتمام.

***

كلُّ قصة كتبَتُها ابتكر لها نهاية جديدة، حتى تلك التي كتبتُها قبل أن تعرفه، وفي
المرات القليلة التي لم تأخذ برأيه، ندمتُ فيها بعد، إذ انصبَّ الحـديث عـن ضـعف
النهاية. لكنها لم تبتعد عن عالمها لتكتب عن عالمه، كان عالمه بالنسبة لها شيئا جمـيلا
طيباً (أكثر من اللزوم) ولا تستطيع قصة (جديدة) أن تغامر بالكتابة عنه؛ وبالطبـع،
لم تقل له ذلك؛ كان مستوى القصة مرهونا لديها بمدنية الموضوع، القصة التي تُقرأ

421

هي القصة التي يُمكن أن يقرأها من يقرأون، ولم يكن يلزمها الكثير لتُقنع نفسها: لماذا أكتب عن أناس لا يعرفون القراءة أصلاً؟! ولماذا أجرُّ القارئ، الـذي رأى وعرف كل شيء، إلى حكايات لا تهمّه؟!

ومنذ أن عرفته أعفاها من إجابة ذلك السؤال الذي لم يطرحه: لماذا لا تكتبين إلّا عن حياة يافا؟! مع أنها لفترة طويلة حفظت غيباً تلك الجملة التي ستقولها له، حتى أن قبل أن يُكمل السؤال: أنا لا أكتب إلّا عما أعرفه. وحمدت الله على أنه لم يسأل، فقد باتت تُفكر بسلسلة من الأسئلة المحتملة التي يمكن أن يسألها إياها حين يسمع تلك الإجابة، مثل: وهل من الضروري أن تموتي لتكتبي عن شخص يموت؟ وهل من الضروري أن تعيشي حتى السبعين لتكتبي عن امرأة في هذا العمر؟ وهل من الضروري أن تكوني مهندسة أو طبية أو معلمة أو حتى امرأة ليل في حانات يافا كي تكتبي عن كل هؤلاء؟

كان يقول لها شيئاً واحداً: النهاية، المهم النهاية يا ليلى.

الشيء الغريب أنها لم تبحث عن نهاية ما لعلاقتها لتقول إنها علاقة تستحق أو لا تستحق، ولم يكن يعنيها وجود زوجته أصلاً، لأن من العيب أن تنحدر إلى ذلك المستوى الذي تصبح فيه امرأة فلاحة، جاهلة لا بدَّ، جزءاً من تعكير صفو حياتها.

رغم ذلك كله، ودون أن تدري وجدتْ نفسها متورطة في تقليد مشية غريتا غاربو وتسريحة شعرها والتفاتاتها المدروسة بإتقان كلما استدارت بوجهها لتُلقي نظرة على أحد، في الوقت الذي تذهب عيناها للتحديق في شيء ما، لا يراه هو، ولا تراه هي، موجود فوق رأسه.

ولاحظ محمود ذلك، وكان فرحاً به.

***

الأمر الجديد الذي لم يعره اهتماما أنها بدأت تحرِّضه على أن يكتب وألّا يكتفي بتحرير المقالات والأخبار، يجب أن تُخرج موهبتك إلى العلن، أن يعرفك الناس.

ـ لا أريد أن يعرفني أحد. وكلما كنت مجهولاً أحس براحة أكبر، فلا أحد يسألني ولا أحد يشير إليَّ ولا أحد يوقفني ليسألني ما رأيك في هذا الـذي يـدور؟ تصوّري أن يقترب أحدهم ويسألني: أستاذ محمود ما رأيك فيما يدور؟!! وإلى أيـن تسير الأمور في فلسطين باعتقادك؟ سأجنُّ حينها، من يـستطيع أن يحـلَّ معادلـة أطرافها كل هـؤلاء: الفلاحـون الفلسطينيون، زعامتهم في المـدن وزعامـاتهم في الريف، الفقر الذي هناك في القرى والغنى الذي هنا في المـدن، التفـوّق الصناعي

الأوروبي الذي حمله اليهود معهم والتخلّف في كل شيء الذي تركه الأتراك لأهل هذه البلاد. من يستطيع أن يحل معادلة فوضى عشرات الأحزاب هنا وارتباك أهدافها وتضاربها وصراعاتها التي لا تنتهي، ودقة تنظيم المنظمات اليهودية التي تصبُّ في هدف واحد ووحيد: احتلال فلسطين وطرد أهلها منها؟ من يستطيع أن يحل معادلة أطرافها: نحن والعرب والإنجليز واليهود؟!

- تعرف كان علي أن أسألك هذه السؤال من قبل وأنت مَلكُ النهايات: أيـن تسير الأمور في فلسطين باعتقادك؟

- هل تسألين بجد؟ أم تعتقدين أن ما أقوله طرفة؟

- لا. أسألكَ بجد فعلا.

- ومن قال لكِ أن باستطاعتي الإجابة عن سؤال كهذا؟!

- ما دمت سألته فمعنى ذلك أنك تفكر فيه.

- كنتُ سأفكِّر فيه لو كنت كاتباً، ولكني لستُ كاتباً ولذلك لم أفكر فيه.

- سأسألك سؤالا آخر إذن، ما الذي تريده؟

- ماذا أريد؟ هل تريدين الحقيقة؟ أظنها موجودة هنـاك في فيلم (الفنـدق العظيم)، لقد فكرت طويلا بالأسباب التي تدفعني لمشاهدة الفيلم، وأظنهـا ثلاثـة أسباب، الأول ما يقوله الكونت المزيف للبطلة (ليس لدي شخصية على الإطلاق، عندما كنت صغيراً علّموني ركوب الخيل والتصرُّف بنبل، ثم في المدرسـة علّمونـي الصلاة والكذب، ثم في الحرب علّموني القتل والاختباء) صحيح أنني لم أقتُـل، ولكني أختبئ.

- ولكنك لست كذلك؟

- الذي تعرفينه إذن ويحمل اسمي واحد غيري.

- لن أناقشك، وما السبب الثاني؟

- ما يقوله الكونت المزيف أيضاً للبطلة؟

- ماذا بالتحديد؟

- (أحب أن أكون في غرفتك لأتنفس الهواء الذي تتنفسينه.) هكذا أفكر وأنا معكِ دائماً!

- صحيح!! والسبب الثالث.

- كنتُ أتوقع أن تقولي أكثر من كلمة واحدة حـول السـبب الثاني، ولكـن سأقول لك السبب الثالث، إنه النهاية.

423

- هذا ما لا أستطيع أن أتحدث فيه، فأنت الأستاذ. ولكن ما الذي تقصده؟
- نهاية الفيلم لا نهاية لها، هذا ما اكتشفته أخيراً، أظن أن هذه أعظم النهايات، لأنها نهاية وبداية في الوقت نفسه.
- لم أفهم!
- بعد مقتل الكونت المزيف يقول الدكتور المشوّه (ماذا تفعل في الفندق، تأكل، تنام، وتتكاسل وتتودّد للنساء قليلا، وترقص قليلا، مائة باب تقود للقاعة نفسها، لا أحد يعرف عن الشخص المجاور له، وعندما ترحل يشغل أحد غرفتك ويستلقي في سريرك.) لأول مرة أدرك أن الفندق الكبير ليس فندقا حسب، إنه أكثر من ذلك بكثير، ألم تلاحظي أناسا جددا يدخلون وآخرين يخرجون تماماً بعد أن انتهت حكاياتهم، من الأبواب التي لا تتوقف عن الدّوران؟ إنه الحياة. هل يمكنك أن تعطيني نهاية بلا نهاية؟ نهاية هي بداية؟ بداية نهايتها بداية؟
- لا أعرف.
- هذا ما يحيرني أيضاً. فلديّ بدايات كثيرة لا طعم لها.
- وماذا عن نهايتك، يعني، هل تتصوّر نهاية لمشوارك في هذه الحياة؟
صمتَ كثيراً إلى ذلك الحدِّ الذي ظنّت معه أنه لن يتحدّث أبداً، بحيث ندمت على طرحها لسؤال شائك كهذا، وقبل أن تفتح المتورّد الصغير فمها لتعتذر قال: لم أكن سوى واحد من عائلة كتبتِ الخيلُ أقدارَ رجالها؟
عندها تجرأت وقالت بصوت حزين: ولكنني أتحدثُ عنكَ.
- أنا؟! لم يكن لي حصان في أي يوم من الأيام!
- أظنك غير طبيعي اليوم!
- نعم، إنني مريض ألم تلاحظي ذلك؟ هل نسيتِ ما يقوله الدكتور في الفيلم (عندما أرى شخصاً ملابسه كبيرة عليه، أعرف أنه مريض.) وأنا ملابسي كبيرة عليَّ، ألا تلاحظين.
لا. إنها مناسبة تماماً!!

424

الخطوة والزمن

الشيء الذي لم يكن يتوقعه الحاج سالم، هو أن الـزمـن كـان دائـما أسـرع مـن خطواته.

نظر إلى ابن أخيه ناجي وابنه عليّ وقال: عندما نحصل على الرصاص لا نجد البواريد، وعندما نحصل على البواريد لا نحصل على التـدريب وإذا حصلنا على قنبلة فإن السعيد منا هو من لا تقع على رأسه حين يرميها. لقـد فكـرت طـويـلا، هنالك شيء يمكن أن تفعلاه ولن تنساه البلد أبداً.

ظلا صامتين بحيث لم يخطر ببالهما أن يسألا: وما هو؟

قال: أن تذهبا وتلتحقا بالبوليس الإنجليزي

- البوليس الإنجليزي؟!!
- نعم البوليس الإنجليزي. هناك يمكن أن تتعلّما وتعودا لتُعلّما الناس.

لم يسبق لناجي أن أحس بهذه المسؤولية من قبل، حتى عندما رُزق بابنـه الأول. فجأة وإذا به مسؤول عن مصير البلد ومصير الناس وعلومهم العسكرية !!

إلى مدينة (اللد) ذهب مع عليّ.

- إن لم تنجح أنت سينجح عليّ، وإن لم ينجح عليّ، ستنجح أنت. قال الحـاج سالم لهما.

قدّما طلبين.

المقابلات ستكون بعد يومين. قالوا لهما.

***

قبل ساعتين من موعد المقابلة كانا هناك، وقف المتقدّمون في صف طويل، جاء ملازم إنجليزي، تفحّص الجميع حتى آخر الصف ثم عاد من جديد.

أشار لناجي أن يتقدّم، تأمّل الجميع مرة أخرى، ثم اختار عـليّ، وكانـا يقفـان جنبا إلى جنب، بعدها صاح انصراف، فتفرّق الطابور!

425

أشار لهما مساعد الإنجليزي الذي كانت تربطه بعليّ صلة نسب من ناحية أمـه أن يتبعاه، وما إن أصبحوا بعيدين حتى طلب عشرين جنيهـا، قـال إنـه سيدفعهـا للإنجليزي الذي اتّفق معه على ذلك.

التفت إليه عليّ وقال: تريد عشرين جنيهـا! وأنـا لا أريـد أن أدخـل صفـوف البوليس من الأصل.

وقبل أن يصل الباب قال له المساعد: كنت أتحدث عنك أنت، لأنهم لن يقبلوا ناجي في البوليس حين يعرفون من هو.

- ولماذا؟!
- لأنه ابن خالد الحاج محمود، هل نسيت؟!!
- رغم ذلك سأذهب.

أوقفه المساعد من جديد.

قال ناجي: أنت تعرف أننا لا نملك عشرين قرشا وتطالبنـا بعشرين جنيهـا.. وأنا سأتبعه.

- لا، دخيلـك! أعـرف. ستفضحونني في البلـد. ابـق، الله يعـوّض عـليّ، سأدفعها من جيبي!! قال المساعد. ثم التفت إلى عليّ وناجي، تأمّلهما طويلا، ثم قال لهما: ليعطني كل واحد منكما هويته.

راح يحدق في الهويتين، ثم قال: أظن أنني وجدت الحل، فالشبه بينكما كبير.

- ما الذي تفكر فيه؟ سأله ناجي.

ناول ناجي هوية علي، وناول علي هوية ناجي. وقال: هذا ما أفكر فيه.

- وهل تعتقد أن ذلك سينجح؟
- لقد فعلتُ ما عليّ، والباقي على ناجي، الذي عليه أن يتذكّر منذ الآن أن لـه اسماً واحداً هو عليّ، علي سالم الحاج محمود.

**

بعد ساعتين حضرتْ سيارة عسكرية، طلبوا من ناجي الـصعود إليهـا، ظلّـت تسير إلى أن وصلت منطقة البصّة بيافا، نزل، فوجد مئـات الرجـال ينتظرون عـلى الرمل لحظة الاختيار.

- هل كان يريد اللعين عشرين جنيها ليرسلنا إلى امتحان آخر؟! قال نـاجي لنفسه.

426

وكما حدث في المرّة الأولى طلبوا من الجميع أن ينتظموا في أربعة صفوف، وقبل أن يختاروا أحدا، طلبوا ممن خدموا في الجيش البريطاني خلال الحرب العالمية الثانية أن يتقدّموا ثلاث خطوات، فكان هناك خمسة عشر رجلا.

من الصف الأول اختار الملازم المسؤول اثنين، ومن الصف الثاني أربعة، ومن الصف الثالث واحداً، وحين وصل إلى الصف الرابع الذي يقف فيه ناجي اختاره مع شابين آخرين.

تذكر ناجي الشيء الذي لم يكن عليه أن ينساه، انه كان مريضاً وأن ظهره كان قد تحوّل إلى دوائر من دم ناشفة بسبب (كاسات الهواء)، ذلك العلاج الشعبي الذي يستخدم لسحب الدم الفاسد. أحسّ بخطورة عودته إلى البلاد خائباً بعد مغادرة عليّ.

***

في ساحة خلفية صغيرة تجمّع الرجال الذين تم اختيارهم، وبقي الآخرون يراقبون المشهد من بعيد، لكن ناجي كان حزيناً، فقد أدرك أنه سيسقط بمجرد أن يخلع قميصه.

رآه أحد الشباب مهموما، فسأله: ما الذي يزعجك؟

شرح له الأمر.

- ولا يهمّك. سأحلّها لك بسهولة.

أشار إلى شاب يقف بعيداً فجاء: هذا أخي. وكما ترى فهو قويّ البنية، سيدخل حين ينادون عليك، وسيقدّم الفحص. والسّلام!!

- وهل يمكن أن تمرّ مسألة كهذه أيضاً؟

- اطمئن، يا ما عملناها.

وحيّره كيف يمكن أن يكون شخصاً آخر بعد أن أصبح يحمل اسم علي!

لكن الأمور سارت في اتجاه معاكس، حيث طلبوا من الجميع الوقوف في صف، وأوثقوا كل مجندين واحدا بالآخر حتى لا يحدث أي تلاعب في الفحوص!

***

ظلّت السيارة تسير بهم إلى أن وصلوا (النّعانة). كان ناجي قد فقد الأمل تماما، وأحس بذلك الخجل الذي سيغمره حين يقف أمام الحاج سالم وقد عاد خائباً.

427

بدأ الأمر بفحص نظر المُجندين. تأمّلت الممرضة صورته في الهوية ثم حدّقت في وجهه فتغيّر لونه للحظات، لكنه تذكر ما عليه من مسؤوليات، تماسك. سألته: هل تستطيع أن ترى الإشارات جيداً يا عليُّ؟

- بالطبع. قال لها. وقد بات سعيدا لأنها لم تكتشف شيئاً.

قالت له: اجلس على هذا الكرسي إذن.

أمسك الكرسي، حمله، وظلَّ يسير به حتى أصبح خارج الغرفة.

- ما الذي تفعله؟!

- سأُثبتُ لكِ أنني أرى الإشارات حتى عن هذا البُعد.

لقد عاد ناجي القديم إلى نفسه. ضحِكتْ: لن ترى شيئاً وأنت بعيد إلى هـذا الحد.

لكنه فاجأها ونجح، ستة على ستة، كانت قوة نظره.

- لم أر شيئاً كهذا من قبل. قالت. وأضافت: اسمك علي، صحيح.

- أجل.

- لن أنسى هذا الاسم!

***

كان الأمر يحتاج إلى معجزة أخرى، وقد حدثت.

أدخَلوا المجنَّدين إلى قاعة كبيرة لإجراء الكشف؛ واحداً واحداً.

المفاجأة الأولى التي هزّتهم، هي أن عليهم أن يخلعوا ملابسهم كلّها كما ولـدتهم أمهاتهم. وقد دفع هذا الأمر بعضهم إلى الهرب! أحس ناجي أنـه الوحيـد الـذي لا يستطيع الهرب من امتحان كهذا مهما فعلـوا بـه، وأن عليـه أن يقـوم بـما عليـه، أمـا النتيجة فهي قدره الذي لا مجال لمعرفته في تلك اللحظات.

لم يكن قد تبقّى بينه وبين الطبيب سوى مجند واحد. راح يُفكر بالطريقـة التـي سيخلع فيها ملابسه، هل يبدأ بالبنطال الذي لبسه خصيصا لهـذه المناسبة، أم يبدأ بالقميص: سأبدأ بالقميص، على الأقل لن أكون مضطراً فيها بعـد لخلـع البنطـال مجانا!

بقوة، طَرَقَ أحدهم الباب، وقال بلهفة: دكتور. هناك سيارة للجيش دهست طفلة ويطلبونك فوراً. نهض الطبيب بسرعة، وغادر القاعة. أشاروا لمـن نجـح أن يتبعهم، وكانوا قد طلبوا ممن رسبوا المغادرة أصلا. ولأن ناجي في الـداخل، ذهـب مع الناجحين، هكذا بسهولة.

428

الذي حيّره، أن حوادث الدَّهس كانت نادرة، نادرة تماماً، ولذا أمضى الأيام الثلاثة التالية يحاول معرفة شيء عن أخبار تلك الطفلة التي كانت سبب نجاحه، دون جدوى.

***

وضع المجند الذي يقف في مقدمة الطابور يده على القرآن، في حين وضع الثاني يده على كتف الأول، وهكذا حتى نهاية الطابور:

(أقسم أنني لن أخون حكومة بريطانيا وأن أخدمها بإخلاص وأكون مخلصاً في عملي وصادقاً في وظيفتي وألا أتحيّز إلا للحق).

عندما انتهوا حملوا ملابسهم العسكرية التي وضعوها في صناديق ووزِّعت عليهم: بنطالين صيفيين وقميصين، بنطالا شتويا وقميصا مثله، بالطو، وحذاء عسكريا.

دخل ناجي الثكنة، اكتشف أنه سيكون الوحيد بين واحد وثلاثين مجنّدا هنديا، أزعجه الأمر، بعد قليل حضر شاب فلسطيني، فَرِحَ، تعرَّف إليه، كان اسمه سامي عطية، سأله عن قريته فقال: إنه من شُعْفَاط. وقال له: وأنا علي، وينادونني في القرية ناجي! وهذا ما سيقوله كلما طلب منه أحد معرفة اسمه.

لكنهما رغم ذلك، أحسا بغربة وسط كل هؤلاء الناس الذين لا يعرفونهم ولا يستطيعون التحدُّث معهم.

لم يكونا قد استراحا بعد على سريريهما حين تقدَّم منهما ذلك الشخص الطويل العريض الأشبه بجبل، انحنى وتناول علبة سجائر سامي عطية، أشعل سيجارة، ثم مضى حاملاً العلبة، وبدأ بتوزيع ما فيها على زملائه.

في الأيام التالية أدهشهم ذلك الرجل الطويل العريض بقدرته الهائلة على العزف على آلة تُشبه الناي، حتى نسوا أنه أخذ علبة السجائر. لكن تلك الدهشة تراجعت شيئاً فشيئاً حين عاد للتحرش بهما من جديد.

جاء وأشار إليهما: منذ اليوم ستكونان مسؤولين عن تنظيف الثكنة وحَمّاماتها.

***

عند الظهيرة طلبوا من المتدرِّبين الفلسطينيين الالتحاق بدورة اللغة الإنجليزية، اجتمعوا في قاعة كبيرة مُخصصة للمحاضرات، وبعد قليل دخل معلم أرمني. كان الهدف من الدّورة تمكينهم من التعامل مع المسائل البسيطة التي لا بدَّ منها، كالأوامر وما تحتاجه نوبات الحراسة من مفردات.

429

جلس ناجي إلى جانب سامي عطية. كتب المعلم على اللوح كلمة (Photograph)، فهمس سامي الذي كان قد تعلَّم القليل هنا وهناك: ما هذا، سيبدأون من هذا المستوى البسيط، إنها كلمة فوتوغراف!

- سأل المعلم من يستطيع قراءة هذه الكلمة.
- لا ترفع يدك أنت. قال ناجي لسامي. وأجاب قبل أن يسمح له المعلم (فوتوغراف)!!
- هل يعرف أحد آخر قراءة هذه الكلمة؟!
- هذه من الكلمات البسيطة، يجب أن تُعلِّمنا ما هو أفضل من هذا! قال ناجي.
- اصمت أنت. أَمَرَه المعلم.

وهكذا تواصلت الدُّروس، كلما كتب كلمة أو جملة رفع ناجي يده، وعندها يقول له المعلم: اصمت أنت. وستنتهي الدورة، وينجح ناجي، وجملة الأستاذ تتردد في اليوم عشرات المرات: اصمت أنت.

***

حين عادا للثكنة، وجدا أن الهنود قد جهَّزوا لهما مستلزمات التنظيف كلها.

- إذا سكتنا (سيركبوننا) غداً. قال لسامي عطية.
- وما الذي يمكن أن نفعله؟
- سننتظر دخولهم جميعا إلى الثكنة، وبعدها سأقول لك.

حين دخلوا جميعاً، خرج ناجي، وطلب من سامي أن يتبعه، قال له: أترى طوبَ أحواض الورد هذه، أريد منك أن تناولني إياها طوبة بعد طوبة، ما إن أشير إليك، واترك الباقي عليّ.

أمسك ناجي بعصا مكنسة، وضعها خلفه على الحائط قرب الباب، أشار لذلك الرجل الطويل العريض أن يُقبل، وعندما وصل استل العصا وضربه بها على رأسه مباشرة ففار الدم، وقبل أن يُدرك الرجل الكبير ما يدور ضربه ضربة أخرى فانكسرت العصا، تراجع ناجي خمس خطوات وقد ثار الرجل الكبير وتقدم هائجاً، وعندها نادى: سامي. ناولني الطوب، وما إن أمسك بالطوبة الأولى حتى تراجع الرجل الكبير إلى الداخل هارباً، فرماه بها، وظل يقذفهم بالطوب حتى لم تبق هناك واحدة، وقد اضطروا للاختباء في الركنين البعيدَين للثكنة.

430

شعر كثير من الجنود والمتذمِّرين بالزلزال، فتدافعوا راكضين، ولم يكن المشهد يحتاج إلى شرح، فصدر قرار بمحاكمة الجميع. وانقسم المعسكر إلى قسمين: الهنود في جهة والفلسطينيون في الجهة الأخرى، وتصاعد التوتر بحيث غدا إنهاء المشكلة مطلبا للإنجليز.

***

لم يكن مستر (كَمِنْ) مدير المعسكر راضياً عن الحكم الذي أصدره، ولكنه كان بحاجة إلى إقفال هذا الباب. فكان أن حكم على الجميع بأن ينظّفوا المعسكر على مدى أسبوعين. كما تقرر معاقبة سامي بحسم عشرة أيام من راتبه الذي لم يسبق لـه أن استلمه. ومعاقبة ناجي بتكليفه بحراسة بوابة المعسكر عشر ليال متتالية.

في اليوم التالي تدخل المدرّب الفلسطيني: عبد المنعم، وكان برتبة ملازم وأصلح بين الهنود وسامي وناجي.

لكن ذلك القرار الذي اتّخذه مستر كَمِنْ سيفتح بابا ستهبُّ عبره رياح مُتربة لم تخطر بباله من قبل!!

431

أحزان عفاف

قبل مولد ابنته الأولى بشهور وصل محمود إلى الهادية في واحدة من زياراته النصف شهرية، التي ستغدو شهرية بعد عامين وفصلية بعد ثلاثة أعوام ونصف سنوية بعد خمسة أعوام، زياراته، التي لم تعد تختلف عن أي زيارة تفقّدية يقوم بها مسؤول ما للمنطقة. فمنذ استشهاد والده بدأ يحسّ بألا شيء يربطه بالهادية، ولم يعد يحسب حساباً لعتاب أو غضب أحد، مثل طائر مربوط بخيط وأفلت، هكذا أصبح.

كانت عفاف تريد أن تفاجئه بأنها تعلّمت القراءة على أصولها، كانت تريد أن تؤكد له أنها تعلمت لأنها تريد أن تتعلم لا لأنها مجبرة على ذلك، كانت تريد أن تقول له أنها تحبه، وأنها ليست أقل من زوجة صُحفي محترم.

حين أمسكت بثيابه لتعلّقها، أحسّت بشيء ما في جيب بنطاله، كان الأمر أشبه بوخزة لم تعرف إن كانت أصابتها في يدها فعلا أم في مكان غامض في نفسها لا تعرفه، مدّت يدها وأخرجت ما في جيبه، كانت ورقة مطوية بعناية، أخرجتها، قرأتها، كانت رسالة من امرأة في يافا، عرفت عفاف أنها كاتبة أيضاً، فهي تتحدّث عن كتابها الذي تريد أن تنشره قريبا، وتطلب من (حبيبها) محمود أن يختار عنوانا للكتاب (لأنه سبق وأن قرأ كل ما فيه).

جُنّتْ عفاف، أوشكت أن تصرخ في وجهه: من ليلى هذه؟!! لكنها استطاعت لجم غضبها؛ فجأة فقدت تلك الروح التي كانت تريد أن تقول له فيها: أنظر ها قد تعلمتُ القراءة. صمتت، وقررت أن تواصل حياتها معه كجاهلة تماماً، جاهلةٍ نسيت كل ما تعلّمته من قبل، جاهلة برأس فارغ وعمياء، فكّرت أن تلقي الرسالة في وجهه، لكنها في النهاية لم تجد وسيلة أفضل من أن تجعله يعرف بأنها تعرف إلا أن تقول له: ما دُمنا رُزقنا بابنة فسأسمّيها ليلى.

ارتبك محمود: ولماذا ليلى؟!! فقالت: لأنني أحبُّ هذا الاسم. قال: أي اسـم إلا هذا؟ فقالت: عليك أن تختار إما أنا وهذا الاسم أو غيرنا!!

أدرك محمود أن حكايته مكشوفة كراحة اليد بالنسبة لعفاف. ولكنه راح يـردد: لعلّها مصادفة، كيف يمكن أن تعرف ما دامت لا تعرف القراءة على أصولها؟!

433

الليلة البيضاء

توقّفتْ سيارة على بعد مائتي متر من باب بيت الحاج سالم، نـزل منهـا شـخص واحد، سأل أول من رآه عن بيت الحاج سالم، وقد كان يعرف أنه قد أصبـح شيخ القرية، منذ أن جاء لتقديم العزاء بالحاج خالـد؛ ظـل يـسير بتثاقـل إلى أن وصـل. طرق الباب خرج الحاج سالم: عرفه.

- الأب إلياس!!
- أخفض صوتك. هذه الأشياء كلها لكم. لقد سـمعتُ بـما قـام بـه الـدّير. يؤسفني أنني لم أعرف بهذا إلا متأخرا. ولكن ما أتيت به سيحلّ لكم المشكلة مـن جذورها. هـذه هـي كواشينكم ووثـائقكم. كـان مـن المفـترض أن يتلفهـا الأب ثيودورس بعد عامين أو ثلاثة من وقف المطالبة بها. لكنه لسبب ما لم يفعل.
- ولكن لماذا فعلوا ذلك بنا، لقد أمتّاهم على حياتنا؟ سأله الحاج سالم بحرقة.
- هذا الدير كأديرة كثيرة موجودة هنا في بلادنا وموجودة في بلاد أخرى مـن أفريقيا إلى الهند، لا علاقة لها بالدين، إنهـا لا تختلـف عـن الدبابـة في شيء ولا عـن المدفع الرشاش الذي، حين ينطلق رصاصه، لا يكون له إلا هدف واحد، أن يحصد كل ما حوله. أرجـو أن يكـون باستطاعتي أن أسـحب الخنجـر الـذي غـرزوه في ظهوركم دون أن يتدفق دم كثير، أما منولي فلا تستهينوا به، لقد عرفتـه قبـل أن آتي إلى هنا، وقابلته في اجتماعات كثيرة، إنه أكثر تعصّباً من أي كائن عرفته في حيـاتي. وعندما قالوا إنه ذاهب إليكم قلت: فليرحم الله الهادية لقد أتاها الجحيم!!

434

الليلة السوداء

لم يدرك ناجي أنه ولعشر ليال سيعيش داخل مِصيدة. فلم يكن قد نجا أحد من قبل من مستر كَمِنْ الذي يتفنّن في اختراع الطرق التي يتّبعها لـضبط الحـرّاس متلبسين بإغفاءة أو غارقين في نوم.

- أنت، ومنذ الآن، محكوم عليك بحسم راتب أيام عشرة أيام فـوق عقوبتـك الأولى. قال له ربحي المحمود الذي وصل المعسكر قبله بشهرين.
- ولماذا؟
- كل من ذهب للحراسة وقع في فخ مستر كَمِنْ. لم ينجُ أحد أبداً.

من منتصف الليل حتى السادسة صباحاً يمتد زمن الحراسة. قرر نـاجي: لـن يفرَحَ مستر كَمِنْ هذه المرة.

بعد ساعتين من بدء المناوبة أحس أن عليه إعادة الاعتبـار لكل أولئك الـذين عانوا بسبب هذا المدير.

***

عتمة بلا قمـر، أصوات حشرات الليـل، المحركـات التي تهـدر في البعيد، خشخشة الأعشاب الطويلة الجافة، يـد الـريح التي تتحرك متموِّجة في الفضاء المفتوح، كانت تدعوه لأن يستريح وتهدهده كي ينام.

كان يسمع صوت باب مستر كَمِنْ يُفتح، فيتحوّل جسده إلى كتلة انتباه، يُطلق أذنيه تتحسسان نبض العتمة، وعينيه تثقبان جدارها الأسود الرهيب، تستيقظ كـل حواسّه التي يعرفها، وحواسّه التي كان يملكها ذات يوم قبل آلاف السنين.

- ها قد وصل مستر كَمِنْ. يهمس لنفسه. ويُشهر سلاحه طالباً كلمة الـسِّر، لكنه يُفاجأ بكلبة مستر كَمِنْ وحدها.

***

435

في الليلة الثالثة سارت الأمور في اتجاه آخر، فعند الرابعة صباحا فُتِحَ البـاب، فرأى ناجي مستر كَمِنْ يتسلل نحوه منحنياً، لم يأت نحوه، دار حول البيت؛ الكلبة أمامه، اختفى، وعندما ظهر من الجهة الأخرى كان يسير على أربع.

تحفّز ناجي.

وما إن اقترب حتى صاح به ناجي: مكانك. كلمة السِّر.

وصاح ثانية، لم يُجِب أحد.

وضع الطلقة في بيت النار. فجاء الصوت عبر الأعشاب الجافة: لا تُطلِق النـار. أنا مستر كَمِنْ.

- هاندز أب. ارفع يديك.

رفعهما.

- إلى اليسار. أمرَه أن يسير. فسار.

- إلى اليمين. أمره. فسار. وكان هنالك حقل شوك.

توقّف مستر كَمِنْ على حافة الحقل رافضاً السير؛ صرخ: أنا مستر كَمِنْ.

- فَكِنْ كَمِنْ!! تُبّاً كَمِنْ. في الليل أنا لا أعرف مستر كَمِنْ من سواه، أعرف من يحفظ كلمة السِّر.

راح مستر كَمِنْ يُطلق الشتائم دون توقّف وبصوت عال، في الوقت الـذي راح فيه ناجي يشتمه مستخدماً كل الشتائم التي يعرفها بالعربية. إنها المرة الأولى التـي تتاح له فيها فرصة شتم عسكري إنجليزي، استغلَّها إلى أقصى الحدود!!

- تأتي لتضبطني هنا. سأريك!!

- أنا كَمِنْ.

- لا، أنتَ حرامي. انبطح أرضاً، ازحف.

استلقى وزحفَ.

- انقلِبْ على ظهرك.

انقلبَ.

بعد أن اكتفى ناجي، صاح: فولن حرس!! الحقوني!!

وما هي إلا لحظات حتى تراكض الحراس وقائدهم.

كان مستر كَمِنْ على الأرض يرتجف ويشتم دون توقّف.

- أَبعِد البندقية، إنه مستر كَمِنْ. قال قائد الحرس لناجي.

436

- أيْ أَمْ سُوري!! أنا آسف، لن أرفع سلاحي إلا حين أراه في ضوء الثكنـة وأتأكد من أنه مستر كَمِنْ فعلا. مستر كَمِنْ عسكري، وهذا ليس عسكريًا ترابياً أصبح لون الفانيلة البيضاء التي كـان يرتـديها، وكـذلك بنطالـه القصير وحذاء الرياضة الخفيف.

عبثا حاولوا إقناع ناجي.

- إذا لم أتأكد من ذلك فسأقتله هنا.

- *وهنا وجد الجميع أنفسهم مضطرين، للموافقة طبعاً!! لأن الحارس يملك الحق في أن يتصرف ويفعل ما يراه مناسبا!!*

وقف مستر كَمِنْ، سار أمام البندقية المُشرَعة، وصلوا الثكنة المضاءة.

- أدِر وجهك الآن حتى أراك.

استدار مستر كَمِنْ، وقد تفجَّر وجهه غيظاً.

أنزل ناجي البندقية، ثم رفع يده بالتحية العسكرية بانضباط شـديد: أنا آسف مستر كَمِنْ. أيْ أَمْ سُوري.

- وَطْءْ، أيْ أَمْ سوري، فَك يو ناجي. ثـم التفـتَ إلى رئيس الحـرس وقال: ضعوه في الزنزانة.

سار ناجي أمام قائد الحرس، وفي منتصف المسافة بين الثكنة والمبنى الذي توجد فيه الزنزانة توقَّف. أمره قائد الحرس بأن يتحرَّك، رفض.

- أنا لست مجرماً لكي أُساق إلى الزنزانة، إننـي أرفـض هـذا الأمـر. فإمـا أن أذهب إلى ثكنتي وإما أن أعود إلى موقعي لأكمل الحراسة، وفي الصباح، إذا أراد أن يحاكمني فليفعل!

عاد قائد الحرس إلى مستر كَمِنْ وأخبره بما قاله.

- دَعوه، إنه عنيد، كان يمكن أن يقتُلني فعلاً. لِيُكمل المناوبـة، وفي الصـباح سنرى. قال مستر كَمِنْ.

* * *

أخبروا ناجي ظهيرة ذلك اليوم أنه سيحاكم صباح اليـوم التـالي، أخبر رفاقـه الهنود في الثكنة، فقال له الرجل الكبير: لا عليك. وي نو مستر كَمِنْ. نحن نعـرف مستر كَمِنْ. قال له الرجل الكبير الذي لم يزل آثار جرح في جبينه.

- وما العمل؟

- نحن نعرف ما علينا أن نفعله.

437

أخذ أحدهم بسطار ناجي ونظّفه، ظلَّ يعمل عليه حتى حوّله إلى مرآة! وكوى آخر البدلة الكاكي، وغدت قبّة القميص يابسة كخشبة. حَلَقَ ناجي ذقنه ثلاث مرات، وعانته، ونظّف شعر مؤخرته، غيَّر ملابسه الداخلية، قصّوا أظافره، نظفوا أُذنه، وألبسوه بدلته، وحين همَّ بأن يجلس، صرخوا جميعاً: لا!! عليك أن تذهب إلى هناك وكل شيء فيك مستقيم كحد السيف!!

ظلَّ واقفاً إلى أن حضرت العربة العسكرية، سار حتى وصل باب الثكنة، وحين هم بأن يخطو الخطوة الأولى خارجها صاحوا: لا!!

فتوقف في مكانه.

حملوه من باب الثكنة إلى داخل السيارة حتى لا يَغْبَرَّ الحذاء.

– هكذا نكون مطمئنين.

وعندما وصلوا إلى المكان الذي سيُحاكم فيه، حملوه من السيارة إلى عتبة الباب أيضاً.

في الداخل وقف ينتظر. بعد قليل دخل عدد من الضباط واتخذوا أماكنهم، بينهم، جلس مستر كَمِنْ.

خلع ناجي الطاقية والحزام العسكري وأدّى التحيّة.

لم تكن الكلمات الإنجليزية البسيطة التي يعرفها كافية ليفهم ما يدور فكلّفوا الملازم عبد المنعم بالترجمة.

– لماذا فعلتَ ما فعلته معي؟! سأله مستر كَمِنْ.

– قل لمستر كَمِنْ، إن هذا العسكري يقول لك، لقد كتبَ الله لك حياة جديدة، لولا رحمة الله لكنتُ قتلتهُ. فأنْ يأتيني شخص بملابس داخلية ويمشي على أربع في آخر الليل، ولا يقول لي كلمة السّر، فلا يعني هذا سوى شيء واحد. إنه متسلل قادم لنسف المعسكر!! وربما يكون قادماً لاغتيال مستر كَمِنْ شخصياً! فكيف يمكن لي أن أسمح بذلك وأنا حارس مستر كَمِنْ؟!

تغيَّرتْ ملامحُ مستر كَمِنْ ما إن سمع ترجمة ما قاله ناجي. أسند ظهره للكرسي: فعلا، لقد كان هذا الحارس قاتلاً في تلك اللحظة، لقد أحسستُ أنه لم يعد بيني وبين رصاصته سوى صوت انفجارها.

– قل لمستر كَمِنْ، إنني كنتُ على وشك أن أقتله، ولم أكن أخالف القانون في تلك اللحظة بل كنت أنفّذه!

438

نهض مستر كَمِنْ من مكانه، اقترب من ناجي حتى أصبح أمامه تماماً، حدّق في وجهه: ماذا كنت تعمل في بلدكم؟

-   عندما يبلغ الصبي السابعة من عمـره يخـرج بـالبقر والغنم إلى السـهول والسفوح وينام هنالك مع القطعان لأيام طويلة؛ نحن لا نخـاف الليـل، وأنـا عـلى استعداد أن أسهر ليليّا على بابك، ولن تستطيع أن تمسكني نائماً.

ابتعد مستر كَمِنْ خطوتين ثم حدّق في بسطار ناجي، وجَدَه يلمع.

أدرك ناجي أن التفتيش الشخصي قد بدأ.

دار مستر كَمِنْ حوله، نظر إليه من الخلف، وضع نظارته، اقـترب مـن وجهه، رفع يده تحسسَ ذقن ناجي، تأكـد من نعومته، هـزّ رأسه! امتـدَّت يـده حـلّ أزرار البنطال، فتكوم البنطال فوق الحذاء اللامع. حلّ أزرار القميص، تأكـد مـن نظافة ملابسه الداخلية، أمسك أذنه اليمنى سـحبها قلـيلا وحـدَّق خلفهـا وفي داخلهـا، استدار إلى أذنه اليسرى وفعل الشيء نفسه. هزّ رأسه ثانية! تراجع خطـوة، حـدّق في الكلسون، أمسك بطرفه، جذَبَهُ، وحدّق في داخلـه حيـث العانـة، وهـز رأسـه ثالثة!! ثم أمسك بيده وتفقَّد أظافره، وهزّ رأسه.

عاد مستر كَمِنْ إلى مكانه بعد أن أشار إليه أن يسوّي وضع ثيابه، أسند ظهره إلى الكرسي ثم قال: تستحق أربعة عشر يوماً.

ارتبك ناجي وهو يسمع ذلك.

-   ما هذه الأيام الأربعة عشر؟!!

-   إجازة. رد المستر كَمِنْ. فأنت مـن الرجـال الـذين أعتـزُّ بهـم، رغـم هـذا العذاب الذي ذقته على يديكَ.

كانت فرحة الهنود في الثكنة أكبر من فرحتـه، أحسّـوا أن نـاجي كـان فـريقهم الذي يشجعونه، فريقهم الذي فاز.

ولن تمرّ أيام طويلة، حتى تكون هناك مفاجأة أخرى بانتظار الجميع.

يوم جديد

طلبه رئيس التحرير، ذهب لمكتبه، قال له: أستاذ محمود، أظن أنـك قـد فعلـتَ الكثير منذ وصولك إلى هنا، وقد أثبتَّ بجهودك أنك قادر على تحمُّل مسؤوليات أكبر، ولذلك قـررت أن أعيِّنـك سكرتيراً لتحريـر الـصحيفة، وأن أرفـع راتبـك عشرين جنيهاً، ما رأيك.

لم يجد محمود الكلمات المناسبة، بانفعـال كبيـر قـال لـرئيس التحرير: شـكراً. وخرج.

- إلى أين؟ تبعه صوت رئيس التحرير.
- إلى مكتبي!
- مكتبك لم يعد على الشمال، مكتبك على اليمين. هناك.

لم يكن المكتب غريباً عليه، ولو تُركَ له الأمر لفضل العودة إلى الغرفـة التـي عمل فيها دائما، إذ كان المكتب الجديد معتما دائـما، كـما أن مـدى نافذتـه المغلـق بجدار اسمنتي ينتصب على بعد مترين لا أكثر، يجعل المكوث فيه أمـرا معـذِّبا، وبخاصة في أيام الصيف، حيث ترتفع الحرارة والرطوبة ويـصبح العثـور علـى نسمة هواء أمراً لا يوازيه شيء حتى منصب سكرتير تحرير.

***

لقد أدرك رئيس التحرير بفطنته أن وجود اسم محمود خالد الحاج محمـود علـى صدر الصحيفة بمثابة وسام كبير، وسبق صحفي سيظل يتجدد كـل يـوم، سبـق صحفي لن يستطيع أحد انتزاعه منه؛ ولـن يمـرّ الكثير مـن الوقـت قبـل أن تبـدأ الصحيفة بحصد خيرات ذلك الاسم بما يفوق كثيراً العشرين جنيها التـي مُنحـتُ لمحمود كعلاوة.

***

أشياء كثيرة تغيرت منذ ذلك اليوم.

440

كان أول شيء فعله هو تغيير الأماكن التي كان يرتادها واستبدالها بأماكن أكثر رقياً. وهكذا أصبح يمضي وقته في مقهى ليون ومقهى بريستول اللذين كانا ملتقى التجار ورجال الأعمال. في البداية كان يمضي إلى هناك بخجل، ويوما بعد يوم، بدا أكثر ثقة، مع شيوع خبر توليه منصبه الجديد، كما أن كرمه الواضح جعل العاملين في المقهيين يمنحونه اهتماما أكثر من خاص.

كل شيء يشترى في يافا حتى الاحترام.

وفي بعض الليالي، صار يمضي إلى ملهى غنطوس ولورنس وعبد المسيح التي كانت مزيجا من المقاهي والملاهي، أقرب إلى الأوروبية منها إلى الشرقية، وحين كان يصل إليه خبر عن زيارة أحد الفنانين المصريين المشهورين، الـذين يـأتون لتقديم عروضهم في المدينة، أو ينزلون فيها في طريقهم للبنان عبر فلسطين، كان يذهب إلى الفندق أو المقهى الذي يمكن أن يكونوا فيه لمجرد مشاهدتهم لا غير.

وبات يحس أن ليلى أصبحت أكثر قربا منه، ليلى التي ما إن سمعت بخبر منصبه الجديد حتى دعته بفرح، لأول مرة، للتعرف إلى أهلها.

لكنه رفض. ما الذي يقوله لهم حين يلقاهم: لدي زوجة ولدي أولاد؟!!

قال لها: سأذهب للسينما.

غضبتُ: أدعوك لزيارتنا فتقول سأذهب للسينما.

حين خرج من فيلم (لمن تقرع الأجراس) كان على يقين من أن أنغريد بيرغمان، قد أطاحت بغريتا غاربو عن العرش. كان وجهها الأكثر صفاء وعذوبـة مـن بـين كل الوجوه التي رآها على الشاشة من قبل، لكن الشعور الغريب الذي انتابه فجـأة هو أن ليلى لم تكن تشبه غريتا غاربو في أي يوم مـن الأيـام، لأنـها لـم تـشبه إلا أنغريد بيرغمان.

خمس نجوم

فكّر سليم بيك الهاشمي بحل يخرجه من تلك الفضائح التي تطبق عليه من كل جانب، لم يكن الناس قد توقفوا عن الحديث عن تفاصيل تلك السهرة، فالكثير من أعدائه ومنافسيه كانوا هناك، ثم راحت حكاية تكليفه لابنه بالدفاع عن قضية الهادية تتضح أكثر فأكثر، بمجرد أن تسلّمها المرزوقي، وتحدّثت الصحف عن وطنيين في النهار وسماسرة أراض وتجار في بيت المندوب السامي في الليل.

قرر أن يتصل بحاكم اللواء، قالت له زوجته: ما تفكر فيه جنون ليس إلّا. ووافقها ابنه أنس.

– مشكلتكما أنكما لا تنظران للبعيد.

✽✽✽

– أظن أنني في أمس الحاجة لسعادتك هذه الأيام. قال لحاكم اللواء.
– وما الذي لم نقدّمه لك حتى الآن؟!
– تعرف أن أمثالنا بحاجة دائماً لثقة الناس. وأظن أن نيلنا ثقتهم يفرح سعادتكم.
– وكيف لي أن أقوم بما عليك أنت القيام به مستر هاشمي؟!
– احبسونا أكم من يوم!!
– أعذرني مستر هاشمي، لم أفهم؟!
– أريد أن تصدر أمراً بحبسي، أسبوع أسبوعين، وكما نقول نحن (أنت وكرمك)!!
– فقط هذه. أنت تأمُر. مستر هاشمي. هل تفضّل سجنا بعينه؟!
– أظن أن سجناً بعيداً عن هنا يمكن أن يكون أفضل.
– المسكوبية في القدس جيد؟
– لا. يفضل أن يكون أبعد، أنت تعرف القدس ممتلئة بالمعارف!

442

- ليس لك أفضل من معتقل عوجا الحفير في صحراء النقب هناك لا يوجد أحد؟
- صحيح أنني طلبت من سعادتكم أن تحبسوني ولكن لا أريد أن يكون السجن حقيقياً إلى هذا الحد؟
- أتعبتني مستر هاشمي، هل هنالك سجن ما في ذهنك؟
- ربما سجن عكا يكون مناسباً. ما رأيك؟
- أنت تأمر مستر هاشمي، متى تريد أن نأخذك إلى هناك، ومن أين؟
- غدا صلاة الجمعة، أظن أن اعتقالي أمام الجامع الكبير هو الأنسب.
- تعرف أنني أحب الابتعاد عن أماكن العبادة، فالأمر حسّاس دائما في أمور كهذه، ولكن بما أنك أنت الذي تريد ذلك، ليس هناك مشكلة!!
- أشكر سعادتك؟
- هل يكفيك أسبوعان، أم نجعلها ثلاثة أسابيع؟
- ثلاثة أسابيع أفضل. أنت تعرف، ما حدث في الفترة الماضية لـن تمحوه حتى ثلاثة أشهر.

**

بعد إلقاء القبض عليه بصمت، دون اعتراض أحد، طلبَ من الضابط المكلّف بذلك أن يأخذه للبيت، كان قد أعد الحقيبة الممتلئة بالملابس قبل ذهابه للصلاة، مرّ بالبيت تناولها على عجل، توجّهت السيارة إلى محطة القطار، طلب من الشاويش المرافق له أن يفكَّ قيوده ما إن يتخذا مقعديهما في القطار، استجاب لطلبه، وحين وصلا عكا طلب من الشاويش أن يسمح له باستئجار حمّال لأن الحقيبة ثقيلة كما أن السجن بعيد عن المحطة، ولا يمكن الوصول إليه إلا بعبور أسواق المدينة، فوافق له: ولكن ستدفع أجرة الحمّال من جيبك. قال له الشاويش.

كانت الغرفة قد جهّزت قبل وصوله، سار معه أحد الضباط حتى بابها، ألقى الهاشمي نظرة عليها، كانت مثالية فعلا، لا ينقصها شيء، ولم ينسوا أن يضعوا فيها مذياعاً وهاتفاً. طلب منه الضابط بعد أن يستريح أن يمرّ على مدير السجن لأنـه ينتظره.

شدّ المدير على يده بحرارة وتمنى له إقامة طيبة، قال لـه: إن الهواتـف لم تنقطع، وقد أوصاني حاكم اللواء بتقديم كل ما تحتاجه. ولذا أقـول لـك إن مكتبي تحت تصرّفك في أي لحظة.

443

***

لم يكن يزعجه خلال فترة وجوده في السجن أكثر من تذكُّره للحظة اعتقاله التي تمت بهدوء شديد: لم يتحرَّك أحد من أولاد الحرام، حتى أولئك الذين كنت أعتقد أنهم أصدقائي!!

وفي أحيان كثيرة كان يضبط نفسه يفكر بصوت عال: أولاد الحرام لا يصدّقون أن أمثالي يمكن أن يكونوا مطلوبين للحكومة، والذين يقولون إنهم أصدقائي يعرفون أن الوسام الذي يُعلّق على صدري منذ لحظة اعتقالي يُنتزع من على صدورهم. ..

لكنه اكتشف في السجن أنه كان بحاجة لتلك الفترة، للابتعاد عن كل شيء.

في الأيام الثلاثة الأولى كان يتناول طعامه على مائدة مدير السجن نفسه، يلعبان بعد ذلك الشطرنج إلى ساعة متأخرة، ثم يمضي إلى المكان المريح الذي خصصوه له، وفي اليوم الرابع اكتشف أن ثلاثة أيام في السجن ليست مسألة بسيطة حتى لو كنت تتناول طعامك مع مدير السجن نفسه، مدير السجن الذي باغته بذلك السؤال: صباح غد سنعدم اثنين من (العُصاة)، إذا كنت مهتما بمشاهدة ذلك أخبرني منذ الآن كي أرسل إليك من يوقظك باكراً.

- كان بودّي فعلا، ولكني لا أحب أن أبدأ يومي بمشهد كهذا. ربما لو كانت عملية الإعدام ستتم عصرا لحضرتها.

- يمكنني ببساطة أن أغير الموعد بحيث يكون مناسباً لك.

- أقدّر لك ذلك كثيراً. لتقُم بما هو عليك، ولأقم بما علي: أن أستريح.

- لم أكن أعرف أن قلبك ضعيف إلى هذا الحد!!

- كأنك تتحدّاني؟!

- لا. أبداً.

- حتى تعرف أي قلب هنا في هذا الصدر، سأحضر تنفيذ الإعدام وصباحاً أيضاً.

- هذا هو مستر هاشمي الذي نُقَدِّره.

بعد ساعة من تنفيذ حكم الإعدام، قال للمدير: سأغادر اليوم!

- هل تريد العودة لبيتك؟

- لا، فقط أريد أن أنزل إلى المدينة، أتجوّل هناك قليلا وأعود.

444

- عليَّ أن أحذرك مستر هاشمي، هناك كثير مـن النـاس الـذين يمكن أن يعرفوك، أريدك أن تكون حذرا.
- اطمئن. سأتخفّى. كما سأفعل حين أذهب للمطار وأعود منه.
- أتريد السفر أيضاً؟!
- ساعات قليلة، أقل من نصف يـوم، أذهـب فيهـا إلى القـدس وتـل أبيـب بالطائرة، وأعود.
- لم تكن مضطرا للقدوم إلى السجن ما دامت أعمالك كثيرة إلى هذا الحد.

الطَّيف

مضت أيام التدريب بتسارع غير عادي، فقد كان الزمن في الخارج يجري بسرعة لم تترك للأيام فرصةَ التقاط أنفاسها. وقبل أسابيع من انتهاء الدورة وقع ذلك الحادث الصغير الذي أوشك أن يُغير مجرى حياة ناجي.

بعد طابور الرياضة، كانوا يذهبون إلى المطعم لتناول طعام فطورهم، دخل ناجي إلى الحمامات، كانت صنابير المياه متراصّة، لا يفصل الواحد منها عن الآخر أكثر من نصف متر، فتحَ صنبور الماء، بدأ بغسل يديه ووجهه، لاحظ أن المياه تتجمّع في الممر الإسمنتي الصغير الطويل أسفل الصنابير، حاول تصريف المياه. محفظة صغيرة كانت تُقفل المجرى. انحنى، تناول المحفظة، رفعها، نفض الماء الذي علِق بها، تلفّت حوله، لم يكن هناك أحد، فتحها، رأى هوية المدرب عبد المنعم وفي الجانب المقابل نقوداً، أخرجها، كان هنالك اثنان وعشرون جنيها.

وضع ناجي المحفظة في جيبه وخرج، وعندما وصل الباب راودته نفسه الاحتفاظ بها. فتح المحفظة من جديد، دخل حماماً. كان الباب قطعة خيش، حدق في المبلغ. سمع صوتاً، وضع المحفظة في جيبه، أبعد قطعة الخيش، أطلّ ليرى من في الخارج، وفجأة جاءته الصفعة قوية، كان أبوه الحاج خالد هناك أمامه، وقبل أن ينطق أي كلمة كان أبوه قد اختفى.

راح يرتجف، غادر الحمامات بسرعة نحو قاعة الطعام.

***

الشيء الذي تركه المدرب عبد المنعم عميقاً في قلوب الجميع، كان احترامهم ومحبتهم له، وقد وجد فيه الإنجليز مدرّبا جيداً. رفعوه مرة بمنحه نجمة، رفض، قال: نجمتين وإلا فلا. بعد مشاورات كثيرة أعطوه ما يريد.

مئتان وأربعون مجنداً كانوا يسيرون على إيقاع خطواته، ويستجيبون لرنّة صوته العريض.

446

***

دخل المدرّب عبد المنعم بعد عشر دقائق، وقف في مكان مناسب بحيث يراه الجميع، قال: سأقول شيئا، لكنني غير مطمئن أنه سيُفضي إلى نتيجة! انتبه الجميع.

- أريد أن أقول إنني فقدتُ هويتي العسكرية، وأرجو ممن وجدها أن يُلقي بها في الشارع، لا أريد أن يُعيدها إليَّ مباشرة، وأتمنى أن يكون ابن الناس الـذي وجدها يسمع الآن هذا الكلام. وأنتم تعرفون أن عبد المنعم الذي جعـل الإنجليـز يمنحونه نجمتين دفعة واحدة، يستحقُّ أن تُعاد إليه هويته ، هويته التي من العار أن تضيع بينكم، وهو الذي يحبكم كل هذا الحب.

ساد الصمت، حدَّقوا بعضهم في وجوه بعض، وقف ناجي، قطع عـدة خطوات، أصبح على مرأى من جميع المتدرِّبين.

- عبد المنعم أفندي! ناداه ناجي.

- نعم.

- إذا سمحت، صِفْ لي المحفظة التي فقدتَها.

- أدِرْ وجهكَ إلى الشباب. قال لناجي.

أداره.

- ما الذي طلبتَه مني؟

- طلبتُ أن تعطيني أوصافَ محفظتك.

- أنا طلبت هوية فقط، وأنت تقول محفظة. هذا الشاب كما تسمعون يسألني عن أوصاف محفظة، أتسمعون ذلك، سأقول لـه: هنـاك ثـلاث كباشـات أحدها مخلوع.

- وماذا يوجد في داخل المحفظة، نقود أو غير ذلك؟ سأله ناجي.

- اسمعوا يا شباب!! إنه يتحدَّث عـن نقـود، ويسـألني عنهـا. في داخل المحفظة اثنان وعشرون جنيها. عشرة، خمستان، وجنيهان.

- هذه محفظتك إذن، وهويتك ونقودك في داخلها. قال ناجي.

- أشكرك على أمانتك. أتعرف، لم أسألك من قبل. من أي بلد أنت؟

- من الهادية.

- أحييك وأحيي روح الأمانة فيـك، أحيي بلـدك والأم التـي أرضـعتك.

وصمت قليلا، نظرَ إلى وجوه المتدرِّبين ثم قال لناجي: منذ اليوم ستأكل في مطعم

447

الضباط، ومنذ الغد ستكون في رتبة مُدرِّب، ستحمل شريطتين مؤقتاً، إلى أن تُرقَّع رسمياً، وهذه ثكنتي وخيمتي تستطيع أن تدخلها متى شئت!!

عندما سمع المتدربون ذلك، راحوا يصفِّقون.

***

تغيَّر كل شيء في حياة ناجي، فالأكل الذي يُقدَّم للضباط كان يختلف تماماً عـن ذلك الذي يُقدَّم للمتدرِّبين، والأجواء التي تسود هناك كانت عالمًا آخر. وفي موجة الاحتفاء به، حددوا له موعدا مع مدير المعسكر، عندما دخل عليـه نـاجي، ابتسـم مستر كِمِنْ، ووقف وصافحه بقوة قائلاً: يقظٌ وأمين!! سأكتبُ كتابا بترفيعكَ كما أوصى مستر عبد المنعم. ثم التفتَ إلى عبد المنعم وسأله: هل منحتموه إجازة، إنـه يستحقها أيضاً.

- لا.

- إذن ليُمنح إجازة مدتها أسبوع. وبعد تخرُّجه سيكون مُدرباً لواحـدة مـن الدفعات الجديدة.

***

كانت عودته للبلد واحدة من المناسبات الكبيرة التي باتوا ينتظرونها، فقد راح ينقل لهم ما تَعلَّمه أولا بأول، بحيث بدأوا يحسّون بذلك الفرق الكبير الذي سيُغير مجرى حياتهم وحياة بلدهم مستقبلاً.

سأله عمّه سالم: لم تقل لي. كيف أحوالك هناك؟

- إنها على أفضل ما يرام.

- لا تتصوّر كم أنا سعيد بأنك ستتعلم كل شيء وتعود لنا قريبا.

كان ناجي يهم بأن يقول لعمه كل ما حدث معه، ولكنه صمتَ فجأة.

وضع رأسه على المخدة، ولم يكد ينام حتى سمع ذلك الصوت: ستصبح عريفـا في البوليس البريطاني ومدرِّباً؟

ارتبك ناجي: ولكن كيف عرفت يابا؟

كان الحاج خالد أمامه.

- الناس مستعدون لدفع مائتي جنيه حتى يصبحوا مدرين ولا ينالها إلا خريج الثالث الثانوي!! قال ناجي. وبدأ يحدثه فرحاً بما حدث.

صمت الحاج خالد، ثم راح يهزُّ رأسه بأسى.

ارتبك ناجي أكثر: شو في يابا؟

- يابا، المدرِّب لا يجب أن يخجل، ولـذلك عليـه ألا يكـون ابـن نـاس! فـإذا خجل وأراد أن يكون أديباً وابن أبويه فإنه لا يستطيع أن يُدرِّب أحـداً، مـا يحتاجـه المدرب هو نسيان الأخلاق كلها، المدرب يشتم ويلعن آباء الناس وأصولهم، وقـد يصل به الأمر أن يمدَّ يده فيصفع. فهل تستطيع أنت أن تفعـل كـل هـذا بـأولاد الناس؟! إذا قلت لي نعم، فإنني أقول لك منذ الآن، لا أنت ابني ولا أنـا أعرفـك. اذهب إليهم نفرا عادياً، ربما يرسلونك إلى جهنم، إذا كنـت نـسيت مـا أرسـلناك أصلا من أجله!! ولكنك في جهنم تلك تكون إنساناً، أما أن تشتُم الناس وتـدوس كرامتهم فهذا لن نقبله بأي شكل من الأشكال.

في لحظة واحدة، قُلبت الآية، وانقلب رأس ناجي، انهارت كل قصور الأحـلام التي بناها في خياله. استيقظ فزعا. تلفّتَ حوله، لم تكن هناك سوى العتمة.

لم يستطع العودة إلى النوم ثانية.

***

اشترى ناجي كنافة من (الرملة) التي وصلها بالقطار، وتوجّه للمعسكر.

كانت الفرحة بعودته كبيرة.

في ذلك اليوم، انطلقوا يتدرَّبون على الرمايـة مـن السـيارات المتحركـة، اسـتمرَّ التدريب حتى الظهيرة. حين مضى لمطعم الضباط، جلس مقابل الملازم عبد المنعم. بعد تناوله الكنافة التي أحضرها والشاي، التفت لمدربه وقال: يا عبد المنعم أفندي.

- نعم.
- أبي يهديك السلام!!
- سَلِّمَ السَّلام وحامله. خير إن شاء الله!
- أبي يُسلِّم عليك ويقول لك إنه لا يرضى أن أكون مُدَّربا!

انتفض عبد المنعم وقال: الله وأكبر! لماذا؟ هذا شيء لا يتصوّره عقل. إن هنـاك من هو مستعد لدفع مائتي جنيه حتى يصبح مدرباً.

- إن أبي يقول، إذا ما أراد المدرب أن يُعلِّم الناس فإنـه قـد يـضطر لـضربهم وشتمهم، وأبي يقول إننا من عائلة ترفض إهانة إنسان.

صمتَ عبد المنعم طويلا وقد تركت الكلمات أثرها العميق في داخله ثـم قـال سآخذك إلى مستر كَمِنْ.

ذهبا إليه، نهض مبتسماً، صافحه بحرارة وسأله كيف الإجازة؟

- تمام مستر كَمِنْ.

- لكنه عاد حاملاً مفاجأة جديدة لنا. قال عبد المنعم.
- مفاجأة جديدة! ما هي؟

شرح له عبد المنعم الأمر من أوله إلى آخره، وناجي يحدّق في وجه مـستر كَمِنْ، ورأسه، الذي راح يهتز كلما سمع جملة جديدة، وعندما انتهى التفت مستر كَمِنْ إلى ناجي بتأثر وقال له: أنتم أناس أصيلون، شجعان، وأمناء، لقد ازدادت محبـتكم في قلبي. قل لوالدك حين تراه في الإجازة القادمة، مستر كَمِنْ يتمنّى أن يراك ويتعرف إليك!!

وفي الخارج كان الزمان يدور بسرعة أكبر.

وادي الصَّرار

معسكر وادي الصرار، الأكثر اتساعاً من أي منطقة محظورة رأوها مـن قبـل، أسلاك شائكة، بوابات حراسة بلا عدد، يفصل الواحدة منها عن الأخرى مسافة ثلاثمائة متر، وشارع معبد يلتفّ محاذيا الأسلاك الشائكة من الـداخل، خلفها أسلاك شائكة، أبنية ومستودعات، قاطرات تنسلّ إلى جوفه عميقاً نحو مخازن الأسلحة المحصنة، مخازن تحت الأرض ترتفع فوقها أربعة أمتار مـن الـتراب لتحميها أكثر، مع سكة حديد تتيح للقطارات أن تتوقف في داخلها.

- كل شيء فيه قال حسين ابن العزيزة. من الفشكة حتى المدفع الثقيل.

لم تكن القوات البريطانية قـد أعدَّته لـضرورات انتـدابها عـلى فلسطين، بـل استعدادا لما كان يمكن أن تحمله الحرب العالمية الثانية من مفاجآت.

كان بعض رجال الهادية والقرى الأخرى الذين يعملون في المعسكر يـرون بـأمّ أعينهم شاحنات المستعمرات اليهودية تأتي فارغة وتذهب ممتلئة بأسلحة وذخيرة وقنابل وألغام من كل الأنواع.

- يـا جماعـة. أنـتم قاعدون هنا واليهـود ينقلـون أسـلحة الإنجليـز إلى مستعمراتهم.

- وما الحل الذي تراه؟ سأل الحاج سالم.

- أنتم تعرفون أن فشكة واحدة تُضبط في جيب أحدنا ستكون سببـاً كافيـا لشنقه. إذا أردتم نصيحتي فليس هناك سوى حل وحيد. إنهم مطمئنون، ينقلـون الأسلحة أمام أعيننا ويتعاملون معنا كما لو أننا عميان. نحـن نعـرف متى يـأتون ونعرف متى يعودون ونعرف حجم الحراسة التي ترافقهم في كل مرة.

- وماذا ترون؟

***

451

مع إحساسهم باقتراب الخطر أكثر عادوا للسلاح من جديد، ولم يكن هناك من هو أقدر على قيادتهم أكثر من إيليا راضي ونوح أخو خضرة اللذين شكلا مجموعتين لهذا الغرض. كانت البدايات أكثر من ناجحة، لأن المفاجأة كانت في أيدي الثوار، ينصبون كميناً هنا وكمينا هناك، في تلك المنعطفات الحادة أو الوديان الضيقة، كما كانوا يفعلون قبل سنوات، حيث لا يكون أمام القوافل إلا أن تستسلم أو تباد. كانوا يريدون السلاح لا أكثر، وفي مرات كثيرة كانوا يطلقون سراح أولئك اليهود الذين يعرفونهم، اليهود الذين عاشوا معهم دون أي مشاكل من زمن طويل.

بين حين وآخر كان يقع واحد من هؤلاء أسيراً.

- نحن لا نحب المشاكل. يقول هؤلاء. ولكن اليهود الذين جاؤوا من الخارج يجبروننا على العمل معهم.

فيطلقون سراحهم.

لم يمض الكثير من الوقت حتى راح الإنجليز يرافقون قوافل السلاح هذه بحراسات لا طاقة لأحد على النيل منها، لكن ذلك لم يمنع أن تهاجم قافلة في ذلك الوادي أو قرب تلك الغابة.

وعندما بدأ الإنجليز بالانسحاب مخلِّفين وراءهم القليل من جنودهم، أرسلوا حرساً من الجيش العربي الذي كان تحت أمرة الإنجليزي (كلوب باشا) لسدِّ الفراغ. وهنا تغير اتجاه الريح قليلا بتعيين شوكت مختار قائداً للمعسكر.

بعد تعيينه، لم تتوقف الشاحنات اليهودية يوماً واحداً عن نقل السلاح. قرر علي سالم وهاشم شحادة وحسين، الذين كانوا يعملون في المعسكر الذهاب إليه والحديث معه مهما كانت النتيجة.

- يا شوكت أفندي، أنت المسؤول عن الحراسة، وأنت ترى اليهود يعبّئون سياراتهم بالأسلحة والذخائر، اسمح لنا أن نحمل بعضها على أكتافنا، نحن بحاجة إليها، أنت تعرف هذا، وأنت عربي مثلنا!

- لا أستطيع، فأنتم ترون دوريات الجيش البريطاني حولنا.

كانت حركة الدوريات لا تتوقف، درَّاجات نارية وعربات جيب.

- المهم أن نتَّفق معك أولا، ولك ما تريد، ثم نجد الحل. نحن نعرف المعسكر تماماً، ومهما حدث فإننا نضمن أن تكون بعيدا عن المسؤولية.

- وهل تستطيعون القيام بذلك؟!!

- بالتأكيد!!
- الدوريات تحوم حول المعسكر حتى منتصف الليل. تعرفون هذا!!
- نعرف، ولذا يمكن أن نأتي في الواحدة صباحاً أو الثانية.
- لكنني لا أستطيع أن أكون معكم.
- لا عليك. أترك باب المخزن الذي نتّفق عليه مفتوحاً وعلينا البقية.
- *كان الرصاص يرهج كالذهب داخل صناديقه، رصاص لم نكن في أي يوم قادرين على الحصول على مثله أبداً، وكان هناك الكثير من قنابل الملز. والكثير من قذائف المدفعية التي يلزمها مدافع لم نكن نملكها.*
- سأترك جنديا أثق به يفتح لكم الباب. والباقي عليكم كما تقولون.

لم يصدّق أحد أن اتفاقاً مثل هذا يمكن أن يكون، تـردد كثيرون في الـذهاب، وحين رأوا بعد ذلك أن النتائج مضمونة، اندفعوا جميعا: الرجال والنساء والأولاد والشباب. يربطون الجمال والخيول بعيداً وقد كمّمـوا أفواهها حتى لا تُصدر أيّ صوت ثم يتسللون زحفاً نحو المعسكر.

***

في كل صندوق ما يقارب ألف رصاصة.

لم يترك شوكت مختار أمراً كهذا عرضة للغموض: الصندوق بعشرة جنيهات. يقف الجنديّ بالباب يحصي الصناديق، وحين ينتهون، يذهبون إليه، فيجدونـه كما في كل مرة يعتصر يداً بيد متطلّعا للباب.

وتحت ضوء الكشّاف الصغير، يبدأ الدفع. يتناولها ويخبئها في جيبه، وعنـدما يصلون الباب يعيد جملته التي يرددها كل ليلة: تذكروا إذا نجحتم فأنـا معكـم أمـا إذا وقعتم فإنني ضدكم!

لم يكن الأمر مطمئناً رغم تكرار الأمر ليلة تلو أخرى، ولم يكن أقل مـن متـوتر كلما جاؤوا إليه بنقوده.

- لا أريدها من فئة الجنيه!! أريدها من فئة العشرات. يقول لعليّ الـذي غـدا حلقة الوصل.

أصبح يخاف كثيراً، ولم يعد يحتمل إضاعة أي ثانية في تلك اللحظات الحرجة. ولكي يطمئن أكثر صار عدد من الرجال يجيئون إليه مباشرة في الوقـت الـذي يذهب فيه الآخرون نحو المخازن.

- كلما رأى جنيهاتنا يتطبَّع أكثر. قال حسين. لكن الحاج سالم طلب منهم أن يكونوا حذرين.

**

أرسل إليهم شوكت مختار أنه لن يستطيع أن يراهم ليلا لأن عدداً من الضباط والجنود الإنجليز عادوا إلى المعسكر.

في ذلك النهار ذهب إليه حسين ابن العزيزة، وسليمان سَمّور، وهاشم شحادة. لكنهم لم يتوقعوا أن تسير الأمور في اتجاه آخر هذه المرّة.

ظلّوا يسيرون إلى أن وصلوا أحد أبواب الحراسة، طلبوا من الجندي مقابلة قائد المعسكر. قالوا له: إننا أقرباؤه وقد جئنا لزيارته.

ردّ الجندي: سأريكم من الذي سيحضر الآن!!

رفع سماعة الهاتف، وبعد قليل فوجئوا بعناصر الشرطة العسكرية الإنجليزية بقبعاتهم الحمراء يحيطون بهم فوق الدرّاجات النارية.

- ما الذي تفعلونه هنا؟ صرخ أحد الجنود، وقبل أن يجيب أحد، طلبوا منهم أن يركبوا خلفهم. تشبث هاشم بالجندي خائفاً أن يقع، فتلقى ضربة قوية بكوع الجندي.

ظلت الدراجات تسير إلى أن توقفت أمام معسكر السكن.

- ما الذي جاء بكم إلى هنا؟ سأل ضابط إنجليزي تضيء كتفه نجمات ثلاث.

- لا نعرف! كنا في طريقنا إلى (بِئْنَة) لشراء المواشي فأحضَرَنا العساكر إلى هنا!!

كانوا يحملون نقوداً كثيرة، ستون جنيهاً في جيب كل واحد منهم!!

بعد قليل وصل شوكت مختار فصرخ فيهم: ما الذي تفعلونه هنا أيها اللصوص؟!!

كان الضابط الإنجليزي يتحدّث العربية مثلهم تماما.

- نحن ذاهبون إلى بلد اسمها (بِئْنَة) كي نشتري المواشي مثلما نفعل دائما. وفوجئنا بالجندي يوقفنا ويتّصل بالدورية وتحضرنا إلى هنا. ردّ حسين.

- لا بد أنكم كنتم قريبين من الأسلاك الشائكة للمعسكر. قال شوكت مختار بغضب!! كما لو أنه يبحث لهم عن عذر.

- لا نعرف إن كنا قريبين أم لا، لأننا لا نعرف المسافة المسموح بها.

أمر الضابط الإنجليزي الجنود الذين أتوا بهم أن يقوموا بتفتيشهم، فعثروا على المال.

- لماذا كل هذا المال؟! سأل الضابط.
- قلنا لكم لكي نشتري حلالا.
- بل لكي تشتروا بو بو!!
- اتركوهم لي سأحقق معهم بنفسي. قال شوكت مختار.

وعندما ابتعد الضابط والجنود، سألهم: من هو الجندي الذي أجبركم على القدوم؟

- إنه الواقف على بوابة 12.

عاد الضابط الإنجليزي: لا بد لي من أن أسلِّمهم لمخفر (قَطْرَة).

***

كان الأمر العسكري واضحاً للجميع في تلك المنطقة: خمسون متراً يجب أن تفصل المدنيين عن المعسكر سواء كان الأمر متعلِّقا بالرَعي أو الزراعة أو المرور، وكل من يقترب أكثر من ذلك يتم التعامل معه كمتهمه.

- حاول الثلاثة أن يُظهروا غضبهم أمام القرار، لكنهم، في داخلهم، كانوا مسرورين، فهم يعرفون مدير البوليس هناك، وقد كان من المتعاطفين. ضابط فلسطيني يعمل مع الإنجليز. شاب سُكّرة. كما يصفونه. اسمه عبد الفتاح ملحس. كان الناس يحبّونه ويتعاملون معه كضيف كبير حين يزور القرى، عكس رجال الأمن والضرائب وموظفي الحكومة الذي لم يكونوا أكثر من (ضيوف القصوص).

ظلّ الجيب العسكري يسير حتى وقف بهم أمام باب مركز البوليس، شرح جندي من المرافقين القضية لمدير المركز، ولوّح له بثلاثة مغلّفات تم وضع المال فيها ، وعلى كل مغلف كتبوا اسم صاحبه.

سأل مدير المخفر الجندي: كم يوجد من مال في هذه المغلّفات؟

- ستّون جنيهاً في كل واحد.
- ستون أيها الحرامية!! ما الذي تخططون له، ما الذي ستفعلونه بهذا المال؟! قال مدير المركز بغضب.
- نشتري حلالا. هذا كل ما في الأمر. قال حسين.

455

أما المفاجأة غير المتوقعة فهي أن الجندي لم يُسلِّم المال لمدير المخفر: سيبقى مالهم في الرملة إلى أن تكتمل التحقيقات معهم.

***

لم يكد الجيب العسكري يبتعد حتى راح مدير المخفر يعانقهم واحداً واحداً وهو يلومهم: كيف وقعتم هذه الوقعة؟!

شرحوا له كل شيء، ولم يكن جاهلا بما يدور.

- هيا بنا، سأوصلكم بنفسي إلى الهادية. قال.

- بالله عليك، دعنا ننام في الزنزانة هذه الليلة، حتى لا ينتبه أحد، وفي الغد تكون ضيفنا!!

- لم أعرف أنكم أصبحتم بخلاء إلى هذا الحد، أقول لكم سأكون ضيفكم الليلة، فتردّون، لا، ستكون ضيفنا غدا!!!

- سينتقدونك بسبب هذا.

- لا عليكم. الإنجليز لن يبقوا إلى الأبد وليس لنا سوى بعضنا البعض.

فقالوا معا: خلاص. يلعن أبو الإنجليز.

***

قبل أن يغادر الهادية كان قد كتب تقريره الذي أكّد فيه أنه بعد سماع الشهود ومختار البلد تبين أن المشبوهين لم يكونوا يفكرون بشراء السلاح، بل الحلال فقط، وقد تمَّ إطلاق سراحهم بعد توقيفهم لمدة أسبوعين؛ وحتى لا يثير أي شكوك، قال للحاج سالم سأرسل التقرير للإنجليز بعد أسبوعين.

لم يطل الوقت، ذات ضحى توقَّفت سيارة إنجليزية بمحاذاة البلد، سألت عن أسمائهم واحدا واحدا، وسلَّمتهم ما كان معهم من أموال بأيديهم، بعد أن وقعوا على ما يُثبت ذلك.

- شوف!! في هذه المسألة فقط كان الإنجليز جيدين!!

***

أما الجندي الذي تسبب في هذا كله، فقبل أن تعود أموالهم إليهم كان شوكت مختار قد أعاده من حيث أتى. إلا أن ما حدث جعله أكثر حرصا! فبات يفتعل المناسبة تلو المناسبة كي يطلق جنوده النار ليستطيع تبرير تناقص الرصاص في مخازن الأسلحة، وفي تلك الأجواء المحمومة لم تكن هناك حجة أفضل من هذه. ومع إطلاق هذه النار كان يصيب عصفورين بحجر واحد: ثقة الإنجليز وقد

456

أدركوا أن عيونه ساهرة، وبيع ما يريد من ذخيرة دون أن ينتبه أحد. وقد وصل بـه الأمر أن يرسل لهذه القرية أو تلك: لا تأتوا الليلة فهناك إطلاق نار.

لكن الشيء الذي كان يحيّر شوكت مختار هو: كيف يستطيع هـؤلاء الفلاحـون تنظيم العمل بمفردهم، دون قيادة، مع ما يرزحون تحته من مصائب؟

انتصار متأخر

تجاهلت الصحف خبر اعتقال الهاشمي أسبوعاً كاملاً؛ أقلقه هـذا، كـل شيء سيذهب هباء. اتصل بابنه أنس وطلـب منـه أن يُحـرِّك الصحافة بمعرفتـه: أريد مقالات، مقالات محترمة، مقالات لا غبار عليها، اعمل على أن يكتب محمود الحاج واحداً منها.

- ولكنه لا يكتب.
- لقد جاء الوقت لكي يكتب، قل لرئيس التحرير ذلك، إننا أكبر المُعلنـين، وفيها بعد أريد محمود لشيء أكبر.
- غداً ستقرأ أخباراً تسرُّك.

***

- أظن أن علينا الآن أن نرى مواهبك تـتجلَّى. قـال رئيس التحريـر لمحمـود. وليس هنالك من بداية أفضل من مقال تكتبه حول اعتقال سـليم بيـك الهاشـمي. فالجرائد كلها، حسب معلوماتي ستنشغل به خلال الأيام القادمة.
- وماذا أكتب؟
- أكتب ما تريد، هاجم الإنجليز وسياساتهم. ثم ما الـذي يمكـن أن أقولـه لك وقد فعلوا بك وبأسرتك وبنا الكثير حين قتلوا شهيد الجميع، والدك؟!

***

كما لو أنه كان محبوساً في داخل ذاته، وفجأة رأى نور روحه، كتب محمود مقالا هو الأعنف والأهم، لأنه الأصدق، ورغم أن اسم الهاشمي لم يرد فيـه سـوى مـرة واحدة كنموذج على عسف السلطات الإنجليزية، إلا أن ذلك كـان كافيـاً بالنسبة للهاشمي وأكثر.

ظهرت مقالات في ثلاث صحف، ثم ما لبث أن امتدت لصحف أخـرى، رأت أن عليها أن تكون في الصفوف الأمامية حينا يتعلق الأمر بمسائل وطنيـة. وحين

458

رأى محمود ذلك، أحسّ بأن كل الشكوك الصغيرة التي راودته لم تكن في محلّها، وأن كلماته كان لا بد أن تقال لا من أجل الهاشمي فقط بل من أجل أبيه أيضاً.

***

وجود كل تلك الأخبار دفع الهاشمي لأن يتصرّف بمسؤولية أكبر، وبخاصة بعد أن امتلأت الصحف بصوره. لم يعد يخرج من السجن، ولم يجد من وسيلة أفضل من أن يأتي طعامه المفضل إليه، فاتفقت إدارة السجن مع مطعم شهير في عكا أن يُرسل الطعام إليه مرتين في اليوم ظهرا ومساء، وقد كان الطعام كافيا له ولمدير السجن ولكبار الضباط فيه، ولم يتوان عن دفع تكاليف ذلك من جيبه الخاص.

***

الشيء المهم الذي حدث هو أن الاتصالات لم تعد تتوقف مع إدارة السجن، تحدّث عدد كبير من الزعامات، ومن مختلف المدن، مرددين الطلبات نفسها: أن يُعامل الهاشمي كما تعامل أي شخصية كبيرة، فهو رجل وطني وصناعي كبير وواحد من أبرز العقول في البلاد كلها.

مع بدء تذوقه لحلاوة انتصاره، أصبح أكثر إطمئناناً وراحة، تحدّث مع ابنه وطلب منه أن يُسرِّب خبر تمديد سجنه أسبوعين آخرين بعد أخذ موافقة حاكم اللواء.

في صبيحة اليوم التالي نُشر الخبر فهاجت الناس، وكُتب أكثر من مقال حول ضرورة الإفراج عنه في أسرع وقت. وظلّت المقالات تتوالى حتى الليلة ما قبل الأخيرة له في السجن. فاتصل بأنس وطلب منه أن يذهب بنفسه لحاكم اللواء ويريه الخبر الذي سيمليه عليه بعد قليل؛ وشدّد، من الضروري أخذ موافقته وإلا فإن مسألة السجن ستتحوّل إلى أمر جدّي.

لم يعارض حاكم اللواء؛ قال لأنس: ولكن فليتذكر لن أستطيع أن أعطيه أكثر من هذا!

***

كانت العناوين الكبيرة تملأ الصفحات في اليوم السابق لخروجه من السجن (سلطات الانتداب تقرر الإفراج عن الهاشمي بعد موجة الاحتجاجات الشعبية الواسعة).

حين قرأ الأخبار في الصحف التي أُحضرت قال: حان وقت الرجوع إلى البيت. واتصل بابنه. عليك أن تكون صباح الغد هنا ومعك محمود الحاج خالد. أريده أن يكون إلى جانبي حين أنزل من القطار.

كان الاستقبال الذي أعد له في محطة القطار كبيراً، حملته الجموع، كما حملت محمود الذي كان ظهوره بمثابة مفاجأة غير متوقعة، وسارت بهما إلى ساحة المدينة وهناك أقيم مهرجان خطابي كبير، أختتم بكلمة مؤثرة لمحمود، لم تكن في الحقيقة غير ذلك المقال الذي كتبه، وقد أحضره أنس وأعطاه إياه قاطعاً عليه أي محاولة للاعتذار عن المشاركة بسبب عدم استعداده، وأعقبتها كلمة لا تقل تأثيراً ألقاها الهاشمي، كلمة كان قد فكّر فيها قبل دخوله السجن وكتبها وحفظها غيبا أثناء وجوده فيه.

بعد انتهاء المهرجان، تفرّق الناس، وجاءت سيارة حملت الهاشمي وابنه، الهاشمي الذي التفت إلى محمود وأشار له بيده من شباكها مُودّعاً.

- نوصله إلى أي مكان يريد، بعيداً عن هذه الساحة. قال أنس لوالده.
- ولماذا؟ لقد انتهى دوره.

**

في تلك الساحة الفارغة، أحس محمود بأنه ينتظر، وأن ما ينتظره لن يجيء، مرّت الدقائق واحدة بعد أخرى. لا أحد، وما إن خلع طربوشه، حتى بدأت ملابسه تتساقط عن جسده مثل أوراق الخريف، نظر إلى نفسه، كان عاريا تماماً، ومطفأ بدا كل شيء حوله مثل نوافذ يافا أيام الحرب، النوافذ التي جرى تعتيمها واسدال الستائر السوداء لحجب أي ضوء قد يتسلل ويكون السبب في قصف المدينة، مع قيام الطائرات الإيطالية بالإغارة على مصفاة تكرير النفط في حيفا.

مطفأ مثل عيون الناس التي راحت تتابع سقوط البلاد واحدا بعد الآخر أمام الجيوش الألمانية، غير قادرة على أن تنظر إلى شيء ما بوضوح، وحين سقطت رومانيا ويوغسلافيا واليونان وقفزت هذه القوات إلى جزيرة كيريت أصبح الأمر أكثر تعقيدا، وغدا انطلاق صفارات الإنذار في يافا مناسبة شبه يومية حتى تنهال العتمة فوق العتمة أكثر.

كان صفارات الإنذار تدوي في أذنيه، منطلقة من كل مكان..

460

مطفأ مثل طيور السّمان التي تتساقط في الخريف على الشاطئ منهكة، كان محمود يتساقط، وكما تساقط الهاربون من الحرب على الشواطئ الفلسطينية، وغدت مشاهد فتيات الليل ظاهرة تغص بها الشوارع من يافا إلى حيفا إلى القدس.

أحس أنه مجرد فتاة ليل أمام ملهى لا أكثر..

***

بعد أسابيع كانت الرياح تسير في اتجاه آخر، وبتسارع لم يكن يتوقّعه الهاشمي أبداً، إلى ذلك الحد الذي دفعه للتفكير بجدوى تلك الفترة التي أمضاها في السجن؛ أدرك بغريزته، وبالمعلومات التي سُرّبت إليه، أن عليه أن يُنهي كل شيء بسرعة، فالبلاد في طريقها إلى الهلاك، وأي تباطؤ سيكون سبباً في خسارته للكثير.

42

---

42 - (ولما استطار الشّر في طول وعرض فلسطين، واستعرت النيران في الشجر والهشيم، وتطايرت شظايا الألغام والمتفجرات تحصد الأبرياء في الفنادق والسيارات، في أسواق الحضار والمدارس وفي التجمعات البشرية، نشرَ شائعة تناقلها رجاله في المدينة والريف مفادها: أن أوساط الثورة نصحته بالرحيل خشية اغتياله أثناء غدوه ورواحه، بسبب حقد اليهود والإنجليز الكبير عليه!! فباع مصانعه وبيوته وأراضيه وجماله وخيوله ونزح قبل النكبة إلى لبنان وأقام في بيروت حيث استمر في رعاية شؤون أبناء المدينة وقضائها من مكتب الهيئة العربية العليا هناك)!!

الطوفان

حين نهض المرزوقي لإلقاء مرافعته، سار خمس خطى باتجاه القاضي ثم أسقطَ
عصاه عامداً، انحنى يبحث عنها، تحسس الأرض، يميناً، شمالا، أمامـا. وجدها
أخيراً.

كان القاضي ينظرُ إليه، انتظرَ أن يقف، لكنه واصلَ البحث!

- كنتَ تبحث عن العصا ألم تجدها؟!

- نعم وجدتها.

- عمَّ تبحث إذن؟

- عن عدالة بريطانيا، سيدي القاضي. قال وهو يواصل بحثه.

- انهض إذن، لأنكَ لن تجدها بهذه الطريقة!!

نهض.

- ولكن هل تسمح لي سيادة القاضي أن أقول شـيئاً واحداً بعيداً عـن هـذه
المحاكمة.

أخذ القاضي نفساً عميقاً ثم قال له: تفضَّل. بشرط ألا تُطيل.

- اطمئن، لن أُطيل.

- تفضّل.

- اسمح لي أن أسألك سيادة القاضي، من أين أتيت؟

- من بريطانيا بالطبع!

- وما اسم مدينتك هناك؟

- مانشستر.

- وهل تنتمي لعائلة هناك.

- بالطبع، عائلة جونسون.

- لو أخذ أحدهم بيتك بالحيلة أو بالقوة، فهل تتركه له؟

462

- أبداً.

- وهذه هي قصة الهادية سيادة القاضي.

- الهادية ليست قرية. إنها، وكما ثبت في محاكمة سابقة أراض يمتلكها الـدير وهناك مزارعون جاؤوا من قرى كثيرة، ويعملون في أراضيه ويتقاضـون أجـرتهم لقاء ذلك.

- لا بأس بما تقوله سيدي القاضي، ولكني أحبُّ أن أسأل، عندما يحضُـر مزارع للعمل في أرض زراعية ما، فهل يبني قرية ويربي المـواشي والكـلاب ويبني مدرستين واحدة للأولاد وأخرى للبنات، ويكون له مكان للعبـادة؟ المُزارع كـما تعرفون سيادتكم لا يأتي بأكثر مـن محراثـه في أفضـل الأحـوال، وغالبـا مـا يكـون المحراث مُلْكا لصاحب الأرض.

- في هذه اللحظات كان هاشم شحادة قد جلس في الركن يعُدُّ الكلـمات التـي ينطقها المرزوقي، كما أوصاه رجال القرية، ودقات قلبه تتسارع، وما إن تجاوز عـدد الكلمات التي قالها المرزوقي المائة كلمة حتى أحس برأسه يدور ولم يعد قادرا علـى مواصلة العد. كان المبلغ قد تجاوز خياله تماماً.

- الهادية قرية يا سيادة القاضي وهي معروفة ضمن القضاء، قرية لها تاريخها. قبل أن تُقَسَّم البلاد إلى أقضية كانت موجودة، وبعد أن قُسِّمت البـلاد إلى أقضـية ظلّت موجودة. قبل وصول أول جندي إنجليزي إلى هذه البلاد كانت موجـودة، وقبل وصول أول مستعمر مهاجر من اليهود كانت موجودة. وحتى أثبـت أقـوالي ها هي الأوراق التي تؤكّد ذلك، وأظهـر الوثـائق والكواشـين التـي أعادهـا الأب إلياس.

كانت المفاجأة قوية إلى درجة لا تُصدق، وبها استطاع المرزوقي أن يقطع نصف الطريق؛ ضعضع القضية من أساسها وترك محامي الدّير مشدوهاً غـير قـادر عـلى فعل شيء، أما الأب متولي الذي جلس في نهاية القاعة يتابع سـير الجلسة بعينين زجاجيتين، فقد ذهب بعيداً باحثاً عن سرِّ هذه المفاجأة التي لم تخطر له بيال.

وقبل أن يفيقوا، طلب المرزوقي مـن القاضـي السـماح لـه باستجواب شـهود الدفاع.

أثبتت الأنيسة من خلال سجلات الـولادة التـي تـمَّ إحضارها، أنهـا وأباهـا وجدها وأخوتها، قد ولدوا في الهادية. وشهد مجموعة من أهالي القرى المجاورة بأن هذه القرية كانت موجودة على زمن أجدادهم، وأنهـم صاهروا أهلهـا، وعايشوا

463

أفراحهم وأحزانهم، وأثبتَ البرمكي أن ابنه قـد ذهـب إلى حـرب تركيـا كـمـا هـو مسجل في الوثائق الرسمية التي تحدد من أي قرية هو.

– وأحضروا عددا كبيرا من شهادات الزواج، إذ لم يكن من السهل إحضار شهادات طلاق، لأن الطلاق كان نادراً في تلك الأيام.

طلب القاضي من محامي الدّير تقديم مرافعته فطالب بتأجيلها، فأصدر القاضي أمراً بتشكيل لجنة للقيام بالكشف والتأكّد من صحة ما جاء في مرافعة الدفاع حسماً للأمر.

✱✱✱

أمام باب المحكمة، اختلى الحاج سالم بهاشم شحادة وسأله: هـل عرفتَ عـدد الكلمات التي قالها المحامي في قاعة المحكمة؟!!

تلعثم: والله يا حاج ما إن أصبحتُ مائة كلمة حتى أحسستُ برأسي يدور.

– هكذا سنظلم الرجل. ألا تستطيع أن تُقدّر عدد الكلمات التي قالهـا بعـد المائة؟

– سأكذب لو قلت لك أعرف.

– أوصيك. الطريق طويل، انتبه أكثر في المرّة القادمة.

✱✱✱

قبل ليلتين من موعد وصول اللجنة، وقف الشيخ حسني عـلى ظهـر المسجد وصاح: يا أهل البلد، الحاضر يعلم الغايب والسامع يُخبر الـذي لم يـسمع، ممنوع خروج أي منكم من البلد، يوم بعد غد الثلاثاء، ولتجمعوا أولادكم، ومن كان لـه ابن خارج البلد فليرسل إليه كي يحضر، ولتجمعوا كل ما لكم مـن خيـول وأبقـار وجمال وأغنام وماعز ودواب وكلاب وحمير وبغال ودجاج، وحتى القطط، داخـل بيوتكم.

لم يبق أحد من أهل الهادية، خارجها، حتى محمود الحاج خالد، حضر من يافـا، ووقف ينتظر كالآخرين ممسكاً بيد ابنه سمير ويد ابنته ليلى، في الوقت الذي كانت زوجته عفاف تراقب المشهد من ورائهما حزينة.

✱✱✱

حين لاحت سيارة اللجنة المكلّفة بالكشف وتقـديـم تقريـر للمحكمـة، صـاح الشيخ حسني، إلى بيوتكم، لا نريد أي شخص خارج سور بيته. وانتظروا إشارتي.

464

بعد ثلاث دقائق كانت السيارة قد وصلت طرف القرية، وفي منتصف تلك الساحة التي تتوسّطها توقَّفت.

نزل منها ثلاثة رجال، يتأملون المشهد الميت.

- ليس هنالك من شيء إلا البيوت. قال أحدهم.
- أين الناس؟ تساءل آخر.

وأخرج الثالث أوراقه، استند إلى طرف السيارة وهو يقول: لقد افتضحت خدعة المحامي. وقبل أن يُلامس قلمه الصفحة البيضاء جاء صوت الشيخ حسني: يا أهل الهادية افتحوا الأبواب.

انفجر الصمت مدوياً..

اندفعت الجمال والأبقار والخيول والأغنام والكلاب والقطط والدجاج كلها معا وخلفها الناس يستحثونها ويندفعون معها. هَدَرَ السيلُ الحيُّ جارفاً كل ما في طريقه، وأدرك أعضاء اللجنة أنه يتجه نحوهم فلم يجدوا مكانا آمناً أكثر قرباً لهم من السيارة فقفزوا داخلها، لكن السيل اجتاحها فانقلبتْ وواصل اندفاعه في جميع الاتجاهات. أما الناس فقد توقّفوا أخيراً في الساحة حول العربة التي ظلَّت إحدى عجلاتها تدور دون توقف.

كان أعضاء اللجنة في حالة ذعر شديدة، وبصعوبة استطاعوا الوصول إلى باب السيارة، وبصعوبة أكثر استطاعوا فتحها، كان أول ما شاهدوه السماء وهم يتسلّقون للوصول إلى جانبها الذي أصبح أعلاها. وعندما قفزوا بمساعدة الناس، كان الشيء الوحيد الذي يرددونه: ما هذا؟ ما هذا؟

فأجاب الحاج سالم: هذه هي الهادية!!

- وهل هذه المواشي والخيول و.. تعيش هنا؟
- كما ترون. إنها لأهل البلد.

كان كثير من الشباب قد اندفعوا يردّون القطعان الهائجة، وحين عادوا بها كان أعضاء اللجنة ينفضون الغبار عن ملابسهم.

- هذا القطيع لمن؟
- هذا قطيع إيليا راضي.
- وهذا؟
- وهذا؟
- وهذا؟

465

تجمَّع الرجال وأعادوا السيارة إلى وضعها الطبيعي، لكن سقوطها على عجلاتها ترك ضجة غير عادية. كما لو أن السيل عاد ثانية.

– ألم تكن هناك وسيلة أرحم من هذه كي تقولوا لنا إننا هنا؟!!

***

تحدَّد موعد الجلسة بعد أسبوع، كانت المعارك مشتعلة في كل أرجاء فلسطين، وبدا الوصول إلى قاعة المحكمة مغامرة كبرى، لكنهم قرروا الذهاب إلى هناك. كان المرزوقي في انتظارهم: خشينا ألّا تستطيع الوصول.

– لا تخشوا عليَّ، في أزمنة سوداء كهذه لا يرى طريقَه أحدٌ أفضل من الأعمى!!

على عجل عُقدت الجلسة، حيث قرر القاضي الحكم بملكية الهادية لأهلها وردَّ دعوى الدِّير. وعندها تقافز الناس يتراقصون.

– هدوء. صرخ القاضي.

.. هدأوا.

– هل تسمح لي سيادة القاضي بأن أقول جملة واحدة في هذه القضية.

– لقد أُغلقت القضيةُ لصالحكم، فماذا ستقول بعد؟

– كنت أتمنى سيادة القاضي أن يكون السيد جيمس آرثر بلفور الذي وعد اليهود بوطن قومي في فلسطين أن يكون هنا في هذه القاعة الآن ليسمع حُكْمَك الذي يقول إن الهادية لأهلها. شكراً سيادة القاضي.

– رُفعت الجلسة.

***

أمام باب المحكمة، اختلى الحاج سالم بهاشم شحادة وسأله: هل عرفتَ عدد الكلمات التي قالها المحامي في قاعة المحكمة هذه المرة؟

تلعثم: لقد أنساني خوفي من الحُكْم الذي سيصدُر كلَّ شيء منذ البداية.

– هكذا سنظلم الرجل. ألا تستطيع أن تُقدِّر عدد الكلمات التي قالها؟!

– سأكذب لو قلتُ لك أعرف؛ ولكني أحس بأنها أكثر من ألف!!

– أكثر من ألف!!!

***

عاد الحاج سالم إلى المحامي وقال له: الدنيا قايمة قاعدة، والذي أوله شرط آخره رضا. أظن أن علينا أن ندفع أتعابك الآن.

466

- أمور كهذه لا يجوز الحديث عنها في الشارع؟
- ما المكان الذي يريحك؟
- مكتبي، ليس هناك أفضل من مكتبي.
- وهل ستذهب إليه في أوضاع كهذه؟
- وأين يمكن أن أذهب، إلى البيت، ما الفرق؟

**

- والآن! نريد أن نسألك، وسامحنا، كم عدد الكلمات التي قلتَها يـا أسـتاذنا في المحكمة؟ سأله الحاج سالم.
- هذا هو السؤال الصّعب الذي لا أستطيع الإجابة عليـه، فـلا يمكـن أن أتكلّم وأعدّ الكلمات في الوقت نفسه. ألم تُكلّفوا شخصاً بهذا.
- أجل، ولكن بعد أن تجاوز العدد مائة كلمـة في الجلسة الأولى بـدأ رأسـه يدور ولم يعد قادرا على الاستمرار. أما في الجلسة الثانية فانتظاره الحُكم أنساه الأمر من أساسه!
- معه حق في المرة الأولى لأن المبلغ كبير، ومعه حـق في الثانيـة لأننـي كنت مثله، ولكن ماذا لو قلتُ لكم إنني قلت ألف كلمة.

تبادل الرجال النظرات دهشين وقال الحاج سالم: تكون صادقاً.

- إذن يكون لي في ذمتكم خمسون ألف جنيه.
- خمسون ألفاً. ردّد أكثر من صوت برعب.
- فقط، خمسون ألفاً.

عندما أحس المرزوقي بالصمت الذي سقط فجأة على رؤوسهم، ابتسم وقـال: بما أنكم أحضرتم كثيراً من الكواشـين والوثـائق، فسـأعتبر أن مسـاهمتكم تُعـادل نصفَ أتعاب القضية!!

- بارك الله فيك. قال له الحاج سالم.
- لكني لم أسمع أحداً غيرك يتكلّم، أخشى أن يكون الآخرون غـير راضـين عن هذا الحل!! وكان يبتسم.
- لن نقول لا، يا أستاذنا.

أخذ المرزوقي نفساً عميقاً، ثم أسند ظهره للكرسي: كـأنكم لم تعرفـوا بعـد سرَّ ذلك الطلب الذي طلبته!! حين قلت لكم أريد خمسـين جنيهـا مقابـل كـل كلمـة أقولها. يا أخوان، لم أكن أريد إلّا شيئاً واحداً لا غير، أن أتأكّد من أنكم مسـتعدون

467

لفعل أي شيء من أجل قريتكم. لقد أعدتُ لكم الهادية نعم، ولكني أعـدتها لي أيضاً، أم أنكم تعتقدون أنها لكم وحدكم؟!!

في تلك اللحظة طفر الدمع من عيون الرجال.

***

لم يُفتح باب الدير طوال عشرة أيام، بعدها، وصلت سيارة سوداء، مضى سائقها نحو البوابة الكبيرة على عجل، وطرقها خمس مرات، أطلَّت الأخت سارة، وبعدها الأخت ميري، تجاوز السائق العتبة، وحين عـاد للظهور مـن جديـد كـان يحمل حقيبتين بنيتين متهرئتين، ألقاهـا في الـصندوق الخلفي للسيارة، واستدار عائدا للطريق الذي جاء منه، وعندما مرت السيارة أمام الناس، كـان يمكـن أن يلاحظوا بوضوح أن الأختين لم تكونا راغبتين في النظر إلى أي أحد منهم، وعندما وصلت السيارة تلك النقطة التي توقف فيها الأب جورجيو والأب ثيودورس، لم تتوقف، ظلت تسير إلى أن اختفت.

بخطى وجلة سار بعض الناس إلى بوابة الدّير، لكـنهم سـمعوا صـوت الحـاج سالم: إلى أين؟ فعادوا.

- تسألني عن منولي؟ لا، لم يره أحد بعد ذلك. والدّير؟!! ظل مغلقاً حتى بعـد أن أكلته النار!!

468

قذيفة أو اثنتان!

في الأيام الأخيرة لتلك الفوضى التي كانت تعصف بكل شيء، وصلت قافلة يهودية، عبأت السلاح، ومضت.

كان شوكت مختار موجوداً، ولو سألوه هذه المرة، كما سألوه ذات مرة عـن هـذا الأمر لقال: إنهم الإنجليز، وهذا مالهم!

كانت القافلة تقصد يافا، علمت المنطقة كلها بذلك، فانطلقت الخيـول في كـل الاتجاهات تخبر القرى المجاورة، وراحت كل قرية تعمم الخبر على القرى القريبة منها، وقبل أن تقطع القافلة مسافة كبيرة، أحسَّت بالخطر الذي يحيط بها، فالتجأت إلى مستعمرة (خلدة) التي كانت تطل على وادي الصّرار وبيت محسير وتحادد أرض النعانة وصيدون وشحمة وعاقر.

بعد أسابيع سيسر عليّ لأبيه الحاج سالم: لم تكن الشطارة شطارتي هذه المرة، لقد أرسل إلينا شوكت مختار يُعْلمنا بالأمر وقال: بعد يومين ستخرج قافلـة مـن هنـا، فدبِّروا حالكم!! [43]

اندلعت نيران المعركة في الثامنة صباحاً، وظلَّت تدور حتى الثامنـة ليـلا، لكـن المستعمرة كانت تملك كل السلاح الذي لا يملكه أهالي القرى.

راحت قذائف المورتر تتساقط على المهاجمين، بحيث شلَّتْ حركتهم.

ولذلك قرر عليّ وعبد الجواد صلاح وإيليا راضي أن يذهبوا إلى قائـد مصفحة للجيش العربي تربض بعيدا ليقنعوه بالتدخّل.

رجوه أن يُطلق قذيفة، اثنتين على الأقل.

رفض: ليس معي أوامر. راح يُردد تلك الجملة التي لـن يـسمع الفلـسطينيون عبارة تتردد أكثر منها على ألسنة جنود وضباط قوات جيش الإنقاذ فيها بعد.

---

[43] - شارك شوكت مختار فيها بعد في عدد من معارك الدفاع عن (باب الواد) التي خاضتها وحدات الجيش العربي بقيادة حابس المجالي. وقد عاش طويلا ونال عدداً كبيراً من الأوسمة.

469

- وهل تحتاج إلى أوامر كي تقوم بها يمليه عليك ضميرك في الدفاع عن هـذه البلاد المهدّدة بالمستعمرين؟!!

أطرق قائد المصفحة رأسه خجلا.

- أترك أحدنا على الأقل يستعمل المصفحة وعلّمه كيف يُطلق القذائف.
- وهل ستتعلمون إطلاق القذائف وقيادة المصفحة في لحظات!!
- فقط، أرني كيف تُطلق النار إذن وأنا المسؤول إذا ما تمّت محاكمتك عند شوكت مختار. قال عبد الجواد.
- هـذه المصفحة ليست لـشوكت مختار، بـل لكلـوب باشـا وهـو الـذي سيحاكمني!!

بعد نصف ساعة من الأخذ والردّ وافق قائد المصفحة على حلٍّ أقنعَه: يقترب بها من أرض المعركة، يُوجّه المدفع إلى المستعمرة، ويقوم عبد الجواد بـإطلاق النار بنفسه. وبذلك يستطيع قائد المصفحة أن يُقْسِمَ اليمين إذا ما حوكم بأنه لم يطلـق النار!!

عبّأ قائد المصفحة المدفع، صوّبه، أطلق عبد الجواد النار، ثـم عبّأه مرة أخرى وأخرى وهكذا.

كانت المفاجأة كبيرة على الطرف المقابـل، حين راحت القذائف تنهال علـى المستعمرة، من سلاح لم يتوقعوا وجوده. وحين أصابت إحدى القذائف خزان المياه ودمَّرته رأى المهاجمون بأم أعينهم راية بيضاء ترتفع.

ومع إطلاق تلك القذائف بدأت نتائج المعركة تتغير شيئاً فشيئاً وانبثقت في أرواح المهاجمين حماسة لا توصف، فاندفعوا نحو المستعمرة من كل الجهـات إلى أن اقتحموها فاستولوا على الأسلحة بعد انسحاب من فيها.

- قبل ذلك بليلة، وصل الهادية أربعة رجال يحملـون البنادق، سألـوا عـن المضافة، فأخبروهم. استقبلهم الحاج سالم. كان الوقت متأخراً، أعـدّوا لهـم طعـام العشاء. أوقدنا النار وجفّفنا ملابسهم الغارقة بمياه المطر، بعد أن أحضر الحـاج سالم لهم بعض ملابسه. حين أنهوا عشاءهم، سألهم الحاج سالم: مَن الضيوف؟ فقال أحدهم: أنا هارون بن جازي. وكـان مـن الرجـال المعروفين. وهـذا محمد الفايز. لا أذكر الآن اسْمَي الرجلين الآخرين. سألهم الحاج سالم عن سبب قدومهم في هذا الطقس الممطر، فقال هارون: جئنا مـن شـرق الأردن للمشاركة في القتـال. فزاد احترامنا لهم. في الصباح ذبحنا لهم، وحين عرفوا بخبر القافلة، قالوا كيف

470

نأكل وغيرنا يموت؟! ومضوا معنا للمعركة، بعد انتهائها قلت لهم وأنا أشير للبنادق والرصاص والأسلحة التي غنمناها: إنها لكم، فخذوا ما تريدون؟ فقال هارون: نحن لا نبغي إلا مناصرتكم. فقلت لهم: نعود إذن للبيت لتتناولوا طعامكم الذي ينتظر. فقال هارون: سنبحث عن منطقة أخرى في فلسطين قد تكون بحاجة إلينا.

سمعوا صوت رصاص في البعيد، فقال محمد الفايز: عرفنا الآن إلى أين نتجه. ورحنا نراقبهم إلى أن اختفوا.

***

كانت معركة لم يعرفوا مثلها من قبل، أصيب عبد الفتاح ملحم، ومحمد أسعد، وهاشم شحادة، وإيليا راضي، واستشهد عدد من الرجال الذين أتوا من قرى أخرى.

كانت تلك المعركة تاريخاً. كما ظلَّ يردد الحاج سالم. فقبلها كانت المعارك تخاض سرًا.

471

وصرخ: وجدتُها!

وصل الخبر متأخراً: هناك قافلة إنجليزية ستمرُّ صباح غـد مـن الهاديـة لإمـداد المستعمرة الواقعة على التل الشرقي بالسلاح.

كانت المستعمرة مثل مستعمرات كثيرة غيرها قـد تعرَّضـتُ لهجمـات ليليـة متواصلة، حتى اضطر بعض من فيها للذهاب إلى تل أبيب هرباً من مفاجآت الليل هذه.

– طبعاً، في حالات كهذه تستطيع الألغام أن تحل مشكلة القافلة مـن أساسـها، لكن الحصول على لغم واحد كان صعباً، أما إذا تعلق الأمر بعدة ألغام فـإن الأمـر مستحيل.

فكَّروا في أي وسيلة تُمكِّنهم من تدمير القافلة بمن فيها، فكَّروا بإرسال خـبر للثوار، لكنهم كانوا يعرفون خطورة التنقل في الجبال في الليل: فإن لم يصطدم، مـن سيذهب، بدورية أو كمين إنجليزي أو يهودي فسيصطدم بالثوار أنفسهم.

تردَّد محمد شحادة طويلا قبل أن يقول ما يفكر فيه، لكن تأخُّر وصولهم إلى حلٍّ دفعه لقول كل ما لديه دفعة واحدة.

كان ردُّ فعلهم الأول: ومن يستطيع أن يحمل كلَّ ذلك الرَّماد إلى هناك؟

فردَّ: الجميع. ألم يعاقبوا الجميع ذات يوم بسبب رصاصة واحدة أطلقت مـن القرية على دورية إنجليزية؟ أم نسيتم؟!!

اختاروا الموقع الذي سيحاصِرون القافلة فيه، لم يكن يبعد أكثر من ثلاثـة كيلـو مترات عن آخر بيوت الهادية: شارع بين تلّين صغيرين، لكن حواف الطريق كانت عالية بحيث يصعب على الجنود تسلّقها إذا ما أرادوا ملاحقة أحد.

لم يكن على شباب القرية أن يقوموا بالكثير بعد ذلك، فقط، أن يوقدوا النار!!

**

472

قبل وصول عربة الجيب الأولى إلى الحاجز الذي وضعوه هناك، توقّفت. نـزل منها ضابط إنجليزي وأشار للسيارات التي خلفه أن تتوقف.

هبط الجنود من العربات بأسلحتهم المُشرعة، تفحَّصوا جانبي الطريق، شمّوا رائحة غريبة، وفاجأهم أن ليس هناك أحد كما كانوا يتوقعون في حوادث كهـذه. لم يكن هناك سوى الصمت، الصمت العميق في ساعة ما قبل الضحى تلك. لم تكن هناك سوى الريح التي بدا وكأنها تهبُّ من جميع الجهات.

حين مضى الجنود لإزالة الحاجز، سمعوا حركة خلفهم، التفتـوا، رأوا حجارة تتدحرج، وتسدُّ الطريق خلفهم. وفي تلك اللحظة رأوا شعـلات نـار تسقط مـن جانبي الطريق باتجاه الإسفلت. كان الأمر مُحيراً للجنـود، كمـا لـو أن الـذي يقـذفها أعمى، وإلا فلماذا يُلقي بها بعيداً عن العربات، بدأ الجنود رغم ذلك بإطلاق النار، وبعد لحظات، شاهدوا النار تزحف باتجاههم، شاهدوا الشارع نفسه يحترق، ذُهلوا، كانت النار تتقدّم بسرعة باتجاه العربات، التصقَ الجنـود بحـواف الطريق، وقد أدركوا أن النار ستلتهم السيارات. تسللت النار تحت العربات وواصلتْ طريقها حتى السيارة الأولى، وفي أوج ذهـولهم ذاك، رأوا إحـدى السـيارات تطير بسبب انفجار خزان وقودها، وسريعاً اندفعت النار تأكل كل ما تلمسه، لكن ذلك لم يكن هو الأصعب، أدركـوا أن الـذخيرة سـتبدأ بـالتفجر بعـد لحظـات، اندفع بعضهم نحو مقدمة القافلة متجاوزاً الحاجز الأمامي غير عابئين بأي خطـر يمكن أن يكون خلف الحاجز، وكذلك فعل الجنود القريبون من الحاجز الخلفي.

لم تُطلق رصاصةٌ واحدة باتجاههم. وهذا ما جعل الأمر أقرب للكوابيس منه إلى الواقع. كانوا ينظرون صارخين إلى أولئك الذين حاصرتهم النار، طالبين مـنهم الهرب.

اشتعلت السماء بالنار وامتلأ الفضاء بأصوات الانفجارات.

- *من سمع ورأى المشهد في ذلك اليوم فوجئ أن في الدنيا رصاصاً وقنابل إلى هذا الحد!!*

***

وصل سكان المستعمرة بأسلحتهم لنجـدة القافلة أخيـراً، ولكـن بعـد فـوات الأوان، اقتربوا بحذر وهم على يقين أنهم سيُحاصِرون المحاصِرين، لكنهم لم يجدوا أحداً. ظنّوا أن المعركة، لا بدَّ، تدور وجهاً لوجه، اقتربوا بحذر أكثر، سقطت أكثر من قذيفة إلى جوارهم فتراجعوا قليلا. كان التقدّم مستحيلا مع كثافة النار تلك.

473

وعندما هدأ كلُّ شيء في النهاية، زحفوا حتى وصلوا، وفي الوادي الصغير الضيق لم يكن هناك سوى عربات تحترق.

بعد ساعة وصلتْ قوة بريطانية كبيرة، حاصرت المنطقة قبل أن تعرف ما حصل؛ كل ما حدث كان يشير إلى معركة مثل عشرات المعارك التي يعرفونها، وظهرتْ في السماء طائرتان على ارتفاع منخفض. لكن ذلك لم يُسفر عن شيء، وحين سألوا الجنود الناجين عمّا حدث ازداد الأمر غموضاً.

قال أحد الجنود: لم نر أحداً. رأينا الأرض تحترق تحتنا.

وقال آخر: لا لم نسمع انفجارات. لم يكن هنالك ألغام. فقط أرض تحترق.

كل محاولات البحث عن خيط ضوء يُبدد ذلك الظلام الذي أحاط بالمعركة – اللامعركة، لم يُفض إلى نتيجة.

داهموا الهادية وكل القرى المحيطة دون جدوى. اعتقلوا عشرات الرجال، لم يصلوا إلى شيء.

قبل هبوط الليل انسحبتِ القوات الإنجليزية بعد أن أبعدتْ ست عشرة عربة محترقة بصعوبة إلى أحد طرفي الشارع، لكن صدى أصوات وبريق تلك الانفجارات سيظلان إلى أمد بعيد يضيئان قبة السماء المنحنية فوق تلك المنطقة.

* * *

محمد شحادة الذي استطاع الاختفاء بعيداً مع رجال القرية، عاد إليها غير مُصدّق للنتائج التي حدثت. كان الأمر بالنسبة إليه لا يقل أبدا عن اختراع البارود، اختراع بارود من نوع آخر لم يفكر أحد بوجوده، بارود يُلقُونه للريح لتحمله بعيداً عن المواقد والطوابين وضيق ربات البيوت بتراكمه المستمر.

– طبعاً، كان محمد شحادة في ذلك اليوم هو الأكثر عِلما ومعرفة بين مَن رأوا من بشر في حياتهم!!

قال لأهل الهادية: القافلة ستصل قبل وصول الثوار. لا بد أن هنالك حلا.

– أي حلٍّ ذلك الذي تتحدَّث عنه يا لبيب!

– دائما هنالك حل، ولكن المشكلة هي، هل نستطيع العثور عليه أم لا. هذه هي مشكلتنا الآن.

في تلك اللحظة رأى الفار تجرف الرماد من طابونها. فصرخ: وجدتها.
ولحسن الحظ، لم يناقشه أحد.

474

طوال الليل، حملت النساءُ والرجال والأطفال كل ما تجمَّع من رماد في القرية، جمعوه في أربعة أكوام صغيرة على طرف الشارع في النقطة المحددة، ثم أحضروا كل ما لديهم من نفط، عجنوا الرماد بالنفط وفرشوه على طول المنطقة التي قـدّروا أن القافلة ستقف فيها أمام الحاجز الأول. ثم عاد الجميع إلى بيوتهم آخر الليل، سودا، لا تستطيع معرفة الواحد منهم من الآخر. وخلفهم ظل بعض الرجال الذين كانت ملامحهم تختفي خلف طبقات الرماد.

– وما الذي كانوا بحاجة إليه أكثر من إشعال النار. ما حصل ذلك اليوم لا يمكن أن أنساه أبدا. لا، لا يمكن!

475

يافا- القدس

- أحرجتني. قال له المدرب عبد المنعم. كيف يمكـن أن أنقلـك إلى القـدس
وقد تقرر أن تكون في يافا؟

- أنا أحب هذه المدينة، كما أن لدي أقارب هناك يمكـن أن أسكـن عنـدهم.
قال ناجي.

- تحبُّ المدينة، أفهمك، ولكن لا تقل أبـداً إن لـك أقـارب هنـاك، لأننـا لا
نرسل أحداً إلى حيث يكون له أقارب أو تكون له قريته في القضاء الذي سيُعيّن فيه.

ذهب المدرب عبد المنعم إلى مستر كَمِنْ فقال: إلى يافا. لا يمكنه الذهاب إلى أي
مكان سواها.

كانت سيارتا القدس ويافا تنتظران، بعـد أن ذهبـت سيـارات، غـزة، الخليـل،
صفد، يافا، نابلس، حيفا.

عاد عبد المنعم من جديد: مستر كَمِنْ يرفض ذلك تماماً.

- وأنا لن أصعد إلى عربة يافا إلا ميتاً.

أمام إصرار ناجي عاد من جديد إلى مستر كَمِنْ: إن 8410 يصر علـى الـذهاب
إلى القدس.

بعد قليل أطلَّ مستر كَمِنْ وعبد المنعم: أوكي، سنرسلك إلى القدس، سـتكون
تحت التجربة، وإذا تبين أنك ذاهب لسبب لا نعرفه، فسأعمل على نقلـك إلى آخر
نقطة في هذه البلاد، إلى قضاء صفد. مفهوم؟!

- مفهوم مستر كَمِنْ، تأكد من أنني أريد أن أكون في هـذه المدينـة فقـط لأي
أحبها، ولو أردت أن أختار قضاء آخر لاخترت الذي فيه قريتي.

- إلى القدس إذن. وهناك لا تكن أقل مما كنت هنا. كـما عرفنـاك. سأوصي
بمنحك شريطين، وإلى أن تُرفَّع رسمياً ستكون برتبة عريف احتياط.

***

476

بعد أيام من العمل في مركز الطالبية قرروا نقله إلى المحكمة العسكرية حارساً.

كانت الاشتباكات في تصاعد مستمر، وكان اليهود ينشرون الرعب بين الفلسطينيين بشتى الوسائل.

ذات يوم انتشر ذلك الخبر كالنار في الهشيم: اليهود كتبوا اسم الحاج أمين الحسيني على حمار، وهم يدورون فيه في كوبانية محانيه يهودا من شارع لشارع. انتفض الناس، وعمَّت الفوضى، فبدأ الفلسطينيون بالتجمع لمهاجمة سوق الشماعة، حيث الكثير من محلات المجوهرات والأصواف اليهودية.

وصل الخبر سريعا إلى البوليس الإنجليزي، فقرروا إرسال قوة إلى هناك، من بينها ناجي. وقبل أن تتحرَّك قال الملازم الإنجليزي أنطوني لهم تلك الجملة الغريبة: إذا أرادوا إحراق السوق وتدميره فلا تتدخلوا! أما إذا أرادوا نهبه فعليكم أن تمنعوا ذلك بالقوة.

لم ينهب الناس السوق. أحرقوه، فلم يتدخل أحد من القوة البريطانية.

– *كانت تلك هي الأيام الأخيرة لبريطانيا، يعرف الجميع هذا، ولم يعد يهمها شيء سوى أن تنسحب بأقل الخسائر الممكنة.*

كان ناجي قد استقر في بيت الحاج أبو سليم (والد أمل) في المتفيوري، بيت كبير، يسكن الحاج أبو سليم جانباً منه وتستأجر الجانب الآخر عائلة مسيحية وأخرى يهودية في حين أقام ناجي في غرفتين يوصلهما درج حجري بالساحة الصغيرة التي قُسمت إلى نصفين بحاجز خشبي رقيق.

***

قبل وصول ناجي إلى البيت، وجد الحاج أبو سليم وزوجته قد طردا منه، ووقفا في الشارع يصرخان ويطلبان تدخل الناس، قالا له: إلى أين؟ إنهم يطردون الجميع! لكن ذلك لم يثنه عن التقدّم نحو البيت، وبعد قليل أبصر عائلة سمعان المسيحية خارجة تجرُّ أولادها من هناك والفزع يملأ ملامحهم: إلى أين تذهب؟ قال له سمعان، لقد جاءت قوات الهاجاناه وأخذت البيت، لم يبق هناك سوى العائلة اليهودية التي قالت لنا: إذا ما أردتم البقاء على قيد الحياة فاحملوا ما تستطيعون حمله من متاعكم وارحلوا. إن بقيتم هنا فأنتم تحكمون على أنفسكم بالموت.

– كل ملابسي وأشيائي داخل البيت. سأذهب مهما حدث. وكان يرتدي الزي الرسمي.

477

قبل أن يصل أطلَّ واحد من قوات الهاجاناه من شباك غرفة ناجي، كانوا يعرفونه، وفجأة أشهر سلاحه وأطلق النار. تراجع ناجي.

***

- ابن الحرام كان يطلق النار ليصيب، لا ليخيف. قال ناجي بانفعال.
- لا عليك، سنحضر أغراضك. قال الملازم أنطوني.
- وهل تعتقد أن المسألة تتعلق بإعادة بعض الأغراض، ما الذي سأقوله للحاج أبو سليم. لقد احتل اليهود منزله ووعدته أن تساعدوه.
- في مسائل كبيرة كهذه لا نستطيع أن نفعل شيئا. الأوامر واضحة، ليس هناك أوامر. والتفت إلى عدد من رجال البوليس: خذوا مصفحة، واذهبوا معه لإحضار ملابسه.

حين وصلت المصفحة، تراجع أفراد الهاجاناه، وبدا الأمر كما لو أنهم لم يعودوا هناك.

دخل الحوش، أبصر ملابس وأغراض أسرة سمعان ملقاة في الخارج، أزالت الأسرة اليهودية الحاجز الخشبي، وأطلَّت تراقب المشهد من شقتها وشقة عائلة سمعان. لقد احتلوا كل شيء بسرعة غير عادية.

خرج شاؤول الرجل الستيني، رب الأسرة اليهودية واقترب من ناجي: ليس هناك ضرورة لكي تصعد الدرج، أغراضك وضعناها في تلك الزاوية، وراءك مباشرة. استدار ناجي، كانوا قد وضعوها إلى جانب الباب. خذها وارحل بسلام، وإن كنت تريد نصيحتي فاحملها ولا تتوقف قبل الوصول إلى شرق الأردن.

انحنى ناجي ليتناول بعض الأشياء التي تخص عائلة سمعان، ليعيدها إليها: لا. هذه اتركها. إن أرادوا شيئاً منها فإن عليهم أن يأتوا بأنفسهم. ولكن صدِّقني لن يأخذوا شيئا حتى لو أتوا على ظهر مصفحة مثلك. هذه هي المرة الأخيرة التي يعود فيها أحد إلى هنا ليأخذ شيئاً بالقوة!! قال شاؤول.

في الجانب الآخر من البيت، كان رجال الهاجاناه ينتظرون انسحاب المصفحة، كي يعودوا للظهور من جديد. وفي نهاية الشارع كانت عائلة الحاج أبو سليم هناك: ما الذي حدث؟

- لقد احتلوا البيت. أجاب ناجي، وألقوا بكل شيء في الحوش، ولن يسمحوا لأحد بالعودة لأخذ أي شيء. رأيي أن تذهب إلى الهادية، إلى أن تتضح الأمور.

478

- إذا كان هذا يحدث للقدس نفسها، فهل تعتقد أن الهادية ستنجو؟!

***

بعد أيام أصبحت قوات الهاجاناه تتحرّش بالحراس، في الوقت الـذي قـام فيـه البوليس الإنجليزي بسحب السلاح من أفراده العرب وتزويدهم بالعصي فقط.

رفض ناجي أداء الوظيفة بغير سلاح، وتضامن معـه العريـف السـوداني أحمـد مبروك الذي قال: لن أخرج لأكون هدفا عاريا لرصاص اليهود.

عندما أمسك ناجي بالسلاح، اكتشف أن هناك مهمة واحدة عليه القيام بها: الفرار بسلاح الحرّاس.

احتجوا: ستوقعنا في مشاكل أكبر منا.

- لا عليكم. سأجد الحل.

كان مركز البوليس يحتوي على أربع عشرة بندقيـة، سـتة مسـدسات، رشـاش (برن) ومسدس إشارة.

- المسدسات ستكون لكم. أما البرن والذخيرة والبنادق فنحن بحاجة إليهـا في الهادية.

قبل منتصف الليل بقليل وصل إلى الهادية، شرح للحاج سالم مـا يـدور هنـاك، وأخبره بخطته: هذا السلاح هو أملنا الوحيد. قال لعمه. فقط أريد من يساعدني.

في الليلة التالية توقّفت سيارة أمام المحكمة، هبط منها ثلاثة من رجـال الهاديـة، أوثقوا الحراس، ومعهم ناجي، وحملوا السلاح وغادروا إلى حيث أتوا.

مرّت دورية إنجليزية عند الفجر، حيّرها عدم وجود الحراس في أماكنهم، هبط الجنود بسرعة مُشهرين أسلحتهم، وما إن سمع مَن في الـداخل خطـواتهم حتى راحوا يصرخون، دخل جنود الدورية فاكتشفوا أن الحراس موثقون ووجـوههم للأرض.

لم يكن باستطاعتهم إقنـاع الضـابط أنطـوني بـروايتهم: كيـف يمكـن أن تتـمّ السيطرة عليكم كلكم؟ كيف لم يستطع أحد أن يدافع عن نفسه؟ هذا غير مقنع! ساقوهم إلى زنزانة: ستبقون هنا إلى أن تظهر الحقيقة.

بعد أسبوعين، أطلقوا سراحهم، ووزعوهم مـن جديـد على مراكـز مختلفـة، وهكذا وجد ناجي نفسه في سجن الكشلة باحثا عن فسحة للفرار.

البرج

اختفى برجا المستعمرة الخشبيان فجأة، لاحظ الجميع ذلك، كـان البرجـان قـد أصبحا جزءاً منها، جزءا لا يمكن أن يتخيّل أحد المستعمرة دونه، لم يفهـم النـاس شيئاً، كيف يمكن أن يحدث ذلك والنار تهب من كل مكان؟!

- سيرحلون. لا شك أنهم سيرحلون بعد أن عرفوا أن جيوش الإنقاذ قادمة.

- إذا أرادوا الرحيل ما حاجتهم للبرجين؟! الذي يرحـل يأخـذ مـا يحتاجـه، ربما يأخذون بيوتهم التي هبطت من السماء فجأة أمّا البرجان...

وكأنما لو أن الأمر أشبه بمعجزة، رأوا برجاً ينمو مكان البرج الشمالي، كان يخـرج من الأرض عريضاً وينمو أمام أعينهم غير المصدّقة، لم يروا أحـدا خـارج البـرج، ليتأكدوا من أن هناك من يعمل على بنائه. كل العمـل كـان يـتم في الـداخل، بعـد ثلاثة أيام كان قد أصبح أكثر علوّا مـن أيّ بنايـة في القريـة، أكثـر ارتفاعـا مـن أي مرتفع، وفي أعلاه أطلّت أعين الطّلاقات، كما لو أنها شخص يحاول إغمـاض عينيـه ليرى بصورة أفضل.

***

- لن يفرحوا بما يبنونه هنا أبداً، ما دامت جيوش الإنقاذ قادمة. قال الحاج سالم.

- غريب أمركم يا ابن أخي. قالت الأنيسة. كأنكم لم تتعلّموا مما حـدث لكـم عام 36، فما زلتم تتعاملون مع الزعامات العربية على طريقة البدوي في حكايته مـع سلّة التين! مع أنكم شتمتم هذه الزعامات إلى أن حفيت ألستكم! وحـين سـألها: ماذا تعنين؟ قالت: حمل بدوي سلة تين وخرج مـع قطيعـه إلى الجبـال قبـل شـروق الشمس. في الصباح أكل ما أكل من التين، وظنّـا منـه أن هنـاك مـن سـيأتي لـه بغدائـه ظهراً، نظر إلى التينات وبدأ يشتم، تين سيء، تين معفن، وتطور الأمـر فبـال عـلى التينات. عند الظهر جاع، ولم يأت أحد، وانتظر أكثر، فلـم يـأت الغـداء، فقـام إلى سلة التين وبدأ ينظر إليها بحسرة، ثم قال: هذه الحبة لا بدَّ أن البول لم يصل إليهـا!

480

وأكلها، وهذه أيضا وأكلها وهذه أيضاً وأكلها، حتى أكل كل مـا في السـلة، وهـو يقنع نفسه بمثل هذا الكلام.

ثم صمتت وقالت: لـو أكلتـم تينـاً في المـرة الأولى لقلتُ أمـر الله، ولكـن مـا أكلتموه، بعيد عن السامعين!! كان خراء.

***

لم تكن شمس ذلك اليوم قد أضاءت كل سـاحات القريـة وزوايـا أحواشـها، سمعوا طلقة، طلقة واحدة، وبعد ثوان سمعوا صراخاً.

لم يعرف أحد ما يدور، سوى أولئك الـذين كـانوا في السـاحة، أولئك الـذين أبصروا رجلا يتخبّط في دمه ووجهه في التراب، قلبوه، وإذا به تميم أبو ديّة، كانـت الطلقة قد اخترقت قلبه، تلفّتوا اليعرفوا مصدرها، لم يروا شيئاً، وفي البعيـد، كانـت المستوطنة هادئة، وحجارة البرج مضاءة بنور الصباح.

في اليوم التالي، حدث الأمر نفسه، في الحارة الثانية، قرب بوابة دكان أبو ربحي، صاحت امرأة، وسقطتُ، ركضوا نحوها، إنها ليلى حسّان، أم نايف، واحتاروا هل سمعوا رصاصا قبل صيحتها أم لا. حدّقوا في الجهات كلها ولم يكن هناك أحد. وبدا البرج في هدوئه والمسافة التي تفصله عن المكان بعيداً بحيث لا يمكن الاشتباه به.

في اليوم الثالث، لم يسقط أحد، مضى كل شيء بهدوء، حتى أنهم بـاتوا يظنون أن ما حدث في اليومين الماضيين كـابوس لـيس إلا، لكـنهم تـذكروا أنهـم سـاروا في جنازتي القتيلين.

في اليوم الرابع دوت رصاصة، ولم يكن لهم إلا أن يـسمعوها، وقـد بـاتوا أكثر يقظة، سقط عبد الله رشيد قـرب بوابة مطحنـة القمـح، صـاحت زوجتـه تُركيـة الموسى وبدأت تبكي فوق جثته، ثم وقفـتُ تـستغيث، وقبل أن تُكمـل صـيحتها جاءت رصاصة وأسقطتها تماماً فوق جثة زوجها. اندفعت القرية نحوهمـا بحـذر، كانا هناك ميتين.

***

جبر درويش أكد أن الرصاصة انطلقت من البرج، نعم من البـرج، ولـيس مـن أي مكان آخر سواه، لقد رأى بريقها. لم يصدِّقوا أن أحداً يمكن أن يـصيب إنسانـاً من مسافة بعيدة كالتي تفصل أول بيت من بيـوت الهاديـة عـن الأسـلاك الـشائكة للمستعمرة.

481

قال: سأذهب وأتأكد بنفسي قبل شروق الشمس، سأذهب وأراقب وأعرف، فقال له عباس رشيد: سأذهب معك. لن يذهب دم أخي ودم زوجته هدراً.

حين أطلت الشمس سمعوا طلقة، كان رأس جبر قد ظهر من خلف صخرة كبيرة، صخرة المراقبة تلك. تحت عينه اليمنى تماماً عبرت الرصاصة. ارتدّ للوراء فسقط رأسه على كتف عباس، عباس الذي وجد نفسه ملطّخا بنافورة الدم وفتات العظم واللحم. وقبل أن يقول شيئاً، سمعوا في القرية الرصاصة الثانية. تحت عينه اليسرى تماماً عبرت الرصاصة. فتناثر الدم وفتات اللحم والعظم على التراب خلفه.

اختفت الحركةُ في شوارع القرية تماماً.

وفي اليوم السابع وصلت قوة من جيش الإنقاذ. اجتمع قائدها واصف بشير بالحاج سالم وكبار البلد.

- منذ الآن لا مجال لحرب العصابات. إنها حرب جيوش. قال بثقة أذهلتهم.
- ولكن اليهود لا يحاربوننا كجيوش بقدر ما يحاربوننا كعصابات. فلماذا لا نفعل الشيء نفسه، ثم لماذا تحرموننا من الدفاع عن بيوتنا؟
- الأوامر واضحة، لا مجال هنا إلا لحرب الجيوش.

جمعوا الأسلحة التي استطاعوا الوصول إليها. وبدأوا بحفر الخنادق على طول واجهة المستعمرة في المنطقة الوسطى بين حدود القرية والأسلاك الشائكة. ووصلوا خط الخنادق الطويل بالقرية بخندق متعرج.

حيّر الجميع أن النار لم تُطلق صوب أحد ممن يحفرون.

لكن الموت عاد يدقُّ أبواب القرية من جديد حين سقط الطفل يحيى عيّاد، كان في الثانية عشرة من عمره، ذهبوا لواصف بشير! لم يفعل شيئاً. وعلى مدى أربعة أيام تكرر الأمر.

دخل الحاج سالم عليه غاضباً، وقبل أن ينطق كلمة، هاله الأمر، لقد كان الضابط يبكي.

- ما لك؟
- كل يوم أرى إنساناً يُقتل ولا أستطيع أن أفعل شيئاً. أيّ هوان هذا؟
- اتركنا نتصرّف، نحن سنحل الأمر.
- وكيف ستتصرفون؟
- أترك الأمر لنا.

482

صمت واصف بشير، لكن الحاج سالم لم يعد للبيت، ظل يسير إلى أن وصل بيت حسين ابن العزيزة: يا خال نحن بحاجتك. عليك أن تجد لنا طريقة لتدمير ذلك البرج.

- اطمئن، كنت أفكر بهذا، سننسفه.
- وكيف ننسفه؟
- هناك صديق لي اسمه إسماعيل الغلاييني يستطيع أن يصنع الألغام، سأذهب إليه وأطلب منه أن يصنع لي لغماً يحلّ مشكلتنا من جذورها.
- وأين يسكن؟
- في الخليل.
- ومن يستطيع الوصول إلى هناك؟
- سأصل وأرجع.

مساءً عاد حسين ومعه الغلاييني نفسه، الغلاييني الذي قال له: لـن أستطيع أن أصنع اللغم إلا إذا رأيت البرج بعيني.

في الصباح تأمل البرج من بعيد، قال: الآن أستطيع أن أعمل.

ذهب الحاج سالم لقائد القوة وأخبره: اليوم سنريح الجميع من هذا الشيطان.

- ولكن لا تنس أن المستعمرة محميّة من الإنجليز واليهود معاً.
- سيجد الشباب حلاً.

كان اللغم جاهزاً قبل الفجر بقليل، قال الغلاييني: سأذهب معك.

- مهمتك انتهت هنا، وأنا الأعرف بالمنطقة. قال له حسين.
- إذن سأرافقك إلى أقرب نقطة لأطمئن.

سارا داخل الخنادق حتى وصلا النقطة الأقرب، زحفا، اختبأ الغلاييني خلف صخرة كبيرة، وهمس لحسين: لا تنس شيئاً مما قلته لك.

- اطمئن.

***

كان باب البرج على الجانب الآخر، خلفه حرش صغير، ظل حسين يزحف إلى أن وصل الباب. لم يكن هناك أحد، كل شيء صامت، دخل، وفجأة انطبق الباب خلفه، حاول أن يفتحه، لم يستطع. أحسَّ بحركة، حدّق برعب وهو يرى بابا يُنفتح تحت قدميه، ورصاصة تنطلق، تخترق خده وتصعد لترتطم بسقف الدرج، بـدأ يهرب إلى الأعلى وبيده اللغم. كان الفخ قد أطبق عليه تماماً، حاول أن ينظر باتجاه

483

الأسفل، فلم يجد سوى سيل من الطلقات التي وُجِّهتْ إليه، أمسك بواحدة مـن القنبلتين التي يحملهما، سحب مسار الأمان، ثم ألقاهـا، سمـع ارتطامهـا بحـواف الدرجات.

لحظات وانفجرت.

صعد إلى الأعلى بكل ما فيه من قوة، كـان الـدرج يلتفُّ بصـورة دائريـة عـلى جدران البرج الداخلية، ولذلك كان باستطاعته أن يرى القاع بسهولة إذا ما انحنى قليلاً.

أحسَّ بالدم حاراً يتدفَّق على وجهه ورقبته. قرر أن يعود، عندما أدرك أنهم لا يتبعونه، عاد، في منتصف الطريق سمع الباب يُفتح مـن جديـد ورصاصاً يـدوّي، كان الصوت مرعبا في تلك المساحة الضيقة المُقفلة.

ألقى قنبلة أخرى، كان انفجارها جحيما لا يُطاق.

على حافة الباب الأرضي وضع اللغم، أشعل الفتيل، وصعد بكل مـا فيـه مـن طاقة إلى الأعلى. وقف على حافة البرج؛ لم يكن لديه أي خيار آخر، قفز. وانفتحت أبواب الجحيم، كان الرصاص يتناثر حوله في الهواء، وعندما سقط فوق تل التراب الأحمر الصغير أسفل البرج، اكتشف أنه لم يمت، أنه حي، لكنـه كـان بحاجـة إلى لحظات كي يُصدِّق.

لم تكن الشمس قد أشرقت، لكن الضوء كان كافياً لرصد أي حركة. واصل زحفه، حتى وصل إلى المكان الذي ترك فيه الغلاييني ينتظره.

- تحتاج لإسعاف فوري.
- أي إسعاف؟ اللغم لم ينفجر.
- لا تقلق لقد رتّبتُ ذلك، كي أضمن خروجك من البرج سالما.

كان حسين يضغط الجرح بكفه، لكن نزيف الدم كان شديداً.

- يبدو أن اللغم تعبان.
- قلت لك لا تقلق.

وقبل أن يُنهي الكلمة الأخيرة حدث ذلك الانفجار الرهيب، وتساقطت الحجارة في كل مكان، حتى كادت تسحقهما.

- الآن. قال الغلاييني.

راحا يركضان، حتى وصلا الخنادق، دون أن تُطلق عليهما رصاصة واحدة، فقد كان الانفجار على درجة من القوة بحيث أذهل الجميـع، ومـن الهاديـة تصاعدت

484

أصوات الفرح غامرة كـل شيء، وظلـت تتصاعد إلى أن تحوَّلـت إلى عـرس مـع شروق الشمس.

– كثرة الأحزان يا عمّي جعلت الناس مفاجيع أفراح!

ذهب الحاج سالم إلى الضابط، وقبل أن يصله، وقف الضابط وقال له: ستتمشى قليلا. وبعد صمت طال، سأله الحاج سالم: شو في؟ هناك شيء كبير لا تستطيع أن تقوله!

وظل الضابط صامتاً.

أمس جاءتنا الأوامر أن ننسحب، لكنني لا أعرف متى سيكون ذلك. لقد أُعلنت الهدنة.

– الهدنة؟ أي هدنة، وهذه الجيوش التي جاءت لتحارب، مـا الـذي فعلتـه، هل جاءت لمصادرة سلاحنا فقط.

– سأعيد لكم ما أخذناه من سلاح، سألتحمّل مسؤولية ذلك. لكـن هـذا هـو أقصى ما أستطيع تقديمه.

**

في البعيد كانت أصوات عربات تقترب، ظلَّت تسير إلى أن توقَّفت عنـد حافـة الخندق الطويل. كان فيها ضباط من جيش الإنقاذ ومراقبون مـن الأمـم المتحـدة، ذهبوا وعقدوا اجتماعا مع الإسرائيليين في المستعمرة. بعد ساعتين عادوا: منذ الآن، هذا الخندق سيكون حدود المستعمرة!

ولأول مرة ترى القرية سكان المستعمرة عن قرب، لقد خرجوا وظلّوا يسيرون إلى أن وصلوا الخنادق فدخلوها، كانت أكياس الرمال التي جهّزها جيش الإنقاذ في طرف الخندق المواجه للمستعمرة، فبدأ اليهود بنقلها إلى الطرف المواجه للقرية. أمسك أحد جنود جيش الإنقاذ بندقيتـه وضربهـا بصخرة فانكسرت. وبـدأ يبكي:

– لماذا فعلت ذلك؟ صرخ واصف بشير.

– هذه البارودة انكسرت قبل أن أكسرها.

485

الهادية ليلا

كان ناجٍ آخر شخص يصل إلى الهادية. أما أخوه محمود فقد وجد نفسه بعد أن تقطَّعت الطرق وسقطت الرملة واللد ويافا وحيفا، وحيداً وعارياً كما تركوه في تلك الساحة ذلك اليوم، وحين وصلته رسالة من ليلى تقول له فيها: إنها ستغادر مع أهلها بالطائرة إلى بيروت، أصبح عارياً أكثر وسط الجموع التي راحت تتدافع، بعضها يتَّجه للبحر وبعضها للشمال وبعضها لرام الله وبيت لحم. لكنه قبل أن يفعل ذلك، انتابه حنين جارف إلى ساحة الساعة. وهناك أمام ما تبقَّى من عمارة السّراي التي كان ينتظر ليلى أمامها، وقف كعمود ملح، العمارة التي تمَّ تدميرها قبل أربعة أشهر بواسطة سيارة ملغومة أوقفها اليهود في زقاق ملاصق، ما أدى لقتل العشرات الذين كانوا فيها في ذلك اليوم. [44]

أمام عمارة مهدمة وباب لم يعد موجودا وقف ينتظر.

أخرج رسالتها من جديد قرأها أكثر من مرة، وقرر أن يتجه إلى الشمال.

---

[44] - كان الصهاينة قد شرعوا (باستخدام طرق جديدة لقمع الثورة الفلسطينية، تضمنت تفجير المقاهي بالقنابل (في القدس مثلاً في 17 آذار 1937) وزرع ألغام موقوتة كهربائياً في الأسواق المكتظة بالفلسطينيين، والتي استخدمت لأول مرة ضد فلسطيني حيفا في 6 تموز 1938. وعندما اضطر البريطانيون للتقليل من دعمهم للمشروع الصهيوني، بعدما انتهوا بدورهم من قمع الثورة الفلسطينية عام 1939، فقد أصبحوا هم أنفسهم هدفاً للهجمات الصهيونية. وكانت هذه لحظة حاسمة في تاريخ العلاقة البريطانية – الصهيونية. حيث تضمن الرد الصهيوني .. اغتيال مسؤولين في الحكومة البريطانية، وخطف مواطنين بريطانيين كرهائن، وتفجير مكاتب تابعة للحكومة البريطانية وقتل موظفين ومدنيين، وتفجير السفارة البريطانية في روما عام 1946، وتفجير سيارات متوقفة بالقرب من مبانٍ حكومية، وقتل رهائن كرد على الممارسات الحكومية، والبعث برسائل وطرود متفجرة لساسة بريطانيين في لندن، وأعمالاً أخرى مشابهة) (وكان المخطط الرئيس لهذه الهجمات، وخاصة التفجيرات في الأسواق والمقاهي العربية وتفجير السيارات، هو مناحم بيغن، الذي أصبح رئيس وزراء إسرائيل فيما بعد.)

وصل ناجي الهادية مساء، حاملا بندقيته التي فرَّ بها، كانت المعارك في القدس على أشدِّها، لكن رائحة الهزيمة كانت تفوح من كل شيء. [45]

حين وصلت السيارة التي تقلّه إلى مشارف القرية، قال له السائق، هذه آخر نقطة يمكن أن أصلها.

- ولماذا؟

- أنظر إلى هناك.

كانت المفاجأة أكبر من أن تُحتمل. النيران تأكل كثيراً من بيوت القرية.

هبط من السيارة، لم يكن هناك سوى الصمت.

- هناك أشياء كثيرة، حدثت خلال الأيام الماضية. قال له السائق. وكل ما أستطيع قوله لك: ابتعد عن الطريق المعبّد، وانتبه.

ترك الشارع خلفه، مضى شرقا، ثم انعطف جنوبا، وعاد يسير إلى الغرب.

لم يكن هناك أحد، النار تلتهم الكثير من البيوت، الجثث تملأ الشوارع. حين وصل لبيته لم يجده، كان البيت قد نُسف، لم يبق هناك سوى حجارة مبعثرة. حفر بيديه محاولا الوصول إلى حقيقة ما، أن يعرف مصير أحد، زوجته، أطفاله.

ليس إلا الحطام.

صعد باتجاه بيت أبيه.

يبدو أن المهاجمين لم يستطيعوا الوصول إلى هناك، لكن الفوضى كانت تعم برج الحمام، طائر يحط وطائر يطير.

دار في القرية، لم يعثر على أي أثر للحياة.

صعد إلى سطح المدرسة، كان يبكي، تذكّر البندقية التي في يده، نظر صوب المستعمرة، وبصمت راح ينتظر قوات الأعداء.

***

---

[45] ـ (قاد الملازم غازي الحربي من الجيش العربي (الأردني) هجوماً جريئاً من باب العامود لاحتلال بناية النوتردام بتغطية من القوات الموجودة خلف السور وبعض المدرعات، واحتلها، لكن أمراً من قائده الإنجليزي اللواء العقيد غولدي قد صدر إليه بالانسحاب، بعد أن خسرت السرية 19 شهيدا، وقد تمرد نائب السرية فياض الدحيلان من عشيرة الحويطات ومعه ثمانية جنود احتجاجا والتحقوا بالثوار، وصدرت الأوامر لغازي الحربي بالعودة إلى عمّان؛ وعندما قصفت مدفعية الجيش العربي جميع الأحياء اليهودية في القدس الجديدة بكثافة شديدة، تم تبديل قائد المدفعية المقدم محمد المعايطة وإرساله إلى عمان محجوزا لمحاكمته على تبذير العتاد، وعين مكانه الميجر بولاك.)

أصوات رصاص وانفجارات تملأ الأنحاء، ما يظنه صادراً من الجنوب، يكتشف بعد لحظات أنه من الشرق، وبين حين وحين يضاء الأفق بانفجار أخرس ما يلبث أن يتلاشى كالبرق.

لم يعد يعرف إلى أين يمكن أن يتّجه. لم يكن هناك سوى المستوطنة التي لا تهدأ حركة السيارات الداخلة إليها والخارجة منها.

قبيل الفجر غلبه النوم لحظات لا غير، فرأى الهادية تندفع من كـل جانـب، ورأى سيارة لجنة الكشف التي أرسلتها المحكمة تنقلب في وسط الساحة. استيقظ، التفتَ حوله. ليس هناك أحد.

فكر بالتسلل إلى المستعمرة، مهاجمتها، والموت مثل كل أولئك الذين ماتوا.

نزل من على السطح، سار في الشارع، كانت دكان أبـو ربحي مـشرعـة، سمـع صوتاً ما، حركة غريبة، أول حركة يسمعها منذ وصل، تراجع خطوات، تحفـز، أطل ذلك الجسد المنهك: مكانك. صاح ناجي.

تجمد الجسد مكانه: أنا ربحي.

- ربحي! شو بتسوي هان؟
- أبحث عما يمكن أن نُسكت به الصغار في الكروم والبساتين.
- ما الذي حصل.
- ليس هذا وقته. خذ هذا الكيس والحقني.

***

- نمنا ونحن واثقين أن هنالك جيشاً يحمينا، وفي الـصباح، حـين ذهبتُ للصلاة، أحسستُ بحركة غريبة، كانت الأرض التي تركنا جيـش الإنقـاذ فوقها ليلا، فارغة تماماً، كأنها انشقّت وابتلعتهم.[46] لم يبق أحد، كنت قد وصلت المسجد، حين سمعت تلك الأصوات الغريبة، عرفت فورا أنهم اليهود. دخلت المسجد وقلت يا شيخ حسني اصعد إلى سطح المسجد ونبّه الناس، اليهود، اليهود صلوا. صعد، وقبل أن يُتمّ جملته دخلت .... جاءته صلية رصاص. كانت تلك هي الصلية الأولى، من قُتل قبل ذلك قُتل بالبلطات والسواطير؛ أظنّه لم يزل هناك

---

[46] – (...وكان لنجاح فوزي القاوقجي في وقف ثورة 1936 أثره الكبير في تعيينه فيها بعد بإجمـاع الملوك والزعماء العرب قائداً ميدانيا لجيش الأنقاذ، وبعد دخول هذا الجيش إلى فلسطين، أنعم الملـك عبد الله على القاوقجي بلقب باشا... فانسحب إلى سوريا خلال ثلاثة أيام ابتداء مـن 17/5/1948 مسلّمًا مواقعه للجيشين العراقي والأردني. ثم عاد واحتشد في جنوبي لبنان ودخل إلى منطقة الجليل شمالي فلسطين.)

فوق المسجد؛ هربتُ، لاحقني الرصاص، رحت أركض محاولا الوصول إلى (البرن) الذي أحضرتَه، وصلت، كانت البلد قد استيقظتْ، اندفعت كلها إلى الشوارع، كلُّ يحمل ما يستطيع الوصول إليه لـرد الهجـوم، وصـل سـليم عقـل بالبارودة، فقلت له، إنهم ورائي، استَحْكَم في زاوية المضافة وبدأ بـإطلاق النـار؛ وكأنهم فوجئوا، توقّف اندفاعهم، ولم يعد هناك غير الرصاص، انفجرت قنبلتـان، لا أعرف أين، وسمعتُ الصراخ في كل مكان، كما لو أن شظايا القنبلتين قد أصابتا الجميع، كان البرن في مكانه، داخل الجدار، كما تعرف، أزلتُ طبقة الطين، سحبتُ القماش الذي يلتفُّ عليه، كانت ساحة القرية أمامي كلهـا، لم يكـن هنالـك ضـوء أبدا، الليل كله كان هناك في الساحة، لكنني استطعت أن أرى، ربما لم أكـن أرى، ربما كنت أسمع فيهيأ لي أنني أرى ذلك الصوت الذي يتنقّل من مكـان إلى مكـان، حين أطلقتُ الصلية الأولى أدركتُ أننـي أصبتُ بعضهم، قتلتـه، لا أعـرف. وفرحت حين جاء الرصاص من الجهة المقابلة، فللحظـة أحسستُ أن الرصاص الذي أطلقته كان باتجاه أهل القرية لا باتجاه اليهود. بعـد قليـل اختلط كـل شيء، اشتبك الرجال معهم وجها لوجه، ولكن، مـن يستطيع إن يعـرف إن كـان الـذي أمامه ابنه أم عدوه، كنا نقاتل الهواء، نقاتل كل شيء، أنفسنا، ثم دوّى انفجار بعيد، في الحارة الأخرى، وارتفعت ألسنة النار، قلتُ لا بـد أن حظـيرة صـبري النّجـار تحترق، وكانت هي. ولكن أين ذهب جيش الإنقاذ؟! لا أعرف، لا أحـد يعـرف، كيف انسحب ولم نحس به، كاللصوص، سـلموا البلـد نائمـة لليهـود، ورحلـوا. خرجتُ حاملا البـرن، أركـض خلـف المهـاجمين، رأيتهـم ينسحبون، أطلقـوا الرصاص نحوي، ولم أعد أحس بشيء، ركضتُ لكي أردّهم، أردّهم فقط، وكنت أطلق النار كما لو أنني أريد أن أخيفهم لا أن أقتلهم، حيرني ذلك كثيراً فـيا بعـد، أدركتُ أحدَهم، وجّه بندقيته نحوي، أحسستُ بأنه يوجهها لشخص آخر غيري، ضغط الزناد، لكن البندقية كانت فارغة، قذفها، كان يمكن أن تُهشم رأسي لو أنها أصابته، قرّ، وقفتُ أراقبه يتبعد، بعد لحظات صحوتُ، فأطلقت عليه النار، قتلته؛ لا أعرف إن كان لم يزل هناك تحت شباك بيت سعيد محمد أم لا، عـدتُ، رأيـتُ خمس بواريد في أيدي الرجال، لم تكن مـن بواريـدنا، وتشـاجر سـويلم عبـد الله وحسن شحادة وجمال ربحي: هذا يقول البارودة لي، وذاك يقول بأنها لي. سـألتهم أين كانت مرمية؟ فقالوا: هناك. فقلت لهم هـذه البـارودة كـادت أن تهشّم رأسي حين ألقيت باتجاهي، إنها لي. فصمتوا. ناولني سـويلم البـارودة، فسـألتُ: مـن

يستطيع استخدامها بصورة جيدة، فقال حسن: أنا. ناولته إياها. سألني حسن: شفت أبوي؟ قلت: لا. فجأة، بدأ يركض نحو بيت أبيه فقلت له: انتظر. كان علينا أن نتسلل بحذر لنعرف أين أصبحوا، لم يكن هناك في أيدينا سوى ثلاث عشرة بندقية، والبرن الذي تراه. وكلما كنا نصل إلى بيت كنا نسمع البكاء والصراخ فيه، كان القتلى في كل مكان؛ فاجأوا الناس نائمين، وكنا نعتقد أننا في حماية جيش الإنقاذ، لكن الحق علينا يا عمي، فنحن ننسى، الله كم ننسى، يا عيننا كم ننسى، كيف نسينا أنهم خدعونا عام الـ 36، كيف؟ كيف ننسى؟!! أرسلوا لنا جيوشا صنعها الإنجليز ويقودها الإنجليز لتُقاتل الإنجليزَ واليهودَ الذين يحميهم الإنجليز، كيف صدّقنا؟ [47] دخلنا بيت محمد شحادة وجدناه ميتا فوق جثة أحد المهاجمين، حاولنا أن نرفعه، لم نستطع، كانت يداه كالكماشة حول رقبة اليهودي الذي تحته، يبدو أنه لم يجد شيئا في يده تلك اللحظة فهجم عليه، بصعوبة فككنا يديه فوجدنا أن اليهودي الذي تحته قد أطلق عليه النار من مسدسه الذي في يده، خمس رصاصات والله، رأينا آثارها في جسد محمد شحادة، وفي الداخل وجدنا العائلة كلها قد قُتلت، وأدركنا أن محمد لم يمت معهم، ربما كان في غرفة أخرى، وحين عاد ورأى عائلته غارقة في دمها هجم على اليهودي. وعرفنا أنهم دخلوا من الشمال أيضا وقتلوا غزالة نمر وأولادها الستة وأختها عليّة نمر وأولادها الخمسة، كلهم قُتلوا نائمين، نهار الجاسم ابن السبعين سنة وأخوه الأصغر أحمد الجاسم، رجا الفارس الأعمى الذي لم يعرف أين يذهب، طخوه بالفراش، ويوسف محمود لم يستطع أن يتحرك، رجله كانت مكسورة، حامد خليل، حسني، عمشه الصعوب العجوز الختيارة، أحمد عايد، عدلة زوجة محمد الخليل.. كلهم، كلهم..

وقلنا سيعودون، يا جماعة سيعودون، وسيضربون بقوة أكبر هذه المرة، بعد أن عرفوا أن لدينا سلاحاً. قلت، خذوا الأولاد واطلعوا التلال، البيارات، الكروم، المهم توخذوهم بعيد، سيعودون، ولن يرحموا أحداً.

---

[47] - (ولم يكن يوجد أيضاً طوال العام الأخير قبل النكبة من أعضاء الهيئة العربية العليا في فلسطين سوى اثنين فقط) فـ (قد آثرت "القيادة" الرحيل بهدوء وأناقة، قبل مجيء الطوفان الكبير.) و (كانت تصريحاتها الرنانة -القادمة من الخارج- تدعو الناس إلى الاطمئنان وتمتدح الجهود العربية الجديرة بكل شكر وثناء، وكانت هذه التصريحات تمثالا تاريخيا على التضليل السياسي إلى أبعد حد ممكن، ذلك أنها تتناقض تناقضا كاملا مع القرارات السياسية في حينها)

490

خسائر حرب!

كانت القوات الإسرائيلية قد قطعت الطريـق علـى سـرية مصـرية مـن جـيش الإنقاذ بين القبيبة والهادية، فتوجّه الجزء المتواجد شرق القبيبة إلى الخليل، وتوجه الجزء الموجود غربها إلى عراق المنشية. ثم هاجمت القـوات الإسرائيليـة بـين عـراق سويدان والمجدل فلجأ جزء من الجيش إلى الهادية. [48]

كان عددهم أكثر من ألف ضابط وجندي، حين دخلوا شوارع القريـة، راحـوا يكون، ساعدوا من بقي من أهل القرية على دفن القتلى، وطلب قائد القوة أيـوب عبده من الرجال أن يذهبوا ويعودوا بأسرهم من الجبال والبساتين. وقبل وصـول أول عائلة كان قد أمر بتحصين القرية بحاجزين متوازيين مـن الأسـلاك الشـائكة وأمر بزرع الألغام بينهما. حُفرت خنادق جديدة غير تلك التي تـمّ تسليمها للإسرائيليين، وجُهِّزت الدُّشم للمدافع في أقل من يومين، رُبطت المواقع الأماميـة والخلفية بخطوط هاتف، وتمّ نشر الجنود في الحواكير والبيارات المحيطـة بالقريـة، وأمر جنوده ألّا يطلقوا طلقة واحدة إلا إذا رأوا العدو على مسافة تـضمن إصـابته بدقة.

***

"إن لم تنسحبوا سنعتبركم خسائر حرب!!"

---

[48] - (من الحوادث المشهودة قيام فرقة من جيوش الإنقاذ بقصف فرقة أخرى هاجمت مستعمرة إسرائيلية قرب غزة، لأنها لم تأخذ الإذن من الفرقة الأولى، وأمرها بالتراجع!... لم يكن هنـاك تنسـيق بين الجيوش العربية، وكان عمل القيادة على أعلى مستوى في حكم المعدوم، تبين أن أسلحتنا في كثـير من الحالات أسلحة فاسدة، وفي أوج القتال صدرت الأوامر لسلاح المهندسين ببناء شاليه للاستجمام في غزة للملك فاروق، وحين صدرت الأوامر إليّ بأن أقود قوة مـن كتيبـة المشـاة السـادسة إلى عـراق سويدان التي كان الإسرائيليون يهاجمونها، وقبل أن أبدأ في التحرك نُشرت تحركاتنا كاملة فـي صـحف القاهرة !)

جاء جواب القيادة واضحاً على طلب الدَّعم الذي قدَّمته القوات المحاصرة.[49]

**

تحت زيتونات دار العُمري اجتمع ثلاثة عشر ضابطاً ومعهم الحاج سالم للتشاور في الأمر. كانت المفاجأة صاعقة حين أخبرهم القائد بردِّ الحكومة: هذه هي الصورة اليوم، وقد أحببتُ أن تكونوا على علم بهذا، وأن تأخذوا القرار بأنفسكم؟

- ما تأمر به. قال الضابط عمر.

- لم نجتمع هذا اليوم لإصدار أي أمر، اجتمعنا لكي نتشاور ونخرج بقرار مشترك. هل ننسحب بعارنا، أم نقف وندافع عن حياة هؤلاء الناس وقضيتهم العادلة، ومن يعرف، فلعلنا إن تركناهم الآن، لن يمضي زمن طويل قبل أن نرى الإسرائيليين في القاهرة.

- الموت أو العودة إلى بلادنا مرفوعي الرؤوس.

- هذا الكلام، لا يكفي. قال القائد.

- ماذا تريد إذن؟

نهض الحاج سالم وأحضر القرآن، فأقسموا معاً: إما الموت أو العودة إلى بلادنا مرفوعي الرؤوس.

---

[49] - شوف!! (في الشمال الفلسطيني كان الأمر مختلفا تماما فقد (خرجت الجماهير.. لاستقبال البطل فوزي القاوقجي قائد جيش الإنقاذ!! وكان في خيالها صور البطل فوزي القاوقجي المعلقة على الجدران من أيام 1936، لكنه هذه المرة قبع في قرية (جبع) واتخذ مقره في سرايا (دبة ترسللا) قرب سيلة الظهر وهي سرايا ضخمة فخمة كانت رئاسة للبوليس قبل ذلك، وعندما أهابت به وفود الأهالي للقتال كان جوابه أنه سيقاتل بعد انتهاء فصل الشتاء (إنني أنتظر طقسا حسنا وجفافا للأرض لأني سأستخدم أسلحة ثقيلة). وقد كانت وفود الخواجات تتقاطر عليه في مقره وتحت حراسة رجاله دون أن يدرك الناس أنهم بعض قادة الصهاينة كما اتضح لاحقاً!! ففي 1948/4/1 اجتمع القاوقجي سرّاً مع جوش بالمون أحد قادة الهاجناه وأول رئيس للموساد في الكيان الصهيوني - فيما بعد - من اجل تنفيذ المخططات المعدة مسبقا، وقد جرى هذا الاجتماع في احراش قرية نور شمس، وفيه طلب القاوقجي من بالمون (نصراً تمثيليا واحداً)!! فردّ عليه بالمون: إن هاجمتنا كيفما كان سنردّ عليك بالأسوأ، إياك ان تتدخل!!

وهكذا، كانت له ولجيشه تحركات مشبوهة، موهماً الناس أنه يقاتل، فسلَّم منطقة الجليل كلها إلى اليهود، وفي وجود جيش الإنقاذ سقطتْ مدن فلسطينية كبيرة مثل حيفا ويافا وعكّا والناصرة وصفد.

لا، لم يكن متقاعساً كما خيّل للناس في بادئ الأمر وحسب، بل ثبت للجميع بما لا يدع مجالا للشك أنه كان متواطئا مع الصهاينة، وبتنسيق غريب، وقد خرج من فلسطين مذموماً تلاحقه اللعنات.)

492

التفتَ القائد إلى الملازم لطفي وقال له: أنت المسؤول عن العمليات. ولا أُريد أن تُطلَق طلقةٌ واحدة إلا وتصيب هدفها. ليس لدينا سوى ما بين أيدينا من ذخائر. أما ما أُريده من أهل الهادية فأن يُحفر ملجأ في كل بيت. وهذه مسؤولية الحاج سالم. أما المسألة الثانية التي أُريد أن أبحثها مع الحاج سالم فهي قضية التموين. نحن نستطيع القتال إلى ما شاء لنا الله، ولكن وجود التموين مهم مثل وجود الرصاص كما تعرفون.

- اطمئن، لدينا مخزون كبير من القمح، وهذا الاحتياط كان دائماً موجوداً، ليس لمواجهة الحروب بل لمواجهة سنوات المحل. وأظن أننا لـن نمـوت عطشاً، فهناك ما يكفي من ماء، ولكنا بحاجة لتشكيل لجنة من العسكريين والمدنيين لجمع التموين بصورة منظّمة من الناس.

- لا يعقل أن نأكل القمح وحده!

- هنالك المواشي، هناك الكثير منها، ومن الأفضل للجميع أن تُـذبح مـن أن تموتَ بسبب القصف.

- ولكننا لا نستطيع أخذ مواشي الناس.

- هنالك حل، من نأخذ منه بعض مواشيه نعطيه إيصالا موقَّعـاً مـن قِبلك، ينصُّ على ما أخذناه منه وما سندفعه له فيها بعد. ثم من سيقول لا في وضع كهذا؟!

***

كانت الأرض حمراء، غير قاسية، تستجيب للمعاول بيسر، وساعد تـوافر قضبان سكة الحديد والأخشاب التي تستخدم لتثبيتها في وجود أسقف قوية وأمينة للملاجى، في حين كانت استحكامات الجيش مُغلقة تقريبا، يسير فيها الجنـود دون أن يستطيع أحد اكتشافهم.

أغلقت جهاتُ الهادية، ولم يعد هناك مجال للاتصال بالخارج إلا عـن طريـق التسلل.

***

كانت السرعة التي نُفذت فيها الأوامر مدهشة للجميع، حتى اليهـود الـذين وجدوا أمامهم أسـلاكا شـائكة واستحكامات بهـذه القـوة. حاول المحـاصِرون التقدّم، فوجئوا. كانت خطوط الدفاع هادئة إلى حد غير عادي، حين وصلوا قريبا من الأسلاك، اكتشفوا أن الأمـر كـان كمينـاً بـسرعة انسحبوا، لكنهم خسروا الكثيرين.

493

مساءً، تقدَّم عدد من الجنود اليهود رافعين رايات بيضاء بهدف سحب جثث قتلاهم. سُمح لهم بذلك.

- لن نسحبهم قبل وصول ضمانات من القائد بأنكم لن تطلقوا النار.
- دعوهم يأخذون قتلاهم.

كان خوف المحاصَرين كبيراً من أن تتفسَّخ الجثث وتغدو الروائح المنبعثة منها أكثر قسوة من الرصاص، والهواء يهبُّ من الغرب.

في الهجوم الثاني الذي تمَّ ليلاً، استطاعوا عبور الحاجز الأول، لكنهم فوجئوا بحقول الألغام، انطلقت في السماء قذائف التنوير، ولاحقهم الرصاص حتى اختفوا تماماً. عادت الرايات البيضاء للظهور من جديد.

بعد ذلك تغيَّر كل شيء.

ثلاث طائرات حربية عبرت الأجواء، طافت في سماء القرية فصاح الجنود المحاصَرين بفرح: طائراتنا!! وقبل أن يلملموا ابتساماتهم عادت الطائرات من جديد وشنت غاراتها الخاطفة. كانت تلقي (الكيازين) التي تُشعل النار وتدمِّر كل ما تصيبه، مباشرة سقط أحدها على شجرة التوت في حوش المضافة فاجتثها من جذورها.

- لقد رأيت الشجرة تُحلِّق في الهواء كأنها ورقة. قالت منيرة.

***

ليلاً، كان على أهل القرية التسلل لإحضار طعام لمواشيهم، لكن الحصار ضاق أكثر، وتحوَّلت السهول المحيطة بالقرية إلى رماد مع تزايد قصف الطائرات والمدفعية، وغدا الطعام الوحيد هو اللحم الذي يُطبخ مع القمح المجروش، الذي يتم تحضيره في قدور كبيرة.

بعد أقل من ثلاثة أسابيع، بدأت النظافة تتضاءل، طالت لحى الجنود، نفر شعرهم، ولم يعد هناك مجال لمعرفة الضابط من الجندي إلا مما عُلِّقَ على كتفيه أو ذراعيه. وتضاعفت قوة النار بحيث تحوَّلت أشجار الصبار إلى فحم، تلك التي لم يجدوا سواها في الفترات الأخيرة طعاماً للمواشي بعد إحراق أشواكها.

اقترح الحاج سالم على القائد أن يتسلل بعض رجال القرية إلى الخليل للاجتماع مع وحدات الجيش هناك، لطلب المساعدة: صحيح أن قرار الحكومات واضح بشأن دعم الجنود المحاصَرين، لكن من يعرف، ربما يستطيع الضباط التصرُّف وكسر هذه القرارات سراً.

وافق القائد فوراً على اقتراحه.

- سيذهب عليّ ابني قبل أبناء الآخرين.

وقال عبد الفتاح جابر سأذهب وقال جمعة صلاح وأنا الثالث.

كانت الجهة الشرقية هي الأقل خطورة، وقوات جيش إسرائيل الموجودة فيها أقل كثافة.

تم إخبار قوات الجيش المحاصَرة بموعد الخروج، بعد أن زوّدوا الثلاثة بمسدس واحد وكلمة سر هي (الحمامة).

- وكنّا نستخدم كلمات سرّ تضم حرف الحاء باستمرار، لأن اليهود والإنجليز ينطقونه (خاء)!

فتحوا ثغرة في الأسلاك الشائكة وتمكّنوا من المرور بسهولة، بسبب اطمئنان الإسرائيليين لكونهم هم الذي يُحاصِرون.

من هذه الطمأنينة تسللوا، ظلّوا يسيرون إلى القِبيّبَة، بيت جِبْرِين، الدَّوايمة، كانت هذه القرى قد احتُلَّت لذلك كانوا مضطرين للدوران حولها ومواصلة طريقهم في الوديان إلى الخليل. ظهراً وصلوها، كانت المدينة مثل يوم الحشر، الضياع يملأ الشوارع والناس لا تجد مكانا يسترها، ونهر البشر المتدفق نحوها لا يتوقّف. بحثوا عن مطعم يأكلون فيه، كانوا مرهقين وجائعين، وسألوا عن الجيش المصري فقالوا لهم: إن قيادة الجيش الآن في دار خمشتة بين بيت لحم وبيت جالا.

✳ ✳ ✳

حين علم الجنود بأن الثلاثة استطاعوا التسلل عبر الحصار، تعاملوا معهم كأبطال، أحضروا لهم الطعام، فالتهموا كل ما قُدِّم لهم، كما لو أنهم لم يأكلوا من شهور.

- هل يُعقل أن هنالك أحياء في بلدكم، منذ شهرين ونحن نسمع القذائف تتساقط عليكم، وفي الليل نرى الانفجارات بأعيننا، ولا نستطيع أن نفعل شيئاً؟!

بعد قليل حضر القائد على عجل، وقبل أن يقول كلمة راح يعانقهم وحين انتهى إلى جمعة صلاح راح يردد: الله ما أحلى رائحة الأرض فيكم!!

- كنا نظنُّ أن رائحتنا لم تعد تطاق. قال جمعة لعليّ فيها بعد. ثم قال له: اقترب لأشمّك!

وعندما شمّه، قال: كما قلت لك، لا تُطاق!!

495

أخرج عليّ رسالة أبوب عبده وناوله إياها، فتحها وراح يقرأها: غـدا سـأوقّر لكم كل ما يمكنني تـوفيره. أما الآن فـأظن أن عليكم أن تستريحوا، وتذهبوا لتستحموا.

- ألم أقل لك، رائحتنا لا تطاق. قال جمعة صلاح لعليّ.

* * *

في الصباح سلّمهم القائد تسعة آلاف جنيه، حمل كل منهم ثلاثة آلاف منها، وزوّدوهم ببعض الاحتياجات البسيطة، شاي، سجائر، قهوة، وملح، فقد اضطروا في الفترة الأخيرة إلى تناول الطعام بلا ملح. حملتهم مصفحة، وظلّت تسير بهم إلى أقرب نقطة آمنة من الهادية، أنزلتهم، فأكملوا طريقهم عبر الوديان.

كانت فرحة الجنود بوصول السجائر والشاي هي الفرحة الأكبر، بعد أن عانوا طويلا من تبغ (الهيشي) الذي يجعلهم يسعلون طوال الوقت.

في صبيحة اليوم التالي، قرروا توزيع المال على الناس مقابل المواشي التي تمَّ ذبحها، في البداية أخذ بعضهم المال بفرح، ولكنه أدرك بعد قليل أن هناك من يُقدِّمون حياتهم دفاعاً عن القرية فكيف يقبضون المال مقابل مواشيهم.

حين أعاد هاشم شحادة المبلغ الذي استلمه، جاء الناس، وقفوا في صف طويل أمام خندق القائد وأعاد كل منهم ما استلمه بصمت.

كان المشهد مؤثرا ففر الدمع من عيون الضبّاط والجنود.

* * *

أدرك الإسرائيليون أنهم لن يستطيعوا احتلال الهادية بالقوة، فأرسلوا عن طريق موظفي هيئة الأمم المتحدة أنهم يريدون التفاوض للوصول إلى حل. ووصل ممثل عن الحكومة المصرية فجأة، قبل أن يردّ القائد على ذلك الاقتراح.

- إلى متى ستبقون على هذه الحال؟ سأل ممثل الحكومة قائد القوة.
- أي حال؟!!
- هذا الوضع لا بد أن ينتهي ذات يوم، وموقف الحكومة واضح في هذا المجال وأنتم تعرفونه.
- وأنت تعرف أنني لا أستطيع أن أقرر شيئاً قبل الرجوع إلى الضباط الآخرين.
- ومتى أتلقّى جوابك؟
- اليوم هو الاثنين، لنقل الأربعاء. أهذا مناسب؟!

496

- مناسب.

صعد ممثل الحكومة لسيارة هيئة الأمم التي أتت به، وعاد من حيث أتى خلف الأسلاك الشائكة.

**

توقّف القصف تماماً بانتظار الجواب، عادت الحركة للشوارع وأصبح بإمكان الناس التجول بحرّية. في المساء عقد القائد اجتماعا لـضباطه، حضره الحـاج سـالم وعدد من رجال القرية، وشرح لهم ما يدور. كان الجميـع بحاجـة إلى فـترة هـدوء يلتقطون فيها أنفاسهم، الجنود وأهل القرية: لـن نخـسر شيئاً، سنكسب الوقت وهذا الأمر لصالحنا.

وتقرر اختيار ثلاثة ضباط للذهاب والاجتماع بموظفي الأمم المتحدة واليهود.

**

كانوا أشبه بعرسان حين غادروا الهاديـة، وقـد حرص قائـد القـوة أن يكونوا كذلك لإعطاء انطباع قوي ومهم عن الأوضاع في داخل القرية.

- *من عاش تلك اللحظات لا يمكن أن ينساها أبداً!!*
- لن أقول لكم شيئاً، ولن أعطيكم أي تعليمات. قال لهم القائد.
- كن مطمئناً.

إلى الخيمة التي جُهِّزت لهذا الغرض على بعد خمسة كيلو مترات، ذهبَ الضباط الثلاثة، صافحوهم، جلس الجميع.

نهض أحد الضباط الإسرائيليين، في يده علبة سجائر، تناول لطفي وكمال سيجارتين، اعتذر عُمر؛ بعد قليل أحضروا الشاي، ولم يكن هناك سوى الصمت.

نهض كمال، ووسط دهشة الجميع أخرج علبتي سجائر، فتحهما وبدأ بتوزيـع السجائر على الحضور. سحب الـضابط الإسرائيلي نفسا مـن الـسيجارة وسأله مستغربا: وهل لديكم كثير من هذا التبغ؟!

- لدينا ما يكفينا ويفيض عن حاجتنا.
- ولكن، لا أظن أن الذخيرة التي لديكم ستكفيكم مثلما سيكفيكم التبغ.
- لدينا ما نحتاجه وأكثر.
- هذا يعني أن التفاوض معكم لن يُجدي؟
- لقد طلبتم الاجتماع بنا وجئنا لنعرف ما تريدون.

497

- سنعتبركم أسرى حرب، ولستم أفضل من جنود هتلر الـذين استسلموا. ستعيشون بدل أن تموتوا في القتال أو بسبب الجوع!!
- وما علاقتنا نحن بجيش هتلر، فأنتم الذين تعتدون علينا وتريدون إخراج الناس من بلادهم.
- ولكن هذه البلاد بلادنا، وقد وعَدَنا الرب بها.
- لكنكم كنتم بحاجة لبلفور كي يتحقّق هذا الوعد.
- لن أجادلك. ولكني أعدكَ بأننا سنعاملكم معاملة الـدول وليس معاملـة العصابات كما تسمون. ثم إن قضيتكم ليست هنا، فأنتم تقاتلون علـى أرض غيركم، وربما كان الأفضل لكم أن تعودوا لتقاتلوا الجيش البريطاني في بلادكم، الجيش البريطاني الذي نجحنا هنا بالتخلّص منه وإعلان استقلالنا!
- لقد استمعت إلى ما تريد، وأقول لك إننا جئنا هنا مـن أجل عقـد اتفاقيـة لوقف إطلاق النار ونقل الجرحى خارج خطوط النار، إلى مستشفياتنا، تمهيداً لرفع الحصار عن الهادية. لا شك أن وضعك أفضل من وضعي، أنـا لا أخادع نفسي، لأنني لن أستطيع بصمودي تغيير ميزان القوى في حرب انتهت، لكن في استطاعتي أن أنقذ شيئاً واحداً هو شرف جنودي، ولذا سأحارب حتى الرصاصة الأخيرة.
- ونحن نضمن لكم أيضاً شـيئاً واحـداً إذا مـا استسلمتم هـو أن تعامـلوا معاملة الأسرى، وأظن أن عليكم أن تختاروا بين الأمرين: الشرف أو الحياة.

تدخّل موظفو هيئة الأمم وقد أحسّوا بأن الحرب علـى وشـك أن تنـدلع تحـت سقف الخيمة، فضغطوا باتجاه عقد هدنة لمدة شهر.

قبل أن يغادر كمال أخرج علبة سجائر أخرى من جيبه، وتـرك العُلَـب الثـلاث فوق الطاولة وسط دهشة الجميع. واستقلوا سيارة هيئة الأمم المتحدة عائدين.

* * *

لم تدم الهدنة أكثر مـن عشـر ساعات، فعنـد منتصف الليـل، تسـللتْ قـوة إسرائيلية، من الجهة الجنوبية، وبصمت قامت بذبح عشرات الجنـود الـذين كانوا مطمئنين لبدء سريان تلك الهدنة الصغيرة، وواصلـتْ طريقهـا إلى داخـل القريـة، وكما فعلوا في المرة الأولى، استخدموا السلاح الأبيض لقتل أكبر عـدد ممكن مـن الناس بصمت، وحين وصلوا قلب حارة النجّار، انتبه عـدد مـن الجنـود للحركـة الغريبة، طلبوا كلمة السرّ، فهبّ الرصاص نحوهم حاصدا اثنين منهم، وهنا تغير الوضع كله.

498

ناجي الذي غدا واحداً من أفراد القوة النظامية، كان عائدا من نوبة حراسته في الجهة الغربية، أدرك ما يدور، اختفى في إحدى الزوايا، وحين اقتربوا ألقى قنبلة يدوية باتجاههم، حاولوا الانسحاب فألقى قنبلة أخرى، تابعهم بـإطلاق نـار مـن بندقيته. اختفوا. كانت قواتهم قد أصبحتْ فوق الجسر الذي يصل نصفي القرية، اندفع الناس والجيش المحاصر من كل الاتجاهات محاولين سدَّ هذه الثغرات التي مزّقت دفاعات القرية دون رحمة.

بعد لحظات دوّى انفجار كبير، لقد نسفوا الجسر.

– ما الذي يمكن أن نفعله؟ كان السؤال الوحيد الذي يتكرر.

– افعلوا أي شيء، إلا الاستسلام.

حين استطاعت مصفحات الجيش المحاصَر عبور كثافة النيران إلى حيث تـدور المعارك، بدأ الأمر بالتَّغير لصالح الهادية، وتمَّ الإطباق على القوة الإسرائيليـة التي نسفت الجسر، وعزْلها تماما. وعندما أدرك الناس أن الشوارع خطرة، بدأوا يتنقلون من سطح إلى سطح؛ وبصورة غير متوقعـة، أرعدت السـماء وبدأ مطر شـديد بالهطول، ولم يعد هنالك مجال لمعرفة المدافعين من المهاجمين.

حين أطل الصباح كان المشهد مرعباً، ويُذَكّر بتلك الليلة السوداء التي بوغتـت فيها القرية، القتلى في كل مكان، وفي الملاجئ عشرات الجثث التي مزقتهـا القنابـل التي ألقيت داخلها. الملاجئ التي تحوّلت إلى قبور حقيقيـة، بحيث لم يكن على الناس فيها بعد سوى أن يقوموا بإغلاق أبوابها بعد وضع المزيد من الجثث داخلها.

***

راحت الأمور تسير من سيء إلى أسوأ، أحس أيوب عبده بـذلك، قال: لم يبـق لدينا الكثير من الذخيرة. سنرسل إليهم ونخبرهم أننا نريد أن نستسلم.

– ماذا؟ صاح أكثر من ضابط.

– لقد خدعونا، وعليهم الآن أن يعرفـوا معنى الـذي فعلـوه. سأعدُّ لهـم المفاجأة التي لم يتوقّعوها.

وشرح للضباط خطته البسيطة.

قبل أن يفكر قائد القوة بإرسال رسالة لمراقبي الهدنة، كانوا قد جاؤوا يعتذرون ومعهم ممثل الحكومة. ففاجأهم: سنستسلم، على أن يعتبرونا أسرى حـرب كـما وعدوا.

– تستسلمون؟!!

499

- نعم، بعد ثلاثة أيام من هذا اليوم. في العاشرة صباحاً. هناك ساحة كبيرة في المنطقة الشمالية، سنخرج إليها برايات بيضاء..

انفرجت أسارير مراقبي الهدنة ومندوب الحكومة، كانوا يريدون الانتهاء مما هم فيه بأي وسيلة، حيث لم يبق سوى هذه الهادية. وكانت فرحة الإسرائيليين بما سمعوه تفوق الوصف.

في العاشرة صباحاً من يوم الاثنين، امتلأت الساحة الكبيرة بأولئك الذين جاؤوا لكي يعيشوا لحظة الاستسلام التي لم يحلموا بها.

العاشرة ودقيقة واحدة، الصمت مخيّم والعيون تترقّب ظهور الرايات البيضاء.

العاشرة ودقيقتان، الأعناق تشرئب، والقلوب تخفق بشدة.

دار أيوب عبده على الخنادق، وسألهم هل أنتم مستعدون؟

- مستعدون.

- الآن إذن.

انفجر كل شيء، وتبدد ذلك الصمت إلى غير رجعة، انطلقت المدافع تقصف بلا رحمة، وفتحت المصفحات نيران رشاشاتها، ولم يعد هناك سوى الصراخ الذي غمر الأرجاء كلها. كانت الضربة موجعة جداً. وأدرك الإسرائيليون أن الهادية لن تسقط بالقوة أبداً.

***

بعد ثلاثة أيام عاد مراقبو الهدنة من جديد. كانوا غاضبين، فجاء الرد: خدعة بخدعة، والبادئ أظلم.

وعلى مدى أسابيع ظلوا يتنقّلون بين الجانبين، إلى أن توصّلوا لاتفاق: يخرج الجيش المحاصر بسلاحه كاملا، دون أن يتعرّض له أحد. يحقُّ لمن أراد من أهل الهادية أن يبقى وأن يعيشَ حياتـه التي عاشـها في الماضي، ومـن أراد الخروج فباستطاعته مرافقة القوات المنسحبة.

قرروا البقاء.

- هل هناك بلاد يمكن أن تتسع لنا؟! راحوا يردّدون.

- نحن لم نخرج بحرب، فلماذا نخرج بعد انتهائها من تلقاء أنفسنا. قال الحاج سالم.

- سيصبّون كل أحقادهم علينا ولن يتركونا نعيش حياتنا أبداً.

- سنبقى رغم كل شيء.

500

لم يترك قائد القوة مجلساً إلا وذهب إليه، وعلى مدى أسبوعين شرح لكل إنسان في القرية تفاصيل الخطوة التالية. لكنه لم يكن مطمئناً إلى شيء: أخشى أن يكون الأمر خدعة ثانية. لكنكم تعرفون، إذا لم نقبل بهذه الاتفاقية فسيذبحون الجميع.

أدرك أهل القرية أن بعض الرجال يجب أن يخرجوا مع الجيش سواء رضوا بذلك أم لا، وعلى رأسهم الحاج سالم لأن اليهود إذا ما أمسكوا بهم فإنهم سيُقطِّعونهم.

***

حين تحرّكت القوات، وقف الناس على الجانبين يودّعون الجنود، ولم يبق أحد لم يعانقه قائد القوة.

- لولا وجودكم لما استطاع الجيش الصمود كل هذه الفترة. كان يردد.

على طول الشارع الرئيس وقفت مصفحات وسيارات الجيش، ولم يكن هناك غير الدموع. أما السماء فقد كانت تُنذر بمطر.

حاول قائد القوة استحضار كل الليالي التي عاشها هنا، وإذا به أمام تلك الجملة التي غيّرت مسار حياته إلى الأبد: لقد اعتبرناكم خسائر حرب.

سارت القافلة، وفي السيارة الأخيرة، تم وضع الأسرى الخمسة.

- إذا تصرفوا جيداً سأعيد لهم أسراهم، أما إذا أساؤوا فلن أعيدهم.

حاول الإسرائيليون الوصول إلى اتفاقية بشأنهم، على مدى أسابيع، لكن قائد القوة كان يعتبرهم ورقة لا يجوز التفريط بها قبل الوصول إلى حل واضح.

***

أمام مركز كان الجيش البريطاني يستخدمه، انتظرت القوات الإسرائيلية وصول القوة المُنسحبة، مرّت القافلة، توقَّفت للحظات، كان قائد القوة واقفا، انتظر القائد الإسرائيلي منه أن ينزل من العربة، لكنه لم يفعل.

تقدم القائد الإسرائيلي خطوات ودعاه أن ينزل.

رفض.

وأشار البيه أيوب إلى الجنود أن يُطلقوا سراح الأسرى.

عندما وصلت القوة إلى الحدود الدولية الجديدة، توقَّفت القافلة، غادر قائد القوة سيارته، كانت هناك عربة مصفحة في انتظاره.

ركبها.

- ومنذ ذلك اليوم. لم يره أحد. أؤكد لك!!

501

عتبات الجحيم

البرج الذي تبعثرت حجارته في جميع الاتجاهات راح ينمو مـن جديد. ومـا إن رأى الناس ذلك حتى أدركوا ما ينتظرهم على عتبات الغد.

***

بعد أسبوع هادئ مرّتْ عربة جيب تُقلُّ أربعة مسلحين يهودا، لم تفعل شيئاً. ألقوا نظرة على مَن في الحقول. وابتعدوا.

عادت العربة بعد يومين بصمت، وغادرت بصمت. وفي اليوم الثالث أطلقت رصاصة واحدة استقرت في رأس علي الأعرج الذي كان يحرث أرضه. وابتعدت.

في اليوم الرابع عادت مرة أخرى. توقّفت، نزل منها جنديان. كان رشيد صالح يحرث أرضه.

- ما الذي تفعله هنا، ألا تتعلّمون؟
- أحرث أرضي. وهذا موسم الزراعة.
- لا تُتعب نفسك بلا طائل، اذهب وخبّر الناس، هـذه الأرض لنـا وليست لكم..

تجمّعت القرية داخل القرية أكثر، تجمّع كبار البلد لبحث مـا يـدور، وقبل أن ينتهي اجتماعهم، طافتْ عربة جيب حـول القرية مطالبة النـاس عـبر مكبرات الصوت التزام بيوتهم بسبب حظر التجول من الساعة الثانية من بعد الظهر حتى السادسة مساء.

لم يُطع الناس الأمر.

***

في الثانية والنصف دوّت رصاصة واحدة، أدرك الناس أنها قادمـة مـن البـرج، وأمام بوابة بيته سقط يوماً عادل الحلو. وعلى مدى سبعة عشر يومـاً لم يتوقـف القنص، رصاصة من هناك وقتيل من هنا، فلم يعد الناس يجرؤون على الظهور في النهار.

502

في اليوم الثامن عشر لم يكتفوا برصاصة تُطلق، اندفعت المصفحات وسيارات الجيب اليهودية بجنون داخل القرية مع إطلاق نار شديد في الهواء. ثم غادرت دون أن تصيب أحداً.

***

كان مراقبو الهدنة قد اتخذوا من مدرسة البنات مقراً لهم.

تسلل هاشم شحادة وإسماعيل راضي وتيسير جمعة إلى المراقبين ليلا. وعَدُوهم: سنعمل ما باستطاعتنا.

قبل غروب شمس اليوم التالي، عادت المصفحات وسيارات الجيب، لكن الرصاص انهمر هذه المرة على أبواب البيوت وشبابيكها.

تسلل هاشم شحادة وإسماعيل راضي وحسين ابن العزيزة إلى مراقبي الهدنة، فجاء الجواب أكثر وضوحا مما تصوَّروا: هذه الاتفاقية التي تحمّلونها، لا معنى لها لأنهم لا يعترفون بها، ونحن لا نستطيع أن نفعل شيئا لكم، كل ما نستطيع فعله أن نطلب منهم التوقّف عن مضايقتكم، وها أنتم ترون، كلامنا لا يعنيهم أيضاً.

أُقفلتْ أبواب الحياة تماماً، نفق ما تبقّى من مواش لعدم وجود شيء تأكله، ولم يعد هناك فسحة للخروج لا للزراعة ولا لإحضار طعام ولا حتى لـصلاة. وحده الحمام كان يطير للبحث عن طعامه، في البداية كان يعـود سريعـا، وحينما اشتد الحصار بدأ يغيب طويلا، إذ لم يعد قادرا على التقاط طعامه في السهول القريبة.

أما سُميّة، فكانت تتابع الرفوف بعينين دامعتين، وكلما نزلت واحدة مـن الحمامات الهزازة التي تكاثرت، لأنها لم تذبح أي واحدة منها، إلى الحوش ورأتها تسير أمامها باختيال، راحت تبكي بصمت مرير.

- لديكم خياران، إما الذهاب إلى غزة وإما إلى الخليل. قال مراقبو الهدنة لنا.

***

ظهرت غيوم عالية في السماء، انبثقت سيوف بروق جارحـة ودوّى رعد حـاد كالصمم، وبدا كما لو أن الأرض قد غدت خارج الأرض، وفجأة تسـاقط مطر غزير، باتوا على يقين بأنه لن يتوقف أبداً، لكنه، وكما انهمر فجأة توقف فجأة، مخلّفا صمتا عميقا كأنه الموت.

بعد أحاديث يائسة ومناقشات لم تُفض لشيء، بدأ الناس بجمع أشيائهم أمـام بيوتهم، بانتظار يوم الرحيل. وجاء عدد آخر مـن مراقبي الهدنـة لتنظيـم خـروج الناس.

- ستأتي سيارات الأمم المتحدة، وتنقل الجميع. عليكم مغادرة البيوت والانتظار على طرف الشارع العام.

خمس ساعات مرّت، لم تحضر أي سيارة نقل، ثم هبط الليل، حاولت أكثر من عائلة العودة إلى بيتها.

- هذا ممنوع!!
- ما هو الممنوع؟
- أن تعودوا لبيوتكم من جديد.
- ولكننا لا نستطيع المبيت هنا.
- ستأتي العربات في أي لحظة.

عادوا لأماكنهم. صُرر ملابسهم تحيط بهم وبعض أكياس القمح التي أحسوا بأنهم سيكونون بحاجة إليها.

في الرابعة صباحاً، نزلت قطرة ماء، وفي لحظات قليلة انهمر مطر غزير أشد من ذلك المطر الذي مزق القرية قبل أيام.

حين أطل الصباح، كانوا في أسوأ حالة يمكن أن يكون عليها بشر. مبتلّون بالماء ومطعونون بالبرد وملوثون بالطين.

- سنعود إلى بيوتنا.
- لن يعود أحد.

***

نُصبت خيامٌ صغيرة، وتحوّلت أغطية إلى خيام، وراحت القذائف تتساقط على القرية، حتى بات الناس يخشون التفكير في بيوتهم، فبمجرد أن كان أحدهم يقول: سأعود إلى بيتي. كانت قذيفة ما تسقط على البيت وتدمّره أو يقتلعه لغم من أساساته.

بدأت الهادية تصغر يوماً بعد يوم، تتلاشى أمام عيونهم وهم ينظرون إليها، وتحوّل الدير إلى سحابة من دخان، وعندها أدركوا أنهم يريدون محو القرية من الوجود.

***

بعد أحد عشر يوماً أشرقت شمس جارة، وظلَّت حرارتها تتصاعد على مدى أربعة أيام حتى غدت حارقة تماماً. وغاب ليل وهبط ليل، وغاب نهار

504

وهبط ليل

وليل وليل وليل وليل وليل وليل وليل

وأطل نهار،

التفتوا لأكياس القمح فوجدوا أن البذور قد تفتّحت وشقّت مسامات الخيش.

جمع الناس الحطب وبدأوا بتحميص حبوب القمح (القليّة) التي لم يجدوا غيرها بين أيديهم. وبدا المشهد مرعبا في ظل صياح الصغار الذي لم يعد يتوقف.

- *كانت الأسابيع التي عشناها على جانبي الشارع أكثر قسوة من أيام الحصار. صدّقني.*

***

حين وصلت العربات الكبيرة أخيراً عصر أحد الأيام، لم يكن باستطاعة الناس تسلّقها، كان الانتظار قد أنهكهم تماماً. بصعوبة عثرت سميّة على ساقيها اللتين لم تعد تحسُّ بوجودهما، نهضت، تطلّعت إلى تلك التلة، حيث قبر زوجها، أغمضت عينيها وفتحتهما غير مصدقة ما تراه واندفعت تركض صوب الهادية.

لحقوا بها أعادوها..

- اتركوني. صرختُ. ألا ترونها. إنها هناك!!

- ما هي؟

- الحمامة، ألا ترونها إنها هناك.

- أين؟

- عند قبره، على التل. إنها هناك ألا ترونها؟ اتركوني، أريد أن أراها، مرة واحدة فقط، أريد أن أعتذر لها. أن أقول لها سامحيني. اتركوني.

أمسكوا بها، تفلتتُ.

في النهاية لم يجدوا حلاً سوى حملها إلى الشاحنة.

هدأت فجأة،

التفتُ على نفسها كما لو أنها صرة ثياب لا أحد يعرف صاحبها، صرّة وجدت نفسها في شاحنة، شاحنة لا أحد يعرف إلى أين تمضي أو أين ستقف.

***

بعد غروب الشمس بقليل تحرّكت الشاحنات،

فسمعوا صوت سميّة قادماً من بئر عتمتها، كانت تغني:

505

عَمِّي يا أبو الفانوس

نَوِّر لي عا العتمة

خوفي الطريق يطول يابا

ويطول معك همّي

ويطول معك همّي

انحدرت شلالات الدمع على وجه منيرة وأحفادها وعفاف وأولادها وحسين وأولاده وأم الفار، الذين كانوا قد تجمّعوا في صندوق تلك الشاحنة البيضاء.

دوّت عدة انفجارات، التفتوا، فإذا بالنار تلتهم عدداً من بيوت القرية. حدَّقت العزيزة التي كانت تبكي بصمت مسندة وجهها إلى الحافة الحديدية للصندوق. كانت إحدى القنابل قد سقطت في بيت أبيها، أندلعت النار فيه وسقطت قنبلة أخرى فاشتعل برج الحمام.

راحت العزيزة تراقب النار التي تتصاعد ملتهمة البرج وما فيه، وعندها رأت ذلك المشهد الذي لن تنساه أبداً.

كان الحمام يطير مُحتَرقاً، قاطعاً مسافات لم تفكر يوما أن حماما بأجنحة مشتعلة يمكن أن يبلغ نهاياتها، وحيثما راح يسقط في البساتين والكروم والسهول المحيطة كانت نار جديدة تشتعل. وحينما وصلت العربات إلى تلك النقطة العالية التي تتيح للناس مشاهدة الهادية للمرة الأخيرة، كانت ألسنة الحرائق تلتهم الجهات الأربع.

"لو كنت قائداً عربياً، لما وافقت على أي اتفاق مع إسرائيل، فهذا أمر طبيعي، فنحن أخذنا بلادهم. نعم، إن الله وعدنا بهذه الأرض ولكن هذا أمر لا يهمّهم... فإلهنا ليس إلههم... وهذا حصل منذ ألفي عام، فما الذي يدعوهم لأن يعيروه اهتماماً؟ وكانت هنالك اللاسامية ومن ثم النازيين، وهتلر، وآشوتس، فهل كان ذلك ذنبهم؟ إنهم يرون شيئاً واحداً فقط : أننا جئنا وسرقنا بلادهم، فلماذا عليهم أن يقبلوا بهذا؟"

ديفيد بن غوريون

تعليق لديفيد بن غوريون نقله عنه ناحوم غولدمان، الرئيس الأسبق للمؤتمر الصهيوني العالمي، في كتابه (المفارقة اليهودية)

Nahum Goldmann, *The Jewish Paradox*, (New York: Fred Jordan Books, 1978), 99.

فهـرس الروايــة

في الملهاة وجذورها

لَها بالشيء، لهوا: أولع به.

لَها، لِهيانا عن: إذا سلوتَ عنه وتركت ذكره وإذا غفلت عنه.

ولَهَت المرأةُ إلى حديث المرأة: أنِست به وأعجبها.

قال تعالى (لاهية قلوبهم) أي متشاغلة عما يُدعَونَ إليه. وقال (وأنت عنه تلهّى) أي تتشاغل.

وتلاهوا: أي لها بعضهم ببعض.

ولهوت به: أحببته.

والإنسان اللاهي إلى الشيء: الذي لا يفارقه. وقال: لاهى الشيءَ أي داناه وقاربه. ولاهى الغلامُ الفطامَ إذا دنا منه.

واللُّهوةُ واللُّهيةُ: العَطِيَّة. وقيل: أفضل العطايا وأجزلها.

(لسان العرب)

509

اعتمدت هذه الرواية
على كثير من المذكرات والكتب من بينها:

يوميات أكرم زعيتر، مذكرات محمد عزت دروزة وكتابه القضية الفلسطينية في مختلف مراحلها، مذكرات خليل السكاكيني، منشورات مؤسسة إنعاش الأسرة – رام الله، كتاب عبد الرحيم الحاج محمد لزياد عودة، صحفي من فلسطين يتذكّر لكنعان أبو خضرة، في خضم النضال العربي الفلسطيني لبهجت أبو غربية، ديمومة القضية الفلسطينية للدكتور جوزيف مسعد، الدّفاع عن حيفا مذكرات رشيد الحاج إبراهيم، حنا نقارة محامي الأرض والإنسان من إعداد حنا إبراهيم، دراسة في المجتمع والتراث الشعبي الفلسطيني تأليف: وليد ربيع، عبد العزيز أبو هدبا، عمر حمدان، محمد علي أحمد، الرملة تتكلم لوليد راغب الخالدي، أعمال الباحث الفلسطيني نمر سرحان، قضاء يافا في العهد العثماني للدكتور محمد سالم الطراونة، رواية مفلح الغساني والمسيرة الميدانية في أرجاء فلسطين وشرق الأردن لنجيب نصار، مذكرات فوزي القاوقجي 1914 – 1932، الحكاية الشعبية في المجتمع الفلسطيني للدكتور عمر عبد الرحمن الساريسي، القضاء عند البدو لعارف العارف، الموسوعة الفلسطينية، العروش والجيوش لمحمد حسنين هيكل، كتابات غسان كنفاني ومصطفي كبها عن ثورة 1936، ذاكرة المغلوبين للدكتور فيصل دراج، الثورة العربية الكبرى في فلسطين 1936– 1939 ـ الرواية الإسرائيلية الرسمية، يوميات الحرب 1947– 1949 دافيد بن – غوريون، استدارة الظل ليوسف فضل، القيادات والمؤسسات السياسية في فلسطين 1917– 1948 لبيان نويهض الحوت، رسالة عشق إلى يافا لطاهر أديب قليوبي، حوار مع الرئيس جمال عبد الناصر أجراه دافيد مورجان مندوب صحيفة الصنداى تايمز، وإلى ذلك كثير من الصحف والمجلات.

إبراهيم نصر الله

مواليد عمّان، من أبوين فلسطينيين أُتُلعا من أرضهما في عام 1948.

* صدر له شعرًا (الطبعات الأولى):

الخيول على مشارف المدينة،1980. المطر في الداخل، 1982. الحوار الأخير قبل مقتل العصفور بدقائق، 1984. نعمان يسترد لونه، 1984. أناشيد الصباح، 1984. الفتى النهر والجنرال، 1987. عواصف القلب 1989. حطب أخضر، 1991. فضيحة الثعلب، 1993. الأعمال الشعرية- مجلد يضم تسعة دواوين، 1994. شرفات الخريف، 1996. كتاب الموت والموتى، 1997. بسم الأم والابن، 1999. مرايا الملائكة،2001. حجرة الناي، 2007. لو أنني كنت مايسترو، 2009.أحوال الجنرال، مختارات، 2011. عودة الياسمين إلى أهله سالمًا، مختارات، 2011. على خيط نور.. هنا بين ليلين 2012. الحب شرير، 2017.

* الروايات: (الطبعات الأولى):

براري الحمّى، 1985. الأمواج البرية، 1988. عَـوْ، 1990. حارس المدينة الضائعة، 1998.

الملهاة الفلسطينية (الطبعات الأولى): (كل رواية مستقلة تماما عن الأخرى)

طيور الحذر، 1996. طفل الممحاة، 2000. زيتون الشوارع. 2002. مجرد 2 فقط، 1992. أعراس آمنة، 2004. تحت شمس الضحى، 2004. زمن الخيول البيضاء، 2007- اللائحة القصيرة لجائزة البوكر العربية، 2009. قناديل ملك الجليل، 2012. أرواح كليمنجارو، 2015.

ثلاثية الأجراس:

دبابة تحت شجرة عيد الميلاد، ظلال المفاتيح، نور العين، 2019.

الشـرفات: (الطبعات الأولى): (كل رواية مستقلة عن الأخرى)

. شرفة الهذيان، 2005. شرفة رجل الثلج، 2009. شرفة العار، 2010، شرفة الهاوية 2013 شرفة الفردوس، 2015. حرب الكلب الثانية، 2016.

* كتب أخرى (الطبعات الأولى):

هزائم المنتصرين – السينما بين حرية الإبداع ومنطق السوق، 2000. ديواني – شعر أحمد حلمي عبد الباقي. إعداد وتقديم، 2002. السيرة الطائرة: أقل من عدو، أكثر من صديق، 2006. صور الوجود ـ السينما تتأمل 2008. كتاب الكتابة، 2018.

* ترجم عدد من أعماله الروائية إلى الإنجليزية، الإيطالية، الدنمركية، التركية، ونشرت قصائد له بالإنجليزية، الإيطالية، الفرنسية، الألمانية، الإسبانية، السويدية...

* أقام أربعة معارض فوتوغرافية وشارك في معرض (كتّاب يرسمون)

* عضو لجنة تحكيم في عدد من الجوائز الأدبية والمهرجانات السينمائية.

* نال عشر جوائز عن أعماله الشعرية والروائية من بينها:

. الجائزة العالمية للرواية العربية البوكر، 2018، عن رواية حرب الكلب الثانية.

. جائزة كتارا للرواية العربية، 2016، عن رواية أرواح كليمنجارو.

. جائزة القدس للثقافة والإبداع (الدَّوْرة الأولى) 2012.

. جائزة سلطان العويس للشعر العربي، 1998.

. جائزة تيسير سبول للرواية، 1994.

. جائزة عرار للشعر، 1991.